KB262657

새 시대의 우리말 연구

崔昌烈 教授 停年退任 論文集

새 시대의 우리말 연구

최창렬 엮음

도서출판 **역락**

벗의 정년을 기리며

심 재 기
(서울대학교 교수 · 국립국어연구원장)

금년 초에 편지 한 통을 받았습니다. 내년 초로 정년을 맞아 퇴임하시는 최창렬 교수를 기리기 위해 논문집을 간행할 터인데 거기에 축사를 써주었으면 좋겠다는 청탁의 편지였습니다. 저는 그 즉시 전주로 전화를 하였습니다. 저같은 사람에게 축사를 부탁하다니 分外의 영광이라는 것과 꼭 써드릴 터이니 날짜가 임박하면 다시 연락할 것을 부탁하고 전화를 끊었습니다.

그로부터 거의 한 해가 다 지나갔습니다. 엊그제 독촉의 편지가 왔습니다. 정신이 번쩍 들었습니다. "아이구머니 세파에 쫓겨 최형의 일을 깜빡했구나." 저는 허둥지둥 책상머리에 앉아 최형과의 사귐을 되돌아 보았습니다.

참으로 싱겁디 싱거운 교분입니다. 그렇지만 '君子之交는 淡如水'라 했던가요? 70년대 중반입니다. 서울대학교가 관악캠퍼스에 자리를 잡은 첫해이었던 것같습니다. 우리는 그 전에는 학회같은 데서 만난 적이 있었고 서로 대화를 나누기도 하였습니다. 그러나 그때까지는 그냥 그렇게 국어학을 하는 동창쯤으로 여기기만 하였습니다. 그런데 1975년 가을 어느날 서울대학교 관악캠퍼스의 제 연구실을 최형이 찾아왔습니다.

"어이쿠 최 선생님 오랜만입니다. 어인 걸음이십니까? 저를 찾아주시다니?"

저는 반가움 반, 놀라움 반으로 이렇게 인사를 드렸습니다.

"심형 내가 뭐 못 올 데를 왔소? 너무 반가워하니 오히려 먼 사이 같구료."

최형은 이렇게 운을 떼더니 정말 모르느냐는 것입니다. 저는 무엇을 말씀하시는 것이냐고 되물었습니다. 그랬더니 최형은 껄껄 웃으면서 "우리가 동기란 말요. 동기." 이러는 것이 아니겠습니까? 동기동창끼리 이런 대화가 어떻게 있을 수 있겠습니까? 그러나 사실이 그러합니다. 서울대학교는 국문과가 둘이기 때문입니다. 하나는 문리과대학 국어국문학과이고, 또 하나는 사범대학 국어교육과입니다. 저는 문리대를 다녔고 최형은 사범대를 다녔습니다. 같은 해에 들어가 서로 어울릴 기회도 있었으련만 이상하게도 최형과 저와는 엇갈려 살며 학부생활을 마쳤기 때문에 그때는 서로 사귈 기회가 없었습니다. 그 뒤로 군대생활, 중·고등교사생활, 그리고 각기 대학원을 따로 다니면서 역시 사귈 기회를 기다리고 있었던 것 같습니다. 그리고는 학회 같은 데서 어물쩡 인사를 나눈 것 같은데 그때는 이미 그전부터 아는 사이였다는 착각을 하며 지내왔습니다.

그러니까 정확하게는 "우리가 동기란 말요, 동기."라고 최형이 일깨워 준 1975년부터 우리 사이에 이른바 교분의 역사가 시작되었습니다. 어느새 스물 다섯 해가 되었습니다.

그날 우리는 참 많은 얘기를 나누었습니다. 저는 촘스키 언어학이 새로운 방법론인 것만은 분명하지만 별로 매력을 못 느낀다고 하면서 서술어 중심의 통사론이 우리말 연구에는 더 좋겠다는 말씀을 드렸던 것 같고 최형은 저보다 더 많이 아시면서도 짐짓 모르는 척하고 제 말에 맞장구를 쳐주셨던 것으로 기억됩니다.

이렇게 우리는 공부 얘기를 하면서 사귀어 왔습니다. 세상에는 참으로 많은 종류의 친구가 있습니다. 자주 만나 어울리며 쌍소리, 욕지거리를 하면서 사귀는 친구. 대포 생각이 나면 찾게되는 술 친구, 아쉬운 때면 전화를 하는 친구, 별의 별 양태의 친구가 다 있습니다. 그러나 정확하게 말한다면 그런 친구는 노는 친구입니다. 그런데 최형과 저는 "노는 친구"는 아니었습니다. 우리는 "공부하는 친구"였습니다.

우리는 만나기만 하면 '文法' 얘기를 했고 '意味' 얘기를 했습니다.

그러던 어느날 최형은 문득 저에게 "國語意味論"을 같이 써 볼 생각
이 없느냐는 것이었습니다. 저는 그 무렵 "意味論序說"이란 책을 이
미 공저로 간행하였기 때문에 또 쓸 수는 없는 처지였습니다. 그렇
지만 최형은 분야를 달리해서 쓰면 되지 않겠느냐고 다그쳤습니다.
그래서 결국 1986년에 최형이 통사의미론을, 성광수 교수가 어휘
의미론을, 제가 일반화용론을 맡기로 하여 책을 내게 되었던 것입
니다. 저는 지금도 그 생각만 하면 '毛骨'이 '竦然'합니다. 두 분의
내용은 지극히 체계적이고 충실한데 제가 쓴 부분은 형편없는 날림
이기 때문입니다. 저는 분량을 채우지 못해 뒷부분에는 별도의 논
문 두 편을 어거지로 덧붙여서 겨우 책 꼴을 만들었던 것입니다.

　이렇게 우리의 대학동기동창으로서의 '交分'은 학문의 벗, 의미론
이라는 전공의 벗, 그리고 인생의 벗으로 이어졌습니다. 최형은 저
를 만나면 제 논문을 칭찬하며 좋은 '評'을 하여 주었습니다. 저는
비행기 태운다는 것을 알면서도 기분이 좋아서 최형을 좋아하게 되
었습니다. 그러나 저는 한번도 최형을 좋아한다고 표현하지도 못하
고 최형의 인품에 '感服'한다는 표정도 내지 못하며 지금까지 지내
왔습니다.

　가끔 최형은 당신의 지도담당 학생이 박사논문을 제출하였을 때,
저를 부릅니다. 같이 심사를 하자는 것이지요. 그러면 저는 '除百事'
하고 전주로 내려옵니다. 저는 호텔을 마다하고 최형집에서 바둑을
배우며 밤을 지샐 적이 있습니다. 바둑의 급수로 말하면 제가 아홉
점을 깔아도 아니됩니다. 그렇지만 저는 넉 점을 깔고 버티면, 최형
은 짐짓 모르는 척하며 상대하다가 두 세 집으로 제가 이기게 합니
다 .저는 그때마다 제가 이겼다고 어린아이처럼 좋아했지만 저는
"최형 참으로 무던하십니다. 저를 이렇게 아끼고 사랑해 주시다니."
이렇게 마음 속으로 외치면서 눈물을 가슴속에 숨겨 흘리곤 했습니
다. 저는 지금 이 글을 쓰면서 최형의 그 아름다운 마음씨를 이제
야 마음놓고 공개합니다. 제가 최형 집에서 밤을 지새는 것은 또
다른 이득이 있기 때문입니다. 여행 중에 빨래하기가 번거롭지 않

겠느냐면서 아침이면 새 양말을 내놓고 신으라는 것입니다. 저는 이 재미에 호텔을 마다하고 최형 집에서 묵곤 하였습니다.

이러한 '人間味'는 최형의 '學問世界'에서도 반영됩니다. 어떤 이는 말합니다. 최형의 '語源論'이 아카데믹하지 않다고요. 그러나 저는 그렇게 생각하지 않습니다. '아카데믹'이라는 것이 무엇입니까? 내용을 바로 알리는 것이 아닙니까? 그때에 흥미를 보태어 조금 "페다고직" 할 수도 있고 "저널리스틱"할 수도 있는 것이라고요. 그래서 저는 최형의 '意味論'과 '語源論'은 그 나름의 스타일을 확립한 것이라고 믿고 싶습니다. 그 스타일을 좋아하느냐, 또 인정하느냐 하는 것은 수용자의 취향일 뿐, 그 학문은 그 나름의 독자성을 갖는 것이라고요. 이러한 의미에서 최형의 '意味論'과 '語源論'은 대단히 "유니크"한 "스타일"을 창출한 것이라 믿고 싶습니다.

이제 이렇듯 유니크한 친구 학자 한 분이 정년을 맞으셨습니다. 스물 다섯 해의 교분을 생각해 보니 역시 꿈결같이 흘러간 세월입니다. 하루를 만났어도 천년처럼 긴 사연을 만드시는 분.

이제 '停年'도 '情年'으로 바꾸어 주위의 여러사람에게 세상사는 의미가 무엇인지를 '語源解說'하듯 씨뿌리며 다니실 모습, 눈에 선연합니다.

제가 이런 글을 축사라고 써도 되는 것입니까? 최형! 앞서거니 뒤서거니 저도 '停年'을 맞을 터인데 그때에도 또 제게 바둑 한판 두어 주시고 짐짓 두어집 쯤 지시면서 "아이쿠 내가 실수했어!"그 거짓말을 해주시기 바랍니다.

저는 지난 스물 다섯 해동안 최형의 '人品'과 '學問'을 바라보며 좋아하느라 나이 먹는 줄도 몰랐습니다. 이 자리를 빌어 비로소 감사의 말씀을 드립니다. 정말로 고맙습니다. 내내 '萬壽無疆'하소서.

2000년 12월 20일

우리말 사랑의 큰 나무 기리며
— 최창렬 교수 정년퇴임 기념시 —

김 태 자
(전주대학교 국어교육과 교수, 시인 · 수필가)

젊으신 날 어느 땐가
풋풋하던 청솔 내음으로

그 그늘에 쉬어 간
심지 어린 제자들

나무는 씨앗으로 새 생명
거듭거듭 나시더이다.

평생을 학계에
꼿꼿하신 蘭香으로

일념의 길을 본받아
터 잡은 후학들

말없이 꽃을 피우고 피워
은혜 갈무리하니이다.

깊고 끝없으신 연구
업적의 숲 등불로

원을 그리신 덕
자락 아래의 배움들

겨웁고 먼 길 걸으신
보람 돋게 하더이다.

온누리에 가멸진 우리말의 씨뿌리고
― 최창렬 교수님의 정년퇴임에 부쳐 ―

유 재 복
(문학박사, 아동문학가)

샛바람 따스한 입김 하나로
새 생명 움트는 봄날의 여명,
향기로 피는 산고의 꽃밭에서
가멸진 우리말 온누리에
새벽을 깨우며 동트는 아침.
언중들의 친근한 말벗이 되고자
감칠맛 나는 우리말 텃밭 하나,
자식처럼 소중하게 가꾸신 당신!

마파람 부는 들판에 서서
땀흘려 일구신 황무지 위에
소담스런 우리말의 씨를 뿌리고,
의미는 어원을 캐는 열쇠라는 믿음으로
뿌리에서 움돋아 잉태된 생명 하나
웅숭깊은 의미의 싹을 기르며,
호기심의 창문을 열어젖히고
차곡차곡 쌓은 연륜 상아탑 되고.

하늬바람 산들 부는 숲 속을 헤매다
떨기를 캐어든 심마니처럼,
주렁주렁 매달린 보람의 열매

바구니 하나가득 캐담으시고,
가슴 벅차오르는 감동으로 휘갑쳐
오묘한 말의 세계 한 땀 한 땀 뜨시니,
소록소록 절로 솟는 학문의 기쁨 속에
우리말 교육에 한 평생 바치시고.

높새바람 매서운 한겨울 추위에도
아낌없이 따순 가슴 나누어 주고
손수 챙겨 닦아 준 제자들의 앞길,
어원의 오솔길에 등불 밝히고
청아한 맵씨를 세상에 뽐내시니,
땀으로 세우신 정년의 기념비에
우리말 산책하는 아름다운 세계 하나
소롯이 아로새겨 바치옵니다.

차 례

崔昌烈 敎授 停年退任 論文集

※ 참고: 권병로 교수의 獻辭와 최창렬 박사 약력 부분은 제2부 논문 뒤에 있음.

제 1 부

서해 도서 방언의
형태통사적 비교 연구
— 고군산군도를 중심으로 —

권 병 로*

I

본고는 고군산군도에 있는 선유도와 어청도 지역 방언에서 나타나는 형태통사적[1] 특성을 밝히고 이를 서로 비교하여 두 지역간의 방언 차이를 확인하는 것을 목적으로 한다. 방언을 자료로 한 형태통사적 연구는 자료 수집의 어려움 때문에 아직 활발한 연구가 진행되지는 못한 형편이다. 본고도 자료 수집의 한계를 극복하지 못하였다. 본고에서는 자료의 수집을 위하여 따로 질문항을 선정하여 조사하지 않고, 민속 중심의 이야기 구술 자료를 중심으로 조사하였다. 예를 들면 그 지역의 풍물, 당제, 굿, 전성 등에 대하여, 제보자가 방언 조사임을 눈치채지 못한 상황에서, 자연스레 발화하도록 유도하였다.[2] 이렇게 조사된 자료는 질문항목을 선정하여 조사

* 군산대학교 국어국문학과 교수

1) 여기서 '형태통사적'이란 형태론적 특성과 통사론적 특성을 통합하기 위한 용어이다. 형태론적 특성과 통사론적 특성이 구분되어 논의되나 형태론과 통사론이 서로 긴밀한 관계에 있어서 그 구분이 분명하지 않은 경우도 있다. 따라서 본고에서는, 경우에 따라, 형태통사적이란 용어를 사용하여 형태론적 특성과 통사론적 특성을 동시에 기술하기도 할 것이다.

2) 이 자료는 군산대학교 박물관에서 1984년 선유도를 중심으로 조사한 풍물, 당제, 굿, 전설에 관한 녹음테이프를 활용하였다. 어청도는 필자가 1990.7-1991.8 사이에 조사한 방언을 토대로 하였다. 제보자는 정금용(64), 장유순(68)으로 이 자리를 빌어 감사드린다.

한 연구에 비하여 자료의 빈약성을 벗어나기 어렵지만 한편으로는 그 지역의 자연스러운 방언 자료를 볼 수 있다는 점에서는 가치 있는 일일 것이다.

본고는 두 섬지역의 형태통사적 특성을 비교하려고 하나, 이 지역의 모든 형태통사적 차이를 포괄하지는 못한다. 다만 이러한 연구가 드문 상황에서 이 논의가 이 지역에 대한 형태통사적 연구의 단초 역할을 담당할 수 있다면 그로 만족하고자 한다.3) 형태론적 특성으로는 어말 어미의 형태와 몇몇 접미사 형태에 대하여 주목하였다. 전자는 두 지역의 방언권이 서로 다른 것을 가장 쉽게 구분할 수 있었던 특성이고 후자는 단어형성의 층위에서 서로 상이한 단어 형성을 한 예를 보여 이들 지역이 통사적으로도 서로 다른 방언지역이었음을 확인하고자 하였다. 통사적 연구로는 격조사, 특히 처격, 여격 조사의 차이에 주목하였다. 부정소 '-덜'의 생산성 문제도 이 두 지역의 방언차를 보이는 한 예로 제시하였다. 그러나 본고에서는 문제의 해결이라는 측면보다는 문제의 제기에 더 역점을 두고 있어 이후의 논의에서 좀 더 면밀한 조사와 검토가 있어야 할 것이다.

II

본고는 두 지역의 어말 어미의 형태에 주목하고자 한다. 왜냐하면 어미 형태의 차이는 이 두 지역 방언이 서로 다르다고 느끼게 하는 요소이기 때문이다. 이러한 직관은 어청도 방언이 충청 방언권에 나타나는 어말 어미의 형태들이 빈번하게 관찰되어 선유도 방언이 전라 방언권에 속하는 것과 좋은 비교가 되고 있는 데 근거한

---

3) '전북방언의 특징과 변화의 양상(1992)'에서와 같은 종합적 연구는 주목할 만한 일이다. 이 연구에서는 전북방언의 음운, 통사, 의미 등이 망라되어 다루어져 있어 이 방언권의 방언적 특성을 종합적으로 이해할 수 있다.

다.4)

1)   표준어   선유도   어청도
   연결어미   -고   -고   -구
   상대존대어말어미 -요   -요   -유

어청도에서의 어말 어미들은 충청도 방언에서 나타나는 형태들이어서 이 지역이 충청도 방언의 영향권임을 알게 하는 요소들이다. 그러나 어청도에서 '-구, -유'의 형태들이 반드시 쓰이는 것은 아니다. 이들은 '-고, -요'형태와 함께 쓰이나 빈도에서 차이가 있을 뿐이다.

다음은 어청도에서 사용되고 있는 어미들인데, 이들은 충청도 방언과 형태가 같다.

2) 연결 어미   '-구'형   촌수가 머른 사람들 허구.
                             가차운 사람들은 모터구.
   어말 어미   '걸요'   가마타고 장가가고 그랜는걸요.
   어말 어미   '에요, 여요'   아녜요 다 자기 부하들이에요.
   어말 어미   '-응겨'형   유기오 전만 지내고 안 지냉겨.

'-응겨'에 해당하는 선유도 방언의 형태로는 어말 어미 '-것여'정도이나, 이 '-것여'가 '-응겨'자리에 동일한 의미로 대체될 수 있는지는 검토되어야 할 것이다. '-걸요'라는 형태도 선유도에서는 듣기 어려운 형태이다. 이 지역에서는 '-어요'정도의 형태로 대치시킬 수 있을 것이다. 어말 어미에 '-에요, -어요'의 형태를 보이는 것도 선유도 지역에서는 '아뇨, 다 자그 부하덜요' 정도로 대치될 수 있을 듯하

---

4) 다만, 이 차이가 통시적 음운현상에 근거한 변화형이라는 점에서는 음운론의 영역일 수 있으나 이들의 환경이 형태소 내부라는 점에서 통시적 음운변화는 이미 완료된 상태이고 이들이 형태부에 이미 입력된 것이라는 점에서 형태론의 대상으로 간주하고자 한다.

다. '-응겨'를 제외한 나머지 형태는 경기도 방언의 영향을 받은 것으로 간주되고 순전히 충청도 방언의 영향에 해당하는 것은 '-응겨' 뿐으로 판단된다. 그러나 이러한 형태들이 선유도 방언에서는 나타나기 어려운 예들이므로5) 이들 어말 어미 형태들을 기준으로 한 방언 경계도 비교적 선명한 경계의 의미가 있는 듯하다.

형태론적 차이를 알 수 있을 것으로 예상되는 접미사 형태들은 조사된 자료의 양이 부족하여 전체의 모습을 알 수는 없으나, 두 지역간에는 다음과 같은 차이를 볼 수 있다.6)

3)	표준어	선유도	어청도
a.	장구벌레	쪼부테기	종지레기
b.	어레미	얼멩이	어레미
	할머니(비)	할망구	할망구
	할아버지(비)	하래비	하라방구
		하랍씨	
	이삭	이스락	이삭
	지렁이	거시랑	거이
c.	무릎	물팍	무루팍
	지느러미	날개	날개미
d.	허리띠	허리끈	허리띠
	공기	공기받기	공기놀이
		공기치기	

표준어 장구벌레 형에 해당하는 방언형은 선유도와 어청도가 동일한 음절 구조를 가지고 있으나 전혀 별개의 형태이다. 어레미 형

---

5) 설령, 사회언어학적 태도를 고려한다 하더라도, 선유도 방언 화자들이 이런 형태들을 격식적 발화형으로 선택하지는 않을 것으로 판단된다.
6) 형태론의 본령이 단어형성이라는 점에서 접미사의 형태에 대한 면밀한 관찰은 방언 형태론의 중요한 연구 대상인데도 사실상 이를 위한 방언 조사의 방법이 만만치 않음을 지적할 수 있다. 본고에서는 두 방언간에 개괄적인 차이만을 언급하는데 그치고 이후의 논의들에서 면밀한 검토가 있을 것으로 기대한다.

에서는 접미사의 형태가 서로 다른 모습을 보인다. 이는 선유도 방언에서 명사 파생 접미사로 '-앙이/엉이'가 선택되어 '얼레ㅁ-+-앙이/엉이'의 결합이 이루어지고 이들이 축약의 과정을 겪어 현재의 방언형이 만들어진 것으로 보인다.7) 할머니, 할아버지의 비칭에 대한 형태에서도 어청도는 동일한 접미사 형태 '-앙구'를 확인할 수 있으나 선유도에서는 할아버지의 비칭에 다른 접미사가 사용되어 차이를 보인다.8)

```
4)    선유도          어청도
    할ㅁ-+-어니    할ㅁ-+-어니
        +-앙구          +-앙구
    할아ㅂ-+-어지   할아ㅂ-+-어
        +-씨            +-앙구
        +-이
```

'어레미, 이삭, 지렁이'에 해당하는 형태들에서 이러한 차이가 주목된다.

```
5)    선유도          어청도
    얼ㅁ-+-엉이    어레ㅁ-+-이
    이ㅅ-+-으락    이ㅅ-+-악
    거ㅅ-+-이랑    거-+-이
```

---

7) 이와 같은 축약의 과정은 '무릎'형 방언에 대해서도 동일한 현상을 보인다. 즉 선유도 방언에서는 '물팍'으로, 어청도 방언에서는 '무르팍'으로 나타나는 차이를 보이는데 그 원인이 바로 축약 과정의 유무가 그러한 방언차를 가져온 원인이 된다.

8) 선유도 방언에서 할머니 형에 대한 '할망구'가 가능한 것에 비해, 할아버지 형에 대해 '할아방구'가 불가능한 것은 언어내적인 데 원인이 있는 것이라기 보다는 언어 외적인 문제인 듯하다. 즉 할머니는 비칭이 가능하나 할아버지는 낮추어 말할 수 없다든가 하는 것이 그 기준이 될 수 있는데 두 지역에서 상이한 출현이 가능한 이유는 아직 알 수 없다.

선유도의 "이스락, 거시랑"은 모두 '-으락', '-으랑' 접미사 형을 선정할 수 있을 것인데 후자의 경우는 치찰음화를 경험하고 전자는 경험하지 않은 것은 단어 형성의 시기가 서로 상이할 수 있음을 나타낸다. 이것은 어청도에서도 마찬가지로 "이삭"에는 ㅅ이 살아 있으나 "거이"에서는 'ㅅ'이 사라져 버린 차이를 볼 수 있다. 이들 접미사 형태의 차이를 파악하기 위해서는 따로 항목을 선정하여 조사하여야 할 것으로 보인다. 그리고 '허리띠, 공기'에서의 차이는 접미사 형태의 차이가 아니라 복합어 형식의 문제여서 이들은 접미사 형태와는 다르게 다루어야 할 것이다. 왜냐하면 복합어의 형성에는 각각의 요소들에 대한 의미를 확인할 수 있을 뿐만 아니라 이들이 자립성을 보이므로 이들이 서로 교체될 수 있는 가능성은 접미사 형태보다 더 많은 것 같다.

형태상의 차이를 보이는 것으로 우리가 주목할 처격, 여격조사의 형태를 비교해 보기로 한다.

```
(6)    표준어         선유도           어청도
  a. 에           으, 이            에
                으가, 이가         에가
     에다         으다, 이다        에다
     에다가       으다가, 이다가    에다가
  b. 에게         게, 기           게
```

우선 선유도에서의 처격 조사의 예를 보면 위에서 제시한 형태들이 동등한 기능을 가진 것은 아님을 알 수 있다. '으'와 '이'는 음운론적 조건에 따라 달라지는 것으로 보여 이들은 음운론적 이 형태의 관계로 해석할 수 있다.

```
7) a). 으 : 장인 어른 감옥으(*으다, *으가, *으다가) 가믄 죽으니까
       으다 : 그 욱으다 (으, *으가, 으다가) 가마니 올려 놓고.
             고기를 잡으믄 땅으다 (으, *으가, 으다가) 먼저 바치고.
```

거그 땅으다가 (*으, *으다, *으가) 사람들어갈 화관을
파거든요.
그 당으다 (으, 으다, *으가) 모셨어요.
이가 : 그 산 밑이가 (으, *으다 *으다가) 요러케 생긴디가 있어.
으다가 : 백사장으다가 (으, 으다, *으가) 글씨를 새겼어.
으가서 : 거그가서 (으, *으다, 으가) 밤나무가 많이 있어요.
b). 기로 : 내기로 바서는 계부님이지
게로 : 그사람에게로
기가 : 내기가 도착이 안 되얐어요.
c). 기다가 : 조상들기다가
조선왕기다가 기별허기를

우리가 주목하고 있는 것은 특히 선유도 지역의 형태들이다. 7) a와 b는 각각 처격 조사와 여격 조사의 예들이다. 어청도의 처격 조사 형태는 표준어와 차이를 보이지 않는데, 선유도의 경우는 그 형태가 상당히 다르기 때문이다. 순수한 처격의 의미를 지니는 '으, 이'는 '으다, 으가, 으다가'로 교체될 수 없는 것으로 보아 처격 조사 '으'에 붙는 '다, 가, 다가'는 각각의 의미를 지닌다고 할 수 있다. 그러나 '으다, 으가, 으다가'가 '으'로 교체될 수 있는 것은 이들이 원래는 각각의 의미 기능을 하고 있으나 그 의미 중, 처격 조사의 의미로 통합되었을 가능성을 확인할 수 있다.

위에 제시한 예들로 본다면 처격의 기능을 가질 수 있는 형태는 '으, 으다, 으다가'로 구분할 수 있다. 이들 중 원래의 처격 조사는 '으'로 볼 수 있다. 그렇다면 '으다'와 '으가'의 의미는 무엇인가. 우선 이태영(1983)에서는 전북 방언의 격조사를 살피는 자리에서 "가-"동사의 문법화로 인하여 '가'가 격조사화 한 것으로 보고 있다. 그 밖에 "에, 에가, 에다, 에서"의 의미를 각각 이동 동작의 목표점, 존재 상태의 처소, 행위의 목표점, 이동 동작의 기점 혹은 행위가 이루어지는 처소 등으로 보고 있다. 이러한 해석은 선유도라고 해서 크게 달라지지는 않을 것으로 보인다. 다만 이들이 각각 그 나름의 의미 기능을 가지고 있음에도 불구하고 어떤 경우에는 교체될 수

있다는 점이다. 이들을 위하여 이들의 통사 구조를 확인하기로 한
다.

    8) 으   : 주어 처소를 나타내는 명사구(이하 처명) 서술어
       으다   : 주어 처명 목적어 서술어
       으가   : 주어 처명 서술어
       으다가 : 주어 처명 목적어 서술어

   위의 통사 구조는 '으'와 '으가'가 같은 통사 구조를 갖고 '으다'와
'으다가'가 같은 구조를 가짐을 알 수 있다. 그렇다면 통사적으로 우
선 '으'계와 '으다'계의 처격 조사를 상정할 수 있고, '으가'와 '으다
가'는 그 기능이 위의 두 계열에 종속되는 것으로 볼 수 있다. 우선
'으'와 '으가'의 차이를 보자.

    9) 장인이 감옥으 가믄
       *장인이 감옥으가 가믄

        사오가 군산으 살고
        사오가 군산으가 살고

        이것이 백원으 얼매요
       *이것이 백원으가 얼매요

        광어가 물속으 있으믄
        광어가 물속으가 있으믄

   위의 예에서 볼 수 있듯이 '으'는 [+place] [+concrete] 에 두
루 쓰이나 '으가'는 [+concrete] 에는 쓰일 수 없을 뿐만 아니라
[+place] 에서도 후행하는 서술어가 존재나 상태를 나타내는 경
우에만 사용된다. 그러므로 '으'가 '으가'로 대체될 수 있는 경우는
처소 중에서도 존재 상태를 나타낼 때만 가능하다고 할 수 있다.

이제 '으'와 '으다'의 차이를 살펴보기로 하자. 이미 앞에서 언급한
바와 같이 '으'와 '으다'는 그 통사적 구성이 서로 다르다. 그러므로
통사적 차이에도 불구하고 서로 대체될 수 있는지 여부와 그 의미
를 비교해 보기로 한다.

10) ××가 그 욱으다(으) 가마니를 올려 놓았다
    ××가 땅으다(으) 고기를 바쳤다
    ××가 땅으다(으) 위패를 모셨다
    광어가 물속으(*으다)있다.
    이것이 백원으(*으다)얼매요

'으가'와 '으'의 의미 기능 중 일부를 담당할 수 있었듯이 '으다'도
'으'의 의미 기능 중 일부를 담당하는 것으로 보인다. 특히 '으다'는
NP를 둘 필요로 하는 서술어와 공기한다는 통사적 특성과 반드시
선행 체언의 대상 명시성이 두드러지는 것 같다.
'으다'와 '으가'는 통사적 공기성이 서로 다르나 공통적으로 '으'의
의미 기능을 부분적으로 담당하고 있다는 점에서 서로 닮았다. 물
론 '으다가'라는 형태가 있어서 '으다'와 '으다가'는 서로 그 기능이
검토되어야 하나 이들은 잉여적인 기능을 담당할 수 있다는 점이
다.

11) ××가 그 욱으다(으다가) 가마니를 올려 놓았다
    ××가 땅으다(으다가) 고기를 바쳤다
    ××가 당으다(으다가) 위패를 모셨다

'으'와 '으다', '으가'가 그 기능상의 차이 때문에 서로 대체되는 것
과 대체되지 않는 것으로 나뉘었던 점과는 달리 '으다'와 '으다가'는
서로 대체가 언제나 가능하다는 사실을 주목해야 할 것이다. 이는
'으다'와 '으가'가 서로 그 통사적 특성은 다르나 의미 기능은 같을
수 있음을 암시하는 것이다. 그러나 '으다' 뒤에 '가'는 붙을 수 있으

나 '으가' 뒤에 '으다'는 결합할 수 없는 것으로 보아 '으다'의 성격이 '으가'보다는 명시적이라고 할 수 있다. 또한 '으다'의 생성이 '으가'의 생성보다 선행한다고 할 수 있다. 이는 '으가'가 '가다'의 문법화9)로 설명이 가능하나 '으다'는 그 출발점을 전혀 알 수 없는 굳어진 형태임을 상기할 수 있다. 결국 우리는 선유도의 처격 조사는 전북 방언의 공통적 특성을 크게 벗어나지 않는다고 말할 수 있다.

어청도의 경우는 선유도에 비해 표준어적 성격이 강한 편이다. 다음의 예들이 그를 입증하고 있다. 아래의 예들은 각각 선유도의 처격, 여격에 해당하는 것들이다.

12)   a. 에
            지방에는 공장지대가 별반 없어서
            보령군 오천에 큰 거시기가 있었데요
            저 위에 당산이 있지 않습니까
            집에를 잘 안 들어 가요
            고 안에 가믄 옹달샘이 있습니다
            거기에는 산신제를 모셨어요
       b. 에다
            교실다가 식장 하나 채리고
            그런 배에다 양곡을 시꼬서
            나무에다 무꺼 놔써써요
       c. 에가서
            고 위에 가서 집 한카니 이써요
       d. 에게
            이장님에게 무러 보세요

위의 예들을 통해서 우리는 선유도의 처격 조사와 어청도의 처격 조사 간에는 상당한 차이가 있음을 알 수 있다. 특히 선유도의 '으가'형이 어청도에서는 나타나지 않는다는 점은 주목할 만하다. 이는

---

9) 방언의 문법화에 대한 연구는 이태영(1984, 1988)을 들 수 있다. 이 논문들에서도 처격 조사의 문법화 과정이 상세하게 논의되어 있다.

전북 지역에서는 '으가'형이 처격 조사로 가능하나 어청도 지역에서는 전북 방언의 성격을 갖지 못하여 '으가'가 격조사로 쓰이지 못한다는 점을 반영한다. 12) C의 '에 가서'는 선유도의 '으가'와 비교될 수 있는 예이다. 우리는 앞에서 '으다'와 '으가'를 비교하면서 '으다'형이 더 기원적이며 의미 기능도 더 명시적임을 말하였다. 이는 어청도 지역의 처격 조사에서도 '에다'형은 존재하나 '에가'형은 드문 것으로 보아 우리의 가설이 타당성을 지님을 확인 할 수 있을 것으로 보인다.

선유도와 어청도가 멀리 떨어져 있고, 그 방언적 속성은 전라북도와 충청남도의 방언 구획으로 나뉨을 이미 보았다. 여기서는 통사적 특성 중 부정문 '덜'의 쓰임에 대해 살펴 보기로 한다. '덜'은 이른바 부정문을 만드는 보문자로서 중세 국어의 '둘'과 비교되는 것으로 중앙어의 경우는 '지를'로 변화한 것이다. '덜'형태는 우리가 예상하는 것과 같이 선유도에서 비교적 생신적으로 쓰이나 어청도에서는 잘 쓰이지 않는 형태이다. 다음 예들은 선유도의 예들이다.

13)　a. 정부에서 쓰덜 모디게
　　　　가 보시덜 모더요
　　　　정부에서 허덜 모더게 헌당게요
　　　　여그서 군산을 잘 맘대로 가덜 못혔어요
　　　　내가 바더 보들 못혔어요
　　　　물이 빠져도 거까지 빠지덜 못허죠

　　　　b. 우리 한국이 쌀이 제일 좋덜 않습니까.
　　　　고기를 잡어도 먹들 안혀
　　　　본인 자손들도 쓸라고 허들 않고요

13) a의 예들은 선행절을 부정하기 위해서 보문자 '덜(들)'을 사용하여 부정소 '못'과 공기하고 있는 예들이며 13) b는 부정 '않'과 공기하는 예들이다. 이에 비해 어청도 지역에서 이들 부정문은 '지

못' '지 않'으로 나타난다. 이들의 통사 의미적 기능은 크게 차이를 보이는 것 같지는 않다.10)

　다음은 선유도에서 생산적으로 사용되는 허사들의 예이다. 어청도에서 이들 허사가 사용되지 않는 것은 아니나 그 빈도가 선유도가 훨씬 생산적이어서 이들도 두 지역을 비교할 수 있는 대상으로 간주한다.

　14) 그냥 : 저이는 지관을 안 대고 그냥 땅그소 들어가는 디만 지관
　　　　　　을 대서
　　　　　　이러케 양 골리고 골라서 빈소를 허는디
　　　　　　기양 할아버지는 기양 모시고
　　　　　　경찰들이 재촉을 허기 때매 막 걍 그 자리다 걍 지반
　　　　　　잡을 시간도
　　　　　　읍씨 그 자리다 걍 흐그로 걍 묘를 맨드렀단 마료.
　　　　　　진송장 가트므는 아무때나 양 파도 되는디
　　　조금 : 합장허는 것이 자손들헌티는 쪼끔 도움이 돼요.
　　　좀 　: 나는 좀 잘 몰라요
　　　인자 : 인자 그 거시기가 인자 그 산운이 안 맞은다치믄 인자
　　　　　　그 죽운 사라미 땅소그 드러가지 못 허게 되야 있거등요.

　허사 '그냥'의 형태는 선유도에서는 매우 다양한 형태로 나타난다. '그냥, 기냥, 기양, 걍, 양'이 그것인데 이들은 화자의 발화 상태에 따라서 화자가 심리적으로 격앙된 상태인 때는 '양'쪽으로 발화하는 경향을 보이고, 발화 속도가 느린 경우는 '그냥'쪽에 가까운 것으로 보인다. '그냥'에서 '양'까지의 음운상의 변화는 위에 제시한 순서에 입각하는 것으로 보인다. 물론 '그냥'이 부사로 쓰일 때는 형태의 변

____

10) '-덜'은 전북 방언에서 일반적으로 나타나는 형태로 대체로 선유도 방언도 전북 방언권에 속하는 형태와 기능을 갖는다고 일반화할 수 있을 것이고, 어청도 역시 충청도 방언권의 특성을 보유한다고 볼 수 있지만, 두 지역은 도서 지역이라는 특수성을 가지기 때문에 여전히 그 지역만의 특성을 가질 가질 것으로 판단된다.

화가 심하지 않다. 그러나 허사로 쓰이는 경우는 '양'쪽에 가까운 형태적 특성을 보이고 있다는 점을 주목할 수 있다. '조금'과 '좀'의 경우도 조금이 원래의 부사적 의미로 쓰일 때에는 / 쪼끔 / 형을 취하나 '쯤, 좀'형을 취할 때는 적어도 부사의 기능을 벗어나 있다고 할 수 있다. 거기에 비하면 '인자'는 부사와 허사의 구분이 오직 통사적 쓰임을 살피어야만 알 수 있는 예이다. 어청도 지역에서 '조금'과 '인자'는 비슷한 양상을 보인다. 다만 '인자'의 형태에 있어서 어청도는 '인저'나 '인제'형이 더 많다는 점과 '조금'의 부사형이 그냥 '조금'형을 유지하는 경우가 많다는 점을 간과할 수 없다.

III

 우리는 지금까지 고군산군도에 위치한 선유도와 어청도 지역간의 방언적 차이를 형태통사적 측면에서 고찰하였다. 모름지기, 형태통사적 차이를 알기 위해서는 세부적으로 주제를 선정하여 그에 따른 조사 항목을 결정하고, 치밀한 조사와 그 결과를 비교하여야 할 것이나 우리는 그 이전의 단계로서 화자들의 일상적 발화에서 나타나는 형태통사적 특성을 비교하고자 하였다. 따라서 조사상의 한계로 인한 자료의 빈약함을 면할 수 없었다. 그러나 일상적 발화를 통해서 볼 때 이 두 지역은, 지리적으로 서로 떨어져 있어서 공시적 통시적으로 별개의 방언권이지만, 한편, 서로 영향을 받고 있음을 확인할 수 있었다. 우리는 이제 지금까지의 내용을 요약하여 다음과 같이 그 결론을 대신하고자 한다.

 1.
 어말 어미의 형태는 선유도와 어청도가 서로 상이하다. 선유도에서는 '허고' '-요' 등의 형태를 갖는데, 어청도 지역은 충청 방언의 영향으로 '허구' '-유' '-걸유' 등의 형태를 보인다.

2.

접미사 형태도 두 지역에서 서로 상이한 특성을 보인다. 그러나 이는 우리의 논의만으로는 일반성을 제시하기는 어려우며 더 많은 항목을 선정하여 그 일반성을 확인해야 할 것이다.

3.

통사적 측면에서 처격 조사의 형태와 기능에 주목하였다. 여기서 선유도의 처격 형태에 '으, 으다, 으가, 으다가' 등이 있음을 확인하였다. '으'와 '으가'는 그 통사적 구조가 동일하며 '으다'는 이들과 달리 두 개의 NP를 필요로 한다. '으가'와 '으다가'는 각각 '으'와 '으다'에 의미를 한정하는 역할을 하는 것으로 판단된다. 어청도 지역에서 이들은 '에, 에다'정도로 대체된다. '에가'의 형태가 있을 법한데 아직 이러한 쓰임은 일반적이지 못하다. 즉 이른바 '가다'동사의 문법화에 따르는 격조사 '가'는 선유도에서는 일반적이나 어청도에서는 그렇지 못하다.

4.

마지막으로 우리는 부정문을 형성하는 보문자 '덜'에 주목하였다. 선유도에서 '덜'은 선행절 전체를 부정하는 보문자로 기능하나 어청도에서는 이들이 '지 를'로 나타난다. 이 '덜'이 중세국어 '둘'의 변화형이라면 선유도와 어청도는 그 음운 변화가 서로 상이한 지역인 셈이다. 또한 이른바 허사의 쓰임에서 선유도는 부사 '그냥'이 허사로 기능 하는 양상을 보인다. 특히 이들이 허사로 쓰일 때에는 그 형태의 변화가 다양하다. '그냥〉기냥〉기양〉걍〉양' 등이 그것인데 '양' 쪽에 가까워질수록 허사로의 쓰임에 적절하다.

위에 제시한 형태통사적 특성은 이 두 지역을 구분하기 위한 충분 조건을 충족시키지는 못한다. 다만 이들은 두 지역을 변별하기 위한 필요 조건의 일부를 담당하는 셈이다. 우리는 이러한 논의를 바탕으로 이 두 지역에 대한 면밀한 논의를 전개할 수 있을 것이라 기대한다.

참 고 문 헌

고려대 민속 언어 조사단(1971), 비금도 민속 언어조사보고, 『어문논집』
　　　　13,14,15,17.
곽충구(1995), 「언어분화에 따른 단어의 형태분화와 음운변화-'빨'와 '부수'의
　　　　경우」 소곡남풍현선생회갑기념, 『국어사와 차자표기』, (태학사).
권병로(1987), 「무풍지역어의 음운론적 연구」, 전북대 박사학위논문.
권병로(1988), 「무풍방언의 음운 변화에 관한 연구」, 군산대『어학 연구』제
　　　　6집.
김계곤(1980), 「경기도 관할의 서해도서 방언」, 『한국방언학』(한국방언학
　　　　회)1.
김완진(1971), 「음운현상과 형태론적 제약」, 『학술원논문집』10.
박경래(1994), 「충북방언의 움라우트에 대한 사회방언학적 고찰」, 『개신어문
　　　　연구』10.
박희석(1988), 「현대 독어의 언어 변이 양상에 관한 연구」, 서강대 박사학위
　　　　논문.
배주채(1997), 「전남방언의 상대높임법」, 『언어학』5.
소강춘(1986), 「전북방언의 공시적 언어분화에 관한 연구」, 전북대 박사학위
　　　　논문.
이기갑(1986), 「전라남도의 언어지리」, 국어학 총서11, 서울대 박사학위논문.
이기문(1972), 「국어음운사연구」, 『한국문화연구총서』13.
이병근(1976), 「파생어 형성과 i역행동화 규칙들」, 『진단학보』42.
이병근(1997), 「공흥방언의 장형부정문」, 『애산학보』20.
이숭녕(1950), 「덕적군도의 방언 연구」, 『신천지』5·6
이승재(1977), 「남부방언의 원순모음화와 모음체계」, 『관악어문연구』2.
이태영(1983), 「전북방언의 격조사 연구」, 전북대 석사학위논문.
장태진(1975), 「해안 도서 방언의 언어·사회학적 연구-어명 어휘를 중심으
　　　　로-」, 『조선대 논문집』73.
장태진(1981), 「국어사회학 연구」, 『과학사』.
전광현(1976), 「남원지역어의 어말 '-U형' 어휘에 대한 통사음운론적 고찰」,
　　　　『국어학』4.
정승길(1997), 「제주도 방언 어미의 형태음소론-인용어미를 중심으로」, 『예
　　　　산학보』20.

정익섭(1958), 「흑산도 방언 소고」, 『전남대 논문집』2.

최명옥(1980), 「경북 동해안 방언 연구」, 『민족문화총서』 4, 영남대출판부.

최명옥(1994), 「경상도의 방언구획 시론」, 『우리말의 연구』, (우골탑).

최전승 외(1992), 「전북방언의 특징과 변화의 방향」, 『어학』19, 전북대 어
　　　　　　학연구소.

최전승(1983), 「표면음성 제약과 음성변화-어간말 이중모음 'iy'의 통시적
　　　　　　발달을 중심으로-」, 『국어교육』 44·45.

최전승(1989), 「국어 움라우트 현상의 기원과 전파의 방향-19세기 후기와
　　　　　　20세기 전기 국어 방언을 중심으로」, 『한국언어문학회』27,
　　　　　　(한국언어문학회).

한국정신문화연구회 편(1980), 『한국방언조사질문지』.

한국정신문화연구회 편(1987), 『한국방언자료집』(전라북도 편).

Chambers & Trudgill(1980), *Dialeology*, Cambridge.

Chomsky, N(1965), *Aspects of Theory of Syntax*, Cambridge, MIT.

Hudson, R,A(1980), *Sociolinguistics*, Cambridge.

J.Goossens(1977), *Deutsche Dialektologie*, Berlin.

Strauass,S,L(1980), *How Abstract is English Morphology*, Glossa.

국어 문법의 첨가어적 접근

김 상 대*

1. 서 론

국어의 언어 유형론 문제와 관련하여 두 가지 과제가 제기될 수 있다. 하나는 국어가 어느 유형에 속하는가 하는 것이며, 다른 하나는 국어 구조의 실제 기술에서 얼마나 해당 유형의 관점 혹은 이론이 존중되는가 하는 것이다. 첫 번째 과제에 대해서는 별 이견이 없는 듯하니, 국어가 첨가어에 속하는 것으로 간주하는 것은 이제 거의 상식처럼 되었다. 그러나 엄밀히 말하면 이는 아직 가설의 단계를 완전히 벗어나지는 못한 상태라고 할 수 있으며, 그만큼 국어의 첨가어적 특성에 대해서는 우리 학계에서 본격적인 연구가 이루어지지 못한 채 더 해명해야 할 문제들이 산적해 있는 것이 사실이다. 그러면서도 여러 단편적 기술을 통하여 국어의 구조적 특성은 역시 첨가어 이상으로 밀접하게 관련되는 유형은 없다는 사실에 동의하는 입장이다.

두 번째 과제로 우리가 도모하는 국어의 기술에서 어떤 유형의

---

* 아주대학교 국어국문학과 교수

언어를 근거로 발달한 이론이 주로 원용되는가 하는 점에 대해서는 논란의 여지가 많을 듯하다. 국어가 첨가어에 속하는 것을 인정한 다면 그 기술에서도 첨가어적 특성이 존중되어야 하는 것이 당연하다. 그러나 자연언어는 그것이 어떤 유형에 속한다고 해서 온전히 그 한 가지 속성으로만 이루어졌다고 보기 어려운 바가 있으며, 따라서 국어에도 고립어적 특성이나 굴절어적 특성 등 비첨가어적 특성이 더러 확인될 수도 있다. 이는 고립어나 굴절어의 경우에도 마찬가지다. 여기에 언어 기술의 기본적 자세에서 혼란이 야기될 소지가 있다. 그러나 국어는 가급적 첨가어적 특성이 존중되는 혹은 적어도 그런 특성이 무시되지 않는 방향에서 기술되는 것이 바람직하다. 다만 첨가어적 특성으로는 도저히 설명할 수 없거나, 이런 설명 방식보다는 비첨가어적 특성으로 설명하는 것이 훨씬 효과적일 경우는 예외적으로 다룰 수 있을 것이다. 이런 예외적 현상은 국어의 구조적 다양성을 이루는 요인으로 간주하여 굳이 배척할 필요는 없으나, 그 비중의 정도에 따라서는 새로 국어의 언어 유형 문제를 제기할 소지가 있을 수 있다.

주지하다시피 그 동안 국어의 문법적 기술은 전적으로 서구 이론에 의존해서 이루어졌다. 여기서 서구 이론이란 곧 언어 유형상으로는 굴절어 위주로 발달한 이론을 의미한다. 이런 방식의 기술이 도처에서 첨가어의 특성과 마찰을 일으키는 것은 불가피한 것이며, 이런 문제 의식은 국어 기술 방식을 근본적으로 되돌아보게 한다. 본고는 이런 인식에서 몇 가지 문제에 대하여 첨가어의 관점으로 다시 접근해 보려는 것이다.

2. 주격 조사와 목적격 조사의 기술 방식

국어의 첨가어적 현상에서 체언과 격조사가 결합하는 것은 용언과 서술보조소(어미)가 결합하는 것과 함께 매우 큰 비중을 차지한다. 그리하여 학계에서는 격조사에 대하여 많은 연구가 이루어졌고, 그 문법적 처리나 기술 방식도 변화를 거듭하며 발전하여 최근에는 서정수(1994)에서 정리된 방식이 대체로 인정되는 듯하다.

> (1) 식구가 수박을 먹고 있다.
> (2) 서울에서 사는 우리 식구가 내가 사온 수박을 먹고 있다.

  서정수(1994 : 368)는 (1, 2)에서 밑줄 친 부분이 각각 주어와 목적어의 기능을 보인다고 기술하고 있다. 여기서 주목되는 것은 의도적으로 격조사 '가, 을'을 제외하고 그 앞의 명사구만이 주어와 목적어 등의 성분을 이루는 것으로 다루고 있는 점이다.1) 이는 밑줄 친 부분이 각각 주어와 목적어의 기능을 하는 실체로서 소위 주체와 객체일 뿐만 아니라, 그 자체로서 문장에서 주어와 목적어의 기능을 하는 형식을 완벽하게 이루는 것으로 보는 것을 의미한다. 이들에 연결된 '가'와 '을'로 말하면 선행 명사구에 주어와 목적어의 기능을 부여할 필요도 없고 그런 힘도 가지고 있지 못한 단지 '딱지'와 같은 공허한 형식적 요소 혹은 잉여적 존재에 불과하다는 것이다.2) 정말 그렇다면 기능 표지에 속하는 것으로 기술하고 있는 형

---

1) 서정수(1994:165f)는 나무꼴 그림(tree diagram)과 범주 표시 괄호 (labelled brackets) 등 구 표지에서 〔주어 표지 따위는 표시하지 않았다〕, (주어 표지는 번거로움을 줄이려고 나타내지 않는다)고 괄호 속에 주를 달아 주어 표지를 배제한 사실을 밝히고 있다.

2) "기능 표지는 각기 앞말의 기능을 형태적으로 표시하는 구실을 한다. 앞말이 주어나 목적어의 기능을 지닐 때에 그것을 겉으로 드러내는 형태라는 것이다. 다시 말하면 기능 표지가 덧붙어서 비로소 앞말이 그 기능을 가지게 되는 것이 아니라, 이미 구문론적 관계에 따라 주어나 목적어의 기능을 가진 앞말에 덧붙는 표면적 '딱지'라는 것이다. 그전에는 이런 사실을 거꾸로 생각하여 표지가 앞말의 기능을 결정하는 요소로 잘못 이해하는 일이 있었다. 그러나 우리가 보기에는 이 형태는 완전히 앞말이 지니는 주어나 목적어로서의 의미, 또는 문맥이나 환경에 따라 선행어가 지니는 것으로 해석되는 의미를 그대로 반영하고 있을 뿐이다. 그 자체의 고유한 의미는 가지지 않는 형식적 '딱지'일 따름이다. 실물에 붙이는 '딱지'가 그 실물 자체

태소들은 그 상위 범주로 내세우는 문법 범주에도 속하기 어려울 것이다. 문법 범주는 명사구 등 문장의 내용 성분에 문법적인 기능을 부여하여 문법적 특질과 기능을 드러내게 하는 구실을 하는 것이기 때문이다. 기능 변환소, 의미 한정소, 접속 기능소, 서술 보조소 등 구체적 기능이 인정되는 여타 문법 범주들을 제쳐놓고 유독 이들 알맹이 없는 빈 껍데기를 '기능 표지'(function marker)로 명명하는 것은 적절치 못하며, 차라리 '비기능표지'라 하는 것이 더 적절하고 '딱지'의 취지와도 어울릴 듯하다. 실물에 부착되는 기능 표시 쪽지와 달리 언어 기술에서 기능 표지라 하면 쓰이기 전과 달리 그것이 쓰임으로써 어떤 기능이 추가되는 것을 의미하는 것이 일반적이다. 딱지란 현실 세계(실물)에 대한 언어적 명명에 불과하나, 기능 표지란 형식적 명명 이상의 어떤 언어적 조작으로서 이들을 혼동해서는 안 될 것이다. 실물에 딱지를 붙이거나 실물에서 딱지를 떼거나 그 실물의 기능은 하등의 영향도 받지 않으나, 명사구의 경우에는 기능 표지의 첨가 여부에 따라 다소간의 혹은 심대한 영향을 받을 수도 있는 것이다.

우리는 여기서 이런 기술 방식 자체의 옳고 그름 혹은 낫고 못함을 가리려는 것이 목적이 아니다. '가'나 '을' 자체의 존재 가치를 이론적으로 탐구해 들어가다 보면 상반된 주장이 대립될 여지도 있으며, 그 어느 방식도 학문의 발전 과정에서 이바지하는 바가 있을 것이다. 우리가 이 문제와 관련하여 주목하는 것은 이런 설명 방식이 국어를 첨가어로 이해하는 입장에 정면으로 어긋난다는 사실이다. 국어의 첨가어적 특성에 대해서는 아직 깊은 연구가 이루어지지 못한 상태이나, 국어를 첨가어로 이해하는 입장은 국어에서 허사 혹은 허사적 용법이 매우 발달한 것을 첨가어적인 특성과 관련되는 것으로 이해하고, 이들이 문법 기제 중에서 가장 큰 비중으로 작용하는 것으로 간주함을 의미한다. 그리하여 국어의 품사는 일차

의 내용을 그대로 드러낼 뿐이고 그 딱지 자체가 실물의 의미를 결정짓지 않는 것과 마찬가지다." (서정수, 국어문법 p.777 '덧풀이')

로 실사(말)와 허사(토)로 크게 분류되며, 이들간의 유기적 관계에
서 문장 형성의 여러 절차가 이루어지는 것으로 이해한다. 이 점이
국어가 인구어와 판이하게 구분되는 것으로, 인구어 위주의 변형
이론에서는 전연 문제 삼지 못하는 부분이며, 또한 우리가 변형 이
론을 원용할 때 특히 주의해야 할 대목이기도 하다. 서정수(1994)
에서 격조사를 기능 표지라 하여 이들을 기저구조에서 배제한 것도
변형 이론의 영향임에 틀림없다. Chomsky(1965:68ff)에서는 구
범주 개념으로 문법적 기능 개념을 설명하는 방안이 제기되어, 문
장의 직접 거느림을 받는 명사구를 주어로, 그리고 동사구에 직접
거느림을 받는 명사구를 목적어로 설명하며, 이들을 각각 〔명사구,
문장〕, 〔명사구, 동사구〕로 도식화하였다. 그러나 구절구조 규칙은
본질적으로 어휘 형태소 중심의 문법 이론으로 국어와 같은 첨가어에
서의 문법 형태소의 작용을 기술하는 데 부적합할 뿐만 아니라 굴절
어의 문법 형태소에 대한 최소한의 기술에도 부족하여, Chomsky
(1986) 이후 핵 계층 이론의 발달로 이의 보완이 도모되었다. 어휘
형태소 중심의 규칙만으로는 문법 현상이 온전하게 기술될 수 없다
는 반성과 함께 문법 형태소에 대한 충분한 고려를 강조한 이러한
보편문법적 시각의 변화는 국어의 입장에서는 참으로 다행한 일이
아닐 수 없다. 그러나 이에 의해서도 아직 부사어 등 부가어
(adjunct)에 한해서 이런 방식이 적용되고 주격, 대격 등 국어의
구조에서는 더 중요한 문법 형태소들에 대해서는 이런 접근 방식의
적용이 배제된 것은 안타까운 일이 아닐 수 없다.3) 발달한 보편 문
법 이론의 수용과 극복 사이의 균형과 조화가 얼마나 중요하면서도
어려운 것인가 다시 한번 절감한다.

　국어 문장은 최초 구성으로 실사의 짝과 허사의 짝이 결합하여
한 쌍의 구성 요소를 이루는 것이 원칙이며 이런 구성 방식이 문장
성분의 기본형을 이룬다.4) 인구어는 어느 언어의 어떤 문장 성분에

---

3) 서정목(1998:288) 참조
4) 짝이란 개념은 단순히 임의의 두 개 중의 하나가 아니라, 상호 유기적 관계

서도 이런 대조적인 두 짝의 긴밀한 관계로 이루어진 '쌍'의 구조 개념을 적용시킬 수 없다. 그러나 국어에서 실사와 허사는 공히 문장 내에서는 독립적으로 쓰이지 못하는 외짝들이며, 반드시 상대방과의 결합을 기다려 완전한 한 쌍의 문장 성분으로 기능하게 된다. 즉 허사는 정적인 실사로 하여금 동적인 기능어로 역할을 할 수 있도록 하기 위해서 필수적으로 결합되는 것이며, 실사는 공허한 상태의 허사에 구체적 내용을 채워줌으로써 역동적 쓰임의 보람을 이루게 된다. 이렇게 볼 때 실사와 허사는 공히 상호 의존적이라 할 만하다. 흔히 실사는 자립적이며 허사만 의존적인 것으로 기술하는 것은 문장 밖에서의 정적인 상태를 두고 말하는 것이거나 아니면 이 또한 서구적 편견에 의한 것일 듯하다. 국어의 문장 구성에서는 어느 층위 어느 단위에서나 실사와 허사가 상호 융합하여 전체적으로 기능하는 것으로 이해하는 것이 첨가어의 기본적 관점이다. 이는 마치 음양 이론에서 음이 있는 곳에 항상 양이 따라다니고, 양이 있는 곳에 언제나 음이 따라감으로써 조화를 이루는 것과 같은 이치라 할 만하다.

이런 이치에서 국어의 명사구는 언제나 그와 융합할 허사로서 적절한 조사와 결합하여야 한다. 그런데 서정수(1994:178ff)에서는 이런 융합이 절대적이 아니며 조사의 종류에 따라서 필수적인 것과 임의적인 것으로 나뉘는 것으로 간주한다. 즉 주격이나 목적격 등 격조사의 경우에는 융합이 임의적이며, 부사격 조사(후치사)는 필수적으로 명사구와 융합하여 여러 후치사구가 만들어지는 것으로

로 한 쌍을 이루는 두 성분 가운데 하나를 나머지 하나와의 관계에서 이해하는 것이다. 두(兩) 짝의 성질은 대조적 혹은 정반대이며, 이들이 조화를 이루어 전체적으로 완전한 한 쌍의 형식 혹은 단위를 이룬다. 이는 동양에서 현상을 이해하는 중요한 방식으로 陰陽이론도 이런 관점의 연장선에서 이해할 수 있으며, 또한 국어의 고유한 구조 기술에서 실사와 허사의 관계를 집중적으로 조명함으로써 첨가어 이론을 세울 수 있다.

그리고 여기서 기본형이란 가령 눈이 무수한 육각형의 미세 형식의 집합으로 이루어지고, 강이 여러 S자 모양의 연속으로 이루어지듯이 국어에서 문장 성분은 일관되게 '실사+허사'의 구조로 이루어짐을 의미한다.

기술하고 있다. 이런 구분은 조사의 생략 여부와 구체적 의미의 유무에 근거를 두고 있다. 다음 (3)에서 보듯이 격조사는 생략되어도 문장의 성립에 손상이 없는 데 대해서 (4)에서 보듯이 후치사는 절대로 생략될 수 없다. 이런 구분은 의미의 측면에서 설명될 수 있다. 즉 '에'가 '처소'를 나타내는 등 후치사는 비교적 구체적 의미를 나타내는 데 비해서, '을'이 동작과의 관계를 추상적으로 암시하듯이 격조사는 구체적 의미를 나타내지 못한다.

    (3) 그 사람이 손을 들었다. = 그 사람이 손 들었다.
    (4) 그 사람이 손에 들었다. ≠ 그 사람이 손 들었다.

이와 같이 의미의 특성과 조사의 생략 여부는 별개의 것이 아니라 상호간에 긴밀히 관련되어 있으니, 의미가 구체적일수록 생략되기 어려우며 의미가 추상적일수록 생략이 자유롭게 이루어지는 것으로 이해된다. 허사의 의미적 특성은 실사에 비하여 추상적이나, 허사간에도 의미의 추상적 정도는 다양하여 여러 단계로 나뉠 수 있다. 조사 가운데서는 격조사의 의미가 가장 추상적이며, 후치사의 의미가 제일 구체적이라 할 것이다. 국어의 문장 구조에서 허사가 실사보다 중요한 기능을 수행하는 것으로 이해되는 것은 바꾸어 말하면 구체적 의미보다 추상적 의미가 구조적 관점에서 더 중요한 역할을 감당하는 것을 뜻하며, 이런 논리를 더 발전시키면 허사 가운데서도 추상성의 정도가 큰 것일수록 허사다우며 우리는 그러한 허사의 기능에 더욱 비중을 두고 주목할 필요가 있다고 하겠다. 이런 자세가 첨가어의 특성에 충실한 접근 방식이라 볼 수 있는데, 서정수의 이론 체계에서는 이와 정반대의 입장을 취하고 있다.5) 그는 허사 중에서도 실질적 의미에 가까운 것일수록 큰 가치를 인정

---

5) 서정수(1994:778)에서는 후치사가 조사 중에서 가장 중요한 것이라고 밝히고 있다. 후치사는 실사와 허사의 양극 사이에서 실사 쪽으로 기운 허사로 볼 수 있다. 이렇게 허사 중에서 가장 허사답지 못한 것에 중요성을 부여한 것은 첨가어적 관점과는 상반된 입장이라 할 수 있다.

한다. 이런 부사격 조사(후치사)는 (5, 6)에서 보는 바와 같이 한 정사와의 결합에서도 격조사의 경우와는 달리 임의로 탈락되지 않는다.

(5) 그 학생이 산에서도 운동한다. ≠ 그 학생이 산도 운동한다.
(6) 그 학생은 학교에 갔다. ← 그 학생은이 학교에 갔다.[6]

이런 사실을 통하여 서정수는 격조사의 가치는 무시하고 후치사의 가치는 중시하는 입장을 취한다. 이는 추상성의 정도가 지극히 높아 그 기능의 포착이 쉽지 않은 것은 고유 기능이 정말 없는 것으로 간주하여 무시하고, 추상성의 정도가 낮아 그 의미의 포착이 용이한 것만 그 기능을 인정하고 중시하는 태도라 할 만하다. 이는 마치 삶에서 가장 추상적인 道나 神의 존재는 부정하고 무시하며, 구체적인 물질만 인정하고 중시하는 속물주의나 유물론적 입장에 비유될 만하다. 후치사가 생략되지 않는 까닭이 그 의미의 구체성과 관련이 있는 것으로 본다면 격조사의 생략 현상도 그 의미의 추상성과 긴밀히 관련되는 것으로 추론할 수 있을 것이다. 비록 오관으로 감지되지는 않으나 신이나 도의 존재를 인정하지 않을 수 없고, 신이나 도 같은 무형의 존재일수록 그 기능 또한 더없이 중요한 것으로 이해되듯이, 주어와 목적어가 명사구의 주요 기능이며

---

6) 서정수(1994:180)에서는 기저구조에서 기능 표지와 한정사가 결합하는 방식을 (1a)와 같이 상정하였으나, 우리는 (1b)와 같이 상정하며, 그 근거로 (2, 3)이 참고된다. (1a)와 같은 방식으로 본문의 (6)을 고치면 (4)처럼 될 것이다.
(1) a. 우리가도 그런 일을도 맡았습니다.
   b. 우리도가 그런 일도를 맡았습니다.
(2) a. 우리만이 그런 일만을 맡았습니다.
   b. *우리가만 그런 일을만 맡았습니다.
(3) a. 그것은 누구나가 원하는 것이다.
   b. *그것은 누가나 원하는 것이다.
(4) 그 학생이는 학교에 갔다.

따라서 주격 조사와 목적격 조사가 조사중에서 핵심적인 것으로 간주되어야 할 듯하다. 이렇게 이해할 때 그 비중과 그 의미의 추상성 및 생략의 용이성간에 조화가 이루어진다.

서정수(1994:180)에서도 부분적으로 첨가어적 측면에서 격조사를 바라보는 예를 보기도 한다.7) 그러나 이 기술은 기저 구조와 표면 구조 간의 관계에 대하여 합리적인 설명을 하기보다는 오히려 그런 과제를 제기하는 수준에 머물러 있다고 할 수 있다.

3. 보어의 기술 방식

명사구가 이루는 주된 구실로 주어와 목적어 외에 보어가 있다. 이는 사용 빈도에서 뒤지긴 해도 명사구의 기본 기능의 하나로 결코 빼놓을 수 없는 것이다. 어떤 동사가 보어를 취하는가에 대헤서는 여러 견해가 있으나, 여기서는 최현배 학파에서 주장하는 지정사의 보어 문제에 한하여 논의하려 한다.

서정수(1994:371ff)에서 (7,8)과 같이 명사구가 지정사와 어울리어 서술어를 이룰 때 이는 보어 구실을 한다고 기술하고 있다.

(7) 그 사람은 <u>바보</u>이다.
(8) a. 그 사람은 <u>바보</u>가 아니다.
    b. 그 사람은 바보 아니 이다.

첨가어의 관점에서 우리가 주목하는 것은 특히 긍정 지정사가 취

---

7) "이 기능 표지는 우리말 문장의 구문론적 형식을 갖추는 요소이다. 비록 의미적으로는 별다른 구실을 하지 못할지라도 우리말 문장의 온전한 문법 형식을 갖추려면 이것이 덧붙어야 한다. 이것은 우리말의 한 특성이라 할 만한 것이다. 이것을 생략하는 것은 격식을 갖추지 않고 말하는 일상 대화에서나 흔히 있는 일이요 정식 표현에서 이것은 문장의 한 구성 요건이 되어 있다."

한다고 하는 보어의 형식 문제이다. (7)에서 '바보'가 '이다'와 어울리어 서술어를 이루는 것에는 이론이 있을 수 없으나, 이를 다시 분석하여 '바보'와 '이다'가 각각 독립적으로 보어와 서술어 기능을 한다고 주장하는 데는 문제가 있다. '바보이다'를 소박하게 하나의 성분으로 처리하면 자연스럽고 합리적인 데도 불구하고[8] 굳이 이를 현학적으로 분석함으로써 '바보'와 '이다' 모두 자연스럽고 합리적인 방식으로 설명하기 어렵게 만들어 놓았다. '바보'가 보어의 기능을 한다는 것은 하나의 독립된 문장 성분을 이루는 것을 의미하는데, 국어의 문장 성분은 어느 층위에서든 〈실사＋허사〉의 구조를 취하는 것이 원칙이며, 특히 명사구의 경우에 이는 절대적인 것이 첨가어 이론의 핵심이다. 즉 모든 명사구는 반드시 허사의 첨가를 기다려 성분을 이루며, 허사가 생략되는 경우는 있으나 허사의 첨가가 원래 상정될 수 없는 상태에서 성분을 이룰 수는 없다. (8a)에서 부정 지정사가 취하는 보어의 형식은 이 원칙에 부합하며, 이런 형식적 요건을 갖춘 것만을 보어로 간주할 수 있다. 이렇게 볼 때 (7)과 (8a)는 비록 의미상으로는 유관한 관계라 해도 형식적으로는 엄연히 구분되는 구조임을 사실대로 인정해야 한다. 그러나 서정수(1994:372)에서는 긍정문의 구조에 이끌리어 부정문에 첨가되는 '이/가'를 임의적인 현상으로 간주하는 입장을 취한다. 이는 (8a)와 (8b)를 표면 구조와 심층 구조 관계로 이해하고, (7)에서의 '바보'와 (8a)에서의 '바보가'의 의미가 동일하다는 판단에 근거한 것으로 이해된다. 이런 추론은 의미 중심의 논리적 사고에서 연

---

8) 최현배의 문법 체계를 가장 충실히 계승하고 있는 허웅(1995 : 1343)에서 다음과 같이 기술하고 있는 것은 주목할 만하다.
　　"('그것은 말이다'에서) '말이다'를 기움-풀이의 두 월성분으로 보는 것은 무리다. 월성분의 기본 낱덩이는 자립형태인 말도막이다. 그런데 「-이다」는 자립형태가 되지 못한다. 물론 이것은 한 낱말로서의 자격을 가지고 있기는 하나 하나의 자립형태는 아니다. 이 점 자립형태가 아닌 토씨가 한 월성분의 자격을 가지지 못하는 것과 같다. 따라서 '말이다'는 '형태적 짜임'이지, '통어적 짜임'이 될 수는 없다. 그러므로 이 짜임은 엄연히 통어적 짜임인 '말이 아니다'와 같을 수는 없다."

유된 것이나, 언어의 형식은 반드시 의미와 엄격한 대응 관계에 있
지도 않으며, 따라서 언어는 논리적으로만 분석해서도 안 되는 것
임은 널리 알려진 사실이다. (7)에서 '바보'를 단독으로 보어든 아
니면 다른 어떤 성분으로라도 인정할 경우에는 조사를 절대로 취할
수 없는 명사구를 문장 성분으로 인정하는 예외를 만듦으로써 첨가
어의 원칙에 손상이 가는 문제가 발생하게 된다. 이는 다른 언어의
계사와 같은 방식으로 이해하려는 편견에서 연유된 듯하기도 하
다.9) 만일 이런 예외를 받아들인다면 이는 명사구가 이루는 성분
중 첨가어 이론에 어긋나는 유일한 예가 될 것이다. 그러나 첨가어
적 관점에서 이에 접근하면 문제는 풀 것도 없이 스스로 증발하고
만다. 즉 '바보'라는 실사가 문장 성분을 이루기 위해서는 반드시 뒤
에 허사를 취해야 하는데, 실제로 명사문에서 명사구로 문장이 끝
나는 경우는 원칙적으로 없으며, 이 자리에 올 수 있는 유일한 형
태인 '이다'가 허사로 간주될 소선은 충분하다.10) 이에 대해 지정시
설이나 조사설은 공히 '이다'에서 '이-'를 어간으로 간주하는데, 어간
은 이론적으로 어휘적 의미를 나타내며 문법적 기능과는 무관한 실
사에 속한다. 혹 어간이 의존형식인 점을 가지고 허사로 오해할 수
도 있으나, 자립성 여부는 결코 실사의 조건이 되지 못한다.11)

---

9) 서정수(1994 : 372)에는 이와 관련해 다음과 같이 기술하고 있다.
  "보어라는 용어는 다른 언어에서도 그 예를 볼 수 있다. 많은 언어에서 계사
  에 대한 보완적 구실을 하는 기능어는 보어(complement)라고 함이 예사이
  다. 하기야, 보어라는 개념은 다른 언어의 문법에서도 여러 가지로 정의하
  여 쓰고 있지만 전통적 개념에서는 이 계사와 어울리는 것을 보어 범주에
  넣는다. 그러므로 우리만이 그런 계사 구실을 하는 '이다'를 조사 범주에 넣
  고 그것이 서술 명사와 어울린다고 하면 문법 기술의 일반 목표에서 벗어난
  다고 할 수 있다. 문법 기술의 목표는 각 언어에 공통적인 일반 요소를 되
  도록 많이 활용해서 일반 이론을 형성하는 데에 이바지하는 것이기 때문이
  다."
10) 그 자체는 자립성이 없어 반드시 실사와 결합하여 쓰이며, 의미적 측면에
   서도 실질적 의미를 나타내지 못하는 사실로 미루어 결코 실사로 간주될
   수 없다.
11) 명사는 실사지만 명사 가운데 의존명사는 자립성이 결여되었다. 관형사도

4. '이다'의 기술 방식

명사구에 결합되는 '이다'에 관한 그간의 논의는 지정사설과 조사설의 두 가지로 대별할 수 있으나, 본고는 제삼의 입장에서 첨가어적 관점으로 이에 접근해 보려 한다. 이 해묵은 문제도 관점을 새롭게 함으로써 새로운 사실이 드러날 수 있을 듯도 하다. 그러나 우리는 진정으로 새로운 것이란 신기한 것이기보다 지극히 기본적이어서 간과하기 쉬운 것에서 종종 발견되는 사실을 상기할 필요가 있다. 국어의 첨가어적 특성도 결코 새로운 패러다임이라 할 수 없으며 그와 반대로 오래 전부터 널리 인정돼 온 국어 구조의 기본적 틀이다.

　(9) 저 집이 우리 회관<u>이다</u>.

　(9)는 동사문 형용사문에 대해서 명사문에 속하는 것으로 알려진 구조를 보인다. 문장의 서술어에는 동사나 형용사 등 용언이 오는 것이 일반적이며, 명사가 서술어 자리에 와서 명사문을 이루는 것은 특수한 구조라 할 수 있다. 그러나 특수 구조란 단순히 골치 아픈 문제를 제기할 뿐만 아니라 또한 국어 구조의 어떤 비밀을 암시하고 있을 것이라는 기대에서 늘 관심의 대상이 되었다. 지정사설은 이 가운데서 제일 먼저 제기되고, 이제까지 가장 우세한 지위를 유지하고 있다. 그러나 이에 도전하는 여러 주장이 계속 대두하고 있는 사실은 이 학설에 심각한 허점이 있음을 시사하는 것으로 볼 수도 있다. 여기서는 그 전체를 기술하기보다 첨가어적 관점에서 문제가 제기되는 것에 한하여 언급하려 한다.

관점에 따라서는 부사에 비해 의존적이라 할 만하다. '많이 먹는다'의 도치형인 '먹는다 많이'나 '얼마나 먹었니?'에 대한 대답에서 '많이'란 표현이 성립하는 것은 부사가 자립적으로 쓰이기 때문이며, 이와 대조적으로 '새 책'의 도치형 '책 새'나 '어떤 책?'의 대답으로 '새'가 성립하지 않는 것은 관형사는 자립적으로 쓰일 수 없기 때문이라 할 수 있다.

(9)와 같은 명사문에서 서술어의 '내용'을 나타내는 부분은 명사구(여기서는 '우리 회관')인데, 명사구는 서술어의 형식을 갖추고 있지 않기 때문에 여기에 형식적 서술어 구실을 하는 '이다'라는 용언이 첨가되었다고 해석하는 것이 지정사설의 요지다. 그러나 우리가 여기서 문제 삼고자 하는 것은 '이다'의 '이'와 '다'를 구분하지 않고 뭉뚱그려 기술하고 있는 점이다.12) 명사문의 서술적 의미는 명사구가 담당하며, 여기에 형식적 서술의 기능을 부여하기 위하여 첨가되는 형태는 엄밀히 말하여 '다, 고, 지, 니, 면 …' 등 서술보조소(어미)이다.13) 문장의 종류에 따라 어미의 체계가 구분되기는 하나 어느 경우에나 어미가 서술의 기능을 담당하는 것은 재론의 여지가 없다. 그러면 동사문과 달리 명사문에만 존재하는 어미 앞의 '이'는 어떤 구실을 하는가 하는 것이 문제다. 이에 대해서 지정사설은 의식적이든 무의식적이든 언급을 회피하고 있다.14) 그러면 이 부분은 정말 무시해도 좋을 정도로 임의적이거나 잉여적인가? 우리는 이렇게 생각하지 않을 뿐 아니라 이것이야말로 '이다'의 기술에서 핵심적 문제라고 본다. 그러나 최현배의 뒤를 이어 지정사론을 옹호하며 발전시키고 있는 허웅(1995)이나 서정수(1994) 등에서도 '이다'에 대하여 논의할 뿐 '이'의 기능에 대해서 따로 기술을 도모한 흔적은 발견되지 않는다.15) 다시 강조하지만 '이다'의 기술에서 핵

---

12) '이다'를 뭉뚱그려 기술하는 것은 이것을 하나의 단어로 간주하는 입장이다. 허웅(1995:333)은 '이다'를 한 낱말로 인정할 뿐 아니라, 낱말로 인정하지 않으면 설명이 복잡하게 되는 것을 피할 수 없다고 술회하였다. 그러나 '이다'를 단어로 이해하는 경우에도 이것이 단일 형태소가 아닌 한, 분석은 불가피하고, 이때 '다'보다는 '이'가 핵심적 대상이 되어야 한다.
13) 이는 동사문이나 형용사문 등 용언 문장의 서술어에서 어휘적 의미를 나타내는 용언(어간)을 제외하면, 형식적 서술의 기능을 드러내는 것으로 간주되는 것으로는 서술보조소(어미)밖에 없는 사실을 통해서도 확인된다.
14) 지정사의 의미를 '지정하다, 환언하다' 등으로 기술하는 것도 '이'가 아니라 '이다'의 설명으로 이루어진 것으로, 그 방식이 지극히 형식적이라 설명하지 않은 것과 별로 다를 바가 없다.
15) 서정수(1994 : 651)에서 이런 예를 보인다.
    "'저 집은 우리 회관이다'에서 '이다'가 지정사이고 '우리 회관'은 보어이다.

심적 과제는 마땅히 '이'가 되어야 하며16), '다'에 대해서는 용언의
서술 기능에서 이미 밝혀진 것을 원용하면 된다. 서정수(1994:
652)에 '이'에 대한 언급이 전연 없는 것은 아니나, 여기서도 '이'의
고유 기능에 대한 해명이 제대로 이루어지지 못한 것이 아쉽다.17)
결국 지정사설은 핵심 사항에 대한 규명 작업을 접어둔 채 '이'를

지정사 '이다'는 보어에 덧붙여 쓰이는 의존형태이며 서술 보조소와 결합하
여 갖가지 문법적 기능을 드러낸다. 그러나 이 지정사 자체는 실질 의미가
없으므로 그 앞에 보어와 반드시 어울려야 한다. … 지정사 앞에 쓰인 보
어 '우리 회관' 따위는 실질적 서술 기능을 드러낸다. 곧 '저 집'이라는 주
어가 '우리 회관'에 해당함을 나타내는 것이다. 지정사 '이다'는 이런 실질
적 서술에는 관여하지 않고 그 보어에 서술어로서의 형식을 갖추게 하는
구실을 함과 동시에 뒤따르는 시제, 상, 서법 따위 문법 요소를 연결시키
는 일을 맡는다."

16) '이다'의 논의에서 '이'의 문제를 다룬 것으로 이길록(1969)과 「조선 문화
　　어 문법 규범」(1984)을 들 수 있다. 전자는 "체언 N에 문법소 i가 붙어
　　용언처럼 활용할 수 있는 새로운 어간 Ni가 형성된다. … 이렇게 i는 체
　　언에 용언적인 기능을 매개시키는 문법적 요소라"고 기술하였고, 후자는
　　'이다'의 '이'는 '음, 기'와는 반대로 체언이 용언형으로 되는 토로서, 여기
　　에 용언처럼 맺음토, 이음토 등이 붙어 풀이성을 가진다고 하였다. 그러나
　　이런 견해들은 단지 결론적인 해석일 뿐 '이-'의 존재의 필연성에 대해 설
　　명하지 못하기는 마찬가지다.

17) 서정수(1994 : 652)의 다음과 같은 기술은 '이'가 조음소가 아니며, 선행
　　어의 음운 조건에 상관없이 필수로 오는 형태라고만 말할 뿐 그 기능이
　　구체적으로 무엇인지에 대해서는 설명하지 못하고 있다.
　　"일부 문법 학자들은 본디 형태는 '다'일 뿐이고 '이'는 앞말이 받침이 있을
　　때에 끼어 드는 조음소에 지나지 않는다고 주장한 바 있다. 그러나 이런
　　주장은 다음과 같은 사실에서 그릇된 것임이 판명된다.
　　　　〔1〕 이 사람은 가수인 남인수이다.
　　　　〔2〕 그 사람은 가수였다.
　　[1]에서 '가수인'이라고 할 때에는 '이'가 반드시 쓰인다. 이 때의 '이'는 모
　　음 다음에 놓이므로 조음소라고 할 수 없는데도 꼭 필요한 것이다. 이는
　　'가수이다'가 기본형임을 말해 주며, '가수다'일 때에는 '이'가 임의로 탈락
　　되어 있다가 필요할 때에는 그 기본형으로 되돌아감을 의미한다. 〔2〕의
　　'가수였다'의 '였'은 〈이+었〉의 축약형인 만큼 역시 '이다'를 바탕으로 이루
　　어졌음을 알 수 있다. 만일 '가수다'가 기본형이라면 '가수었다'로 되어야
　　할 것이다."

'이다'의 어간으로 봉합한 어설픈 결과를 낳고 말았다. 어간이란 용언에서 어휘적 의미를 나타내는 부분으로 실사에 해당하는 것인데, '이다'의 '이'는 그 특성상 어휘적 의미를 나타내는 것으로 보기도 어려우며, 어느 모로나 실사로 간주하기는 어렵다. 그러나 백보를 양보하여 어간설을 받아들이는 경우 우리는 또 다시 선행 명사구와의 결합 관계에서 문제가 제기되는 것을 간과해서는 안 될 것이다. 즉 명사구는 실사인데 여기에 다시 실사인 지정사의 어간이 연결된다는 것은 〈실사+실사〉의 구조가 되는 것을 의미하며, 이는 첨가어에서 형태론적 구성의 기본 구조인 〈실사+허사〉의 원칙에 정면으로 벗어나 난처한 예외를 만들어 내는 결과가 된다. 그렇다고 용언 중에서 지정사에 한하여 그 어간은 실사가 아니고 허사에 속하는 것으로 처리할 수도 없는 것이다.

　지정사설에 대해서 비판적으로 제기되어 현재 일반 대중에 지정사설 못지 않게 널리 보급되어 있는 것으로 조사설을 들 수 있다. '이다'를 독립된 용언으로 이해함으로써 부득이 선행 명사구를 허사의 첨가 없이 그 자체로써 보어로 처리하는 지정사설에 대하여 조사설은 '이다'를 명사구에 첨가되는 조사로 간주함으로써 〈실사+허사〉의 구조로 서술어라는 한 성분을 이룬다고 분석하는 것은 확실히 첨가어 이론에 충실한 일면을 지니고 있다. 명사가 문장에서 성분을 이루기 위해서는 반드시 허사가 첨가되어야 하며, 허사가 더러 생략되는 경우는 있어도 허사 없이 성분을 이루는 예외는 전연 인정되지 않으며, (10)에서 보듯이 이런 예외를 없애려 애쓴 흔적도 보인다.

　　(10) a. 비가 올 듯하다.
　　　　 b. 이 책은 읽을 만하다.
　　　　 c. 차가 부닥칠 뻔하였다.
　　(11) a. 그는 영어를 읽을 <u>수 있다</u>.
　　　　 b. 그는 영어를 읽을 <u>줄 안다</u>.

　　(10a)의 '듯'과 (10b)의 '만', (10c)의 '뻔'은 모두 선행 관형어와
의 관계로 미루어 원래는 명사였음이 분명하다. 그러나 후행 서술
어 '하다'와의 관계를 나타낼 조사가 전연 상정될 수도 없고 실제로
첨가될 수도 없어 부득이 이들을 결합하여 한 단어로 간주하는 방
식을 취한 것이다. 그러나 이런 처리도 문제가 없는 것은 아니니,
이론적으로는 관형형이 용언과 관계를 맺는 결과가 되고, 구어로는
'올듯 하다, 읽을만 하다, 부닥칠뻔 하였다'처럼 이들 명사가 선행의
관형어와 먼저 결합하는 것이 '올 듯하다, 읽을 만하다, 부닥칠 뻔
하였다'처럼 명사가 뒤의 서술어와 먼저 결합하는 것보다는 훨씬 자
연스럽게 들리는 것으로 미루어 언어 사실과의 괴리가 느껴지기 때
문이다. 이는 오직 '듯, 만, 뻔' 등이 조사를 취하지 못하는 사실 때
문에 관형구의 수식을 받으면서도 명사로 간주하는 것을 보류한 것
으로 이해된다. 이에 대하여 (11a)의 '수 있다'와 (11b)의 '줄 안
다'에서 '수'와 '줄'에 첨가될 수 있는 조사는 극히 제한적이어서 '수
가 있다'(*수를 안다)와 '줄을 안다'(*줄이 있다)만이 성립할 정도로
한 종류의 조사와만 결합되어도 명사로 처리될 수 있는 것으로 간
주한다. 이런 예와 견주어 지정사설에서 보어가 조사의 첨가 없이
단독으로 성립된다고 하는 것은 결정적인 약점이며 조사설에서 '이
다'를 조사로 간주하여 선행 명사구와 어울려 서술어를 이룬다고 이
해하는 것은 확실히 지정사설의 결함을 극복하는 데 성공한 것으로
간주된다.

　　그러나 '이다'가 과연 조사로서의 요건을 두루 갖추고 있는가는
별도의 문제이니, 명사구 뒤에 오는 허사가 다 조사는 아니기 때문
이다. '이다'를 조사로 보는 한은 그 기능을 서술격으로 간주할 수밖
에 없는데, 역으로 문장의 서술의 기능은 언제나 서술보조소(어미)
가 담당하며 조사와는 무관한 데 문제가 있다. 국어의 굴절은 조사
가 맡는 곡용의 영역과 서술보조소(어미)가 맡는 활용의 영역으로
명확히 나뉘며, 서술보조소가 격 표시 기능을 할 수 없는 것과 마
찬가지로 조사가 서술의 기능을 할 수 없는 것 또한 분명히 인식할

필요가 있다. 그리하여 조사와 서술보조소는 그 의미나 형태 혹은 기능 면에서 엄격히 구분되어 결코 혼동될 수 없는 데도 불구하고 조사설이 활용 체계를 완벽하게 갖추고 서술 기능을 훌륭히 수행하고 있는 '이다'를 굳이 조사로 간주하는 입장을 취하는 데는 이것이 명사구에 결합하는 사실 외에 서술보조소(어미) 앞의 '이'에 대한 인식과 관련되지 않나 생각된다. '이다'가 어미와 다른 점은 '이'가 더 있다는 사실뿐이며 '이다'는 그만큼 서술보조소(어미)와 거리가 있으며 그 거리가 '이다'로 하여금 오히려 조사에 근접한 것으로 인식하게 만든 것이 아닌가 한다. 한 언어 형식이 조사이면서 동시에 활용 체계를 가지고 있다는 것은 모순이 아닐 수 없다. 엄연히 구분되는 곡용과 활용이 함께 어울리는 상황은 상정할 수 없기 때문이다.

이상의 논의를 통해서 지정사설과 조사설 공히 '이다'에서의 '이'의 형태적 기능적 특성에 대해서는 별로 밝힌 것이 없는 사실을 확인한 셈이다. 우리는 '이다'의 정체를 밝히기 위해서는 무엇보다 '이'의 기능 혹은 존재 가치를 해명하는 것이 중요하다고 보아, 첨가어적 관점에서 이에 대한 우리의 입장을 피력해 보려한다.

이를 구명하기 위해서는 먼저 명사구가 수행할 수 있는 기능과 그런 기능을 수행하기 위한 형식에 대해서 생각해 볼 필요가 있다. 명사구는 조사의 도움을 받아 각종 논항을 이루며, 이것이 명사구의 일반적인 쓰임이다. 그러나 명사구는 특수 용법으로 서술어 자리에 쓰여 소위 명사문을 형성하기도 한다. 이때는 용언이 서술어로 쓰이는 방식을 모방할 수밖에 없다. 서술어는 용언의 고유 기능이며, 용언의 일반적 쓰임이기 때문이다. 용언이 서술어로 쓰이는 방식은 (15)가 잘 보이고 있다. 이를 분석해 보면 어휘적 의미를 나타내는 어간만을 용언으로 간주하는 입장에서 용언이 서술어로 쓰이기 위해서 취하는 절차는 서술보조소(어미)의 첨가다. 이는 지극히 상식적이면서 또한 간과하기 쉬워 재차 확인해 두는 것이다. 문장에서 서술의 형식적 기능은 서술보조소의 첨가로 이루어지며,

그 이상도 이하도 아니다. 용언(어간)은 서술의 어휘적 의미를 나타내고 서술보조소(어미)는 서술의 형식적 기능을 나타냄으로써 양자가 〈실사+허사〉의 구조로 완벽한 서술어를 이루게 된다. (15ab)에서는 동사문의 경우 'ㄴ다'와 형용사문의 경우 '다'가 각각 동사 '가-' 및 형용사 '덥-'과 결합함으로써 서술 기능이 이루어진다. 그러면 명사문 (14)에서는 서술 기능이 어떻게 구현되었는가 분석해 보자.

    (12) 그 애가 여러 사람 앞에서 노래-하-ㄴ다.
    (13) 어린애들은 매우 사랑-스럽-다.
    (14) 그 애가 우리 학급의 반장-이-다.
    (15) a. 그 애가 서울로 가-ㄴ다
          b. 날씨가 너무 덥-다.

앞에서 언급하였듯이, 아니 그보다 누구나 상식적으로 이해하듯이 명사는 문장의 어느 자리에도 올 수 있으며 다만 그 자리에 따라 거기에 맞는 허사의 도움을 받게 되어 있다. 즉 논항의 자리에 오는 경우에는 그 논항의 특성에 따라 해당되는 조사의 도움을 받고, 서술어의 자리에 오는 경우에는 또한 그 특성에 맞게 서술보조소(어미)의 도움을 받는다. 국어에서는 서술보조소(어미) 이외에 달리 서술 기능을 하는 형태는 없기 때문이다. (12)는 명사('노래')가 동사문의 서술어 자리에 쓰인 예이며, (13)은 명사('사랑')가 형용사문의 서술어 자리에 쓰인 예이다. 이때 명사 뒤에 각각 (15ab)와 같은 방식으로 서술보조소 'ㄴ다' 혹은 '다'와 결합한 것은 당연한 것이다. 그러나 명사 바로 뒤에 연결된 '-하-, -스럽-'의 정체에 대해서는 (15)로 미루어서는 이해할 수 없다. 이는 특수 구문이 일반적인 구문의 형식에 적응하기 위한 조정 절차로 이해할 수 있을 듯하다.[18] 즉 국어에서 허사가 실사와 결합하는 방식은 경우에 따라 형

---

18) 여기서 특수 구문이란 앞에서 언급하였듯이, 흔히는 논항의 자리에 쓰이는 명사가 서술어 자리에 쓰이는 것을 의미하며, 일반적 구문이란 동사 형용사 등 용언이 서술어로 쓰이는 것을 의미한다. 용언이 논항의 자리에 쓰이

식적 요건이 구분되는데, 이는 특히 특수 구문에서 바로 이해되어
야 할 필요가 있다. 여기서 간파되는 형식적 요건이란 것은 다름이
아니라 어미의 선행어는 (15ab)의 '가, 덥-'처럼 그 형태적 특성이
구속형식(bound form)이라는 사실이다. 그러나 자립형식(free-
form)인 명사가 서술어로 쓰이는 경우는 이 조건에 충족되지 않아
서술보조소(어미)가 바로 명사에 연결되지 못하며, 이 자립형식으로
하여금 구속형식으로 형태 조정 과정을 거치게 한 다음에야 어미가
연결될 수 있다. 이런 형태적 변형에 관여하는 것이 (12)의 '-하-'
와 (13)의 '-스럽-'이다. 즉 '노래'와 '사랑'은 자립형식이라 여기에
직접 서술보조소(어미)가 첨가될 수 없는 데 대해서, '노래하-, 사
랑스럽-'은 구속형식이므로 여기에는 서술보조소가 자연스럽게 첨가
된다.19) 우리 논의의 직접 대상인 (14)의 명사문도 이와 같은 방
식으로 분석될 수 있다. 즉 명사가 특수 용법으로 서술어 자리에
오기 위해서는 조사 대신에 서술 기능을 담당하는 서술보조소(어
미)를 취해야 하며, 서술보조소가 이와 결합하려면 먼저 그 형식적
조건을 갖추기 위해서 자립형식을 구속형식으로 변환하는 절차를
밟아야 한다. 이러한 과정에 관여된 것이 곧 '-이-'의 첨가라 보는
것이 우리의 입장이다. (12~14)의 '(노래)-한다, (사랑)-스럽다,
(반장)-이다'는 그 분포적 특성이 상이하며, 이에 따라 편의상 접미
사, 조사 등으로 구분하여 이해하기도 하였으나, 모두가 활용 체계
를 지닌 서술어라는 점에서 공통성을 보이며, 선행의 '하, 스럽, 이'
는 동사문, 형용사문, 명사문의 의미적 특성과 관련된 구속형식화소
로 이해된다. (12)에서 '노래한다'와 (13)에서 '사랑스럽다'는 부사
어의 한정을 받는 등 구문상으로 이미 용언화한 것으로 확인되며,

　　는 경우 또한 특수 구문이 될 것이다.
19) 다음 예에서 보듯이 반드시 자립형식에만 이런 부류의 첨가가 이루어지는
　　것은 아니다. 그러나 이것이 우리의 논의와 모순 관계에 있지는 않다. 이
　　들의 종합적 이해는 앞으로의 과제로 남겨 둔다.
　　동사 → 형용사:우습다(← 웃 + 읍 + 다), 놀랍다(← 놀라 + ㅂ + 다)
　　형용사 → 형용사:달갑다(← 달 + 갑 + 다), 차갑다(← 차 + 갑 + 다)

(14)에서 '반장이다'는 관형구의 수식을 받는 것으로 미루어 완전히 용언화하지는 못하고 임시로 용언의 형식을 취하여 서술어의 자리에 놓인 것으로 기술할 수 있다.[20] 본고에서는 '하, 스럽, 이' 들의 특성에 대한 더 이상의 접근은 유보하고, 다만 이들은 음운적 조건에서 개입되는 調音素와 비교되는, 형태적 조건에서 첨가되는 調形素[21]로서의 기능을 하는 것으로 이해하는 데 그친다. 이 형태들에 이 이상의 어떤 고유 의미나 기능이 숨어 있을지도 모르나, 현재로서 우리가 그 개입의 근거를 논리적으로 설명할 수 있는 것은 이 정도가 아닌가 한다. 이는 일견 계사구(COPP)에서 계사를 핵으로 그리고 선행의 명사구를 보충어로 간주하는 핵 계층 이론의 입장과 상반되는 듯하나, 반드시 그런 것은 아니다. 오히려 핵 계층 이론의 어휘 형태소 중심에서 문법 형태소 중심으로의 시각의 전환은 첨가어적 관점과 상통하는 바가 있으며, '-이다'와 '-다'를 간략하게 각각 체언과 용언에 상보적으로 결합하는 보조서술소로 기술할 수도 있을 것이다. 그러나 지금까지의 우리의 논의는 '이다'를 분석할 때 '이'의 실체가 무엇인지에 대하여 첨가어적 결합 조건의 관점에서 살펴 본 것이다.

5. 결 어

국어 문법의 기술은 근거하는 언어 이론에 따라 다양한 양상으로 드러나게 마련인데, 우리 학계는 최근에 지나칠 정도로 서구 이론에 치우친 것이 사실이다. 이런 방식으로 많은 사실이 밝혀지기도 하였으나, 또한 이 때문에 언어 사실을 왜곡하고 혹은 만족하게 설

---

20) 허웅(1995 : 467)에서 지적하였듯이 '이'는 '말 만들기'(造語)에는 관여하지 않는 것으로 이해된다.
21) 調音素가 음운의 연결에서 일어나는 조정 과정에 삽입되는 형태인 것과 유사하게 調形素란 형태들의 결합 조건에 충족하기 위해서 삽입되는 형태란 뜻으로 본고에서 새로 설정한 개념을 나타내는 용어로 시도해본 것이다.

명하지 못한 측면도 없지 않았다. 본고는 이런 문제 중 일부에 대해서 첨가어적 관점에서 문제를 제기하고, 이를 극복할 수 있는 방안을 모색해 보려 하였다.

구체적으로는 주격조사와 목적격조사 등 기능표지를 단순히 선행 명사구에 그런 기능이 있음을 나타내기만 하는 '딱지' 같은 것으로 보는 입장과, '-이다' 앞의 명사구가 조사의 도움 없이 그 자체로 보어를 이루는 것으로 보는 견해 그리고 '-이다'의 논의에서 핵심적인 문제인 '이'의 존재 가치를 간과하는 자세 등에 대하여 무엇이 문제이며, 이를 첨가어적 방식으로 기술하는 방안은 무엇인가 탐색하였다.

본고에서는 이런 문제에 종합적으로 접근하기보다 첨가어의 관점에서 문제가 되는 측면에 한정하여 다루었으며, 이를 통하여 국어 문법 기술에서 첨가어 이론의 개발과 응용이 그간 너무 소홀하였던 것을 돌아보게 되기를 기대한다.

참 고 문 헌

고영근(1970), 현대국어의 준자립형식에 대한 연구, 어학연구 6-1

_____ (1989), 국어 형태론 연구, 서울대학교 출판부

권재일(1989), 조사의 성격과 그 생략 현상에 대한 한 기술 방법, 어학연구 25-3

김광해(1981), 계사론, 이응백 박사 회갑 기념 논문집

김민수(1970), 국어의 격에 대하여, 국어국문학 49-50

김상대(1997), 국어 용언의 대역기호적 쓰임에 대하여, 국어교육 94

김석득(1992), 우리말 형태론, 탑출판사

김창섭(1984), 형용사 파생 접미사들의 기능과 의미, 진단학보 58

남기심(1986), '이다' 구문의 통사적 분석, 한불연구 7, 연세대

_____ (1993), 국어 조사의 용법, 서광학술자료사

노대규(1981), 국어 접미사 '답'의 의미 연구, 한글 172

민현식(1986), 국어 조사에 대한 화용론적 연구, 관악어문연구 7

서정목(1998), 문법의 모형과 핵 계층 이론, 태학사

서정수(1994), 국어문법, 뿌리깊은나무

성기철(1994), 주격조사 '-가'의 의미, 선청어문 22

송석중(1982), 조사 '과, 를, 에'의 의미 분석, 말 7

이길록(1969), 체언의 용언적 기능에 대하여, 국어교육 15

이필영(1982), 조사 '가/이'의 의미 분석, 관악어문연구 7

임홍빈(1979), '을/를' 조사의 의미와 기능, 한국학 논총 2, 국민대

_____ (1982), 기술보다는 설명을 중시하는 형태론의 기능 정립을 위하여, 한국학보 26

_____ (1997), 북한의 문법론 연구, 한국문화사

정인승(1975), 우리말의 씨가름에 대하여, 한글 128

최현배(1961), 우리말본, 정음사

_____ (1963), 잡음씨에 대하여, 연세논총 2

허 웅 (1995), 20세기 우리말의 형태론, 샘문화사

(북한) (1976), 조선 문화어 문법 규범, 김일성종합대학 출판부, (1989, 탑출판사)

Chomsky(1965), Aspects of the Theory of Syntax, MIT Press

_____ (1986), Barriers, The MIT Press

Radford, A.(1988), Transformational Grammar, Cambridge University Press

창원 방언과 담양 방언의
운율 체계 비교

김 차 균*

목　차

---

1. 머리말

이 글은 경남 창원 방언과 전남 담양 방언의 운율 체계를 비교하는 것이 목적이다. 현상을 비교하는 것이 목적이다. 2장에서는 창원 방언과 담양 방언의 음소 체계 가운데서 운율 체계를 이해하는 데에 꼭 필요한 부분을 다루고, 3장에서는 성조와 음조 체계의 특징과 대응 관계를 다루며, 4장에서는 두 방언의 억양 가운데서 아주 기본적이라고 생각되는 것을 분석 기술한다. 그리고 5장에서는 섬세한 감정을 표현하는 장음화 곧 표현적인 장음화1) 현상을 다루

---

* 충남대학교 언어학과 교수
1) 허웅(1965)에서는 "소리의 장단, 고저, 강약이 때로는 감정적인 색채를 수반하는 일이 있다. 우리말의 /절대로/[절때로]의 [ㄸ]의 밀폐를 길게 발음하면 그 뜻을 강조하는 효과를 나타낸다. 이러한 효과는 자음을 길게 하여 얻을 수 있을 뿐만 아니라 모음을 길게 하여 하여서도 얻을 수 있다. /먼 나라/의 /먼/의 /ㅓ/를 보통보다 더 길게 내면 그 정도가 더함을 표현하게 되고, … (생략)"라고 지적하고 있다. 우리말의 보편적인 현상 가운

며, 6장에서는 본론을 요약하여 결론을 갈음한다.[2]

2. 음소 체계

창원 방언과 담양 방언의 자음 체계는 표준 방언인 서울말과 같이 여린소리(/ㄱ, ㄴ, ㄷ, ㄹ, ㅁ, ㅂ, ㅇ, ㅇ, ㅈ, (ㅿ)/)과 센소리로 나눠지고, 센소리는 다시 된소리(/ㄲ, ㄸ, ㅃ, ㅆ, ㅉ, (ㆆ)/)과 거센소리(/ㅅ, ㅋ, ㅌ, ㅍ, ㅎ/)로 나눠진다. 이들 가운데 장애음의 체계만 적으면 다음과 같다.

데 하나로 지적인 의미는 같으면서도 정서적인 강도에 비례하여 어절 안의 어느 한 음절을 길게 발음하는 현상이 있다. 이러한 길이는 정서적인 표현 기능의 장음절화 현상이라고 볼 수 있는데, 이 글에서는 「표현적인 장음화」라 부르기로 한다. 창원 방언의 표현적인 장음화는 김차균(1980 : 129-136)에서 다룬 바 있다.

2) 이 연구에 쓰인 창원 방언 자료는 구현옥(1998)의 함안 방언 예문과 최규수(1995)의 창녕 방언 예문을 김차균의 창원 방언으로 바꾼 다음 운율적인 자질 표기를 첨가한 것이고, 구현옥(1998)과 최규수(1995)의 예문을 목포대학교 국어국문학과 고광모 교수에게 담양 방언으로 적되 장단의 구별을 첨가하도록 한 것이 담양 방언의 기본 자료이다. 고광모 교수가 적은 담양 방언의 기본 자료를 가지고 담양읍에 가서 그 곳 제보자 전용식 님에게 기본 자료를 참고하여 예문의 내용에는 관계가 있지만 문법적인 구조에 매이지 않고 자유로 말하게 하면서 그 음조형, 억양, 표현적 장음 등을 필자가 적은 것이 담양 방언의 현장 조사 자료이다. 기본 예문은 1062개인데, 이 글에서 예문을 (0001)~(1062)의 번호를 매기고, 인용 자료로 이용할 때는 담양 방언인 경우는 (담0103), 창원 방언인 경우는 (창0011)처럼 번호를 자료의 앞이나 뒤에 붙였고, 때로는 「담」이나 「창」을 빼고, (0103), (0011)처럼 적기도 했다. 담양 방언의 기본 예문이나 현장 조사 자료에 대응하는 창원 방언 자료를 보충할 필요가 있을 때는 (0103), (0011) 등의 번호 대신에 〈창원 방언 보충〉이라는 표시를 했다.

(1) ㄷ/d/ ㅌ/tʰ/ ㄸ/t/ ㅈ/j/ ㅊ/cʰ/ ㅉ/c/ ㅅ/sʰ/ ㅆ/s/ (ㅇ/ø/ ㅎ/h/)
　〔센〕 − ＋ ＋ − ＋ ＋ − ＋ (− ＋)
　〔기〕 − ＋ − − ＋ − ＋ − (− ＋)

(2) 평음 /b/(ㅂ)   /d/(ㄷ)   /j/(ㅈ)   /g/(ㄱ)   (/z/(ㅿ)) /ø/(ㅇ)
　　경음 /p/(ㅃ)   /t/(ㄸ)   /c/(ㅉ)   /k/(ㄲ)   /s/(ㅆ)   /ʔ/(ㆆ)
　　기음 /pʰ/(ㅍ)   /tʰ/(ㅌ)   /cʰ/(ㅊ)   /kʰ/(ㅋ)   /sʰ/(ㅅ)   /h/(ㅎ)

두 방언의 모음은 약간의 차이가 있다. 창원 방언의 단모음은 /i
(ㅣ), e(ㅔㅐ), ə(ㅡㅓ), a(ㅏ), u(ㅜ), o(ㅗ)/의 6개가 있고, /e
(ㅔㅐ)/는 〔E〕로 발음되고, /ə(ㅡㅓ)/는 〔ə, i, ʒ〕 등으로 임의변이
를 한다. 이에 대하여 담양 방언의 단모음은 /i(ㅣ), e(ㅔㅐ), i
(ㅡ), ə(ㅓ), a(ㅏ), u(ㅜ), o(ㅗ)/의 7개가 있고, /e(ㅔㅐ)/는
〔E〕로 발음된다.

담양 방언에서는 /V ― V/의 환경에서 /ㅁ+ㅎ, ㄴㅣㅎ, ㅇ+ㅎ,
ㅂ+ㅎ, ㄷ+ㅎ, ㄱ+ㅎ, ㄹ+ㅎ/은 〔mʰ, nʰ, ŋʰ, bʰ, dʰ, gʰ, rʰ〕 또
는 〔m, n, ŋ, b, d, g, r〕로 임의변이 한다(보기 : /간닥허데
/〔ganˀdagʰəde/ganˀdagəde〕, /곱허고/〔gobʰəgo/gobəgo〕, /안허
고/〔øanʰəgo/øanəgo〕, /잘헌다/〔jarʰənda/jarənda〕).

3. 성조 및 음조

방언 음조의 정확한 기술은 예사로운 방법으로는 다루기 어렵다.
성조 방언 가운데서 가장 높낮이의 폭이 넓은 방언이 부산·김해·
창원·마산을 포함하는 경남의 동남부 방언이다. 이 방언의 가장
낮은 음조를 서양 악보의 다–장조에서 '도'의 자리에 고정하면, 가장
높은 음조는 '솔'이 된다. 이 사이를 ¼도 곧 반의 반음 씩 잘라 가
면 모두 15 등급으로 높낮이를 나눌 수 있다(김차균(1980 : 28-
37)을 참조). 보기를 들어 알기 쉽게 말하면 다음과 같다.

(3) 동남부 경남 방언 성조를 서양 악보에 옮김
   ㄱ. /마산/[LM], /사람/[LM], /말한다/[LMM]의 첫 음절을
      《도》에 고정하면,
   ㄴ. /노래/[HM], /날파리/[HMM]의 첫 음절은 《솔》에 고정
      된다.
   ㄷ. [L]에서 가장 높은 [H]까지 ¼도씩 나누면 [1]~[15]의
      15 등급이 된다.

높낮이에 대한 주관적인 등급은 음성학에서 말하는 객관적인 등급과 큰 차이가 있을 수도 있다. 동남부 경남 방언의 경우 /L/, /M/, /H/는 다음과 같이 나누어진다.[3]

(4) 성조   음운론적인 등급   음성학적인 등급
    L   [1]~[3]   (3 등급)   [1]~[5]   (5 등급)
    M   [4]~[11]   (8 등급)   [6]~[10]   (5 등급)
    H   [12]~[15   (4 등급)   [11]~[15] (5 등급)

음성학적인 등급은 성조 체계와는 관계가 없으므로 그만 두고, 음운론적인 등급을 그림으로 나타내면 다음과 같다.

---

3) 현대의 음운학자 가운데는 고저가 /L/과 /H/ 둘 뿐이라야 한다고 단정하는 기이한 설을 내세우는 경우가 많은데, 자기가 다루어 본 한두 개의 성조 언어나 성조 방언에 성조가 둘이라고 하여 수많은 성조 언어를 연구해 보지도 않고 그런 단정을 하는 것은 학문을 하는 태도가 아니다. 그리고 성조나 음조를 다루는 많은 학자들이 높낮이의 기준을 제시하지 않고, 막연한 판단으로 높낮이를 /고/(H), /중/(M), /저/(L) 따위로 표시하여 논쟁을 하여 아무런 가치 있는 결론에 이르지 못하거나 아예 논쟁을 피하는 경우가 많다. 높낮이에 대한 정확한 청취 능력을 가지고 자료를 표시하되 음운론적인 기준을 다른 학자와 달리 제시하는 것은 학설로서 성립하며 비난을 받을 일은 아니다. 왜냐하면 어느 한 학설이 다른 학설들보다 절대적으로 우월하다고 주장하는 것은 독단에 지나지 않으며, 바람직한 주장이 될 수 없기 때문이다.

(5)　　　우리말의 음조

〔15〕

〔H〕(고조)의 음역 (〔12〕~〔15〕)

〔11〕

〔M〕(중조)의 음역 (〔4〕~〔11〕)

〔4〕

〔L〕(저조)의 음역 (〔1〕~〔3〕)

〔1〕　　※경남 방언들의 대부분에는 〔1〕~〔15〕의 음조 영역이 나타나고, 그 밖의 방언들에는 〔4〕~〔15〕만 나타난다. 전남 방언에는 음운론적인 구의 끝음절 또는 끝에서 둘째 음절에 억양의 하나로 〔1〕이 나타나는 경우가 있다.

현대 우리말의 모든 성조 방언은 그 성조를 방점법으로 적을 수 있다. 방점법은 무표 성조인 평성을 □으로, 측성 곧 유표 성조인 거성과 상성을 각각 ·□과 :□으로 적는 것을 말한다. 무표 성조 뒤에서는 상성과 거성만 중화되고, 유표 성조 뒤에서는 모든 성조가 1점 곧 ·□으로 중화된다. 성조를 방점법으로 적으면 현대의 모든 성조 방언끼리는 물론이고, 현대의 어느 방언과 중세 국어를 비교하더라도 70~80% 정도의 낱말들의 성조가 일치한다는 사실을 증명한 바 있다(김차균 : 1999). 방점은 중화의 기능을 나타내는 표상이라 할 수 있다.

우리말의 성조는 거성과 상성의 강력한 중화 기능으로 말미암아 최종 성조 표상(음운론적인 층위의 최종 표상인 동시에 표면적인 음조형 도출 직전의 성조 표상)은 세 가지 성조 표상으로만 나타난다. 중세 국어와 창원 방언의 성조 및 창원 방언과 다른 성조 방언의 대응 관계를 적으면 다음과 같다.

(6) 성조 대응 관계

성조이름		중세 국어	창원 방언	담양 방언	삼척 방언
평 성		가장 낮은 음조/L/ □	고/H/ 저□	저 ㄸ 고 /M.H/□	고 /H/□
측성	거성	가장 높은 음조/H/ ·□	중/M/·□		저 /M/·□
	상성	높아 가는 음조/R/ :□	저:/L/ :□	저승/M̲/:□	고승/Ḧ/:□

(7) 성조형의 대응 관계 (괄호 안은 방점형)

성조형방언	측성형		평측형
	상성형	거성형	
삼척 방언	$\ddot{H}_1$ (:□₁)	M_1 (·□₁)	H_1M^n (□₁·□ⁿ)
창원 방언	L_1 (:□₁)	M_1 (·□₁)	H_1M^n (□₁·□ⁿ)
담양 방언	R_1 (:□₁)	MHX(□₁), HHX(□₁), 등	
성조형	상성형	비상성형	

아래첨자 또는 아래 첨자와 위 첨자를 이용해서 몇 개 방언의 성조형의 대응 관계는 다음과 같다. 아래첨자는 그 숫자가 나타내는 것 이상의 개수를 나타낸다. 이에 대하여 위 첨자는 그 숫자가 나타내는 개수를 뜻한다. 보기를 들어 □₁은 □이 1개 이상 곧 □, □□, □□□, □□□□, … 등을 가리키고, □³은 □이 3개 곧 □□□을 가리키며, 가리킨다. ·□⁴는 ·□이 4개 곧 ·□·□·□·□을 가리킨다.

(8) 일반항의 대응 관계 (괄호 안은 방점항)

방언 ＼ 성조항	측성항		평측항
	상성항	거성항	
삼척 방언	$\ddot{H}^n$ (:□ⁿ)	M^n (·□ⁿ)	H^mM^n (□ᵐ·□ⁿ)
창원 방언	L^n (:□ⁿ)	M^n (·□ⁿ)	H^mM^n (□ᵐ·□ⁿ)
담양 방언	R_1 (:□ⁿ)	MHX(□ⁿ), HHX(□ⁿ), 등	
성조형	상성항	비상성항	

　성조형은 규칙을 설정하거나 몇 가지 항을 포괄적으로 설명하는 데에 편리하다. 이에 대하여 위 첨자에 일정한 수를 대입하면 구체적인 성조항이 도출되도록 하기 위해서는 일반항이라는 개념이 필요하다. 일반적으로 다른 학자들의 경우 성조형과 성조항을 구분하지 않고 모두 성조형이라 부르고 있기 때문에 이 연구에서도 이하에서 성조형이라는 용어가 이 두 가지를 다 가리키고 있다. 그러나 그 표기를 보면 어느 쪽을 가리키는지 쉽게 구별된다.

　방점형(또는 방점 표상)을 성조형(또는 성조 표상)으로 바꾸는 일은 간단하다. 예를 들어 창원 방언의 예문 (9)ㄱ을 방점 표상이나 성조 표상으로 바꾸면 (9)ㄴ~ㅁ과 같다.

(9)	ㄱ.	·내·가	오·올	:몬·올·떼·로	·옰·능·갑·다
	ㄴ.	·□·□	□·□	:□·□·□·□	·□·□·□·□
	ㄷ.	·□²	□·□	(:□·□³→):□⁴	·□⁴
	ㄹ.	MM	HM	LMMM	MMMM
	ㅁ.	M²	HM	(LM³→)L⁴	M⁴

　(9)ㄱ의 어절들은 각각 그 밑에 있는 (9)ㄴ과 같은 방점 표상을 나타낸다. 또 (9)ㄴ은 첨자를 써서 바꾸면 (9)ㄷ과 같은 모양으로 바꿔 적을 수 있다. 다만 셋째 어절은 둘째 음절 이하의 위치는 모두 중화 위치이므로 :□·□³으로 적지 않고 상성(:□)으로 시작되면서 4음절 어절이라는 뜻으로 :□⁴로만 적어도 충분하다. 마치 이것은 우리말의 〔b̥ubu〕(부부)를 음운론적인 표상으로는 무성음 〔b̥〕와 유성음 〔b〕의 구별 없이 /bubu/로 적는 것과 같다. 적지 않아도 규칙에 의하여 예측되는 것을 적을 필요가 없기 때문이다.

　표 (6)을 보면 창원 방언의 □은 H로, ·□은 M으로, :□은 L로 각각 나타나고 있으므로, (9)ㄴ을 (9)ㄹ로 적는 것은 당연하다. 다시 (9)ㄴ을 (9)ㄷ으로 적는 것과 같은 방법으로 (9)ㄹ을 (9)ㅁ으로 적게 된다. 상성형 :□·□·□·□을 첨자를 이용하되 잉여적인 정

보를 줄이면 :□·□³ 대신 :□⁴으로 적는다는 것과 이것을 성조형으로는 LM³ 대신에 L⁴으로 적는다는 것은 반드시 기억해 두어야 할 일이다.

하나 더 보충해서 보기를 들면, 창원 방언의 /당나·구·새·끼/는 /□□·□·□·□/는 □이 2개, ·□이 3개이므로 □²·□³으로 적게 되며, (6)을 보면 □은 H, ·□은 M이므로 □²·□³은 H²M³으로 적게 된다.

창원 방언에는 표면 표상에서는 1음절 어절은 존재하지 않고 2음절 이상만 나타난다. 창원 방언에서 1음절 어절은 대화체의 월에서 쉼과 쉼 사이(# — #)에 오면 다음의 규칙에 따라 두 배로 길어져서 발음되기 때문이다.

(10) 창원 방언 1음절 어절 성조 중복 규칙
ㄱ. □→□□/# — #
ㄴ. ·□→·□·□/# — #
ㄷ. :□→:□·□/# — #

이것을 성조 기호로 바꿔 쓰면 다음과 같다.

(11) 창원 방언 1음절 어절 성조 중복 규칙
ㄱ. H→H²/# — #
ㄴ. M→M²/# — #
ㄷ. L→L²/# — #

따라서 # — #의 환경에서 고립해서 발음될 때, 평성(□, H)는 (/H/→/H²/→)〔MH〕로 발음되고, 거성(·□, M)은 (/M/→/M²/→)〔MM〕으로 발음되며, 상성(:□, L)은 (/L/→/L²/→〔LM〕으로 발음된다. 보기를 들면 다음과 같다.

(12) 창원 방언 1음절 어절의 성조 중첩의 보기

ㄱ. (·똑→)·또·옥/M^2/[MM] 두불·일 하거·로 ·하네.

ㄴ. (·잠→)·자·암/M^2/[MM] ·오·나? ·잠·오·모 :기·지·기 한분 : 쭈·욱 페·에 ·바아라.

ㄷ. ·내·가 :다·대·앴·는·갑·다. ·누·이 (·통→)·토·옹/M^2/[MM] 안 배인·다(/안배이인·다).

ㄹ. ·역·마살이 들리·있·나. (:와→):와·아/L^2/[LM] :자·꾸 : 나·갈·라·카·노?

ㅁ. 요늚·우 (:손→):소·온/L^2/[LM] (:말→):마·알/L^2/[LM] 안들을·래. 달가·지·로 뽈·라 나알·라.

ㅂ. :거·십·을 (막→)마·악/H^2/[MH] 퍼여티·이 언치·있·능·갑· 다.

ㅅ. (니→)니·이/H^2/[MH] (내→)내·애/H^2/[MH] 등더·리 조· 옴 건지·리 ·바아라.

창원 방언의 성조형에서 음조형을 도출하는 규칙은 다음과 같다.

(13) 창원 방언의 음조형 실현 규칙

ㄱ. (평측형) H_2M^n → [MH1M^n]/ # — #

ㄴ. (거성형) M_2 → [HHM0]/# — #
  (단, 정보 초점이 아니면 M^2 → [MM])

ㄷ. (상성형) L_2 → [LM1]/# — #

ㄹ. (ㄱ~ㄷ의 규칙이 적용되지 않는 어절은 성조 표상과 음조 표상이 같다.)4)

담양 방언은 1960년대 말에서 1970년대 초의 광주 방언보다는 더 장단 방언에 가까워졌지만, 아지도 준성조 방언이라5) 할 수 있

---

4) (13)ㄹ은 잉여적인 규정으로 불필요한 것이지만, 음운론에 익숙하지 못한 사람들에게는 이 규정을 둠으로써 착각에 떨어지지 않기 때문에 이러한 규정을 적어 넣었다.

5) 1960년대 말에서 1970년대 초의 광주 방언은 성조 방언이라는 관점에서

다. 담양 방언의 상성형은 /R₁/이며, 이것은 1음절 어절일 때는
〔M〕,〔M〕 또는 〔H〕로 실현되지만,6) 2음절 이상의 어절에서는 〔M
M₁〕,〔MHM₀〕,〔HM₁〕,〔HHM₀〕으로 임의 변동한다. 〔M〕,〔MM₁〕,
〔MHM₀〕,〔H〕,〔HM₁〕,〔HHM₀〕들에서 〔M〕은 〔M〕의 영역에서 시
작되어 〔H〕의 영역에 약간 못 미치는 위치까지 걸치는 두드러진 상
승조로 발음되며, 그 길이는 보통 음절의 1.6배 정도이다. 〔H〕는
〔고〕에서 시작되어 수평조로 발음되다가 뒤끝이 약간 상승하는 음
조이며, 그 길이는 역시 보통 음절의 1.6배 정도다.

보면 음조에 의하여 장단이 예측되고, 장단 방언이라는 관점에서 보면 장
단에 의하여 음조가 예측되는 방언이었다. 이는 장단과 음조의 둘 가운에
어느 한쪽이 음운론적으로 우세하여 한쪽이 변별적이고 다른 쪽이 잉여적
이라고는 할 수 없고, 양쪽의 힘이 비기는 상태라 할 수 있다. 이러한 방
언을 글쓰는이는 준성조 방언이라 불러왔다. (김차균 : 1980, 1999)
6) 〔M〕과 〔H〕는 보통의 어절 첫 음절의 1.6배(＝1.6모라) 정도의 길이로
발음되며, 처음 1모라 정도는 수평조에 가깝지만, 뒷부분이 올라가는 음조
이다. 〔M〕은 그림 (5)를 기준으로 해서 말하면 〔8·11〕 정도의 음조이며,
〔HM1〕에서 〔H〕는 〔12·14〕 정도의 음조이다. 다만 광주 방언과 담 양 방
언에서 〔HHM0〕형에 나타나는 〔H〕는 1.6 모라의 수평조이다. 〔M〕 을 굳
이 〔R〕로 적지 않는 것은 이 글에서 〔R〕은 〔7〕 이하에서 〔13〕 이상의 넓
은 영역에 걸쳐서 발음되는 상승조를 가리키기 때문이다. 〔MM₁〕 에서 둘
째 음절 〔M〕은 〔7〕 미만의 높이로 발음된다. 〔M〕은 내파음으로다. 이 연
구에서는 담양 방언에 나타나는 〔M〕,〔M〕,〔H〕을 상성 성조 /R/의 변이
음조로 처리하지만, 이 글을 읽을 분들에게 혼동을 주지 않기 위하여 음운
론적인 층위의 표상도 /R/ 대신에 /M/, /M/, /H/으로 적는 경우가 많으
니 이해해 주기를 바란다.
　참고로 담양 방언과 광주 방언의 상성형 음조들을 영남 및 영동의 다른
방언들의 상성 음조들과 비교해 두기로 한다. 담양 방언과 광주 방언의 상
성형의 변조들 중의 하나인 〔HHM₀〕은 60대 대구 방언 상성형 및 울진
방언의 음상형과 같으며, 또 광주 방언과 담양 방언의 〔HM1〕은 삼척 방
언과 울진 방언의 상성형과 같다. 또 담양 방언과 광주 방언의 〔MM1〕은
강릉 방언의 상성형 음조의 대표적인 형태 중의 하나이며, 앞으로 발표할
성주 방언의 상성형과도 같다.
　담양 방언과 광주 방언의 상성형의 변이 음조형 〔MHM₀〕은 삼척 방언
의 음상형, 강릉 방언의 상성형의 으뜸 변이 음조형과 같은 음조형임을 참
고로 말해 둔다.

담양 방언의 1음절 어절은 그 기저 성조가 상성이냐 비상성이냐
에 관계없이 다음의 규칙에 의하여 그 음조형이 실현된다.

(14) 담양 방언의 1음절 어절의 음조형
ㄱ. 〔M̲〕(기본 음조)
ㄴ. 〔Ḧ〕(변음조), 〔M̲〕(변음조)

담양 방언에서 1음절 어절은 보통 음절의 1.6배 이상으로 길어지
기 때문에, 기저 음운 표상에서 음운론적인 장단에 관계없이 주로
〔M̲〕으로, 가끔 〔Ḧ〕나 〔M̲〕으로 발음되지만, 여린소리로 시작되는
1음절 어절이 〔Ḧ〕나 〔M̲〕으로 실현되는 비율은 매우 낮다. 〔M̲〕은
수평조의 장음절, 〔M̲〕은 상승조의 장음절이며, 둘다 〔M〕의 영역
안에서 발음되는 데에 대하여, 〔Ḧ〕는 〔H〕의 영역 안에서 수평조로
발음되다가 뒤끝이 약간 올라가는 음조이다. 아주 드물기는 하지만,
1음절 어절이 강조될 때는 그 구성 음소에 관계없이 보통 음절의 2
배의 길이로 발음되며 그 음조는 〔MH〕로 나타난다.

담양 방언의 1음절7) 어절의 자료를 창원 방언의 그것과 대조하

---

7) 음절의 개념은 아직 개관적으로 일치하는 견해가 없다. 생성음운론이 시작
된 1960년대 이후에는 /시인/(詩人), (마을→)/마알/ 등을 음성학적으로
1음절로 보는 사람이 많지만, 이들이 단순한 장음절인 /:신용/, /:말씀/
등의 첫 음절과 다르게 발음된다면, 2음절로 보아야 할 것이다. 서울말의
젊은 토박이들의 말에서는 /시인/→〔:신〕, /마알/→〔:말〕과 같이 발음되는
현상이 거의 일반화되었다. 그러나 성조 방언인 창원 방언에서는 /마알
H²/〔MH〕(村)은 /:말씀L²/〔LM〕의 첫 음절과는 뚜렷이 구별되며, /시
인 H²/〔MH〕(詩人)과 /:시·인 L²/〔LM〕(是認)과는 완전히 다르다. 그리
고 어절의 둘째 음절 이하에서도 /비이·인·다 H²M²/〔MHMM〕(칼날에
상처가 난다)와 /끼이·인·다 H²M²/〔MHMM〕(끼어들다)는 심리적으로 /
당나구·도 H²M²/〔MHMM〕와 동일한 운율 구조를 가지므로 4개의 성조
단위로 인정되어야 하며, /·새·마알/(새마을)은 세 개의 성조 단위를 가지
고 있다. 뿐만 아니라, 2개의 성조 단위인 (/·새 :말/→)/·새·말/(新語)과
는 다르다. 이런 경우에는 허웅(1972)에서처럼 성조 단위가 얹히는 것은
역시 그 단위의 수만큼 음절을 인정해야 한다. 창원 방언의 /시인 H2/〔M

면 다음과 같다.

(15) 1음절 어절

창원 방언	담양 방언(전용석)
자알(창0430)(창0534)	(담0027)(담0430)(담0534)잘M̤
니이(창0059)(창0540)(창0924)	(담0059)(담0540)(담0924)너M̤
니이(창0540)	(담0540)너Ḧ
지이 공부빠아로(창1058)	(담1058)지 공부빵으로M̤ MHHML ρ
지이 공부빵·으·로(창1058)	(담1058)지 공부빵으로M̤ MHHML ρ
·차·암(창0528)(창0714)	(담0528)(담0714)참M̤
·차·암(창0842)	(담0842)(담1047)참M̤
·차·암(창0842)	(담0842)참Ḧ
·토·옹(창0312)(창0560)(창0922)	(담0312)(담0560)(담0922):통M̤
:꼬·옥(창0043)(창0249)(창0367)	(담0043)(담0249)(담0367)꼭M̤
:또·옥(창0192)	(담0192)꼬옥MH
:또·옥(창0249)	(담0249)꼭Ḧ
:다·아(창0163)(창0166)(창0464)	(담0163)(담0166)(담0464):다M̤
:다·아(창0707)(창0754)(창0829)	(담0707)(담0754)(창0829):다M̤
:다·아(창0485)	(담0485):다Ḧ
:도·온(창0799)	(담0799):돈M̤
:또·옥(창0519)	(담0519)똑M̤
:마·알(창0193)(창0203)(창0943)	(담0193)(담0203)(담0943):말M̤
:마·알(창0943)	(담0943):말Ḧ
·무·울(창0731)	(담0731)물M̤
:미·잉 :질·고〈보충〉	(담0075)미잉 길고MH MH ρ

H](詩人), /마알 H²/[MH](村), /사알 HM/[HM](사흘), /나알 HM/
[HM](나흘)을 하나의 음절로 보는 사람들은 예외 없이 /내·일 HM/[HM]
은 2음절로 처리한다. 그러나 이것을 그들이 적는 것처럼 [néil]로 적고 보
면 이것을 2음절로 볼 근거가 전혀 없어진다. 우리는 성조 단위의 수에 따
라 창원 방언의 /내·일 HM/[HM]도 2음절로 볼 수밖에 없다. /내·일
HM/[HM]은 /김·치 HM/[HM], /참·치 HM/[HM], /찌·개 HM/[HM]
와 그 심리적인 운소는 완전히 동일하다. /마알/, /시인/, /비이·인·다/, /
사알/, /내·일/ 등을 운소를 제외하고 발음 부호로 적으려면 [maøal],
[shiøin], [biøiøinda], [neøil]로 적을 수밖에 없다.

·바압(창1050)　　　　　　　　　　（담1050)밥Ṃ
·시·임(力)(창0713)　　　　　　　　（담0713)심Ṃ
:아안 ·째·애·지·나(창0004)
:와아(창0032)(창0074)　　　　　　（담0032)(담0074):왜ṃ
:와아(창0111)(창0182)(창0302)　（담0111)(담0182)(담0302):왜Ṃ
:와아(창0359)　　　　　　　　　　（담0359):왜Ḥ
:와아(창0945)(창0964)(창1044)　（담0945)(담1044):왜Ṃ
:쭈·욱(창0079)　　　　　　　　　　（담0079):쭉Ṃ
:쭈·욱(창0079)　　　　　　　　　　（담0079)쭈욱MH
:카·악(창0718)　　　　　　　　　　（담0718)콱Ṃ
:투·욱(창0700)　　　　　　　　　　（담0700):툭Ṃ
:푸·욱(창0008)(창0044)　　　　　　（담0008)(담0044):푹Ṃ
:하·악(창0666)　　　　　　　　　　（담0666)확Ṃ

그리고 (/마음/→마암→)〔:맘〕처럼 2음절이 하나의 장음절로 축약될 때도 모두 그 구성 음소에 관계 없이 〔Ṃ〕 또는 가끔 〔Ḥ〕로 발음된다.

2음절 이상의 음운론적인 구 3153개[8])를 가지고 이들이 나타나

---

8) 우리말에서는 하나의 어절이 하나의 낱말처럼 발음되는 것은 물론이지만, 두세 개의 어절 또는 하나의 월, 또는 월의 경계를 포함하는 몇 개의 어절이 하나의 낱말처럼 발음되는 경우도 자주 볼 수 있기 때문에, 하나의 낱말처럼 발음되는 것들을 모두 음운론적인 구라고 부르기로 한다. 결국 하나의 음운론적인 구는 하나의 성조형(따라서 하나의 음조형)으로 발음되는 말토막이다. 음운론적인 구는 문법적인 단위와 일치하지 않은 경우도 많으니 유의하기 바란다. 이 통계에서 센소리(ㄲ, ㄸ, ㅃ, ㅆ, ㅉ, ㅅ, ㅊ, ㅋ, ㅌ, ㅍ, ㅎ)로 시작되느냐, 여린소리(ㄱ, ㄷ, ㅂ, ㅈ, ㄴ, ㅁ, ㄹ, ㅇ)로 시작되느냐는 매우 중요한 뜻을 가진다.

　참고로 3134개 가운데서 두 방언 사이에 어원이 다르거나 문법적인 구성이 달라서 비교하기가 어려운 것을 빼고 나머지 2932개의 음운론적인 구의 성조 대응 관계를 통계로 보이면 다음과 같다.
※ 담양 방언과 창원 방언의 성조형 (2932개)

창원 방언	담양 방언	나타나는 수	백분율
ㄱ. 상성형	상성형	410개	(생략)
첫음절 2모라	상성형	70개	(생략)
상성형	첫음절 2모라	3개	(생략)

는 빈도, 100분률 및 그 구의 첫 분절음을 여린소리와 센소리로 구
분하여 제시하면 다음과 같다.

(16) 담양 방언의 2음절 이상의 상성형 641개의 음운론적 구의 음조형
　　ㄱ. 상성형① $[\dot{M}HM_0]$〈으뜸음조형①, 38.2%〉 여린소리 230개,
　　　　센소리 15개
　　　　$[\dot{M}M1]$〈으뜸음조형②, 35.4%〉 여린소리 166개, 센
　　　　소리 61개
　　ㄴ. 상성형② $[\dot{H}M_1]$〈변음조형①, 12.6%〉 여린소리 22개, 센소리
　　　　59개
　　　　$[\dot{H}HM_0]$〈변음조형②, 11.2%〉 여린소리 22개, 센소
　　　　리 50개
　　　　그 밖의 음조형 〈2.5%〉 16개

(17) 담양 방언의 2음절 이상의 비상성형 2512개의 음운론적 구의
　　음조형
　　ㄱ. 비상성형① $[MHM_0]$ 〈으뜸음조형①, 64.2%〉 여린소리 1597
　　　　개, 센소리 15개

비상성형	비상성형	2096개	(생략)
모두		2579개	88.0%
ㄴ. 상성형	비상성형	133개	(생략)
비상성형	상성형	148개	(생략)
비상성형	첫음절 2모라	72개	(생략)
모두		354개	12.0%

　　ㄱ은 대응 관계가 잘 이루어지는 경우이고, ㄴ은 대응 규칙에 어긋나는
경우이다. 두 방언 사이에 성조형의 대응 규칙에 따르는 자료, 곧 두 방언
에 다 상성형(또는 첫음절 2모라)로 나타나거나 또는 두 방언에 다 비상성
형으로 나타나는 것이 (483＋2096＝)2579개, 88.0%이고, 대응하지 않
는 것이 (133＋220＝)354개, 12.0%라는 것을 통해서 우리는 두 방언
사이의 성조의 대응 관계가 뚜렷함을 확인할 수가 있다.

〔HHM$_0$〕〈으뜸음조형②, 32.9%〉여린소리 52개, 센소리 774개
　ㄴ. 비상성형② 〔HM$_1$〕〈변음조형①, 2.3%〉여린소리 14개, 센소리 43개
　　〔MM$_1$〕〈변음조형②, 0.3%〉여린소리 7개, 센소리 1개
　　그 밖의 음조형 〈0.4%〉9개

　담양 방언의 (16)의 으뜸음조형①과 으뜸음조형②를 합치면 73.6%가 되고, (17)의 으뜸음조형①과 으뜸음조형②를 합치면 97.1%가 된다. 으뜸음조형만 가지고 보면 1960년대 말의 광주 방언의 음조와 흡사한 특징을 나타낸다고 할 수 있다.9) (16)와 (17)에서 〔M̤HMX〕, 〔M̤MX〕, 〔ḦMX〕, 〔ḦHX〕, 〔HHX〕, 〔HMX〕, 〔MMX〕 대신에 〔M̤HM$_0$〕, 〔M̤M$_1$〕, 〔ḦM$_1$〕, 〔ḦHM$_0$〕, 〔HHM$_0$〕, 〔HM$_1$〕, 〔MM$_1$〕로 적은 것은, X로 표시된 부분의 전체 또는 한두 음절에 억양이 얹힐 가능성이 있지만, 억양이 얹히지 않고 성조형에서 음조형이 도출될 때는 〔M̤HM$_0$〕, 〔M̤M$_1$〕, 〔ḦM$_1$〕, 〔ḦHM$_0$〕, 〔HHM$_0$〕, 〔HM$_1$〕, 〔MM$_1$〕로 나타나기 때문이다. 곧 (16), (17)의 〔　〕안에 나타나는 표상은 억양이 나타나지 않을 때의 2음절 이상의 음조형이다.
　위의 (14), (16), (17)에서 소수의 변음조형을 제외하고 으뜸음조형을 중심으로 담양 방언의 음조형 실현 규칙을 적으면 다음과 같다.

---

9) 1960년대 후반기 광주 방언의 음조형 실현 규칙(김차균 : 1998, 1999)
　ㄱ. 광주 방언에는 상성형과 비상성형의 두 가지 성조형이 대립을 이룬다.
　ㄴ. 상성형은 〔ḦM$_0$〕으로 나타난다.
　ㄷ. 비상성형은 〔MHM$_0$〕으로 나타나되, 어두 자음이 된소리, 거센소리(/ ㅅ/, /ㅎ/ 포함)로 시작되면 첫음절이 높아져서 〔HHM$_0$〕으로 변한다.

(18) 담양 방언의 음조형 실현 규칙

    ㄱ. 비상성형($/M_1/$) 규칙 : $/M_2/$는 # — #의 환경에서 [MHM_0]로 발음되지만, 센소리로 시작되는 음운론적 구에서는 [HHM_0]으로 실현된다.

    ㄴ. 상성형($/R_1/$) 규칙 : $/R_2/$는 $/$# — #의 환경에서 [$\dot{M}HM0$] 또는 [$\dot{M}M1$]로 실현된다.

    ㄷ. 1음절 어절 /R/(상성)과 /M/(비상성)은 모두 [$\dot{M}/\ddot{H}$]로 임의변이한다.

이것을 1960년대 말의 광주 방언의 음조형 실현 규칙과 비교해 보기 바란다. 담양 방언의 상성의 성조 표시를 /R/로 한 것은 상성의 음조가 [$\dot{M}$, $\underline{M}$, $\ddot{H}$] 등으로 변하며, 모두 구별 부호를 가지고 있기 때문에 음운론적인 차원의 성조 표시로는 불편할 뿐만 아니라, 중세 국어와 대구·경북 방언권의 상성을 모두 /R/로 적는 학계의 일반적인 관례를 따른 것이다.

(16)~(18)에서 우리는 담양 방언의 음조형은 그 음조형이 얹히는 말토막의 첫 분절음 곧 첫 자음에 의해서 예측되는 현상이 두드러짐을 알 수 있다.

4. 억양

억양을 깊이 있게 연구로는 이호영(1997)을 들 수 있다. 이호영(1997)에서 다룬 비성조 방언인 서울말의 억양과 우리가 조사한 준성조 방언인 담양 방언과 성조 방언인 창원 방언을 대조하면, 비성조 방언에서는 억양이 어절의 기본적인 음조형의10) 실현을 압도

---

10) 김선철(1997)에서는 20, 30대 서울말 토박이 남자 대학원생의 운율을 연구한 결과 "서울말은 어휘적으로 명세되지 않는 즉 어느 정도 규칙으로 위치가 예견되는 강세악센트를 가지며, 억양의미를 나타낼 목적으로 고저악센트와 경계음조를 이용하는 언어라고 규정할 수 있겠다."라고 말하고

하여 억양에 따라 기본 음조형은 무시될 수도 있다. 이에 대하여 준성조 방언에서는 주로 어절의 끝음절, 가끔 끝의 두 음절에 실현되며, 창원 방언과 같은 성조 방언에서11)는 어절 전체의 성조가 규칙 (10) 등에 따라 실현된 다음 끝음절을 조금 더 길게 하여 길게 된 부분에 억양이 실현된다. 그리고 서울말 같은 비성조 방언은 억양의 종류가 가장 다양하고 풍부하며, 담양 방언 같은 준성조 방언에는 억양이 서울말보다 많이 제한되어 있다. 창원 방언의 억양은 서울말에 비하면 매우 제한되어 있으며, 그 쓰이는 빈도도 낮은 편이다.

담양 방언의 억양은 〔ρ〕(오름조), 〔φ〕(내림조), 〔H〕(고조), 〔λ〕(수평조)가 있으며, 〔ρ〕(오름조)는 압도적인 빈도로 〔Lρ〕(낮오름조)로 나타난다. 담양 방언에는 (5)에서 말한 바와 같이 〔L〕(저조)에 해당하는 음조는 없으나, 오직 억양의 한 부분으로서 반드시 〔ρ〕(오름조) 앞에만 나타난다. 따라서 〔Lρ〕(낮오름조)는 〔L〕과 〔ρ〕의 결합이라기보다는 〔Lρ〕 자체를 하나의 억양으로 보는 것이 합리적이다. 이들은 억양 단위(어절, 절, 월)의 끝음절에

있어서 서울말의 기본적인 악센트는 강세라고 보고 있다. 김선철(1997)에서도 시사하고 있는 바와 같이 우리에게는 서울말이 단일 방언으로 구성된 것으로 보이지 않는다. 사회 계층이나 연령, 성별, 부모의 출신 방언 등을 고려하여 더 많은 화자들의 말을 연구해야 할 것으로 보인다. 그러나 김차균이 조사한 1970년대 초의 서울 영등포구 여자 중학생들의 기본적인 음조형은 당시의 광주 방언과 유사한 고저 악센트였고(김차균 : 1969, 1975), 전선아(1989)등에서도 서울말과 광주 방언은 어절 끝음절을 제외하면 음조적인 차이가 거의 없다. 김차균(1969, 1975) 등의 자료는 월 단위의 운율을 고려하지 않았고, 어절을 서술조로 발음하게 하여 얻은 것이다. 연구의 출발부터 이러한 태도를 가졌기 때문에, 김차균(1978)의 경남 방언의 월의 운율 연구에서도 고립 상태에서 발음된 어절의 음조형 또는 성조형이 월 속에 들어갔을 때 어떤 모양으로 실현되는가에 주안점을 두고 있으며, 본 연구에서도 이러한 기본적인 태도가 유지되고 있다.

11) 강릉 방언이나 삼척 방언은 성조 방언이라도 어절 전체에 억양이 실현되는 경우가 흔히 나타난다(김차균 1999).

실현된다.

끝음절이 〔M〕인 것에 〔ρ〕이 실현되면 〔Mρ〕가 되고, 〔H〕인 것에 실현되면 〔Hρ〕가 된다. 〔φ〕는 끝음절이 〔H〕 또는 〔Ħ〕인 것에만 실현되어 〔Hφ〕, 〔Ħφ〕로 나타난다. 〔Mρ〕는 〔M〕의 2배 정도 길이의 상승조이고, 〔Hφ〕는 〔H〕의 1.5배 정도 길이의 내림조이다. 이리하여 〔Hφ〕는 〔13·⁸〕/〔14·⁸〕로, 〔Mρ〕는 〔4·⁸〕/〔5·⁸〕 정도로 발음된다.

3음절 이상인 어절의 끝음절은 억양이 얹히지 않으면 〔M〕으로 발음되지만, 그것이 「(담0126)끝테이를 HHMH」의 「를」처럼 음조가 〔H〕(고조)로 대치되면 이러한 〔H〕는 억양이라고 생각되기 때문에 단순한 고조와 구별하기 위하여 「끝테이를 HHMĦ」처럼 H 대신에 그리스 글자 Ħ로 쓰기로 한다.

〔M〕에 상승조 음조 〔ρ〕이 뒤따르면 〔Mρ〕가 되는데, 때로는 〔ρ〕의 부분이 더욱 두드러져서 〔MH〕와 같은 음조가 되기도 한다. 이 경우의 〔H〕도 또한 억양의 부분이기 때문에 「(담0191)고곳으은 MHMĦ」처럼 끝 음절을 H 대신에 Ħ로적는다. 「고곳으은 MHMĦ」의 〔MĦ〕과 「고곳은 MHMρ」의 〔Mρ〕은 둘 다 오름조이지만, 〔MĦ〕은 2음절이고 끝이 완전히 〔H〕의 영역에 들어가지만, 〔Mρ〕은 단순한 장음절이며, 그 끝이 〔M〕의 영역에 머물러 있다. 이리하여 〔MHMĦ〕는 「고곳으은」으로 적는 데에 대하여, 〔MHMρ〕는 「고곳은」으로 적는다.

「(담0186)왔네이이 MHMĦρ, (담1006):순해보인디 ṂHMMĦφ, (담0283):썰께라우 ṂMHλ」처럼 억양 〔H〕 뒤에 또 하나의 억양 〔λ〕나 때로는 〔ρ〕, 〔φ〕가 뒤따르기도 한다. 〔MĦ〕는 그 길이로 보아 〔MH〕와 같은 길이인 2 모라이며, 〔MĦρ〕와 〔MĦφ〕의 길이는 2.5 모라 정도의 길이이다. 〔MĦφ〕의 마지막 부분인 내림조 〔φ〕보다 더 내려가면 〔MĦM〕이 되는데, 〔MĦM〕은 〔MHM〕과 음

조의 특징은 같다. 「(담0283)썰어라우〔HMMHM〕」에서 「라우」에
는 억양 〔HM〕이 실현된 것이다. 〔HM〕은 〔HM〕과 거의 같은 느낌을
주지만, 〔M〕은 〔M〕보다 짧다.

　　억양 가운데는 앞선 음조의 높이에서 하강 또는 상승하지 않고
수평조로 음조의 길이를 길게 하는 〔λ〕가 있다. 〔Mλ〕와 〔Hλ〕는
1.6모라 정도의 수평조의 음조이며, 〔Mλ〕는 〔M〕의 장음 〔M:〕,
〔Hλ〕는 〔H〕의 장음 〔H:〕와 같다. 이제 담양 방언의 억양을 4음
절 어절에 한정하여12) 표를 만들면 다음과 같다.

　(19) 담양 방언 억양 실현의 공식화 (4음절 어절의 일부)
　　　　억양이 실현되지 않은 경우　　　　억양이 실현된 경우
　　ㄱ. 〔MHM^2〕(=〔MHMM〕)　　　　〔MHMM ρ〕
　　　　〔MHM^2〕(=〔MHMM〕)　　　　〔MHMH〕
　　　　〔MHM^2〕(=〔MHMM〕)　　　　〔MHMM λ〕
　　ㄴ. 〔ṂHM^2〕(=〔ṂHMM〕)　　　　〔ṂHMM ρ〕
　　　　〔ṂHM^2〕(=〔ṂHMM〕)　　　　〔ṂHMH ρ〕
　　　　〔ṂHM^2〕(=〔ṂHMM〕)　　　　〔ṂHMM λ〕
　　　　〔ṂHM^2〕(=〔ṂHMM〕)　　　　〔ṂHMMH〕
　　　　〔ṂHM^2〕(=〔ṂHMM〕)　　　　〔ṂHMMHM〕
　　　　〔ṂHM^2〕(=〔ṂHMM〕)　　　　〔ṂHMMH φ〕
　　　　〔ṂHM^2〕(=〔ṂHMM〕)　　　　〔ṂHMMH λ〕
　　ㄷ. 〔ṂM^3〕(=〔ṂMMM〕)　　　　〔ṂMMM ρ〕
　　　　〔ṂM^3〕(=〔ṂMMM〕)　　　　〔ṂMMM λ〕

---

12) 6음절 이상 또는 4음절이하의 음운론적 구에 얹히는 억양도 (32)를 보면
　　만들어낼 수 있으므로 설명은 줄인다.

$$[\underset{\cdot}{M}M^3]\,(=[\underset{\cdot}{M}MMM])\qquad\qquad [\underset{\cdot}{M}MMH]$$

$$[\underset{\cdot}{M}M^3]\,(=[\underset{\cdot}{M}MMM])\qquad\qquad [\underset{\cdot}{M}MMHM]$$

$$[\underset{\cdot}{M}M^3]\,(=[\underset{\cdot}{M}MMM])\qquad\qquad [\underset{\cdot}{M}MMH\,\varphi]$$

$$[\underset{\cdot}{M}M^3]\,(=[\underset{\cdot}{M}MMM])\qquad\qquad [\underset{\cdot}{M}MMH\,\lambda]$$

  담양 방언의 억양은 월의 중간에 나타나는 것도 있는데, 이에 대해서는 앞으로 더 연구할 필요가 있다. 월의 끝에 나타나는 억양도 더 많은 경우를 찾아봐야겠지만, 지금까지의 관찰로는 대략 다음과 같은 의미를 나타낸다.

(20) 담양 방언의 억양과 그 의미

  ㄱ. [ρ] : [M]이나 [H] 뒤에 나타나서 의외, 놀람, 관심의 환기 등을 뜻한다.

  ㄴ. [L ρ] : 가장 중립적인 어조를 나타낸다. 서술, 시킴, 의문사 있는 의문문의 마지막 음운론적 구에 나타날 뿐만 아니라, 월의 처음이나 중간의 음운론적인 구에도 나타날 수 있다.

  ㄷ. [H] : [M]이나 [H] 뒤에 나타나서 의외, 놀람, 관심의 환기 등을 강하게 나타낸다.

  ㄹ. [λ] : [M], [H], [H] 뒤에 나타나서 더 말할 것이 있는데 말을 끝내거나 말한 내용에 대한 확신이 약함 등을 나타낸다.

  ㅁ. [φ] : [H]나 [H] 뒤에 나타난다. /-히어/, /-라우/에 얹히는 경우에는 중립적인 어 조이다. 그 밖의 경우에 쓰일 때는 단정이나 확신, 강력한 시킴 등을 나타낸다.

  ㅂ. [HM] : 단순히 [H φ]의 변종이라 생각된다.

  이들이 쓰인 예문을 들면 다음과 같다.

(21) 담양 방언 억양 자료
  (0282) 【창원】 :쪼·깨(:)·이 남·안·거 떠리·미 :해·가소(/떠리·미·해·애·가소).

(0282) 【담양】 :쮀(:)까 남었는디 떨이해 가씨요(/가시요이).
　　　　　　　:쮀(:)까 남았는디 떨이해 가시요이.
　　　　　　　Ḧ(:)M　MHMH φ HMM MHMH φ

(0283) 【창원】 떡국가래 ·얼·쭈 말·랐·으·모 조·옴 쌍그·라·라.
(0283) 【담양】 떡가래가 건자 몰랐으먼 좀 썰어 :바라.
　　ㄱ. 떡까리 건자 말랐응게 썰어라우.
　　　　HHM　MH　MHMH HMMHM
　　ㄴ. 떡까리 건자 말랐응게 썰어.
　　　　HHM　MH　MHMH HH ρ
　　ㄷ. 떡까리 건자 말랐응게 :썰께라우.
　　　　HHM　MH　MHMH M̤MH λ

(0299) 【창원】 니·는 :우·쩨·그·래 :만·날 누·우·서 :그·라노?
(0299) 【담양】 너는 :어쩨서 방에서 딩굴딩굴 누워있냐?
　　ㄱ. 너는 :어쩨서 방에서 딩굴딩굴 누워있냐?
　　　　MH　ḦHM　MHM　HMHM　MHML ρ
　　ㄴ. 너는 :어쩨서 그래 누워서 그러냐?
　　　　MH　ḦHM　MH　HMM MHL ρ

(0300) 【창원】 니이 가·아 인자아 만·내·지 :마·라.(창0300)
(0300) 【담양】 너는 인자 :가를 만나지 마라이.(담0300)
　　ㄱ. 너는 인자 :가를 만나지 마라이.
　　　　MH MH φ M̤H　MHM MHH λ
　　ㄴ. 너는 인자 :가를 만나지 마라이.
　　　　MH MH φ M̤H　MHM MHH λ

(0305) 【창원】 ·야·아·가 우리 막내·이·다.
(0305) 【담양】 :야가 우리 막둥이다.
　　ㄱ. :야가 우리 막둥이다.
　　　　M̤M　MH　MHMM ρ
　　ㄴ. 요곳이 우리 막둥이다.
　　　　HHM　MH　MHMM ρ

(0306) 【창원】 :바보·등·시·이 ·따·로 :없·다. :우·째 다담받·기 ·하·는·
　　　　기·이 하낱·도 :없·노.
(0306) 【담양】 :바보 :등신이 따로 :없다. :오메 :일을 짱짱허게
　　　　허제. 요렇게 안좋게 헌다냐.
　　　　:바보 :등신이 따로 :없다. :오메 :일을 짱짱허게 허제.
　　　　요렇게 안좋게 헌다냐.
　　　　M̤H M̤HM HH M̤L ρ　　M̤H λ　M̤M HHMMM̤H ρ
　　　　MHM MHM HHL ρ

창원 방언의 억양도 더 연구할 필요가 있으나, 가장 많이 눈에
띄는 것만 들어 설명하면 다음과 같다.

(22) 창원 방언의 억양과 그 의미
ㄱ. 〔 ρ 〕: 의외, 놀람, 부드러운 시킴이나 달램, 설득 등을 뜻한다.
ㄴ. 〔 λ 〕: 들을이의 관심의 환기를 나타낸다.
ㄷ. 〔 φ 〕: 단정, 확신, 강력한 시킴, 강력한 의지 등을 나타낸다.

5. 표현적인 장음절

낱말들 가운데는 그 낱말의 어느 특정 음절을 임의로 길게 발음
하여 말할이의 정서적인 강약의 정도를 반영하는 수가 있다. 어찌
씨나 풀이씨 특히 의성어나 의태어에 이러한 현상이 많이 나타난
다. 보기를 들면 다음과 같다.

(23) 표현적인 장음절의 보기
　(0178) 【창원】 눈떠부·리·가 뿌숙(:)하·네.
　(0178) 【담양】 눈텡이가 뿌시(:)뿌시허네.
　　　ㄱ. 눈텡이가 뿌시(:)뿌시 허네.
　　　　MHMM HH(:)MM hm ρ

ㄴ. 눈텡이가 뿌실(:)뿌실 허냐.

  MHMM HH(:)MM hm ρ

(0179) 【창원】 ·눈·티·이·가 :시(:)·푸·렇·네.
(0179) 【담양】 눈텡이가 시(:)펄허네.

ㄱ. 눈텡이가 :시(:)펄허네.

  MHMM Ḧ(:)HL ρ

ㄴ. 눈텡이가 :시(:)풀허네.

  MHMM Ḧ(:)HL ρ

　어감을 강조할 때나 섬세한 감정을 나타내는 이러한 장음은 음절 뒤에 (:)처럼 적었다. 음절 앞에 적어서 상성을 나타내는 「 : 」과 혼동하지 않도록 주의해야 한다. /뿌숙(:)하네/, /:시(:)·푸·렇·네/ 등에서 (:)처럼 「:」을 괄호 (　) 안에 넣은 것은 이러한 길이가 임의적임을 나타낸다. 이리하여 /뿌숙(:)하네/는 /뿌숙하네/로 나타날 수도 있고, /뿌숙:하네/로 나타날 수도 있다. /마암/, /시인/ 등이 보통 음절의 두 배미만의 길이로 고정되어 있는 데에 대하여, /뿌숙(:)하네/, /:시(:)·푸·렇·네/에서 /숙(:)/이나 /:시(:)/는 보통 음절의 1.5배 이상 2배, 3배, 4배, …등의 발음도 가능하다. 어느 정도 길게 하느냐는 정서적인 강도에 비례한다.

　위의 (23)의 예문 (0178), (0179)에서 보는 바와 같은 장음화의 존재는 담양 방언과 창원 방언뿐만 아니라 전국의 모든 방언에 공통된 현상이다. (:)의 위치는 분절음이 같을 경우 두 방언에 나타나는 위치가 대부분 일치한다.

　예문 (24)의 각 쌍들은 (:)의 위치가 같고 그 뜻은 감정의 강도를 나타낸다.

(24) (:)의 위치와 뜻이 같은 것
　(0162) 【창원】 낮·이 넙떡(:)하·이 넙띠·기 ·겉·네.
　(0162) 【담양】 낫이 넙떡(:)허니 넙떡이 같네.

ㄱ. 낮이 넙쩍(:)허니 넙떡이같네.
   MH MH(:)MM ρ MHML ρ
ㄴ. 낮이 넙쭉허니 :메주같네.
   MH MHMM ρ ḦMML ρ

(0179) 【창원】 ·눈·티·이·가 :시(:)·푸·렇·네.
(0179) 【담양】 눈텡이가 시(:)펄허네.

ㄱ. 눈텡이가 :시(:)펄허네.
   MHMM Ḧ(:)HL ρ
ㄴ. 눈텡이가 :시(:)풀허네.
   MHMM Ḧ(:)HL ρ

(0248) 【창원】 :허(:)·헌 두루매·기·로 입·고 꿈·에 보·이·이·데.
(0248) 【담양】 :흑(:)헌(/:힉(:)헌, :허(:)연) 두루매기를 입고 꿈
         에 보이데.

ㄱ. :허(:)연 두루마기를 입고 꿈에 보이더라.
   Ḧ(:)H   MHMMM MH HH MHML ρ
ㄴ. :하얀 두루마기를 입고 꿈에 보이더라.
   ḦH   MHMMM MH HH MHML ρ

(0286) 【창원】 ·비·가 :올·랑·갑·다. 마·다·아 뚜끼·비·가 :불(:)·불 ·기·
         이 댕·긴·다.
(0286) 【담양】 비가 올랑갑다. 마당에 두께비가 :벌(:)벌 기어 댕
         긴다.
ㄱ. :인자 배깥에 비가 올랑갑다. 마당에 뚜꺼비가 엉금엉금 기어댕
   기네.
       M̈M   MHM MH MHMH ρ MHM HHMM MHMM
       MHHML ρ
ㄴ. :인자 배깥에 비가 올랑게 마당에 뚜꺼비가 엉금엉금 기어 댕기네.
       M̈M   MHM MH MHL ρ MHM HHMM MHMM
       MH   MHL ρ

(0287) 【창원】 버시·로 ·자능·가 :대·답·이 :없·노. 한분 더어 :쎄(:)·
　　　　　　　기 뚜디·리 ·바아라.

(0287) 【담양】 벌써 장가 :대답이 :없다냐. 한번 더 :쎄(:)게 뚜둘
　　　　　　　어 :바라.
　　　　　:벌쎄 자는지 :대답을 안허네. 한번 더 시(:)게 때려불어.
　　　　　M̈M　　MHM　M̈HM　MHL ρ HH M̈ H(:)H　HMML ρ

(0292) 【창원】 고거 :우·쩨·그·래 마(:)치맞·노?

(0292) 【담양】 고곳 어찌 그리 :마(:)치 맞냐?
　　　ㄱ. 고곳 :어찌 고렇게 잘맞다냐?
　　　　　MH　M̈H　　MHM MHML ρ
　　　ㄴ. 고곳 :어찌 고렇게 꼭 맞다냐?
　　　　　MH　M̈H　　MHM M̈ MHL ρ

(0315) 【창원】 바람·이 설렁(:)하·이 안불·고 덥덥(:)하·이 ·모·구·가 :
　　　　　　　까(:)·악 ·찼다.

(0315) 【담양】 바람이 시연(:)허니 안불고 이넘우 날이 뜨거서 모
　　　　　　　구가 :깍(:) 찼다.
　　　바람이 시원(:)하게 안불고 이넘우 날이 뜨거서 모구떼들이 :
　　　다 몰려든다.
　　　MHM　HH(:)MM　MHM MHM　MH　HHM　MHMMM
　　　M̈ MHMM φ

(0337) 【창원】 씨락국·은 :보(:)·하·이 지·름·에 다라·아서 끼·리 나
　　　　　　　아모 삼삼(:)하·이 맛있·다.

(0337) 【담양】 실가릿국은 찬지름 넣고 끼리면 삼삼(:)허니 맛있다.
　　　ㄱ. 씰가릿국은 참기름넣고 끼리면 삼삼(:)하고 맛있다.
　　　　　HHMMM　HHMMM ρ HHM　HH(:)MM　MHM ρ
　　　ㄴ. 씰가릿국은 참기름넣고 끼리면 삼삼(:)하니 맛있어불어.
　　　　　HHMMM　HHMMM ρ HHM　HH(:)MM　MHMMM ρ

(0340) 【창원】 묵·돌·이·가? :와아 :썩(:)·썩 묵·기·마(/묵기·마) ·하노?

(0340) 【담양】 묵센이냐? 왜 씩(:)씩 묵기만 허냐?
　　　　　　:자는 밥을 허천나게 묵네이.
　　　　　　M̠M　MH　HHMM　HMḦ

(0346) 【창원】 물떠무·우 ·물·때·가 :새(:)·파·라·이 앉·았네. :화·악
　　　　　　조·옴 치내·애·뿌라.
(0346) 【담양】 물뚱우에 물때가 :시(:)필허니 쪘네(/앙ㄱ었네). :
　　　　　　싹 딲어 불어라.
　　　　정제물통에 물때가 :시(:)퍼렇게 찌어부렀네. 딱(:) 씰어내불어.
　　　　MHMMM　MHM　Ḧ(:)HMM　HHMMM ρ　M HHMMḦ ρ

(0348) 【창원】 모숭굴·때 ·물·우·우 :삘(:)·가이 ·물·자새 떠댕·기·능·
　　　　　　거 ·바·았·나?
(0348) 【담양】 모숭굴때 물욱에 :삘(:)거니 무자세 떠댕기는 것 :
　　　　　　봤냐?
　　　　모숭굴때 물우에 :삘(:)거니 무자세 떠댕기는거 :봤냐?
　　　　MHMM　MHM　Ḧ(:)MM　MHM MHMMM　M̠H λ

(0354) 【창원】 오데서그래시(:)퍼러이미이들었·노?
(0354) 【담양】 :어서 그리 :시(:)풀허니 멍이 들었냐?
　　　ㄱ. :어서그래 :시(:)푸렇게 멍들었냐?
　　　　　M̠MMM　M̠(:)HMM　HHMM ρ
　　　ㄴ. :뉘한테 뚜드러 맞고 멍들었냐?
　　　　　M̠HM　HHM　HM　HHMM ρ

(0355) 【창원】 :밍·파·이 :헌(:)·하네.
(0355) 【담양】 :면상이 :훤(:)허네이.
　　　ㄱ. :면상이 :훤(:)허네이.
　　　　　M̠MM　Ḧ(:)MMḦ
　　　ㄴ. :민상이 :훤허네이.
　　　　　M̠MM　ḦMMḦ

(0368) 【창원】 방매·이·로 가아꼬 :통(:)·통 뚜디·리·서 칼겂·기 ·빨·
　　　　　　아 온·나.

(0368) 【담양】 방맹이 갖고 통(:)통 뚜디리서 깨깟허니 뽈아 오니라.

　　　ㄱ. 빨래 방맹이로 탁(:)탁 때려 갖고 깨(:)끗이 빨아와라이.

　　　　　HH　MHMM ρ H(:)H　HM MH　H(:)HM　HHMMH

　　　ㄴ. 빨래 방맹이로 시(:)게 때려 갖고 :좋게 빨아와라이.

　　　　　HH　MHMM ρ H(:)H　HM MH　ṂM　HHMMH

(0375) 【창원】 까마구 개·기·로 묵·읐·나. ·몇(:)·분·을 배·아 ·주·우·도
　　　　　　이자삐·노?

(0375) 【담양】 까마구 개기를 묵었냐. :몇(:)번을 :말해도 :까묵어
　　　　　　부냐?

　　　ㄱ. 까마구개기를 묵었냐. :몇(:)번을 :말해도 까먹어 버렸냐.

　　　　　HHMMMM　MHL ρ Ṃ(:)HM　ṂHM　HHM MHL ρ

　　　ㄴ. 까마구개기를 묵었냐. :몇번을 :말해도 잊어 버렸냐.

　　　　　HHMMMM　MHL ρ ṂHM　ṂHM　MH MHL ρ

(0377) 【창원】 배·이 따시·이·서 ·잼·이 :사(:)·살 ·온·다.

(0377) 【담양】 뱅이 :따(:)쉬서 잼이 :실(:)실 온다.

　　　ㄱ. 방이 뜨거서 잠이 :실(:)실 온다.

　　　　　MH　HHM　MH　Ḧ(:)H　MH ρ

　　　ㄴ. 방이 뜨거서 잠이 :슬(:)슬 온다.

　　　　　MH　HHM　MH　Ḧ(:)M　MH ρ

(0383) 【창원】 버·부리·라·도 :말·끼·는 :헌(:)·하·다.

(0383) 【담양】 버버리라도 :말끼는 :훤(:)허다.

　　　버버리라도 :말끼는 :훤(:)하네.

　　　MHMMM φ ṂMM　Ḧ(:)MH φ

(0400) 【창원】 부숙문을 :까(:)·악 닫·아라(/:까(:)·악·닫·아라).

(0400) 【담양】 부삭문을 :꽉(:) 닫어라.

　　　부석문을 :꽉(:) 닫아라이.

　　　MHMH　Ṃ(:)　MHMH

(0406) 【창원】 부·치·로 :사(:)·살 부치 ·바아라.
(0406) 【담양】 부체로 :살(:)살 부쳐바라.
　　ㄱ. 부체로 :살살 부쳐바라.
　　　 MHM m̈m MHMM ρ
　　ㄴ. 부체로 :살살 부쳐라.
　　　 MHM m̈m MHM ρ
　　ㄷ. 부체로 :살(:)살 부쳐라.
　　　 MHM Ḧ(:)M MHM ρ

(0409) 【창원】 불묵·돌 하거·로 넙떡(:)한 :돌·하나 구해 ·바아라.
(0409) 【담양】 붓둑돌 허게 넙적(:)헌 :독 하나 찾아 갖고 와라이.
　　ㄱ. 붓둑돌 허게에 넙적(:)헌 :돌하나 찾아갖고와라이.
　　　 MHM HMH MH(:)M M̥MM HHMMMMㅐ ρ
　　ㄴ. 지줏돌 허게에 넙적(:)헌 :돌하나 찾아 갖고와라이.
　　　 MHM HMH MH(:)M M̥MM HH MHMMㅐ

(0422) 【창원】 ·들·어 :올·라카모 ·들·어 ·오·든·가 :빼·꼬(:)·미 체·다
　　　　　　 보기·는 :와체·다보·노? (/:들·올·라카모 :들·오·든·
　　　　　　 가 :빼·꼬(:)·미 체·다 보기·는 :와체·다보·노?)
(0422) 【담양】 들올라먼 들오등가, 빼꼬(:)미 처다보기는 왜 처다
　　　　　　 보냐?
　　ㄱ. 들올라먼 빨리들오제. :왜 삔질삔질 처다보냐아?
　　　 MHMM HMMMM ρ M̥ HHMM HHMMㅐ
　　ㄴ. 들올라먼 빨리들오제. :왜 삔질삔질 처다보고 있냐?
　　　 MHMM HMMMM ρ M̥ HHMM HHMM MH φ
　　ㄷ. 들올라먼 홋닥들오제. :왜 삔질삔질 처다보냐?
　　　 MHMM HHMMM ρ M̥ HHMM HHMㅐ ρ

(0426) 【창원】 :뻐(:)·이 :알·멘·서 ·넘·한테 :묻기·는 :와묻노?
(0426) 【담양】 :뽀(:)니 :암서 넘한테 물어보기는 :왜 물어보냐?
　　ㄱ. :뽀(:)니 :알면서 넘한테 물어보기는 :왜 물어보냐?
　　　 M̥(:)M M̥MM MHM MHMMM M̥ MHML ρ

ㄴ. :뽀(:)니 :암선 넘한테 물어보기는 :왜 물어보냐?

M(:)M M̪H MHM MMHMM M̪ MHML ρ

(0427) 【창원】 ·들·어 오지 :마라(/·들·어 오·지 :마라, ·들·어 오지
마라, ·들·어 오저마·라(/들오저마라, 들오지 :마
라). 이·게·는 :오·온·천·지 뻘꾸디·기·라서 ·발·이 :푹
(:)·푹 ·빠·진·다.

(0427) 【담양】 들오지 :마라. 여그는 수렁창이라 발이 푹(:)푹 :빠
진다.

ㄱ. 들오지마라. 여기는 수렁창이라 발이 :쑥(:)쑥 들어간다.

MHMMM̪H MHM HHMMM MH M̪(:)M

MMHM ρ

ㄴ. 들오지마라. 여기는 수렁창이라 발이 :쑥(:)쑥 들어간다.

MHMMM̪H MHM HHMMM MH M̪(:)M MMHM ρ

(0437) 【창원】 삐뚜룸(:)히 다. :꼬(:)·옥 바로끄·이·라.

(0437) 【담양】 삐트름(:)허다. :쑥 :빤(:)듯이 끗어라.

ㄱ. :삐틀어졌다. 빤(:)듯이 끗어라아.

M̪MMMM ρ H(:)HM HMM̪H

ㄴ. 꼬불어졌다. 빤듯이 끗어라.

HHMMM ρ HHM HML ρ

(0440) 【창원】 :사(:)·살 빌·어 ·바아라.

(0440) 【담양】 :살(:)살 빌어 :바라.

ㄱ. 손을 :살(:)살 빌어바.

HH M̪(:)M MHL ρ

ㄴ. 손을 :살살 빌어라아.

HH M̪M MHM̪H

(0441) 【창원】 ·저·집·은 사·우·로 ·차(:)·암 잘바았·다.

(0441) 【담양】 저 집은 사우를 :참(:) 잘 :봤다.
저집 사우 참(:) 잘 얻었단다.

MH HM M̪(:) M̪ MHMM ρ

(0443) 【창원】 :썽·을 그·래 :펄(:)펄 내·애 상처말·고 :썽·좀 사카
　　　　　　　고 :말·해·애·라.

(0443) 【담양】 :썽을 고렇게 :펄(:)펄 내쌓지 :말고 :썽좀 갈앉히
　　　　　　　고 :말해라.

　　　ㄱ. :썽을 고렇게 :펄(:)펄 내쌓지 :말고 :풋득 :썽좀 갈앉히
　　　　　고 :말좀 히어이.
　　　　　M̤M　MHM　M̤(:)M　MHM　m̈m　M̤M　M̤M
　　　　　MHMM　M̤M　HMḦ

　　　ㄴ. :썽을 고렇게 :펄(:)펄 내쌓지 :말고 :핏득 :썽좀 갈앉히
　　　　　고 :말좀 허시요이.
　　　　　M̤M　MHM　M̤(:)M　MHM　m̈m　M̤M　M̤M
　　　　　MHMM　M̤M　HMMḦ

(0449) 【창원】 ·날·씨·가(/·날·이) :여·엉 새꼬롬(:)하이 ·춥·네(/·칩·
　　　　　　　네).

(0449) 【담양】 날이 :영 새코롬(:)허니 :춥네.

　　　ㄱ. 날이 :영 새코롬(:)하니 춥네.
　　　　　MH　M̤　HHM(:)MM　HH　φ

　　　ㄴ. 날이 :겁(:)나게 새코롬하니 춥네.
　　　　　MH　M̤(:)HM　HHMMM　HH　φ

(0491) 【창원】 ·칩·우·서 :시(:)·푸·렇·다.

(0491) 【담양】 춰와서 :시(:)풀허다.
　　　　　　　:춰서 시(:)퍼렇다.
　　　　　　　ḦM　H(:)HMM

(0582) 【창원】 짭소롬(:)하·이 개·앤 ·찮·겄·다(/개·앤 찮겄·다.).

(0582) 【담양】 짭스럼(:)허니 갠찬허겄다.

　　　ㄱ. 짭스럼(:)허니 갠찮겄다.
　　　　　MHM(:)ML ρ MHHL ρ

　　　ㄴ. 짭스럼허니 갠찮허겄다.
　　　　　MHMML ρ MMHML ρ

(0595) 【창원】 :히(:)·히 젓·어·서 마시 ·바아라.
(0595) 【담양】 히(:)히 젓어서 마세 :바라.

　　　히(:)히 젓어서 :홀(:)홀 마셔바라.

　　　H(:)H MHM Ḧ(:)M MHL ρ

(0639) 【창원】 챔·빗 가아꼬 :싹(:)·싹 빗·어 ·바아라.
(0639) 【담양】 챔빗 갖고 싹(:)싹 빗어 :바라.

　ㄱ. 챔빗갖고 싹(:)싹 빗어바라.

　　　HHML ρ H(:)H MHMM λ

　ㄴ. 챔빗갖고 싹싹 빗어바라.

　　　HMML ρ HH MHL ρ

　ㄷ. 얼그미빗갖고 싹싹 빗어바라.

　　　HHMMML ρ HH MHL ρ

(0659) 【창원】 ·푸·세·기 빳빳(:)하이 ·풀·로 믹·이 ·바아라.
(0659) 【담양】 푸세가 빳빳(:)허게 풀을 믹에 :바라.

　　　빳빳(:)허게 풀을 믹에 바라.

　　　HH(:)ML ρ HH MH MH

(0690) 【창원】 :호·래·이·가 눈에 :시(:)·푸·런 ·불·로·씨·고 그·래 댕·

　　　　　기·더·라 ·카데.
(0690) 【담양】 :호랭이가 눈에 시(:)펄헌 불을 쓰고 그리 댕기드락

　　　　　허데. (/ㄱㅎ/〔gɦ〕)

　ㄱ. :호랭이가 눈에 시펄렇게 불을 쓰고 그리 댕기드라고 허데.

　　　ḦHMM MH HHMM MH HH MH

　　　MHMMM HL ρ

　ㄴ. :호랭이가 눈에 시펄렇게 불을 쓰고 그리 댕기드라고 헌단

　　　다.

　　　ḦHMM MH HHMM MH HH MH MHMMM

　　　HHL ρ

(0836) 【창원】 우리 ·큰·사·우·도 당그·라 매이·이 가아꼬 발빠·닥 :

시(:)·기(/억(:)·시·기) 뚜디·리 맞·았·다.

(0836) 【담양】 우리 큰사우도 달아매 갖고 발뿌닥 :시(:)게 뚜들어
맞었다.

우리 큰사우도 꺼꿀로 매달아놓고 발빠닥을 방맹이로 :시(:)
게 뚜드러 맞었단다.

MH　　HHMM　　HMM　MHMML ρ　MHMM ρ

MHML ρ M̤(:)M HHM MHMM ρ

(0883) 【창원】 강내·이·나따나 :실(:)·컨 잡수이·소(/:자시·이·소).
(0883) 【담양】 깡냉이나따나 :실(:)컨 :자시씨요.

　ㄱ. 깡냉이나따나 :실(:)컨 :자시쇼.

　　HHMMMM　Ḧ(:)H　M̤HL ρ

　ㄴ. 깡냉이나따나 :실컨 :자시쇼.

　　HHMMMM　ḦH　M̤HM ρ

　ㄷ. 강냉이나따나 :실컨 잡수쇼.

　　MHMMMM　ḦH　MHL ρ

　ㄹ. 강냉이나따나 :실컨 묵우쇼.

　　MHMMMM　ḦH　MHL ρ

(0973) 【창원】 소내·기·가 :올·랑·가 :대(:)·기 무루까안·다.
(0973) 【담양】 쏘내기 올랑갑다. :대(:)·기 찌어댄다.

쏘내기 올랑갑다. :대(:)기 찌어댄다.

HHM　MHMH　M(:)H　HHMḦ ρ

(1020) 【창원】 :왈·기·지 :말·고 :사(:)·살 달개·애·라.
(1020) 【담양】 뚜들겨 패지말고 :살(:)살 달래라.

뚜들겨 패지말고 :살(:)살 달래라.

MHM　HHMM　M̤(:)M　MHM ρ

(1049) 【창원】 ·살·키·가 :하(:)·한·기·이 ·차·말·로 :이·뿌·더·라.
(1049) 【담양】 살껼이 :허(:)연게 참 보기 :좋다.

ㄱ. 살결이 :허(:)연게 참 보기 :좋다.

　　HHM　ḦML ρ　　Ṃ MH　ṂL ρ

ㄴ. 살이 :허(:)연게 참 보기 좋더라.

　　HH　ḦMM ρ　　Ṃ MH　MHL ρ

(25)의 각 쌍들은 (:)의 위치에 있어 두 방언이 차이가 있지만, 감정의 강도를 나타낸다는 점에서 (24)에서와 마찬가지이다.

(25) (:)의 위치와 뜻이 같지만 음소나 형태소의 구성에 차이가 있는 것

(0223)【창원】 접·시 매·앵·키·로 도르뱅(:)하다.

(0223)【담양】 접시 맹키로(/맨치로, 매니로) 뚱그스럼(:)허다.

　　ㄱ. 접시 맨치로 뚱그스럼하다.

　　　　MH　MHM　HHMMㅐλ

　　ㄴ. 접시매니로 뚱그스럼(:) 허네.

　　　　MHMM　HHMM(:) HL ρ

(0293)【창원】 낱·에 마른버·짐·이 :허(:)·허·이 ·피 있·다.

(0293)【담양】 낫에 모른버짐이 :흑(:)허니 피었다.

　　ㄱ. 낫에 모른 비짐이 :허(:)옇게 쪘다.

　　　　MH　MH　MHM　Ḧ(:)MM　HH ρ

　　ㄴ. 낫바닥에 모른 버짐이 :허옇게 쪘다.

　　　　MHMM　MH　MHM　ḦMM　HH ρ

(0096)【창원】 :도·라샇·는·거 안주우띠·이 가고 나·앙·께(/나·이·께)
　　　　　　　끼꾸룸(:)하네.

(0096)【담양】 :도락해 쌓는 것을 안 :줬더니 가고낭께 깨림(:)허
　　　　　　　네.

　　ㄱ. 주라고 :해서 안준게 가고낭게 끼림칙(:)허네.

　　　　MHM ḧh　　MHM ρ MHMM HHM(:)L ρ

　　ㄴ. 주라고 :해서 안줬더니 가고낭게 깨림칙허네.

　　　　MHM ḧh　　MHMM ρ MHMM HHML ρ

(0312) 【창원】 국·물·이 ·토·옹 안울어나고 :맬(:)·갛·다.
(0312) 【담양】 몰국이 :통(:) 안 울어나고 :밀(:)허다.
　　　　　　국물이 :통(:) 안끓어지고 싱겁다.
　　　　　　MHM　M̱(:) MHMMM　HHM ρ

(0425) 【창원】 그다·안·에 오·데 아팠·는·가? :사·람·이 :여·엉 :빼(:)·
　　　　　　빼 말·랐·네.
(0425) 【담양】 그안에 자네 :어디 아펐는가. :사람이 :삐(:)쩍 몰
　　　　　　랐네.
　　ㄱ. 그안에 자네 :어디 아팠는가아 :사람이 :삐(:)쩍 말랐네.
　　　　MHM　MH　M̱M　MHMMH　M̱MM　M̱(:)M　MHM ρ
　　ㄴ. 그안에 너 :어디 아팠냐. :사람이 골아 :비틀어 저부렀다이.
　　　　MHM　　M̱　M̱M　　MHL ρ　　M̱MM　　　MH　M̱MM
　　　　MHMMM ρ

　　다음은 두 방언에서 (:)의 위치는 다르지만 정서적인 정도의 차이
를 나타낸다는 점에서 (24), (25)와 같다. 이 때 두 방언 사이에는
음소적인 구성의 차이를 동반하는 수도 있다.

(26) (:)의 위치는 다르지만, 그 뜻이 같은 것
(0282) 【창원】 :쪼·깨(:)·이 남·안·거 떠리·미 :해·가소(/떠리·미·해·애
　　　　　　·가소).
(0282) 【담양】 :쫴(:)까 남었는디 떨이해 가써요(/가시요이).
　　　　　　:쫴(:)까 남았는디 떨이해 가시요이.
　　　　　　Ḧ(:)M　MHMH φ HMM MHMH φ

(0479) 【창원】 :쪼·깨(:)·마 :얻·어 오·라·캐·았·더·마는(/오·라·캐·았·
　　　　　　디·이·마는) 수태기대·네.
(0479) 【담양】 :째(:)끔만 얻어갖고 오락했더니 :겁(:)나게 갖고
　　　　　　와 불었네.
　　ㄱ. :째(:)끔만 얻어갖고 오락했더니 :겁(:)나게 갖고 와불었네.
　　　　M̱(:)MM　　MHMM MHMMH　M̱(:)HM MH　MHML ρ

　ㄴ. :째끔만 얻어갖고 오락했더니 :겁나게 갖고 왔네이
　　　Ṃ̣MM　　MHMM MHMML ρ　Ṃ̣HM MH　MHL ρ

(0490)【창원】 시지부지(:)하이 있다가 ·큰·코 다·친·다(/·큰·코·다·친·다).

(0490)【담양】 시지(:)부지허니 있다가 큰코 다친다.

　ㄱ. 시지(:)부지 허게 생각하고 있다가 큰코다친다.
　　　HH(:)MM　HH　HHMM　MHM HHMML ρ

　ㄴ. 시지부지 허다가 큰코다친다.
　　　HHMM　hhm　　HHMML ρ

(0663)【창원】 ·피·끼 그거 야들야들(:)할·때 ·뽑·아 묵·우모 달달(:)하다.

(0663)【담양】 :삐비는 야들(:)야들헐 때 뽑아 묵으면 달달(:)허다.
　　　　　　 :삐비는 :연할때 뽑아묵으면 달찍(:) 허다.
　　　　　　 ḦHM Ṃ̣HM　HHMMH MH(:)　MH ρ

(0674)【창원】 :해(:)·나싶·우·서 한기때·기 숭·구 나았·디·이·마는
　　　　　　 그기·이 ·저·래 잘대·앴·다.

(0674)【담양】 하니나(:) :해서 한 기텡이 숭거 :났더니만 고곳이
　　　　　　 저리 잘 되었다.

　ㄱ. 홍이나(:) :해서 한귀텡이 숭거났더니 고곳이 저리 잘 되
　　　었다.
　　　HHM(:)　ḦM ρ　HHMM　HMMMḢ　MHM　MM
　　　Ṃ̣ MHL ρ

　ㄴ. 행이나(:) :해서 한귀텡이 숭거났더니 고곳이 조렇게 잘
　　　되었다.
　　　HHM(:)　ḦM ρ　HHMM　HMMMḢ　MHM MHM
　　　Ṃ̣ MHL ρ

(0768)【창원】 :쪼·깨(:)·는 구녀·어·서 무슨 개애·미·가 ·이·래 :마·이
　　　　　　 ·기·이 :나·오·노?

(0768) 【담양】 :쬐(:)깐헌 구녁에서 :먼 :개미가아 요렇게 마이 나
온다냐?

:쬐(:)깐 구녁에서 :먼 :개미가아 요렇게 마이 나온다냐?

Ḧ(:)M MHML ρ Ṃ ṂMMM ρ MHM MH MHML ρ

(0843) 【창원】 ·키·도 :쪼·깷(:)·더·마·는(/ :쪼·깷(:)·디·이·마·는) ·이·러·
치 ·컸·나?

(0843) 【담양】 키도 :쬐(:)깐허드마는 요롱고 컸냐?

ㄱ. 키도 :쬐깐허드마는 볼새로 요만큼 커부렀냐.

HH ṂHMMHL ρ MHM MHM HHML ρ

ㄴ. 키도 :쬐깐허드마는 볼새로 요렇게 커불었다냐.

HH ṂHMMHL ρ MHM MHM HHML ρ

(0981) 【창원】 사·잎·에 :쪼·깨(:)·이 숭·구 나·았·디·이·마·는 자알 안
대·네.

(0981) 【담양】 산밑에 :째(:)깨 숭거농게에 잘 안되아부렀데.

ㄱ. 산밑에 :째(:)깨 숭거농게에 잘 안되아부렀데.

HHM Ṃ(:)M MHMMḦ Ṃ MHMMMḦ

ㄴ. 산밑에 :째깨 숭거농게에 :잘되엤네.

HHM ṂM MHMMḦ ṂHMM ρ

(0178) 【창원】 눈떠부·리·가 뿌숙(:)하네.

(0178) 【담양】 눈텡이가 뿌시(:)뿌시허네.

ㄱ. 눈텡이가 뿌시(:)뿌시 허네.

MHMM HH(:)MM hm ρ

ㄴ. 눈텡이가 뿌실(:)뿌실 허냐.

MHMM HH(:)MM hm ρ

아래의 (27)과 (28)은 각각 한쪽 방언에는 (:)이 있으나 다른 쪽
방언에서는 없는 경우이다. (:)이 있을 경우에는 감정의 강도를 나
타낸다는 점에서 (24) ~ (26)과 마찬가지이다.

(27) (:)이 창원 방언에서는 나타나지만 담양 방언에서는 나타나지
    않는 것
(0144)【창원】 가르지·기·로 날랄(:)하이 누·우·라.
(0144)【담양】 가로로 날랄허니 누어라(/:뉘라).
    ㄱ. 웃목 아랫목으로 :나라이 누어라.
       MH MHMMM ḦMM MHM λ
    ㄴ. 웃목 아랫목으로 빤듯이 누어라.
       MH MHMMM HHM MHM λ

(0336)【창원】 :일·로 :마(:)·이·해·애·서 물·팍·이 제·리·다.
(0336)【담양】 :일을 :많이해서 물팍이 제린다.
    :일을 :많이해서 무릅이 절린다.
    M̦M M̦MMM ρ MHM MHL ρ

(0439)【창원】 손·에 ·비·로 :마(:)·이 맞·아·모 :사·마·구 생·긴·다·카
       더·라.
(0439)【담양】 손에 비를 :많이 맞으면 물싸마구가 생긴다고 허드라.
       손에 비를 :많이 맞으면 물싸마구가 생긴다고 허드라.
       HH· MH M̦M MHL ρ MHMMM HHMM
       HHM ρ

(0457)【창원】 지·때 지·때 안빨·고 서답·을 ·이·래 :마(:)·이 모·아
       낳·았·나?
(0457)【담양】 지때 지때 안 :빨고 :빨래 이리 :많이 모태 :났냐?
       :지때 :지때 안빨고 처 쟁여났냐?
       M̦H m̈m MHM M̦ MHMMḦ

(0488)【창원】 숭년지·모 :할(:)·수 있·나? 꼽장리·라·도 :얻·어 묵·
       우·야·제(/묵·우·야·지).
(0488)【담양】 숭년지먼 헐수 있냐. 꼽장리라도 빌어묵어야제.
       ㄱ. 숭년지먼 헐수 :있냐. 꼽장리라도 빌어먹어야지.
          HHMM HM M̦M ρ HHMMM MHMMML ρ

ㄴ. 숭년지먼 하리살이라도 묵깔림헌다〈일해 주고
　　반씩 나누어 갖는다〉.
　　HHMM　HHMMM　MHMML ρ

(0794)【창원】　:요·마(:)·치 퍼온·나.
(0794)【담양】　요만치 퍼 온나.
　ㄱ. 요만큼 퍼갖고 와라.
　　　MHM　HHM　HL ρ
　ㄴ. 요만큼 퍼와라.
　　　MHM　HHL ρ

(0819)【창원】　·나로 :마(:)·이 묵·우·도 :시·거·이 안들었·나?
(0819)【담양】　나이 :많이 묵어도 :속이 안들었냐?
　ㄱ. 나이 묵어도 너는 속알머리가 안들었냐?
　　　MH　MHM MH　HHMMM　MHML ρ
　ㄴ. 나이 묵어도 너는 속알머리가 비었냐?
　　　MH　MHM MH　HHMMM　MHL ρ
　ㄷ. 나이 묵어도 너는 속알머리가 비었냐?
　　　MH　MHM MH　HHMMM　HHL ρ

(0903)【창원】　때·나 ·걸·이·나 :아(:)·무·끼·이·나 :나·오·이·라(/나온
　　　　　　　나).
(0903)【담양】　토나 :걸이나 :아무것이나 나와라.
　ㄱ. 토나 :걸이나 :아무것이나 나와라.
　　　HM　M̦HM ρ M̦HHMMM ρ MHL ρ
　ㄴ. 토나 :걸이나 :아무것이나 나와불어라.
　　　HM　M̦HM ρ M̦HHMMM ρ MHMML ρ
　ㄷ. 토나 :걸이나아 :아무것이나 나와 불어라.
　　　HM　M̦HM ρ　M̦HHMMM ρ MH hmm ρ

(28) (:)이 창원 방언에서는 나타나지 않지만 담양 방언에서는 나타
　　나는 것

(0377)【창원】 배·이 따시·이·서 ·잼·이 :사(:)·살 ·온다.
(0377)【담양】 뱅이 :따(:)쇠서 잼이 :실(:)실 온다.
　　　ㄱ. 방이 뜨거서 잠이 :실(:)실 온다.
　　　　　MH　HHM　MH　Ḧ(:)H　MH ρ
　　　ㄴ. 방이 뜨거서 잠이 :슬(:)슬 온다.
　　　　　MH　HHM　MH　Ḧ(:)M　MH ρ

　창원 방언과 담양 방언에서 (:)이 아니 나타나는 경우 감정의 강도를 표현하는 방법은 /:디(:)·기/와 /:데(:)·게/ 등의 정도어찌씨를 각각 보충해서 사용한다.

(29) 보충 자료
〈보충〉【창원】 배·이 :디(:)·기 따시·이·서 ·잼·이 :사(:)·살 ·온·다.
(0377)【담양】 뱅이 :따(:)쇠서 잼이 :실(:)실 온다.

(30) 보충 자료
(0819)【창원】 ·나로 :마(:)·이 묵·우도 :시·거·이 안들었·나?
〈보충〉【담양】 나이 /:데(:)·게/ :많이 묵어도 :속이 안들었냐?

　이 6개의 월에서 (:)이 감정의 강도를 뜻한다는 점에서는 모두 동일하지만, 다음과 같이 섬세한 감정 상태의 차이를 나타낸다.

(31) (:)의 위치에 따라 창원 방언에서 섬세한 정서적인 차이가 있
　　　는 것
(0341)【창원】ㄱ. ·물·로 :찰(:)·찰 허·치 가아 ·씰·이·라. 미금·이 :
　　　　　　풀(:)·풀 ·난·다.
　　　ㄴ. ·물·로 :찰·찰(:) 허·치 가아 ·씰·이·라. 미금·이 :풀(:)·풀 ·난·
　　　　다.
(0341)【담양】 물을 :찰(:)찰 허클어 감서 씰어라. 문지가 풀(:)풀
　　　　　　난다.
　ㄱ. 문지 안나게 물을 뿌리갖고 마당을 쓸어라.
　　　MH　MHM　MH　HHMM　MHM HHM

80 새 시대의 우리말 연구

ㄴ. 물을 뿌리갖고 고샅을 쓸어라. 문지가 겁나게 난다. 고샅〈골목〉
   MH   HHMM MHM HHM MHM MHM MH ρ
ㄷ. 물을 뿌리갖고 고샅을 쓸어라. 문지가 :겁나게 난다.
   MH   HHMM MHM HHM MHM M̈HM MH ρ

(0511) 【창원】 ㄱ. 바램·이 설렁(:)설렁하이 오·올·은 :우·째·이·래 써
            언·노.
        ㄴ. 바램·이 설렁설렁(:)하이 오·올·은 :우·째·이·래 써
            언·노.
(0511) 【담양】 바램이 설렁(:)설렁허니 오늘은 :왜 요렇게 시연허
           다냐?
        바램이 설렁(:)설렁 헌것이 오늘은 :왜 요렇게 시원허다냐?
        MHM HH(:)MM HHM MHM M̈ MHM HHMML ρ

(0693) 【창원】 ㄱ. 오·올 밀·때 ·물·을 너무 :마·이 축사았·다. 홀·깨·
            로 훑으·이 ·물·이 :줄(:)·줄·한다.
        ㄴ. 오·올 밀·때 ·물·을 너무 :마·이 축사았·다. 홀·깨·
            로 훑으·이 ·물·이 :줄·줄(:)·한다.
(0693) 【담양】 오늘 :밀때 물에 너무 :많이 당가 :뒀다. 홀태로
           훑응게 물이 :질(:)질 헌다.
        ㄱ. 오늘 :밀때 물에 너무 :많이 당가 :놨다. 홀태로 훑응게
           물이 :질(:)질 흐른다.
           MH M̈H MH MH M̈M MH M̈H HHM
           HHM MH M̈(:)H HHL ρ
        ㄴ. 오늘 :밀때 물에 너무 :많이 당가 :놨다. 홀태로 훑응게
           물이 :질질 흐른다.
           MH M̈H MH MH M̈M MH M̈H HHM
           HHM MH M̈H HML ρ

(31)(0341)ㄱ은 물을 뿌리는 모양이 「강-약」의 되풀이임을
나타내지만, (31)(0341)ㄴ은 「약-강」의 반복임을 나타낸다.
(31)(0513)ㄱ은 바람의 강도를 나타내는 동시에 바람이 강했다가

약해지고 다시 바람이 없는 순간이 오고, 이것이 반복됨을 했다가
하면서 강약 사이에 바람이 불지 않은 순간이 있음(「강-약-무」)
가 반복되는 느낌을 나타내지만, (31)(0513)ㄴ은 바람의 강도가
「약-강-무」로 반복됨을 나타낸다.

　(31)(0693)ㄱ은 단순히 물줄기가 강하게 새어나옴을 뜻하지만,
(31)(0693)ㄴ은 물의 줄기가 강하게 새어나옴을 뜻함과 더불어 단
순히 눈앞에 보이는 현상뿐만 아니라 시간적으로 그 뒤에도 새어나
올 것이라는 여운을 남기고 있다.

　담양 방언에는 느낌의 대립을 나타내는 위와 같은 (:)의 위치의
대립은 아직 찾지 못했다.

　(32) 창원 방언에서 중첩될 때 정서적인 차이가 있는 것
(0410)【창원】ㄱ. 아직·에(/아칙·에) 이·일 나·모 낯·이 ·이·래 뿌석
　　　　　　　　　(:)하·이 붕는·다.
　　　　　　　ㄴ. 아직·에(/아칙·에) 이·일 나·모 낯·이 ·이·래 뿌석
　　　　　　　　　뿌석(:))하·이 붕는·다.
(0410)【담양】 아칙에 인나면 낮이 요롱게 뿌시(:)뿌시 부슨다냐아.
　　ㄱ. 아칙에 인나면 낮이 요롱게 뿌시(:)뿌시 부슨다냐아.
　　　　MHM　MHM　MH　MHM　HH(:)MM　MHMMH
　　ㄴ. 아직에 인나면 낮이 요롱게 뿌시(:)뿌시 부슨다냐아.
　　　　MHM　MHM　MH　MHM　HH(:)MM　MHMMH

　다음 두 경우는 창원 방언에서 아주 드문 경우이다. (33)에서 /:
할·수 있·나/는 〈어쩔 수 없다〉의 뜻을 나타내고, /할·수 있·나/는
〈가능하냐〉의 뜻을 나타낸다. 앞의 경우는 /:할(:)·수 있·나/처럼 (:)
의 삽입이 가능하고 뒤의 경우는 (:)의 삽입이 불가능하다.

　이에 대하여 (34)에서는 같은 뜻을 가진 두 개의 준동음어가 그
성조형에 따라 하나는 (:)의 삽입이 가능하고, 하나는 불가능한 경
우이다.

(33) 창원 방언에서 지적 의미에 (:)의 삽입 가능 여부가 달라지는
    경우
(0488)【창원】 숭년지·모 :할(:)·수 있·나? 꼽장리·라도 :얻·어 묵·
            우·야·제(/묵·우·야·지).
(0488)【창원】 숭년지·모 할·수 있·나? 꼽장리·라도 :얻·어 묵·우·야·
            제(/묵·우·야·지).

(34) (:)이 창원 방언에서 성조에 따라 있고 없음이 결정되는 경우
(0534)【창원】 오·올 ·물·긴·을 자알 :몬·사·서(/잘몬사서) :또·옥 앵·
            토·애 죽겠·다.
(0534)【창원】 오·올 ·물·긴·을 자알 :몬·사·서 :또·옥 앵통(:) ·해·애
            죽겠·다.

마지막으로 이 두 방언에서 (:)의 나타남이 〔L〕, 〔M〕, 〔H〕, …
등의 음조에 영향을 미치지 않는다는 점을 지적해 둔다.

(35) (:)과 음조의 관계
    ㄱ. 눈떠부·리·가 뿌숙(:)하네〔MH(:)HM〕. (창0178)
    ㄴ. 눈텡이가 뿌시(:)뿌시〔HH(:)MM〕 허네. (담0178)
    ㄷ. ·눈·티·이·가 :시(:)·푸·렇·네〔L(:)MMM〕. (창0179)
    ㄹ. 눈텡이가 시(:)펄허네〔Ḧ(:)HL ρ〕. (담0179)

이 예문들에서 〔L(:)〕, 〔H(:)〕, 〔Ḧ(:)〕들은 감정의 강도에 비례해
서 음조가 길어질 뿐이지, 그 앞서거나 뒤따르는 음조에 영향을 주지
않는다.13)

---

13) (:)이 얹히는 음절이 가끔 무성음화되는 경우가 있으나, 그 원인이 (:)에
    있다고는 볼 수 없다.

6. 맺음말

　2장에서는 창원 방언과 담양 방언의 장애음 체계가 여린소리와 센소리로 나뉘고, 센소리는 된소리와 거센 소리로 나누어짐을 지적하고, 그 체계가 다음과 같음을 말했다.

① 평음 /b/(ㅂ)　/d/(ㄷ)　/j/(ㅈ)　/g/(ㄱ)　(/z/(ㅿ))　/ø/(ㅇ)
　경음 /p/(ㅃ)　/t/(ㄸ)　/c/(ㅉ)　/k/(ㄲ)　/s/(ㅆ)　/ʔ/(ㆆ)
　기음 /ph/(ㅍ)　/th/(ㅌ)　/ch/(ㅊ)　/kh/(ㅋ)　/sh/(ㅅ)　/h/(ㅎ)

　3장에서는 성조 방언인 창원 방언과 준성조 방언인 담양 방언의 성조 및 성조형의 대응 관계가 다음과 같음을 증명했다. 이해를 돕기 위하여 중세 국어와 삼척 방언을 표에 넣었다.

② 성조 대응 관계

성조 이름		중세 국어	창원 방언	담양 방언	삼척 방언
	평성	가장 낮은 음조 /L/ □	고 /H/ 저□	저 ㄸ 고	고　　/H/ □
측성	거성	가장 높은 음조 /H/ ·□	중 /M/ ·□	/M,H/□	저　　/M/ ·□
	상성	높아 가는 음조 /R/ :□	저: /L/ :□	저승/M̥/ :□	고승　/Ḧ/ :□

③ 성조형의 대응 관계 (괄호 안은 방점형)

성조형 방언	측성형		평측형
	상성형	거성형	
삼척 방언	$\ddot{H}_1$ (:□$_1$)	M_1 (·□$_1$)	$H_1 M^n$ (□$_1$·□^{n})
창원 방언	L_1 (:□$_1$)	M_1 (·□$_1$)	$H_1 M^n$ (□$_1$·□^{n})
담양 방언	R_1 (:□$_1$)	MHX(□$_1$), HHX(□$_1$), 등	
성조형	상성형	비상성형	

창원 방언의 1음절 어절은 # — #의 환경에서 다음의 규칙에 의
하여 성조 중복 규칙은 다음과 같다.

④ 창원 방언 1음절 어절 성조 중복 규칙
　ㄱ. $H \rightarrow H_2$/# —— #
　ㄴ. $M \rightarrow M_2$/# —— #
　ㄷ. $L \rightarrow L_2$/# —— #

성조형에서 음조형을 도출하는 음조 실현 규칙은 다음과 같다.

⑤ 창원 방언의 음조형 실현 규칙
　ㄱ. (평측형)　$H_2 M^n \rightarrow [MH_1 M^n]$/ # —— #
　ㄴ. (거성형)　$M_2 \rightarrow [HHM_0]$/# —— #
　　(단, 정보 초점이 아니면 $M2 \rightarrow [MM]$)
　ㄷ. (상성형)　$L_2 \rightarrow [LM_1]$/# —— #
　ㄹ. (ㄱ~ㄷ의 규칙이 적용되지 않는 어절은 성조 표상과 음조
　　　표상이 같다.)

담양 방언에 방언 조사 자료에 나타나는 상성형과 비상성형의
비율은 대략 3대 1 정도이다. 소수의 비율을 차지하는 변조 현상
을 제외하면 담양 방언의 음조형 실현 규칙은 다음과 같다.

⑥ 담양 방언의 음조형 실현 규칙
　ㄱ. 비상성형(/M_1/) 규칙 ;　/M_2/는 # —— #의 환경에서 [MH
　　　M_0]로 발음되지만, 센소리로 시작되는 음운론적 구에서는
　　　[HHM_0]으로 실현된다.
　ㄴ. 상성형(/R_1/) 규칙 ;　/R_2/는 /# —— #의 환경에서 [M̥HM$_0$]
　　　또는 [M̥M$_1$]로 실현된다.
　ㄷ. 1음절 어절 /R/(상성)과 /M/(비상성)은 기저 성조에 관계없이
　　　모두 [M̥/H̥]로 임의 변이한다.

둘째는 음운론적인 구(많은 경우에 어절이 하나의 음운론적인 구로 나타나고, 때로는 더 큰 길이의 말이 될 수도 있음)의 끝에 나타나는 억양 가운데 중요하고 자주 나타나는 것만 몇 개 기술하였다. [ρ]은 상승조, [H]은 고조, [λ]은 수평조, [φ]은 하강조, [M]은 중조인데 때로는 이들 가운데 두세 개가 결합해서 나타나는 수도 있다. 두 방언의 억양은 다음과 같다.

⑦ 담양 방언의 억양과 그 의미
  ㄱ. [ρ] : [M]이나 [H] 뒤에 나타나서 의외, 놀람, 관심의 환기 등을 뜻한다.
  ㄴ. [L ρ] : 가장 중립적인 어조를 나타낸다. 서술, 시킴, 의문사 있는 의문문의 마지막 음운론적 구에 나타날 뿐만 아니라, 월의 처음이나 중간의 음운론적인 구에도 나타날 수 있다.
  ㄷ. [H] : [M]이나 [H] 뒤에 나타나서 의외, 놀람, 관심의 환기 등을 강하게 나타낸다.
  ㄹ. [λ] : [M], [H], [H] 뒤에 나타나서 더 말할 것이 있는데 말을 끝내거나 말한 내용에 대한 확신이 약함 등을 나타낸다.
  ㅁ. [φ] : [H]나 [H] 뒤에 나타난다. /-히어/, /-라우/에 얹히는 경우에는 중립적인 어 조이다. 그 밖의 경우에 쓰일 때는 단정이나 확신, 강력한 시킴, 등을 나타낸다.
  ㅂ. [HM] : 단순히 [H φ]의 변종이라 생각된다.

⑧ 창원 방언의 억양과 그 의미
  ㄱ. [ρ] : 의외, 놀람, 부드러운 시킴이나 달램, 설득 등을 뜻한다.
  ㄴ. [λ] : 들을이의 관심의 환기를 나타낸다.
  ㄷ. [φ] : 단정, 확신, 강력한 시킴, 강력한 의지, 등을 나타낸다.

5장에서는 두 가지 비성조적인 운소를 기술했다. 첫째는 어감을 강조할 때나 섬세한 감정을 나타낼 때 어절 안의 어느 한 음절을 임의로 1.5배 이상 얼마든지 길게 내는 일이다. 그러한 길이를 (:)

으로 표시하여 기술하였다. 창원 방언과 담양 방언 두 방언에서 이 것이 나타나는 낱말과 그 낱말 속에 나타나는 위치가 대다수는 같 지만, 때로는 다를 수도 있으며, 때로는 한쪽 방언에만 나타나고, 다른 쪽 방언에서는 나타나지 않을 수도 있으며, 때로는 하나의 방 언 안에서 한 어절에 두 가지 다른 방법으로도 나타날 수도 있고 이런 경우에는 전달되는 어감의 차이가 있음을 기술했다. 어느 경 우이건 간에 이들의 길이는 감정의 강도에 비례한다는 결론을 내릴 수 있었다.

⑧ 표현적인 장음절 (위치가 같은 것)
  ㄱ. ·칩·우·서 :시(:)·푸·렇·다. (창0491)
  ㄴ. 춰와서 :시(:)풀허다. (담0491)
⑨ 표현적인 장음절 (위치가 다른 것)
  ㄷ. 시지부지(:)하이 있다가 ·큰·코·다·친·다. (창0490)
  ㄹ. 시지(:)부지허니 있다가 큰코 다친다. (담0490)
⑩ 표현적인 장음절 (섬세한 느낌 상태의 차이)
  ㅁ. ·물·이 :줄(:)·줄·한다. (창0693)
  ㅂ. ·물·이 :줄·줄(:)·한·다. (창0693)

참 고 문 헌

김선철 (1997). 국어 억양의 음성학·음운론적 연구. 박사학위 논문. 서울대학교 대학원.

김영만 (1974). 국어 운율의 본질과 변천. 국어국문학 제65·66합병호. 국어국문학회.

金永萬 (1986). 國語 超分節音素의 史的 硏究. 博士學位 論文. 高麗大學校 大學院.

金完鎭 (1977)(초판은 1973). 中世國語聲調의 硏究. 國語學叢書 4. 國語學會. 塔出版社.

김주원 (1991). 경상도 방언의 성조 기술 방법— 표기 방법의 표준화를 위한 시론—. 語學硏究 27권 3호. 서울大學校 語學硏究所.

김주원 (1991). 경상도 방언의 고조의 본질과 중세국어 성조와의 대응에 대하여. 언어학 13:75-93.

김주원 (1993). 모음조화의 연구. 영남대학교 출판부. 89-105쪽.

김주원 (1994). 성조 연구의 성과와 전망. 인문과학 10.

김주원 (1995). 경상도 방언의 성문 파열음과 성조. 언어학 17:61-77.

김차균 (1980). 경상도 방언의 성조 체계. 과학사.

김차균 (1998). 나랏말과 겨레의 슬기에 바탕을 둔 음운학 강의. 태학사.

김차균 (1999). 우리말 방언 성조의 비교. 역락.

문수미 (1999). 모음 한국어 액센트에 관한 실험음성학적 연구 —자음 및 음절과 관련하여—. 서울대학교 대학원.

손종섭 (1999). 우리말의 고저장단. 정신세계사.

신기상 (1999). 동부경남방언의 고저장단연구. 월인.

이근열 (1997). 경남 방언의 음운론. 세종 우리말 연구 총서 ③.

이문규 (1997). 대구방언의 성조 중화 현상. 문학과 언어. 제18집.

이호영 (1991). 한국어의 리듬. 한국어 연구논문 28.

이호영 (1991). 한국어의 억양체계. 언어학 13.

전학석 (1993). 함경도방언의 음조에 대한 연구. — 회령, 경성, 함주 지방 말의 음조를 중심으로 — . 태학사.

정원수 (1994). 경북 방언의 복합 동사 형성에 나타나는 성조 변동 연구. 한글 제224호. 한글학회.

차재은 (1999). 중세국어 성조론. 월인.

허웅 (1972). 中世國語硏究. 正音社. (초판은 1963).

Jun, S.-A.(1989). "The Accentual Pattern and Prosody of the Chonnam Dialect of Korean" in S. Kuno et al. (eds.) Harvard Studies in Korean Linguistics Ⅲ., Univ., Cambridge, Mass. 한국어 운율 관련 연구 논문 모음 Ⅱ. 대덕소리사랑(말소리를 연구하는 모든 이들의 모임). 대전 엑스포호텔(유성). 한국과학기술원 전산학부. (1998).

Kim, Gyung Ran〈김경란〉 (1988). The Pitch-accent System of the Taegu Dialect of Korean with Emphasis on Tone Sandhi at the Phrasal Level Doctoral dissertation, University of Hawaii, Hanshin Publishing Co.

Sohn, H.S.〈손향숙〉 (1999). The NPI and Phonological Phrasing in North Kyungsang Korean, 언어과학연구 16. 경북대학교.

국어 의문사와 부정사의
실현에 관한 연구
―의문 체언을 중심으로―

김 충 효*

1. 서 론

이 연구에서는 앞서의 논의에서 밝혀진 연구 성과들을 더욱 확고히 뒷받침하기 위해 "누구", "무엇" 등의 낱말이 현대 국어에서 의문사와 부정사로 실현될 때 나타나는 대비적 특성을 밝혀 보려고 한다. 이를 위해 대상으로 삼은 구체적 언어 자료는 〈완판본열여춘향슈졀가〉와 그 배경어가 된 전북 방언의 한 하위 방언인 남원 지역어이다.

특히 이들 언어 자료에 대한 고찰에서는 "누구", "무엇" 등의 낱

---

* 군산대학교 국어국문학과 교수

말이 의문사와 부정사 가운데 어느 문법 범주로 더 빈번히 쓰여 왔는가를 살핀다. 그리고 이를 바탕으로 하여 이들 낱말이 언어 사용의 현실이나 언중의 언어 의식 속에서 의문사와 부정사 가운데 어느 쪽으로 인식되어 왔는가를 밝힌다. 아울러 이들이 의문사와 부정사로 실현될 때 나타나는 형태와 음운 그리고 통사와 의미상의 차이점을 중점적으로 고찰해 보려고 한다.

이 같은 목표에 접근하기 위한 연구 방법은 다음과 같다.

1) 남원 지역어를 중심으로 한 전북 방언에서 "누구", "무엇" 등의 낱말이 의문사와 부정사 중 어느 범주로 더 많이 쓰여 왔는가는 〈완판본열여춘향슈절가〉를 대상으로 하여 그 실태를 분석하고 기술한다.

2) 억양은 문내음조와 문말음조로 나누어 분석 기술한다. 문내음조는 이들 낱말과 격조사와의 높낮이의 대조가 된다. 단음절 낱말의 경우 후행 격조사와의 대조이고, 두 음절 낱말일 경우 두 음절 사이의 높낮이의 대조가 된다. 문말음조는 문장 끝의 억양이다.

2. 〈완판본열여춘향슈절가〉의 의문 체언과 부정사

이미 전제한 바와 같이, 여기에서는 "누구", "무엇" 등의 낱말이 〈완판본열여춘향슈절가〉에서 의문사와 부정사 가운데 어느 범주로 더 많이 쓰여 왔는가에 대해서 고찰해 보고자 한다. 이는 앞에서 논의한 연구 성과들을 더욱 확실하게 뒷받침해 주는 일일 뿐만 아니라, 언중의 언어 의식 속에 이들 낱말이 의문사와 부정사 중 어느 것으로 인식되어 왔는가를 밝히는 데 도움을 주기 때문이다. 더구나 〈완판본열여춘향슈절가〉에서 엿보이는 언어 의식이 오늘의 남원 지역어에 그대로 접맥되어 있다고 볼 때, 이같은 논의는 전북 방언의 한 하위 방언인 남원 지역어의 고찰에 앞서 선행되어야 할 전초 작업이 된다.

〈완판본열여춘향슈졀가〉에서 의문 체언으로는 "뉘", "무엇", "언제", "언으쩌", "언느날", "어듸", "어듸미", "어듸", "몃" 등이 나타나는데, 이들 낱말이 기능별로 쓰인 용례의 빈도수를 〈표〉로 보이면 다음과 같다.

구 분	낱 말	총용례수	의문사	간접의문	부정사
의문체언	뉘	38	37	1	1
	무엇	27	25	1	
	언제	2	2		
	언으쩌	6	6		
	언느날	1	1		
	어듸	13	12		1
	어듸미	5	5		
	어듸	2	2		
	몃	8	7	1	
계	9	102	97	3	2

〈표〉에서 알 수 있는 바와 같이, 〈완판본열여춘향슈졀가〉에서는 현대 국어의 "누구", "무엇" 등에 대응되는 의문 체언의 형태적 표면형 9개가 모두 102군데에서 쓰이고 있다. 그런데 이 가운데 의문사로 쓰이는 것이 97번(95%), 간접 의문문에 쓰인 것이 3번(3%), 그리고 부정사로 쓰인 것이 역시 2번(2%)으로 나타나 있다. 이는 "누구", "무엇" 등의 기본적인 문법 기능이 무엇이며, 그 기능이 어떻게 분화되어 왔는가를 설명해 주는 좋은 예가 된다.

〈표〉에서 보인 이들 낱말이 〈완판본열여춘향슈졀가〉에서 간접 의문문과 부정사로 쓰인 용례는 다음과 같다.

(1) ㄱ. 뉘말인지 몰나요 (38)
　　ㄴ. 화류중의오락가락힛뜩힛뜩얼는얼는ㅎ는겨무어신지자셔
　　　　이보아라 (19)

ㄷ. 몃날몃칠될줄모를네라 (92)
ㄹ. 촉불리벌넝벌넝하며무어시촉불압푸달여들거늘 (128)
ㅁ. 이놈어디셔장타령하난놈의말을드럿구나 (32)

(1ㄱ)-(1ㄷ)은 "뉘"와 "무엇" 그리고 "몃"이 〈완판본열여춘향슈졀가〉에서 간접 의문문에 쓰인 용례이고, (1ㄹ)-(1ㅁ)은 "무엇"과 "어디" 등이 부정사로 쓰인 용례이다.

요컨대, 〈완판본열여춘향슈졀가〉에서 "누구", "무엇" 등의 낱말은 거의 모두가 의문사로 쓰였으며, 부정사로는 지극히 드물게 쓰이고 있다. 이는 이들 낱말의 기본적인 문법 기능이 의문의 기능이며, 그 기능이 18세기 말에 간접 의문문의 단계를 거친 연후에 의문사에서 부정사의 기능이 분화되어 왔다는 앞서의 논의를 뒷받침하는 또 하나의 좋은 증거 자료가 된다. 뿐만 아니라 〈완판본열여춘향슈졀가〉의 의문사와 부정사 사용 실태는 당시 일반 언중의 언어 사용의 현실에서나 언어 의식 속에서 이들 낱말이 부정사로 인식되기보다는 의문사로 인식되고 있었다는 사실을 확인시켜 주고 있다. 따라서 이같은 언어 의식은 현대 남원 지역어를 사용하는 언중들에게도 그대로 접맥되어 있으리라 믿어지며, 이는 중앙어의 문법 체계와도 무관하지 않다고 생각한다.

3. 남원 지역어의 의문 체언과 부정사

앞의 절에서는 "누구", "무엇" 등의 낱말이 〈완판본열여춘향슈졀가〉에서 의문사와 부정사 가운데 어느 문법 범주로 더 빈번히 쓰여 왔는가에 대해서 고찰해 보았다. 여기에서는 이들 낱말이 남원 지역어에서 의문사와 부정사로 실현될 때 나타나는 대비적 특성에 대해서 고찰해 보려고 한다. 특히 이들 낱말이 의문사와 부정사로 실현될 때 나타나는 형태와 음운 그리고 통사와 의미상의 차이점에 대해서 중점적으로 논의해 보려고 한다.

　중앙어의 의문 체언에는 “누구”, “무엇”, “어디”, “언제”, “얼마”, “몇” 등이 있다. 이들은 대체로 [+사람, [+사물, [+장소, [+시간, [+분량, [+갯수] 의 의미 자질을 갖고 의문사와 부정사로 양용되고 있다. 따라서 여기에서는 이들의 순서에 따라 차례로 살피기로 한다.1)

3.1 누구

　남원 지역어에서 “사람”에 대해서 쓰는 의문사로는 “누”, “누구”, “뉘기”, “뉘” 등을 찾을 수가 있다. 이들은 중앙어의 “누”, “누구”, “뉘”에 대응되는 것이다. 특히 이 지역어에서 “뉘기”는 특징적인 형태적 표면형인데, 남원을 배경으로 하여 이루어져 있는 〈완판본 열어춘향슈절가〉에서는 “뉘”만 보인다.2) 경남 방언에시는 의문 첨사 “-고”에서 연원했다고 알려져 있는 “-구”가 거의 나타나지 않고 “누”만 쓰이며(이기문 1972:157), 가끔 “누구”가 쓰이기도 하지만 그것은 거의 중앙어의 간섭에 의한 것으로 보인다(서정목 1987: 273). 그러나 이 지역 방언에서는 중앙어나 경남 방언에서보다도 다양한 형태가 쓰이고 있다. 이는 아마도 전국에서 두루 쓰이고 있는 어형과 이 지역 방언에서만 찾아 볼 수 있는 어형이 공존하고 있기 때문으로 풀이된다.

---

1) 전북 방언 자료 수집에 나진석(1958:7)과 전광현(1976:25-38) 전광현 (1977:179-229), 최학근(1978:1056-1138), 홍윤표(1978:43-58), 전광현(1983:82-89), 서정수(1983:112-121), 김경호(1985:3-170), 이기갑(1986:80-86), 문홍주(1987:236-267)의 도움이 컸음을 밝혀둔다.

2) 남원을 지리적 배경으로 하고 있는 〈완판본열여춘향슈절가〉에서는 의문 체언으로 “뉘”, “무엇”, “어듸(어디)”, “어듸미”, “언졔”, “몃” 등이 보이며, 전광현(1977:198, 211)에서는 “nygi”가, 그리고 〈韓國方言資料集 (全羅北 道篇):1987:266, 279〉에서는 ”얼매”와 ”어디“가 보인다.

위에서 보인 "누", "누구", "뉘기", "뉘" 등은 격조사와의 통합에서 서로 다른 통사상의 선택제약(selectional restriction)을 받는다.3) 그 통합형을 보이면 다음과 같다.

(2) ㄱ. 누가(주격), 누(관형격) 것
ㄴ. 누구넌(주격), 누구널(목적격), 누구한티(부사격.낙착점),누구보로(부사격.낙착점), 누구보담(부사격.비교), 누구허고 (부사격.동반), 누구랑(부사격.동반), 누구라고(부사격.용) 누구(서술격 + 어말어미)ㄴ가 / 냐 / 여 / 요 ?
ㄷ. 뉘기넌(주격), 뉘기널(목적격), 뉘기한티(부사격.낙착점),뉘기보로(부사격.낙착점),뉘기보담(부사격.비교), 뉘기허고(부사격.동반),뉘기랑(부사격.동반),뉘기라고(부사 격.인용) 뉘기(서술격 + 어말어미)ㄴ가 /냐/여/ 요?
ㄹ. 뉘(관형격) 것, 뉘(서술격+선어말어미+어말어미)요 ?

이 지역 방언에서는 (2)의 통합형에서와 같이 "누구"와 "뉘기"는 격조사와의 통합이 자유로우나 "누"와 "뉘"는 많은 제약을 받는다. 우선 "누"는 서술격 조사와 통합할 수가 없으며 "뉘" 역시 격조사와의 통합이 원활하지 못하다. 특히 "뉘"는 서술격 조사와의 통합에서 주체존대 선어말어미와의 공기(co-occurence)를 전제로 한 존대 의문문에서만 그 통합이 가능하다. 중세 국어의 내용 의문문이나 경상 방언에서 볼 수 있는 "누고?"와 같은 통합형은 찾을 수가 없다.4) 앞에서도 밝힌 바와 같이, "누구"와 "뉘기"와 같은 쌍형

---

3) 격조사의 분류는 문교부(1985:23)와 남기심.고영근(1985:93-98)에 따라 주격, 서술격, 목적격, 보격, 관형격, 부사격, 호격 등 7격으로 나눈다.
4) 이숭녕(1983:222-223)에 의하면 중세 국어에서는 "뉘…고(오)"로 의문문의 종지법이 "고(오)"로 호응해야 하는 통사상의 제약이 있다. 그러나 김충효(1987:153)에 의하면 〈셩경직히광익〉에서는 중세 국어에서 보이는 통사상의 제약은 보이지 않는다. 다만 "뉘"가 주격 조사나 관형격 조사와 어울릴 때는 "누"보다 우세하게 쓰였다.

의 존재는 중앙어를 비롯하여 전국에서 두루 쓰이고 있는 어형과 이 지역에서만 쓰이고 있는 어형이 공존한 것으로 생각되며 이 두 형태가 격조사와의 통합에서 특별한 차이점을 보이지는 않는다.

격조사와의 통합에서 이같은 특성을 보인 이들 낱말은 문법 기능 면에서 양면 기능을 지니고 있다. 이들 낱말은 동일한 형태 구조를 지니고 있으면서도 실현 과정에서 강세(stress)와 억양(intonation) 그리고 어순(word order)의 차이에 따라 문법 기능이 의문사와 부정사로 분화된다.5)

먼저 이들 낱말이 의문사로 쓰일 때의 특성을 살피기로 한다.

(3) ㄱ. 누가 강가 ? (↘ / →)
　　 ㄴ. 누구랑 노란냐 ? (↘ / →)
　　 ㄷ. 거 뉘시요 ? (↘ / →)
　　 ㄹ. 니가 만난 사라미 뉘기여 ? (→ / ↗ / ↘)

(3ㄱ)-(3ㄷ)에서와 같이, "누", "누구", "뉘", "뉘기"가 초점을 받아 내용 의문문을 이루어 의문사로 쓰일 때에는 이들 낱말과 후행 조사의 문내음조(pitch level)가 모두 다 평탄조가 되어 음조의 높낮이에 차이가 없다. 이 때 이들 낱말에는 강세(stress)가 주어지고, 그리고 문말음조(teminal contour)는 하강조나 평탄조를 이루면서 의문사로 실현된다. 이들이 의문사로 실현될 때 문말음조 곡선은 물론 중앙어나 다른 지역의 방언에서와 마찬가지로 내용 의문문의 문말음조인 하강조이다.

---

5) 어떤 소리의 높낮이가 문장 전체에 놓이면 그것을 억양(intonation)이라 부른다. 문장 끝의 억양을 특별히 문말음조(terminal contour)라 하고, 그 앞의 문장 안에 나타나는 억양을 고저조(pitch level)라 하여 구별하여 인식하는 경우가 많다. 그리하여 문말음조는 ↓ ↑, 또는 ↘ ↗와 같은 화살 표시로써 하강조인가 상승조인가를 나타내고, 문장 안의 고저조는 번호로 나타내든가 상대적 높이를 보이는 선으로써 나타낸다고 하였다(이익섭 1986:53-55). 이 연구에서 문말음조는 화살 표시로, 문장 안의 고저조는 문내음조라 이름하여 번호로 나타낸다.

그러나 (3ㄹ)의 경우는 조금 다르다. 이들 낱말이 분열문의 서술
어 위치에 올 때에는 항상 초점을 받아 의문사가 되기 때문에 이
때의 문말음조 곡선은 (3ㄹ)과 같이 매우 다양하다. 내용 의문문의
일반적 문말음조인 하강조와는 달리 여기서는 평탄조와 상승조와
하강조가 모두 실현되고 있다.6)

특히 (3)에서 확인할 수 있는 바와 같이, 앞서의 낱말들이 의문
사의 문법 기능을 가질 때에는 중세 국어나 일부 지역 방언에서 실
현되고 있는 "고-물음법"의 특정 문말 형식인 "-고", "-노", "-오"
와 같은 어미와 호응하여 일치해야 하는 통사상의 제약은 없다.7)

____

6) 경남 방언에서 "누"가 의문사로 쓰일 때에 후행 조사의 높낮이와 비교
해 보면 그 성조가 매우 낮으며, "누"가 분열문의 서술어 위치에 올 때
에는 항상 초점을 받아 의문사가 되기 때문에 이 때의 문말 억양은
"누"의 높이보다 꽤 올라간다고 밝히고 있다(서정목 1987:274).

   (2) 가. 누가 갓노 ?

      나. 영이가 눌로 좋아하노 ?

      다. 영이가 좋아하는 기 누고 ?

7) 허웅(1983:500-501)은 말할이가 들을이를 높이지 않는 1·3-인칭 물음
월에 물음말이 포함되었을 경우에는, 그 물음씨끝은 "-고"가 쓰이게 되므
로, 이러한 물음법을 "고-물음법"이라고 하고, 말할이가 들을이를 높이
지 않는 1·3-인칭 물음월에 물음말이 포함되지 않았을 경우에는 그 물
음씨끝으로 "-가"가 쓰이게 되므로, 이러한 물음법을 "가-물음법"이라
고 하였다. 이같은 현상은 나진석(1958), 이숭녕(1961), 이승욱(1963),
안병희(1965), 장경희(1977), 안병한(1984), 이현희(1982)에서도 연구
된바 있다. 小倉進平(1944), 최학근(1965)은 현대 국어의 동남 방언에서
이같은 현상이 유지되고 있음을 확인하였고, 경북 방언에서는 천시권
(1975), 최명옥(1976), 강신항(1978), 서정목(1979), 황병순(1980),
김영신(1980), 김영태(1983)가 이를 확인해 주었으며, 최명옥(1976)과
서정목(1987:15)은 경남 방언의 설명의문에서 지금도 "고-물음법"의 "-
고", "-노", "-은고", "-을꼬" 등의 문말 의문 어미가 쓰이고 있다고
밝히고 있다. 또 홍종림(1975:164-165)과 한영균(1983:235-240)도
주도 방언에서 "-가," "-고,"가 판정의문과 설명의문에 구분되어 쓰이고
있다고 연구 보고한 바가 있다.

　여기에서 억양 문제와 관련하여 덧붙이고 싶은 것은, 이 지역 방언에서 통용되고 있는 단순한 낱말 형식의 선택 질문이다. 이 선택 의문문에서 이들 의문 체언은 (4)-(5)에서와 같이 상승조와 평탄조로 실현되고 있음을 밝혀 두고자 한다(서정수 1985:195-196).

　(4) ㄱ. 뉘기(네가 말하는 사람이 그 사람들 가운데 누구라고?)
　　　　　(↗ / →)
　　　ㄴ. 철수.
　(5) ㄱ. 언지(네가 지금 말하고 있는 때가 어느 때라고?)
　　　　　(↗ / →)
　　　ㄴ. 팔월 추석에.

　이상에서 살핀 바와 같이, 의문사의 기능을 갖고 있는 이들 낱말은 동일한 형태 구조를 지닌 채 부정사의 기능도 갖고 있다. 물론 "뉘"는 의문사로만 쓰인다. 그러나 "누", "누구", "뉘기" 등이 찬부 의문문을 이루어 부정사로 쓰일 때에는 문내음조와 문말음조 그리고 어순이 의문사로 쓰일 때와는 아주 판이하게 다르다.

　　(6) ㄱ. 누가 그런답디여? (↗)
　　　ㄴ. 누구랑 항께 간능교? (↗)
　　　ㄷ. 지비 뉘기 인능기라우? (↗)
　　　ㄹ. *니가 조아하는 사라미 뉘기여? (→ / ↗ / ↘)

　(6ㄱ)-(6ㄷ)에서 알 수 있는 바와 같이, 이들 낱말이 찬부 의문문을 이루어 부정사로 쓰일 때에는 후행 조사보다 그 문내음조가 낮으며 후행 조사가 더 높게 실현된다. 이 때 이들 낱말에는 강세가 주어지지 않으며, 문내음조와 문말음조는 다같이 상승조를 이루면서 부정사로 실현된다. 따라서 내용 의문문의 경우보다 찬부 의문문의 화행에 노력과 기교가 더 필요하게 된다. 이와 같은 현상은

(3)의 의문사 실현에서도 논의한 바가 있지만, 경남 방언과는 정반
대되는 현상이다.8) 또한 (6ㄷ)과 같이 후행 조사와 통합되지 않고
부정사 혼자 쓰이는 단독형의 경우에는 후행 조사의 유무와는 상관
없이 부정사의 선행 음절의 음조가 낮고 후행 음절의 음조가 더 높
게 실현된다. 이 때도 역시 문말음조는 찬부 의문문의 일반적 음조
인 상승조이다.

이미 (3ㄹ)에서 살핀 바가 있지만, (6ㄹ)에서도 문내음조와 문말
음조 그리고 어말 어미가 어떻게 되든 간에 어순으로 볼 때 분열문
의 서술어 위치에는 부정사가 절대로 오지 못한다. 만약 (6ㄹ)에서
"누구"가 부정사의 문법 기능을 갖게 되면 비문이 되고 만다.

그리고 이들 낱말이 부정사의 문법 기능을 가질 때에는 중세 국
어나 일부 지역 방언에서 실현되고 있는 "가-물음법"의 특정 문말
형식인 "-가", "-나", "-야"와 같은 어미와 호응해야 하는 통사상의
제약은 없다.

"누"와 "누구", "뉘기"와 "뉘"가 의문사로 쓰일 때, 의미 자질
(semantic feature) 면에서 중앙어의 "누(구)"와 특별히 다른 것
은 없다. 이미 알려져 있는 바와 같이, 이들이 한정의문사(definite
-interrogative word)로서 의미론적으로 [+사람]의 자질을 가
졌다는 점에 대해 많은 연구에서 의견을 같이 하고 있다. 따라서
의문사로서 이들의 질문 대상은 우선 "사람"에 한정된다.9) 그러나

---

8) 서정목(1987:274)에 "누"가 부정사로 쓰일 때의 성조와 억양에 대한 자
   세한 논의가 있다. 경남 방언에서 "누"가 부정사로 쓰일 때에는 그 성
   조가 후행 조사보다 높게 실현되며, 억양은 판정의문의 상승조 억양 곡
   선이다.

   (3) 가. 누가 오기 전에 얼른 가야 되나 ? (↗)

       나. 누가 그런 말로 햇다.

       다. *영이가 좋아하는 기 누가 ?

9) 김광해(1983:118-120)는 "누구"의 의미 자질 기술에서 [+사람]의 자
   질을 함의한 비한정적인 의문이라 하였고, 서정수(1985:208-209)는 "사

질문 대상이 "사람"이라고 하여 "사람"과 관련된 것이라면 아무데나 쓰이는 것은 아니다.

> (7) ㄱ. 핵꾜에 누구랑 간냐 ?
> ㄴ. 철수랑 가땅개라우.
> ㄷ. 선샌님허고 가꾸마뇨.
> ㄹ. 자근 아부지랑 가써요.
> ㅁ. 칭구랑 간능갑써요.

이처럼 "누구"는 사람에 대해서만 쓰이는데, 특히 (7ㄴ)-(7ㅁ)에서와 같이, "사람"의 "이름"과 "신분", "인간 관계" 등에 관한 정보를 알고 싶을 때에 쓴다. 따라서 "누", "누구", "뉘기", "뉘" 등은 [+사람, +이름, +신분, +인간 관계] 의 의미 자질을 가진다.

3.2 무엇

주로 "사물"에 대해서 쓰는 의문사는 "머"와 "멋"이 있다. 이는 중앙어의 "무엇"에 대응되는 것이다. "머"는 "무어"의 준말인 "뭐"의 준말형이고, "멋"은 "무엇"의 준말인 "뭣"의 준말형이다(한글학회 1991:1363, 1532). 〈완판본열여춘향슈졀가〉에서는 "무엇"만 보인다.

"머"와 "멋"의 격조사 통합형은 (8)과 같다.

> (8) ㄱ. 머이(주격), 멀(목적격), 머라고(부사격.인용), 머(서술격
> + 어말어미)ㄴ가 / 냐 / 여 / 요 ?

람의 이름, 직업, 인사 관계 등을 물을 때 쓰인다."고 하였으며, 고성환 (1987:113-116)은 "의문사 '누구'는 질문자가 질문대상인 사람의 最下義 語, 즉 個人을 인식할 수 있도록 해 주는 '槪念'을 정보로 요구한다"고 하였다. 또 서정목(1987:274-276)은 " '누'의 어휘 의미 자질이 [+사람, +개인] 으로 특정지워짐을 분명히 할 수 있다."고 논술하고 있다.

  ㄴ.　머시(주격),　머설(목적격),　머세다(부사격.낙착점),　머뽀
    따(부사격.비교), 머더고(부사격. 동반), 머시라고(부사격.
    인용) 멋(서술격 + 어말어미)ㄴ가 / 냐 / 여 / 요 ?

 (8ㄱ)은 "머"형이고, (8ㄴ)은 "멋"형이다. 조사와의 통합형에서 "머"보다는 "멋"이 더 활발하게 통합됨을 알 수가 있다. 특히 "머"의 주격형이 모음으로 된 말 아래라는 음운론적 조건과는 상관없이 "-이" 통합형이 두루 쓰이고 있는 점이 특징적이라 하겠다. 또 다른 특징은 "머"나 "멋" 모두 다 관형격 조사와의 통합형은 없다. 이 같은 현상은 "무엇"이 사물을 소유할 수 있는 능력을 가지고 있는 [+사람] 이 아니라 사물을 소유할 수 있는 능력이 없는 [-사람] 의 의미 자질을 갖고 있기 때문으로 생각된다.

 "머"나 "멋"은 쌍형 모두가 다 의문사와 부정사의 문법 기능을 갖는다. 이들 역시 "누", "누구" 등과 마찬가지로 아무리 동일한 형태 구조를 지닌 어형이라 하더라도 강세와 억양 그리고 어순에 따라 그 문법 기능이 달라진다.

 (9) ㄱ. 방에 머이 인냐? (↘ / →)
   ㄴ. 보따리에 머시 드러쏘? (↘ / →)
   ㄷ. 니가 사 무근 거시 머시여? (→/ ↗/ ↘)

 (9ㄱ)-(9ㄴ)에서와 같이, "머"나 "멋"이 내용 의문문에서 초점을 받아 의문사로 쓰일 때에는 후행 조사와 똑같이 평탄조가 되어 음조의 높낮이에 차이가 없다. 이 때 이들 낱말에는 강세가 주어지고, 그리고 문말음조 곡선은 내용 의문문의 일반적 문말음조인 하강조나 평탄조를 이루면서 의문사로 실현된다. 이 때 "고- 물음법"에 사용되는 특정한 문말 형태가 호응해야 하는 통사상의 제약은 없다. (9ㄷ)과 같이 이들이 분열문의 서술어 위치에서는 항상 초점을 받아 의문사가 되기 때문에 문말음조가 매우 다양하여 평탄조와 상승조와 하강조가 모두 다 실현되고 있다.10)

그러나 이들 낱말이 찬부 의문문을 이루어 부정사로 쓰일 때에는 (10ㄱ)-(10ㄴ)에서와 같이 후행 조사보다 문내음조가 낮으며, 강세가 주어지지 않는다. 문말음조도 찬부 의문문의 일반적 음조인 상승조 곡선을 보이고 있어 (9)와는 분명한 차이를 보인다.

　　　　2 3
(10) ㄱ. 머얼　들고 오시등기라우 ? (↗)
　　　　2 3
ㄴ. 머설 좀 무건냐 ? (↗)
ㄷ. *니가 자븐 거시 머시냐 ? (→/ ↗/ ↘)

이같은 음조는 경남 방언과는 정반대되는 현상이다(서정목 1987:277).[11] 그리고 (10ㄷ)에서와 같이 문내음조와 문말음조 그리고 어말 어미가 어떻게 되든 간에 어순으로 볼 때 분열문의 서술어 위치에는 부정사인 "머"나 "멋"이 절대로 오지 못한다. (10ㄷ)에서 이들이 부정사의 기능을 하게 되면 비문이 되고 만다. 또 (10ㄱ)-(10ㄷ)에서 "머"와 "멋"이 부정사의 문법 기능을 가질 때에 특정 문말 어미와 호응해야 하는 통사상의 제약은 없다.

"머"와 "멋"이 의문사로 쓰였을 때 이들의 의문 영역은 아주 넓다. 그래서 김광해(1983:126-133)는 "무엇"을 비한정의문사(indefinite interrogative word)라고 하였다. 특히 서정수(1985:208-209)는 "'무엇'은 '사물'에 대해서만 쓰이고 '사람'에 대해서는 일반적으로 쓰이지 못한다."면서 덧붙이기를 "'무엇'은 대개 사물의 이름, 개념, 또는 구체적인 내용 등을 알고자 할 경우에 쓰

10) 경남 방언에서는 "므어"가 초점을 받아 의문사가 되면 성조상으로 저중형으로 발음된다. 또 "므어"가 분열문의 서술어 위치에 왔을 때는 항상 초점을 부여 받아 의문사가 되면서 저중형으로 나타나고 문말 형태는 "-고"가 통합된다고 하였는데(서정목 1987:277), 이는 전북 방언에 나타나는 현상과는 다르다.

11) 경남 방언에서 "므어"가 부정사로 쓰일 때에는 의문사로 쓰일 때(저중형)와는 달리 고중형으로 발음되고, 또 문말형태도 "-가" 통합된다.

인다.”고 기술하고 다음과 같은 예문을 들어 주었다.

(11) ㄱ. 이 물건명이 무엇인가 ?
     ㄴ. 사랑이란 무엇인가 ?
     ㄷ. 저 사람이 무엇을 하는가 ?

또 고성환(1987:117)은 “무엇”의 의문 영역을 [-Human] 으로 나타냈고, 서정목(1987:278)도 “므어”의 의미 특성은 [-사람] 으로 특징지울 수 있다고 하였다.

그러나 다음과 같은 예문으로 보면 “머”나 “멋”의 의미 특성을 단순히 [+사물] 이라고만 기술하기 어려운 면이 있다. 따라서 좀 더 구체적으로 규정할 필요성이 있다.

(12) ㄱ. 니 이르미 머이냐 ?
     ㄴ. 철수다.
(13) ㄱ. 너넌 커서 머이 되고 시프냐 ?
     ㄴ. 선샌니미 되고 시프다.
(14) ㄱ. 저 사라미 너랑 멋 되냐 ?
     ㄴ. 자근 아부지 된다.

(12ㄴ)과 (13ㄴ) 그리고 (14ㄴ)에서 “철수”, “선샌님”, “자근 아부지”는 사람의 이름이고, 신분이며, 사람과의 관계를 표시한 것이다. 그래서 “머”나 “멋”은 얼른 보면 [+사람] 의 의미 자질을 갖고 있다고 말할 수도 있다. 그러나 그렇지 않다. 왜냐하면 질문의 전제가 “사람”일 때에만 (12)-(14)의 대화가 가능하기 때문이다. 질문의 전제가 사람이 아니면 (12)-(14)는 비문이 되어 원활한 의사소통이 이루어지지 않는다. 다시 말해서 질문자와 응답자 모두가 질문의 대상이 사람이라는 것을 전제했을 때에만 “무엇”이 “사람”에 대한 정보를 요구할 수 있으며, 그와 같은 전제가 없을 때에는 “사람”에 대한 정보를 요구할 수 없기 때문에 “무엇”의 의미 자질

을 〔+사람]이라고 할 수는 없다. 바로 여기에 "무엇"을 비한정의
문사라고 말하기 어려운 면이 있다. 따라서 "머"와 "멋"은 [+사
물, +이름, +개념, +내용] 의 의미 자질을 갖는다.

3.3 어디

"공간" 표시에 주로 쓰이는 의문사는 "어디"가 있다. 이는 중앙
어의 "어디"에 해당하는 것으로 〈완판본열여춘향슈절가〉에서는 "어
디", "어듸", "어디민" 등이 보인다. 이 지역어에서 간혹 "오디"와
"워디"가 확인되기도 하지만 "어디"가 일반적인 어형이다〈한국방언
자료집(전라북도편 1987:279)〉. 격조사와의 특징적인 통합형으로
"어이"나 "어따"와 같은 형태도 있다.
  격조사와 "어디"의 통합형은 (15)와 같다.

  (15) 어디가(주격), 어디럴(목적격), 어디(부사격.낙착점), 어이서
        (부사격.출발점), 어디로(부사격.처소), 어따(부사격.처소), 어
        디 보담 (부사격.비교), 어디라고(부사격.인용), 어디(서술격
        + 어말어미)ㄴ가 / 냐 / 여 / 요 ?

  (15)의 통합형에서 특징적인 점은 "낙착점 격조사" "-에"의 생략
과 "출발점 격조사" 통합에서 "어디"의 "ㄷ" 탈락 현상, "처소 격
조사"와의 통합형인 "어따"의 실현이다. 이와 같은 음성 실현은 전
혀 예외가 없는 음운론적인 현상이다.
  "어디"는 어형의 변화 없이 강세와 억양 그리고 어순의 차이에
의하여 의문사와 부정사로 두루 쓰인다.

      (16) ㄱ. 어디 가싱기라우 ? (↘ / →)
          ㄴ. 학생언 어이서 와써 ? (↘ / →)
          ㄷ. 그렁개, 가방얼 어따 두어쏘 ? (↘ / →)
          ㄹ. 니가 채결 이저분 데가 어디양개 ? (→ / ↗ / ↘)

(16ㄱ)-(16ㄷ)에서 보듯이, "어디" 역시 내용 의문문에서 초점을 받아 강세가 주어져 의문사로 쓰일 때에는 후행 조사와 똑같이 문내음조가 평탄조가 된다. 문말음조 곡선은 내용 의문문의 일반적인 음조인 하강조나 평탄조이며, 의문사로 실현될 때 "-고"와 같은 특정한 문말 형태가 호응해야 하는 통사상의 제약은 없다. 만약 "어디"가 분열문의 서술어 위치에 오면 항상 의문의 초점을 받아 의문사가 되는데, 이 때 (16ㄹ)과 같이 문말음조가 매우 다양하다.12)

"어디"가 부정사로 쓰일 때에는 (17ㄱ)-(17ㄷ)과 같이 격조사 통합형의 문내음조가 상승조가 되며, 문말음조도 찬부 의문문의 일반적 음조인 상승조 곡선을 이루어 (16ㄱ)-(16ㄷ)과는 사뭇 다르게 실현된다.

              ² ³
(17) ㄱ. 영철이는 어디 간냐 ? (↗)

          ² ³
     ㄴ. 나럴 어이서 바써요 ? (↗)

          ² ³
     ㄷ. 도널 어따가 두어따고요 ? (↗)

     ㄹ. 자내가 영희럴 만난 데가 어딩가 ? (→ ↗／ ↘)

그렇지만 (17ㄹ)에서와 같이, 강세와 억양 그리고 어말 어미가 어떻게 되어 있든 간에 어순으로 볼 때 분열문의 서술어 위치에는 부정사인 "어디"가 오지 못한다. 만약 (17ㄹ)에서 "어디"가 부정사의 기능을 갖게 되면 비문이 되고 만다. (17ㄱ)-(17ㄷ)에서 "어디"가 부정사의 기능을 할 때에 특정의 문말 어미와 호응해야 하는 통사상의 제약은 없다.

"어디"는 의미론적으로 [+공간] 의 자질을 갖는다. 수사적 표

---

12) 경남 방언에서는 "어데"가 의문의 초점을 받아 의문사가 되면 성조상으로 저중형으로 발음된다. 분열문의 서술어 위치에서는 항상 의문사가 되어 저중형의 성조로 발음되며 문말 형태도 항상 "-고"가 통합된다고 한다 (서정목1987:279).

현을 제외하고는 질문의 대상이 "공간"에 한정되는 것이다. 그러나 이를 좀더 구체적으로 뜻매김을 해 보면 (18)과 같이 된다.

> (18) ㄱ. 시방 어디 가시요 ?
>   ㄴ. 서울 좀 강마이라우.
> (19) ㄱ. 어머이는 시방 어디망큼 가쓰까 ?
>   ㄴ. 몰라, 한 절바니나 가꺼쩨.
> (20) ㄱ. 어디가 아프냐 ?
>   ㄴ. 어깨가 아프그마이요.

(18)에서 "어디"는 지명을, (19)와 (20)에서는 주로 위치를 묻는 데 쓰이고 있다. 따라서 "어디"는 [+이름, +장소, +위치] 의 의미 자질을 갖는다.

3.4 언제

주로 "시간"을 표시하는 데 쓰이는 의문사는 "언지"가 있다. 이는 중앙어의 "언제"에 해당하는 것으로 〈완판본열여춘향슈절가〉에서는 "언제"와 "언으썬" 그리고 "언느날" 등이 보인다. 간혹 "원제"나 "원지"가 드물게 확인되기도 하지만 이 지역어에서는 "언지"가 일반적인 어형이다(서정수 1983:120, 전광현 1983:88). "언제"는 "어느 + 시간(적, 제)"로 이루어진 복합 형태라고 하는데 조사와의 통합형은 (21)과 같다(김광해 1983:116).

> (21) 언지가(주격), 언지는(주격), 언지부터(부사격.출발점), 언지
>   라고(부사격.인용), 언지(서술격＋어말어미)ㄴ가 /냐/여/요 ?

"언지"는 어휘 의미의 속성상 격조사와의 통합이 그렇게 활발하지는 못하다. 그러나 반면에 "언지라도", "언지까지", "언지든지"와 같이 보조사와의 통합은 활발하다.

“언지”도 어형의 변화 없이 강세와 억양 그리고 어순의 차이에 의하여 의문사와 부정사로 문법 기능이 달라진다. “언지”가 초점을 받아 의문사가 되면 (22)에서와 같이 후행 조사의 문내음조와 높낮이 차이가 없는 평탄조가 된다. 역시 문말음조 곡선은 내용 의문문의 일반적 음조인 하강조나 평탄조이며, 통사상 “-고”와 같은 특정한 문말 의문 형태가 호응해야 하는 제약은 없다. 그러나 “언지‘가 분열문의 서술어 위치에 오면 (22ㄷ)에서와 같이 문말음조가 매우 다양해진다.

 (22) ㄱ. 서우럴 언지 가싱기라우 ? (↘ / →)
    ㄴ. 자내년 언지 강가 ? (↘ / →)
    ㄷ. 철수가 구니네 간다고 헝거시 언지여? (→ / ↗ / ↘)

그러나 “언지”가 부정사로 쓰일 때는 문내음조나 문말음조는 찬부 의문문의 일반적 음조인 상승조가 된다.

      2 3
 (23) ㄱ. 순희가 언지 가요 ? (↗)
       2 3
    ㄴ. 누(누나)가 언지 간대 ? (↗)
    ㄷ. 돌쇠가 외갓집이 간당 거시 언지제 ? (→ ↗ / ↘)

그렇지만 (23ㄷ)에서와 같이 강세와 억양 그리고 어말어미가 어떻게 되어 있든 간에 어순으로 볼 때 분열문의 서술어 위치에는 부정사인 “언지”가 오지 못한다. 만약 (23ㄷ)에서 “언지”가 부정사의 기능을 갖게 되면 이는 비문이 되고 만다. (23ㄱ)-(23ㄴ)에서 “언지”가 부정사의 기능을 할 때에 특정의 문말어미와 호응해야 하는 통사상의 제약은 없다.

“언지”는 의문사로 쓰일 때 어떤 행위나 사건이 일어난 시점 그리고 날짜 등을 묻는 데 쓰인다. 따라서 그 대답도 시간 표현으로 나타난다.

   (24) ㄱ. 조럽시기 내일 언제냐?
       ㄴ. 언지 그 소시글 드런양개?
       ㄷ. 내달 언지 서울 간다고?

   그러므로 "언지"는 〔+명사, +시점, +날짜 〕의 의미 자질을 갖는다.

3.5 얼마

   "수량"을 표시하는 의문사는 "멧"과 함께 "얼매"가 있다. "얼매"는 주로 "분량"을 묻는 데 쓰이는데, 이는 중앙어의 "얼마"에 해당하는 것으로 이 자리에 "암만"이 간혹 쓰이기도 한다. 그러나 이 지역어에서는 "얼매"가 일반적인 어형이다.〈완판본열여춘향슈절가〉에서는 "얼매"의 용례가 한번도 나타나지 않는다.
   격조사와의 통합형은 (25)와 같다.

   (25) 얼매에(보조사), 얼매쯤(보조사), 얼매끔(-만큼)(보조사), 얼
       매만(보조사), 얼매(서술격 + 어말어미)ㄴ가 / 냐 / 여 /
       요 ?

   "얼매"는 체언을 가리키는 의문사이기는 하지만 격조사와의 통합이 거의 이루어지지 않고 (25)와 같이 일부 제한된 보조사와 통합이 가능하다. 이는 "얼매"가 거의 정도 부사에 가까운 용법을 보이고 있기 때문이다.
   역시 "얼매"가 초점을 받아 의문사로 쓰이면 음성 형식부에서 문내음조상으로는 후행 조사와 차이가 없는 평탄조이다. "얼매"가 (26ㄷ)과 같이 분열문의 위치에 오면 문내음조상에는 차이가 없으나 문말음조가 다양해진다.

(26) ㄱ. 얼매쯤 가면 도서과니 나오냐? (↘/ →)

　　 ㄴ. 얼매만의 해후요? (↘/→)

　　 ㄷ. 느그 오빠가 합격만 헤뿔면 얼매나 조컨냐?(→/↗/↘)

"얼매"가 부정사로 쓰이는 경우에는 후행 조사의 문내음조가 상승조로 실현되며, 문말음조도 또한 찬부 의문문의 일반적 형식인 상승조가 된다. 그러나 "얼매"가 분열문의 서술어 위치에 오게 되면 항상 의문사가 되기 때문에 (27ㄱ)-(27ㄴ)과는 달리 문말음조가 다양하게 나타난다.

(27) ㄱ. 얼매쯤 먼 하꾜가 나오거쩨?(↗)

　　 ㄴ. 얼매끔이나 사랑한 줄 아라(요)? (↗)

　　 ㄷ. 철수가 하꾜에 가지고 갈 도니 얼매여?(→ / ↗ / ↘)

"얼매"는 의미상으로는 수량에 관한 정보가 미지인 경우에 사용된다. 그런데 "몇"은 일반적으로 척도 단위를 후행시키기 때문에 질문자가 원하는 정보는 수사에 한정되지만, "얼매"는 이것 자체가 척도 단위를 포함하고 있기 때문에 척도 단위를 별도로 동반시키는 경우가 전혀 없고, 질문자가 원하는 정보도 "수사 + 척도단위"가 된다(고성환 1987:105).[13] 따라서 "얼매"의 의미 특성은 〔+수사, +분량〕으로 나타낼 수 있다.

(28) ㄱ. 그거 얼매끔 주면 상가?

　　 ㄴ. 한 천원쯤 주면 뒤아요?

---

[13] 김광해(1983:113-115)는 "얼마"를 연속적인 개념에 관계하는 것으로, 서정수(1985:20)에서는 "얼마"를 분량을 묻는 물음말로, 서정목(1987:291)은 "얼매"는 독자적으로 쓰여 응답으로 "수관형사 + 단위표현명사"를 요구하는 품사적 특성은 수사에 가깝다고 파악하고 있다.

> (29) ㄱ. 얼매쯤 가면 극장이 이써?
>   ㄴ. 한 100미터쯤 가면 이써요?

그러나 (28ㄴ)과 (29ㄴ)에서 확인할 수 있는 바와 같이, "얼매"는 그 자체에 척도 단위가 포함되어 있어서 의문 영역이 정밀하게 제한되지 못한 채 불확정적이고 포괄적인 의미자질을 갖고 있다. 따라서 이와 같은 의미 특성 때문에 〈완판본열여춘향슈졀가〉에서도 "얼매"보다는 구체적이고 명확하게 의문 영역이 주어지는 "멧"을 즐겨 썼는 것으로 생각된다.

3.6 몇

체언을 가리키는 의문사 중 "수량"을 묻는 데 쓰는 의문사는 "얼매"와 함께 "멧"이 있다. 이는 수량 가운데서도 주로 "갯수"를 묻는 데 쓰이는데, 중앙어의 "몇"에 대응되는 형태이다. 〈완판본열여춘향슈졀가〉에서는 "몃"이 보인다.
격조사와의 통합형은 다음과 같다.

> (30) 메시(주격), 메설(목적격), 메터고(접속), 메시나(보조사),
>   멧(서술격 + 어말어미)ㄴ가/냐/여/요?

"멧"은 체언을 가리키는 의문사이기는 하지만 격조사와의 통합이 그렇게 활발하지는 못하다.
"멧"이 의문의 초점을 받아 의문사로 쓰일 때 "멧"과 후행 조사의 문내음조는 "얼매"와 마찬가지로 평탄조로 차이가 없다. 이때 문말음조는 내용 의문문의 억양인 하강조이거나 평탄조이며, "-고"와 같은 특정한 문말 형태가 호응해야 하는 통사상의 제약은 없다. 그러나 "멧"이 분열문의 서술어 위치에 오면 항상 의문사가 되어 (31ㄷ)에서와 같이 문내음조에는 차이가 없으나 문말음조가 매우 다양하게 실현된다.

    (31) ㄱ. 나이가 메시냐? (↘)
       ㄴ. 잔치지비 메시나 가쏘? (↘)
       ㄷ. 자내가 들고 인는 거시 메시여? (→/↗/ ↘)

  "멧"이 부정사로 쓰일 때는 문내음조가 상승조가 되며, 문말음조도 찬부 의문문의 일반적인 음조인 상승조가 된다.

          2 3
    (32) ㄱ. 메시나 가써? (↗)

         2 3
       ㄴ. 메설 어더 와써? (↗)
       ㄷ. 자네가 조타고 말한 사라미 나이가 메시여?(→/↗/↘)

  그러나 "멧"은 (32ㄷ)에서와 같이 분열문의 서술어 위치에서는 부정사로 쓰이지 못할 뿐만 아니라 문말음조가 매우 다양하게 실현된다. 만약 "멧"이 (32ㄷ)에서 부정사의 기능을 하게 되면 그 문장은 비문이 된다. (32ㄱ)-(32ㄴ)에서 "멧"이 부정사의 기능을 할 때에는 (31)에서와 같이 특정 문말어미와 호응해야 하는 통사상의 제약은 없다.
  "멧"은 의문사로 쓰일 때 수량을 가리키는 데 쓰인다. 그 중에서도 "갯수"를 가리켜 묻는 데 쓰인다.

    (33) ㄱ. 방에 메시나 이뜨냐?
       ㄴ. 금녀네 나이가 메시여?

  따라서 "멧"은 [+수효]의 의미 자질을 갖는다.
  요컨대, 남원 지역어에서 의문 체언의 형태적 표면형으로는 "누", "누구", "뉘기", "뉘", "머", "멋", "어디", "언지", "얼매", "멧" 등이 있다. 이들은 동일한 형태 구조를 지니고 있으면서도 강세와 억양 그리고 어순의 차이에 의하여 의문사와 부정사로 양용되고 있다. 이들 낱말이 의문사로 실현될 때에는 이들과 후행 조사와의 사이에 형성된 문내음조가 평탄조가 되며, 문말음조 역시 하강조나 평탄조가 된다. 그러나 이들 낱말이 부정사로 실현될 때에는 이들과 후행 조사와의 사이에 형성된 문내음조가 상승조가 되며, 문말음조 또한 상승조가 된다. 따라서 이들 낱말은 내용 의문문에서 의문사로 발화될 때보다 찬부 의문문에서 부정사로 발화될 때 발음기관의 긴장과 노력이 더 요구된다. 또한 이들 낱말이 분열문의 서술어 위치에 올 때는 항상 초점을 받아 의문사로만 쓰일 뿐 부정사로는 쓰이지 못하고 있다. 이같은 사실로 우리는 이들 낱말이 부정사로보다는 의문사로 폭넓게 쓰이고 있었다는 사실을 알 수가 있다.

4. 결 론

이상에서 이 연구는 "누구", "무엇" 등의 낱말이 현대 국어에서 의문사와 부정사로 실현될 때 나타나는 대비적 특성을 밝히기 위하여 〈완판본열여춘향슈절가〉와 그 배경어가 된 전북 방언의 한 하위 방언인 남원 지역어를 구체적 언어 자료로 삼아 고찰해 보았다. 그 요지를 간추려 보면 다음과 같다.

첫째, 〈완판본열여춘향슈절가〉에서 "누구", "무엇' 등의 낱말은 대부분이 의문사로 쓰였으며, 부정사로는 지극히 드물게 쓰이고 있다. 이는 이들 낱말의 기본적인 문법 기능이 의문의 기능이며, 그 기능이 18세기 말에 간접 의문문의 단계를 거친 연후에 의문사에서 부정사의 기능이 분화되어 나왔다는 앞서의 논의를 뒷받침하는 또 하나의 자료가 된다. 뿐만 아니라, 〈완판본열여춘향슈절가〉의 의문사와 부정사 사용 실태는 당시 일반 언중의 언어 사용의 현실이나 언어 의식 속에서 이들 낱말이 부정사로 인식되기보다는 의문사로 인식되고 있었다는 사실을 확인시켜 주고 있다. 따라서 이같은 언어 의식은 현대 국어를 사용하는 언중들에게 그대로 접맥되어 있으리라 믿어진다.

둘째, 남원 지역어에서 의문 체언의 형태적 표면형으로는 "누", "누구", "뉘기", "뉘", "머", "멋", "어디", "언지", "얼매", "멧" 등을 찾을 수가 있다. 이들은 동일한 형태 구조와 통사 구조를 이루고 있으면서도 강세와 억양 그리고 어순의 차이에 의하여 의문사로 쓰이기도 하고, 부정사로 쓰이기도 한다. 이들 낱말이 실현될 때에는 이들과 후행 조사와의 사이에 형성된 문장 내에서의 음조가 평탄조가 되며, 문말음조 역시 하강조나 평탄조가 된다. 그러나 이들이 부정사로 실현될 때에는 이들과 후행 조사와의 사이에 형성된 문장 내에서의 어조가 상승조가 되며, 문말음조 또한 상승조가 된다. 따라서 이들 낱말이 내용 의문문에서 의문사로 발화될 때보다 찬부 의문문에서 부정사로 발화될 때에 발음 기관의 긴장과 노력이 더 요구된다. 또한 이들 낱말은 분열문의 서술어 위치에서는 강세와 억양이 어찌 되든 간에 의문사로만 쓰일 뿐 부정사의 기능을 갖지 못한다. 이같은 사실은 이들 낱말의 주기능이 의문의 기능이며, 부정사로의 쓰임은 부차적 기능임을 입증해 주고 있다.

참 고 문 헌

강경호. 1985. 〈열여춘향슈절가〉. 서울:교학연구사.
강신항. 1978. 경북 안동 봉화 영해 지역의 이중언어생활. 〈논문집〉 22.
　　　　성균관대학교.
고성환. 1987. 국어 의문사의 의미 분석. 〈언어〉 12-1. 한국언어학회.
김광해. 1983. 국어의 의문사에 대한 연구. 〈국어학〉 12. 국어학회.
─────. 1984. 국어 의문사의 발달에 대한 연구. 〈국어교육〉 49.50.
　　　　한국국어교육연구회.
김영태. 1983. 창원지역어 연구. 박사학위논문. 중앙대학교.
김차균. 1969. 전남방언의 성조. 〈한글〉 144. 한글학회.
김충효. 1992 국어의 의문사와 부정사에 관한 연구. 박사학위논문.
　　　　한양대학교.
─────. 1987. 〈셩경직히광익〉과〈셩경직히〉의 국어학적 비교 고찰.
　　　　〈한국학논집〉 11. 한양대학교 한국학연구소.
나진석. 1958. 의문형 어미고. 〈한글〉 123. 한글학회.
남기심/고영근, 공저. 1985. 〈표준 국어문법론〉. 서울:탑출판사.
문교부. 1985. 〈고등 학교 문법〉. 서울:대한교과서주식회사.
문홍주. 1987. 〈한국방언자료집Ⅴ-전라북도편〉. 한국정신문화연구원.
문효근. 1974. 〈한국어 성조의 분석적 연구〉. 서울:세종출판공사.
서정목. 1979. 경남 방언의 의문법에 대하여. 〈언어〉 4-2. 언어학회.
─────. 1987. 〈국어 의문문 연구〉. 서울:탑출판사.
서정수. 1985. 국어 의문문의 문제점. 〈국어학논총〉. 어문연구회.
소강춘. 1983. 남원지역어의 음운론적 연구. 석사학위논문. 전북대학교.
안병희. 1965. 후기중세국어의 의문법에 대하여. 〈학술지〉 6. 건국대학교.
이기갑. 1986. 전라남도의 언어지리. 〈국어학총서〉 11. 국어학회.
─────. 1987. 물음법 "어느"의 빈자리 메우기. 〈국어학신연구 Ⅱ〉.
　　　　서울:탑출판사.
이기문. 1972. 〈국어사 개설〉. 서울:탑출판사.
이기문/김진우/이상억, 공저. 1986. 〈국어음운론〉. 서울:학연사.
이숭녕. 1983. 〈중세국어문법〉. 서울:을유문화사.
이영길. 1986. 한국어 의문문의 억양 의미. 〈한글〉 191. 한글학회.
이승욱. 1963. 의문첨사고. 〈국어국문학〉 26. 국어국문학회.
이익섭. 1986. 〈국어학개설〉. 서울:학연사.
이현희. 1982. 국어의 의문법에 대한 통시적 연구.〈국어연구〉52 국어연구회.

장경희. 1977. 국어 의문법의 긍정과 부정. 〈국어학〉 11. 국어학회.

전광현. 1976. 남원지역어의 어말 -U형 어휘 대한 통시음운론적 고찰. 〈국어학〉 4. 국어학회.

──. 1977. 남원지역어의 기초어휘 조사 연구. 〈야천 김교선 선생 정년 기념 논총〉.

전재호. 1983. 〈신국어학개론〉. 서울:형설출판사.

천시권. 1975. 경북방언의 의문첨사에 대하여. 〈국어교육연구〉7.경북대학교.

최명옥. 1976. 현대국어의 의문법 연구. 〈학술원논문집〉 15. 학술원.

최학근. 1959. 〈국어 방언학 서설〉. 서울:정연사.

──. 1978. 〈한국방언사전〉. 서울:현문사.

한글학회. 1992. 〈우리말 큰사전〉. 서울:어문각.

허 웅. 1983. 〈우리옛말본〉. 서울:샘문화사.

홍윤표. 1978. 전주방언의 격 연구. 〈어학〉 5. 전북대학교 어학연구소.

황병순. 1980. 의문문의 특수성에 대하여. 〈영남어문학〉 7. 영남대학교.

小倉進平. 1944. 南部朝鮮の 方言. 京都大學國文學會.

『계몽편언해』 유의어고

김 해 정*

1. 들어가는 말

　본고는 전주본 『계몽편언해』 와 서울본 『계몽편언해』 를 비교하여 『계몽편』 이라는 작은 한문 교재의 언해에서 같은 漢字나 漢文을 두 책이 다르게 언해한 어휘[1]의 실상을 정리하고자 한다. 이 어

---

* 우석대학교 국어국문학과 교수

1) 1. 서울대 동아문화연구소(1981), 『국어국문학사전』 p.201에서 同義語 (synonym):음, 형식은 다르나 의미는 동일한 둘이상의 말. 이론상 近意語(near synonym)는 있을지언정 완전 동의어는 없다는 주장이 있다. 동일 문맥에서 置換이 가능한 짝들을 완전 동의어라 한다면 모든 문맥에서 치환이 가능한 짝은 없기 때문이다. 따라서 대부부분의 문맥에서 치환이 가능한 짝들을 동의어라 할 수 있다. 유의어 즉 불완전 동의어는 일부 문맥에서만 치환이 가능한 것으로, 환언하면 같은 의미지만 그 용법이 문맥에 따라서 좌우되는 것으로 구별되나, 치환이 가능한 문맥

휘를 '類義語'라고 정의하고 정리하고자 한다. 두 종류 모두 고유어를 택한 자료와 둘중 하나가 한자어를 택한 것과 둘 모두 한자어인 경우로 나누어서 살피고자 한다. 이 두 자료를 근대국어의 자료로 택한다면 공시성을 강조하면서 이들 비교의 짝이 되는 어휘의 외형적인 형태가 다르면 그 어휘들을 유의어 내지 동의어로 쉽게 검토할 수 있을 것이다. 그러나 두 문헌은 통시적으로 검토할 수도 있는 변화의 모습을 볼 수 있다. 다시 말하면 후기 중세어의 형태로부터 19세기 내지 현대국어의 양상을 볼 수 있는 자료들이 있다. 그래서 본고에서는 전주본과 서울본에서 같은 한자를 서로 다른 형태로 번역을 하여 결과적으로 어휘의 표현을 다양하게 하는데에 기여했다고 볼 수 있는 어휘자료들을 검토할 것이다. 그리고 이 작업은 전주본과 서울본의 비교를 통해서 국어사적 특징들을 검토할 수도 있을 것이다. 먼저 서지사항을 살피고 어휘 자료를 정리할 것이다.

1.1 전주본과 서울본의 서지사항

1.1.1 <u>전주본</u>

전주본의 간기를 통해서 서지사항을 살피고자 한다.

　　大正[2] 五年(1916[3])) 十月 七日 印刷/　大正 五年 十月 八日 發行 / 大正 五年(1916) 十月 二日 朝鮮總督府 警務總長 許可/ 不許複製

　의 정도를 명확히 가를 수 없으므로 동의어와 유의어는 흔히 혼동된다.
　2. 김민수(1982)『국어의미론』, p.35.에서 한 語素가 둘 이상의 義素와 대응하는 경우.
　의소상 같은 단위가 어소상 다른 단위로 갈림을 말한다. 이런 경우 어소가 즉 동의어다(synonymous word). 예 : 〔子息〕-{자식}, {아이}, 〔利子〕-{이자}, {열매}.
2) 띄어 쓰기, 문장부호 등은 필자가 加한 것이다.
3) 필자 주. *전주본:kj. 서울본:ks.로 約한다. 〔a:책 각장의 앞면, b:뒷면〕.

/ 定價 金 / 全州郡 多佳町 一百二十三番地/ 著作 印刷/ 兼發行者 梁珍泰/ 印刷者/ 發行所 多佳書舖/ 發賣所 京鄕 各書館/[4)]

1.1.2 서울본

서울본의 간기는 다음과 같다.

"新舊書籍과 具備함은 本館의 特色"/ "迅速酬應과 薄利多賣는 本館의 目的"/
大正六(1917)年八月三十日印刷/ 大正六(1917)年八月三十日發行/ 不許/複板/ 京城府鐘路二 丁目 八十二番地/ 編輯兼/發行者 盧亨/ 京城府鐘路二丁目八十二番地/印刷人 李應圭/京城 府鐘路 二丁目十二番地/ 印刷所 博文書館印刷部/ 京城府鐘路二丁目八十二番地/ 發行所博文書舘/ 京城府鐘路二丁目八十二番地/各種新舊書籍 大發賣所 博文書舘/ 振替口座京城二〇二三/

1.1.3 전주본과 서울본의 비교

	全州本	서울 本	備考
冊의 數	1冊	1冊	
卷數	不分卷(1卷)	不分卷(1卷)	
冊의 크기	20×30cm	19×26cm	
裝幀	線裝, 五針眼訂	線裝, 五針眼訂	
종이	楮紙	노로지	
匡郭	四周單邊	四周單邊	
半匡의 크기	17×20.4cm	17.4×22.4cm	
半匡의 行數	11	12	
半匡의 每行 原文	1a - 4a : 20 字 4b - 19a : 19 字	22 字	

---

4) 日帝가 출판물 통제를 위하여 총독부의 허가를 받아야 책을 刊行할 수 있었다.

半匡의 每行 諺解	1a - 4b : 19 字 5a - 19a : 18 字	21 字	
界線	있음	있음	
板種	木板本	活版本(신연활자본)	
魚尾	上端下向花紋魚尾	上端下向花紋魚尾	
板心題	啓蒙篇〔魚尾下段〕	啓蒙諺解〔魚尾上段〕	
張數	19	16	
表題	啓蒙篇	啓蒙篇諺解	
卷頭題	:蒙몽學학篇편諺언解 희.	啓계:蒙몽篇편諺언解 희	
印刷年月日	1916년 10월 7일	1917년 8월 30일	*年代: 大正
發行年月日	1916년 10월 8일	1917년 8월 30일	"
著者 및 編輯者	梁珍泰	盧益亨〔編輯者〕	
印刷人	梁珍泰	李應圭	
印刷所	多佳書舖	博文書舘印刷部	
發行者	梁珍泰	盧益亨	
發行所	多佳書舖	博文書舘	
發賣所	京鄕各書舘〔分賣所〕	博文書舘	
所藏者	筆者	筆者	
特記事項	大正五年十月二일 朝鮮總督府警務總長許可	新舊書籍과 具備함은 本舘의 特色, 迅速酬應과 薄利多賣는 本舘의 目的	

2. 유의어 고찰

두 문헌 자료의 유의어를 찾아 정리한다. 한자 앞의 번호는 유의어를 분류한 어휘의 순서이다. 번호 뒤의 〔 〕 속의 漢字는 원문에 해당되는 한자로 표 안에 언해한 어휘의 원문에 해당되는 漢字이다. 다음 정리된 바와 같이 전주본과 서울본의 차이를 볼 수 있도록 표를 만들었다. 이와 같이 외형상 차이가 있는 어휘를 유의어로 분류하였다. 끝으로 두 책에서 비교 대상이 된 어휘를 가진 문항을 찾아서 그 실체를 확인하는 과정으로 본고를 작성하였다.

2.1 고유어 명사류의 유의어

명사류에서 확인되는 유의어 중 아주 다른 것으로는 '희 : 날'과 같은 어휘와, 비슷한 것으로는 '벌에 : 버레'와 같이 연철, 분철 과 같은 표기법상의 것과 '아ᅌ : 아오, 아래 : 아릭, 둘 : 달' 등과 같이 음운 변화에 의해서 이루어진 것과 '짜ㅎ : 짜'처럼 어떤 형태소의 첨가나 탈락으로 이루어진 것과 표기나 음운변화 또는 유추와 같은 것들이 복합적으로 나타나는 것으로 '숩풀〈kj-10b〉 : 슈풀〈ks-9a〉〔중철〉연철, 탈락〕, 처엄〈kj-17b〉 : 처음〈ks-14b〉〔유추, 음운의 변화〕'와 같은 것들이 있다.

2.1.1 고유어 명사류 유의어

1. 〔日〕

전주본	서울본
희〈kj-1a〉	날〈ks-1a〉
희〈kj-2a〉	희〈ks-2a〉

두 어휘는 〔日〕곧, '해'를 의미하는 유의어다. '희'가 서울본과 전주본에서 같이 나타난 예도 있으나 서울의 경우, '날'이 더 나타난다. 이것은 새로운 형태의 어휘라고 본다. 다음을 참조하기바란다.
〔다음〕참고: 날:日(날일), The sun, 희:日(날일), The sun.[5]
〔日〕곧 '太陽'을 뜻하는 고유어 명사로 전주본 '희'와 서울본의 '날'

---

5) J. S. Gale(1931), 『韓英大字典』三版, 朝鮮耶穌敎書會.
　　* 初版은 1897년(35,000어휘), 再版은 1911년(50,000어휘), 三版은 1931년(70,000어휘).

과 '히'가 등장한다. '日'이 '太陽'의 뜻으로 '히'가 유창돈(1979), 정.
문.연(1995), J. S. Gale(1931)에 나타나 있다. 현대국어에서는
'해'로 나타난다. 반면 '日'이 '太陽'의 의미인 '날'은 J. S. Gale(19
31)에서 'The Sun'으로 번역했다. 현대 국어 사전에는 나타나지
않는다. J. S. Gale(1931)의 초판은 1897년이기에 1916년에 간
행한 것으로 된 계몽편언해 서울본에서 '날'이 '太陽'의 의미로 나타
난 것은 매우 귀한 방언 자료로 자세히 검토해 볼 만한 가치가 있
다고 본다.
　같은 한문 원문의 언해를 통해서 확인된다.

　　　　　　日月星辰者　天之所係也
　㉮. 히와 둘와 별은 하눌의 미인 배오〈kj -1a〉
　㉯. 날과 달과 별은 하눌의 미인 비오〈ks-1a〉

　　　　　日出於東方　入於西方　日出則爲晝　日入則爲夜
　㉰. 히 동방에 나 셔방에 드나 히 나면 낫지 되고 히 들면 밤이 되
　　니 〈kj-2a〉
　㉱. 히 동방에 나 셔방에 드나 히 나면 낫이 되고 히 들면 밤이 되
　　니 〈ks-2a〉

2. 〔蟲〕

전주본	서울본
벌에〈kj-9a〉	버레〈ks-7b〉

　두 어휘는 〔蟲〕 곧 '벌레'를 뜻하는 어휘가 전주본은 '벌에', 서울
본은 '버레'가 나타났다. 이 예는 표기법의 차이에 의해서 어휘가 분
화한 예이다.
　같은 원문의 언해문 ㉮, ㉯에서 확인 할 수 있다.

        禽獸蟲魚之屬
㉮. 새와 즘싱과 벌에와 고기의 뤼〈kj-9a〉
㉯. 새와 즘싱과 버레와 고기의 붓치〈ks-7b〉

3. 〔弟〕

전주본	서울본
아ᄋ〈kj-16b〉	아오〈ks-14a〉

  두 어휘는 〔弟〕 곧 "아우'의 뜻을 가진 유의어로 /ᄋ/를 유지한 전주본이 고형이다.
  동일 원문의 언해문 ㉮, ㉯에서 확인된다.

        必愛其兄弟
㉮. 반드시 그 형과 아ᄋ룰 ᄉ랑ᄒᄂ니라〈kj-16b〉
㉯. 반다시 그 형과 아오를 ᄉ랑ᄒᄂ니라.〈ks-14a〉

4. 〔下〕

전주본	서울본
아래〈kj-1a〉	아릭〈ks-1a〉

  두 어휘는 〔下〕 곧 '아래'의 뜻을 가진 어휘다. 이것은 음운 'ᄋ〉아'의 변화를 볼 수 있다. 서울본이 古形을 유지하고 있다.
  동일 원문의 언해문 ㉮, ㉯에서 확인된다.

        上有天 下有地
㉮. 우희 하눌이 잇고 아래 ᄯ히 이시니〈kj-1a〉
㉯. 우희 하눌이 잇고 아릭 ᄯ히 잇스니〈ks-1a〉

5. 〔月〕

전주본	서울본
둘〈kj-1a〉	달〈ks-1a〉

　두 어휘는 〔月〕 곧 '달'을 의미하는 유의어다. 'ᄋ'를 유지하고 있
는 전주본이 고형이다. 동일 원문의 언해문 ㉮, ㉯에서 확인된다.

　　　　月星辰者 天之所係也
　㉮. 둘와 별은 하늘의 미인 배오〈kj-1a〉
　㉯. 달과 별은 하늘의 미인 비오〈ks-1a〉

6. 〔所〕

전주본	서울본
바〈kj-1a〉	보〈ks-1a〉

　두 어휘는 〔所〕 곧 '바'를 의미하는 유의어다. 'ᄋ'를 유지한 서울
본이 고형이다.
　동일 원문의 언해문 ㉮, ㉯에서 확인된다.

　　　　月星辰者 天之所係也
　㉮. 둘와 별은 하늘의 미인 배오〈kj-1a〉
　㉯. 달과 별은 하늘의 미인 비오〈ks-1a〉

7. 〔時〕

전주본	서울본
째〈kj-2b〉	씨〈ks-2b〉

　두 어휘는 〔時〕 곧 '때'를 의미하는 유의어다. 전주본에서는 '째'가
서울본에서는 '씨'로 되었다. 'ᄋ'를 보여주는 서울본이 고형이다.

동일 원문의 언해문 ㉮, ㉯에서 확인된다.

　　　　一晝夜之內 有十二時
　㉮. 훈 눗과 밤의 안애 열두 째 이시니〈kj-2b〉
　㉯. 훈 낫과 밤에 안에 열두 쩌 잇스니〈ks-2b〉

8. 〔中〕

전주본	서울본
가온대〈kj-3b〉	가온딕〈ks-3b〉

　두 어휘는 〔中〕 곧 '가운데'를 의미하는 유의어다. 'ᄋ'를 유지한
서울본이 고형이다.
　동일 원문의 언해문 ㉮, ㉯에서 확인된다.

　　　　一歲之中 亦有四時
　㉮. 훈 히의 가온대 또한 네 쩌 이시니 〈KJ-3b〉
　㉯. 훈 히에 가온딕 쏘훈 네 쩌 잇스니〈ks-3b〉

9. 〔秋〕

전주본	서울본
ᄀᆞ을〈kj-4a〉	가을〈ks-4a〉

　두어휘는 〔秋〕 곧 '가을'을 의미하는 유의어다. 'ᄋ'를 유지한 전주
본이 고형이다.
　동일 원문의 언해문 ㉮, ㉯에서 확인된다.

　　　　七月八月九月 屬之於秋
　㉮. 칠월과 팔월과 구월은 ᄀᆞ을에 부티고〈kj-4a〉
　㉯. 칠월과 팔월과 구월은 가을에 부치고〈ks-4a〉

10. 〔霧〕

전주본	서울본
안개〈kj-6a〉	안기〈ks-5b〉

　두 어휘는 〔霧〕 곧 '안개'의 뜻을 가진 어휘로 전주본은 '안개' 서울본은 '안기'로 되었다. 서울본이 고형이다.
　동일 원문의 언해문 ㉮, ㉯에서 확인된다.

　　　興雲霧
　㉯. 구름과 안기를 닐흐어〈ks-5b〉

11. 〔風〕

전주본	서울본
ᄇᆞ롬〈kj-6a〉.	바롬〈ks-5b〉

　두 어휘는 〔風〕 곧 '바람'의 뜻을 가진 어휘가 전주본에서는 'ᄇᆞ롬', 서울본에서는 '바롬'이 등장한다. 'ᄋᆞ'가 제1 음절에서는 'ᄋᆞ〉아'의 변화를 가져 왔으나 제2 음절 이하에서는 변화를 하지 않았다. 전주본이 고형이다.
　동일 원문의 언해문 ㉮, ㉯에서 확인된다.

　　　降雨雪 爲霜露 生風雷
　㉮. 비와 눈을 ᄂᆞ리이며 셔리와 이슬이 되며 ᄇᆞ롬과 울에롤 내ᄂᆞ니
　　　라〈kj-6a〉.
　㉯. 비와 눈을 ᄂᆞ리이며 셔리와 이슬이 되며 바롬과 우뢰를　니ᄂᆞ니
　　　라〈ks-5b〉

12. 〔人〕

전주본	서울본
사롬〈kj-7a〉	스룸〈ks-6a〉

두 어휘는 〔人〕 곧 '사람'의 뜻을 가진 유의어로 전주본에서는 '사롬', 서울본에서는 '스룸'이 나타난다. 서울본이 더 고형이다. '스룸'의 경우 /ㅇ/의 표기는 문제가 있다. 다시말해서 서울본의 필자가 /ㅇ/에 대한 표기를 남발하고 있다. 필자의 인식의 문제로 보인다. 혼동을 하고 있다고 본다. 실제로 /ㅇ/와 /아/를 구분하지 못한 것으로 /ㅇ/는 이미 비음운화 단계에 들어 선 것으로 볼 수 있다. 또 표기의 보수성을 잘 보여 주는 자료라 할 수 있다.

동일 원문의 언해문 ㉮, ㉯에서 확인된다.

爲宮室 以處人
㉮. 궁과 실을 밍글어 뻐 사롬을 살게 ᄒ고〈kj-7a〉
㉯. 궁과 실을 민드러 쎠 스룸을 쳐케 ᄒ고〈ks-6a〉

13. 〔禽〕

전주본	서울본
싀〈kj-9a〉	새〈ks-7b〉

두 어휘 〔禽〕 곧 '새'의 뜻을 가진 어휘가 전주본은 '싀', 서울본은 '새'로 되어 음운 /ㅇ/>/아/'의 변화를 보이는 것으로 전주본이 고형이다. 전주본의 '싀'도 중세국어 사전이나 17세기 국어사전에도 나타나지 않았다. "J.S.Gale"의 사전에도 등재되지 않았다. 역시 /ㅇ/의 표기에서 혼선을 빚고 있다.

동일 원문의 언해문 ㉮, ㉯에서 확인된다.

飛者 爲禽
㉮. 느는 거시 시 되고〈kj-9a〉
㉯. 나는 거시 새 되고〈ks-7b〉

14. 〔鱗〕

전주본	서울본
비눌〈kj-9a〉	비늘〈ks-7b〉

　　두 어휘는 〔鱗〕 곧 '비늘'을 의미하는 유의어다. 전주본은 '비눌',
서울본은 '비늘'을 취했다. 2음절 이하에서 /ᄋ〉/으/의 변화를 보
이는 것인데 중세국어와 근대국어에 쌍형으로 '비눌'과 '비늘'이 모두
나타난다. 결국 현대국어에서 '비늘'이 남아 있고 '비눌'이 Gale의
사전에도 등재되지 않은 것으로 보아 19세기 말 경에는 '비늘'만 쓰
인 것으로 보인다. 전주본이 고형이다.
　　동일 원문의 언해문 ㉮, ㉯에서 확인된다.

鱗介者 爲蟲魚
㉮. 비늘이나 껍질엣 것시 벌에와 고기 되고〈kj-9a〉
㉯. 비늘과 껍질에 거시 버레와 고기 되고〈ks-7b〉

15. 〔心〕

전주본	서울본
ᄆᆞ음〈kj-18a〉	마음〈ks-15a〉

　　두 어휘는 〔心〕 곧 '마음'의 뜻을 가진 유의어다. 어휘가 전주본은
'ᄆᆞ음', 서울본은 '마음'이 되었다. 제1 음절에서 /ᄋ〉/아/로, 제2
음절 이하에서 /ᄋ〉/으/의　변화를 보여주는 형태로 전주본이 고
형이다.
　　동일 원문의 언해문 ㉮, ㉯에서 확인된다.

體驗於吾心
㉮. 내 ᄆᆞ옴에 몸바다 징험ᄒᆞ야〈kj-18a〉
㉯. 니 마음에 몸바다 징험(徵驗)ᄒᆞ야〈ks-15a〉

16. 〔晨〕

전주본	서울본
새벡〈kj-10a〉	식벽〈ks-8b〉

두 어휘는 〔晨〕 곧 '새벽'의 뜻을 나타내는 유의어휘다. 전주본은 '새벡'이고 서울본은 '식벽'이다. 역시 모음 /ᄋᆞ/의 변화를 이르키면서 어휘가 분화되었다. 서울본이 고형이다.
동일 원문의 언해문 ㉮, ㉯에서 확인된다.

鷄以司晨
㉮.닭은 ᄲᅥ 새벡을 가음알고〈kj-10a〉
㉯. 닭은 식벽을 가음알고〈ks-8b〉

17. 〔豆〕

전주본	서울본
풋〈kj-11b〉	팟〈ks-9b〉

두 어휘는 〔豆〕 곧 '팥'의 뜻을 가진 유의어로 전주본은 '풋'이고 서울본은 '팟'이다. /ᄋᆞ/〉/아/를 반영하였다. 전주본이 고형이다.
동일 원문의 언해문 ㉮, ㉯에서 확인된다.

豆菽麰麥之穀
㉮. 풋과 콩과 보리와 밀의 곡식도〈kj-11b〉
㉯. 팟과 콩과 보리와 밀의 곡식도〈ks-9b〉

18. 〔菜〕

전주본	서울본
ᄂ물〈kj-12a〉	나물〈ks-10a〉

두 어휘는 〔菜〕 곧 '나물'의 뜻으로 유의어이다. 전주본은 'ᄂ물'이
고 서울본은 '나물'이다. /ᄋ/〉/아/와 '나물〉나믈〉나물'로 원순 모음
화 하였다. 전주본이 고형이다.

동일 원문의 언해문 ㉮, ㉯에서 확인된다.

蘿蔔蔓菁諸瓜之菜 種非不多也
㉮. 라복과 만청과 모든 외의 ᄂ물이 종류 만치 아니미 아니로더
〈kj-12a〉
㉯. 라복과 만청과 모든 외의 나물이 종류 만치 아니미 아니로더
〈ks-10a〉

19. 〔子〕

전주본	서울본
아돌〈kj-14a〉	아달〈ks-11b〉

두 어휘는 〔子〕 곧 '아들'의 뜻으로 유의어다. 전주본은 '아돌'이고
서울본은 '아달'이다.

/ᄋ/〉/아/의 변화를 가져왔다. 전주본이 고형을 유지했다.

동일 원문의 언해문 ㉮, ㉯에서 확인된다.

我之所生이 爲子女
㉮. 나의 나흔 배 아돌과 쫄이 되고〈kj-14a〉
㉯. 나의 나흔 비 아달과 쫄이 되고〈ks-11b〉

20. 〔妻〕

전주본	서울본
안해〈kj-14a〉	안히〈ks-11b〉

　두 어휘는 〔妻〕 곧 '아내'의 뜻으로 유의어이다. 전주본은 '안해'이고 서울본은 '안히'이다. 역시 /ᄋ/〉/아/의 변화가 보인다. 서울본이 고형이다.
　동일 원문의 언해문 ㉮, ㉯에서 확인된다.

　　　　子之妻 爲婦
　㉮. 아돌의 안해 며ᄂ리 되고〈kj-14a〉
　㉯. 아달의 안히 며ᄂ리 되고〈ks-11b〉

21. 〔土〕

전주본	서울본
ᄯᅡ흐〈kj-15a〉	짜흐〈ks-12b〉

　두 어휘는 〔土〕 곧 '땅'의 뜻을 가진 유의어다. 전주본은 'ᄯᅡ흐'인데 서울본은 '짜흐'이다. /ᄋ/〉/아/의 변화로 분화되었다. 전주본이 고형이다.
　동일 원문의 언해문 ㉮, ㉯에서 확인된다.

　　　　耕於野者 食君之土
　㉮. 밧가는 이는 님군의 ᄯᅡ홀 먹고〈kj-15a〉
　㉯. 밧가는 이는 인군의 짜흘 먹고〈ks-12b〉

　위 3.- 21에서 /ᄋ/를 전주 12, 서울이 7 번 택했다. 통계상으로 전주본이 더 보수적이다.

22. 〔夏〕

전주본	서울본
녀름〈kj-4b〉	여름〈ks-4a〉

　두 어휘는 〔夏〕 곧 '여름'의 뜻으로 전주본은 '녀름'인데 서울본은 '여름'이다. 자음 /ㄴ/이 탈락되었다. 이른바 두음규칙이 적용되었다. 전주본이 고형이다.
　동일 원문의 언해문 ㉮. ㉯에서 확인된다.

　　　　四月五月六月　屬之於夏
　㉮. 스월과 오월과 류월은 녀름에 부티고〈kj-4b〉
　㉯. 스월과 오월과 류월은 여름에 부치고〈ks-4a〉

　위 22 - 23에서 /ㄴ/ 탈락은 사울본만 반영이 되었고 전주본은 유지되고 있다. 이른 바 두음규칙 적용 여부, 전주본이 더 보수적이다.

24. 〔岡〕

전주본	서울본
묏부리ㆆ〈kj-5b〉	뫼쑤리ㆆ 〈ks-5a〉

　두 어휘는 〔岡〕 곧 '큰 산'의 뜻을 가진 어휘로 유의어이다.전주본은 '묏부리ㆆ'인데 서울본은 '뫼쑤리ㆆ'이다. 전주본의 사이시옷〔ㅅ＋ㅂ〕이 서울본에서는 경음 '쌔'으로 바뀌었다. 전주본이 고형이다.
　동일 원문의 언해문 ㉮. ㉯에서 확인된다.

　　　　山之峻者　謂岡
　㉮. 뫼의 큰 거슬 닐오되 묏부리히라 ㅎᄂ니라〈kj-5b〉.
　㉯. 뫼의 큰 거슬 닐오되 뫼쑤리히라 ㅎᄂ니라〈ks-5a〉.

25. 〔水〕

전주본	서울본
믈〈kj-6a〉	물〈ks-5a〉

　두 어휘는 〔水〕 곧 '물'의 뜻을 가진 어휘로 유의어이다. 전주본은
'믈'인데 서울본은 '물'이다. 원순모음화한 예이다. 전주본이 고형이
다.
　동일 원문의 언해문 ㉮. ㉯에서 확인된다.

　　　　天下之水 莫大於四海
　㉮. 텬하의 믈이 네 바다에셔 큰 이 업스니〈kj-6a〉 :
　㉯. 텬하의 물이 네 바다에셔 큰 이 업시니〈ks-5a〉

26. 〔地〕

전주본	서울본
싸ㅎ〈kj-7a〉	싸〈ks-6a〉

　두 어휘는 〔地〕 곧 '땅'의 뜻을 가진 어휘로 유의어이다. 전주본은
'싸ㅎ'인데 서울본은 '싸'이다. 'ㅎ'이 탈락되었다. 전주본이 고형이다.
　동일 원문의 언해문 ㉮. ㉯에서 확인된다.

　　　　王 畫野分地 建邦
　㉮. 님군이 들을 그어 싸홀 눈화 나라를 셔이고〈kj-7a〉
　㉯. 인군이 들을 그어 싸을 난화 나라를 세우고〈ks-6a〉

27. 〔國〕

전주본	서울본
나라ㅎ〈kj-7a〉	나라〈ks-6a〉

두 어휘는 〔國〕 곧 '나라'의 뜻을 가진 유의어다. 전주본의 어휘는 '나라ㅎ'인데 서울본은 '나라'이다. 'ㅎ'탈락을 볼 수 있다. 전주본이 고형이다.

동일 원문의 언해문 ㉮. ㉯에서 확인된다.

四海之內애 其國有萬
㉮. 스희의 안애 그 나라히 만이 잇고〈kj-7a〉
㉯. 스희의 안애 그 나라이 만이 잇고〈ks-6a〉

28. 〔巢〕

전주본	서울본
깃ㅎ〈kj-9b〉	깃〈ks-8a〉

두 어휘는 〔巢〕 곧 '둥지'의 뜻을 가진 유의어다. 전주본은 '깃ㅎ'인데 서울본은 '깃'이다. 'ㅎ'이 탈락되었다. 전주본이 고형이다.

동일 원문의 언해문 ㉮. ㉯에서 확인된다.

飛禽 巢居
㉮.ᄂ눈 식는 깃희 살고〈kj-9b〉
㉯.나는 새는 깃에 살고〈ks-8a〉

29. 〔葉〕

전주본	서울본
닙ㅎ〈kj-9b〉	닙〈ks-8a〉

두 어휘는 〔葉〕 곧 '잎'의 뜻을 가진 유의어다. 전주본은 "닙ㅎ'인데 서울본은 '닙'이다. "ㅎ' 말음을 유지한 전주본이 고형이다.

동일 원문의 언해문 ㉮. ㉯에서 확인된다.

根深者 枝葉必茂
㉮. 쓸히 깁흔 거슨 가지와 닙히 반닥시 무셩ᄒ고〈kj-9b〉
㉯. 쑤리 깁흔 거슨 가지와 닙이 반다시 무셩ᄒ고〈ks-8a〉

30. 〔甑〕

전주본	서울본
시로〈kj-7a〉	시루〈ks-6a〉

두 어휘는 〔甑〕 곧 '시루'의 뜻을 가진 유의어다. 어휘로 전주본은 '시로'인데 서울본은 '시루'이다. /오/〉/우/ 곧 음성모음화를 겪었다. 전주본이 고형이다.

동일 원문의 언해문 ㉮. ㉯에서 확인된다.

爲釜甑
㉮. 가마와 시로를 밍글아〈kj-7a〉
㉯. 가마와 시루를 민드러〈ks-6a〉

31. 〔車〕

전주본	서울본
수뤼〈kj-7b〉	슈리〈ks-6a〉

두 어휘는 〔車〕 곧 '수레'의 뜻을 가진 유의어다. 전주본은 '수뤼' 인데 서울본은 '슈리'이다. 단모음화와, '리〉뤼'로 되어 곧 원순모음 화를 볼 수 있다. 서울본이 고형이다.

동일 원문의 언해문 ㉮. ㉯에서 확인된다.

作舟車 以通道路
㉮. 비와 수뤼를 밍글 뼈 길을 통ᄒ게 ᄒ시니라〈kj-7b〉.
㉯. 비와 슈리를 지어셔 길을 통ᄒ게 ᄒ시니라〈ks-6a〉

32. 〔木〕

전주본	서울본
나모〈kj-7b〉	나무〈ks6b〉

　　두 어휘는 〔木〕 곧 '나무'의 뜻을 가진 유의어다. 전주본은 '나모'
인데 서울본은 '나무'이다. 음성모음화한 것으로 전주본이 고형이다.
동일 원문의 언해문 ㉮. ㉯에서 확인된다.

　　　　木 以爲宮
　㉮. 나모는 뻐 집을 짓고kj-7b〉
　㉯. 나무는 써 집을 ㅎ고〈ks-6b〉

33. 〔命〕

전주본	서울본
목슘〈kj-11b〉	목숨〈ks-9b〉

　　두 어휘는 〔命〕 곧 '목숨'의 뜻을 가진 유의어다. 전주본은 '목슘'
인데 서울본은 '목숨'이다. 단모음화를 거쳐서 변하한 형태로 전주본
이 고형이다.
　　다음 동일 원문의 언해문 ㉮. ㉯에서 확인된다.

　　　　麰麥之穀 亦無非養人命之物 故
　㉮. 보리와 밀의 곡식도 쏘흔 사룸의 목슘을 치지 아닛는 물이 업는
　　　고로〈kj-11b〉
　㉯. 보리와 밀의 곡식도 쏘흔 사룸의 목숨을 양흐지 아니흐는 물이
　　　업는 고로〈ks-9〉

34. 〔長〕

전주본	서울본
어룬〈kj-13b〉	어른〈ks-11b〉

　두 어휘는 〔長〕곧 '어른'의 뜻을 가진 유의어다. 전주본은 '어룬'인데 서울본은 '어른'이다. 전설모음화를 거쳐서 형성되었다. 전주본이 고형이다.
　다음 동일 원문의 언해문 ㉮. ㉯에서 확인된다.

　　　　　有長幼之序
　㉮. 어룬과 어린 아의　츠례 이스며〈kj-13b〉
　㉯. 어른과 어린이의　츠례 잇스며〈ks-11b〉

34-1. 〔長〕

전주본	서울본
얼운〈kj-17b〉	어른〈ks-14b〉

　두 어휘는 〔長〕곧 '어른'의 뜻을 가진 유의어다. 전주본은 '얼운'인데 서울본은 '어른'이다. 주의할 것은 바로 앞 '35.〔長〕'에서'어룬'으로 표기하였다. 같은 책에서 이와 같은 차이를 가져온 것이 무의식중 부주의에서 왔는지의 여부는 다시 한 번 자세히 검토할 필요가 있다고 본다. 전주본이 고형이다. 〔長〕의 의미를 가진 유의어는 '어룬, 얼운, 어른'이 나타났다.
　다음 동일 원문의 언해문 ㉮. ㉯에서 확인된다.

　　　　忠君弟長之道 皆已具於吾心之中
　㉮. 님군기 츙셩ᄒ고 얼운의게 공순ᄒ올 되,〈kj-17b〉
　㉯. 임군에 츙셩ᄒ고 어른의게 공순ᄒ올 도ㅣ,〈ks-14b〉

34-2. 〔長〕

전주본	서울본
어룬〈kj-13b〉	어른〈ks-11b〉

두 어휘는 〔長〕 곧 '어른'의 뜻을 가진 유의어다. 전주본은 '어룬'인데 서울본은 '어른'이다. 전설모음화를 거쳐서 형성되었다. 전주본이 고형이다.

다음 동일 원문의 언해문 ㉮. ㉯에서 확인된다.

　　　　有長幼之序
　㉮. 어룬과 어린 아의 추례 이스며〈kj-13b〉
　㉯. 어른과 어린이의 추례 잇스며〈ks-11b〉

34-3. 〔長〕

전주본	서울본
얼운〈kj-17b〉	어른〈ks-14b〉

두 어휘는 〔長〕 곧 '어른'의 뜻을 가진 유의어다. 전주본은 '얼운'인데 서울본은 '어른'이다. 주의할 것은 바로 앞 '35. 〔長〕'에서 '어룬'으로 표기하였다. 같은 책에서 이와 같은 차이를 가져온 것이 무의식중 부주의에서 왔는지의 여부는 다시 한 번 자세히 검토할 필요가 있다고 본다. 전주본이 고형이다. 〔長〕의 의미를 가진 유의어는 '어룬, 얼운, 어른'이 나타났다.

다음 동일 원문의 언해문 ㉮. ㉯에서 확인된다.

　　　　忠君弟長之道　皆已具於吾心之中
　㉮. 님군기 츙셩ᄒ고 얼운의게 공순홀 되,〈kj-17b〉
　㉯. 임군에 츙셩ᄒ고 어른의게 공순홀 도ㅣ,〈ks-14b〉

35. 〔幼6)(時)〕

---

6) 〔幼〕(時)가 본문에는 '幼'만 있으나, 언해문에 시간을 나타내는 불완전명사, '재, 졔'도 있다. 이는 '어린 시절, 어릴제, 어릴 때'로 본다. 앞에서 보여준 시간을 의미하는 '7'.을 참조하면 시간을 나타내는 유의어의 목록이 배가한다.

전주본	서울본
재〈kj-16b〉	졔〈ks-13b〉

두 어휘는 〔幼(時)〕 곧 '졔'의 뜻을 가진 유의어다. 전주본은 '재'인데 서울본은 '졔'이다. 재>제는 음성모음화 과정을, 졔>제는 단모음화 과정을 겪으면서 형태의 변화를 가져 왔다. 전주본이 고형이다.

다음 동일 원문의 언해문 ㉮. ㉯에서 확인된다.

　　　　　　方幼也 食則連牀
　㉮. 부야으로 어려실 재 음식 먹으면 상을 련ᄒᆞ고〈kj-16b〉
　㉯. 바야으로 어려실 졔 음식 먹으면 상을 련ᄒᆞ고〈ks-13b〉

위 3 - 21에서 /ᄋ/를 전주 12, 서울이 7 번 택했다. 통계상으로 전주본이 더 보수적이다. /ㄴ/의 탈락 곧 두음규칙, 2-23(전주고형), 경음화 (전주고형), 원순모음화 (전주고형), /ㅎ/ 탈락 26-29(전주본이 고형), 단순모음화, (전주고형), /오/>/우/ 곧 음모음화 (전주고형), 단모음화와 원순모음화가 겹친 경우(서울고형), 전설모음화 (전주고형), 음성모음화와 단모음화가 겹친 경우 (전주고형).

이상에서 전주의 고형이 23회 서울의 고형이 8회로 전주본이 보수적인 경우가 많다.

----

7. 〔時〕

전주본	서울본
째〈kj-2b〉	찌〈ks-2b〉

두 어휘는 〔時〕 곧 '때'를 의미하는 유의어다. 전주본에서는 '째'가 서울본에서는 '찌'. 그 결과 시간을 의미하는 유의어는 '째, 찌, 재, 졔'를 볼 수 있다.

36. 〔五〕

전주본	서울본
다슷〈kj-6a〉	다섯〈ks-5a〉

　　두 어휘는 〔五〕 곧 '다섯'의 뜻을 가진 유의어다. 'ᅌ'가 유지된 전주본이 고형이다.
　　다음 동일 원문의 언해문 ㉮. ㉯에서 확인된다.

　　　　　五岳者 泰山崇山衡山恒山華山也
　　㉮. 다슷 묏부리는 태산과 숭산과 형산과 흥산과 화산이오〈kj-6a〉
　　㉯. 다섯 뫼쑤리는 티산과 숭산과 형산과 흥산과 화산이오〈ks-5a〉

37. 〔穴〕

전주본	서울본
구무〈kj-9b〉	구멍〈ks-7b〉

　　두 어휘는 〔穴〕 곧 '구멍'의 뜻을 가진 유의어다. 명사 어간 '굼'에 접미사 '-우'와 '-엉'이 연결되어서 각각 '구무'와 '구멍'과 같은 파생명사가 형성되었다. 전주본의 '구무가' 고형이다.
　　다음 동일 원문의 언해문 ㉮. ㉯에서 확인된다.

　　　　走獸 穴處
　　㉮.둣는 즘싱은 구무에 살고〈kj-9b〉
　　㉯.닷는 즘싱은 구멍에 살고〈ks-8a〉

38.〔根〕

전주본	서울본
쓸익〈kj-9a〉	쑤리〈ks-7b〉

　두 어휘는 〔根〕 곧 '뿌리'의 뜻을 가진 유의어다. '쑬읫〔쑤리〕〉쑬의〔쑤릐〕〉뿌리'와 같이 음운의 변화를 보인 예의 어휘이다. 곧 '읫〉의〉이'와 같은 변화를 찾을 수 있다. '쑬읫'가 고형이다. 전주본이 다음 동일 원문의 언해문 ㉮, ㉯에서 확인된다.

　　　　　根植者 爲草木
　㉮. 쑬읫 심기인 거시 풀과 나뫼 되ᄂ니라〈kj-9a〉
　㉯. 쑤리로 심기인 거시 플과 나무 되ᄂ니라〈ks-7b〉

38-1. 〔根〕

전주본	서울본
쑬희〈kj-9b〉	쑤리〈ks-8a〉

　두 어휘는 〔根〕 곧 '뿌리'의 뜻을 가진 유의어이다. 유의할 점은 바로 앞 '(38). 〔根〕에서 '쑬읫'로 되었다. 'ㅎ'이 없다. 책으로 보면 같은 9장의 앞 뒤에서 나타나는 현상이다. 부주의에서 왔는지 다른 어떤 이유가 있는지는 확인이 안 된 상태이다. 다른 기회에 찾기로 한다. 본항에서도 서울본의 '쑤리'는 같다. 역시 전주본이 고형이다. 〔根〕 곧 '뿌리'의 유의어는 '쑬읫, 쑬희, 쑤리'가 나타났다.
　다음 동일 원문의 언해문 ㉮, ㉯에서 확인된다.

　　　　　根深者 枝葉必茂
　㉮. 쑬희 깁흔 거슨 가지와 닙히 반ᄃ시 무셩ᄒ고〈kj-9b〉
　㉯. 쑤리 깁흔 거슨 가지와 닙이 반다시 무셩ᄒ고〈ks-8a〉

39. 〔色〕

전주본	서울본
눗빗〈kj-18b〉	빗〈ks-15b〉

두 어휘는 〔色〕 곧 '빛'의 뜻을 가진 유의어다. 어기 '빗'에 '낫'이라는 또 하나의 어간이 와서 복합명사 '낫빗'을 형성하였다. 전주본이 고형이다.

다음 동일 원문의 언해문 ㉮. ㉯에서 확인된다.

　　　　立容德 色容莊
㉮. 셧는 거동은 유덕ᄒ며 눗빗치 거동은 싁싁홈이니라kj-18b)
㉯. 셧는 거동은 유덕ᄒ게 ᄒ며 빗의 거동은 싁싁ᄒ게 홈이니라
　　〈ks-15b〉.

40. 〔林〕

전주본	서울본
숩플〈kj-10b〉	슈풀〈ks-9a〉

두 어휘는 〔林〕 곧 '숲'의 뜻을 가진 유의어다. 명사 '어간' '숲'에 또 다른 어간 '플'이 와서 복합명사 '숩플'이 되고 원순모음화하여 '숩풀'이 되고 동음이 생략되어 '수(슈)풀'이 되었다. 전주본이 고형이다.

다음 동일 원문의 언해문 ㉮. ㉯에서 확인된다.

　　　　山林 多不畜之禽獸
㉮.뫼와 숩플애 치지못홀 시와〈kj-10b〉
㉯.뫼와 슈풀에 치지 못홀 새와〈ks-9a〉

41. 〔幼〕

전주본	서울본
어린 아〈kj-13b〉	어린이〈ks-11b〉

두 어휘는 〔幼〕 곧 '어린이'의 뜻을 가진 어휘로 전주본은 '/어리 -/+/-ㄴ/ # /아/와 와 같은 복합어를 형성하였다. 서울본은 '/어

리-/+/-ㄴ/+/-이/ '는 파생어로 되었다. 전주본이 고형이다.
다음 동일 원문의 언해문 ㉮. ㉯에서 확인된다.

         有長幼之序
  ㉮. 어룬과 어린 아의 츠례 이스며〈kj-13b〉
  ㉯. 어른과 어린이의 츠례 잇스며〈ks-11b〉

42. 〔初〕

전주본	서울본
처엄〈kj-17b〉	처음〈ks-14b〉

  두 어휘는 〔初〕 곧 '처음'의 뜻을 가진 유의어다. 전주본은 '처엄'
이고 서울본은 '처음'으로 나타났다. 유추 현상으로 전주본이 고형이
다.
  다음 동일 원문의 언해문 ㉮. ㉯에서 확인된다.

         性 初無不善이니
  ㉮. 텬셩이 처엄이 어디디 아니홈이 업스니〈kj-17b〉
  ㉯. 텬셩이 쳐음에 어즐지 아니홈이 업스니〈ks-14b〉

2.2 고유어의 동사류 유의어 어휘

  동사류에서도 아주 여러 모습으로 유의어가 형성되었다. '밍글다
: ᄒ다'와 같은 예와, '푸르다 : 프르다, 둘다 : 달다'처럼 활발히
형성되었다.

43. 〔愛〕

전주본	서울본
스랑ᄒ-〈kj-17b〉	사랑ᄒ-〈ks-14b〉

두 어휘는 〔愛〕 곧 '사랑하-'의 뜻을 가진 유의어다. 일음절에 '〇'
가 유지된 전주본이 고형이다. '어엿비너기-', '사랑ᄒ-', '스랑ᄒ-'
들도 유의어 관계다.(52, 53을 참조)
다음 동일 원문의 언해문에서 확인된다.

    愛親敬兄
㉮. 어버이롤 스랑ᄒ고 형을 공경ᄒ며〈kj-17b〉
㉯. 어버이를 사랑ᄒ고 형을 공경ᄒ며〈ks-14b〉

44.〔有〕

전주본	서울본
이시-〈kj-1a〉	잇-〈ks-1a〉

두 어휘는 〔有〕 곧 '있-'의 뜻을 가진 어휘로 전주본은 '이시-', 서
울본은 '잇-'이다. 중세국어 이후에 쌍형으로 쓰였으나 현대국에서는
'있-'만 쓰이니 전주본이 고형이라고 할 수 있다.
다음 동일 원문의 언해문 ㉮. ㉯에서 확인된다.

    上有天 下有地
㉮. 우희 하늘이 잇고 아래 짜히 이시니〈kj-1a〉
㉯. 우희 하늘이 잇고 아리 짜히 잇스니〈ks-1a〉

45.〔爲〕

전주본	서울본
밍글-〈kj-7a〉	민들-〈ks-6a〉

두 어휘는 〔爲〕 곧 '만들-'의 뜻을 가진 어휘로 전주본은 '밍글-'이
고 서울본은 '민들-'이다. 전주본이 고형이다. J.S.Gale의 한영대자
전에 1). '믄들다', 造(지을-조) to make; to construct; to

build. See 밍글다. 2). '밍글다', 造(지을-조) to make; to construct; to build. Also 뭉글다, 믄드다. 3). '믄들다', 造(지을 -조) to make; to construct; to build. See 밍글다. 4). 뭉글다; 造(지을-조) to make; to construct; to build. Also 밍글 다. 와 같은 어휘들이 등재되어 있다.

다음 동일 원문의 언해문 ㉮. ㉯에서 확인된다.

爲城郭 以禦寇

㉮. 성과 곽을 밍글아 뻐 도젹을 막고〈kj-7a〉

㉯. 셩과 곽을 믄드러 써 도젹을 막고〈ks-6a〉

45-1. 〔爲〕

전주본	서울본
밍글-〈kj-7b〉	호-〈ks-6b〉

두 어휘는 〔爲〕 곧 '만들-'의 뜻을 가진 어휘다. 전주본에 '밍글-' 에 대하여 서울본은 '호-'가 왔다. 이건 소위 대동사로 볼 수 있다. '밍글-' 외에도 '호-'가 등장한다.

다음 동일 원문의 언해문 ㉮. ㉯, ㉰, ㉱에서 확인된다.

金 以爲器

㉮. 쇠는 뻐 그릇슬 밍글고〈kj-7b〉

㉯. 쇠는 써 그릇슬 호고〈ks-6a〉

穀生於土 取水火爲飮食則

㉰. 곡식은 흙애셔 나 믈과 불을 가뎌 음식을 밍근 즉〈kj-7b〉

㉱. 곡식은 흙에서 나셔 믈과 불을 가져 음식을 호 즉〈ks-6b〉

45-2. 〔作〕

전주본	서울본
밍글-⟨kj-7a⟩	짓-⟨ks-6a⟩

두 어휘는 〔作〕 곧 '만들-'의 뜻을 가진 어휘다. 전주본에 '밍글-'에 대하여 서울본은 '짓-'이 왔다. '만들다' '밍글-' 외에도 '짓-', 'ᄒ-'가 유의어로 등장한다. 서울본 '짓-'은 'ㅅ' 불규칙 변화를 보여 주고 있다.

동일 원문의 언해문 ㉮. ㉯에서 확인된다.

作舟車 以通道路
㉮. 비와 수릐를 밍글 뼈 길을 통ᄒ게 ᄒ시니라⟨kj-7b⟩
㉯. 비와 슈릐를 지어셔 길을 통ᄒ게 ᄒ시니라⟨ks-6a⟩

46. 〔言〕

전주본	서울본
일으-⟨kj-8b⟩	말ᄒ-⟨ks-7b⟩

두 어휘는 〔言〕 곧 '말하-'의 뜻을 가진 유의어다. 전주본이 '일으-'이고 서울본이 '말ᄒ-'이다. 전주본이 고형이다.
다음 동일 원문의 언해문 ㉮. ㉯에서 확인된다.

若言其動植之物則
㉮. 만일 그 움죽이며 심기인 물울 일을 양이면⟨kj-8b⟩
㉯. 만일 그 움죽이며 심기인 물을 말ᄒ 즉 ⟨ks-7b⟩

47. 〔衆〕

전주본	서울본
많-⟨kj-11b⟩	뭇⟨ks-9b⟩

두 어휘는 〔衆〕 곧 '많-'의 뜻을 가진 유의어다. 전주본이 '많-', 서울본은 '뭇'이다. '만흔'은형용사의 관형사형, '뭇'은 관형사다.
다음 동일 원문의 언해문 ㉮. ㉯,에서 확인된다.

　　　　衆木之中 松柏이 最貴
　㉮. 만흔 나모의 가온디 솔과 측빅이 ㄱ장 귀ㅎ니라.〈kj-11b〉
　㉯. 뭇 나무의 가온디에 솔과 측빅이 가쟝 귀ㅎ 거시니라.〈ks-9b〉

48. 〔稱〕

전주본	서울본
둘-〈kj-13a〉	ㅎ-〈ks-10b〉

두 어휘는 〔稱〕 곧 '달-'의 뜻을 가진 유의어다. 전주본은 '둘-'이고 서울본은 'ㅎ-'이다.
다음 동일 원문의 언해문 에서에서 확인된다.

　　　　錙銖 稱物之輕重
　㉮. 츼와 슈로뻐 물의 가비아오며 므거옴을 맛갓게 둘고〈kj-13a〉
　㉯. 츼와 슈로쎠 물의 가비야오며 무거오믈 맛갓게 ㅎ고〈ks-10b〉

49. 〔慈〕

전주본	서울본
어엿비 너기-〈kj-17a〉	사랑ㅎ-〈ks-14a〉

두 어휘는 〔慈〕 곧 '사랑하-'의 뜻을 가진 유의어다. 전주본은 '어엿비 너기-'이고 서울본은, '사랑ㅎ-'이다. 전주본이 고형이다.
다음 동일 원문의 언해문 ㉮. ㉯,에서 확인된다.

　　　　父慈
　㉮. 아비는 어엿비 너기고〈kj-17a〉

㉯. 아비는 사랑ㅎ고〈ks-14a〉

50. 〔與〕

전주본	서울본
ㅎ-〈kj-17a〉	더블-〈ks-14b〉

　두 어휘는 〔與〕 곧 '함께하-'의 뜻을 가진 유의어다. 전주본은
'ㅎ-'이고 서울본은 '더블-'이다.
　다음 동일 원문의 언해문 ㉮. ㉯,에서 확인된다.

　　　　與朋友信
　㉮. 벗혀려 홈을 밋브게 ㅎ고 〈kj-17a〉
　㉯. 벗으로 더부러 밋부게 ㅎ며 〈ks-14b〉

51. 〔多〕

전주본	서울본
만-〈kj-10b〉	만ㅎ-〈ks-9a〉

　두 어휘는 〔多〕 곧 '많-'의 뜻을 가진 유의어다. '만고'로 표기된
전주본이 고형이다.
　다음 동일 원문의 언해문 ㉮, ㉯에서 확인된다.

　　　　山林 多不畜之禽獸
　㉮. 뫼와 숩풀애 치지 못홀 시와 즘싱이 만고〈kj-10b〉
　㉯. 뫼와 슈풀에 치지 못홀 새와 즘싱이 만코 〈ks-9a〉

51-1. 〔多〕

전주본	서울본
만ㅎ-〈kj-13a〉	만-〈ks-10b〉

두 어휘는 〔多〕 곧 '많-'의 뜻을 가진 유의어다. 〈표57〉의 ㉮와 ㉯의 위치가 바뀌었다. 이 사실은 '만ᄒᆞ-'와 '만-'이 유의어임을 말해주고 있다.

다음 동일 원문의 언해문 ㉮, ㉯에서 확인된다.

以斗斛升石 量物之多寡
㉮. 되와 셤오로써 물의 만ᄒᆞ며 져금을 혜아려 되ᄂᆞ니라.〈kj-13a〉
㉯. 되와 셤으로써 물의 만으며 져금을 혜아리ᄂᆞ니라〈ks-10b〉

52. 〔涼〕

전주본	서울본
셔늘ᄒᆞ-〈kj-4b〉	션을ᄒᆞ-〈ks-4a〉

두 어휘는 〔涼〕 곧 '서늘하-'의 뜻으로 유의어 관계이다. 〔이조어사전〕후기중세국어, 17세기국어사전에는 모두 '서늘ᄒᆞ-/서ᄂᆞᆯᄒᆞ-'로 나타난다. 그런데 Gale의 한영대자전에는 '셔늘ᄒᆞ-'가 등재되었다. 서울본의 '션을ᄒᆞ-'는 표기법의 분철로 표기하였다. 반면 전주본은 연철 표기를 택했다. 전주본이 고형이다.

다음 동일 원문의 언해문 ㉮. ㉯,에서 확인된다.

秋氣 微涼
㉮. ᄀᆞ을 긔운은 젹이 셔늘ᄒᆞ니라.〈kj-4b〉
㉯. 가을 긔운은 젹이 션을ᄒᆞ니라.〈ks-4a〉

53. 〔問〕

전주본	서울본
묻-〈kj-19a〉	뭇-〈ks-16a〉

두 어휘는 〔問〕 곧 '묻-'의 뜻을 가진 유의어다. '묻-'은 모음 앞에

서 'ㄷ' 불규칙 활용을 한다. '무름'이 '뭇기'보다 고형이다. 'ㄷ, ㅅ' 받침의 표기상의 차이로 일반적으로 'ㄷ'이 고형이다.

다음 동일 원문의 언해문 ㉮. ㉯.에서 확인된다.

疑思問
㉮. 의심된 디 무름을 싱각ᄒ며〈kj-19a〉
㉯. 의심되미 뭇기를 싱각ᄒ며〈ks-16a〉

54. 〔被〕

전주본	서울본
닙ᄉ오-〈kj-16b〉	닙ᄌ오-〈ks-13b〉

두 어휘는 〔被〕 곧 '입-'의 뜻을 가진 유의어다. 이는 후기 중세국어의 겸양법 선어말어미 '-ᄉᄫ-'이 '-ᄉ오-'로 변화한 것이 일반적인 형태일 것이다. 이에 반하여 서울 본은 '-ᄌ오-'를 취했다. 이는 서울본이 형태소를 잘못 선택한 것으로 본다. 아래 ㉮에서 '아ᄋ ᄀᆞᆺᄐ 이', ㉯에서 '아오 갓흐니'를 비교하면 전주본이 고형임을 알 수 있다. 이는 형태소 분석의 잘못으로 서로 다른 유의어를 형성했다.

다음 동일 원문의 언해문 ㉮, ㉯에서 확인된다.

共被父母之恩者 亦莫如我兄弟也
㉮. ᄒᆞᆫ가지로 부모의 은혜롤 닙ᄉ온이 ᄯᅩ 나의 형과 아ᄋ ᄀᆞᆺᄐ 이 업ᄂᆞᆫ지라〈kj-16b〉
㉯. ᄒᆞᆫ가지로 부모의 은혜를 닙ᄌ온이 ᄯᅩ 나의 형과 아오 갓흐 니 업ᄂᆞᆫ지라.〈ks-13b〉

55. 〔如〕

전주본	서울본
ᄀᆞᆺᄐ-〈kj-16b〉	갓흐-〈ks-13b〉

두 어휘는 〔如〕 곧 '같-'의 뜻을 가진 유의어다. 전주본 'ᄀᆞᆮ-'는 전기중세국어 'ᄀᆞᆮᄒᆞ-'의 오분석과 중철형태가 같이 나타난 예로 보인다. 서울본 '갓ㅎ-'는 '갓ㅎ-'에서 /ᄋᆞ/〉/의/의 변화를 겪은 것으로 본다. 서울본의 표현이 더 고형이다.

다음 동일 원문의 언해문 ㉮, ㉯에서 확인된다.

被父母之恩者 亦莫如我兄弟也

㉮. 혼가지로 부모의 은혜롤 닙ᄉᆞ온 이 또 나의 형과 아ᄋᆞ ᄀᆞᆮ튼 이 업ᄂᆞᆫ지라〈kj-16b〉

㉯. 혼가지로 부모의 은혜를 닙ᄌᆞ온 이 또 나의 형과 아오 갓ㅎ 니 업ᄂᆞᆫ지라.〈ks-13b〉

56. 〔耕〕

전주본	서울본
밧갈- 〈kj-10a〉	갈-〈ks-8b〉

두 어휘는 〔耕〕 곧 '갈-'의 뜻을 가진 유의어다. 유창돈의 이조어 사전에는 '갈-'과 '받갈-'이 등재되었다. '갈-'도 역시 '밧'과 같이 쓰이는 것이 일반적인 경향이다. 17세기 국어사전에는 '갈-'이 '밧〔田〕 갈-'로 사용되고 있다. J.S. Gale의 한영 대자전에 '갈-'〔畊〕을 나타내는 '밧갈-'로 풀이하였다. '갈-' 후기 중세국어 이후로 '밧갈-'과 같이 복합어로 사용되었다. 전주본이 고형이다.

다음 동일 원문의 언해문 ㉮, ㉯에서 확인된다.

牛以耕墾 馬以乘載

㉮. 쇼는 뻐 밧갈고 말은 뻐 트며 싯고〈kj-10a〉

㉯. 쇼는 써 갈고 말은 써 타며 싯고 〈ks-8b〉

57. 〔非〕

전주본	서울본
아닛-〈kj-11b〉	아니ᄒ-〈ks-9b〉

  두 어휘는 〔非〕 곧 '아니하-'의 뜻을 가진 유의어다. '아닛는'이 '아니ᄒ는'보다 고형이다.
  다음 동일 원문의 언해문 ㉮, ㉯에서 확인된다.

        穀 亦無非養人命之物 故
  ㉮. 곡식도 ᄯᅩᄒᆞᆫ 사름의 목슘을 치지 아닛는 물이 업는 고로
      〈kj-11b〉
  ㉯. 곡식도 ᄯᅩᄒᆞᆫ 사름의 목슘을 양ᄒ지 아니ᄒ는 물이 업는 고로
      〈ks-9b〉

58. 〔靑〕

전주본	서울본
푸르-〈kj-1b〉	프르-〈ks-1b〉

  두 어휘는 〔靑〕 곧 '푸르-'의 뜻으로 유의어 관계이다. 원순모음화 하지 아니한 서울본이 고형이다.
  다음 동일 원문의 언해문 ㉮, ㉯에서 확인된다.

        其葉 蒼翠 其花 五色
  ㉮. 그 닙히 푸르고 고 곳치 다숫 빗치니〈kj-9b〉
  ㉯. 그 닙이 프르고 고 곳이 다셧 빗치니〈ks-8a〉

59. 〔讀〕

전주본	서울본
닑-〈kj-18a〉	읽-〈ks-15a〉

 두 어휘는 〔讀〕 곧 '읽-'의 뜻을 가진 유의어다. 어두에 'ㄴ'이 유
지된 전주본이 고형이다.
 다음 동일 원문의 언해문 ㉮, ㉯에서 확인된다.

　　　　必須讀書窮理
 ㉮. 반다시 모로미 글을 닐거 리를 궁구ᄒ야 〈kj-18a〉
 ㉯. 반다시 모로미 글을 읽어 리를 궁구ᄒ야 〈ks-15a〉

60. 〔白〕

전주본	서울본
희-〈kj-1b〉	히-〈ks-1b〉

 두 어휘는 〔白〕 곧 '희-'의 뜻으로 유의어 관계이다. 서울본의 '히
-'는 구어적인 표기로 본다. '희-'보다 '히-'가 신형이다.
 다음 동일 원문의 언해문 ㉮, ㉯에서 확인된다.

　　　　以靑黃赤白黑 定物之色
 ㉮. 푸름과 누름과 불금과 힘과 검음으로써 만물의 빗츨 명ᄒ고
　　 〈kj-1b〉
 ㉯. 프름과 누름과 붉음과 힘과 검음으로써 만물의 빗을 명ᄒ고
　　 〈ks-1b〉

61. 〔鹹〕

전주본	서울본
ᄧ-〈kj-1b〉	ᄶ-〈ks-1b〉

 두 어휘는 〔鹹〕 곧 '짜-'의 뜻으로 유의어 관계이다. 전주본 'ᄧ-'
가 고형이다.
 다음 동일 원문의 언해문 ㉮, ㉯에서 확인된다.

以酸鹹辛甘苦 定物之味
㉮. 쇰과 뿜과 미옴과 둠과 뿜으로뻐 만믈의 맛슬 뎡ᄒ고〈kj-1b〉
㉯. 쇰과 뿜과 미옴과 담과 뿜으로써 만믈의 맛을 뎡ᄒ고〈ks-1b〉

62. 〔甘〕

전주본	서울본
둘-〈kj-1b〉	달-〈ks-1b〉

두 어휘는 〔甘〕 곧 '달-'의 뜻으로 유의어 관계이다. '둘-〉달-'의 변화로 전주본이 고형이다.

다음 동일 원문의 언해문 ㉮, ㉯에서 확인된다.

以酸鹹辛甘苦 定物之味
㉮. 쇰과 뿜과 미옴과 둠과 뿜으로뻐 만믈의 맛슬 뎡ᄒ고〈kj-1b〉
㉯. 쇰과 뿜과 미옴과 담과 뿜으로써 만믈의 맛을 뎡ᄒ고〈ks-1b〉

63. 〔苦〕[7]

전주본	서울본
쁘-〈kj-1b〉	쓰-〈ks-1b〉

두 어휘는 〔苦〕 곧 '쓰-'의 뜻을 가진 유의어다. 아래 66.과 65의 '쁘-'는 전주본에서는 모두'쁘-'이고 서울본은 두 곳 모두 '쓰-'이다.

다음 동일 원문의 언해문 ㉮, ㉯에서 확인된다.

以酸鹹辛甘苦 定物之味
㉮. 쇰과 뿜과 미옴과 둠과 뿜으로뻐 만믈의 맛슬 뎡ᄒ고〈kj-1b〉
㉯. 쇰과 뿜과 미옴과 담과 뿜으로써 만믈의 맛을 뎡ᄒ고〈ks-1b〉

---

7). 〔苦〕, 〔用〕의 언해한 어휘는 전주본, 서울본이 각각 같은 모습이다. 전
    주본 '쁘-〔用, 苦〕', 서울본 '쓰-用, 苦〕' 이들은 同音異義語로 분석된다.

64. 〔用〕

전주본	서울본
쓰-〈kj-7b〉	쓰-〈ks-6b〉

두 어휘는 〔用〕곧 '쓰-'의 뜻을 가진 유의어다. '쓰-'가 유지된 전
주본이 고형이다.
다음 동일 원문의 언해문 ㉮, ㉯에서 확인된다.

    凡人日用之物이 無非五行之物
㉮. 믈읏 사룸이 날로 쓰는 물이 오힝의 물 아닌 거시 업ᄂ니
   라.〈kj-7b〉
㉯. 믈읏 사룸이 날로 쓰는 물이 오힝의 물 아닌 거시 업ᄂ니
   라.〈ks-6b〉

65. 〔分〕

전주본	서울본
논호-〈kj-4b〉	난호-〈ks-4a〉

두 어휘는 〔分〕곧, '나누-'의 뜻을 가진 유의어다. 전주본 '논호-'
가 고형이다.
다음 동일 원문의 언해문 ㉮, ㉯에서 확인된다.

    以十二月 分屬於四時
㉮. 열두 둘로뻐 논화 네 째에 부티니〈kj-4b〉
㉯. 열두 달로써 난화 네 쩌에 부치니〈ks-4a〉

66. 〔寒〕

전주본	서울본
츠-〈kj-4b〉	차-〈ks-4a〉

두 어휘는 〔寒〕 곧 '차-'의 뜻으로 유의어 관계이다. 전주본이 고형이다.

다음 동일 원문의 언해문 ㉮, ㉯에서 확인된다.

　　　　地之氣 大寒則爲冬
㉮. 짜의 긔운이 크게 추면 겨을이 되니〈kj-4b〉
㉯. 짜의 긔운이 크게 차면 겨을이 되니〈ks-4a〉

67. 〔盡〕

전주본	서울본
드ᄒ-〈kj-5a〉	다ᄒ-〈ks-4a〉

두 어휘는 〔盡〕 곧 '다하-'의 뜻으로 유의어 관계이다. 전주본이 고형이다.

다음 동일 원문의 언해문 ㉮, ㉯에서 확인된다.

　　　　春三月 盡則爲夏
㉮. 봄 석 둘이 드ᄒ면 녀름이 되고〈kj-5a〉
㉯. 봄 석 둘이 다ᄒ면 여름이 되고〈ks-4a〉

68. 〔敎〕

전주본	서울본
ᄀᄅ치-〈kj-7a〉	가라치-〈ks-6a〉

두 어휘는 〔敎〕 곧 '가르치-'의 뜻을 가진 유의어다. '/ᄋ/'를 유지한 전주본이 고형이다.

다음 동일 원문의 언해문 ㉮, ㉯에서 확인된다.

　　　　爲耒耜 敎民耕稼
㉮. 뢰와 ᄉ롤 밍글아 빅셩을 밧갈아 곡식 시므기롤 ᄀᄅ치고

⟨kj-7a⟩
㉯. 뢰와 스를 민드러 빅셩을 밧가라 곡식 시무기를 가라치고
⟨ks-6a⟩

69. 〔卑〕

전주본	서울본
눛-⟨kj-5b⟩	낮-⟨ks-5a⟩

　두 어휘는 〔卑〕 곧 '낮-'의 뜻으로 유의어 관계이다. /ᄋ/를 유지한 전주본이 고형이다
다음 동일 원문의 언해문 ㉮, ㉯에서 확인된다.

山之卑者 爲丘
㉮. 뫼의 ᄂ즌 거슬 닐오되 두덕이라 ᄒ고⟨kj-5b⟩
㉯. 뫼의 나즌 거슬 닐오되 두덕이라 ᄒ고⟨ks-5a⟩

70. 〔生〕

전주본	서울본
내-⟨kj-6a⟩	니-⟨ks-5b⟩

　두 어휘는 〔生〕 곧 '내-'의 뜻을 가진 유의어 관계이다. /ᄋ/를 유지한 서울본이 고형이다. 사동사이다.
다음 동일 원문의 언해문 ㉮, ㉯에서 확인된다.

生風雷
㉮. 브룸과 울에롤 내ᄂ니라⟨kj-6a⟩
㉯. 바룸과 우뢰를 니ᄂ니라.⟨ks-5b⟩

71. 〔下〕

전주본	서울본
ᄂ리이-〈kj-6b〉	나리이-〈ks-5b〉

두 어휘는 〔下〕 곧 '내리-'의 뜻을 가진 유의어다. /ᄋ/를 유지한 전주본이 고형이다.

다음 동일 원문의 언해문 ㉮, ㉯에서 확인된다.

暑氣 蒸鬱則油然而作雲 沛然而下雨

㉮. 더운 긔운이 증울ᄒ면 유연히 구름을 닐흐여 패연히 비를 ᄂ리 이고〈kj-6b〉

㉯. 더운 긔운이 증울ᄒ면 유연히 구름을 닐흐며 패연히 비를 나리 이고〈ks-5b〉

72. 〔具〕

전주본	서울본
ᄀ즛-〈kj-17b〉	갖-〈ks-14b〉

두 어휘는 〔具〕 곧 '갖추-'의 뜻을 가진 유의어다. /ᄋ/를 유지한 전주본이 고형이다.

다음 동일 원문의 언해문 ㉮, ㉯에서 확인된다.

皆已具於吾心之中

㉮. 다 이믜 내 ᄆ암의 가온더 ᄀ즛시니〈kj-17b〉

㉯. 다 이믜 너 마음에 가온더 가츳스니〈ks-14b〉

73. 〔藏〕

전주본	서울본
ᄀ초이-〈kj-5a〉	감초이-〈ks-4b〉

두 어휘는 〔藏〕 곧 '감추-'의 뜻으로 유의어 관계이다. /ᄋ/를 유지한 전주본이 고형이다. 피동사이다.

다음 동일 원문의 언해문에서 확인된다.

冬則萬物 閉藏

㉮. 겨을이면 만물이 닷처 곱초이ᄂ니〈kj-5a〉

㉯. 겨을이면 만물이 닷쳐 감초이ᄂ니〈ks-4b〉

74. 〔稼〕

전주본	서울본
시므-〈kj-7a〉	시무-〈ks-6a〉

두 어휘는 〔稼〕 곧 '심-'의 뜻을 가진 유의어다. 원순모음화하지 않은 전주본이 고형이다.

다음 동일 원문의 언해문 ㉮, ㉯에서 확인된다.

爲耒耟 敎民耕稼

㉮. 뢰와 스룰 밍글아 빅셩을 밧갈아 곡식 시므기룰 ᄀ르치고
〈kj-7a〉

㉯. 뢰와 스를 민드러 빅셩을 밧가라 곡식 시무기를 가라치고
〈ks-6a〉

75. 〔取〕

전주본	서울본
가디-〈kj-7b〉	가지-〈ks-6b〉

두 어휘는 〔取〕 곧 '가지-'의 뜻을 가진 유의어다. 구개음화하지 않은 전주본이 고형이다.

다음 동일 원문의 언해문 ㉮, ㉯에서 확인된다.

穀生於土 取水火爲飮食則
㉮. 곡식은 흙애셔 나 물과 불을 가뎌 음식을 밍근 즉〈kj-7b〉
㉯. 곡식은 흙에셔 나셔 물과 불을 가져 음식을 혼 즉〈ks-6b〉

76. 〔走〕

전주본	서울본
둣-〈kj-9b〉	닷-〈ks-8a〉

두 어휘는 〔走〕 곧 '달리-'의 뜻을 가진 유의어다. /ᄋ/를 유지한
전주본이 고형이다.
다음 동일 원문의 언해문 ㉮, ㉯에서 확인된다.

飛禽 卵翼 走獸 胎乳
㉮. ᄂᄂ 시ᄂ 란익ᄒ고 둣ᄂ 즘싱은 티유ᄒ니〈kj-9b〉
㉯. 나ᄂ 새ᄂ 란익ᄒ고 닷ᄂ 즘싱은 티유ᄒ니〈ks-8a〉

77. 〔有〕

전주본	서울본
닛-〈kj-9b〉	잇-〈ks-8a〉

두 어휘는 〔有〕 곧 '있-'의 뜻을 가진 유의어다. /ㄴ/을 유지한 전
주본이 고형이다.
다음 동일 원문의 언해문 ㉮, ㉯에서 확인된다.

其有花者 必有其實
㉮. 고 ᄭᅩᆾ치 닛ᄂ 거슨 반ᄃ시 그 열미 잇ᄂ니라.〈kj-9b〉
㉯. 그 ᄭᅩᆾ이 잇ᄂ 거슨 반다시 그 열미가 잇ᄂ니라. 〈ks-8a〉

78. 〔乘〕

전주본	서울본
트-〈kj-10a〉	타-〈ks-8b〉

　두 어휘는 〔乘〕 곧 '타-'의 뜻을 가진 유의어다. /ᄋ/를 유지한 전주본이 고형이다.
　다음 동일 원문의 언해문 ㉮, ㉯에서 확인된다.

　　　　牛以耕墾　馬以乘載
　㉮. 쇼는 뻐 밧갈고 말은 뻐 트며 싯고〈kj-10a〉
　㉯. 쇼는 써 갈고 말은 써 타며 싯고〈ks-8b〉

79. 〔飛〕

전주본	서울본
놀-〈kj-11a〉	날-〈ks-9a〉

　두 어휘는 〔飛〕 곧 '날-'의 뜻을 가진 유의어다. 'ᄋ'를 유지한 전주본이 고형이다.
　다음 동일 원문의 언해문㉮,㉯에서 확인된다.

　　　　飛禽之中　有鳳凰焉
　㉮. ᄂᆞ는 시의 가온디 봉황이 잇고〈kj-11a〉
　㉯. 나는 새의 가온디에 봉황이 잇고〈ks-9a〉

80. 〔凋〕

전주본	서울본
이우-〈kj-11b〉	이울-〈ks-9b〉

　두 어휘는 〔凋〕 곧 '시들-'의 뜻을 가진 유의어다. 전주본은 'ㄹ'이

탈락한 변이 형태이고 서울본은 'ㄹ'이 탈락되지 않았다. 'ㄹ'이 살아
있는 서울 본이 고형이다.
다음 동일 원문의 언해㉮,㉯ 에서 확인된다.

犯霜雪而不凋
㉮. 서리와 눈을 범ᄒᆞ야 이우지 아니ᄒᆞ고〈kj-11b〉
㉯. 셔리와 눈을 범ᄒᆞ야 이울지 아니ᄒᆞ고〈ks-9b〉

81. 〔閱〕

전주본	서울본
지내-〈kj-11b〉	지너-〈ks-9b〉

두 어휘는 〔閱〕 곧 '지내-'의 뜻을 가진 유의어다. /ᄋ/가 남아 있
는 서울본이 고형이다.
다음 동일 원문의 언해문 ㉮,㉯에서 확인된다.

閱四時而長春者 松柏也
㉮. ᄉᆞ시를 지내여 쟝샹 봄인 거슨 솔과 측빅이니〈kj-11b〉
㉯. ᄉᆞ시를 지니여 쟝 봄인 거슨 솔과 측빅이니〈ks-9b〉

82. 〔重〕

전주본	서울본
므거오-〈kj-13a〉	무거오-〈ks-10b〉

두 어휘는 〔重〕 곧 '무겁-'의 뜻을 가진 유의어다. 원순모음화하지
않은 전주본이 고형이다.
다음 동일 원문의 언해문 ㉮,㉯에서 확인된다.

錙銖 稱物之輕重
㉮. 츼와 슈로뻐 물의 가비아오며 므거옴을 맛갓게 둘고〈kj-13a〉

㉯. 칙와 슈로써 물의 가비야오며 무거오믈 맛갓게 ᄒ고〈ks-10b〉

83. 〔計〕

전주본	서울본
혀-〈kj-13a〉	혜-〈ks-11a〉

두 어휘는 〔計〕 곧 '세-'의 뜻을 가진 유의어다. 전주본이 고형이
다.
다음 동일 원문의 언해문에서 확인된다.

算計萬物之數 莫便於九九
㉮. 만물의 수를 산두어 혀미 구구에셔 맛당ᄒ미 업스니〈kj-13a〉
㉯. 만물의 슈를 산노어 혜미 구구에서 맛당홈이 업스니〈ks-11a〉

84. 〔別〕

전주본	서울본
ᄃ르-〈kj-13b〉	다르-〈ks-11a〉

두 어휘는 〔別〕 곧 '다르-'의 뜻을 가진 유의어다. 'ᄋ'가 남아 있
는 전주본이 고형이다.
다음 동일 원문의 언해문에서 확인된다.

有夫婦之別
㉮. 지아비와 지어미의 들아옴이 이시며 〈kj-13b〉
㉯. 지아비와 지어미의 다름이 잇스며〈ks-11a〉

85. 〔信〕

전주본	서울본
밋브-〈kj-13b〉	밋부-〈ks-11a〉

두 어휘는 〔信〕 곧 '믿-'의 뜻을 가진 유의어다. 원순모음화 이전의 전주본이 고형이다.
다음 동일 원문의 언해문에서 확인된다.

有朋友之信
㉮. 벗의 밋븜이 잇ᄂᆞ니라〈kj-13b〉
㉯. 벗의 밋부미 잇ᄂᆞ니라.〈ks-11a〉

86. 〔生〕

전주본	서울본
낳-〈kj-13b〉	나-〈ks-11b〉

두 어휘는 〔生〕 곧 '낳-'의 뜻을 가진 유의어다.
다음 동일 원문의 언해문에서 확인된다.

生我者 爲父母
㉮. 나롤 나흐신 이 아비와 어미 되시고〈kj-14a〉
㉯. 나를 나으신 이 아비와 어미 되시고〈ks-11b〉

87. 〔義〕

전주본	서울본
옳-〈kj-15a〉	올-〈ks-12b〉

두 어휘는 〔義〕 곧 '옳-'의 뜻을 가진 유의어다.
다음 동일 원문의 언해문에서 확인된다.

唯義所在則舍命效忠
㉮. 오직 올흐미 이슨 바애ᄂᆞᆫ 목슘을 ᄇᆞ리고 츙셩을 드릴ᄂᆞ니라.
   〈kj-15a〉
㉯. 오직 올으미 잇ᄂᆞᆫ 바에 목슘을 바리고 츙셩을 효측홀지니라
   〈ks-12b〉

88. 〔舍〕

전주본	서울본
ᄇ리-〈kj-15a〉	바리-〈ks-12b〉

　두 어휘는 〔舍〕 곧 '버리-'의 뜻을 가진 유의어다. 'ᄋ'를 유지한
전주본이 고형이다.
　다음 동일 원문의 언해문에서 확인된다.

　　　　唯義所在則舍命效忠
　㉮. 오직 올흐미 이슨 바애는 목슘을 ᄇ리고 츙셩을 드릴ᄂ니라.
　　　〈kj-15a〉
　㉯. 오직 올으미 잇ᄂ 바에 목슘을 바리고 츙셩을 효측ᄒ지니라
　　　〈ks-12b〉

89. 〔曰〕

전주본	서울본
굴ᄋ-〈kj-16a〉	갈ᄋ-〈ks-13b〉

　두 어휘는 〔曰〕 곧 '말하-'의 뜻을 가진 유의어다. 'ᄋ'의 비음운화
과정을 생각한다면 서울본은 그 표기상 오류 내지 표기의 혼선을
볼 수 있는 것이다 곧, 제1음절에 '아'가 왔는데 오히려 2음절에서
'ᄋ'가 살아있으니 이는 근대문헌에서 'ᄋ'를 비롯하여 모든 표기에서
상당한 혼선이 있었던 것을 파악해야 될 것이다. 아렇다고 하더라
도 'ᄋ'가 두곳 모두 남아 있는 것을 고형으로 보아야 할 것이다.
　다음 동일 원문의 언해문에서 확인된다.

　　　　曾子 曰君子 以文會友 以友輔仁
　㉮. 증지 굴ᄋ사ᄃ 군ᄌᄂ 글로ᄡ 벗을 모호고 벗으로ᄡ 어딜물 돕
　　　ᄂ이라〈kj-16a〉
　㉯. 증ᄌ 갈ᄋ스ᄃ 군ᄌᄂ 글로ᄊ 벗을 모호고 벗으로ᄊ 어즐믈 돕
　　　ᄂ니라〈ks-13b〉

90. 〔仁〕

전주본	서울본
어딜-〈kj-16a〉	어즐-〈ks-13b〉

　두 어휘는 〔仁〕 곧 '어질-'의 뜻을 가진 유의어다. 구개음화하지 않은 전주본이 고형이다.
다음 동일 원문의 언해문에서 확인된다.

　　　曾子 曰君子 以文會友 以友輔仁
　㉮. 증지 굴ㅇ사디 군즈는 글로뻐 벗을 모호고 벗으로뻐 어딜물 돕 눈이라〈kj-16a〉
　㉯. 증ㅈ 갈ㅇㅅ디 군즈는 글로쎠 벗을 모호고 벗으로쎠 어즐믈 돕 눈니라〈ks-13b〉

91. 〔善〕

전주본	서울본
어딜-〈kj-17b〉	어즐-〈ks-14b〉

　두 어휘는 〔善〕 곧 '착하-'의 뜻을 가진 유의어다. 이는 바로 앞 자료의 '仁'과 '善'이 동음 유의어로 나타났다. 바꾸어 말하면 漢字 의 '仁'과 善은 유의어라고 볼 수 있는가? 적어도 한국어로 번역할 때에는 동음 유의어로 생각할 수 있다고 암시를 받는다. 역시 구개 음화하지 않은 자료를 유지한 전주본이 고형임을 알 수 있다.

　　　凡人稟性 初無不善
　㉮. 믈읏 사름의 품슈훈 텬셩이 처엄이 어디디 아니홈이 업스니 〈kj-17b〉
　㉯. 믈읏 사름의 품슈훈 텬셩이 쳐음에 어즐지 아니홈이 업스니 〈ks-14b〉

91-1. 〔善〕

전주본	서울본
어딜-〈kj-16a〉	어질-〈ks-13b〉

두 어휘는 〔善〕 곧 ' 착하-'의 뜻을 가진 유의어다.
'어딜다', '어즐다', '어질다' 등은 유의어의 관계에 있음을 알 수
있다.
다음 동일 원문의 언해문에서 확인된다.

　　　朋友 有責善之道故
㉮. 벗시 어딜므로 칙ᄒᆞᄂᆞᆫ 되 잇ᄂᆞᆫ 고로〈kj-16a〉
㉯. 벗이 어질므로 칙ᄒᆞᄂᆞᆫ 도 잇ᄂᆞᆫ 고로 〈ks-13b〉

　　　得其一善
㉰. 그 ᄒᆞᆫ가지 어딘 일이라도 어더〈kj-18a〉
㉱. 그 한가지 어진 일이라도 어더〈ks-15a〉

92. 〔枕〕

전주본	서울본
벼개ᄒᆞ-〈kj-16b〉	벼기ᄒᆞ-〈ks-13b〉

두 어휘는 〔枕〕 곧 '베-'의 뜻을 가진 유의어다. 서울본이 고형이
다.
다음 동일 원문의 언해문에서 확인된다.

　　　枕則同衾
㉮. 벼개ᄒᆞ면 니불을 ᄒᆞᆫ가지로 ᄒᆞ야 〈kj-16b〉
㉯. 벼기ᄒᆞ면 니불을 ᄒᆞᆫ가지로 ᄒᆞ야〈ks-13b〉

2.3 고유어 간의 부사, 관형사류 유의어

부사, 관형사류 관계의 형성은 '서로 : 셔로, 믈읏 : 물읏'처럼
대부분 음운의 변화에서 이루어지고 있다.

93. 〔相〕

전주본	서울본
서로〈kj-5a〉	셔로〈ks-4a〉

두 어휘는 〔相〕 곧 '서로'의 뜻을 가진 유의어다. 이중모음이 남아
다음 동일 원문의 언해문에서 확인된다.

　　　四時 相代而歲功 成焉
　㉮. 네 째히 서로 골마 들어 힛공이 일우ᄂ니라.〈kj-5a〉
　㉯. 네 ᄣᅵ가 셔로 골마 드러 희 공이 일우ᄂ니라〈ks-4a〉

94. 〔最〕

전주본	서울본
ᄀ장〈kj-9a〉	가장〈ks-7b〉

두 어휘는 〔最〕 곧 '가장'의 뜻을 가진 유의어다. 'ᄋ'를 유지한 전
주본이 고형이다. 다음 동일 원문의 언해문에서 확인된다.

　　　　木禽獸蟲魚之屬 最其較著者也
　㉮. 벌에와 고기의 뤼 ᄀ장 그리 낫타나는 거시니라.〈kj-9a〉
　㉯. 버례와 고기의 붓치가 가장 그 더욱 낫타나는 거시니라
　　〈ks-7b〉
　　　　衆木之中 松柏이 最貴
　㉰. 만흔 나모의 가온더 솔과 측빅이 ᄀ장 귀흐니라.〈KJ-11b〉
　㉱. 뭇 나무의 가온더에 솔과 측빅이 가쟝 귀흔 거시니라.〈ks-9b〉

95. 〔其〕

전주본	서울본
그리〈kj-9a〉	그〈ks-7b〉

 두 어휘는 〔其〕 곧 '그'의 뜻을 가진 유의어다. '그'가 고형여다.
다음 동일 원문의 언해문에서 확인된다.

　　　蟲魚之屬 最其較著者也
 ㉮. 벌에와 고기의 뤼 マ장 그리 낫타나는 거시니라.〈kj-9a〉
 ㉯ 버례와 고기의 붓치가 가장 그 더욱 낫타나는 거시니라.〈ks-7b〉

96. 〔必〕

전주본	서울본
반드시〈kj-9b〉	반다시〈ks-8a〉

 두 어휘는 〔必〕 곧 '반드시'의 뜻을 가진 유의어다. 'ᄋ'를 유지한
전주본이 고형이다.
 다음 동일 원문의 언해문에서 확인된다.

　　　枝葉 必茂 必有其實
 ㉮. 가지와 닙히 반드시 무셩ᄒ고 .〈kj-9b〉
 ㉯. 가지와 닙이 반다시 무셩ᄒ고 .〈ks-8a〉

97. 〔諸〕

전주본	서울본
모든〈kj-12a〉	모든〈ks-10a〉

 두 어휘는 〔諸〕 곧 ' 모든'의 뜻을 가진 유의어다. 역시 'ᄋ'가 유
지된 전주본이 고본이다.

다음 동일 원문의 언해문에서 확인된다.

蘿蔔蔓菁諸瓜之荣 種非不多也 其味辛烈故 荣以芥薑爲重

㉮. 라복과 만쳥과 모둔 외의 ᄂ물이 죵뉴 만치 아니미 아니로
더.〈kj-12a〉

㉯. 라복과 만쳥과 모든 외의 나물이 죵뉴 만치 아니미 아니로더
〈ks-10a〉

98. 〔故〕

전주본	서울본
그러모로〈kj-14a〉	그러홈으로〈ks-12a〉

두 어휘는 〔故〕 곧 '그러므로'의 뜻을 가진 유의어다.
다음 동일 원문의 언해문에서 확인된다.

故 古之聖人 制爲婚姻之禮 以重其事

㉮. 그러모로 녯 셩인이 혼인의 례롤 지어 뻐 그 일을 즁케 ᄒ시니
라.〈kj-14a〉

㉯. 그러홈으로 녯 셩인이 혼인의 례를 지어 쎠 그 일을 즁케 ᄒ시
니라.〈ks-12a〉

99. 〔亦〕

전주본	서울본
쏘〈kj-16b〉	쏘훈〈ks-14a〉

두 어휘는 〔亦〕 곧 '또'의 뜻을 가진 유의어다. 전주본 '쏘'가 접
미사 '쏘훈'의 접미사 '-훈'가 추가된 서울본이 후대의 표현으로 여겨
진다.
다음 동일 원문의 언해문에서 확인된다.

    愛其父母者 亦必愛其兄弟
㉮. 그 부모롤 스랑ᄒᄂ는 이는 ᄯ 반ᄃ시 그 형과 아으롤 스랑ᄒᄂ니
   라.〈kj-16b〉
㉯. 그 부모를 스랑ᄒᄂ는 이는 ᄯ흔 반다시 그 형과 아오를 스랑ᄒᄂ
   니라〈ks-14a〉

100. 〔然〕

전주본	서울본
그러나〈kj-17a〉	그러ᄂ〈ks-14a〉

　두 어휘는 〔然〕 곧 '그러나'의 뜻을 가진 유의어다. 'ᄋ'를 유지한
서울본이 고형이다.
　다음 동일 원문의 언해문에서 확인된다.

    然 推究其本則同是祖先之骨肉
㉮. 그러나 그 근본을 밀루여 츠즈면 ᄒ가지로 이 조션의 골육이
   니.〈kj-17a〉
㉯. 그러ᄂ 그 근본을 밀루여 츠즈면 ᄒ가지로 이 조션의 골육이
   니.〈ks-14a〉

101. 〔凡〕

전주본	서울본
믈읏〈kj-17b〉	물읏〈ks-14b〉

　두 어휘는 〔凡〕 곧 '무릇'의 뜻을 가진 유의어다. 원순모음화가 이
루어지지 않은 전주본이 고형이다.
　다음 동일 원문의 언해문에서 확인된다.

    凡人稟性 初無不善
㉮. 믈읏 사롬의 픔슈흔 텬셩이 처엄인 어디디 아니홈이 업스니
   〈kj-17b〉

㉯. 믈읏 사룸의 품슈호 텬셩이 처음에 어즐지 아니홈이 업스니
〈ks-14b〉

102. 〔古〕

전주본	서울본
녯〈ks-15a〉	옛〈ks-15a〉

두 어휘는 〔古〕곧 '옛'의 뜻을 가진 유의어다. 전주본 '녯'이 서울
본 '옛'보다 고형이다.
다음 동일 원문의 언해문에서 확인된다.

必須讀書窮理　求觀於古人

㉮. 반다시 모로미 글을 닐거 리롤 궁구호야 녯 사룸에 츠즈 보며
〈kj-18a〉
㉯. 반다시 모로미 글을 읽어 리를 궁구호야 옛 사룸에 구호야 보며
〈ks-15a〉

103. 〔自〕

전주본	서울본
스스로〈kj-18a〉	스스로〈ks-15a〉

두 어휘는 〔自〕곧 '스스로'의 뜻을 가진 유의어다. 'ᄋ'를 유지한
서울본이 고형이다.
다음 동일 원문의 언해문에서 확인된다.

自無不合於天叙之則矣

㉮. 스스로 하눌이 츠례 호온 법에 합당티 아니홈이 업느니라. 〈kj-
18a〉
㉯. 스스로 하눌이 츠례호 법에 합당치 아니홈이 업느니라. 〈ks-
15a〉

104. 〔止〕

전주본	서울본
ᄀ마니〈kj-18b〉	가만히〈ks-15b〉

  두 어휘는 〔止〕 곧 '가만히'의 뜻을 가진 유의어다. 'ᅌ'를 유지한 전주본이 고형이다.
다음 동일 원문의 언해문에서 확인된다.

  口容止 聲容靜
  ㉮. 입의 거동은 ᄀ마니 이시며 소리의 거동은 안졍ᄒ며〈kj-18b〉
  ㉯. 입의 거동은 가만히 잇스며 소리의 거동은 고요히 ᄒ며〈ks-15b〉

105. 〔裝〕

전주본	서울본
싁싁이〈kj-18b〉	싁싁ᄒ게〈ks-15b〉

  두 어휘는 〔裝〕 곧 '씩씩히'의 뜻을 가진 유의어다.
다음 동일 원문의 언해문에서 확인된다.

  立容德 色容莊
  ㉮. 셧는 거동은 유덕ᄒ며 눗빗치 거동은 싁싁이 홈이니라. 〈kj-18b〉
  ㉯. 셧는 거동은 유덕ᄒ게 ᄒ며 빗의 거동은 싁싁ᄒ게 홈이니라 〈ks-15b〉

2.4 어느 한편이 한자어인 유의어

  고유어와 한자어 간의 유의어 관계는 '님금:인군(人君), 춋다:구(求)ᄒ다'와 같이 고유어를 한자어로 바꾸는 것과 반대로 '류(類) :

붓치'와 같이 드물게 한자어를 고유어로 바꾼 예도 있다.

106. 〔君〕

전주본	서울본
님금〈kj-1a〉	인군(人君)〈ks-1a〉

두 어휘는 〔君〕 곧 '임금'의 뜻을 가진 유의어다. '님금'을 '人君'으로 이른바 誤分析을 한 서울본이 신형이다.
다음 동일 원문의 언해문에서 확인된다.

父子君臣
㉠. 아비와 ᄌᆞ식과 님금과 신하와〈kj-1a〉
㉯. 아비와 ᄌᆞ식과 인군과 신하와〈ks-1a〉

亦非君則不食故
㉣. 님금이 아니시면 먹지 못ᄒᆞᄂᆞᆫ 고로〈kj-15a〉
㉤. 인군이 아니면 먹지 못ᄒᆞᄂᆞᆫ 고로〈ks-12b〉

106-1. 〔君〕

전주본	서울본
님군〈kj-15a〉	인군(人君)〈ks-12b〉

두 어휘는 〔君〕 곧 '임금'의 뜻을 가진 유의어다. 위에서 본 바와 같이 오분석을 한 서울본이 신형이다. 본 문헌에서 '님금, 人君, 님군' 등 세 어휘도 유의어 관계에 있음을 알 수 있다.
다음 동일 원문의 언해문에서 확인된다.

耕於野者 食君之土
㉠. 들에 밧가는 이는 님군의 ᄯᅡ홀 먹고〈kj-15a〉
㉯. 들에 밧가는 이는 인군의 ᄯᅡ홀 먹고〈ks-12b〉

　　　　立於朝者 食君之祿

㉖. 죠뎡(朝廷)에 셧는 이는 님군의 록을 먹으니〈kj-15a〉

㉘. 죠뎡(朝廷)에 셧는 이는 인군의 록을 먹으니〈ks-12b〉〈ks-12b〉

106-2. 〔君〕

전주본	서울본
님군〈kj-17a〉	임군〈ks-14b〉

　두 어휘는 〔君〕곧 '임금'의 뜻을 가진 유의어다. 전주본은 '님군'인데 서울본은 '임군'이다. /ㄴ/의 탈락이다. 전주본이 고형이다. 그런데 "님군의 ᄯ흘 먹고〈kj-15a〉" "인군의 ᄶᅡ흘 먹고〈ks-12b〉"에서 전주본의 님군에 대해서 서울본에서는 '인군'이 등장한다. 그래서 '君'을 의미하는 유의어가 '님군(전-17ㄱ), 임군(서-14ㄴ), 인군(서-12ㄴ), 님금'과 같이 넷이 나타났다. 모두 서울본이 후대의 것이다.

　동일 원문의 언해문 ㉮. ㉯에서 확인된다.

　　　　夫和而妻順 事君忠而

㉮. 지아비는 화열ᄒᆞ고 안해는 유슌ᄒᆞ며 님군 셤김을 츙셩으로 ᄒᆞ고
〈kj-17a〉

㉯. 지아비는 화열ᄒᆞ고 안히는 유슌ᄒᆞ며 임군 셤김을 츙셩으로 ᄒᆞ고
〈ks-14b〉

107. 〔虎〕

전주본	서울본
갈범〈kj-10a〉	호(虎)〈ks-8b〉

　두 어휘는 〔虎〕곧 '호랑이'의 뜻을 가진 유의어다. 전주본 '갈범'이 고유어이며 '虎'는 한문　이 귀화한 한자어휘다. '갈범'을 고유어로 본다.

다음 동일 원문의 언해문에서 확인된다.

　　　　虎 豹犀象之屬 在於山
　㉮. 갈범과 표범과 물소와 코키리의 뉴는 뫼애 잇고 ⟨kj-10a⟩
　㉯. 갈범과 표범과 물소와 코키리의 부치는 뫼에 잇고 ⟨ks-8b⟩

108. 〔供〕

전주본	서울본
장만ᄒ-⟨kj-10b⟩	공급(供給)ᄒ-⟨ks-9a⟩

　두 어휘는 〔供〕 곧 '공급하-'의 뜻을 가진 유의어다. '장만ᄒ-'는 고유어로 공급은 한자어이다. 전주본 고형임을 알것이다.
　다음 동일 원문의 언해문에서 확인된다.

　　　或用其毛羽骨角 或供於祭祀賓客飮食之間
　㉮. 혹 졔ᄉᄒ며 손 디졉ᄒᄂ 음식의 ᄉ이에 장만ᄒᄂ니라.⟨kj-10b⟩
　㉯. 혹 제ᄉᄒ며 손 디졉ᄒᄂ 음식의 ᄉ이에 공급ᄒᄂ니라.⟨ks-9a⟩

　　　稻粱黍稷은 祭祀之所以供粢盛者也
　㉰. 벼와 조와 기장과 피는 졔ᄉ의 뼈 ᄌ셩(粢盛)을 쟝만ᄒᄂ 배오
　　　⟨kj-11b⟩
　㉱. 벼와 조와 기쟝과 피는 졔ᄉ의 써 ᄌ셩(粢盛)을 공급ᄒᄂ 비오
　　　⟨ks-9b⟩

109. 〔求〕

전주본	서울본
춫-⟨kj-18a⟩	구(求)ᄒ-⟨ks-15a⟩

　두 어휘는 〔求〕 곧 '찾아보-'의 뜻을 가진 유의어다. '춫-'이 고유어로 고형일 것으로 생각한다.

다음 동일 원문의 언해문에서 확인된다.

必須讀書窮理 求觀於古人
㋑. 반다시 모로미 글을 닐거 리를 궁구ᄒᆞ야 녯 사름에 ᄎᆞ즈 보며 〈kj-18a〉
㋒. 반다시 모로미 글을 읽[***얽]어 리를 궁구ᄒᆞ야 옛사름에 구ᄒᆞ야 보며〈ks-15a〉

110. 〔雷〕

전주본	서울본
울에〈kj-6a〉	우뢰(雨雷)〈ks-5b〉

두 어휘는 〔雷〕 곧 '우뢰'의 뜻을 가지고 있는 유의어다. '울에'의 고유어를 漢字語 '雨雷'로 잘못 분석한 것이다. 고유어를 댁한 진주본이 고형으로 본다.
다음 동일 원문의 언해문에서 확인된다.

生風雷
㋑. ᄇᆞ롬과 울에를 내ᄂᆞ니라〈kj-6a〉.
㋒. 바름과 우뢰를 니ᄂᆞ니라〈ks-5b〉

2.5 한자어와 고유어로 이루어진 유의어

111. 〔屬〕

전주본	서울본
류(類)〈kj-9a〉	붓치〈ks-7b〉

두 어휘는 〔屬〕 곧 '무리'의 뜻을 가진 유의어다. '붓치'를 쓴 서울본이 고형으로 보인다. 다음 동일 원문의 언해문에서 확인된다.

木禽獸蟲魚之屬 最其較著者也
㉮. 벌에와 고기의 뤼 ᄀ장 그리 낫타나는 거시니라 〈kj-9a〉
㉯. 버례와 기의 붓치가 가장 그 더욱 낫타나는 거시니라 〈ks-7b〉

111-1. 〔屬〕

전주본	서울본
부티-〈kj-1b〉	붓치-〈ks-1b〉

두 어휘는 〔屬〕 곧 '부치-'의 뜻을 가진 유의어다. 유의어로 '류
〔類〕, 붓치, 부티, 뉴, 부치'와 같이 유이어가 형성되었다. 구개음화
하지 않은 전주본이 고형이다.
다음 동일 원문의 언해문 ㉮, ㉯에서 확인된다.

以十二月 分屬於四時
㉮. 열두 돌로써 눈화 네 째에 부티니〈kj-4b〉
㉯. 열두 달로써 난화 네 찌에 부치니〈ks-4a〉

112. 〔類〕

전주본	서울본
뉴(類)〈kj-10a〉	부치〈ks-8b〉

두 어휘는 〔類〕 곧 '무리'의 뜻을 가진 유의어다. '류, 붓치, 뉴,
부치' 도 유의어 관계에 있다.
다음 동일 원문의 언해문에서 확인된다.

虎 豹犀象之屬 在於山
㉮. 갈범과 표범과 물소와 코키리의 뉴는 뫼애 잇고 〈kj-10a〉
㉯. 갈범과 표범과 물소와 코키리의 부치는 뫼에 잇고〈ks-8b〉
犀象之屬 在於山
㉰.물소와 코키리의 뉴는 뫼애 잇고〈kj-10a〉
㉱.물소와 코키리의 부치는 뫼에 잇고〈ks-8b〉

113. 〔靜〕

전주본	서울본
안졍(安靜)ᄒ-〈kj-18b〉	고요히〈ks-15b〉

두 어휘는 〔靜〕 곧 '고요히'의 뜻을 가진 유의어다. 고유어 '안졍
ᄒ-'가 고형으로 판단된다. 고유어 '고요히'는 용언에서 파생된 부사
로 본다.
다음 동일 원문의 언해문에서 확인된다.

　聲容靜
㉮. 소릐의 거동은 안졍ᄒ며〈kj-18b〉
㉯. 소릐의 거동은 고요히 ᄒ며〈ks-15b〉

2.6 한자어 간의 유의어

한자어 간의 유의어는 "노(怒)ᄒ다 : 분(忿)ᄒ다'와 같이 같은 뜻
의 다른 한자를 택한 경우와 "豹범 : 豹, 힛공(功) : 희공(功), 동
(東)녁 : 동편(東便)'과 같이 고유어와 한자어의 합성어를 이루거
나, 한자어에 고유어 접사를 붙이거나, 한자어에 다른 한자어의 접
사와 같은 요소를 붙여서 어휘를 형성하였다. 또 다른 양태는
'ᄀᆫ졀(懇切)ᄒ다 : 간졀(懇切)ᄒ다'와 같이 한자음이 변화한 경우가
있다.

114. 〔歲功〕

전주본	서울본
힛공(功)〈kj-5a〉	희공(功)〈ks-4a〉

두 어휘는 〔歲功〕 곧 '연공'의 뜻으로 유의어 관계이다.
다음 동일 원문의 언해문에서 확인된다.

四時 相代而歲功 成焉
㉮. 네 째히 서로 골무 믈어 힛공이 일우느니라.〈kj-5a〉
㉯. 네 쩌가 셔로 골무 드러 희공이 일우느니라〈ks-4a〉.

115. 〔東〕

전주본	서울본
동(東)녁〈kj-1b〉	동편(東便)〈ks-1b〉

두 어휘는 〔東〕 곧 '동쪽'의 뜻을 가진 유의어다. 전주본 '동녁'이 고형으로 생각한다. '-녁'이라는 고유어가 한자어 '便'으로 바뀐 것으로 판단한다.

다음 동일 원문의 언해문에서 확인된다.

以東西南北定天地之方
㉮. 동녁과 셧녁과 남녁과 북녁으롭서 하놀과 짜의 방소를 뎡ㅎ고
〈KJ-1b〉
㉯. 동편과 셔편과 남편과 북편으로쎠 하놀과 짜의 방소를 뎡ㅎ고
〈ks-1b〉

116. 〔閏〕

전주본	서울본
윤(閏)둘〈kj-3a〉	윤(閏)달〈ks-2b〉

두 어휘는 〔閏〕 곧 '윤달'의 뜻을 가진 유의어다. 'ㅇ'가 남아 있는 전주본이 고형이다. 아래 예문 ㉮.㉯.의 처음 부분에서 윤둘'이 같이 쓰였다. 이 자료를 보면 선, 후 관계가 애매하다. 대체로 이 시기의 문헌들은 어떤 규정을 정해 놓은 정서법이 없었기 때문에 자의적으로 기술한 자료가 아주 많다. 그래서 고금을 분류한다는 것도 어찌 보면 무리가 많고 견강부회도 많을 것이다.
다음 동일 원문의 언해문에서 확인된다. 아래

歲或有閏月 有閏月則十三月 成一歲.〈KJ-2b〉

㉮. 히 혹 윤둘이 이시니 윤둘 잇슨직 열셕 둘이 혼 히롤 일오느라.
〈KJ-2b〉

㉯. 히 혹 윤둘이 잇스니 윤달이 잇신 즉 열셕 둘이 혼 히를 일오는
지라.〈ks-2b〉

117. 〔泰山〕

전주본	서울본
태산(泰山)〈kj-6a〉	티산(泰山)〈ks-5a〉

  어휘는 〔泰山〕 곧 '태산'의 뜻을 가진 유의어다. 이는 고유명사에
해당한다. 그러나 중국의 산 이름을 우리말로 읽었으므로 'ㅇ'가 유
지된 서울본이 고형이다.
  다음 동일 원문의 언해문에서 확인된다.

五岳者 泰山崇山衡山恒山華山也

㉮. 다숫 묏부리는 태산과 슝산과 형산과 흥산과 화산이오〈kj-6a〉
㉯. 다셧 뫼쑤리는 티산과 슝산과 형산과 흥산과 화산이오 〈ks-5a〉

118. 〔城〕

전주본	서울본
성(城)〈kj-7a〉	셩(城)〈ks-6a〉

  두 어휘는 〔城〕 곧 '성'의 뜻을 가진 유의어다. '셩'과 같은 이중모
음을 유지하고 있는 서울본이 고형을 택했다.
  다음 동일 원문의 언해문에서 확인된다.

爲城郭 以禦寇

㉮. 성과 곽을 밍글아 뻐 도적을 막고〈kj-7a〉
㉯. 셩과 곽을 민드러 써 도적을 막고〈ks-6a〉

119. 〔則〕

전주본	서울본
樣양〈kj-8b〉	卽즉〈ks-7b〉

두 어휘는 〔則〕 곧 '같으면'의 뜻을 가진 유의어다. '양(樣)이-'가 다음 동일 원문의 언해문에서 확인된다.

其衆而若言其動植之物則草
㉮. 그 만흐디 만일 그 움죽이며 심기인 믈을 일을 양이면〈kj-8b〉
㉯. 그 만흐디 만일 그 움죽이며 심기인 믈을 말흔 즉〈ks-7b〉

120. 〔長〕

전주본	서울본
쟝상(常)〈kj-11b〉	쟝(長)〈ks-9b〉

두 어휘는 〔長〕 곧 '늘'의 뜻을 가진 유의어다. 모두 한자어를 썼기에 선후의 판단이 어렵다.
다음 동일 원문의 언해문에서 확인된다.

閱四時而長春者 松柏也
㉮. 스시를 지내여 쟝상 봄인 거슨 솔과 측빅이니 〈kj-11b〉
㉯. 스시를 지니여 쟝 봄인 거슨 솔과 측빅이니 〈ks-9b〉

121. 〔棗〕

전주본	서울본
디초(棗)〈kj-12a〉	대죠(棗)〈ks-10a〉

두 어휘는 〔棗〕 곧 '대추'를 의미하는 유의어다. 이중모음과 평음을 사용한 서울본이 고형으로 판단된다.
다음 동일 원문의 언해문에서 확인된다.

梨栗柿棗之果 味非不佳也
㉮. 비와 밤과 감과 디초이 과실이 맛시 아룸답지 아니미 아니로디
  〈kj-12a〉
㉯. 비와 밤과 감과 대죠의 과실이 맛이 아룸답지 아니미 아니로더
  〈ks-10a〉

122. 〔忿〕

전주본	서울본
노(怒)ᄒ-〈kj-19a〉	분(忿)ᄒ-〈ks-16a〉

  두 어휘는 〔忿〕 곧 '분하-'의 뜻을 가진 유의어다. 전주본에 역시
'-오/우-'가 왔다. 전주본이 고형이다.
  다음 동일 원문의 언해문에서 확인된다.

忿思難
㉮. 노ᄒ옴애 환난을 싱각ᄒ며〈kj-19a〉
㉯. 분ᄒ미 환난을 싱각ᄒ며〈ks-16a〉

123. 〔重〕

전주본	서울본
즁(重)ᄒ-〈kj-12a〉	귀즁(貴重)ᄒ-〈ks-10a〉

  두 어휘는 〔重ᄒ-〕의 뜻을 가진 유의어다. 전주본의 '重즁ᄒ-'가
먼저이고 '貴重'하다는 '重'에 접두어 '貴'를 붙인 형으로 보기에 전주
본이 고형으로 판단한다.
  다음 동일 원문의 언해문에서 확인된다.

菜以芥薑爲重
㉮. ᄂᆞ물은 계ᄌᆞ와 싱양으로써 즁홈을 숨나니라.〈kj-12a〉
㉯. 나물은 계ᄌᆞ와 싱양으로써 귀즁홈을 숨ᄂᆞ니라.〈ks-10a〉

124. 〔隱者〕

전주본	서울본
쟈(者)〈kj-12b〉	즈(者)〈ks-10b〉

두 어휘는 〔者〕 곧 '자(者)'의 뜻을 가진 유의어다.
다음 동일 원문의 언해문에서 확인된다.

淵明 隱者故 人以菊花 比之於隱者
㉮. 연명은 은쟌 고로 사름이 국화로쎠 은쟈의게 비ᄒ고〈kj-12b〉
㉯. 연명은 은즌인 고로 사름이 국화로쎠 은즈의게 비ᄒ고〈ks-10b〉

125. 〔筭〕

전주본	서울본
산(筭)두-〈kj-13〉	샨(筭)노-〈ks-11a〉

두 어휘는 〔筭〕 곧 '셈놓-'의 뜻을 가진 유의어다. 한자음을 기준
으로 삼으면 이중모음을 사용한 서울본이 고형이다.
다음 동일 원문의 언해문에서 확인된다.

筭計萬物之數 莫便於九九
㉮. 만물의 수를 산두어(筭) 혀미 구구에서 맛당ᄒ미 업스니 〈kj-
13a〉
㉯. 만물의 슈를 샨노어(筭) 혜미 구구에서 맛당홈이 업스니 〈ks-
11a〉

125-1. 〔算〕

전주본	서울본
산두--〈kj-13a〉	샨노-〈ks-11a〉

두 어휘는 〔算〕 곧 '계산ᄒ-'의 뜻을 가진 유의어다. 87.번의 예

문을 참고. 단모음화를 거치지 않은 서울본이 고본이다. '計, 算, 筭'이 유의어이다.

126. 〔服行〕

전주본	서울본
복힝(服行)ㅎ-〈kj-14b〉	복종(服從)ㅎ-〈ks-12a〉

　두 어휘는 〔服行〕 곧 '복종하-'의 뜻을 가진 유의어다. 이자료는 두 어휘는 선.후를 가리기가 어렵다. 같은 시대의 공시태로 된 어휘이다.
　다음 동일 원문의 언해문에서 확인된다.

　　　盡其孝則服勤之死
　㉮. 그 효도롤 극진히 ㅎ고져 ㅎ면 슈고로온 일을 복힝ㅎ야 죽음애
　　널으고〈kj-14b〉
　㉯. 그 효도를 극진히 ㅎ고져 ㅎ면 슈고로음을 복종ㅎ야 죽음에 닐
　　으고 〈ks-12a〉

127. 〔喪〕

전주본	서울본
거상(喪))〈kj-14b〉	상(喪)〈ks-12a〉

　두 어휘는 〔喪〕 곧 '致喪'의 뜻을 가진 유의어다. 서울본 일음절어가 고형이다.
　다음 동일 원문의 언해문에서 확인된다.

　　　父母 沒則致喪三年 以報其生成之恩
　㉮. 부뫼 업스시면 거상을 극진히 홈을 삼년을 ㅎ야 뻐 〈kj-14b〉
　㉯. 부모 업스시면 상을 극진히 홈을 삼년을 ㅎ야 써 〈ks-12a〉

128. 〔蓋〕

전주본	서울본
대개(大蓋)〈ks-16〉	더기(大蓋)〈ks-13〉

　두 어휘는 〔蓋〕 곧 '대개' 의 뜻을 가진 유의어다. 한자음에 'ᄋ'가 남아 있는 서울본이고형을유지하고　있다.
　다음 동일 원문의 언해문에서 확인된다.

　　　　蓋人不能無過而
　㉠. 대개 사름이 능히 허믈이 업디 못ᄒ리니〈kj-16a〉
　㉡. 더기 스롬이 능히 허믈이 업지 못ᄒ리니〈ks-13b〉

129. 〔損〕

전주본	서울본
해(害)롭-〈kj-16a〉	히(害)롭-〈ks-13b〉

　두 어휘는 〔損〕 곧 '해롭-' 의 뜻을 가진 유의어다. 표기상 'ᄋ'형이 유지된 서울 본이 고형으로 보인다.
　다음 동일 원문의 언해문에서 확인된다.

　　　　雖然 友有益友 亦有損友
　㉠. 비록 그러ᄒ나 벗이 유익ᄒ 벗이 잇고 쏘 해로온 벗이 이시니
　　〈kj-16a〉
　㉡. 비록 그러ᄒᄂ 벗이 유익ᄒ 벗이 잇고 쏘 히로온 벗이 잇스니
　　〈ks-13b〉

130. 〔分數〕

전주본	서울본
분쉬(分數)〈kj-17〉	분슈(分數)〈ks-14〉

어휘는 〔分數〕 곧 '분수'의 뜻을 가진 유의어다. 이중모음이 쓰인 서울 본이 고형이다.

다음 동일 원문의 언해문에서 확인된다.

　　　　　宗族 雖有親疎遠近之分
　㉮. 종족이 비록 친ᄒ며 소ᄒ며 멀며 갓가온 분쉬 이시나〈kj-17a〉
　㉯. 종족이 비록 친ᄒ며 소ᄒ며 멀며 갓가온 분슈 잇스ᄂ〈ks-14a〉

131. 〔接〕

전주본	서울본
대졉(待接)ᄒ-〈kj-7〉	디졉(待接)ᄒ-〈ks-1〉

두 어휘는 〔接〕 곧 '대졉ᄒ-'의 뜻을 가진 유의어다. 본문에 '대졉홈'이 되어서 중세국어의 형태다. 전주본이 고형이다.

다음 동일 원문의 언해문에서 확인된다.

　　　　　接人恭
　㉮. 사ᄅᆷ 대졉홈을 온공히 ᄒ며〈kj-17a〉
　㉯. 사ᄅᆷ 디졉함을 온공히 ᄒ며〈ks-14b〉

132. 〔弟〕

전주본	서울본
공순(恭順)ᄒ-〈kj-17〉	공슌(恭順)ᄒ-〈ks-14〉

두 어휘는 〔弟〕 곧 '공순하-'의 뜻을 가진 유의어다. '공순' '공슌'을 채택한 서울본이 고형이다.

다음 동일 원문의 언해문에서 확인된다.

　　　　　忠君弟長之道 皆已具於吾心之中
　㉮. 님군기 튱셩ᄒ고 얼운의게 공순홀 되,〈kj-17b〉
　㉯. 임군에 튱셩ᄒ고 어른의게 공슌홀 도ㅣ,〈ks-14b〉

133. 〔溫〕

전주본	서울본
온화(溫和)ᄒ-〈kj-19〉	온공(溫恭)ᄒ-〈kj-19〉

　두 어휘는 〔溫〕 곧 '온화하-'의 뜻을 가진 유의어다. 이는 본문에서 서울본이나 전주본이 같은 시기의 출판물이어서 같은 시기의 내용과 형태를 가진 것으로 판단된다.
　다음 동일 원문의 언해문에서 확인된다.

　　　色思溫
　㉣. 눗빗채 온화홈을 싱각ᄒ며〈kj-19a〉
　㉤. 빗은 온공홈을 싱각ᄒ며〈ks-16a〉

134. 〔恭〕

전주본	서울본
온공(溫恭)ᄒ-〈kj-19〉	공손(恭遜)ᄒ-〈ks-16〉

　두 어휘는 〔恭〕 곧 '공손하-'의 뜻을 가진 유의어다. 이 자료 역시 같은 시기의 유의어임을 알 수 있다. 그러나 본문의 형태를보면 '중세 문헌의 특징'인 의도형 선어날어미 '-오/우-'가 와서 '온공홈'이 온 것으로 보면 전주본이 고형이다.
　다음 동일 원문의 언해문에서 확인된다.

　　　貌思恭
　㉥용모애 온공홈을 싱각ᄒ며〈kj-19a〉
　㉦. 용모에 공손홈을 싱각ᄒ미〈ks-16a〉

134-1. 〔恭〕

전주본	서울본
공슌ᄒ-〈kj-18b〉	공손ᄒ-〈ks-15b〉

　두 어휘는 〔恭〕 곧 '공손ᄒ-'의 뜻을 가진 유의어다. 전주본 에
이중모음이 표기되었으니 고형으로 본다. 그러나 다음의 어휘들은
모두 유의어 관계에 있다고 본다. 〔예〕 : '공슌ᄒ-, 공순ᄒ-, 온화
ᄒ-, 온공ᄒ-, 공손ᄒ-' 등의 어휘도 유의어 관계이다.
　다음 동일 원문의 언해문에서 확인된다.

　　　　手容恭
　㉕. 손의 거동은 공슌ᄒ며〈kj-18b〉
　㉖ 손의 거동은 공손ᄒ며〈ks-15b〉

135. 〔忠〕

전주본	서울본
츙(忠)〈kj-18a〉	츙셩(忠誠)〈ks-15a〉

　두 어휘는 〔忠〕 곧 '충성하-'의 뜻을 가진 유의어이다. 일음절어인
전주본이 고형이라고 생각한다.
　다음 동일 원문의 언해문에서 확인된다.

　　　　其何者 爲孝 何者 爲忠
　㉮. 그 엇던 거시 효ㅣ며 엇던 거시 츙이 되며〈kj-18a〉
　㉯. 그 엇던 거시 효가 되며 엇던 거시 츙셩이 되며〈ks-15a〉

136. 〔切〕

전주본	서울본
근졀(懇切)ᄒ-〈kj-18b〉	간졀(懇切)-〈ks-15b〉

두 어휘는 〔切〕 곧 '간절하-'의 뜻을 가진 유의어다. 한자음에 'ᄋ'가 쓰인 전주본이 고형이다.
다음 동일 원문의 언해문에서 확인된다.

收斂身心 莫切於九容
㉮. 몸과 마음을 슈렴홈이 아홉 거동에셔 근졀ᄒ미 업스니〈kj-18b〉
㉯. 몸과 마음을 슈렴홈이 아홉 거동에셔 간졀ᄒ미 업스니〈ks-15b〉

3. 맺는 말

지금까지 전주본『계몽편언해』와 서울본『계몽편언해』의 서지적8)인 면과 두 책이 모두 고유어(명사류:43개, 동사류:56개, 부사·관형사류 : 14개)인 경우와, 어느 한편은 한자어(8개), 양쪽이 모두 한자어(25개)인 유의어라고 생각한 140여 개의 어휘들을 대비 시켜 그 양상을 살폈다. 그 결과를 요약하여 정리하고자 한다.

3.1

고유어 간의 명사류에서 동의 관계는 비슷한 것은 '벌에 : 버레'와 같이 연철, 분철에서 이루어진 것과, '아ᄋ : 아오, 아래 : 아리, 둘 : 달' 등과 같이 음운 변화에서 이루어진 것과 '땋 : 따'처럼 어떤 첨사나, 접사, 형태소의 탈락이나 변화로 이루어진 것 들이 있다. 다른 모습을 보이는 예는 '히 : 날'과 같은 예가 있다.

---

8) 서지적인 요약 사항은 1.1.3.의 전주본과 서울본의 대조표로 대신한다.

3.2

고유어 간의 동사류에서 동의 관계에서 비슷한 것으로는 '푸르다
: 프르다, 둘다 : 달다'처럼 음운의 변화에서 대부분 이루어지고,
다른 것으로는 '밍글- : 맨들-, ㅎ-, 짓-'과 같은 다양한 모습을 보
인 예도 있다.

3.3

고유어 간의 부사, 관형사류의 동의 관계의 형성은 '서로 : 셔로,
믈웃 : 물웃'처럼 대부분 음운의 변화에서 이루어지고 있다.

3.4

한자어 간의 유의어는 "노(怒)ㅎ다 : 분(忿)ㅎ다'와 같이 같은 뜻
의 다른 한자를 택한 경우와 "豹범 : 豹, 횟공(功) : 희공(功), 동
(東)녁 : 동편(東便)'과 같이 고유어와 한자어의 복합어(합성어)를
이루거나, 한자어에 고유어 첨사나, 접사를 붙이거나, 한자어에 다
른 한자를 붙여서 유의어를 형성하였다. 또 다른 양태는 '긴졀(懇
切)ㅎ다 : 간절(懇切)ㅎ다'와 같이 한자음을 변화시킨 경우도 있다.
　예외가 있으나 대체로 전주본의 어휘는 고형이고 서울본의 어휘
는 신형으로 현대어의 간섭을 상당히 받았음을 알 수 있다. 물론
두 책이 모두 1910년대에 전주와 서울에서 간행되었으나 그 언해
자와 정확한 언해 시기를 잘 모르는 실정이다. 그 결과 어느 시기
와 어느 지역의 언어로 전부 이루어진 것인지 명료히 알 수 없다는
점을 처음부터 감안하고 시작해야 할 것이다. 두 책 모두 현대어의
간섭을 받았을 것이나 전주본은 목판본이어서 고본을 그대로 간기
만 바꾸어서 간행했을 개연성을 완전히 배제할 수 없을 것이다. 반

면 서울본은 신 연활자 인쇄본이어서 현대어의 간섭을 더 많이 받았을 것으로 충분히 짐작할 수 있다. 그래서 서울본이 더 많은 현대어 모습으로 이루어졌음을 알기에 어렵지 않다. 그러함에도 서울본에서 전주본보다 더 고형이 나타나는 것은 과도기적인 시기에 간행한 문헌들의 어찌할 수 없는 현실을 우리는 감수할 수밖에 없다. 이러한 점들이 19세기말이나 20세기 초에 간행된 문헌을 검토할 때에 유의해야 할 부분이라고 믿는다.

참 고 문 헌

Ⅰ. 韓籍 資料

1. 梁珍泰(1916), 『啓蒙篇諺解』, 多佳書舖, 全州.(김해정 비장)
2. 盧益亨(1917), 『啓蒙篇諺解』, 博文書館, 京城.(김래정 비장)

Ⅱ. 논저

1. 정문연(1993), 『한국민족문화대백과사전』〔장혼((1759-1828),계몽편
　　　　　　　　　편자〕
2. 윤병태(1992), 『조선후기의 활자와 책』, 범우사.〔계몽편 편자〕
3. 김종택(1992), 『국어어휘론』, (주)탑출판사.
4. 남광우(1989), 『증보 고어사전』, 동아출판사.
5. 남성우((1985), 『국어의미론』, 영언문화사.
6. 심재기(1982), 『국어어휘론』, 집문당.
7. 안병희(1992), 『국어사. 국어사 자료연구』, 文學과지성사.
8. 안춘근(1989), 『한국서지학 원론』, 범우사.
9. 유창돈(1980), 『이조국어사연구』, 이우출판사.
10. 유창돈(1964), 『이조어 사전』, 연세대학교 출판부.
11. 유탁일(1989), 『한국문헌학연구』, 아세아문화사.
12. 이기문(1998), 『신정판 국어사개설』, 태학사.
13. 천혜봉(1991), 『한국서지학』, 민음사.
14. 홍윤표(1994), 『근대국어연구』(I), 태학사.
15. ------(1995), 『17세기 국어사전』(상.하), 한국정신문화 연구원편집,
　　　　　　　　 태학사.
16. 김해정(1986), 「효경언해 연구」,『전주우석대 논문집』제8집,
　　　　　　　　 전주우석대학교.
17. ------(1993), 「경민편언해 연구」,『한국언어문학』31집
　　　　　　　　 한국언어문학회.
18. ------(1996), 『사서언해의 비교연구』, 국민대학교 박사학위 논문.
19. ------(1998), 「『계몽편언해』의 비교연구」, 『국어문학』33집,
　　　　　　　　 국어문학회.
20. 남성우 (1998), 「『월인석보』卷十二와 『법화경언해』의 「동의어
　　　　　　　　　연구」, 『국어어휘의기반과 역사』,태학사.

21. 송 민(1976), 「19세기 천주교 자료의 국어학적 고찰」, 『국어국문학』
    72, 73합집, 국어국문학회.
22. 심재기(1989), 「한자어수용에 관한통시적연구」, 『국어학』18,
    국어학회.
23. 이병기(1966), 「한국서지의 연구」, 『가람문선』, 신구문화사.
24. 유창돈(1979) 이조어사전연세대학교 출판부.
25. 정.문.연(1995) 17세기 국어사전, 태학사.
26. J. S. Gale(1931), The Unabridged Korean-English Dictionary,
    third edition, Seoul,
    The Christian Literature Society Korea.
    〔韓英大字典〕

복합격표지 '-에로'의 용납성에 대하여

성 광 수*

────────── 목 차 ──────────

1. 서 론: 자료상의 문제

1.1 한국어와 같이 격 특히, 격의 표지가 발달한 언어일수록 격과 격표지의 관계는 복잡하다. 여기서 복잡하다고 하는 것은 격과 격표지의 관계가 무질서하다는 말이 아니고, 통사의미론적 관계가 섬세하다는 뜻이다. 이를테면, 동일 격을 나타내는 데 여러 형태의 표지가 구분 사용되기도 하고 반대로 동일 형태의 표지가 여러 격에 두루 쓰이기도 하는데, 그 까닭은 격표지로 사용되는 각 조사의 고유한 자질에 근거하여 변별적으로 구분되기 때문이다. 그러므로 음성환경에 따라 달리 쓰이는 조사가 있는가 하면, 전후 의미관계에 따라 특별히 선호되는 조사가 따로 있게 되는 것이다.

격표지는 주로 단일형으로 실현되지만 경우에 따라서는 복합형으로 나타나기도 한다. 그런데 복합형의 격표지 실현은 무의미하거나 수의적인 복합 구조가 아니라, 통사적으로나 의미상으로 긴밀한 문법적 관계의 절실한 표현을 위한 조처임을 알 수 있다. 예를 들자

─────────────────────

* 고려대학교 국어교육학과 교수

면, 'N의'(예: 신의 대화, 친구의 싸움)와 'N와의'(예: 신과의 대화, 친구와의 싸움)와 같은 격조사 결합형의 대비에서 관형격 구성의 공통성과 대칭성의 공격 여부의 차이를 알 수 있듯이, 복합격 조사 '-에로'와 '-에게로'의 예에서도 부사격 조사로서 통사적 기능이나 의미론적으로 공통성과 차이가 있음을 알 수 있다. 그러나 '-에'와 '-에게', 그리고 '-에'와 '-로'의 자연스러운 용례와 더불어 '-에게로'와 '-에로'의 출현이 충분히 가능할 것 같으면서도, '-에게로'에 비해 '-에로'가 훨씬 자연스럽지 못한 분포상의 제약을 외면할 수 없다. 그러나 이러한 언어 직관적 판단에 관한 문제라 하더라도 단순히 언어 자료상의 통계적인 수치의 대비만으로 그 합당성 여부를 속단해 버리는 것은 설득력이 부족한 경솔한 처사가 아닐 수 없다.

그러므로 이 소론에서는 현실 자료에서 수집 정리된 복합형 격표지 '-에로'의 용납성 여부에 대해 '-에게로'와 대비해서 공통성과 차이를 검토하여 보기로 한다.

1.2 '한국어 말모둠 1'에 의하면, '-에로'의 용례(119개)와 '-에게로'의 용례(314개)가 발견된다.[1] 이 가운데 고유명사, 형태소 경계의 오분석, 유정성에 대한 착각 등으로 인한 잘못 수집 정리된 자료를 2, 3개 정도씩 제외하면, 대부분의 자료는 그런 대로 쓸만한 자료라고 평가할 수 있을 것이다. 그러나 이들 자료에 대한 확인 평가란 것이 결국 실용적인 구어의 검증 자료가 아니고 주로 문어상의 시각적인 긍정을 얻은 것에 불과하기 때문에, 자료의 제시 및 대비에 앞서 각 자료에 대한 면밀한 검토가 있어야 할 것이다. 이러한 자료의 수집 및 분석상의 경향은 어느 기관에서 실행하였거나 그 결과는 대동소이할 뿐 별다른 특징적 차이는 없는 듯하다. 그러므로 각 기관별로 수집 정리된 자료간의 대비보다는 공통된 자료 처리상의 문제에 대해 검토해 볼 필요가 있다.

한국어 말모둠 1(KOREA-1 Corpus)에 나타난 '-에로'와 '-에게

---

1) 이 논문에서 사용되는 대부분의 '-에로'와 '-에게로'의 용례는 고려대학교 한국어 말모둠 1(김흥규·강범모 1996)에서 추출한 것이다.

로'의 자료를 우선 간단히 분석해 보면, 대체로 다음과 같은 특징을 찾아볼 수 있다. '-에로'의 자료(116개) 가운데 선행 체언이 〔대상성〕(〔처소성〕 포함)인 것이 39(약 34%), 〔추상성〕인 것이 63(54%)이고, 〔행위성〕인 것과 〔시간성〕인 것이 9(약 8%)와 5(4%)이며, 서술어인 후행 동사는 동작(이동 포함) 동사가 87(75%)이고 비동작(변화) 동사가 29(25%)이다. 이에 비해, '-에게로'의 자료(314개) 가운데는 선행 체언이 거의 대부분이 〔구체성〕(〔-추상성〕), 〔유정성〕과 〔대상성〕을 함께 띠고 있는 것들로서 사람(고유명사 제외)을 나타내는 것이 153(약 49%), 대명사가 95(30%), 고유명사가 51(16%), 동물이 7(2%), 그리고 기타(神, 世代, 肉體 등)가 8(약 3%)이고, 서술 후행 동사로는 동작(이동) 동사가 283(90%), 비동작(방향/변화) 동사가 31(약 10%)이다.

　이와 같은 대비적 자료 분석은 어떤 문헌 자료를 대상으로 했느냐에 따라 그 결과가 다를 수 있다. 그러나 일빈적으로 제약적인 특성을 지닌 자료일수록 무제약의 보통 자료보다는 그 수가 열세하거나 한정적이어야 할텐데, 위의 자료('-에로'와 '-에게로') 분석에서는 유정성의 제약이 더 있는 '-에게로'가 무정의 '-에로'보다 그 출현 빈도와 분포 범위가 더 크게 나타나고 있다. 그리고 누구나 일상의 구어생활에서는 '-에로'가 '-에게로'보다는 확실히 어색하다고 느낄 뿐만 아니라, 오히려 이러한 표현(구조)을 실제로 기피하고 있음을 쉽게 알 수 있을 것이다. '-에로'에 대한 이러한 문제점이 발견되면, 다음으로는 당연히 그 원인이 어디에 있는가를 분명히 밝혀야 할 것이다.

2. '-에'/'-에게'와 '-로'

　2.1 복합격표지2) '-에로'는 '-에'와 '-로'가 결합된 복합구조이다. 그러므로 '-에로'의 특성을 파악하기 위해서는 이를 논의하기 전에

우선 '-에'와 '-로'를 일단 분리해서 각각에 관한 문법적인 특징을 대비 검토해 볼 필요가 있다.

과거 격분류의 한 대표적인 시도로서 흔히 의미 중심의 하위격 분류 이를테면, 부사격의 하위분류로 향격, 처소격, 여격, 원인격, 변성격, 도구/자격격 등의 분류가 제시되기도 하였다. 그러나 막상 구체적인 하위 상이 격의 표지로 사용된 조사는 결국 동일 형태를 면치 못하고, 의미론적인 하위분류의 기준마저도 선행 체언과 후행 서술어의 의미에서 비롯된 전후 문맥적인 의미에 불과한 것이다. ('-에': ① 학생들이 **학교에 간다**.〈향격〉 ② 아이들이 **놀이방에 있다**.〈처격〉 ③ 농부가 **밭에/소에게** 물을 준다.〈여격〉 ④ 이 식물은 **햇볕에 약하다**.〈원인격〉, '-로': ① 학생들이 **학교로 간다**.〈향격〉 ② 얼음이 **물로 변했다**.〈변성격〉 ③ 목수가 **나무로(써)/가장으로(서)** 집을/집안을 **짓는다/돌본다**.〈도구격/자격격〉 ④ 그 사람은 **폐렴으로 죽었다**.〈원인〉) 결국 부사격 조사(표지) '-에'와 '-로'는 각각의 어떤 고유 자질에 의해 서술어의 의미와 적절한 의미관계를 나타내면서 체언의 부사어화에 관여할 뿐이다. 그러므로 'NP에'가 서술어('가다', '있다', '주다', '약하다')의 의미에 따라 향격, 처격, 여격, 원인격 등으로, 그리고 'NP로'도 서술어('가다', '변하다', '짓다'/'돌보다', '죽다')에 의거 향격, 변성격, 도구/자격격3), 원인격 등으로 다양하게 해석될 따름이다.

    (1) a. 철수는 {학교에, 학교로} 갔다.
        b. 철수는 학교{에, *로} 도착했다.
        c. 철수는 학교{*에, 로} 걸었다.
    (2) a. 영자는 아들{*에, 에게} 갔다.

---

2) 복합격표지는 합성어의 구조분석 방법에 따라 복합격 표지나 복합 격표지냐로 다르게 취급될 수도 있겠으나, 여기서는 단순히 두 개의 부사격 표지인 '-에'와 '-로'의 결합형('-에로')과 같은 격표지의 복합구조를 뜻한다.

3) 도구와 자격의 의미기능은 '-로'에서 비롯되는 것이 아니라, 보조사 '-써'(〈쓰어〉)와 '-서'(〈이〉시어)의 어원론적 분석에서 설명될 수 있는 것이다.

　　b. 영자는 아들{*에, */?에게} 도착했다.
　　c. 영자는 아들{*에, */?에게} 걸었다.
　　d. 영자는 {꽃나무에, 고양이에게} 물을 주었다.

　위의 예에서 보는 바와 같이, (1a)의 '가다' 동사에 대해서는 부사어 '학교에'와 '학교로'가 다 통용되는 데 반해, (1b)의 '도착하다'에는 '학교에'가 (1b)의 '걷다'에는 '학교로'가 허용된다. 그 까닭은 이미 앞에서 언급한 것처럼, 부사격 표지로 사용되는 조사 '-에'와 '-로'의 고유한 의미자질로 인해 동사의 의미와 공기(共起) 여부가 결정되기 때문이다. 그렇다면 이들 조사에는 각각 과연 어떠한 의미자질이 있는 것일까?

　그리고 (2a)와 (2d)의 '-에게'는 '-에'에 선행체언의 유정성 자질이 명세된 조사에 불과하므로, 구태여 여격조사로 달리 취급할 필요는 없다고 본다. 왜냐하면, '-에게'는 '주다'와 같은 수여 동사 외에 '가다'와 같은 자동사에 공기하기 때문이다. 이 '-에게'는 (2d)'-에'와 같되, 다만 유정성을 띤 처소적 대상에 사용되는 것이라 하겠다. 그런데 (2b)와 (2c)에서 '-에'와 '-에게' 사이에 공통된 비문 판단 외에 다른 한편으로는 직관적 판단에 따라 '-에'에 용납되지 않는 것이 '-에게'에는 어느 정도 용납의 가능성이 보이는 면도 없지 않다. 이에 대해서도 후술을 요한다.

　2.2 격표지로 사용되는 조사간의 의미자질을 확인하기 위해서는 전접 체언과 후행 서술어의 의미, 그리고 조사와의 호응관계를 기준으로 삼을 수밖에 없으므로, 적절한 용례를 통해 그 자질을 추출해 보기로 한다.

　(2) a. 살찐 사람이 마른 사람보다 병{에, *으로} 더 약하다.
　　　b. 살찐 사람이 마른 사람보다 병{*에, 으로} 더 고생한다.
　(3) a. 내히 이러 바르래 가느니 〈龍歌 2〉
　　　b. 目連이 耶輸ㅅ 宮의 가보니 〈釋譜 六 : 2〉
　　　c. 두줄기롤 비흐니 쏘 空中에 머므러 잇거늘 〈月釋 一 : 14〉

    d. 프른 쥐 녯 디샛 서리예 숨ᄂ다 〈杜諺 六 : 1 〉
    e. 노폰 뫼흔 알퓌 崔嵂ᄒ고 너븐 ᄀᆞᄅᆞᄆᆞᆫ 왼녀긔 흐르놋다
      〈杜諺 六 : 19〉
(4) a. 어엿브신 命終에 甘蔗氏 니ᅀᅳ샤 〈月釋 一 : 3〉
    b. 中國은 … 나라히니 우리나랏 常談애 江南이라 ᄒᄂ니라
      〈訓民正音 注解〉
    c. 孝道ᄒ실 ᄆᆞ숨애 後ㅅ날을 分別ᄒ샤 〈月印 上 : 其66〉
    d. 外道ᄂᆫ … 붙ㅅ 도리예 몯 든 거시라 〈月釋 一 : 10〉
    e. 四月ㅅ 보롬애 天上애 오ᄅ시니 〈月印 上 : 其31〉
(5) a. 몰 우흿 대버믈 ᄒ 소ᄂ로 티시며 〈龍歌 87〉
    b. 菩薩이 前生애 지손 罪로 이리 受苦ᄒ시니라 〈月釋 一 : 六〉
    c. 히로 變ᄒ며 … 둘로 變ᄒ며 〈愣諺 二 : 7 〉
    d. 昭王의 소는 燕으로 가놋다 〈杜諺 二十 : 12〉
    e. 날로 ᄡᅮ메 便安킈 ᄒ고져 홇ᄯᆞᄅᆞ미니라 〈訓民正音 注解〉

  위의 예 (1a)의 '-에'와 (1b)의 '-로'의 차이를 분명히 하기 위해서는 일단 중세국어 (2)-(5)의 예를 대상으로 검토해 볼 필요가 있다. 왜냐하면, 중세국어는 대체로 현대국어와의 대비에서 보다 근본적인 관계를 지닌 자료적 가치가 충분히 있기 때문이다. (2)의 '-에'(비록 '-애/에'와 '-ᄋᆡ/의'가 어원 또는 용례상 차이가 있다 하더라도 본 주제와는 무관한 것이므로 '-에'를 대표형으로 삼음)에서는 [처소성]이, (3)의 '-에'에서는 〔대상성〕이 두드러짐을 알 수 있다. 그러나 넓은 의미로는 처소란 결국 대상에 포함될 수 있는 것이다. 그리고 (5)의 예를 통해서는 '-로'의 의미자질로 〔과정성〕을 확인할 수 있다.4) 이와 같은 추상적인 의미자질의 추출은 문맥적인 해석을 근거로 한 주관적인 판단이 게재될 수밖에 없으므로, 이러한 판단에서 비롯된 자질은 모든 가정이 그러하듯이, 모순 발견과 동시에 무효가 되고 말 것이다. 모순 여부에 대한 확인의 일환으로서 '-에'

---

4) 이에 상론은 졸고 "국어 격조사에 대한 자질 검토"(1978), "국어 격형과 의미자질: 「-에」와 「-로」에 대한 재검"(1985) 참조 바람.

의 대상성과 '-로'의 과정성을 더 검토해 보기 위해 복합조사에서
그 의미를 검토해 보기로 한다.

    (6) a. 신화백은 옷감에 풀솔과 빗자루로써 그림을 그린다.
        b. 목사도 일종의 직업인으로서 교회에서 봉사한다.
        c. 김선생은 자기 아이에게만은 관대하다.
        d. 아내는 다시 남편에게로 돌아갔다.
        e. */?아내는 다시 강릉에로 돌아갔다.
    (7) a. 나랏 말쏘미 中國에 달아 文字와로 서르 스뭇디 아니홀씨
        〈訓民正音 注解〉
        b. 됴혼 새논 바횟 門에서 우놋다 〈杜諺 六 : 18〉
        c. 朝廷 안해셔브터 브라오몰 잇비ᄒ놋다 〈杜諺 二十二 : 16〉
        d. 또 正音으로뼈 곧 因ᄒ야 더 飜譯ᄒ야 사기노니 〈釋譜 序〉
        e. 믈와 묻과애 다 나ᅀᅡ가리라 〈蒙山法略 38〉

  위 (6a)와 (6b)의 '-로써', '-로서'에서 보조사 '-써'(〈쓰+어;
用), '-서'(〈(이)시+어)를 제외하고 보면, (7a)와 (7d)의 '-와로',
'-로뼈'에서 공격 조사 '-와', 보조사 '-뼈'를 제외한 것과 같이 '-로'
에서 과정성을 분명히 확인할 수 있다. 마찬가지로 (6c)와 (6d)의
'-에게만은', '-에게로'에서 유정성 보조사 '-게', 격조사 '-로'를 제외
하면, (7b), (7c)와 (7e)의 '-에서', '-애셔브터',와 '-과애'에서 보조
사 '-서/셔', '-브터', 공격조사 '-과'를 제외한 것과 같이 '-에'에 대
상성 포함을 확인할 수 있다.

3. 복합격의 기능과 의미

  3.1 체언의 격관계를 나타내는 격표지로서의 조사이든 격관계와
는 무관하게 다만 선행어의 의미 한정을 위해 사용되는 보조사든
간에, 조사간의 결합은 원칙적으로 가능하다. 그러나 실체적으로는

그 결합의 가능성이나 범위가 그다지 크지는 않다. 왜냐하면, 조사간의 결합에는 일정한 순서와 유형간의 특징이 있기 때문이다. 일정한 순서라는 것은 조사간에 있어서 그 의미의 추상성 정도가 다를 경우, 선행 조사보다 후행 조사의 추상성이 더 높을수록 결합이 가능한 것이다. 그리고 조사들의 유형간의 특징이란 심층의 의미격 표지로 분류되기도 하는 소위 부사격 조사('-에', '-로', '-와' 등)와 통사적 직능을 나타내는 소위 구문조사(격조사: '-가', '-의', '를' 등), 그리고 의미 한정의 한정조사(보조사: '-는', '-도', '-만', '-부터', '-라도' 등) 등의 구분을 이른다.

  조사간의 결합은 이들 조사의 유형간의 결합과 유형내의 결합으로 구분해 볼 수 있다. 위의 예 (8)에서, '(문자)와로'는 '-와'와 '-로', '(門)에서'는 '-에'와 '-서', '(안ㅎ)애셔브터'는 '-애'와 '-셔'와 '-브터', '(正音)으로써'는 '-(으)로'와 '-쎠', '(문)과애'는 '-과'와 '-애'의 조사 결합을 있는데, 의미해석은 각 조사의 자질이 종합된 의미로 풀이되는 편이나 문법적인 기능은 후행 조사가 선행 조사에 우선함을 알 수 있다. 이러한 현상을 확인하기 위해 다음과 같은 용례를 통해 좀더 살펴보기로 한다.

(8) a. 나랏 말쓰미 … 文字와로 서르 ᄉᆞᄆᆞᆺ디 아니홀씨
      〈訓民正音諺解〉
    b. 니블과 벼개왜(와ㅣ) 저즈니라(衾枕霑濕) 〈金剛 下 : 4〉
    c. 起와 滅와롤 니저(忘起滅) 〈圓覺 序 : 5〉
    d. 衆生이 쥬의그에셔 남과 나디 바터셔 남과 ᄀᆞ톨씨
      〈釋譜 六 : 19〉
    e. 우리 民으로브터 聰ᄒᆞ며(自我民聰明) 〈書解 一 : 41〉
(9) a. 우리는 서로 눈짓{*과, *과로, (으)로} 통한다.
    b. 철수와 영자{*와가, 가} 서로 사랑한다.
    c. 춘자는 개와 고양이{*와를, 를} 다 싫어한다.
    d. 사리(舍利)는 스님에게서 나오는 것만은 아니다.
    e. 신망(信望)은 국민들{로부터의, *부터로의, *의부터로} 최고 선물이었다.

위의 (8)과 (9)에서, (8a)와 (9a)의 대비로부터 '-와'와 '-로'의 결합에서 '-로'가 남게 되었다는 것은 선행 조사 '-와'보다는 후행 조사 '-로'의 기능이 우선(중요)하기 때문이라고 생각할 수 있다. 이러한 현상은 마찬가지로 (8b)와 (9b), (8c)와 (9c)의 대비에서도 후행 조사가 선행 조사보다 기능상으로 우선한다는 사실을 충분히 입증할 수가 있다고 본다. 그리고 (8d)의 '-의그에'는 그 어원적 형태소 구성5)이 어떠하든 간에 '-에게'와의 공통성으로 〔대상〕·〔유정〕의 의미 에 보조사 '-셔/서'가 더 추가되어 있으므로 각 결합된 복합조사에서는 이들 의미 외에 〔존재〕의 의미가 더 포함되어 있다. 그러나 이들 조사에서는 부사격으로서의 직능은 〔대상〕의 '-에' 조사만의 문법적 기능만 있을 뿐, 후행 조사 '-셔/서'의 〔존재〕는 '-게'와 마찬가지로 한정적 의미의 추가에 불과한 것이다. (8e)에서는 (9e)의 예에서 보는 바와 같이 조사들간의 결합에 있어서 유형별 순위가 있음을 알 수 있다. '-로'와 같은 부사격(의미격) 조사, '-부터'와 같은 보조사(의미한정사), 그리고 '-의'와 같은 관형격(통사격)의 순서로 결합이 이루어진 것이다.

3.2 의미격 관계를 나타낸다고 볼 수 있는 부사격의 조사는 통사적인 관계를 나타내는 조사와의 결합은 거의 불가능한 편이나, 일단 가능한 경우(예: '외국{에, (으)로}의 추방', '산으로{와, 나, 든지, 며} 들로', '엘(에를)'6) 등)에는 의미격(부사격)보다는 통사격(구조격)이 후행한다. 그 까닭은 통사적인 격조사가 의미상으로 더 추상적이고 통사구조상에서의 직능이 다른 조사보다 지배적이기 때문이다. 이와 같은 의미 중심의 부사격 조사의 선행 결합(예: '집에

---

5) '-의그에'의 형태소 구성이 '-의'(관형격)＋그(유정성 대명사)＋'-에/에'(부사격)에서 비롯된 것으로 보면, 격직능으로는 부사격이 중심이 되고 의미로는 관형적 한정성과 유정성, 그리고 대상성과 같은 의미자질의 종합적인 해석이 가능하다.

6) ① 모든 국민이 외국에의 간섭을 싫어한다. ② 독재자에 대한 외국으로의 추방은 가혹하다. ③ 너는 산으로나 들로나 떠나야 한다. ④ 영자는 백화점엘(에를) 가고 싶어한다.

서만이라도', '바다로부터의' 등)은 이들 조사('-에', '-로')가 체언과
의 연결(접속)에 있어서 다른 조사들보다 내면적으로 더 직접적이
고 근본적인 관계를 지니고 있음을 뜻한다고 볼 수 있다.

격조사 특히 통사적인 격을 나타내는 조사 상호간의 결합은 *-가
를(가+를), *-를가(를+가), *-가의(가+의), *-의를(의+를) 등의
예로 미루어 볼 때 전혀 불가능한 데 반하여, 의미 한정의 보조사
의 경우는 그들 상호간의 결합이 가능한 경우('까지만도', '부터는',
'(에)서라도', '조차도' 등)와 불가능한 경우(*'도만까지', *'는부터', *
'라도서', *'도조차' 등)가 있다. 이와 같이 보조사의 경우 상호간의
결합 가능 여부는 비록 격 직능은 없지만 조사 상호간의 의미 추상
성의 정도가 다르기 때문에, 추상성의 정도가 낮은 조사일수록 선
행하고 반대로 추상성의 정도가 높은 조사는 후행하는 특성에 따라
결정된다. 따라서 보조사의 경우는 의미의 추상성의 정도에 따라
계층적인 하위분류(이를테면, 의미의 추상성에 의한 전/후접성을
기준으로 I유형: 다가·써·서…, II유형: 만·조차·마저·나마·
부터·까지…, III유형: 야·라도·는·도…)가 필요하고 또한 가능
한 일이다.

이들 보조사는 격조사와의 결합에 있어서도 가능한 경우와 불가
능한 경우가 있다. 부사격의 조사를 분리해서 보조사와 결합 관계
를 살펴보면, 대부분의 보조사가 부사격 조사('-에', '-로', '-와' 등)
에 후행(/접)하나, 조사간의 결합이 불가능한 경우는 주로 보조사
의 의미관계로 인한 부적절 요인 배제(기피) 현상이 있다고 하겠
다.7) 그리고 주격, 목적격, 관형격과 같은 통사격 조사와 보조사의

---

7) ① 냉장고에{는, 도, 부터,…, *서, *써, *다가} 맥주가 있다. ② 돈으로
{는, 도, 부터, 만,…, *서} 사람을 평가할 수는 없다. ③ 영자는 철수와
{는, 도, 부터,…,*서, *써, *다가} 놀지 않는다. ④ *돈{은, 도,…}(으)로
사람을 평할 수는 없다. ⑤ *냉장고{는, 도,…}에 맥주가 있다.
　위의 예에서 별표가 붙은 용례는 의미의 추상성 정도 맞지 않아, 비문이
될 수밖에 없다. 그러나 '사랑으로만'과 '사랑만으로', '철수와조차'와 '철수조
차와'의 예에서는 이러한 추상성의 정도를 속단하기 곤란한 예외적인 것도

결합에서는 통사격 조사가 보조사에 후행함('까지가', 부터를' '만의', *'가까지', *'를부터', *'의만')을 확인할 수 있다. 그러나 '까지가'나 '부터를'의 '-가', '-를'이 '까지는'이나 '부터도'의 '-는', '-도'와 비교해 볼 때, 추상성의 정도가 거의 같음을 알 수 있다. 따라서 보조사 '-는', '-도'는 통사적인 격조사 '-가', '-를'과는 결합할 수 없으므로, 이들의 결합시에는 '-가', '-를'이 생략된 것으로 취급할 수밖에 없다고 본다.8)

4. '-에로'와 '-에게로'

4.1 조사간의 결합 가능 여부가 조사 상호간의 의미와 밀접한 관계가 있다고 해서, 조사들의 의미에만 국한되는 것은 아니다. 이에 대해서는 앞의 예(6d: 아내는 다시 남편에게로 돌아왔다, 6e: */?? 아내는 다시 강릉에로 돌아왔다)에서와 같이 '-에게로'와 '-에로'를 대비적으로 살펴보되, 한국어 말모둠 1(KOREA-1 Corpus)에 수집되어 있는 현실 자료를 재검토하여 보기로 한다.

    (10) a. 엎어진 이는 벌떡 몸을 일으켜 곧 **K군에게로** 달려들었다.
         b. 그 소리에 수혜가 … 계단을 내려와 **가족들에게로** 다가왔다.
         c. 한생원은 분이 나서 두 주먹을 쥐고 **구장에게로** 쫓아갔다.
         d. 그는 **그들에게로** 눈길 보내는 것을 애써 피하였다.
         e. 이러한 전통과 교훈은 **로마인에게로** 전수되었다.
    (11) a. ?벌은 땅 위에 쓰러져있는 **거미에게로** 다시 온다.
         b. ?그 코가 물을 가르고 **고기에게로** 덮쳐 오는 것을 기다려 ….
         c. ?쾌락이 오직 **남자에게로** 집중되어 있는 현실이 문제다.

    없진 않다. 따라서 이에 대한 상론은 후고를 요한다.
8) ① 철수는 공짜 여행만은 간다고 한다. ② 영자까지도 밥도 할 줄 모른다. 위의 예에서, 주어와 목적어를 나타내는 조사는 없다. 그러나 어순을 고려해서 주어와 목적어의 조사가 생략되었음을 짐작할 수 있는 것이다.

d. ?그는 습관처럼 ··· 그의 손을 그의 **육체에게로** 되받아갔다.

e. ?총이 광점의 위치에 관한 정보를 **컴퓨터에게로** 보내게 되어 있었다.

(12) a. ?모른다는 것을 앎으로써 우리는 새로운 앎의 **시도에로** 나 갈 수 있기 때문이다.

b. ?이것이 새로운 사회적 **이상에로** 연결되어 나가야 할 것입 니다.

c. ?개인의 혼란에서 전체의 **평화에로** 나아가는 길은 쉽지 않 다.

d. ?양식과 내용의 이분법이 적용되어 이른바 **형이상학에로** 되돌아갔기 때문이다.

e. ?능동적 행동이 향수로 나아가고 향수만이 **행동에로** 나아 가며···.

(13) a. ??··· 형상적 체험의 전체성을 통해 **그것들에로** 나아가는 것이다.

b. ??뱀이 한 마리가 내 **발밑에로** 지나가면서 ····.

c. ??주빌리, 이것은 **아프리카에로** 희망이 있다는 아프리카 말의 영어식 발음이다.

d. ??아기가 **젖어미에로** 향하는 생리적 근거는 삶의 위기의 식의 소산이다.

e. ??**집에로** 돌아오면 아이들 재롱에 그만 모두 다 상들이 잃 어지고 마니, ····.

위의 예 가운데, 우선 '-에게로'에 관한 (10)과 (11)의 대비에서 대체로 (10)의 예는 비교적 자연스럽게 용납되는 문들인 데 비해 (11)의 예들은 비록 비문은 아니라 하더라도 분명히 어색한 느낌을 떨쳐버릴 수 없다. 이러한 자연스럽지 못한 예문을 통해 판단컨대, 현실 자료로서의 사용에 있어서는 반드시 일정한 제한이 있어야만 할 것 같다. 그리고 '-에로'에 관한 (12)와 (13)의 대비에서는 두 가지 예들이 다 문법성이 의심스러울 정도로 어색한 문들이지만, (12)보다 (13)의 예문이 훨씬 더 어색한 느낌을 주는 것이 분명하다. 그러므로 여기서 문제 거리로 삼을 수 있는 것은 두 가지가 있는데, 하나는 '한국어 말모듬 1'에서 분명 현실 언어자료로서 충분히 용납되는 예문들로 취급될텐데 어떻게 (11)-(13)과 같은 자연스럽지 못한 문들이 포함되게 되었을까 하는 의구심이고, 다른 하나는 어떻게 해서 (10)과 (11), (12)와 (13)의 차이를 비롯하여 (10)-(11)과 (12)-13)에서의 차이에 대한 원인이 무엇일까 하는 문제가 있을 수 있다. 그러나 전자는 언어 자료의 수집과 관련된 자료 처리상의 방법론적인 문제이고, 후자는 언어 자료의 분석과 관련된 문법상의 이론적인 문제이다. 그러므로 여기서는 후자에 관련된 근본적인 문제에 대해서 검토하여보기로 한다.

(10)의 예들은 유정물 명사(예: K, 가족들, 구장, 그들, 로마인)에 후접한 '___NP 에게로'가 동작 동사(예: 달려들다, 다가오다, 좇아가다, 보내다, 전수되다)에 호응하는 경우인데, 그 까닭은 약화된 '에'의 대상성과 '로'의 과정성이 결합된 복합 조사가 과정성 동작동사의 의미와 호응이 잘 되기 때문이다. 그러나 (11)의 예는 이러한 복합 조사와 동작 동사 사이에 의미 호응에 있어서 조화가 잘 이루어지지 않아 결국 어색한 문으로밖에 될 수 없는 경우라 하겠다. 이러한 현상은 대체로 체언의 유정성 부족(컴퓨터, 육체, 고기 등)과 과정성의 부조화(보내다, 집중되어 있다, 되받다 등)에 기인한 듯하다. 그런데 (12)와 (13)의 대비적 차이는 (10)과 (11)의 경우와는 달리 둘 다 어색하게 느껴지지만 그 정도가 (13)이 (12)보다 더 심하다. (12)의 '시도, 이상, 평화, 형이상학, 행동' 등은 (13)의 '그것들, 발밑, 아프리카, 젖어미, 집' 등에 비해 추상적인 것이 특징이지만, 대체로 '___NP에로'는 과정성 동작동사와는 부자연스러운 호응관계를 면치 못하는 듯하다. 만약 어색한 문의 원인을 제거하기 위해 이를테면, (12a)의 '시도에로'와 (12e)의 '행동에로'를 '시도로'와 '행동으로'로 대체하고 보면 아주 자연스러운 합당한 문이 되는 것만 보아도 그 까닭을 알 수 있을 것이다. (13)의 경우는 공통된 구체명사와 '에로'의 관계, 그리고 (13c)에서는 '아프리카

에로'와 '희망이 있다' (13d)에는 '젖어미에로'에 문제가 있으므로, '아프리카에', '젖어미에게'와 같이 고쳐져야 할 것이다. 그런데 (13e)의 예에서는 '집'의 의미에 따라 용납되는 정도가 달라진다. 즉, '집'을 〔가정〕으로 해석할 경우가 〔가옥〕으로 해석할 때보다 덜 어색하게 느껴진다.

4.2 여기서는 이미 앞에서 논의한 예(6d, 6e, 13e)를 중심으로 다시 '-에게로'와 '-에로'의 용납성 여부와 그 원인을 재검토해 보기로 한다.

> (14) a. 아내는 남편**에게로** 돌아가기로 했다.
>   b.*/??아내는 강릉**에로** 돌아가기로 했다.
> (15) ?/??나는 (결국 다시) 집**에로** 돌아오고 말았다.
>   a. ?나는 집(가정)**에로** 돌아오고 말았다.
>   b. ??나는 집(가옥)**에로** 돌아오고 말았다.

위의 예 (14)에서, (14a)가 문법적인 문으로 충분히 용납되는 데 반해 (14b)는 비문 또는 아주 어색한 문으로서 대체로 쉽게 용납되지 않는 것9)은 우선 '-에'와 '-로'의 의미 결합에 있어서 조사간의 의미 조화(호응) 또는 부조화(충돌)에 기인하는 것이라고 말할 수 있다. 왜냐하면, (14a)와 (14b)가 다 같이 대상성의 조사 ('-에')와 과정성의 조사('-로')를 함께 지니고 있지만, 이들 조사가 (14a)에서는 유정성의 개입으로 인해 직접적인 연결이 되지 않아 어느 정도의 대상성이 약화되고 과정성 조사의 의미가 강화된 데 비해, (14b)에서는 이들 조사가 직접적으로 연결되어 있기 때문에 대상성이 과정성에 영향력을 미치게 되어 과정성 동사와의 조화에

---

9) ① 농부가 밭에/소**에게** 물을 준다.
   ② 개가 물가에/낯선이**에게** 다가갔다.
   위의 예로 미루어, '-에게로'가 용납되면 '-에로'도 당연히 용납되어야 한다는 견해도 없지 않다. 그리고 이러한 선입견 때문에 자연스럽지 못한 문어 자료가 조작되는 경향도 없지 않다.

장애요인이 되기 때문이다.

  원칙적인 면에서 볼 때, 두 조사가 만나 결합형을 이룰 수 있는 것은 비근한 두 유형의 대비적인 예(A: '외국에/으로의'·'산으로나/든지/와'·'집에서만이라도'·'바다로부터는'·'여기에까지만은', B: '아이가/를이'·'사람를/이의'·'죽음의에/로'·'선생들은만도')에서도 쉽게 찾아볼 수 있듯이, 두 조사의 의미가 추상성 정도가 서로 다른 경우에 한한다. 부사격 조사 '-에'와 '-로'는 각기 의미의 추상성 정도가 거의 같기 때문에10), 서로가 결합형('에로', '로에')을 이룰 수는 없는 듯하다. (14b)는 거의 불가능한 데 반해, (14a)는 왜 별다른 제약없이 가능하게 될까? 그 이유는 '게'의 유정성에 의한 대상성의 단절(또는 약화)을 들 수 있다. 그러면 앞의 (10)과는 달리 '-에게로'와 관련된 (11)의 예는 왜 자연스럽지 못한 어색함을 면할 수 없으며, 또 (13)과는 달리 '-에로'와 관련된 (12)의 예는 왜 덜 어색한 문으로 어느 정도 용납이 허용될 수 있는가? (10)에 비해 (11)의 예가 자연스럽게 받아들여지지 않는 것은 전절에서 언급한 바와 같이, (11)의 '-에게로'에 의한 선행 체언 '고기, 육체, 컴퓨터로' 등에 대한 유정성의 부족이나 오인을 비롯해서 동사(오다, 집중되어 있다, 되받다)의 과정성 부족 등과 과정성 조사 '-로'와의 부조화를 주된 원인으로 지적할 수 있다. 그리고 (12)와 (13)의 '-에로'가 용납되지 않는 것은 두 조사 '-에'와 '-로'의 추상성 정도가 같거나 비슷하기 때문에 이들 조사의 결합이 거의 불가능한 데 그 원인이 있는 것이다. 그런데 위의 (13)의 예보다는 (12)의 예가 훨씬 덜 어색하게 느껴지는 것은 (12)에서는 상대적으로 '-에'에 의한 [대상성]이 약화되고 '-로'에 의한 [과정성]이 강화되어 있기 때문이다. 여기서 말하는[대상성]의 약화란 일종의 구체성 약화를 뜻하는 것으로서 '-에'의 선행(전접) 체언이 비구체성

____

10) 앞의 예 (7a)의 '문자와로'와 (7e)의 '묻과애', (6b)의 '직업인으로서'와
    (7b)의 '門에서' 등에서 '-에'와 '-로'의 의미는 각각의 추상성 정도가 거의
    같다는 것을 확인할 수 있다.

(즉, 추상성)을 띤 명사가 오는 경우를 이르는 것이고, [과정성]의
강화란 조사 '-로'와 과정성 동사의 의미론적 조화(강화)를 이르는
말이다. 두 조사의 결합에 있어서 의미상으로는 종합적이지만 기능
상으로는 후행 조사가 중심 역할을 하게 된다. 그러므로 만약 '-에'
와 '-로'의 결합('-에로')이 이루어진다 하더라도, (13)의 예(발밑,
아프리카, 집 등)보다는 (12)의 예(시도, 이상, 평화 등)처럼 비구
체적인 즉, 추상적인 선행 체언으로 인한 '-에'의 대상성 약화와, '-
로'에 의한 과정성이 동사의 과정성과 어느 정도 조화를 이룰 수 있
는 경우에 한한다고 하겠다.

다음은 (15)의 예를 (15a)와 (15b)의 두 경우로 나누어 살펴보
기로 하자.

복합격 조사 '-에로'가 체언에 후접하게 되면 대체로 어색한 표현
이 되고 마는 데도 불구하고, (15)의 경우는 (15b)의 예보다
(15a)의 예가 덜 어색하다고 느껴지는가 하면 이들 각 예에 대해
서도 구어로 표현될 때보다는 문어로 표현될 때가 좀더 자연스러운
문으로 받아들여진다. 이러한 차이는 어디서 비롯되는 것일까?

격조사 '-에'에 대한 의미자질로는 흔히 [대상성], [처소성], [목
표성], 그리고 '-로'의 의미자질로는 [과정성], [선택성], [도구성]
등을 상정할 수 있지만, 어느 것이든 추상적인 의미에 불과하므로
이들 조사간의 의미론적인 한계를 분명히 하기란 여간 어려운 일이
아니다. 그러나 여기서는 '-에'와 '-로'의 정확한 의미자질을 설정한
다기보다는 이들 조사의 의미론적 구분을 시도한다는 뜻에서 일단
[대상성]과 [과정성]의 차이를 중심으로 하여, 주로 둘 다 통사적
부사격으로 사용되면서 의미론적 구분 가능성[11]과 복합형('-에로')

---

11) ① */??철수가 제주도에 갔으나, 제주도에 도착하진 않았다.
　② 철수가 제주도로 갔으나, 제주도에 도착하진 않았다.
　③ 노인들과 아이들은 감기에 약하다.
　④ ?/??노인들과 아이들은 감기로 약하다.

의 기피성을 설명해 보기로 한다. '-에'의 대상성은 전접 체언이 단속적 처소성이 강한 가시적 구체 명사일수록 구체적으로 강화되고, 이와 반대로 전접 체언이 유동적이거나 추상적인 명사일수록 그만큼 대상성은 약화된다. 그런데 '-로'의 과정성이란 비단속적이고 유동적이므로 자연히 비처소적이고 비대상적일 수밖에 없다. 그러므로 이들 두 조사의 의미 결합은 원칙적으론 불가능한 것이다. 그러나 다만, 이들 두 조사 가운데 어느 하나 특히, 선행 조사 '-에'의 의미가 약화되었을 경우에 한해서만 이들 두 조사의 결합이 허용된다. 그러므로 위의 예 (15)의 경우도 (15a)의 집(가정)이 (15b)의 집(가옥)보다 추상적일 때에 한해서만 좀더 자연스럽게 느껴지는 것이라 하겠다. 그리고 '-에로'에 대한 구어와 문어에서 용납성의 정도 차이는 언어 직관적 구어자료와는 달리, 문어 자료상의 유추 현상('-에'/'-에게'/'-에서', '-에게로'/'-에로')이나 글 쓰는 사람들의 인위적인 표현에서 비롯된 것이라고 말할 수 있다. 이러한 문어적인 용납성이 보다 자연스럽게 공인되기 위해서는 이 같은 표현이 일상의 구어에까지 확대 사용되어야 할 것이고, 그러기 위해서는 반드시 이들 결합조사의 의미자질상 변화가 선행되어야 할 것이다.

5. 결 론: 용납성의 정도

5. 이제까지 논의해 온 '-에로' 관련 내용을 요약하면 대체로 다음과 같이 정리할 수 있다.

(가) 부사격 조사 '-에'의 대상성은 전접 체언이 단속적 처소성이 강한 가시적 구체 명사일수록 구체적으로 강화되고, 이와 반대로 전접 체언이 유동적이거나 추상적인 명사일수록 그만큼 대상성은 약화된다고 볼 수 있다. 그런데 '-로'의 과정성이란 비단속적이고 유동적인 것이므로 자연히 비처소적이고 비대상적일 수밖에 없다. 그러므로 이들 두 조사의 의미 결합은 원칙적으로는 불가능한 것이

다. 그러나 다만, 이들 두 조사 가운데 어느 하나 특히 선행 조사 '-에'의 의미 즉, 대상성이 약화되었을 경우에 한해서만 이들 두 조사의 결합이 허용될 수 있다. 따라서 '-에'와 '-로'의 결합형에 대한 용납성 여부는 허용에 있어 어디까지나 정도상의 문제라고 볼 수도 있는 것이다.

(나) 조사간의 결합은 이들 조사의 유형간의 결합과 유형내의 결합으로 구분해 볼 수 있다. 의미격 관계를 나타낸다고 볼 수 있는 부사격의 조사는 통사적인 격 관계를 나타내는 조사와의 결합은 대부분 거의 불가능한 편이나, 격조사에 따라 가끔 가능한 경우가 있을 수 있는데, 이 때는 의미격(부사격)보다는 통사격(구조격)이 후행(예: ___NP에의, ___NP로의, ___NP와의)하게 된다. 왜냐하면 통사적인 격조사가 다른 조사에 비해 의미상으로 더 추상적이고 통사구조상에서의 직능도 다른 조사보다 훨씬 지배적이기 때문이다.

(다) 그리고 격조사 특히 통사적인 격을 나타내는 조사 상호간의 결합은 통사구조상의 위치관계로 불가능한 데 반해, 의미 한정의 보조사의 경우는 그들 상호간의 결합이 가능한 경우와 불가능한 경우가 있다. 비록 격직능은 없지만 이들 보조사 상호간에는 의미 추상성의 정도가 다른 경우에 한하여 결합이 가능한데, 대체로 추상성의 정도가 낮은 조사일수록 선행하고 추상성의 정도가 높을수록 후행하는 특성이 있다. 그런데 부사격 조사의 경우는 부사격이라는 통사적인 격직능과 의미 중심의 하위(대상성, 과정성, 여동성 등) 분류가 가능하기 때문에 통사와 의미의 양자의 특성을 함께 지니고 있으므로, 조사간의 결합에 있어서도 이러한 양면성이 함께 고려되어야 할 것이다.

참 고 문 헌

고경태(2000). "현대국어 격조사의 형성 ---형태와 용법상의 특징을 중심으로
----," 「현대국어의 형성과 변천」(홍종선 외, 2000). 서울: 도서출판 박이정.

金敏洙(1970). "國語의 格에 대하여," 「국어국문학」 49·50.

김원경(1999). "처격 조사의 자질 연산," 「국어의 격과 조사」(한국어학회). 서
울: 月印.

金興洙(1982). "原因의 '에'와 '로'에 對하여," 「國語國文學」(전북대) 22.

류구상(1999). "구조문법과 국어 조사," 「국어의 격과 조사」(한국어학회). 서
울: 月印.

성광수(1978). "국어 격조사에 대한 자질 검토," 「關東語文學」(관동대) 1. 「격
표현과 조사의 의미」(2000, 月印) 재록.

---- (1985). "國語 格形과 意味資質 ---「-에」와 「-로」에 대한 再檢---," 「語
文論集」(고려대) 24·25.

---- (1999). 「격표현과 조사의 의미」 서울: 月印.

손남익(1999). "국어 부사격 연구," 「국어의 격과 조사」(한국어학회). 서울:
月印.

이관규(1999). "조사의 통사론적 연구," 「국어의 격과 조사」(한국어학회). 서
울: 月印.

이경희(1998). "근대국어의 격조사," 「근대국어 문법의 이해」(홍종선 엮음,
1998). 서울: 도서출판 박이정.

이기동(1981). "조사 '에'와 '에서'의 기본의미," 「한글」 173·174.

李南淳(1983). "'에'와 '로'의 統辭와 意味," 「언어」 8-2.

李承旭(1970). "格의 相關性에 대하여," 「國文學論集」(단국대) 4.

任洪彬(1974). "'로'와 選擇의 樣態化," 「語學硏究」 10-12.

최낙복(1984). "토씨 '-로/으로'의 뜻과 분포관계 특징," 「부산한글」 3.

洪允杓(1981a). "近代國語의 處所表示와 方向表示의 格," 「東洋學」(단국대 동
양학연구소) 11.

---- (1981b). "近代國語의 {-로}와 道具格," 「國文學論集」(단국대) 10.

今泉喜一(2000). 「日本語構造傳達文法」 東京: 搖籃社.

Blake, Barry. J.(1994). *Case*. Cambridge University Press.

Kuno, S.(1971). "The Position of Locative in Existential Sentences,"

Linguistic Inquiry, II-3.

Nilsen, D.L.F.(1973). *The Instrumental Case in English*. The Hague: Mouton.

Somers, H.L.(1987). *Valency and Case in Computational Linguistics*. Edinburgh Univ. Press. [격과 결합가 그리고 전산언어학」(우형식·정유진 역, 1998). 한국문화사.

15세기 후음의 음성학적 고찰

우 민 섭*

목 차

1. 서 언 　　　　　4. ㆁ의 음가
2. ㅇ의 음가 　　　5. ㆅ의 음가
3. ㆀ의 음가 　　　6. 결 어

1. 서 언

　훈민정음은 우리 민족의 자랑스런 문화 유산이다. 그 과학성과 정밀성은 타 언어와 문자를 압도한다. 그런데 후음 ㅇ, ㆀ, ㆆ, ㆅ 등은 현대 언어학의 관점에서 볼 때 어딘지 불합리하고 비논리적인 면이 있어 보인다. 특히 초성과 한자음의 종성에 쓰인 ㅇ이 그 대표적인 예이다. 그러나 15세기에는 음운이란 개념이 없었으며 모든 언어 연구는 음성적 연구에 국한되었다. 훈민정음은 바람 소리, 학의 울음 소리까지 정확히 기술할 수 있도록 창제되었다. 이는 고도로 발달한 음성학적 연구의 소산이었다. 따라서 음운적으로는 무의미하고 비합리적인 것처럼 보이는 것도 음성적으로는 중대한 의미와 합리성이 있을 수 있다. 필자는 관점이나 해석상의 차이 때문에 우리 문자와 언어의 우수성이 더 이상 경감되어서는 안 된다고 보고, 15세기 자음 중 특히 문제가 되는 후음을 음성학적으로 재검토키로 한다. 논지의 초점이 음성이므로 확고한 음운인 ㅎ은 논외로

---

* 전주대학교 국어국문학과 교수

돌린다.

2. ㅇ의 음가

ㅇ은 국음의 초성과 동국정운 한자음의 초성 및 종성에 쓰였다. 음운론적 관점에서 보면 ㅇ이 어느 위치에 쓰였던 음가가 없는 공위자였음은 자명하다. 훈민정음을 문자사상 유례가 없는 우수한 문자로 자처하는 우리로서는 이 점이 옥의 티로 마음에 걸리는 대목이다. 그러나 훈민정음 창제 당시 음운이란 개념은 전세계 어디에도 없었으며 모든 언어음 연구는 음성학에 토대를 둔 음성적 연구에 국한되었던 만큼 ㅇ 또한 음성학적으로는 특별한 의미가 있었을 것이 분명하다. 初中終三聲 合而成音 (合字解)의 기록을 보면 三聲을 갖추기 위하여 초성에 음가 없는 ㅇ이 쓰였고, 받침 없는 한자음의 경우도 ㅇ이 종성으로 쓰인 것으로 볼 수 있다. 그러나 ㅇ이 종성에 쓰인 것은 동국정운 한자음 표기에 국한되고 현실 한자음이나 국음 표기에는 ㅇ이 종성으로 쓰이지 않았으며, 15세기 말 오대진언의 범어음역에서도, 이로파의 일어음역에서도 ㅇ은 종성으로 쓰이지 않았다. 범어나 일어 음역에 ㅇ 종성이 쓰이지 않은 것은 이들 언어음에 ㅇ 종성음이 없었기 때문이다. 따라서 ㅇ 종성이 동한음에만 쓰인 것은 그 원인을 한자음 자체에서 찾아야 할 것 같다. 初中終三聲 合而成音은 사실상 한자음 표기에만 적용되었는데, 유독 한자음 표기에 이 규정이 필요했던 이유는 무엇인가? 그저 막연하게 그런 규정을 만들어 놓고 그 제도에 맞추고자 하나의 인공부호처럼 ㅇ을 한자음의 종성에 썼을 리는 없다.

받침이 불필요했을 한자음의 종성 표기에 ㅇ외에 ㅱ이 더 쓰였다. 이는 ㅇ과 ㅱ이 무음가의 부호가 아니었음을 입증한다. 만약 규정에 맞추기 위해 무음가의 부호가 필요했다면 ㅇ이나 ㅱ 중 하나만 필요했을 터인데 실제는 그렇지 못했고 ㅇ과 ㅱ이 엄격히 구별 표기된 것도 공위자설을 위태롭게 한다.

순경음 ㅱ, ㅸ, ㅹ, ㆄ 등은 입술을 잠깐 다물고 발음하는데 목소리가 많은 음이라고 하였다.[1] 순경음에 목소리가 많았던 것은 이들 글자의 공통인수 ㅇ 때문이었다. 그렇다면 한자음의 종성에 쓰인 ㅇ도 일반인이 인식하기 어려운 목소리를 표기하려는 시도로 이해된다.

동국정운은 현실 한자음과 중국 고운서음을 절충한 이상적 표기로 추정되는데, 훈민정음으로 한어음을 음사한 홍무정운역훈의 서에서는 "무릇 字音에는 반드시 끝소리가 있으므로 평성의 支, 齊, 魚, 模, 皆, 灰 등과 같은 韻字도 마땅히 후음 ㅇ으로서 끝소리를 삼아야 하지마는 이제 그렇게하지 않은 것은 牙, 舌, 脣의 끝소리와 같이 명백한 것은 아니며 또한 ㅇ으로써 깁지 않더라도 成音을 이루기 때문이다."라고 하였으며, 譯音 독법을 다음과 같이 설명하였다.

大抵本國之音輕而淺 中國之音重而深 今訓民正音出於本國之音 若用於
漢音則必變而通之 乃得無礙 如中聲ㅏㅑㅓㅕ 張口之字 則初聲所發之
口不變 ㅗㅛㅜㅠ 縮口之字 則初聲所發之舌之變 故中聲爲ㅏ之字 則讀
如ㅏ、之間爲ㅑ之字則讀如ㅑ、之間 ㅓ則ㅓㅡ之間 ㅕ則ㅕㅡ之間 ㅗ則
ㅗ、之間 ㅛ則ㅛ、之間 ㅜ則ㅜㅡ之間 ㅠ則ㅠㅡ之間、則、ㅡ之間 ㅡ
則ㅡ、之間 ㅣ則ㅣㅡ之間 然後庶合中國之音矣

이는 우리 말의 중성과 한어음 중성과의 본질적 차이를 밝힌 것으로, 동국정운의 한자음 종성에 ㅇ이 가벼운 후성으로 들어갈 수 있는 가능성을 뒷받침하고 있다. 우리말의 모음은 조음점이 고정적이지만 한어음은 유동적이기 때문에 1 : 1의 정확한 대응은 사실상 불가능하며 우리말의 모음에 여음같은 음을 약간 첨가시켜야 한어

---

1) ㅇ連書脣音之下 則爲脣輕音著 以輕音脣乍合以喉聲多也(訓民正音 解例 制
　字解)

음에 접근시킬 수 있음을 고려하여 동국정운의 한자음 표기에서만
은 ㅇ종성을 사용했던 것으로 풀이된다. 따라서 현대 음운론적 입
장에서는 무의미할 수 밖에 없는 15세기 한자음의 ㅇ 종성 표기가
그 당시 정밀음성학적 입장에서는 어느 정도 당위성이 있었다고 본
다.

초성에 쓰인 ㅇ이 문제이다.

현대 언어학적 관점에서 보면 ㅏ도 〔a〕요, 아도 〔a〕이기 때문
에 초성에 쓰인 ㅇ은 무의미할 수밖에 없기 때문이다.

훈민정음에서는 자모의 음가를 설명하는 데 있어 'ㄱ=k, ㅏ=a'
등과 같이 구체적으로 밝히지 않고 "ㄱ논 君ㄷ字初發聲, ㅏ논 覃ㅂ
字中聲"등과 같이 한자음의 첫소리와 가운뎃소리로 밝히고 있는데,
이것은 음성학의 근본 원리에 부합되는 것으로 많은 시사를 준다.
완전한 음소문자인 서구어와는 달리 음소문자를 바탕으로 하되 실
제 언어 운용은 음절문자로 하는 우리말의 경우, 이렇게 추상적인
듯한 음가 설명은 어느 면에서 서구 음성학을 능가하는 일면이 있
어 보인다. 음성은 원래 물리현상이므로 음향학적 기준하에 음파의
진폭이나 진동수를 가지고 기술하는 것만 타당할 뿐, 음성학에서
보통 모음이니 자음이니 하는 술어를 사용하는 것부터 온당한 방법
은 아니라는 것이다. 발화는 분리적인 것이 아니라 연속체이다.
[kəri](街)의 발화는 누구나 4개의 음을 내포하는 것으로 믿고 있
으나, X레이 필름이나 분광사진에 기록되어 나타난 [kəri] 의 발
화는 결코 분리된 낱개음의 연결이 아니다. 이같이 전후 음의 연결
은 완전히 융합되어 있으나, 우리는 이 연결이 분리되어 있는 것으
로 인식하고 또 그렇게 가정함으로써 발화를 분절음으로 분석할 수
있다. 이런 논리에서 보면 훈민정음에서 자음과 모음의 음가를 단
위음절에 나타난 음가의 일부분으로 설명한 것은 합리적이라 할 것
이다. 흔히 각 음의 전후에 있는 음들이 그 음의 음향적 특성 내지
조음상의 특성을 변하게 한다.

[l] 뒤에 있는 [a] 는 [s] 나 [t] 뒤에 있는 [a] 와는 같지

않다. 불어에서 qui [ki] 의 〔k〕는 cou [ku] 의 [k] 와는 음성학적으로 분명히 구별된다.

이처럼 전후음의 영향으로 동일한 자음 또는 모음의 본질적인 음가에 차이가 있을 정도라면, 단일 모음의 음가와 '자음과 결합된 모음'의 음가간에도 차이가 있을 수 있다. 실제로 영어에서 단일 모음과 '자음과 결합된 모음'은 음성학적으로 구별된다는 것이다.

그렇다면 '아'와 'ㅏ'는 어떻게 다를 것인가?

원래 [아] 는 한 단위의 음절음이 되지만 [ㅏ] 는 음절음의 일부 구성음은 될지언정 음절음은 아니었다. 15세기에 주격조사 '이'와 'ㅣ'가 음절 구성의 유무로 구별된 것은 자명하다. [아] 와 [이] 는 음절음이었으면서 [ㅏ] 와 [ㅣ] 는 음절음이 될 수 없었던 것은 [아] 와 [이] 는 구강마찰을 수반한 음이고, [ㅏ] 와 [ㅣ] 는 음파의 공명만 나타내는 음이었기 때문으로 추정된다. Pike는 마찰에 대하여 다음과 같이 밝힌 바 있다고 한다.(김승곤 : 1983)

"마찰에는 두 가지 형이 있는데, 하나는 유성화된 경우에도 들리는 것이고(예를 들면 마찰음의 경우) 다른 하나는 약한 마찰로 그 음이 무성의 경우에만 들리는 것이다. 예를 들면 거의 모든 모음과 어떤 음의 유성자음들이다. 제1형은 단일한 국소적인 곳에서 이루어지는 협착에서 나는 것이며, 제2형의 것은 강마찰에 연유한다. 강마찰이란 기실 전체의 무성공명을 말하는데, 기류가 그 기실을 통하여 나감으로써 일어나는 것이다. 무성모음과 유성모음 다같이 강마찰을 갖는다. 그리하여 타 강마찰과 같이 전자의 그것은 들리나 후자의 그것은 들리지 않는 것이 보통이다."

여기서 강마찰을 갖는 모음이란 음절을 이룰 수 있는 모음을 가리킬 것이며, 구체적으로 [a] 를 지칭했을 때 이에 상응한 국어의 음은 [ㅏ] 가 아닌 [아] 라고 본다. 자음과 결합한 '가, 다' 등의 'ㅏ'에서는 전혀 마찰음이 청취되지 않지만 [아] 음에서는 미세하나마 마찰을 느낄 수 있기 때문이다. 또 [가] 를 길게 발음할 때 따라 나는 [a] 음도 성대진동음만 계속될 뿐 마찰음은 청취되지 않으므로 [아] 음이 아닌 [ㅏ] 음으로 보여진다. 입에 손바닥을 살짝 대고 a, ə, o 등을 발음하면 정상적인 발음이 되지 못하고 성대의 심한 진동음만 느끼게 되지만, 손바닥을 떼고 발음하면 기류가 후두와 구강을 통과하는 가벼운 마찰음의 a, ə, o 등을 느끼게 되는데 이때 입을 막은 상태의 진동음은 'ㅏ, ㅓ, ㅗ'요 막지 않은 상태의 가벼운 마찰음을 수반한 음은 '아, 어, 오'가 아닐까 한다.

모음에 마찰이 있다고 할 때에 구강마찰보다는 후두마찰이 더 두드러질 것으로 추측된다. 호기가 후두를 거쳐 구강을 지날 때 구강보다는 통로가 좁은 후두에서의 마찰이 분명할 것이기 때문이다.

우리가 「하하하……」을 계속해서 발음해보면 혀나 입술의 모양은 처음부터 끝까지 바뀌어지지 않으면서 local friction을 수반하지 않고 空洞摩擦을 가진 ㅎ 소리는 그와 접속되어 있는 모음의 무성음처럼 발음된다.(허웅 : 1965)

[하] = [ḁa]

여기서 [ḁa] 음은 실제 [아] 음에 가까운 소리이므로 [ḁ] 음은 [ㅎ]의 약화된 음이며 또한 [ㅇ]의 강화된 음이라고 볼 수 있다. 따라서 후두마찰음 [ㅎ]이 특수한 환경에서 약화되어 나타난 [ㅇ]에도 약한 후두마찰이 있을 것이 추정된다.

[아!] 하는 외마디 소리의 경우에는 [아] 음에서 성문파열음을 느낄 수 있는데 모음에는 파열음이 없기 때문에 여기서의 성문파열이란 음성적 자질은 초성의 자리에 있다고 보아야 한다. 이처럼 특수한 상황에서는 후두긴장으로 파열음도 실현될 수 있다면 예사소리에서 극히 미약한 마찰음 정도 있을 것은 추측하기 어렵지 않다.

ㅇ의 후두마찰성은 지극히 미약한 것이어서 일반 대중들은 거의 의식하지 못하다가 음성보다는 음운 의식이 강해지면서 그 음가를 무시하기에 이른 것으로 볼 수 있다.

[아] 음과 [ㅏ] 음의 미세한 음성적 차이를 15세기 당시에 구별

표기하였던 것은 훈민정음 제정자들이 음운적 표기와 아울러 음성의 미세한 차이까지를 정확히 표기하려는 의도가 강했고, 자음과 모음은 단독으로 발음되지 못하고 반드시 초성과 중성이 결합되어야 음절을 구성할 수 있다는 원리적인 음성 이론을 가지고 있었기 때문이었다.

결국 ㅇ의 음가를 그 당시 언중들이 얼마나 인식했을지는 알 수 없어도 훈민정음 제정자들의 운학 이론으로 보거나 조음음성학의 해박한 지식으로 보거나 분명히 음가를 인정했다고 보며, 그 음가는 후음으로서 유성음 [ɦ] 보다도 훨씬 더 미약해서 의식하기 어려울 정도의 후두마찰음이었을 것으로 추정된다.

3. ㆀ의 음가

ㆀ은 초성 17자 속에 들지 못했고 동국정운 한자음 표기에도 사용되지 않았으며 고유어에 있어서도 어중에 잠시 쓰이다 자취를 감춘 글자로 그 음가의 유무를 확인하기 어렵다.

훈민정음 제정자들이 ㅇ에 음성적인 음가를 부여하고 초성 17자 속에 넣었다고 볼 때 ㆀ도 현대인들이 인식하기 어려운 특유의 음가가 있었을 것으로 이해되는데 그 분포 상황을 살피면 다음과 같다.

使ᄂᆞᆫ 히ᅇᅧ ᄒᆞᄂᆞᆫ 마리라 (訓諺)
番湯에 沐浴히ᅇᅧ (釋譜 11:28)
해 魔이 惑히ᅇᅭ몰 니브릴씨 (楞解 6:87)
ᄆᆞᅀᆞ미 미ᅇᅲ미 아니 ᄃᆞ욀씨라 (釋譜 6:29)
얽미ᅇᅭ몰 버서나게 ᄒᆞ리니 (釋譜 9:8)
ᄂᆞ미 소내 쥐ᅇᅧ 이시며 (月釋 2:11)
사ᄅᆞ미게 믜ᅇᅯ 고ᄃᆞᆯ (法語 5)

ㅇㅇ은 사동, 피동 접미사의 초성으로만 쓰였으며 주로 ㅕ, ㅛ, ㅠ 등 이중모음 앞이라는 제약조건 하에서 나타나고 있다. 여기서 '히ㅇㅇ, 미ㅠ미' 등은 '히이여, 미이유미' 등의 접미사 '이'가 후행모음과 결합할 때 'ㅣ' 모음이 탈락하고 남은 자음 ㅇ이 후행 ㅇ자음과 결합되어 ㅇㅇ을 형성한 것이라는 가설을 세워봄 직하다. 그러나 이런 가설은 성립되지 않는다. '~ㅇㅇ, ~이' 등이 상호 교체되면서 사용된 다음의 용례는 이에 대한 충분한 방증이 된다.

　　外道이 얽미요물 버서나게 호리니 (釋譜 9:8)
　　믜유믈 避티 아니ㅎ리라 (楞解 9:109)
　　굴히요미 잇ᄂ니 (訓諺)
　　발 쥐여 ᄀᄆ니 잇고 (杜初 25:21)

　만약 접미사의 '이' 모음이 후행모음과 축약되면서 ㅇㅇ이 형성된 것이라면 사동과 피동형은 모두 미ㅇㅇ서, 얽미ㅛ물 등으로만 나타났어야 했다. ㅇㅇ과 ㅇ이 접미사에서 혼기된 것은 쓰다와 스다, 혀다와 혀다와 같이 ㅆ과 ㅅ, ㆅ과 ㅎ이 혼기된 것과 동궤의 것이다.

　　얽미ㅇㅇ디 아니홀 씨오 (月釋 13:53)
　　얽미ㅇㅇ다 혼 마리니 (釋譜 13:9)
　　帝釋손디 미ㅇㅇᄂ니라 (釋譜 13:9)

　이 경우의 'ㅇㅇ'는 축약과는 무관하며 ㅇㅇ은 접미사 자체에 있는 초성이다. 따라서 ~ㅇㅇ, ~ㅛ, ~ㅠ 등은 ~ㅇㅇㅇ, ~ㅇㅇㅇ, ~ㅇㅇ유 등의 축약이다.

　　히ㅇㅇㅇ〉 히ㅇㅇ　　　미ㅇㅇ유미〉 미ㅠ미
　　쥐ㅇㅇㅇ〉 쥐ㅇㅇ　　　믜ㅇㅇ욘〉 믜ㅛㄴ

이로써 ㅇㅇ은 형태음소적인 변동에 의해서 이루어진 것이 아니라는 사실과 15세기의 사동, 피동 접미사 중에 –에와 –이가 공존했음을 알 수 있다.

또 뮈워 (月釋 14:14)는 '뮈우다'의 이표기형 '뮈우다'의 활용형이며 여기서도 사동접미사 '–우'와 '–우'가 공존함을 본다.

ㅇㅇ과 ㅇ이 처음부터 혼기되고, 곧 ㅇㅇ이 ㅇ으로 바뀌어 정착된 것은 음운단위가 아닌 음성적 표기였음이 틀림없다. ㅇㅇ이 비록 음성적 표기였을망정 각자병서 표기로 쓰인 것은 ㅇ에 미약한 음이라도 인정할 때에만 가능한 것이다. 우리는 앞에서 음성부호로 표기될 정도는 아니지만 음성적인 미약한 음이 ㅇ에 있음을 확인하였다. 따라서 미약한 후두마찰음 ㅇ에 약기음[2]의 호세가 가해져서 ㅇㅇ을 실현했을 가능성이 있다.

ㅇㅇ이 나타난 환경은 'ㅣ, ㅜ'등 고설폐모음 앞이었다. 이들 모음은 다른 모음보다 호기 통로가 좁아 마찰성을 띤 음이다. 또 ㅇㅇ이 초성으로 쓰인 형태소'~에, ~우'는 거성이었다.

얽미ㅅ에ㅅ다 (月釋 13:52)   ㅅ뮈ㅅ우ㅅ다 (月釋 14:14)

입술을 거의 다문 상태에서 고음을 산출하려면 자연 마찰음 또는 순간적으로 약기음이 수반된 탁한 느낌의 음이 발음될 수 있는데, ㅇㅇ은 바로 이를 표기한 것으로 보인다. ㅇㅇ은 ㅇ에 약기음의 호세를 더한 후두마찰음이었는데, 실제 음가는 후행모음에 협착된 呼勢를 더하는 형식으로 나타났을 것으로 추정된다.

4. ㆆ의 음가

ㆆ은 성대폐쇄음 [ʔ]라는 설이 거의 정설로 굳어져 있다. 성대폐

---

2) 범어에는 [gʰ][dʰ][bʰ]같은 탁음이 있는데 어깨글자 [ʰ]는 이 경우 보통의 [h]보다 미약한데, 이런 정도로 약한 氣音을 뜻함

쇄음은 단일음으로 산출하기가 거의 불가능한 음으로 음성기호로는 존재하나 어느 언어에서도 성대폐쇄음 표기를 위해서 글자를 제정한 사례를 찾아보기 어려운데, 15세기 학자들이 성대폐쇄음을 위해서 ㆆ을 사용했을지는 의문시된다.

ㆆ은 오음체계에 들어있지만 그 음가에 대한 구체적인 설명이 없고 "ㆆ는 喉音이니 如挹字初發聲ᄒᆞ니라(訓正 解例)"에서 목소리이며 挹(흡)의 초성에 해당함을 알 수 있을 뿐 정확한 실상을 규명하기 쉽지 않다. 그러나 사용 실태를 통해서 그 기능 및 음가를 어느 정도는 추정해 볼 수 있다.

1) ㆆ은 동국정운 한자음의 초성에 쓰였다.

항阿　　　흔殷　　　형英

初聲之 ㆆ與ㅇ相似 於諺可以通用也(訓正 解例 制字解)에 의하면 ㆆ이 폐쇄음이 아니었음을 알 수 있다.

2) ㆆ은 ㄹ과 결합하여 한자음의 복종성으로 쓰였다.

딇窒　　　닳怛　　　밇密

한자음의 종성에 쓰인 ㅭ은 입성에 가깝게 하자는 것이었지 입성 그 자체의 표기는 아니었다.

以影補來 因俗歸正(東國正韻序)은 影母로써 來母를 보충한 것이지 來母를 端母로 바꾼 것은 아니다. 현실음 質(질)을 고운서음으로 바꾸고자 했으면 홍무정운역훈에서와 같이 '짇'으로 표기할 일이지, '짏'로 표기할 이유가 없었다. ㅭ종성의 한자음은 모두 거성이었는데, 이점은 ㆆ이 폐쇄음이기보다 마찰음 또는 성대응측음이었을 가능성이 많다. 去聲은 가장 높은 음이므로 높은 음의 ㄹ음을 산출하고 동시에 입성ㄷ(t)음을 산출하기란 무척 힘든다. 고음 발음시는 설면이 구개쪽으로 상승하기 때문에 호기 통로가 좁아져 파열이 아

닌 마찰이 일어나기 때문이다. 결국 고음일 때는 입파음 발음이 잘 안되는 것인데 ㅭ 종성의 한자음이 모두 거성이었다는 것은 ㅎ이 성대마찰 또는 성대응축음이었음을 입증한다

3) ㅎ은 홍무정운역훈 속운 표기에 단일 종성으로 쓰였다.

절운계 운서에서는 [k],[t],[p]등의 입성이 있었지만 中原音韻 이후 입성이 소실되어 명대에는 입성이 자취를 감췄는데,3) 그 속운 표기에 ㅎ을 쓴 것이다. [k]의 약화 탈락 과정을 보면 [k]>[g]>[ɣ]>zero 와 같이 탈락하기 전 단계에 마찰음의 과정을 거치는 것이 언어의 일반적 현상인데, ㅎ 종성 표기는 파열음이 약화 탈락하기 전 단계의 마찰음 표기로 이해된다.

4) ㅎ은 국음표기에서 체언이나 용언의 어간 종성에 ㄹ과 함께 쓰였다.

잃ㅋㄹ면(楞解 4:58)   엻쿄매(楞解 8:5)
잃 춤눈(楞解 8:43)   도라갈 긿홀(楞解 6:80)

여기 쓰인 ㅎ은 예외적인 현상으로 볼 수도 있지만 그만큼 ㄹ 다음에 ㅎ이 잘 개입했다는 암시도 된다.

5) ㅎ은 국음표기에서 합성어의 사잇소리로 쓰였다.

하눓뜯 (龍歌86章)   숧진 (月釋8:10)

여기서 ㅎ은 사이시옷과 마찬가지로 촉음의 기능이 있음을 알 수 있다. 그러나 ㅎ이 ㅅ과 대응을 이루며 사잇소리로 쓰인 예는 극히 드물어 보편성이 없다. 또 사잇소리로 쓰인 ㅎ이 ㅅ과 완전히 동가적인 것은 아니었으니, 이는 다음 사실에서 입증된다.

---

3) 명대의 홍무정운에는 입성이 있었지만 현실 음운이 아니었음.

  (1) 사이ㅅ은 후행음절의 초성과 결합되어 합용병서를 이루나 ㅎ은 후행음절의 초성과 결합되어 합용이 되지 못한다.

  (2) 복종성의 ㄳ은 ㅅ으로 실현되기도 하나 ㅀ은 ㅎ으로 실현됨이 없다.

  믌ㄱ(釋譜11:25)〉뭇ㄱ(訓蒙上 4)
  하ᄂᆞᆳ뜨늫 (龍歌86章)〉하ᄂᆞᆳ뜯 (×)

6) ㅎ은 용언의 관형형어미 ㄹ 다음의 사잇소리로 쓰였다.

     ㅀ + ㄱ 〉 ㄹ + ㄲ
  몯훓 거시라 〉 몯훌 꺼시라(釋譜6:38)
     莊嚴훓 것과 〉 莊嚴훌 껏과(釋譜19:41)
     ㅀ + ㄷ 〉 ㄹ + ㄸ
  수믏 디 업서 〉 수믈 띠 업서(月釋7:36)
     ㅀ + ㅂ 〉 ㄹ + ㅃ
  몯훓 배라 〉 몯훌 빼라(法華1:160)
     ㅀ + ㅅ 〉 ㄹ + ㅆ
  밍긇 소리 〉 밍글 쏘리(釋譜6:16)
     ㅀ + ㅈ 〉 ㄹ + ㅉ
  듫 지비 〉 들 찌비(釋譜6:23)

여기 쓰인 ㅎ이 '절음의 기능', 또는 '다음 소리가 흐린소리되는 것을 막는 기능'이 있는 것으로 보기도 하나 이해하기 어렵다. ㅎ에 절음의 기능이 있으면 이 경우의 각자병서는 된소리가 되어야 하나 각자병서는 분류상 전탁음이었으므로 설득력이 없다. 오늘의 유성 자음은 그 당시 불청불탁음으로 처리되었던 것이며, 훈민정음 제정 자들은 맑지도 않고 흐리지도 않은 음으로 보았던 것이니, 흐리지 않다고 느낀 ㄹ 뒤에 구태여 흐림을 방지하기 위하여 ㅎ을 넣을 필요도 없었을 것이다. 오히려 ㅎ이 들어감으로써 흐린소리(全濁音)가 되었으니, ㅎ은 탁음화하는 기능이 있었다.

신숙주는 각자병서로 표기한 全濁音을 音終稍厲4)한 음이라 하였
다. 범어에는 지금도 [gʰ], [bʰ], [dʰ] 등의 탁음이 있는데, 중국이
여러 음운학자들은 고운서의 탁음에[gʰ],[bʰ],[dʰ]등이 있었음을 인
정하고 있다. 音終稍厲란 "음의 후반부에 氣(h)가 들어가서 점점 세
어진다."는 뜻인데, 이점에서 신숙주의 이론은 범어나 고운서의 탁
음과 완전히 일치하는 것이다.
 따라서 탁음이 되게 하는 ㆆ에 약한 氣音(h)이 있었음을 알 수 있
다.

ㅭ + ㄱ 〉 ㄹ + ㄲ
1h + g 〉 1 + gʰ

여기서 약한 기음이란 기음이 약하게 발음되는 정도가 아니고 그
존재가 지극히 미약해서 기음의 음세를 더하는 정도로 이해함이 좋
을 듯하다.
 7) ㆆ은 격음, 경음, 유성자음, 모음 앞에서도 쓰였다.

ㅭ + 격음
精舍 지읋 터흘 어드니(釋譜6:23)
허디아니홇 體롤 得ㅎ야(月釋17:31)
ㅭ + 경음
서르 害홇 쇠룰 ㅎ야(釋譜9:17)
눔 죽 뜨디 이실씨 (月釋2:13)
ㅭ + 유성자음
시러 펴디 몯홇 노미(訓諺)
命終홇 나래(月釋21:104)
ㅭ + 모음
孝道홇 아둘(龍歌96章)

---

4) 박병채는 이를 "소리가 종시 조금 세다."로 풀이하였음. 홍무정운역훈 신연
   구.p-163

사룷 옷 바비ᅀᅡ (月釋10:28)

　여기에 쓰인 ㆆ은 폐쇄음과는 거리가 멀다고 볼 수 있다. ㆆ의 본질이 폐쇄음이었다면 경음, 격음, 유성음 앞에서는 쓰이지 않았어야 옳다. 이것은 음의 연접시에 호기를 조절하면서 ㄹ 뒤에서 순간적으로 개입하는 후두마찰음으로 추정된다.
　자음의 분류에서 조음점이 같은 갈래의 전청음, 차청음, 전탁음의 조음방법은 같다.

조음방법 \\ 조음점	두 입술	잇몸, 혀끝	센입천장 혓바닥	여린입천장 혀뿌리	목 청
파 열 음	ㅂ, ㅍ, ㅃ	ㄷ, ㅌ, ㄸ		ㄱ, ㅋ, ㄲ	
파 찰 음			ㅈ, ㅊ, ㅉ		
마 찰 음			ㅅ, ㅆ		( )ㅎ, ㆅ

　여기서 ㆆ은 ㅎ, ㆅ과 함께 후두마찰음이 되어야 한다.
가획의 원리에 의하면 聲出稍厲에 따라 획을 더하였다.

　　ㄴ → ㄷ → ㅌ
　　ㅁ → ㅂ → ㅍ
　　ㅇ → ㆆ → ㅎ

　ㄷ, ㅂ이 ㅌ, ㅍ으로 변한 것은 물론 氣音의 첨가 때문이고, 유성음보다 무성음에 氣音이 많다는 연구보고에 의하면 ㄴ, ㅁ보다 ㄷ, ㅂ에 氣音이 많은 것이다. 같은 이치로 ㆆ은 ㅇ보다 氣音이 많고 ㅎ보다 氣音이 적은 것이다. 따라서 ㆆ은 일반인이 인식하기 어려울 정도로 극히 미세한 氣音을 수반한 후두마찰음으로 추정된다.

5. ㅎㅎ의 음가

　ㅎㅎ은 어두와 어중의 일부 어사에, 그것도 이중모음 앞이라는 제약조건 하에 잠시 쓰였다. ㅎㅎ은 ㅆ과 더불어 특이하게 어두에 쓰일 수 있었는데 각자병서를 된소리로 보는 입장에서는 이점에 대해 그 당시 우리말의 된소리는 ㅆ, ㅎㅎ밖에 없었다는 논리를 편다. 그러나 된소리의 발달은 폐쇄음에서 먼저 시작되는 것이 상례인데 마찰음의 된소리가 먼저 발달했다는 것도 수긍하기 어렵고 무엇보다 ㅎ의 된소리란 상상할 수 없다.

　ㅎㅎ은 동국정운 洪母, 한어 匣母에 해당하는데, 절운계 운서의 탁성모 匣의 추정음가는 〔ɣʰ〕또는 X(ɦʲ)이다.5) 그런데 邪母, 禪母와 함께 匣母는 중고 후기에 와서 다소 변화된 모습을 보였다. 韻會에서는 전통적인 운서에 없던 次淸次와 次濁次의 성모를 분립시켰는데, 全濁이었던 邪母 禪母가 次濁次로 처리되었다는 것은 이들이 이미 濁音性을 잃고 거의 淸音化하였음을 암시하는 것이었다. 그렇다면 邪母, 禪母의 음가는〔sʰ〕에 가까웠을 것으로 추정된다. 또 匣母는 다시 匣母와 合母로 양부되어 성모를 달리하고 있다. 匣과 合이 중고음의 匣母에 상당하고, 소수의 예외를 제외하고는 중고 匣母의 一等韻開口字는 운회에서 合母에 귀일되고 一等韻의 合口와 二等과 四等韻字는 운회에서 匣母에 귀일된다. 그리고 合과 匣 양모의 자가 운회에서는 대체로 동시에 한 운모 앞에 출현하지 않으므로 匣과 合은 여전히 한 성모의 變價라고 볼 수 있다. 그런데 合母가 次濁次로 처리되었으니 匣母의 일부가 탁음성을 잃고 청음에 가까워진 셈이다. 바로 이 점 때문에 ㅎㅎ은 ㅆ과 함께 어두 초성에 쓰일 수 있었다고 본다. 탁음의 본질은 유성음으로 시작해서 후반부에 약한 기음의 호세가 첨가됨으로써 흐린소리가 되는 것이므로 학자들이 의도한 ㅎㅎ의 음가는 〔ɣʰ〕또는 〔ɦʰ〕였을 것이다. 그러나

---

5) 匣母의 추정 음가를 Karlgren, 왕력, 이영, 주법고는 〔ɣ〕, 육지위는 〔ɣ〕(ɣ ʷ), 동동화는 〔ɣ〕(ɦ)로 보았음.

중고 후기에 벌써 匣母는 탁음에서 청음으로 변하고 있었고〔h〕음은
내재적인 氣 때문에 유성음 실현이 잘 안되는 점을 고려할 때 실제
언어운용에서 시현된 ㆅ의 음가는 긴장된 협착을 수반한 후두마찰
음 〔hʲ〕정도이었을 것으로 추정된다.

6. 결 어

15세기 후음을 음성학적인 측면에서 살펴보았다.

어두 초성과 한자음의 종성에 쓰인 ㅇ은 음운론적으로는 무의미
하나, 음성학적으로는 유의미한 합리성이 있었으며, 그 음가는 의식
하기 어려울 정도의 후두마찰음으로 추정된다.

ㆀ은 음의 연접시 접미사 모음 'ㅣ'의 탈락으로 형성된 것이 아니
고, 애당초 각자병서로 제정된 글자이며, 그 음가는 ㅇ에 약기음의
호세를 더한 후두마찰음이었는데 실제 음가는 후행 모음에 협착된
호세를 더하는 형식으로 나타났다고 본다.

ㆆ은 주로 관형형어미 ㄹ 뒤에 쓰여 후행음을 탁음화하는 기능이
있었으며 그 음가는 ㅇ보다는 세고 ㅎ보다는 약한 기음의 후두마찰
음이었다.

ㆅ은 전탁음으로 학자들이 의도한 음가는 〔ɣʰ〕또는 〔ɦʰ〕였을 것
이나, 한어에서 중고시대 후기에 匣母(ㆅ)가 탁음에서 청음으로 변
하는 등 청음적인 일면도 있어 ㅆ과 함께 어두 초성 표기에 쓰일수
있었으며, 실제 언어운용에서 실현된 음가는 긴장된 협착을 수반한
후두마찰음 〔ɦʲ〕정도이었을 것으로 추정된다.

참 고 문 헌

권재선(1979) 『병서연구』, 수도출판사
김승곤(1983) 『음성학』, 정음사
김문웅(1980) ㅎ의 표기법 고찰, 난정 남광우 박사 화갑기념논총, 일조각
김윤경(1954) △ㆆㆅㅁㅸㅱ들의 소리값, 최현배선생 환갑기념논문집,
              사상계사
도수희(1971) 각자병서의 연구, 한글학회 50돌 기념논문집
박병채(1989) 『국어발달사』, 세명사
박종희(1983) 『국어음운론연구』, 원광대출판국
유창돈(1978) 『이조국어사연구』, 이우출판사
이기문(1997) 『국어사개설』, 탑출판사
최현배(1976) 『한글갈』, 정음사
허 웅(1965) 『국어음운학』, 정음사
方孝岳(1979) 『漢語語音史槪要』, 香港 商務印書館
王 力(1972) 『漢語音韻』, 香港 中華書局

현대국어 접속어미 '-되'에 대한 고찰

윤 평 현*

1

  1.1 우리 국어는 접속어미가 매우 풍부하게 발달한 언어이다. 일상적인 언어생활에서 활발하게 쓰이는 현대국어의 접속어미로는 대략 100여 개를 들 수 있다. 그 많은 접속어미 가운데는 여러 가지 관점에서 깊이 있게 이루어진 것이 있는가 하면, 크게 관심을 받지 못하여 연구가 미진한 것도 있다. 접속어미 '-되'는 후자에 속하는 것이라고 할 수 있을 것이다.

  본고는 현대국어 접속어미 '-되'의 의미를 고찰하는데 주된 목적이 있다. 아울러 통사 제약 중심으로 '-되'의 통사적 특성을 살펴보는데, 그것은 의미 파악에 있어 통사적 구조가 작용할 수 있기 때문이다.

  그런데, 현대국어에서의 '-되'의 쓰임을 이전의 경우와 비교하여 살펴볼 때 몇 가지 두드러진 특징을 찾아볼 수 있다. 첫째는, 작금의 우리 언어생활에서 '-되'의 쓰임이 현저하게 줄어들고 있다는 점이다1). 글말에서는 그런 대로 유지되고 있지만 입말에서는 아주 제한적으로 쓰이고 있다. 입말에서는 대체로 격식을 차려서 말하는 자리이거나 격식체의 말버릇을 가진 화자 개인의 문장 구성 방법에

---

* 전남대학교 국어국문학과 교수

1) 서울 대학교 교양국어 교재(『대학국어작문Ⅰ·Ⅱ』)는 1,044 쪽에 달하는 아주 큰 책인데, 그 책에 쓰인 '-되'를 조사해 본 바 모두 59 개에 지나지 않았으며, 그 가운데서도 옛글에 쓰인 것을 제외하면 30개 정도에 지나지 않았다..

서 찾아볼 수 있다. 둘째는, '-되'의 쓰임이 한쪽으로 치우치고 있다는 점이다. 뒤에서 논의하겠지만, '-되'가 이전에는 여러 가지 다양한 문맥에서 이른바 '설명', '대립', '인용' 등의 의미로 쓰였던 데에 반하여, 요즈음의 경우에는 이른바 설명의 의미로 쓰이는 것이 대부분이며, 이른바 대립의 의미로 쓰이는 예는 이전에 비하여 현저하게 줄었고, 특히 인용할 때 쓰이는 경우는 거의 사라진 것을 볼 수 있다.2)

1.2 일반적으로 접속어미 '-되'는 다음 (1 ㄱ-ㄷ)과 같이 세 가지의 서로 다른 쓰임을 보여준다

(1) ㄱ. 대개의 경우 식모나 유모를 구하되, 어린것이 딸린 여인을 피하는 것이 일반이었다.
 ㄴ. 눈은 오되 바람은 불지 않는다.
 ㄷ. 탕왕이 걸을 남소로 쫓으시고 부끄러운 마음이 있어 이르시되, 다음에 나를 구실로 삼을 무리가 있을까 두려워하노라
(이문열의 〈황제를 위하여〉).

---

2) 본고에서 취한 말뭉치 자료 765개를 분석한 결과를 보면, '-되'의 쓰임이 대체로 다음 〔표 1〕과 같은 분포를 보인다.

〔표 1〕

'-되'의 의미 분포	설명	대립	인용	계
분포수	539	184	42	965
분포율	70.46	24.05	5.49	100

그런데 동일한 자료 가운데서 1980년 이후에 쓰여진 자료 186 개를 분석한 바, 다음 〔표 2〕와 같은 분포를 보여주고 있다.

〔표 2〕

'-되'의 의미 분포	설명	대립	인용	계
분포수	164	21	1	186
분포율	88.17	11.29	0.54	100

이와 같이 근래에 들어 '-되'가 이른바 설명의 뜻으로 쓰이는 경향이 아주 강해지고 있다.

(1 ㄱ)은 선행절 내용의 서술에 그치지 않고 그와 관련이 있는 다른 내용을 후행절에 덧붙이는 것이고, (1 ㄴ)은 선행절 내용과 대립되는 내용을 후행절에 이은 것이며, (1 ㄷ)은 후행절에 인용하는 대화가 뒤따른 것이다. 이와 같은 세 가지의 다른 쓰임에 따라 '-되'의 의미를 각각 이른바 '설명' '대립' '인용' 등으로 설명하는 것이 일반적이다. 그런데 '-되'의 의미는 자연히 이른바 인용의 (1 ㄷ)보다는 (1 ㄱㄴ)과 같은 쓰임에 주목하게 되어, 그 의미를 '설명' 또는 '대립'으로 보는가 하면, 아예 다른 관점에서 '조건', '상황', 혹은 '전제'로 파악하기도 한다. 그런가 하면 (1 ㄱ)과 (1 ㄴ)을 아예 별개의 것으로 파악하여 각각 '설명'과 '대립' 또는 '조건'과 '설명'의 의미를 가진 별개의 접속어미로 처리하기도 한다. 이와 같이 접속어미 '-되'의 의미에 대한 앞선 연구는 연구자에 따라 각양각색의 결과를 보여주고 있다. 앞선 연구에서의 분류 태도를 정리하여 보이면 다음 (2)와 같다.

(2) ㄱ. 설명 : 최현배(1937/1965), 허 웅(1884), 전혜영(1989),
　　　　　　　강우원(1991)
　　ㄴ. 대립/대조 : 김민수(1977), 남기심·고영근(1993), 권재일
　　　　　　　(2000)
　　ㄷ. 조건 : 이주행(2000)
　　ㄹ. 상황 : 서정수(1996)
　　ㅁ. 전제로 설명 : 강기진(1987), 왕문용·민현식(1993)
　　ㅂ. 설명과 대립 : 채연강(1984),
　　ㅅ. 조건과 설명 : 김승곤(1998)[3)]
　　ㅇ. 그밖에, 문제점을 들고 나오는 것 : 이숭녕(1976)

---

3) 김승곤(1998:115,181)은 '-되'의 의미를 '조건'과 '설명'으로 구별하여 설정하고 있는데, 후행절에 협박, 부정, 명령의 뜻이 오는 것을 요구할 때에 '조건'으로, 그 밖의 것은 '설명'으로 보고 있다.

2

2.1 이제 다음 예문 (3)를 통하여 접속어미 '-되'의 의미 기능을 살펴보기로 하자.

(3) ㄱ. 유행에 뒤쳐지지 않게 옷을 입되, 너무 지나쳐서 되바라지
　　　게 보이지 않아야 한다.
　　ㄴ. 한글 맞춤법은 표준어를 소리대로 적되, 어법에 맞도록 함
　　　을 원칙으로 한다.

(3 ㄱㄴ)의 화자는, 먼저 선행절 내용을 사실로 확정하여 받아들이고 있음을 알 수 있다. 구체적으로 (3 ㄱ)을 통해서 살펴보면, 화자는 선행절 사태, 곧 '유행에 뒤쳐지지 않게 옷을 입는' 것이 당연한 일임을 먼저 단정하여 말한다. 그리고 나서 후행절 사태, 곧 '너무 지나쳐서 되바라지게 보이지 않아야 함'을 화자가 뒤에 덧붙이고 있다. 다시 말하면, 화자는 먼저 선행명제를 정언(定言)하고, 이 선행명제에 후행명제를 부가(附加)하는 태도를 취하고 있다. 따라서 '-되' 접속문의 선행절과 후행절은 그 논리적 관계가 '정언 - 부가'의 관계로 맺어져 있다고 말할 수 있다. 이와 같은 '정언 - 부가'의 관계는 (3 ㄴ)에서 더욱 분명하게 드러남을 볼 수 있는데, '한글 맞춤법은 표준어를 소리대로 적는다'는 일반적인 단언에 '어법에 맞도록 함을 원칙으로 한다'는 부수적인 조건을 첨가하고 있는 것이 그것이다.

한편으로, 일반 화자들을 대상으로 조사한 결과에서도 위에서 언급한 바와 같은 반응이 나오는데, 그것은 대체로 '-되'로 이어진 접속문의 후행절에는 '부가적'인 내용이 올 것이라는 예측을 하고 있는 것을 볼 수 있다4). 이는 현대 국어에서의 '-되'의 쓰임을 잘 보

---

4) 대학생 40 명을 대상으로 하여, (1) 아무 조건 없이 접속어미 '-되'가 쓰인
　문장을 스스로 만들어 보게 하고, (2) '-되'가 쓰인 선행절을 제시한 다음에

여주는 현상이라 할 수 있을 것이다.

다음의 (4)도 접속어미 '-되'로 이루어진 접속문인데, 선행절과 후행절 내용을 보면 '정언 - 부가'의 관계로 되어 있음을 알 수 있다.

    (4) ㄱ. 그는 돈은 많되 쓸 줄을 모른다.
        ㄴ. 대중문학의 본질 가운데 하나는 대중을 위하되 대중에 의한
           것은 아니라는 것이다.

  다만 위에서 살펴본 예문 (3)과 앞의 예문 (4)가 서로 다른 점은, 예문 (3)이 순접인데 반하여 예문 (4)는 역접으로 되어 있다는 것이다. 곧 예문 (4)는 선행절과 후행절이 서로 대립되는 내용으로 이어져 있다. 그렇기 때문에 (3)에 비하여 (4)는 후행절의 부가적 기능이 다소 약한 듯이 보이게 된다. 그러나 '-되'에 의한 정언과 부가의 관계는 예문 (4)에서도 분명하다고 할 수 있다.

접속어미 '-되'가 선행절 내용을 사실로 확정하여 말하고 있음은, '-되' 대신에 다른 어구로 대치함으로써 확인해 볼 수 있다. 다음 (5 ㄱㄴ)의 '-되'는 (6 ㄱㄴ)과 같이 '-기는 하지만'으로 바꾸어 쓸 수 있다.

    (5) ㄱ. 그는 시인이되 무늬만 시인이다.
        ㄴ. 인간이 욕정을 가질 수 있되 욕정의 노예가 되어서는 안 된다.
    (6) ㄱ. 그는 시인이<u>기는 하지만</u> 무늬만 시인이다.
        ㄴ. 인간이 욕정을 가질 수 있<u>기는 하지만</u> 욕정의 노예가 되어
           서는 안 된다.

  (5)와 (6)에서 볼 수 있는 바와 같이, '-되'를 대치할 수 있는 가장 적절한 어구가 '-기는 하지만'이라고 할 수 있다. '-기는 하-'는 그것이 이끄는 사태가 사실임을 단정하는 표현이다. 이것은 다시

그 뒤를 이어서 후행절을 완성해 보게 하였는데, (1)(2)의 경우 모두 대부분의 응답자들이 뒤에 조건이나 예외와 같은 단서가 붙는 예문을 지었다.

다음 (7 ㄱㄴ)과 같이 '-ㄴ 것이 사실이기는 하지만'으로 환언 (paraphrase)할 수 있다.

    (7) ㄱ. 그는 시인인 <u>것이</u> <u>사실이기는</u> <u>하지만</u> 무늬만 시인이다.
        ㄴ. 인간이 욕정을 가질 수 있는 <u>것이</u> <u>사실이기는</u> <u>하지만</u> 욕정
           의 노예가 되어서는 안 된다.

   이와 같이 '-되'는 '-기는 하지만'으로 바꾸어 쓸 수 있으며, '-기는 하지만'은 다시 '-ㄴ 것이 사실이기는 하지만'으로 풀어쓸 수 있는 데에서도, 우리는 '-되'가 사실을 확정하여 말하는 의미가 있음을 확인할 수 있다.
'-되'의 다른 쓰임인 이른바 인용의 경우에서도 후행절의 부가적 기능을 확인할 수 있다.

    (8) ㄱ. 홍보가 기가 막히어 대답하되, 제가 홍보올시다.
        ㄴ. 바리새인들이 예수께 나아와 그를 시험하여 묻되, 사람이
           아내를 내어버리는 것이 옳으니이까.

   (8)과 같이, 다른 사람의 말을 인용할 때에 그에 앞서서 설명하는 삽입어구를 만들고, 그 뒤를 이어서 실제 대화를 덧붙일 때에 '-되'를 쓰는데, 이 때의 후행절 대화 또한 부가적 기능을 맡고 있다. 이상에서 살펴본 바와 같이, '-되'는 선행절에서 주된 내용을 확정하여 말하고 후행절에서 그와 관련이 있는 다른 내용을 부가하는 기능을 가지고 있다.
   2.2 이제 정언과 부가 관계로 맺어진 선행절 사태와 후행절 사태 사이의 관계에 대하여 살펴보자.
일반적으로 '-되' 접속문의 선행절 내용은 포괄적인데 반하여 후행절 내용은 국부적이다. 다시 말하면, 선행절에서 일반적인 내용을 말한다고 한다면 후행절에서는 선행절에 부속하는 구체적인 내용이 따라오게 된다.

(9) ㄱ. 물은 충분히 사용하되 낭비하지 않아야 한다.
    ㄴ. 우물을 파되 한 우물을 파라.

　(9 ㄱㄴ)은 '-되' 접속문으로서 가장 보편적인 예의 하나인데, 이를 보면 선행절에서 전반적인 사태를 말하고, 후행절에서 선행절 내용의 범위 안에서 일어날 수 있는 보다 구체적인 사태를 말하고 있다. 다시 말하면, 후행절 사태는 선행절 사태 속에 내재할 수 있는 여러 구성 요소 가운데 하나의 요소이다. 따라서 선행절 사태와 후행절 사태를 맞바꾸어 놓으면 그 문장 다음 (10)과 같이 성립될 수 없다. 사태의 크기가 잘못 결합되어 있기 때문이다.

(10) ㄱ. *물은 낭비하지 않되 충분히 사용해야 한다.
    ㄴ. *한 우물을 파되 우물을 판다.

　다음 예문 (11)도 선행절의 일반적인 사태와 후행절의 구체적인 사태가 결합되어 있다.

(11) ㄱ. 먼저 가죽으로 자루를 만들되, 원숭이의 손이 겨우 들어갈
        정도로 입을 좁게 합니다.
    ㄴ. 위의 자모로써 적을 수 없는 소리는 두 개 이상의 자모를
        어울려서 적되, 그 순서와 이름은 다음과 같이 정한다.
    ㄷ. 키가 큰 낙타는 고개만 숙여 풀을 먹되, 총총히 베어 먹지
        아니하고 건성건성 베어 먹으므로 이것들이 지나간 다음에
        도 많은 풀이 남아 있다.

　물론 (11 ㄱ-ㄷ)도 선행절과 후행절을 맞바꿀 수 없는데, 그것 또한 전반적인 선행절 사태와 국부적인 후행절 사태의 결합이라는 배열 순서에 어긋나기 때문이다.
　이와 같이 '-되' 접속문의 가장 보편적인 구성 방법은, 선행절에서 포괄적인 내용을 말하고 후행절에서 구체적인 내용을 말하는 것이다.

그런데 위의 논의와는 다르게, 후행절 내용이 선행절 내용에 포함될 수 없는 두 사태가 '-되'에 의해서 결합되기도 한다.

(12) ㄱ. 그는 재주는 있으되 덕이 부족한 사람이다.
ㄴ. 그는 다른 나라의 잡다한 사건에는 통달해 있으되, 우리 역사에 대해서는 한 줄도 아는 것이 없다.

그러나 (12 ㄱㄴ)의 '-되'가 정언과 부가의 관계로 결합되어 있는 것임에는 변함이 없다. 다시 말하면, (12 ㄱ)은 그가 재주가 있음을 단정하여 말하고 거기에 그가 덕이 부족함을 덧붙여 말하고 있다. 이와 같은 관계는 (12 ㄴ)에서도 마찬가지이다. 다만 선행절 내용과 후행절 내용을 들여다 보면, 어느 한쪽이 다른 한쪽을 포섭하거나 포섭되는 관계가 아니다. 따라서 이러한 경우에는 선행절과 후행절을 맞바꾸어도 문장이 성립될 수 있다.

(13) ㄱ. 그는 덕이 부족하되 재주는 있는 사람이다.
ㄴ. 그는 우리 역사에 대해서는 한 줄도 아는 것이 없으되, 다른 나라의 잡다한 사건에는 통달해 있다.

그러나 이 경우에도 선행절에 정언 명제가 오고 후행절에 부가 명제가 오기 때문에 자연히 앞의 (12)와 (13)은 서로 성질이 다른 문장이 된다.

3

3.1 다음은 접속어미 '-되'의 통사적 특성을 통사 제약 중심으로 살펴본다.
먼저 선행절 주어와 후행절 주어의 동일성 여부에 대한 제약을 알아보자.

　부가관계 접속어미 '-되'는 주어의 동일성 여부에 제약을 갖지 않는다.

　　　(14) ㄱ. 그는 역사적 현장에 있었으되 결코 중심 인물은 아니었다.
　　　　　ㄴ. 민주주의는 소수의 의견을 존중하되 다수의 의사로 결정짓
　　　　　　　는 것이다.
　　　(15) ㄱ. 기안은 김 대리가 하되 최종 결정은 팀장이 한다.
　　　　　ㄴ. 사랑하는 사람은 갔으되 나의 마음은 결코 그를 보내지
　　　　　　　않았다.

　(14 ㄱㄴ)은 선행절 주어와 후행절 주어가 동일한 예이고, (15 ㄱㄴ)은 주어가 서로 다른 예인데, 모두 적격문이다. 이와 같이 '-되'는 접속문 구성에 있어서 주어의 동일성 여부에 제약을 갖지 않는다.

　그런데 '-되' 접속문은 동일 주어 구문을 취하는 것이 일반적이라고 할 수 있을 만큼 비동일 주어 구문보다는 동일 주어 구문이 훨씬 많이 쓰인다. 그것은 접속어미 '-되'가 가지고 있는 부가의 의미 때문인 것으로 보인다. 곧 일반적으로 '-되'의 후행절은 선행절의 서술 내용의 범위 안에서 그와 관련이 있는 다른 내용을 덧붙이게 되는데, 이 때문에 후행절 행위의 주체는 자연히 선행절 행위의 주체와 같게 되는 경향을 갖게 된다.

　3.2 다음은 접속어미 '-되'가 직접 결합하는 서술어에 대하여 살펴보자.

　'-되'는 서술어의 성격에 특별한 제약 없이 모두 쓰일 수 있다. 다음 (16 ㄱ-ㄷ)은 '-되'가 각각 동사, 형용사, 지정사와 결합한 예인데, 모두 자연스럽게 쓰일 수 있음을 보여준다.

　　　(16) ㄱ. 그는 사람을 보되 얼굴만 보지 않고 마음속까지 보는 것
　　　　　　　같았다.

ㄴ. 그의 글은 짧고 간결하되 천 마디 함축이 있었다.
ㄷ. 그 사내와 살을 섞은 것은 사실이되5) 그렇다고 마음까지
    준 것은 아니다.

그런데 '-되'는 선행절과 후행절 서술어로 동일한 서술어를 취하
는 일이 많다. 이 때의 후행절 내용은 선행절 서술어를 부연 설명
하고 있다.

(17) ㄱ. 바람이 불되 몹시 분다.
     ㄴ. 우리는 술을 마시되 알맞게 마셔야 한다.
     ㄷ. 여러 물체 중에서 중요한 것 하나만을 골라 그리되, 물체
        의 한 쪽을 밝게 그리고 다른 쪽을 어둡게 그립니다.

위의 예문 (17 ㄱ-ㄷ)은 동일 서술어문인데, 후행절 내용이 선행절
서술어를 풀어서 자세히 말하는 것임을 알 수 있다.

3.3 다음으로 시상어미와의 통합 양상을 살펴본다.
'-되'는 시상어미 '-었-,-겠-'과 직접 결합하는 것이 가능하다.

(18) ㄱ. 꽃은 떨어졌으되 아직은 5월 춘풍이 들판을 일렁이고 있었다.
     ㄴ. 그가 회사를 그만 둔다면 혹 모르겠으되, 그럴 것 같지 않
        은데 말은 해서 무얼하겠소.

이와 같이 '-되'는 시상어미 '-겠-, -었-'과의 직접 결합이 자유롭
다.

---

5) '이다, 아니다'의 어간에는 다음 (1)과 같이 '-되'와 함께 '-로되'가 붙을 수
   있다. 이 때의 '-로되'는 '-되'보다 더 힘 주어 말하는 듯하다.
   (1) ㄱ. 누구 말마따나 마음은 청춘이되/청춘이로되 몸이 노는 것은 상노
          인이나 다름없다.
       ㄴ. 그것들은 전쟁터의 사진이 아니되/아니로되 전쟁터보다 더한 인간
          의 참극을 보여주고 있다.

그런데. '-되'의 이형태로 매개모음 '-으-'를 취한 '-으되'가 있는데, 이 '-으되'가 쓰이는 음성환경을 살펴보면 좀 특이한 데가 있다. 곧 '-으되'는 앞의 (18)에서와 같이 시상어미 '-었-. -겠-' 뒤에 붙는 것이 일반적이다.

그런데 '있다, 없다'의 어간에는 '-되'와 '-으되'가 뒤섞여 쓰이는 것으로 보인다. 다음 (19)(20)은 '있다, 없다'의 어간에 '-되'와 '-으되'가 결합되는 양상을 보여주는 예이다.

(19) ㄱ. 그는 마음은 있되/있으되 표현이 부족한 사람이다.
ㄴ. 겸임 연구원은 5년 이상의 현장 경험이 있되/*있으되, 석사 이상의 학위 소지자이어야 한다.
(20) ㄱ. 그의 속마음을 내가 잘 알 수는 없되/없으되, 그렇게 호의적인 것만은 아닐 것이라고 생각하네.
ㄴ. 짐짓 방 안에는 아무도 없되/*없으되 있는 것처럼 가장하였다.

3.4 다음은 접속어미 '-되'의 후행절 서법에 대하여 살펴본다. 먼저 문말서법부터 살펴보면, '-되'는 의문법에서 부분적으로 제약이 있으나 그 밖의 다른 서법에서는 제약을 갖지 않는다.

(21) ㄱ. 불혹을 넘어선 나이이되, 신념은 그의 어느 구석에서도 찾을 수 없었다/찾을 수 없구나/찾을 수 없었지.
ㄴ. 정성으로 보살피되 자립심을 잃지 않도록 주의하마.
ㄷ. 우선 오늘밤은 이 집에서 묵되, 내일 동이 트기 전에 떠나거라/떠나려무나.
ㄹ. 사장이 시키는 대로 일을 하되, 정해진 분량만 하기로 하자.

(21 ㄱ-ㄹ)은 '-되'가 후행절 문말서법으로 서술법(평서형/감탄형/확인형), 약속법, 명령법(일반 명령형/허락형), 청유법을 취한 것으로 모두 자연스러운 문이다.

그러나 다음 (22)와 같이 후행절에 의문법이 올 때 '-되'의 쓰임이
자연스럽지 못하다.

    (22) ㄱ. *??채식을 주로 하되, 종종 육류를 취해도 됩니까?/되지요?
       ㄴ. *??그 여자와 삼 년을 함께 살았으되, 정까지 다 준 것은
          아니냐?/아니지?

그런데 위의 예문 (22)를 다시 살펴보면, 일반의문형에서는 '-되'
가 쓰이는 것이 불가능하지만, 확인 의문형에서는 전혀 불가능한
것만은 아닌 듯한 느낌을 준다. 다음 예문 (23)은 후행절 서법이
확인 의문형인데 자연스럽게 쓰이고 있다.

    (23) ㄱ. 해가 서쪽에서 뜬다면 모르겠으되, 그런 일이 일어날 성이
          나 싶소?
       ㄴ. 너희가 눈이 있다고는 하되, 하늘을 나는 매보다 더 멀리
          볼 수 있겠느냐?

이와 같이 '-되'는 일반 의문형이 아닌 다른 문말서법과의 결합에
서 대체로 자유스러움을 알 수 있다.
그런데 일반 의문형과의 결합에서 '-되'가 자유스럽지 못한 것은,
'-되'의 의미 기능과 일반 의문형의 의미 특성에 기인하는 것으로,
'-되'의 후행절에는 항상 실제적 사태가 부가되어야 하지만 일반의
문형은 그러하지 못하기 때문이다.
다음은 '-되'와 후행절 비문말서법과의 통합 양상을 살펴보자. 다음
(24 ㄱ-ㅁ)은 '-되'가 추정법, 의도법, 회상법, 원칙법, 확인법의 비
문말서법 표지와 결합한 예이다.

    (24) ㄱ. 그 여자는 뜻은 이루었으되, 결국 불행한 삶을 살고 있겠다.
       ㄴ. 손님으로 드나드는 사람은 방해하지 않되, 쑤시고 들어와
          둥지를 틀려는 자는 가만 두지 않겠다.

　　ㄷ. 그의 말은 짧고 간결하였으되, 천 마디의 웅변보다 힘이 있
　　　　더라.
　　ㄹ. 눈초리가 갸름하되 그 눈 끝이 젖어서는 아니 되느니라.
　　ㅁ. 사람이 세상에 났으되, 그 뜻을 스스로 알기 어려운 것도
　　　　바로 이와 같은 이치렷다.

　이와 같이 '-되'는 후행절의 비문말서법에서도 대체로 자연스럽게 쓰일 수 있다.
　이상에서 살펴본 바와 같이 접속어미 '-되'는 후행절 서법으로 일반 의문형이 올 수 없는 것 이외에 전반적으로 별다른 통사적 제약을 갖지 않는다.

<h1 style="text-align:center">4</h1>

　4.1 앞의 2장에서 우리는 접속어미 '-되'가 선행절 내용의 정언과 함께 부가의 의미 기능이 있음을 보았다. 이제 '-되'가 부가의 의미와 함께 가질 수 있는 다른 의미 특성에 대하여 살펴보기로 하자. '-되'의 의미 특성은 대체로 '-되'에 후속하는 후행절 내용에 따라 여러 가지 특성이 드러난다.
　먼저 '-되'가 대립의 의미를 갖는 경우를 우리는 쉽게 볼 수 있다. 이것은 정언의 선행절에 부가하는 후행절 사태가 선행절 사태에 대립되는 경우이다.

　(25) ㄱ. 비가 오되 바람이 아니 분다.
　　　　ㄴ. 말을 하는 사람은 있으되 그 말을 듣는 사람은 없었다.

　(25)는 선행절 사태와 후행절 사태가 서로 반대되거나 대조되는 관계로 이루어졌다. 물론 이 경우에도 선행절과 후행절 사이에는 정언과 부가의 관계가 기본적으로 설정되어 있으며, 거기에 대립의

의미가 더 얹혀져 있는 것이다.

이 때의 '-되'는 주된 의미 기능이 대립이라고 말할 수 있는 접속 어미 '-지만'이나, 상황을 나타내는 접속어미 '-ㄴ데' 등으로 대치될 수 있다.

    (26) ㄱ. 비가 오지만/오는데 바람이 아니 분다.
        ㄴ. 말을 하는 사람은 있지만/있는데 그 말을 듣는 사람은
           없었다.

(26)과 같이 현대국어에서는 '-되'가 '-지만'이나 '-ㄴ데'로 대치되는 경향이 많은데, 이렇게 대치되면 '-되'의 주된 의미인 정언과 부가의 논리적 관계도 사라지게 된다. 특히 '-되'의 쓰임이 줄어들면서 그 자리에 '-되'와 용법이 비슷한 '-ㄴ데'가 나타나는 경향이 강하다.

한편으로, 선행절과 후행절이 서로 대립되는 사태로 결합되어 있는 '-되' 접속문은 두절을 서로 맞바꿀 수 있다. 그러나 앞의 예문 (12)(13)을 통해서 살펴본 바와 같이, 이 때에는 정언과 부가라는 명제의 지위도 뒤바뀌게 된다.

4.2 '-되'는 부연(敷衍)의 의미를 가지는 경우가 많이 있다. 부연이란 이해하기 쉽도록 설명을 붙여서 자세히 말하는 것을 가리키는데, '-되'에는 선행절 내용의 일부를 후행절에서 다시 풀어서 설명하는 특성이 있다.

다음 (27)은 선행절에서 사실 명제를 제시하고 후행절에서 그것을 다시 부연 설명하는 관계로 되어 있다.

    (27) ㄱ. 여름에는 비가 오되 그 양이 많지 않았다.
        ㄴ. 불을 보되 타오르는 불꽃만을 보지 않고 타서 남은 재까
           지 볼 줄 아는 듯하다.

(27 ㄱㄴ)의 후행절은 선행절의 진술에 만족하지 못하고 그것에

다시 보충하여 설명하고 있다. 부연이란 이와 같이 선행절의 부족한 진술을 보충해 주는 것을 말한다. 따라서 '-되'의 주된 의미 기능인 부가와 이에 얹혀서 드러나는 의미 특성인 부연은 엄밀하게 구별되어야 한다.

다음 (28)도 부연의 의미 특성을 보이는 예문이다. 그런데 이러한 특성을 가진 예문은 대체로 선행절과 후행절의 주어가 동일한 경우가 많다.

(28) ㄱ. 우리는 일상적인 삶에 묶여 있으되, 거기에 안주하거나 함몰되어 있지 않아야 한다.
ㄴ. 그는 나를 쳐다보되, 창 사이로 고개만 겨우 내밀어 볼 뿐이었다.

이와 같이 선행절 주어와 후행절 주어가 동일한 경우가 많은 것은, 선행절의 서술과 그에 대한 후행절의 보충 설명이라는 일련의 행위 자체가 한 행위자에 의해서 일관성 있게 이루어지는 일이 많기 때문이다.

다음 (29)는 주어가 같을 뿐만 아니라 선행절과 후행절의 서술어도 동일한 예이다.

(29) ㄱ. 바람이 불되 몹시 분다.
ㄴ. 너는 저기 계신 선생님께 이 책을 가져다 드리되, 두 손으로 정중하게 드려라.

이러한 예문은 어김없이 부연의 의미 특성을 보이게 되는데, 이때의 후행절은 선행절 서술어의 내용을 보충하여 설명하게 된다. 다음 (30)은 선행절에서 진술한 내용을 후행절에서 수정하고 있는 예이다. 그러나 선행절 내용을 근본적으로 부정하는 것이 아니고 선행절 진술에서 만족스럽지 못한 것을 보충하는 정도의 수정이다. 따라서 (30)도 부연하여 설명하는 예에 속한다고 말할 수 있을 것이다.

　(30) ㄱ. 이 집은 남향이되 약간 동으로 치우친 남향이다.
　　　 ㄴ. 우리집 아이가 대학 입시에 합격했으되 예비 합격했다.

　그리고 이 경우에도 선행절과 후행절에 동일한 주어와 서술어가 쓰이고 있음을 볼 수 있다.
　이와 같이 '-되' 접속문에는 선행절과 후행절에 동일하거나 의미가 엇비슷한 서술어가 등장하는 예가 많은데, 다음 (31)도 이에 해당하는 예이다.

　(31) ㄱ. 눈은 오되 약간 흩날릴 뿐이다.
　　　 ㄴ. 키가 크되 여간 큰 키가 아니다.
　　　 ㄷ. 아동의 행동 발달에 초점을 두되, 부정적 행동보다는 긍정
　　　　　 적 행동에 두어야 한다.

　(31)의 후행절은 모두 선행절의 서술 내용을 부연 설명하고 있다.
　이와 같이 '-되'는 선행절과 관련된 내용을 후행절에서 더 자세히 풀어서 설명하는 특성을 가지고 있다.

4.3 '-되'는 다음 (32)와 같이 양보의 의미를 보이기도 있다.

　(32) ㄱ. 밤낮을 가리지 않고 열심히 일했으되, 굶주리는 이도 적지
　　　　　 않았다.
　　　 ㄴ. 대부분의 미국 사람들은 신문을 읽되, 그들의 의견을 결정
　　　　　 하는데 있어서 신문을 전적으로 믿지 않는다.

　(32 ㄱ)의 화자는 열심히 일하면 굶주리지 않는다는 일반적인 배경 지식을 가지고 있는데, 그 지식에 부합하지 않은 상태에서 '-되'

를 쓰고 있다. (32 ㄴ)의 '-되'도 동일한 의미 특성을 보이고 있다. 곧 (32 ㄱㄴ)의 '-되'가 양보의 의미로 쓰인 것이다. 이와 같이 '-되'는 선행절 사태를 받아들이면서 후행절에서는 그것에 구애되지 않음을 나타내기도 한다.

일반으로 '-되'가 '-ㄴ데'로 대치되어 쓰일 수 있는 것은 앞의 논의와 다를 바 없지만, 이와 같이 '-되'가 양보의 의미로 쓰이는 경우에는 '-ㄴ데도'로 대치할 때 그 의미가 더욱 분명해진다. 그리고 이 때에는 그 뒤에 '불구하고' 정도의 의미가 개입되는 것으로 볼 수 있다.

(33) ㄱ. 밤낮을 가리지 않고 열심히 일했는데도 (불구하고) 굶주리
　　　　는 이도 적지 않았다.
　　　ㄴ. 대부분의 미국 사람들은 신문을 읽는데도 (불구하고) 그들
　　　　의 의견을 결정하는데 있어서 신문을 전적으로 믿지 않는다.

(33 ㄱㄴ)은 선행절에 제시된 사실에 구애됨이 없이 후행절의 사태가 일어남을 보여준다.
다음 (34)도 '-되'가 양보의 의미를 나타내고 있는 예이다.

(34) ㄱ. 양귀비가 미인이되 미인이 곧 양귀비만은 아니다.
　　　ㄴ. 옛날 마한에서는 소와 말을 기르되, 타고 일하는 데에 쓰
　　　　지 않고 송사에만 썼다고 한다.

관용적으로 '-다면 모르되'나 '-ㄴ지는 모르되'처럼, 확인을 부정하는 뜻을 가진 동사 '모르다'에' -되'가 붙어서 쓰이는 경우가 많이 있다. 이것은 '-되'에 의하여 확정될 수 있는 선행절 사태에 확인을 부정하는 동사 '모르다'를 사용함으로써 화자가 자신의 의견을 확정적으로 말하는 것을 피하는 태도를 취하게 된다.

(35) ㄱ. 정당 공천을 받아서 나왔다면 모르되, 무소속으로 나와서
         는 당선될 수 없지요.
     ㄴ. 그가 돈이 많은 사람인지는 모르되, 그렇게 씀씀이가 헤퍼
         서야 되겠는냐?

또한, 다음 (36)과 같이 관용 표현으로 '모르긴 모르되'가 쓰이는
일이 많은데, 이것은 화자가 자신의 의견을 확정적으로 말하지 않
고 다소 우회적으로 말하는 것이다(이희자·이종희 1999:191).

(36) ㄱ. 모르긴 모르되 아무리 적게 잡아도 백 명은 훨씬 웃돌 것
         입니다.
     ㄴ. 모르긴 모르되 그가 주인일 겁니다.

(36 ㄱㄴ)은, 화자가 자신 있게 말할 수는 없지만 십중 팔구는
그러하리라는 믿음을 가지고 있을 때 하는 말이다.
그리고 (35)와 (36)의 '-되'를 양보의 뜻을 가진 접속어미 '-어도'로
바꾸어 써도 그 의미가 변하지 않는다.
4.4 선행절에서는 일반적인 진술을 하고 후행절에서 그에 따르는
단서(但書)를 붙일 때에 '-되'가 쓰이는 일이 많이 있다.

(37) ㄱ. 입원 환자의 외출은 허가하되, 저녁 7시 이전에 귀원해야
         합니다.
     ㄴ. 텃골 집에 가서 내 부모와 비밀히 만나 그 안부를 알아오
         되, 내가 잘 있다는 말만 사뢰고 어디 있단 것은 알리지
         말라고 부탁하였다(김구 〈백범일지〉).

위의 (37 ㄱㄴ)을 보면, 선행절에서 일반적인 사태를 말하고 후
행절에서 이 선행절 사태의 실현과 함께 지켜야 할 사항를 첨가하
고 있다. 이와 같이 '-되'는 후행절에 단서를 덧붙이는 의미 특성을
가지고 있다.

위의 (37 ㄱㄴ)의 후행절 내용이 단서 사항에 해당한다는 사실은 일반적으로 단서를 붙일 때 사용하는 부사 '단/다만/단지' 등을 삽입해 봄으로써 더욱 분명하게 알 수 있다. 이 때에도 '-되'는 -ㄴ데 '로 교체하는 것이 가능하며, 따라서 (37)의 '-되'는 다음 (38)과 같이 '-ㄴ데 다만' 등으로 변형할 수 있다.

(38) ㄱ. 입원 환자의 외출은 허가하는데 다만 저녁 7시 이전에 귀원해야 합니다.
　　　ㄴ. 텃골 집에 가서 내 부모와 비밀히 만나 그 안부를 알아오는데 다만 내가 잘 있다는 말만 사뢰고 어디 있단 것은 알리지 말라고 부탁하였다.

단서 사항에는 대체로 조건과 예외가 있을 수 있다. 다음 (39)는 조건에 해당하는 사항이 단서로 덧붙은 예이다.

(39) ㄱ. 제출 서류는 우편으로도 접수하되, 마감일 이전의 소인이 찍힌 것만을 인정한다.
　　　ㄴ. 그 이상의 분량에 대해서는 논문집 편집위원회의 동의를 얻어 게재할 수 있되, 추가되는 페이지의 조판료는 원고 집필자가 부담한다.

(39 ㄱㄴ)은, 선행절의 내용을 수용하면서 그에 관련하여 발생할 수 있는 사항을 조건으로 제시하고 있다.
다음 (40)은 예외에 속하는 사항이 단서로 덧붙은 예이다.

(40) ㄱ. 모든 단어는 띄어쓰되, 조사는 윗말에 붙여쓴다.
　　　ㄴ. 연구 실적은 최근 4 년 이내에 발표한 것으로 제한하되, 박사 학위 논문은 기간에 구애되지 아니한다.

위의 (40 ㄱㄴ)은, 선행절에서는 원칙에 속하는 내용을 말하면서 후행절에서는 그 원칙에서 벗어나는 예외를 덧붙이고 있다.
이와 같이 '-되'는 그 뒤에 조건이나 예외와 같은 단서를 붙이고자
할 때 많이 쓰인다.

'-되'에 의해서 단서가 부가되는 경우를 보면, 일반적으로 선행절
에서 이루어진 승낙을 후행절에서 제한하고 있음을 볼 수 있다. 다
음 예문 (41 ㄱ-ㄹ)은, 화자는 선행절 사태가 이루어지는 것을 허
용하면서 다시 후행절 사태를 말함으로써 결국 선행절 사태의 폭을
제한하고 있다6).

> (41) ㄱ. 연구실로 찾아오되 오후 3시 이전에 오시오.
>   ㄴ. 술을 마시되 알맞게 마셔야 한다.
>   ㄷ. 인간은 욕정을 갖되 욕정의 노예가 되어서는 안 된다.
>   ㄹ. 오전 오후 두 차례로 나누어서 약을 먹되 꼭 공복에 드시오.

4.5 앞에서도 여러 번 언급한 바와 같이 '-되'가 이른바 인용을
나타낼 때에 쓰이는 일이 있으나, 현대 국어에서는 거의 사라진 용
법으로 보인다., 간혹 글말에서 쓰이는 예가 있다고 할지라도 그것
은 예스러운 글투로 보아야 할 것이다.

> (42) ㄱ. 제자들이 대답하되, "잘 모르겠습니다."라고 하였다.
>   ㄴ. 지휘관이 장병들에게 명령하되, "모든 장병들은 즉시 귀대
>   하라."라고 했다.

인용할 때의 '-되'는 '말하다, 묻다, 대답하다, 이르다, 명령하다,
아뢰다' 등의 화법 동사의 어간에 붙으며, 이 때의 인용은 일반적으
로 다른 사람의 말을 그대로 되풀이하여 말하는 직접 화법의 형식
을 취하게 된다. 그러나 현대국어에서는 거의 쓰이지 않는 것으로

---

6) 이를 논리적 입장에서 말하면, '-되'에 의해서 선행절의 외연에 후행절의 내
   포가 가하여 지고 그 결과로 선행절의 외연이 작아지게 되는 셈이다.

이 때에는 대개 다음 (43)과 같이 '-기를'이 쓰이게 된다.

(43) ㄱ. 제자들이 대답하<u>기를</u>, "잘 모르겠습니다."라고 하였다.
    ㄴ. 지휘관이 장병들에게 명령하<u>기를</u>, "모든 장병들은 즉시 귀
        대하라."라고 했다.

5

접속어미 '-되'는 현대국어에서 그 쓰임이 현저하게 줄어들고 있다. 글말에서는 그런 대로 유지되고 있으나 입말에서는 아주 제한적으로 쓰이는 것으로 보인다. '-되'가 문장 속에서 갖는 의미 또한, 이전에 다양한 의미로 쓰였던 것에 비하여 현대 국어에서는 그 다양성이 줄어든 상태이다.

본고는 접속어미 '-되'가 가지고 있는 의미 기능과 함께, 통사적 특성, 의미적 특성 등을 살펴보았는데 논의의 대강을 요약하면 다음과 같다.

먼저, 접속어미 '-되'는 선행절에서 주된 내용을 확정하여 말하고 후행절에서 그와 관련이 있는 다른 내용을 부가하는 기능을 가지고 있다. 다시 말하면, 접속어미 '-되'는 선행 명제와 후행 명제를 정언과 부가의 관계로 이어준다. 따라서 '-되'로 이어진 접속문의 선행절 사태와 후행절 사태는, 일반적으로 선행절에서 포괄적인 내용을 말하고 후행절에서 구체적인 내용을 말하는 관계로 되어 있다. 접속어미 '-되'의 통사적 특성을 통사 제약을 중심으로 살펴본 바, 주어의 동일성 여부, 직접 결합이 가능한 서술어의 성격, 시상어미와의 결합, '-되가 취할 수 있는 문말서법 및 비문말서법 등에서 거의 제약이 없으며, 다만 일반 의문형에서 그 쓰임이 자유스럽지 못한 것으로 보인다.

끝으로, '-되'의 의미 특성을 살펴보면, '-되'는 정언의 선행절 사

태와 그에 부가하는 후행절 사태가 의미상 맞서는 대립, 선행절 내
용의 부족함을 보충하여 설명하는 부연, 선행절 사태를 받아들이면
서 그것에 구애되지 않음을 나타내는 양보, 그리고 선행절의 주된
내용에 조건이나 예외 사항을 덧붙이는 단서 등 여러 가지 특성이
있음을 알 수 있다.

참 고 문 헌

강기진(1987), "전제성 접속어미에 대하여 -˚-(으)되'를 중심으로-", 설태 박요
　　　　순 선생 화갑기념논총, 한남어문학회.
강우원(1991), "우리말 이음구조 연구", 부산대학교 대학원(박사학위논문).
권재일(2000), 한국어 통사론, 민음사.
김민수(1077), 국어문법론, 일조각.
남기심·고영근(1993), 표준 국어 문법론, 탑출판사.
서정수(1996), 국어문법, 한양대 출판원.
왕문용·민현식(1993), 국어 문법론의 이해, 개문사.
윤평현(1989), 국어의 접속어미 연구, 한신문화사.
윤평현(1999), "국어의 상황관계 접속어미에 대한 연구", 한국언어문학 제43
　　　　집, 한국언어문학회.
이상태(1991), "접속어미 {-되}의 의미 기능에 대하여", 들메 서재극 박사 환
　　　　갑 기념 논문집, 계명대 출판부.
이숭녕(1976), 문법, 을유문화사.
이은경(1996), "국어의 연결어미 연구", 서울대학교 대학원(박사학위논문).
이주행(2000), 한국어 문법의 이해, 월인.
이희자·이종희(1999), 텍스트 분석적 국어 어미 연구, 한국문화사.
장광군(1999), 한국어 연결어미의 표현론, 월인.
전혜영(1989), "현대 한국어 접속어미의 화용론적 연구", 이화여자대학교 대학
　　　　원(박사학위논문).
채연강(1984), "현대 한국어 연결어미에 대한 연구", 성균관대학교 대학원(박
　　　　사학위논문).
최현배(1937/1965), 우리말본, 정음사.
허　웅(1984), 국어학 -우리말의 어제·오늘-, 샘문화사.

제 2 부

대중 매체 문화와 국어 교육

김 용 재*

목　차

Ⅰ. 들어가며

현대인의 일상적 삶은 대중 매체 기호의 광장 안에서 이루어지고 있다고 할 수 있다. 신문이나 잡지, 라디오나 TV의 방송기호가 일상 언어에 침투한 지는 오래 전이고, 지금도 대중 매체의 이미지와 담론이 정치·사회·경제·문화면 등 모든 사회 현상에서 중심적 기호로 행세하고 있다. 미디어 기기의 급속한 발달과 함께 우리는 하루의 시작과 끝을 대중 매체 기호 속에서 지낸다고 해도 과언이 아니다.

대중 매체는 대중의 〈매체〉인 동시에, 〈대중 사회〉의 매체이다. 대중 매체에 대하여 이처럼 강조점을 달리 하여 반복 진술한 이유

<hr>

* 전주교육대학교 국어교육과 교수
** "이 논문은 필자의 '대중매체 문화의 국어교육적 함의'(〈한국초등국어교육〉)
　　13집, 1997.12)의 내용을 일부 수정하여 재수록하였음."

는 대중 매체의 성격이 두 층위에서 동시에 작용하고 있기 때문이다. 앞의 진술은 매체의 속성을, 뒤의 진술은 대중 사회와 대중 문화적 성격을 부각시키고 있다. 대중 매체의 속성은 기호의 입력과 해독 과정에 내재하고 있으며, 매체의 대중 사회적 성격은 우리의 삶과 문화 속에 침윤되어 있다.1)

후기 산업 사회, 정보화 사회라고 일컬어지는 오늘날, 인간이 살아가고 있는 공간은 실재의 현실적·물리적 공간 개념이 허물어지고 '전자 광장'(electronic agoras)2)의 개념으로 새롭게 형성되고 있다. TV나 컴퓨터, 사진과 영화 등의 영상매체의 발달은 "아이콘적 텍스트의 범람과 형상화의 시각화 매력"3) 등에 의해 삶의 공간 축소와 동시성의 장을 마련해 주었다. 자아와 타자와의 관계도 일대 일의 직접적 관계가 아니라 매체 언어와 이미지가 위주가 되는 다중적 매개 관계로 바뀌었으며, 그에 부응하여 세계 인식의 개념도 매체가 제공하는 이미지와 담론의 위상에 의해 결정되는 환상적 공간이 되었다. 따라서 국어 교육 논의에 있어서도 대중 매체와 그에 관련된 문화적 배경을 배제할 수 없게 되었다. 교육 환경이 변

---

1) 대중 매체는 전달 개념과 공유 개념을 동시에 함유하고 있는 용어이다. 대중 매체의 원개념은 복제, 저장, 유포 기술의 발달로 시공을 초월하여 많은 사람들에게 같은 메시지를 전달하는 매체를 뜻한다(이효성, '현대 사회와 대중 매체', 강상현·채백 엮음, 『대중 매체의 이해와 활용』, 한나래, 1993, 30쪽). 대중 매체는 똑같은 메시지를 불특정 다수에게 일시에 전달하는 대량 전달 수단이다. 한편 대중 사회에서 다수가 공유하고 있는 것이어서 사회 제도의 개념으로도 사용된다. 그러므로 전달성에 초점이 맞춰질 때는 매체 기호의 특성에 주목을 하고, 공유성에 초점이 맞춰질 때는 사회적 현상이나 대중문화 현상으로 이해하는 경향이 있다. 이 글의 논의 과정에서 대중 매체의 두 층위가 간헐적으로 상술될 것이다.
2) 전자광장은 컴퓨터, 대중 매체의 발달로 형성되는 동시성과 현장성을 강조한 미첼의 용어이다. (엄정식, '대중매체 문화와 자아의 인식', 하재창 엮음, 『대중매체 문화의 허위성과 진실성』(제10회 한국철학가대회보), 원광대 출판부, 1997. 11, 33쪽.)
3) 김성재, '기술적 형상의 미학과 새로운 매체 현실', 1997.11, 1쪽. 이 논문은 PC통신에 의해 접속된 논문이어서 발행지와 쪽수가 다를 수 있음.

했다는 사실을 인정하지 않을 수 없는 상황이다.

　교육의 문제는 주체와 대상, 그리고 방법 문제로 유목화할 수 있다. 교육의 주체는 교사와 학생(그리고 학부모)이다. 교육의 대상은 각 교과에서 선택·체계화 과정을 거친 교육 내용이며, 교육의 방법은 주체의 상황이나 교육 내용에 따라 신축적으로 작용하는 실천 과정이라고 할 수 있다. 대중 매체가 우리 사회에 지배적인 문화 상황을 형성하고 있다고 인정한다면, 교육도 그에 맞추어 새롭게 대상과 방법을 찾아야 한다. 물론 이러한 점은 새로운 문제 제기가 아닐 수 있다. 이미 우리는 다양한 매체 속에서 살고 그 매체로부터 자유로울 수 없기 때문이다. 교육은 문화상황에 따라 변화하되, 과거와 현재의 정신 구조를 연결해 주는 책무를 떠맡고 있다. 그러므로 교육 주체는 문화의 상수적이고 항존적인 내용을 바탕으로 시대의 변화에 맞게 교육의 대상과 방법을 신축적으로 적용하는 안목이 필요하다. 그것이 다매체 시대의 변화에도 교육의 항존적 목표를 달성하는 방법이 되기 때문이다.

　대중매체와 연관지어 국어 교육을 생각할 때, 우리는 당연히 대중 매체의 두 측면을 고려하지 않으면 안 된다. 앞에서 언급한 바처럼, 대중 매체는 대중 사회라는 사회적 맥락과 긴밀한 관련을 갖는 동시에 매체 나름대로의 기호적 특성을 함유하고 있다. 대중 매체와 사회는 함수 관계에 있다는 멕퀘일의 지적을 주목할 필요가 있다. "매스 미디어는 개인뿐만 아니라, 집단이나 사회 전체에 사회 현실의 지배적인 정의나 이미지를 제공한다. 즉 대중 매체가 제공하는 내용인 뉴스나 오락 등에는 사회전체의 가치나 규범적인 판단이 함축적으로 표현"4)되어 있다. 대중 매체의 사회 문화적 성격은

―――――――――――――――

4) 데니스 멕퀘일(오진환 역), 『매스커뮤니케이션 이론』, 나남, 1990, 23쪽.
　　멕퀘일은 이외에도 대중 매체와 사회의 관계가 중요한 이유는 다음과 같이 제시하고 있다. 첫째, 미디어는 고용 기회를 제공하고, 상품과 서비스를 생산하며, 관련 산업을 유지시켜 나감에 따라 성장하고 변화하는 산업체인 점. 미디어는 자체내에 제도를 갖고 있으며, 이 제도와 사회를 연결시키며, 다른 사회 제도와도 연결시켜 주는 자체의 규범과 원칙을 계발시킨다. 따라

여기서부터 출발한다고 볼 수 있다.

한편 대중 매체는 각각의 독특한 기호체계가 존재한다. 이를 크게 인쇄 매체와 영상 매체로 나누어 보면 전자는 문자언어의 속성을, 후자는 영상적 이미지의 속성을 근간으로 한다. 물론 둘의 바탕은 자연 언어에 있다. 다만 기표와 기의의 관계가 달라지면서 의미의 발현형태와 매체마다 전달 방식의 차이를 지니고 있는 것이다.

이 글은 현대 사회에서 지배적 문화를 형성하고 있는 '대중 매체' 문화와 관련하여 대중 문화적 성격과 그 매체의 속성을 인정하는 범위에서 국어교육관의 변화와 확장의 필요성을 부각시키고자 한다. 이 글은 어느 이론을 구성하거나 전략을 마련하는 데 목적을 두고 있지 않음을 밝혀 둔다. 다만 대중 매체 문화가 지배하는 사회에서 현재의 문화 상황을 올바르게 이해하고 국어 교육이 고려해야 할 점이 무엇인지 제시하는 데 목표를 두고자 한다. 그 이유는 항시 교육의 새로운 방향성 설정은 실천적 담론으로 진행되어야만 교육 현장에 기여할 수 있고, 문화의 방향성도 구체화된 의미론적 실천이 모여 새로움을 모색할 수 있기 때문이다.5)

서 미디어 제도는 사회의 통제를 받는다. 둘째, 매스 미디어는 권력 수단으로서 사회의 통제, 운영, 개혁의 수단이며, 또한 무력이나 다른 수단의 대용물이 될 수 있다는 점. 셋째, 매스 미디어는 국내나 국제적으로 공공업무가 진행되도록 하는 장을 제공한다는 점. 넷째, 예술면이나 상징적 양식 뿐만 아니라, 풍습, 유행, 생활 방식 및 규범의 측면에서 문화 발전의 한 곳을 차지한다는 점 때문이다.(23-25쪽)

5) 필자가 서론과 결론 대신 '들어가며'--'나오며'라고 한 이유도 이 글이 어떤 구체적 이론 구성이나 전략 탐색에 초점을 맞추지 않고 문제 제기 형식을 띠었기 때문이다.

Ⅱ. 국어교육관의 변화와 확장

1. 국어과 교육의 의미와 대중 매체 교육의 수용

국어과 교육을 정의하는 데는 여러 가지 시각이 있다. 그러나 국어과 교육은 〈국어 활동〉을 교육하는 것이라는 데는 대체적인 합의가 이루어진 듯하다. '국어 활동의 교육'은 여러 관점으로 해석할 수 있지만, 대체로 "첫째, 국어 활동은 문학적 목적으로의 국어 활동과 의사소통적 목적으로의 국어 활동으로 구분할 수 있다. 둘째, 국어 활동 능력을 구성하는 요인에는 지식과 기능, 태도 및 가치관이 있다. 셋째, 국어 활동 요인을 구성하는 지식 요인은 언어 자체에 관한 개념적 지식과 언어의 사용(표현 및 이해)에 관한 절차적 지식"6)으로 구성된다고 요약할 수 있다.

다만, 이러한 요약은 생활 문화로서의 국어 활동 영역을 도외시할 수도 있다는 점에 유의해야 한다. 김대행의 주장처럼, "국어활동이 지닌 문화적 성격과 규칙"을 알고 "대중 문화, 매체언어, 구전문화 등 --(중략)--국어 활동에 내재하는 문화적 질서의 체계를 설명하고 그 창조적 전망에 이르기까지"7) 그 영역을 고려해야 한다. 언어는 이미지, 상징, 의미 구조에 있어 문화적 맥락과 깊이 연관되어 있기 때문이다. 오늘날처럼 대중 매체의 발달과 함께 동시성과 공간의 확대로 언어의 의미가 소통의 직접성을 전제로 단순화할 수 없는 시대에는 더욱 그러하다.

국어과 교육이 대중 매체 교육에 대해 무관심한 것은 아니다. 다만 이제까지 대중 매체 교육은 방법적 테제로서의 국어 교육에 불과하였다. 다시 말해서 〈대중 매체에 의한〉 교육이었지, 〈대중 매체의〉 교육은 아니었다. 대표적 대중 매체인 신문, 라디오, TV를 이

---

6) 박영목, '국어과 교육의 내용 구조화와 수준 결정의 준거', 『21세기 국어과 교육의 지향과 수준별 교육 과정』, 한국교육개발원, 1997. 6, p.93.
7) 김대행, 『국어교과학의 지평』, 서울대 출판부, 서울대 출판부, 1995, 149쪽.

용하는 교육이거나 문학 작품의 TV 프로그램 활용 방안이 제안되었다. 전자의 예로써 NIE(Newspaper in Education), BIE(Broadcasting in Education), TIE(Television in Education) 등의 매체 활용 방안이 제안되었으며, 후자의 경우 TV교육 방송을 중심으로 국어교육 프로그램 제작에 대한 관심이 고조되었다.8) 이러한 방법론들은 대중 매체의 위력과 대중 매체를 학습자의 흥미 유발의 주요 기제로 믿었던 데서 온 기인한 것이라고 할 수 있다.

이제는 방법적 측면에서 매체의 활용 논의나, 매체 기관의 이해 차원에서 방송국 견학이나 신문 발행 순서가 교육 내용으로 선정되는 수준에서 벗어나야 한다. 어디까지나 대중 매체를 '생활 문화'로서 인정하고 그 내용이나 문화에 대한 것을 하나의 텍스트로 채택하여 이를 적극 국어교육 현장에 투입할 필요가 있다.

수용자 중심의 교육 체제를 채택, 수준별 교육 과정을 구체화하는 요즈음, 국어교육관의 변화 내지 확대의 필요성은 더욱 절실하다. 제7차 교육과정의 총론에서는 "21세기의 세계화와 정보화 시대를 주도할 자율적이고 창의적인 한국인 육성"을 최상위 목표로 설정하고, "세계화 정보화에 적응할 수 있는 자기주도적 능력의 신장"을 개정의 기본 방향의 하나로 제시하고 있다. 세계화·정보화 사회에는 현대의 다양한 문화 현상을 비판적으로 이해할 때에만 문화 현상에 대한 〈자기주도적 능력〉을 갖출 수 있다. 문화 현상은 동시성과 현장성이 강조되면서 다양화되고 있다. 그러므로 대중 매체 문화의 내면적 속성에까지 깊이 있는 관심이 필요한 때이다. 이에 대하여 국어과 교육 담당자들은 다음과 같은 진술을 의미 있게 되씹어야 한다고 본다.

---

8) 대표적인 논의로, 이재승, '국어과에서 신문 활용 방안', 『국어교육의 원리와 방법』, 도서출판 박이정, 1997.과 박인기, '문학텍스트의 종합적 감상을 위한 교육 TV프로그램 설계 방략', 『국어교육』 65·66호, 한국국어교육연구회, 1989.를 들 수 있다.

실제로 자라나는 세대들은 이중의 가치에 시달리고들 있다고 해도 지나친 말이 아닙니다. 학교에서는 표준말만 교육하지만 텔레비전에서는 사투리를 구사하는 드라마를 접해야 합니다. '자기 소개'류의 공식 화법만을 공부한 학생들이 주로 접하는 텔레비전에서는 코미디언이 웃음섞어 엮어 나가는 대담 프로를 숱하게 보게 됩니다.

하기야 여기서는 이런 것을, 저기서는 저런 것을……이라고 학교 교육과 사회 현상을 다른 것으로 갈라놓아 버린다면 그만일런지도 모릅니다. 그러나 문화적 대중성이 강조되는 사회적 변화를 앞에 놓고도 학교 교육은 그와 무관할 수 있다고 강변한다면 이미 거리를 갖고 있는 공교육의 공허감은 너무 커질 수밖에 없을 것입니다.

--(중략)--

자라나는 세대들은 교과서에 실린 글에 대하여도 자신의 견해와 태도를 갖추어야 하듯이 쏟아지는 미디어 언어들에 대해서도 주관을 뚜렷이 갖추고 사회의 가치와 개인의 가치를 아울러 가며 그에 대한 판단을 내릴 수 있는 반응의 능력을 갖춘 사람으로 길러져야 합니다. 그것을 위해서는 그 일을 수행할 수 있는 능력이 갖추어져야 하며, 그 일은 바로 국어과가 짐져야 할 일이 아닐까 생각합니다.9)

인용문에서 강조되고 있듯이, 이제 국어교육은 "문화적 대중성이 강조되는 사회적 변화"를 인지하고, 학습자로 하여금 대중 매체 언어에 대한 분명한 "견해와 태도"를 갖추도록 이론과 전략을 마련해야 한다. 공교육의 교육과정과 교과서, 학습의 실제 현장에서 대중 매체의 언어와 문화에 대한 텍스트 선정과 이의 교육이 필요한 소이도 여기에서 찾을 수 있다.10)

---

9) 김대행, '21세기를 대비하는 국어과 교육의 지향과 과제', 제7차 국어과교육 과정 구성을 위한 세미나 『21세기 국어과 교육의 지향과 수준별 교육과정』, 한국교육개발원, 1997. 6, pp.8-9.

10) 김대행(1997)이 〈부록〉으로 제시한 영국 Key Stage 3의 학생을 위한 교과서 제1권(옥스포드 출판부)의 목차를 살펴 보면 크게, 〈NARRATIVE〉, 〈POETRY〉, 〈NON FICTION〉 〈DRAMA〉로 구분하고, 이 중 〈NON FICTION〉 부분에 〈Media Texts〉제목 아래 2편의 자료가 실린 것을 볼 수 있는데, 교재의 구성 방식에서 국어교육 분야에 시사하는 바가 크다. 지금은 다른 나라의 자국어 교육 과정과 교재의 구성 방식도 비교·검

2. 언어사용 능력과 매체의 〈보기〉 교육

현행 교육과정에서는 〈언어사용 능력〉 신장을 강조하고 있다. 언어사용 능력은 물론 말하기, 듣기, 쓰기, 읽기 능력을 포괄적으로 지칭하는 것이다. 언어 이해와 언어 표현으로 구분할 수 있는 인간의 언어 생활은 문화와 역사를 창조하는 하나의 힘이다. 언어는 단순히 의미를 나타내는 기호적 속성만을 지니고 있는 것은 아니다. 언어는 대상의 의미화 기능 뿐 아니라 사고의 과정을 포함하고 있기 때문에, 지식의 구조화, 고차원적 사고 능력 신장에 기여할 수 있다. 국어 교육에서 언어사용 능력 신장을 강조하는 이유가 바로 여기에 있다.

그러나, 언어사용 활동을 단순히 말하기, 듣기, 읽기, 쓰기 영역으로 고착화하여 국어교육의 정체성을 강조할 것인지에 대해서는 재고해 볼 필요가 있다. 대중 매체의 영향력을 감안한다면, 인간의 언어 생활은 일상적인 언어와 문화적인 언어로 영위되는 것이므로, 매체 언어의 이해 측면에서 언어사용의 개념이 확장될 필요가 있다.

특히 읽기 영역에서 〈읽기〉의 개념 규정이 확장될 필요가 있다. '읽기'란 "글을 읽는 과정 속에서 글의 의미를 이해하고 학습하며 동시에 기억하게 되는 통합 과정"11)이며, 기능, 정보 처리, 의미 구성의 관점으로 읽기 교육관이 적용된다.12) 이러한 읽기의 개념 규정은 구체적으로 문자로 된 텍스트의 독해와 독서이다. 대상 텍스트를 확장하여 영상 텍스트나 TV 텍스트 차원도 감안할 필요가 있다. 현대 사회에서 매체 나름의 기호체계에 의하여 정보나 오락을 제공하는 영화, 비디오, TV 언어에 대한 〈읽기〉가 국어 교육에 포

토하여 국어과 교육에 적용 가능 여부를 논의하는 것이 절실히 필요한 때이다.

11) 박수자, 『독해와 읽기 지도』, 국학자료원, 1994, 30쪽.
12) 같은 책, 31-35쪽 참고.

함되어 논의될 시점에 와 있다. 영화나 TV의 경우 매체 나름의 기호체계와 소통 구조가 있어 〈영상 매체 텍스트 읽기〉는 독해와 독서의 과정과 변별성을 띨 수 있기 때문이다.13)

TV를 중심으로 하는 영상 매체는 화면 보기와 듣기를 포괄하는 것이므로, 정확하게는 읽기·듣기·보기의 개념이 포함된다. 그러므로 국어사용 활동 영역에 〈보기〉를 첨가시키는 방안도 상정할 수도 있다. 영상 시대, 다매체 시대라는 오늘날 '보는 행위'는 과거의 읽거나 듣는 행위와 이해과정과 절차에 있어서 다르다. 보통 신문도 '본다'고 하고 영화도 '본다'고 한다. 이 때의 의미는 매체 수용자가 이미지를 중심으로 하는 전체적인 수용과정을 포괄하는 개념이다. 이에 대하여 매체 텍스트의 내면적 구조와 언어운용방식을 이해하는 과정을 〈읽기〉라고 한다. '영화 읽기' 'TV읽기'라는 말이 성립할 수 있는 것은 이와 같은 구분이 작용한 것이다. 그러나 일반적으로 텍스트의 대상에 따라, 글이나 문장의 독해와 독서는 '읽기', 영상매체나 TV 수용과정은 '보기'로 구분한다. 이런 개념으로 접근한다면, 대중 매체 언어와 소통 구조에 대한 〈언어사용능력〉이 포함되려면 언어사용 영역을 말하기, 듣기, 읽기, 보기, 쓰기 등의 다섯 영역으로 나누어 논의하는 방식을 찾을 수 있다. 바람직한 문화를 지향하면서 주체적 인간을 기르는 국어교육의 위상이 정립되려면 매체의 '보기'능력이 언어사용에 포함되어야 한다.

외국 교육과정의 경우, 대중 매체 언어에 대한 관심이 적용된 사례를 쉽게 찾을 수 있다. 노명완의 보고에 의하면, 외국의 자국어

---

13) 대중 매체의 언어와 소통구조를 사회 문화현상에서 해석하려는 시도는 대체적으로 ①한 사회 속에서 어떻게 언어의 사용이 규칙중심적이 되고, ② 그 안에서 어떻게 화자와 청자가 분포하는가 ③다소간 제도화된 특정의 매체 상황에서 어떤 수행성이 실현되는가, ④특정 효과를 위해서 어떤 커뮤니케이션 요소들이 동원되고 규칙화되는가 등의 문제를 중심으로 진행되고 있다.
홍석경, 'TV뉴스 담론에 대한 화용론적 분석', 『초록집』, 한국방송학회 가을철 정기학술대회, 1997. 10. 참고.

교육과정에서 대중매체 학습의 중요성을 강조하고 있다고 한다. 노명완은 미국, 캐나다, 프랑스, 독일, 스웨덴, 일본의 6개국 교육과정을 목표와 내용, 지도 및 평가로 나누어 분석하면서 "여러 가지 시청각 자료의 효율적 이용 및 대중 매체의 선별적 수용과 이에 대한 비판적 안목의 육성이 미국, 프랑스, 서독, 캐나다 등에서 중요하게 다루어지고 있으며, 스웨덴의 〈대중 매체 학습〉 영역은 바로 이러한 교육을 강조하는 영역"14)이라고 강조한 바 있다.

또한 호주의 교육과정에서 〈보기〉가 읽기 영역에 포함된 것도 확인할 수 있다15).호주의 영어 교육 프로파일의 조직은 텍스트, 상황 이해, 언어 구조와 특징, 전략으로 구성된 바, 텍스트는 학생들이 사용할 국어의 수준별 텍스트 제시 원칙에, 상황 이해는 텍스트를 구성하거나 이해할 때 고려해야 하는 사회 문화적, 상황적 맥락에 대한 이해에, 언어 구조와 특징에서는 문법, 응집성, 텍스트 구조와 조직, 시각적 교재의 특정, 언어 관습에, 그리고 전략은 학생들이 텍스트를 구성하고 텍스트를 이해하는 방법에 초점을 맞추고 있다. 전체적으로 8단계의 수준별 교육 내용은 '개관, 결과표, 말하기와 듣기, 읽기와 보기, 쓰기, 표본'으로 영역화하여 체계화하고 있다. 이처럼 호주에서는 〈읽기와 보기〉라는 영역을 한 영역으로 수용하여 시청각 매체가 텍스트로 선정되어 교육될 수 있게 하고 있음을 알 수 있다.16)

---

14) 노명완, 『국어교육론』, 한샘, 1988, p.81.
15) English-- a curriculum profile for Australian schools, Curriculum corporation, 1994.
16) 호주의 교육과정 프로파일에는 각 단계별로 대중 매체 언어의 이해(읽기와 보기)가 한 영역으로 채택된 것을 확인할 수 있다. 그 구체적인 예를 4단계 수준에서 보면, 텍스트에 잡지나 신문, 텔레비전 뉴스에서 볼 수 있는 정보를 다루는 실제, 다큐멘타리 영화의 이해가 실리도록 하고 있다. 또한 그 수준에 도달했다는 증거의 예로서 대중 매체에 관련하여 "시각적 텍스트에서 시청자의 입장을 인식하고 이것이 의미에 어떤 영향을 끼치는지 파악한다", "배경이나 등장인물의 의상을 보고, 이와 관련하여 영화나 텔레비전의 장르가 다양해짐을 인식한다" 등이 제시되고 있다.

　　이상에서 살펴보았듯이 국어 활동은 〈언어사용〉 영역에 신문이나 잡지, 영상 매체나 TV 언어의 이해와 판단이 중요한 영역으로 설정되어야 하는 당위성이 있다. 언어의 사용은 사회·문화적 상황, 언어의 주체와 대상 사이의 상호 작용을 떠나서 전략화할 수 없는 것이기 때문이다. 그러므로 교재에서 영화나 TV, 신문과 잡지의 영상이나 글이 하나의 텍스트로 선정될 필요가 있다. 교과서의 구성이 반드시 인쇄매체여야 한다는 통념에서 벗어나 비디오, 오디오 테입, 영상물과 광고 등이 아울러 제시되어, 그야말로 국어 교재의 패키지화17)가 필요하다.

Ⅲ. 문화론적 측면에서의 문학 교육

1. 문학교육과 문화 연구

　　문학이 인간의 삶을 총체적으로 반영하고 있는 예술적 표현 전반이라고 한다면, 문학 교육은 문학적 상상력과 감수성을 기름으로써 가치 있는 삶을 영위케 하려는 의도적인 행동 양식이라고 할 수 있다. 그래서 문학 교육은 상상력에 대한 교육적 이해, 총체적 체험으로서의 교육, 또는 문학적 문화의 고양을 위한 문학적 가치 추구의 면으로 그 위상을 정립코자 하였다.18) 즉, 문학교육은 "인간의 삶을 총체적으로 이해하는 것"19) 또는 "문학에 대한 지식과 인간의

---

17) 물론 현행 교육과정 시행에 있어 교과서가 교수-학습의 보조자료에 불과한 점을 강조하고 있다. '교과서를' 가르칠 것이 아니라, '교과서로' 가르칠 것을 유도하고 있다. 그러나 실제 교육 현실은 교과서를 성전화하는 경향이 있으므로 학습자의 활용도를 높이는 데 유의하여, 여러 기호 양식이 동시에 수록되는 패키지화로 학습자가 다양한 텍스트를 접할 기회를 주는 것이 필요하다.

18) 구인환 외, 『문학교육론』, 삼지원, 1992.

19) 문교부 고시 제88-7호(1988. 3. 31), 198쪽.

삶에 대한 이해를 바탕으로 문학 작품을 감상하고 문학의 구조를 이해하는 능력을 기르며 문학적 상상력과 감수성을 기름으로써 가치 있는 삶을 이룩하는 데 기여"20)해야 하는 데 그 당위성과 목표가 내재되어 있다고 믿어져 왔다.

이를 전제로 할 때 일반적으로 문학교육자들이 봉착하는 문제는 문학 텍스트의 선정과 교육 방법이다. 먼저 문학텍스트의 선정은 정전(canon), 또는 교육 목표에 맞는 적절한 자료의 선택과 정리에 연관되며, 이는 수용자의 계층과 의식에 따라 조정된다. 또한 문학 교육 방법은 문학텍스트와 수용자 사이의 인지적·정의적 상호 작용을 전제로 여러모로 구체화할 수 있다.21)

어쨌든 문학 교육의 현장은 문학 텍스트와 학습자 사이의 구체적 실천 담론으로 이루어지는 하나의 장(場)이다. 또, 문학 교육이 문학 현상을 기준으로 교육된다고 할 때, 문학 현상의 교육은 문화적 맥락에 놓여있을 수밖에 없다. 여기서 말하는 문화적 맥락은 작가--작품--독자의 소통구조에 관련된 맥락 뿐 아니라, 텍스트와 교사-학생의 상호 작용이라는 교육 현상의 맥락을 포함한다. 이런 대전제 위에 문학 교육과 대중 매체 사이의 관계망을 살펴보면, 문화적 맥락에서 텍스트의 범위나 의미가 확장될 필요성을 느낀다.

더구나 최근 문화 연구의 집적물을 보면, 문학교육에서 매체 문화의 적극적 수용이 필요함을 알 수 있다. 문학 현상의 변화상이 문화 연구를 통해 알 수 있기 때문이다. 사실 문학의 연구는 문화의 연구로 확장되고 있는 것이 오늘날 지적 담론의 한 경향이기도 하다. '문화 연구'(Cultural Studies)는 대중문화 연구자들을 중심으로 거대 담론의 해체 분위기에서, 기존의 낡은 실천 패러다임을 뒤엎고 각 학문 분야에서 적극적으로 논의되고 있다. 애초에 문화

---

20) 이숭원, '문학적 상상력과 감수성을 심화시키기 위하여', 『문학사상』 220
    호, 1991. 2월호, 99쪽.
21) 김용재, '소설작품 감상능력 신장 방법', 우한용 외, 『소설교육론』, 평민사,
    1993, 147-151쪽 논의 참고.

연구 등장에 가장 불만을 표시했던 리비스주의자들에게도 대중 문화 연구 패러다임은 피해갈 수 없는 하나의 숙제가 되고 말았다.

문학의 연구는 인간의 사유와 표현 중 가장 정수에 해당되는 문화적 정전을 가늠하고 교육하는 작업을 중요 목표로 삼았다. 잘 알려져 있듯이, 문학연구는 "①전통적인 경험론적 인식론 ②특수한 교육 실천인 〈모더니즘적〉 읽기 ③정전과 대중 문화를 차별하는 연구의 장 ④연구 대상으로서의 정전 텍스트 ⑤정전 텍스트가 통일되어 있다는 가정"22)이 지배적인 패러다임으로 인정되었다. 그러나 문화 연구에서 이러한 관점은 문화 엘리트주의의 소산으로 격하된다. 고급 문화 중심의 문화 접근법으로는 보편적인 삶의 다채로운 의미와 표현을 온전하게 해석할 수 없다는 것이다. '문화 포퓰리즘'이라 불리는 지적 추이23)는 1980년대 이후, 고도 소비사회, 후기 산업사회에 바탕한 문화적 변화 양상과 포스트모더니즘의 이론과 맞물려 부상하고 있다.24)

문학연구자들이 리비스의 〈위대한 전통〉을 연상시키는 고급 문학의 형상화에 몰두하는 사이, 문화 현실은 이미 음악, 영화, 광고, 스포츠, 만화 등의 엄청난 장르 분산을 경험했으며, 문자 형태만이

---

22) 안토니 이스트호프(임상훈 옮김), 『문학에서 문화 연구로』, 현대미학사, 1994, 20-35쪽 참고.
23) 홀에 의하면, 서구에 있어서 문화 연구의 패러다임은 〈문화주의〉와 〈구조주의〉로 요약된다. 홀은 문화주의와 구조주의의 좋은 요소들을 전향적으로 발전시키는 방안으로서, 상이한 구조들간의 접합에서 생겨나는 실천 국면들과, 경제로 환원될 수 없는 문화적 특수성, 주체의 의식적 실천을 강조하는 그람시적인 문화 연구가 필요하다는 것을 역설하고 있다.
   스튜어트 홀, '문화연구의 두 가지 패러다임', 임영호 편역, 『스튜어트 홀의 문화 이론』, 한나래, 1996. 참고.
24) 국내에 번역 소개된 문화 연구에 대한 대표적인 저술은 다음과 같다.
   안토니 이스트호프(임상훈 옮김), 『문학에서 문화연구로』, 현대미학사, 1994.
   존 스토리(박 모 옮김), 『문화 연구와 문화 이론』, 현실문화연구, 1995.
   그래엄 터너(김연종 옮김), 『문화 연구 입문』, 한나래, 1995.
   더글라스 캘너(김수정·정종혁 옮김), 『미디어 문화』, 새물결, 1997.

아닌 영상 기호, 그래픽 이미지, 스펙터클 공간과 같은 다양한 텍스트 형식으로 조직화되었다. 그리하여, 대중 문화 연구 패러다임은 문학 분야에서 정전 논쟁25)을 낳기도 하면서, 기존에 인식된 문학의 고결성과 순정성을 크게 위협하고 있는 실정이다. 진정 오늘날의 "문화 연구는 분과 학문 지형이 탈영역화되는 구체적인 예증일 뿐 아니라, 담론적 실천 방법이 전화(轉化)하는 예증"26)이다. 문화 연구의 성행과 함께 문학 연구에 있어서도 그 이론 구성과 전략 마련에 있어 고급 문학과 소수의 엘리트 문학의 비판과 반성이 주가 되었다.

이러한 배경 속에서 고급문화, 소수와 엘리트, 정전 텍스트는 대중성, 대중 문화, 비정전의 정전화로 대체되기 시작했다. 대중 문화27)의 장르 확산과 문화 현실의 대량화, 산업화는 그 수많은 비판적 담론에도 불구하고 오늘날의 또 하나의 중심적 지적 추이 내지 지배 담론으로 등장하였다.

이러한 경향을 보더라도 대중 문화에 대한 인식은 새로워질 필요가 있다. 대중매체의 메카라고 할 수 있는 TV만 보더라도, 매체에

---

25) 서구의 정전 논쟁과 한국 문학 교육에 시사하는 점에 대하여는 송무, '문학 교육의 정전 논의', 『문학교육학』 창간호, 한국문학교육학회, 1997. 참고.

26) 이동연, '한국 문화 연구의 과정과 실천 토픽들', 『현대사상』, 1997년 가을호, 민음사, 63쪽.

27) 보통 대중문화는 경멸적인 것으로 인식되어 왔다. '야만적 문화'(E. Shills), '대중 유행(masscult)'(D. MacDonald), '저급 문화'(V. W. Brooks), '속류 문화(Kitsch)'(C. Greenberg)로 규정하는 것이 대표적 예이다. 이때 대중은 "한 집단의 성원이나 개인이라기보다 무차별한 집합체"((H. J. Gans)를 의미한다. (강현두 편, 『대중문화이론』, 나남출판, 1987, 143-148쪽 참고)

그러나 '대중적'이라 할 때 윌리엄스가 지적하듯이 많은 ①사람들이 좋아하는, 인기있는 ②고급문화와 대조되는 ③민중들이 스스로를 위해 만든 문화를 기술하기 위해 쓰이는 표현으로서의 의미 ④상업적 이윤에 의해 사람들에게 강요되는 대중매체의 의미 등으로 사용되고 있다.(엔소니 이스트호프, 앞의 책, 99-102쪽 참고)

대한 인식의 변화가 절실히 필요하다. 전통적인 관점에서 보면 TV
나 영상 매체는 비판의 대상이 되어 온 것이 사실이다. 대중 영상
예술은 예술의 기본 조건인 새로운 형식을 제시하지 못한다는 점,
벤야민이 지적했듯이 기계적 복사에 의한 〈아우라(Aura)〉28)의 상
실, 미디어에 구현되어 있는 정신이 고상하지 못하다는 점 등에서
비판의 초점이 맞춰져 왔다. 하지만 서구에서 1970년대 이후 활발
해진 문화 연구의 흐름 속에서 TV는 전통 비평과는 구별되는 현대
적 비평 대상으로서의 〈문화적 텍스트〉차원에서 진지하게 연구되기
시작했다. 미학 차원에서도 문화 산물의 내재적 구조에만 관심을
갖는 관념적 미학에 반기를 들며, 대중문화 산물의 생산과 수용의
사회적 환경과 수용주체의 미적 체험에 대한 관심이 증대하게 되면
서 TV의 통속성과 일상성에 대한 새로운 해석이 가해지기도 했
다.29)

　　TV가 유상(有像)적 이미지의 일방성과 조작성이 우려되는 것은

---

28) 아우라는 원본만이 갖게 되는 유일하고 독특한 분위기. 바로 그 자리, 그
　　시간에서만 유독 실재하는 존재감의 총체이다. 일반적으로 대중 문화의 범
　　람은 미적 기준에서 전통예술에 대한 〈숭배가치〉가 〈전시가치〉에 대한 중
　　시로 바뀌고, 상품미학 이름 아래 대량 생산과 소비의 체계로 제도화하는
　　경향이 있다.
　　백한울, '상품미학과 일상문화', 『상품미학과 문화이론』, 눈빛, 1995, 28쪽.
　　이영준, '대중시가매체의 기능과 상품미학', 『상품미학과 문화이론』, 눈빛,
　　1995, 241쪽.
29) 대중문화연구의 성과에 의존하여 매체 기호의 특성과 문화와의 연관성을
　　규명하면서 텔레비전의 미학적 성격을 규정하기에 이른다. TV에 대한 연
　　구는 크게 (1)텔레비전 내용물을 새로운 대중적 〈예술 형식〉으로 규명하
　　려는 노력(전통미학적 접근), (2)텔레비전 내재적 형식을 〈의미〉의 생성
　　과 독자의 〈심리적 인식〉과 연결시키려는 기호학적 접근(응용매체미학과
　　기호학적 접근) (3)기존의 사회학적 커뮤니케이션 연구 전통과 인문학적
　　전통을 접목하여 예술적 형식과 독자의 일상적 삶을 연결하려는 시도(간
　　학제적(interdisplinary)) 접근) 등으로 본격화되면서 그 미학적 성격을
　　규명하는 데 기여하고 있다.
　　이종수, '텔레비전 미학:'의미'에서 '미적 체험'으로', 『학술대회 초록집』,
　　한국방송학회 가을철 정기학술대회, 1997. 10. 참고.

사실이다. 영상 이미지의 '자연성'과 '현실성'은 기호와 의미의 등가
성이 강한 시각매체의 강력성에 기인한다. 다시 말해 문학이 독자
에게 의미를 암시해 준다면, TV는 수용자에게 영상 이미지를 '무작
정' 각인시킨다. 자연언어의 기표와 기의 사이의 관계는 자의성에
있지만, 영상 언어는 이 둘이 일치하기 때문에 영상의 힘은 때로는
위험한 권력으로 비판되기도 한다. 그러나, 영상 이미지의 자연성과
현실성은 높은 기호 동기30)로 인하여 "표상 능력의 선명성(fidelity)
에 놓여 있지만, 이러한 표상의 선명성 자체가 영상의 〈일의적 의
미〉(monosemic)를 보장"31)하고 있는 것은 아니다. 영상의 의미
작용은 지시 의미적으로만 작용하는 것이 아니라 부가 의미적으로
도 일어나며, 영상 의미에 대한 해석도 TV 매체 특유의 코드로 만들
어낸 담론적 실천이기 때문에 의미의 다양성이 인정된다. 그러므로
정확한 영상 언어의 이해를 위해서는 TV 영상 코드를 학습하여야 하
고, 그에 맞는 〈담론적 지식〉(discourse knowledge)32)의 습득이
요구된다. 대중 문화도 하나의 문화 현상으로 인정하고 문학 교육
에서 과감히 수용해야 할 필요성이 바로 여기에 있다.

---

30) 마크 포스터의 지적에 의하면 TV처럼 전자적으로 매개화된 커뮤니케이션
    은 다음과 같은 특징을 지닌다. 첫째, 발화상황 속의 맥락을 지워버린다.
    둘째, 상호소통적이지 않고 〈독백적(monologic)〉이고 수신자는 그 언어
    에 대해 선택적 입장에 있다. 셋째, 기호의 지시 대상이 외부의 현실에 있
    다기보다 자기 지시적(self-referentiality)이다. 그러므로 기호 동기가
    매우 높다.
    마크 포스터/ 김성기 옮김, 『뉴미디어의 철학』, 민음사, 1997, 88-95.
    참고.
31) 박정순, 『대중매체의 기호학』, 나남출판, 1995, 321쪽.
32) 스튜어트 홀은 코드의 사용을 담론적 실천으로 보면서 코드를 사용하기
    위한 지식을 담론적 지식이라고 명명하고 있다. 박정순의 앞의 책,
    324-330참고.

2. 대중 문화의 문학 교육적 적용

문화 연구의 다양한 이론적 실천은 기존 문학 교육의 담론 체계를 크게 위협하고 있다. 그 도전은 가치의 혼란, 통속성, 기호의 자기 지시성 등의 용어와 함께 방어되기도 하였다. 그러나 문학 교육의 맥락에는 사회・문화적 측면을 배제할 수 없다는 측면에서 어떤 방식으로든지 대중 매체의 문화산물에 대한 태도를 취할 수밖에 없게 되었다.

물론 문학교육 분야에서 대중 매체에 대한 관심이 이미 있어 온 것은 사실이다. 한 연구에서 지적되었듯이, 대중 매체의 사회적 기능의 강화에 따라 매체 자체의 중요성과 교육적 효용성이 인정되어 매체 자체에 대한 교육과 매체에 의한 교육 방법이 강조되기도 하였다.[33] 반면에 대중 매체 유해론, 대중 문화의 저급성과 통속성, 일상성과 가치 혼란, 교육 프로그램의 방해 등으로 대중 매체의 교육에 대한 부정적 견해도 만만치 않다. 대중 매체 시대의 문학교육에서 매체 교육의 수용 문제에 대한 긍정적・부정적 견해가 공존하는 것은, 교육의 상수와 변수를 어디에 맞춰야 하는지에 대한, 가치 판단 기준의 혼란에서 오는 것일 수 있다.

하지만 분명한 것은 대중 매체의 발달과 함께 발생한 문학 현상의 변화를 인정하지 않을 수 없다는 점이다. 주지하다시피[34] 대중 매체에 의한 문학의 대표적인 변용 양상은 (1)원작의 다이제스트화, (2)소통 과정의 간접화, (3)오락물화, (4)텍스트의 시각적 변용 등으로 나타난다. 문학의 수용자는 〈책 읽기〉 대신 〈매체 보기〉로 대신하고, 영화나 드라마가 문학 세계를 위협하고, 전자 책이 인

---

33) 최창섭, 『미디어 교육론』, 나남, 1985, pp21-41 참고. 최근에도 신문방송학이나 언론 정보학 전공자를 중심으로 매체 교육의 정규 교과과정 채택 필요성이 여러 학회에서 강조되고 있는 실정이다. 이러한 현상에 대해 국어 교육 전공자들이 어떠한 태도로든지 입장을 나타내야 하는 시점에 와 있다.
34) 구인환 외, 『문학교육론』, 삼지원, 1992(재판), 410-416쪽 참고.

쇄책자를 앞질러 간다. 이러한 현상 속에 문학교육은 그 형태, 심리, 가치 면에서 변화를 맞이하고 있다. 많은 연구자들이 대중문화와 대중매체에 독자는 익숙해져 있고, 책 읽기의 여가화와 물신화 풍조에 문학의 진정성이 도전받고 있다고[35] 진단하는 것도 이러한 현상을 인정한 결과이다. 물론 여기에는 비판이냐, 수용이냐 선택의 문제가 남지만, 문학교육에서 대중 매체의 문제는 더 이상 피할 수 없는 문학현상 안으로 들어온 것이 사실이다. 대중 매체의 활용 방안을 찾는 시도가 의의를 가질 수 있는 것도 바로 이 때문이다. 대중매체의 교육적 활용은 (1)문학제재의 다면화 (2)문학적 체험의 다면화 (3)영상매체의 교육적 활용[36] 등이 있다고 지적되었다.

그러나 이제는 이러한 소극적 태도에서 벗어나 좀더 적극적으로 매체 문화를 바라보고 과감하게 문학 교육 영역에 수용할 태도를 보일 때가 되었다. 문화론자들이 주장하고 있듯이 문학은 문화의 한 양상이며, 매체마다의 특수한 기호체계가 존재한다. 대중성이 곧 통속성이라는 오해는 불식되어야 한다. 대중 매체의 문학 교육적 수용에 대한 비판적 담론의 입장은, 대체로 그러한 텍스트들이 과연 얼마나 의미의 진정성을 담고 있는가 하는 것이었다. 그러나 여기에는 두 가지의 편견이 자리 잡고 있다. 하나는 그 가치 평가의 기준이 늘 문자 언어의 형상화의 우위성을 전제로 한 것이었고, 다른 하나는 대중 문화 장르와 문화 현실이 문학 텍스트보다 실제로 더 복잡한 의미와 구조를 가질 수 있다는 사실을 애써 부인하려는 것이었다.

자연 언어의 인쇄 매체화가 대중 매체보다 진정성과 형상성이 뛰어나다는 사실은 영상 매체의 기호적 특성을 가치 절하한 데 불과하다. 흔히 TV나 비디오, 영화 등의 영상물 때문에 문학 교육이 훼

---

35) 구효서, '뛰는 독자 걷는 작가', 『현대비평과 이론』 4호, 1992년 가을·겨울호.
　　박인기, '독서와 매체환경', 『독서 연구』 창간호, 한국독서학회, 1996.
36) 구인환 외, 앞의 책, 417-423 참고.

손된다고 생각한다. 그러나 TV나 영화가 흥미있는 문학 교육의 제재가 될지언정 방해하는 매체가 아니다. 한 보고37)에 의하면, TV 시청이나 내용이 여가 시간의 독서 형태에 아무런 영향을 주지 않으며, 독서욕이 강한 학생일수록 자주 TV를 시청하면서도 선별적으로 TV를 시청하고, 오히려 어떤 TV 프로그램은 책을 읽고자 하는 욕구를 불러일으킨다고 한다.

일찍이 독일에서는 문학교육분야에 문학의 개념이 확장되면서 대중 매체 텍스트가 교육에 반영되었던 사례가 있었다. 이러한 변화상은 한 때의 일시적인 교육 현상으로 치부하기에는 우리의 문학교육에 시사하는 바가 크다. 독일에서는 기존의 문학교육이 작품 내재적 해석과 구조주의의 강력한 영향 아래 교사에 의해 제시된 올바른 해석만이 타당하고 교육적으로 유효한 것으로 인정되던 것이 1960년대 중반에 들면서 엄청난 개혁의 바람을 몰고 왔다. 그 주요 변화를 요약하면 다음과 같다. "(1)문학 개념의 확장: 통속 문학이나 방송극, 영화, 광고텍스트, 실용텍스트 등이 문학영역으로 편입되고 독문학 전공의 대상은 넓은 의미의 '매스 커뮤니케이션'으로 설정되었다. (2)문학의 수신자에 대한 관심 증대: 아동 및 청소년 문학의 대두/ 청소년들에게 인기가 있는 우상들이 교과서에 등장함(만화 주인공 등) (3)방법론의 정확성 추구: 수량화 방식의 도입/ 정보미학 및 경험 문예학의 등장 (4)텍스트 언어학 도입 (5)해석학, 의사소통이론, 기호학의 관점 도입 (6)문학사회학의 대두"38) 등이다.

이러한 사례는 앞 장에서 제안되었듯이 대중 매체 언어 교육과 관련되기도 한다. 문학 개념의 확장은 전통적 관점에서는 문학의 부재 또는 문학의 독자성을 훼손하는 위험한 생각으로 폄하되기 쉽

---

37) 한철우, '문학교육과 독서교육', 문학과문학교육연구소 편, 『문학교육의 탐구』, 국학자료원, 1996, 346-349쪽 참고.
38) 권오현, '독일 문학교육에서의 〈행위지향〉 패러다임', 『문학교육학』 창간호, 한국문학교육학회, 1997, p.194.

다. 하지만, 매체의 발달에 따른 예술 형태의 변화와 예술의 대중성을 고려하지 않으면 문학의 독자성이나 정결성은 한갓 공허한 메아리로만 남을 공산이 크다. 문학은 문화적 맥락과 결별할 수 없는 언어 구조물이기 때문이다. 그런 의미에서 다음과 같은 주장은 오늘날 문학교육의 방향성을 담지하는 데 중요한 시사를 하고 있다.

> 첨단 매체의 발전은 기존 텍스트의 양식 자체에 변화를 준다. 그뿐 아니라 예술 양식에도 간섭해 온다. 실제로 학생들의 읽기 경험은 이렇게 매체에 의해서 이미 간섭된 상태의 텍스트를 접하는 경우가 훨씬 많다. 읽기 텍스트의 경우 새로운 매체의 영향이 개입된 텍스트는 읽기 경험의 질이 달라진다. 그것은 청소년 독자에게는 문학 읽기에서 감수성의 원형을 결정하는 매우 중요한 경험이다. 사정이 그러하다면 여러 매체, 여러 장르들과 읽기와의 연관을 체계적 커리큘럼(또는 프로그램)으로 구안해 보는 것도 중요하다.
> 요컨대 독서가 매스 미디어 사회에서도 주체적 존재로서의 독자를 훌륭하게 이끌어 나갈 수 있는 힘을 가지게 해 주어야 한다. 또한 미디어에 대한 감각과 본질을 의도적으로 교육 계획 속에 포함시킴으로써 매체에 대한 변별력을 어려서부터 스스로 체득하게 해 주는 것이 읽기 교육의 한 영역으로 들어와야 할 것이다.[39)]
> (밑줄-필자)

인용문은 대중매체 시대의 독서 교육을 점검한 글의 결론 부분이다. 인용문의 논의 대상인 독서 교육을 문학 교육으로 대체해도 사정은 마찬가지라고 생각한다. 밑줄 친 부분에서 강조되듯이, 문학 현상의 변화와 문화적 맥락을 고려한다면 문학교육은 대중 매체의 여러 장르와의 교섭성을 인정하면서 텍스트의 범위를 넓힐 필요가 있다.[40)] 또한 일상성과 통속성이 지배하는 대중 문학을 비판적으로

---

39) 박인기(1996), 앞의 논문, 145-146쪽.
40) 이러한 문학교육관은 '문학교육의 정체성을 불명료하게 만드는 요인'이 된다거나 '대중 추수주의'적인 안이한 태도라고 비판받을 수도 있다. 그러나 문학은 문화의 한 양상이지 예술가의 전유물이거나 인문적 지성의 권위를

(무조건적 수용이 아닌 의도적이고 선별적인) 문학교육 제재에 도입하여 수용자에게 제시함으로써, 바람직한 문학 교육의 방향성을 찾게 하는 방법도 있다. 거기에 더 나아가 매체에 대한 본질을 이해하고 매체에 대한 감각을 향상시키기 위하여 의도적으로 매체 텍스트를 교육 과정에 편입시킴으로써, 정상적인 문학교육의 보조 역할도 수행할 수 있도록 하는 것도 가능하다. 문화현상의 올바른 이해 차원에서, 문학교육도 대중문학을 하나의 텍스트로 선정41) 교육하여 양쪽의 구조를 이해하고 평가하는 능력을 기르는 것이 타당하다. 지금이야말로 문학의 진정성과 순정성을 강조하기 위한 수단으로서의 대중문화의 교육이라는 소극적 태도가 아니라, 문화의 한 현상으로서의 대중문화 자체에 대한 교육과 평가 안목이 필요하다는 적극적 태도가 필요한 시점이다.

Ⅳ. 나오며

이제까지 대중 매체 시대의 언어와 문화를 국어과 교육이 어떻게 받아들여야 하는지 살펴보았다. 일상 생활에서 정보와 오락을 제공

발현하는 중요 매개물도 아니다. 그러므로 문화 상황이 바뀌면 그에 맞는 문학교육을 시행해야 하는 데 이론과 전략을 마련하는 일이 문학교육자의 진정한 태도라고 생각한다.

'문학교육이 문화교육이어야 하는가'라는 문제에 대해서는 김중신, '문학교육과 문화--시교육은 문화교육인가', 『문학교육의 이해』, 109-207쪽 참고 바람. 여기에는 국내 문학교육의 두 지향점--문화주의와 인문주의)--에 대해 자세히 논의되어 있다.

41) 일찍이 피들러는 모더니즘 문학의 난해성과 고답성을 비판하고, 포스트모더니즘은 순수문학과 대중문학의 경계를 넘고, 그 간극을 메우는 새로운 문화운동이어야 한다고 주장했다. 그 구체적 전략으로, 꿈과 비전과 환상이 있는 서부물, 공상 과학 소설, 포르노물을 문학에 적극적으로 수용할 것을 주장한 바 있다. 레슬러 피들러, '경계를 넘어서고 간극을 메우며', 정정호·강내희 편, 『포스트모더니즘』, 도서출판 터, 1992, 52-60쪽.

하고 대중의 문화를 선도하는 대중 매체는 나름의 독특한 기호 체계를 지니고 있다. 신문이나 잡지와 같은 인쇄 매체 뿐 아니라 영화나 비디오, TV 같은 영상 매체는 우리 사회의 공적 커뮤니케이션의 위치를 점하고 있으면서 일상 생활 문화를 주도하고 있다. 이제 대중 매체의 대중성을 한갖 공교육의 방해물 내지는 경계 대상으로만 여겨서는 안 된다. 대중성을 통속성이나 저급성의 의미로만 받아들이면, 생활 문화와 동떨어진 교육으로 치닫게 할 가능성도 있다. 그러므로 국어과 교육은 대중 매체의 언어와 텍스트를 적극 수용함으로써, 학습자로 하여금 다양한 문화 현상에 대한 나름대로 견해와 태도를 내릴 수 있도록 하여 정보화 사회에 자기주도적 능력을 갖추도록 해야 할 책무를 지니고 있다.

이 글에서는 대중 매체 문화와 관련하여, 국어교육의 방향성을 제시해 보았다. 문제 제기 형태가 강한 이 글의 중심 내용을 요약하면 다음과 같다.

첫째, 국어과 교육에서 대중 매체의 교육이 수용되어야 한다. 대중 매체 교육은 국어 교육 방법에서의 매체 활용 방안을 뜻하는 것이 아니다. 대중 매체 언어와 문화에 대한 담론/실천을 국어과 교육 내용에 포함시켜 매체 자체가 교수-학습 과정의 한 텍스트가 되어야 한다는 뜻이다. 매체 언어의 이해와 평가, 대중 문화의 해석을 통하여 생활 문화의 방향성을 탐지할 수 있는 장이 마련되어야 한다.

둘째, 언어사용 활동을 크게 이해와 표현으로 나누어 볼 때, 이해 영역에서 '보기' 영역을 추가시켜 영상 시대의 언어 활동에 주도적으로 대처해야 한다. 또는 기존의 '읽기' 영역의 개념을 확장하여 영상 텍스트에 대한 이해도 포함하여야 한다. 이와 관련하여 교과서의 패키지화를 통하여 영상 매체물도 아울러 제시할 수 있어야 한다.

셋째, 대중 문화를 적극적으로 수용하는 문학 교육이 되어야 한다. 문학 현상의 변화와 문화적 맥락을 고려하여 대중 매체의 여러 장르를 문학 교육 영역에서 수용, 문학 텍스트의 영역을 넓힐 필요가 있다. 과거의 위대한 전통에만 매달려 정전 교육에 힘을 쏟는 것이 인간을 총체적으로 이해하는 행위는 아니다. 대중 문학이나 드라마, 영화, 광고 텍스트 등을 과감히 수용하여 문학을 문화의 한 현상으로 이해하는 시각이 필요하다. 이러한 문학 교육이 대중문화를 문학의 진정성과 순정성을 강조하기 위한 비판 대상으로 삼는 방향이 아니라, 오히려 문화의 한 현상으로서 대중 문화 자체에 대한 이해와 평가가 그 내용으로 되어야 한다.

이와 같은 주장에 대하여, 한편에서는 국어교육의 정체성 혼란, 대중 추수주의적 태도, 가치관의 혼란 등의 문제를 우려할 수도 있다. 가치의 다양성을 인정하면 혼란의 문제가, 국어과 교육의 영역 확장을 추구하면 정체성의 문제가 당연히 대두할 수밖에 없다. 현상의 해석과 가치 양상은 양면성을 갖기 마련이기 때문이다. 현상을 이해하고 가치 판단을 내릴 때는 선택적 관점이 작용한다. 그러나 문화 현상은 구체화된 의미론적 실천이 모여 주도화 되고 변한다. 또한 선택적 관점의 구체적 실천이 학문적 패러다임으로 구축될 수 있다. 문화 연구의 지적 추이가 그 예이다. 그러므로 정체성이나 가치 혼란을 염려하는 것은 이미 문화 현상의 변화를 인정하는 담론이요, 또 다른 선택적 관점에 불과하다.

문화 현상을 올바로 이해하고 판단하는 능력은 각 커뮤니케이션 형태에서 작용하는 기호(언어) 체계의 이해와 맞물려 있다. 그러므로 국어과 교육이 국어 활동을 교육하는 것이라면 당연히 대중 매체에 의한 국어 활동을 포함하여야 한다. 이제는 문제의 제기 수준에서 벗어나 국어과 교육에서 매체 교육이 어떻게 이루어져야 하는지 교육의 여러 층위에서 그 이론과 전략을 마련할 때이다.

참 고 문 헌

강현두·원용진 편,『뉴미디어와 초정보사회』, 도서출판 오름, 1994.

강현두 편,『대중문화론』, 나남출판, 1987.

강현두 편,『한국의 대중 문화』, 나남출판, 1987.

권오현, '독일 문학교육에서의 〈행위지향〉 패러다임',『문학교육학』 창간호, 한국문학교육학회, 1997. 가을.

김광영,『정보와 인간 이해』, 신학사, 1987.

김대행,『국어교과학의 지평』, 서울대학교 출판부, 1995.

-----, '21세기를 대비하는 국어과 교육의 지향과 과제',『21세기 국어과 교육의 지향과 수준별 교육과정』, 제7차 국어과 교육과정 개정을 위한 세미나, 한국교육개발원, 1997. 6.

김성기, '문화연구와 포스트모더니즘',『한국사회와 언론』 5호, 1995.

김수업,『국어교육의 원리』, 청하, 1989.

김용재, '소설작품 감상능력 신장방법', 우한용 외,『소설교육론』, 평민사, 1993.

김중신,『문학교육의 이해』, 태학사, 1997.

박수자,『독해와 읽기 지도』, 국학자료원, 1994.

박영목, '국어과 교육의 내용 구조화와 수준 결정의 준거',『21세기 국어과 교육의 지향과 수준별 교육과정』, 제7차 국어과 교육과정 개정을 위한 세미나, 한국교육개발원, 1997. 6.

박영목·한철우·윤희원,『국어과 교수 학습 방법 탐구』, 교학사, 1995.

--------------------,『국어교육학 원론』, 교학사, 1996.

박인기, '문학 텍스트의 종합적 감상을 위한 교육 TV 프로그램 설계 방략',『국어교육』 65·66호, 한국국어교육연구회, 1989.

-----, '독서와 매체 환경',『독서 연구』 창간호, 1996.

박정순,『대중 매체의 기호학』, 나남출판, 1995.

송 무, '문학 교육의 정전 논의',『문학교육학』 창간호, 한국문학교육학회, 1997. 가을.

이강수,『현대 매스커뮤니케이션 이론』, 나남출판, 1997.

이대규,『국어 교과의 논리와 교육』, 교육과학사, 1995.

이용주,『국어교육의 반성과 개혁』, 서울대학교 출판부, 1995.

이동연, '한국 문화연구의 과정과 실천 토픽들',『현대사상』 3호, 1997.가을.

이재승,『국어교육의 원리와 방법』, 도서출판 박이정, 1997.

이종수, '텔레비전 미학:〈의미〉에서 〈미적 체험〉으로', 『학술대회 초록집』, 한
    국방송학회 가을철 정기학술대회, 1997. 10.
정정호, '신역사주의와 문화유물론', 인문과학연구소 편, 『현대 문학비평이론
    의 전망』, 성균관대학교 출판부, 1994.
정정호 · 강내희 편, 『포스트모더니즘』, 도서출판 터, 1992.
최병우, '문학교육과 매체의 확장', 문학과문학교육연구소 편, 『문학교육의 탐
    구』, 국학자료원, 1996.
최창섭, 『미디어 교육론』, 나남출판, 1985.
최현섭 외, 『국어교육학 개론』, 삼지원, 1995.
한철우, '문학교육과 독서교육', 문학과문학교육연구소 편, 『문학교육의 탐
    구』, 국학자료원, 1996.
그래엄 터너/ 김연종 옮김, 『문화연구 입문』, 한나래, 1995.
레이먼드 윌리엄즈 외/ 박명진 외 옮김, 『문화, 일상, 대중』, 한나래, 1996.
마크 포스터/ 김성기 옮김, 『뉴미디어의 철학』, 민음사, 1996.
앤소니 이스트호프/ 임상훈 옮김, 『문학에서 문화연구로』, 현대미학사, 1994.
존 스토리/ 박 모 옮김, 『문화연구와 문화이론』, 현실문화연구, 1995.
English-- a curriculum profile for Australian schools, Curriculum
    corporation, 1994.

〈시점 – 처음〉명칭에 대한 고찰

배 해 수*

목 차

1. 머리말
2. 원어휘소와 기본구조
3. 〈시간 단위〉에 따른 표현
4. 〈사건 발생〉에 따른 표현
5. 마무리

---

1. 머리말

이 연구는 현대국어에서 〈시점〉으로서 〈처음〉을 문제삼고 있는 어휘의 분절구조를 해명하기 위하여 시도된다. 이러한 연구는 필연적으로 어휘분절구조이론(Wortfeld-theorie)을 이론적 배경으로 삼게 되는데, 그러한 배경에 의해서만 해당 분절구조에 함축되어 있는 민족의 정신세계 해명의 시도가 가능할 것이기 때문이다.

언어연구에 있어서 4단계 구성원리와 상대적인 변별성은 중간세계(Zwischenwelt) 이론의 제안에서 비롯된다. 중간세계 이론은 동적언어이론의 출발점이며, 이 이론에 기대어 언어연구의 4단계론이 펼쳐지기 때문이다.

언어공동체로 구성되는 민족의 고유한 정신이 끊임없이 객관세계를 관조하여 의식의 세계로 끌어들여 모국어적 세계형성을 주도하면서 세계의 언어화와를 진행시키는 과정이 언어적 포착이며, 이

---

* 고려대학교 국어국문학과 교수

과정에 대한 고찰이 직능중심고찰 단계의 중심에 놓이게 된다[1]. 이 단계에서는 정신적인 직능과 개개의 언어적인 수단과의 결부, 현실의 정신적인 형성과 해석과 언어 표현 방식의 결부, 모국어의 정신적인 조작의 방식 등에 대한 자각이 핵심적인 과제가 된다[2]. 따라서 민족의 정신 활동과 세계의 언어화가 혼연일체가 되는 이 과정에서 정신과 언어는 필연적으로 에네르게이아로서 동적인 과정을 수행하게 된다.

직능의 결과는 민족의 정신에 의하여 창조된 성과로서 관점이라는 형식으로 모국어 속에 침전된다. 이 성과에 대한 연구가 내용중심의 단계에 있어서 주된 과제가 되는데, 이 내용은 직능의 결과이면서 정적(에르곤적)인 특징도 가진다는 점에서, 동적인 특징의 직능과는 짝이 되기도 하고 또 대립되기도 한다. 그러한 의미에서 내용은 이미 언어의 정신적인 면을 보유하고 있는 것으로 이해되어야[3]. 이 단계의 연구에서는 언어적 중간세계의 구성과, 즉 언어공동체 안에서 의식화되지 않은 채 활동하는 언어 내용이 주된 관심사가 된다. 동적언어이론은 내용이론으로 대변되기도 하는데, 이는 현재 이 단계에 대한 연구가 가장 활발하게 진행되고 있기 때문인 것 같다. 현실적으로 형태중심의 고찰은 내용적 고찰과 맞물려 있는 것이며, 직능중심의 고찰이나 작용중심의 고찰은 내용중심의 고찰이 전제되어야 할 것이다. 또한 연구 과정에 있어서 내용중심의 고찰이 상대적으로 용이하다는 특징이 인정된다.

민족마다의 세계관의 반영이며, 정신 활동의 성과인 내용은 그

---

1) G. Helbig(1974): Geschichte der neueren Sprachwissenschaft, Rowohlt Taschenbuch Verlag, Leipzig/Muenchen, 135-136쪽 참조.
2) H. Gipper(1974): "Inhaltbezogene Grammatik" Grundzuege der Literatur und Sprachwissenschaft, Band 2. Deutsche Taschenbuch Verlag, 142-145쪽 참조.
3) H. Gipper(1969): Bausteine zur Sprachinhaltsforschung, Pädagogischer Verlag, Schwann, Düsseldorf, 13쪽 참조.

존재 가치를 확보하기 위하여 필연적으로 형식화를 요구하게 되는데, 이때 그 형식화를 위하여 포장되어지는 것이 형태이며, 이 형태가 형태중심의 고찰에 있어서 주된 관심의 대상이 된다. 의미와 기능을 주된 개념으로 하는 형태중심의 고찰에 있어서는 내용을 지니는 언어의 음성적. 감성적인 영역이 연구의 출발점이 된다4).

언어공동체의 구성원들은 모국어의 습득을 통하여 민족의 고유한 모국어적인 세계상을 획득하면서 비로소 온전하게 언어공동체 속으로 편입된다5). 이 단계가 바로 작용중심의 단계인데, 이 단계에서는 언어적인 타당성(Geltung)과 인간의 삶이라는 개념에 대한 고찰이 주된 관심의 대상이 된다. 여기서 말하는 타당성이란 인간에 대한 언어의 능동적인 영향력과 구속력의 작용을 의미한다6). 이 단계에서는 모든 생활 영역에서 언어사용상의 언어적 특징과 이미 언어화된 세계관의 효과가 문제된다. 또한 이 단계에서는 타당성에 대한 검증과 재검토도 또한 문제되는데, 새롭게 편입되는 신세대의 언어공동체 구성원들은 삶의 총체적인 환경의 변화와 함께 필연적으로 의식 구조상의 변화를 체험하면서 기성세대의 의식구조에 대하여 재평가를 시도하게 마련이기 때문이다. 재평가는 새롭게 객관 세계를 관조한다는 것을 의미하며, 이는 곧 직능중심 단계에로의 진입을 위한 전초적인 단계의 성격을 띤다. 바로 여기에서 언어의 변화와 진화가 수행되는 것이며, 무릇 모든 언어 변화에 대한 해석은 바로 환경의 변화(이는 주로 문화적 환경의 변화이겠으나, 드물게는 자연적인 환경의 변화도 예상될 수 있다.)에 따른 정신의 변천을 중심으로 이해되어야 할 것이다.

결국 위의 언어연구의 네 단계는 순환적으로 반복되면서 시대적으로 정신사를 반영하게 된다. 이 네 단계는 연구상 서로 다른 출

---

4) ibid. 142-145쪽 참조.
5) H. Gipper(1974): op cit. 135쪽 참조.
6) 김성대(1984): 〈도이치 언어학 개론〉, 단대출판부, 43-44쪽 참조.

발점과 관련점을 나타내고, 각기 상이한 언어의 측면이 고찰의 대
상이 되지만, 근본적으로 이 네 단계의 언어연구 방향은 하나의 전
체를 형성하고 있으며, 언어 연구에 있어서는 이들 사이의 상보적
인 연계가 항상 전제되어야 한다7).

전술한 바와 같이 이 연구는 현대국어를 중심으로 〈시점 - 처음〉
명칭의 분절을 어휘분절구조 이론을 배경으로 하여 고찰하게 된다.
어휘분절구조의 이론은 어휘를 내용중심적 고찰 단계에서 적용될
수 있도록 마련된 연구 방법론이기 때문이다8).

〈시점 - 처음〉은 〈시간이 흐르는 과정에 있어서 맨 앞 + 사물이
시작되는 시점〉이라는 특성을 문제삼고 있다. 그러한 의미에서 이
분절은 〈시점 - 중간〉 명칭 분절, 〈시점 - 끝(마지막)〉 명칭 분절
과 계단대립의 관계에 있다. 또한 이 분절은 〈전후(전: 前/ 뒤(후:
後)〉 분절과 인접하는 것으로 이해될 만하다. 이 분절에 있어서는
〈시간이 흐르는 과정을 하나의 전체로 전제로 하여 그것의 앞머〉가
관심의 대상인데 비하여, 〈전후〉 분절은 〈일정한 시점(발화나 사건
의 발생)을 기점으로 하여 각각 그 앞부분과 뒷부분〉을 관심으로
삼으면서, 양자는 한편으로는 서로 일정한 특성을 공유하고, 또 다
른 한편으로는 다른 일정한 특성에 의해서 서로 변별되기 때문이
다.

〈처음〉 분절구조의 해명에 있어서는 우선 이 분절에 관여하는 자
료를 남김없이, 광범위하게 수집하는 작업이 선행되어야 하는데, 이
를 위해서 국어사전류와 한자말 사전류의 전반적인 참조가 필수적
이다. 이 연구에서는 다음의 사전류가 주된 참조의 대상으로 삼았
다.

---

7) 허발(1981): 〈낱말밭의 이론〉, 고려대학교출판부, 85쪽 참조.
8) H. Gipper(1969): op cit. 142-145쪽 참조.

신기철/신용철 편저(1980): 〈새 우리말 큰 사전: 상.하〉, 삼성출판사.
이가원/장삼식 편저(1973): 〈상해 한자 대전〉, 유강출판사.
이돈주(1992): 〈한자학 총론〉, 박영사.
이희승 편저(1986): 〈국어 대사전〉, 민중서림.
정소프트(주)(1997): 〈컴퓨터용 전자사전 피시딕 7. 0〉.
한글과컴퓨터(1995): 〈윈도우즈용 호글 우리말 큰사전 1. 0〉.
한글학회(1996): 〈우리말 큰사전〉, 어문각.

이 〈처음〉 명칭 분절에 관여하고 있는 어휘로서, 사전에서 발견된 자료들의 목록을 형태순(가나다순)으로 보이면 다음과 같다. 괄호 안의 숫자는 본문에서 다루게 되는 낱말의 번호이다.

기산일(起算日)(32)	기원(紀元)(33)
기초(期初)(9)	단군기원(檀君紀元)(34)
당초(當初)(3)	새가을(28)
새봄(26)	서(력)기(원)(西曆紀元)(35)
설(18)	세시(歲時)(20)
세초(歲初)(21)	시원(始原)(41)
시초(始初)(5)	신기원(新紀元)(36)
신추(新秋)(29)	신춘(新春)(27)
애당초(-當初)(4)	애초(2)
연두(年頭)(15)	연시(年始)(16)
연초(年初)(14)	원시(原始)(40)
원초(原初)(42)	월초(月初)(30)
정삭(正朔)(17)	정초(正初)(19)
주초(週初)(31)	처음(1)
첫가을(24)	첫겨울(25)
첫봄(22)	첫여름(23)
초꼬슴(初-)(37)	초년(初年)(11)
초대(初代)(13)	초두(初頭)(6)
초로(기)(初老期)(12)	초번(初番)(8)
초엽(初葉)(10)	초장(初場)(38)

초창(草創)(39)   최초(最初)(7)
태초(太初)(43)

2. 원어휘소와 기본구조

이 분절의 원어휘소의 자리에는 여러 낱말들이 위치하고 있는 것
으로 검증되었다.

(1) 처음.

이 분절의 명칭을 대변하면서, 그리고 그러한 연유로 이 분절의
메타언어로도 사용되고 있는 이 낱말은 {시간상으로나 차례로 맨
앞. 일의 시초}라고 풀이되면서 이 분절의 원어휘소 자리를 차지하
고 있는 토박이말이다. 이 낱말은 흔히 {어떤 일이 비롯되었거나
비롯될 첫 번}이라는 내용과 함께 사용되기도 한다.

(2) 애초.
(3) 당초(當初).
(4) 애당초(-當初).

(2)도 {맨 처음}이라 풀이되면서 (1)과 마찬가지로 이 분절에 있
어서 원어휘소의 자리에 위치하는 낱말로 해명될 만하다. 그러나,
이 낱말은 (1)이 더러 문제삼기도 하는 {어떤 일이 비롯되었거나
비롯될 첫 번}이라는 내용과 함께 사용되는 경우는 없는 듯하다.
(3)은 {애초}라 풀이되기도 하며, 더러는 {일이 생긴 처음}이라 풀
이되기도 한다. 따라서 이 낱말은 전자에 의하여 (1-2)와 마찬가지
로 원어휘소의 자리에 위치하기도 하며, 후자에 의하여 〈처음 +
기준 - 사건 발생〉이라는 특성과 관계하기도 하는 특징을 보이고

있다. (4)는 {'애초'의 힘준 말}로 풀이되면서 〈처음 + 관조의 표현〉이라는 특성을 가지는 낱말이다

(5) 시초(始初).

이 낱말은 {맨 처음}으로 풀이되면서 위의 (1)과 마찬가지로 이 분절에 있어서 원어휘소의 자리를 차지하고 있다9). 그러나, 이 낱말은 전문적으로 {거래소의 첫 입회}라는 내용과 함께 사용되기도 하는 특징을 보이고 있다.

(6) 초두(初頭).

이 낱말은 {어떤 기간이나 일의 첫머리}로 풀이된다. 따라서 이 낱말도 이 분절에 있어서 원어휘소의 자리에 위치하는 것으로 이해된다. 곧, 이 낱말은 그 아래에 기준으로서 〈시간 단위〉와 〈사건 발생〉을 포함하고 있음을 확인하는 표현에 해당한다.

(7) 최초(最初).

{맨 처음}으로 풀이되면서 이 분절의 원어휘소의 자리에 위치하고 있는 이 낱말은 〈가장 높은 정도 + 처음 → 맨 처음〉이라는 개념형성의 과정을 겪은 것으로 이해된다. 그러한 의미에서 이 낱말은 상대적으로 〈처음의 강조〉라는 특성을 첨가하고 있는 것으로 이해될 수 있을 것 같다.

(8) 초번(初番).

---

9) 한자말 〔본초: 本初〕도 같은 방법으로 해명될 것 같다. 이 한자말도 {시초}라 풀이되기 때문이다. 이 낱말은 흔히 {근본}이라는 내용과 함께 사용되기도 한다.

　이 낱말도 {최초. 시초}로 풀이되면서 이 분절에 있어서 원어휘소의 자리에 위치하는 것으로 이해된다. 그러나, 이 낱말은 {순번의 처음}이나 {최초의 당번}이라는 내용과 함께 사용되기도 하는 특징을 보이고 있다10).

　위에서 논의된 낱말들을 원어휘소로 하는 〈처음〉 명칭의 분절은 그 아래로 〈시간 단위〉와 〈사건 발생〉을 〈기준〉으로 하여 하위분절되어 있는 것으로 귀납되었다. 〔그림 1〕은 〈처음〉 명칭 분절의 이러한 상위의 기본구조를 보이기 위한 것이다.

〔그림 1〕 〈처음〉 명칭 분절의 기본구조

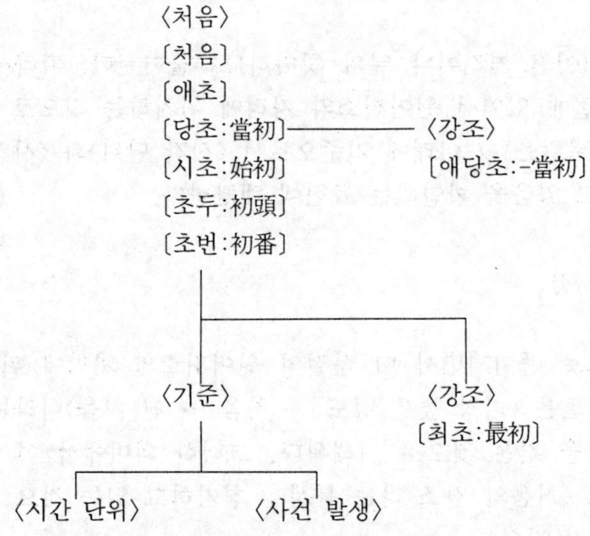

10) {사물이 시작되는 시기}나, {기간 등의 기산점이 되는 시기}로 풀이되는 한자말 〔기기: 起期〕도 같은 방법으로 해명될 것 같다. 그리고, 한자말 〔궐초: 厥初〕도 {시초}로 풀이되면서 유사한 위치가치를 가지는 것으로 이해될 것 같다. 이 한자말은 {그 처음}이라는 내용과 함께 사용되기도 한다.

3. 〈시간 단위〉에 따른 표현

이 분절에 대한 고찰의 결과, 구체적인 〈기준 - 시간 단위〉로서 〈시대〉, 〈생애〉, 〈세대〉, 〈해〉, 〈철〉, 〈달〉, 〈주〉가 관계하고 있음이 드러났다.

(9)기초(期初).

이 낱말은 {어느 기간, 시기의 첫머리. 어느 기간, 기한의 처음}으로 풀이된다. 이러한 풀이를 통하여 이 낱말에 대한 특성은 〈처음 + 시간(기간) 단위〉로 추정될 수 있을 것 같다. 그러한 의미에서 이 한자말은 이 〈시간 단위〉 분절에 있어서 원어휘소의 자리에 위치하는 낱말로 인식될 수 있을 듯하다11).

(10) 초엽(初葉).

이 낱말은 {일정한 역사적 시대의 처음 시기. 어떠한 시대의 초기}로 풀이되면서 〈처음 + 기준 + 시간 단위 - 시대〉라는 특성을 문제삼고 있다.

(11) 초년(初年).

이 낱말은 {일생의 초기}로 풀이되면서 〈처음 + 기준 + 시간 단위 + 생애 - 일생〉이라는 특성을 문제삼고 있다. 이 낱말은 {첫 시절}이라는 내용과 함께 사용되기도 한다.

(12) 초로(기)(初老期).

---

11) 한자말 〔기수: 期首〕도 같은 방법으로 해명될 것 같다.

위의 낱말은 {노년기의 초기(늙는 과정이 시작되는 40-50세의 시기)}로 풀이되면서 〈처음 + 기준 + 시간 단위 + 생애 - 노년기〉라는 특성을 가지고 있다. 그러한 의미에서 이 낱말은 (10)의 아래에 포함되는 것으로 이해될 수 있다. 이 낱말은 {늙기 시작하는 시기}라는 내용과 함께 사용되기도 한다.

(13) 초대(初代).

이 낱말은 {한 계통의 세대의 첫머리}로 풀이되면서 〈처음 + 기준 + 시간 단위 - 세대〉라는 특성을 문제삼고 있다. 이 낱말은 {한 계통의 연대의 첫머리}라는 내용과 함께 사용되기도 하며, {차례로 이어나가는 자리나 지위에서 첫째 번 차례. 또는, 그 사람}이라는 내용과 함께 사용되기도 한다.

(14) 연초(年初).

이 낱말은 {해의 첫머리}로 풀이되면서 〈처음 + 기준 + 시간 단위 - 해〉라는 특성을 문제삼고 있다. 이 낱말은 {설}이라는 내용과 함께 사용되기도 하는데, [설]이 차지하는 위치가치에 대하여는 뒤에 논의될 것이다.

(15) 연두(年頭).

이 낱말도 {해의 첫머리}로 풀이되면서 〈처음 + 기준 + 시간 단위 - 해〉라는 특성을 문제삼고 있다. 이 낱말 역시 {설. 세초(歲初)}라는 내용과 함께 사용되기도 하는데, [세초]의 위치가치에 대하여는 뒤에 논의될 것이다.

(16) 연시(年始).

{한 해의 처음}으로 풀이되는 이 한자말 역시 〈처음 + 기준 + 시간 단위 - 해〉라는 특성을 문제삼고 있다12). (15)에서는 〈머리 부분→ 처음〉이라는 개념형성의 과정이, 그리고 (16)에서는 〈시작 시점 → 처음〉이라는 개념형성의 과정이 각각 수행된 것으로 이해될 것 같다. (16)도 (15)와 마찬가지로 {설. 세초}라는 내용과 함께 사용되기도 한다.

  (17) 정삭(正朔).

  이 낱말은 {해의 처음과 달의 처음}이라 풀이되면서 〈처음 + 기준 + 시간 단위 - 해 + 달〉이라는 특성을 문제삼고 있다. 그러한 연유로 이 낱말은 {정월 초하루}라는 내용과 함께 사용되기도 한다. 또한 이 낱말은 {달력}이라는 내용과 함께 사용되기도 하는 듯하다.

  (18) 실.
  (19) 정초(正初).
  (20) 세시(歲時).
  (21) 세초(歲初).

  (18)은 {새해의 첫머리}로 풀이되면서 〈처음 + 기준 + 시간 단위 + 해 - 새해〉라는 특성을 가지는 낱말이다. 이 낱말은 {새해의 첫날}이라는 내용과 함께 사용되기도 하는데, 이 경우의 이 낱말은 〈날〉 명칭의 분절에도 관여하는 것으로 이해될 것이다. {설}로 풀이되는 (19)도 (18)과 같은 특성을 가지는 한자말로 이해될 것 같다. 이 낱말은 〈정월 + 처음 → 새해의 첫머리}와 같은 개념형성의 과정이 수행되었을 것으로 추정된다. (20)도 {설}로 풀이되면서 같은 내용특성을 가지는 낱말이다. 그러나, 이 낱말은 {한 해 동안

____

12) 이밖에 한자말 〔세수: 歲首}와 〔조세: 肇歲〕 따위도 같은 방법으로 해명될 것 같다. 이 한자말들도 {해의 첫머리. 설}로 풀이되면서 〈처음 + 기준 + 시간 단위 - 해〉라는 특성을 문제삼고 있기 때문이다.

의 시절}이라는 내용과 함께 사용되기도 한다는 점에서 내용범위
상 (18-19)와는 다른 면을 보이고 있다. (21)도 또한 {새해의 첫
머리}로 풀이되면서 〈처음 + 기준 + 시간 단위 + 해 - 새해〉라
는 특성을 문제삼고 있는 한자말이다13). 이 한자말에서는 〈해 +
처음 → 새해의 첫머리〉라는 개념형성의 과정이 추정된다.

(22) 첫봄.

이 낱말은 {봄이 시작되는 머리}로 풀이되면서 〈처음 + 기준 +
시간 단위 + 계절 - 봄〉이라는 특성을 문제삼고 있다. 이 낱말은
{막 닥쳐온 봄}이라는 내용과 함께 〈봄〉 명칭의 분절과도 관계하고
있다.

(23) 첫여름.

{여름이 시작되는 머리}로 풀이되는 위의 낱말은, 그러한 의미에
서 〈처음 + 기준 + 시간 단위 + 계절 - 여름〉이라는 특성을 갖
고 있다. 이 낱말은 {막 닥쳐온 여름}이라는 내용을 문제삼으면서
〈여름〉 명칭의 분절과 관계하기도 한다.

(24) 첫가을.

이 낱말은 {가을이 시작되는 머리}로 풀이되면서 〈처음 + 기준
+ 시간 단위 + 계절 - 가을〉이라는 특성을 문제삼고 있는데, 이
낱말은 {막 닥쳐온 가을}이라는 내용과 함께 〈가을〉 명칭의 분절에
관여하기도 한다.

---

13) 사전에 보이는 한자말 〔수세: 首歲〕와 〔연수: 年首〕도 같은 방법으로 해
    명될 것 같다.

　　(25) 첫겨울.

　위의 낱말은 {가을이 시작되는 머리}로 풀이되면서 〈처음 + 기준 + 시간 단위 + 계절 - 겨울〉이라는 특성을 문제삼고 있다. 이 낱말은 {막 닥쳐온 겨울}이라는 내용과 함께 〈겨울〉 명칭의 분절에 관여하기도 한다.
　위 (22 - 25)의 네 낱말은 시간상으로, 그리고 〈계절〉을 기준으로 하는 계단대립의 관계에 있다.

　　(26) 새봄.
　　(27) 신춘(新春).

　토박이말 (26)과 이에 상응하는 한자말 (27)의 두 낱말은 공통적으로 {새 기분으로 맞이하는 첫봄}이라 풀이되면서 〈첫봄 + 인식 - 새 기분〉이라는 내용을 문제삼고 있다. (26)은 비유적으로 {희망이 가득 찬 시절}이라는 내용과 함께 사용되기도 하는데 비하여, (27)은 그렇지 않은 것 같다.

　　(28) 새가을.
　　(29) 신추(新秋).

　(28)의 토박이말은 {새 기분으로 맞이하는 첫가을}이라 풀이되며, 이에 상응하는 한자말인 (29)는 {첫가을. 새가을}이라 풀이된다. 따라서 이 두 낱말은 〈첫가을 + 인식 - 새 기분〉이라는 특성을 공유하는 것으로 이해될 것 같다. 그러나 (29)는 {음력 7월의 다른 이름}이라는 내용과 함께 사용되기도 한다는 점에서, 그렇지 않는 (28)과는 내용 범위상의 차이를 보이고 있다.
　(26 - 27)과 (28 - 29)와 대응될 만하는 어휘적 실현이 〈여름〉과 〈겨울〉의 경우는 발견되지 않았다.

(30) 월초(月初).

이 낱말은 {(그) 달의 처음}으로 풀이되면서 〈처음 + 기준 + 시간 단위 - 달〉라는 특성과 함께 사용되고 있다14). 이 낱말은 {월삭(월삭: 月朔). 곧, 그 달의 초하룻날}이라는 내용과 함께 〈날〉의 분절과 관계하기도 한다.

(31) 주초(週初).

이 낱말은 {한 주일의 첫머리}로 풀이되면서 〈처음 + 기준 + 시간 단위 - 주〉라는 특성을 문제삼고 있다15).

지금까지의 고찰에서는 〈기준 - 시간 단위〉를 문제삼는 어휘들이 논의의 대상이 되었다. 이 분절에서는 구체적인 시간 단위로서 〈시대〉, 〈생애〉, 〈세대〉, 〈해〉, 〈철〉, 〈달〉, 〈주〉가 관조의 대상이 되어 있다. 〈생애〉의 아래에는 〈노년기〉가 관심의 대상이 되어 있으며, 〈해〉의 아래에는 〈새해〉가 관심의 대상이 되어 있다. 그리고, 〈철〉의 아래에는 〈봄 - 여름 - 가을 - 겨울〉의 네 계절이 관심의 대상이 되어 있으며, 〈봄〉과 〈가을〉의 아래에는 다시 〈새 기분〉이 관조의 대상이 되어 있다. [그림 2]와 [그림 3]은 이러한 〈시간 단위〉의 분절구조를 도식화한 것이다.

---

14) {월초}로 풀이되는 한자말 [월시: 月始]와 [월두: 月頭]도 같은 방법으로 해명될 것으로 보인다. 그러나 이 한자말들은 한자말 [월초]의 세력에 밀려 사실상 사어화의 과정에 있는 외래어들로 보여 논외로 하였다.

15) 한자말 [자초: 子初]는 {자시(子時)의 처음}이라 풀이되면서 〈처음 + 기준 + 시간 단위 - 시각(시간)〉이라는 특성을 문제삼고 있다. 같은 방법으로 [축초: 丑初], [인초: 寅初], [묘초: 卯初], [진초: 辰初], [사초: 巳初], [오초: 午初], [미초: 未初], [신초: 申初], [유초: 酉初], [술초: 戌初], [해초: 亥初] 따위도 각각 해당 시각 (시간)의 〈처음〉을 문제삼고 있는 표현들이다. 그러나, 이러한 한자말들은 여전히 전문용어로만 머물고 있는 것으로 보여 논외로 하였다.

[그림 2] 〈기준 - 시간 단위〉 표현의 분절구조(1)

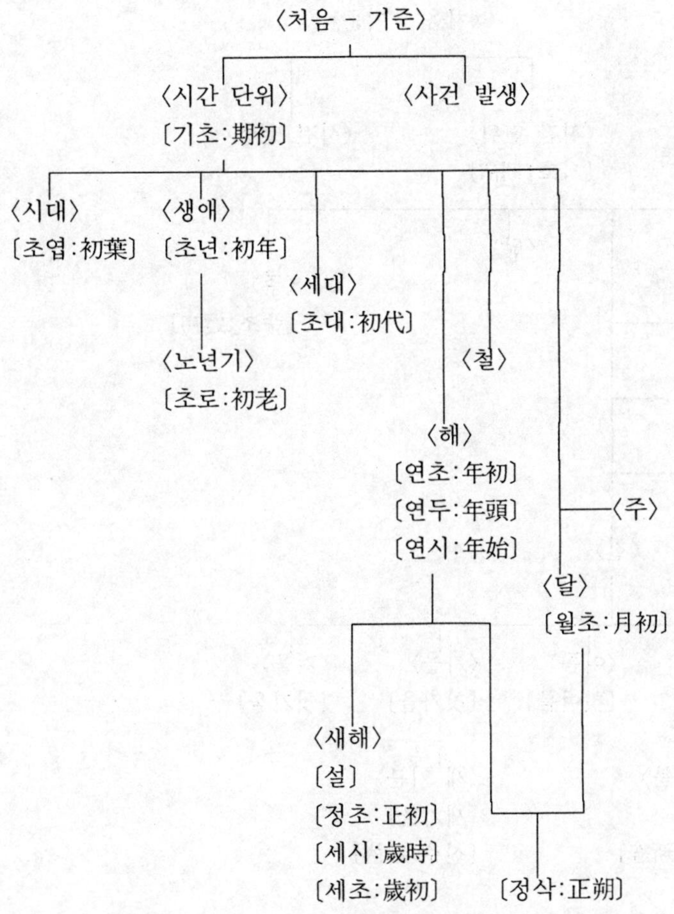

[그림 3] 〈기준 - 시간 단위〉 표현의 분절구조(1)

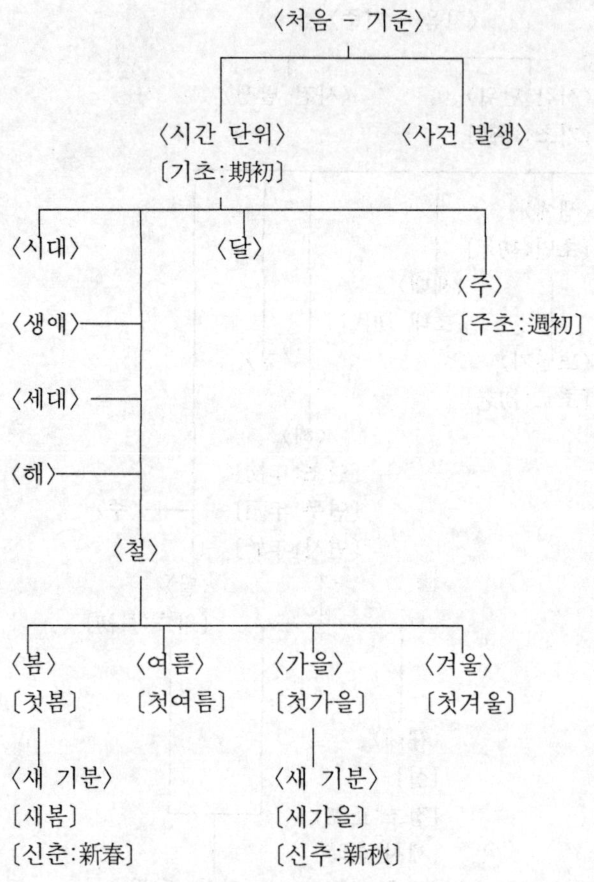

4. 〈사건 발생〉에 따른 표현

기준으로서 〈사건 발생〉이 문제되는 이 분절은 〈사건 유형〉이 구체화되면서 하위분절되는 특징을 보이고 있다. 그리고 그 〈사건 유형〉으로서는 〈계산〉, 〈일(의 시작)〉, 〈문화(의 시작)〉, 〈우주(의 시

작: 천지개벽))가 관심의 대상이 되어 있다.

　　(32) 기산일(起算日).

　이 낱말은 {날짜 계산에서, 첫날로 잡는 날}로 풀이되면서 〈처음 + 기준 + 사건 발생 + 사건 유형 + 계산 - 날짜〉라는 특성과 함께 사용되고 있다.

　　(33) 기원(紀元).

　위의 낱말은 {새로운 출발로 되는, 시기나 시대. 연대를 계산하는 데 기초가 되는 해}로 풀이되면서 〈처음 + 기준 + 사건 발생 + 사건 유형 + 계산 - 연대〉라는 특성을 문제삼고 있다. {출발의 시점}이나 {계산의 기초가 되는 시점}은 곧 〈시점 - 처음〉을 의미할 것이기 때문이다. 그리고 이 낱말은 {나라를 세운 첫해}라는 내용과 함께 사용되기도 한다. 그러한 의미에서 이 낱말은 〈해〉의 분절에도 관계하는 것으로 이해될 수 있다.

　　(34) 단(군)기(원)(檀君紀元).

　이 낱말은 {단군왕검이 즉위한 해를 원년으로 삼은 기원}으로 풀이되면서 〈처음 + 기준 + 사건 발생 + 사건 유형 + 계산 - 연대 + 단군왕검(의 건국)〉라는 특성과 함께 사용되고 있다. 이 낱말은 한국에서만 통용되는, 전문용어로부터 도입된 표현이다. 이 낱말은 구체적으로 {서력 기원 전 2333년에 해당하는 해}라는 내용과 함께 사용되기도 한다. 이에 대응될 만한 다음의,

　　(35) 서(력)기(원)(西曆紀元).

은 {예수의 태어난 해를 원년으로 치는 기원}으로 풀이되면서 〈처음 + 기준 + 사건 발생 + 사건 유형 + 계산 - 연대 + 예수 탄생〉라는 특성을 문제삼고 있다.

(36) 신기원(新紀元).

이 낱말은 {새로운 기원}으로 풀이되면서 〈처음 + 기준 + 사건 발생 + 사건 유형 + 계산 - 연대 + 새 기원〉이라는 특성을 문제삼고 있다. 이 낱말은 흔히 {획기적인 사실(사업이나 발명 등)로 말미암아 나타나는 새로운 시대}라는 내용과 함께 사용되기도 한다.

(37) 초꼬슴(初-).
(38) 초장(初場).

(37)은 {일을 하는 데 맨 처음}이라 풀이되며, (38)은 {일의(시작에 있어서) 첫머리}라 풀이된다. 따라서 위의 두 낱말은 〈처음 + 기준 + 사건 발생 + 사건 유형 - 일의 시작〉이라는 특성을 공유하는 것으로 해명될 수 있을 것 같다. 다만, (38)은 이러한 내용 이외에 {장이 서기 시작한 처음의 동안}이라는 내용과 함께 사용되기도 하며, {과거를 보는 첫날의 시험장}이라는 내용을 문제삼기도 하는 낱말이라는 점에서, 그렇지 않은 (37)과는 내용범위의 면에서 차이를 보이고 있다.

(39) 초창(草創).

이 낱말은 {사업을 처음으로 일으켜 시작하는 시초}라 풀이되면서 〈처음 + 기준 + 사건 발생 + 사건 유형 - 일의 시작 + 사업〉이라는 특성을 문제삼고 있다. 이 낱말은 {사업을 처음으로 일으켜 시작함}이라는 내용과 함께 사용되기도 한다.

(40) 원시(原始).
(41) 시원(始原).
(42) 원초(原初).

위의 세 낱말은 공통적으로 {문화가 피어나지 않고 자연 그대로임. 시작되는 처음}이라 풀이된다. 이러한 풀이는 곧 문화가 시작되는 시점을 뜻하는 것으로 이해될 수 있을 것 같으며, 따라서 이 낱말들은 〈처음 + 기준 + 사건 발생 + 사건 유형 - 문화(의 시작)〉이라는 특성을 공유하는 것으로 이해될 것 같다. (40)은 {자연 그대로여서 아직 진화하거나 개척되지 아니한 상태}라는 내용과 함께 사용되기도 하는 낱말이다. (41)은 {사물이나 현상 등이 시작되는 처음}이라는 내용과 함께 사용되기도 한다. (42)는 단독으로 사용되기보다는 주로 〔원초적: 原初的〕이라는 어휘로 파생되어 사용되며, 이 경우 이 표현은 {본능적}이라는 내용을 문제삼기도 한다.

(43) 태초(太初).

이 낱말은 {천지가 개벽한 맨 처음. 즉, 우주의 시초}로 풀이되면서 〈처음 + 기준 + 사건 발생 + 사건 유형 - 우주(의 시작 : 천지개벽)〉라는 특성과 함께 사용되고 있다16).

지금까지는 〈처음 + 기준 - 사건 발생〉의 분절에 대한 고찰이었는데, 이 분절에서는 그 아래로 〈사건 유형〉의 제시가 관심의 대상이 되어 있다. 〈사건 유형〉으로서는 〈계산〉, 〈일(의 시작)〉, 〈문화(의 시작)〉, 〈우주(의 시작: 천지개벽)〉이 주용 관심사로 나타나

---

16) 마찬가지로 {천지개벽의 시초}라 풀이되는 한자말 〔겁초: 劫初〕, 〔태시: 太始〕, 〔창초: 創初〕, 〔태소: 太素〕, 〔고초: 古初〕, 〔대시: 大始〕 따위도 같은 방법으로 해명될 것 같으나, 이 한자말들은 이제 우리들의 언어생활에서 거의 잊혀져 가고 있는 표현들로 보여 논외로 하였다.

있다. 〈계산〉의 아래에는 〈날짜〉와 〈연대〉가 문제되어 있는데, 〈연대〉의 아래에는 다시 〈단군 왕검〉, 〈예수 탄생〉, 〈새 기원〉이 관점으로 나타나 있다. 〈일〉의 아래에는 〈사업〉이 관심의 대상이 되어 있다. 이러한 분절구조의 특징을 그림으로 그리면, 〔그림 4〕가 가능할 것 같다.

〔그림 4〕 〈기준 – 사건 발생〉 표현의 분절구조

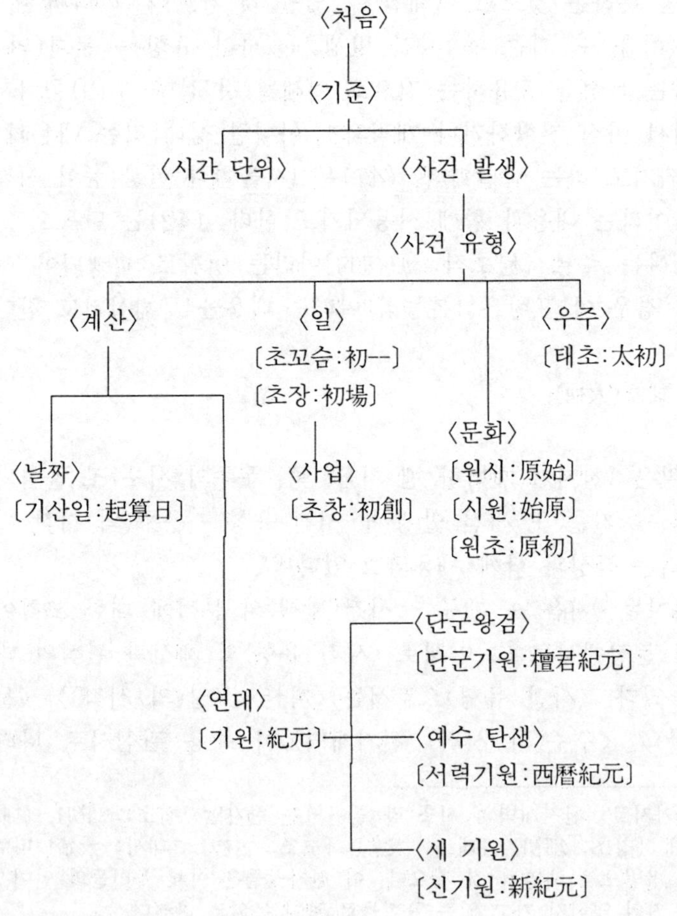

5. 마무리

이 연구는 현대국어에서 〈시점〉으로서 〈처음〉을 문제삼고 있는 어휘의 분절구조를 해명하기 위하여 시도되었다. 이러한 연구는 필연적으로 어휘분절구조이론(Wortfeld-theorie)을 이론적 배경으로 삼게 되는데, 이는 이러한 배경을 통해서 비로소 해당 분절구조에 함축되어 있는 민족의 정신세계 해명의 길이 열릴 것 같기 때문이다. 이 분절구조에 대한 해명 과정을 통하여 나타난 특징들을 요약해 보면 다음과 같다.

(1) 〔처음〕, 〔애초〕, 〔당초: 當初〕, 〔애당초: -當初〕, 〔시초: 始初〕, 〔초두: 初頭〕, 〔최초: 最初〕, 〔초번: 初番〕 등의 6개 낱말들이, 서로 미세한 위상가치의 차이를 보이면서도, 이 분절에 있어서 원어휘소의 자리를 공유하는 것으로 검증되었다.

(2) 이 분절은 그 아래로 〈기준〉 상 〈시간 단위〉와 〈사건 발생〉을 문제삼으면서 하위분절되는 특징을 보이고 있다.

(3) 〈기준 - 시간 단위〉를 문제삼는 분절에서는 구체적인 시간 단위로서 〈시대〉, 〈생애〉, 〈세대〉, 〈해〉, 〈철〉, 〈달〉, 〈주〉가 관조의 대상이 되어 있다.

(4) 〈생애〉의 아래에는 〈노년기〉가 관심의 대상이 되어 있으며, 〈해〉의 아래에는 〈새해〉가 관심의 대상이 되어 있다. 그리고, 〈철〉의 아래에는 〈봄 - 여름 - 가을 - 겨울〉의 네 계절이 관심의 대상이 되어 있으며, 〈봄〉과 〈가을〉의 아래에는 다시 〈새 기분〉이 관조의 대상이 되어 있다.

(5) 〈기준 - 사건 발생〉의 분절은 그 아래로 〈사건 유형〉을 문제삼으면서 하위분절되어 있다. 〈사건 유형〉으로서는 〈계산〉, 〈일(의 시작)〉, 〈문화(의 시작)〉, 〈우주(의 시작: 천지개벽)〉이 주용 관심사로 나타나 있다.

(6) 〈계산〉의 아래에는 〈날짜〉와 〈연대〉가 문제되어 있는데, 〈연대〉의 아래에는 다시 〈단군 왕검〉, 〈예수 탄생〉, 〈새 기원〉이 관점

으로 나타나 있다. 〈일〉의 아래에는 〈사업〉이 관심의 대상이 되어 있다.

  〈시점〉으로서 〈처음〉은 〈중간〉, 〈끝, 마지막〉과 계단적인 대립관계에 있는 분절로 보인다. 따라서 이 분절의 명확한 위치와 특징을 발견하기 위해서는 〈중간〉 명칭 분절과 〈끝, 마지막〉 명칭 분절에 대한 연구도 잇따라야 할 것인데, 이들에 대한 연구는 후고로 미룬다.

참 고 문 헌

강기룡(1991): "현대국어의 술 명칭에 대한 연구", 고려대 교육대학원.
------(1994): "〈무덤〉 명칭의 낱말밭 고찰"〈우리말 내용연구〉 제2호,
　　　　　　우리말내용연구회.
강상식(1987): "현대국어의 집짐승 이름씨에 대한 연구", 고려대교육대학원.
강호진(1982): "Leo Weisgerber의 '언어의 동적 고찰'에 관하여",
　　　　　　고려대대학원.
------(1989): "언어밭의 형식화 가능성 문제에 대하여", 〈언어 내용 연구〉,
　　　　　　태종출판사.
------(1993): "도이치말 'sehen' 동사의 분절구조와 우리말 '보다' 동사의
　　　　　　분절구조의 비교에 대하여", 고려대 대학원(박사학위논문).
김래현(1989): "Wilhelm von Humboldt의 동적언어관"〈언어 내용 연구〉,
　　　　　　태종출판사.
김성대(1984): 〈도이치 언어학 개론〉, 단국대출판부.
김성환(1994): "〈코〉 명칭에 대한 고찰", 〈우리말 내용연구〉 제2호,
　　　　　　우리말내용연구회.
김양진(1994): "〈다툼〉을 나타내는 동사의 낱말밭", 〈한국어 내용 연구〉,
　　　　　　제1집, 국학자료원.
김영진(1994): "〈비〉 명칭에 대한 고찰-토박이말을 중심으로-", 〈우리말내용
　　　　　　연구〉 제2호, 우리말내용연구회.
------(1995): "〈비〉 명칭의 낱말밭 연구-한자말을 중심으로-", 고려대
　　　　　　교육대학원.
김영희(1992): "〈Angst〉에 대한 낱말밭 연구 - 도이치말과 우리말의 불안
　　　　　　명사를 바탕으로- ", 고려대 대학원(박사학위논문).
------(1998): "〈Angst〉에 대한 낱말밭 연구 - 독일어와 한국어의 형용사
　　　　　　를 중심으로 -", 〈한국어내용론〉제5호 (모국어와 에네르게
　　　　　　이아), 한국어내용학회.
김인자(1984): "Leo Weisgerber의 인류언어법칙에 대하여" 고려대 대학원.
김자영(1985): "E. Coseriu의 System, Norm und Rede에 대한 연구",
　　　　　　고려대대학원.
김재봉(1988): "〈착용〉 동사의 낱말밭 연구", 고려대 교육대학원.
김재영(1989): "Leo Weisgerber의 의미영역에 대하여" 〈언어 내용 연구〉,
　　　　　　태종출판사.
------(1990): "Leo Weisgerber의 의의영역에 대한 연구", 고려대 대학원

　　　　　　(박사학위논문).
------(1994)：“어휘 형성과 확대에 대한 내용중심적 고찰”, 〈우리말 내용
　　　　　　연구〉 창간호, 우리말내용연구회.
------(1996)：〈성능중심 어휘론〉, 국학자료원.
------(1996)：“G. Ipsen의 분절구조 이론” 〈한국어 내용론〉 제4호,
　　　　　　한국어내용학회.
김종대(1989)：“언어변천과 어휘의 개념변천”, 〈언어 내용 연구〉,
　　　　　　태종출판사.
단국대학교 동양학연구소(1997)：〈한국 한자어 사전, 1. 2. 3. 4〉,
　　　　　　단국대학교출판부.
박금용(1986)：“〈주다〉 동사의 낱말밭 연구”, 고려대 교육대학원.
박성철(1989)：“인간·언어·세계의 상호관련성에 대한 고찰”, 고려대 대학원.
박여성(1984)：“어휘소 구조에 대한 연구 – 특히 E. Coseriu의 어휘소론을
　　　　　　중심으로 –”, 고려대 대학원.
박영원/양재찬(1994)：〈알기 쉬운 속담 성어 사전〉, 국학자료원.
박영준/최경봉(1996)：〈관용어 사전〉, 태학사.
박정환(1990)：“E. Coseriu의 구조의미론연구”, 부산대대학원
　　　　　　(박사학위논문).
------(1994)：“내용 연구 토대로서의 ‘밭’ 개념”, 〈우리말 내용 연구〉 창간호,
　　　　　　우리말내용연구회.
배성우(1996)：“〈그릇〉 명칭에 대한 고찰”, 〈한국어 내용론〉 제4호, 한국어
　　　　　　내용학회.
------(1997)：“〈칼〉 명칭에 대한 고찰”, 〈우리어문연구〉 제10집, 우리어문
　　　　　　학회.
------(1997)：“〈농기구〉 명칭에 대한 고찰” 〈우리어문연구〉 11집(한국어
　　　　　　문학의 이해), 우리어문학회.
------(1998)：“국어 〈모자〉 명칭의 분절구조 연구 – 독일어와의 비교를 통
　　　　　　하여 – ”, 고려대학교 교육대학원(석사학위논문).
------(1998)：“〈장〉 명칭에 대한 고찰”, 〈한국어 내용론〉 제5호(모국어와
　　　　　　에네르게이아), 한국어내용학회.
------(1999)：“〈배〉 명칭의 분절구조 연구”, 〈한국어 내용론〉 제6호
　　　　　　(한국어와 세계관), 한국어 내용학회.
------(1999)：“〈자동차〉 명칭에 대한 고찰”, 〈우리어문 연구〉 13집
　　　　　　(한국어의 내용적 고찰), 우리어문학회.
배성훈(1999)：“〈산〉 명칭에 대한 고찰 – 〈크기〉를 중심으로 – ”, 〈한국어

내용론〉 제6호(한국어와 세계관), 한국어 내용학회.
------(1999): "〈산〉 명칭에 대한 고찰 - 〈위치〉를 중심으로 - ",〈우리어문
　　　　　　　연구〉 13집(한국어의 내용적 고찰), 우리어문학회.
------(2000): "현대국어의 〈산〉 명칭에 대한 연구", 고려대 대학원.
배해수(1992): 〈국어 내용 연구 (2)〉, 국학자료원.
------(1994): 〈국어 내용 연구 (3)-〈친척〉 명칭에 대한 분절구조 -〉,
　　　　　　　국학자료원.
------(1995): "동적언어이론의 이해",〈한국어 내용론〉 제3호, 한국어내용
　　　　　　　학회.
------(1997): 〈국어 내용 연구(1) - 수정판 -〉,고려대학교 민족문화연구소.
------(1997): "의미론의 유형과 동적언어이론",〈국어학 연구의 새지평 -
　　　　　　　성재 이돈주 선생 화갑기념 - 〉, 태학사.
------(1998): 〈한국어와 동적언어이론 -국어내용연구4-〉
　　　　　　　고려대학교출판부.
------(1998): "동적언어이론의 도입과 한국어 연구",〈한국어 내용론〉
　　　　　　　제5호 (모국어와 에네르게이아), 한국어내용학회.
-----(1999): "동적언어이론과 한국어의 격 연구 방안",〈국어의 격과 조사〉,
　　　　　　　한국어학회.
봉일원(1980): "언어와 언어공동체", 고려대 대학원.
신기철/신용철 편저(1980): 〈새 우리말 큰 사전: 상. 하〉, 삼성출판사.
신익성(1974): "Weisgerber의 언어 이론",〈한글〉 제153호, 한글학회.
------(1979): "Wilhelm von Humboldt의 언어관과 변형이론의 심층
　　　　　　　구조",〈어학 연구〉 15권 1호, 서울대 어학연구소.
심초보(1998): "언어능력과 모국어의 습득",〈한국어 내용론〉 제5호
　　　　　　　(모국어와 에네르게이아), 한국어내용학회.
안문영(1989): "Leo Weisgerber의 문학 연구",〈언어 내용 연구〉, 태종
　　　　　　　출판사.
안정오(1993): "Grammatik aus der Fremd- und EigenPerspektive",
　　　　　　　Wuppertal(Dissertation).
------(1995): "낱말밭과 언어습득의 상관성",〈한국어 내용론〉 제3호,
　　　　　　　한국어내용학회.
------(1996): "언어의 대격화 현상",〈한국어 내용론〉 제4호, 한국어
　　　　　　　내용학회.
-----(1996): "J .G. Herder의 언어기원 이론",〈인문대 논집〉, 제14집,
　　　　　　　고려대학교 인문대학.

-----(1977): "W. v. Humboldt의 언어철학에서 교육적 특성", 〈인문대 논집〉 제15집, 고려대학교 인문대학.

------(1997): "언어의 문어성과 구어성", 〈인문대 논집〉 제16집(이기서 교수 화갑 기념호), 고려대학교 인문대학.

------(1998): "훔볼트의 사상적 특징", 〈한국어 내용론〉 제5호 (모국어와 에네르게이아), 한국어내용학회.

------(1999): "기호의 언어철학적 고찰", 〈한국어 내용론〉 제6호(한국어와 세계관), 한국어 내용학회.

이가원/장심식 편저(1973): 〈상해 한자 대전〉, 유강출판사.

이돈주(1992): 〈한자학 총론〉, 박영사.

이미영(1994): "〈눈〉 명칭에 대한 고찰", 〈우리말 내용연구〉 제2호, 우리말 내용연구회.

------(1995): "〈옷〉 명칭의 낱말밭 연구-〈재료〉를 중심으로-", 고려대교육 대학원.

이성준(1996): "빌헬름 폰 훔볼트의 언어관에 나타난 언어의 본질", 〈한국어 내용론〉 제4호, 한국어내용학회.

------(1966): "빌헬름 폰 훔볼트의 언어관과 언어내용 연구", 〈인문대 논 집〉 제14집, 고려대학교 인문대학.

------(1977): "훔볼트의 관점에서 본 언어의 개별성과 보편성", 〈인문대 논 집〉 제15집, 고려대 인문대학.

------(1997): "도이치 낭만주의 언어관과 빌헬름 폰 훔볼트", 〈인문대 논집〉 제16집 (이기서 교수 화갑 기념호), 고려대학교 인문대학.

------(1998): "언어와 사고의 본질에 대한 연구", 〈인문대 논집〉, 고려대 학교 인문대학.

------(1998): "하만과 헤르더의 언어사상", 〈한국어 내용론〉 제5호 (모국어 와 에네르게이아), 한국어내용학회.

------(1998): "언어의 사고와 본질에 대한 연구", 〈인문대 논집〉 제17집 (김동규교수 회갑 기념호), 고려대학교 인문대학.

------(1999): 〈훔볼트의 언어철학〉, 고려대학교출판부.

이정희(1983): "레오 바이스게르버의 기능중심적 언어고찰에 대하여", 고려 대 대학원.

이희승 편저(1986): 〈국어 대사전〉, 민중서림.

임지룡(1987): "어휘대립의 중화현상", 〈국어교육 연구〉19호, 국어교육 연구회.

------(1989): 〈국어 대립어의 의미 상관 관계〉, 형설출판사.

임환재 옮김(1984): 〈언어학사〉(G. Helbig: Geschichte der neueren
　　　　　　　Sprachwissenschaft), 경문사.
장기문(1996): "〈여자〉 명칭에 대한 고찰", 〈한국어 내용론〉 제4호, 한국어
　　　　　　　내용학회.
------(1997): "현대국어의 〈여자〉 명칭에 대한 고찰(2)- 〈정신〉, 〈품행〉을
　　　　　　　중심으로-" 〈우리어문연구〉 제10집, 우리어문학회.
------(1997): " 〈노비〉 명칭에 대한 고찰(1)" 〈우리어문연구〉 11집
　　　　　　　(한국어 문학의 이해), 우리어문학회.
------(1998): "〈노비〉 명칭에 대한 고찰(2)-〈상황〉 중심의 분절구조- ",
　　　　　　　〈한국어 내용론〉 제5호(모국어와 에네르게이아),
　　　　　　　한국어내용학회.
------(1999): "현대 국어의 〈직업인〉 명칭에 대한 고찰(1)", 〈한국어
　　　　　　　내용론〉 제6호(한국어와 세계관), 한국어 내용학회.
------(1999): " 현대국어의 〈직업인〉 명칭에 대한 연구(2) - 〈전문가 -
　　　　　　　기술가(기술자)를 중심으로 - ", 〈우리어문 연구〉 13집
　　　　　　　(한국어의 내용적 고찰), 우리어문학회.
장영천(1989): "Leo Weisgerber의 조어론", 〈언어 내용 연구〉,
　　　　　　　태종출판사.
장은하(1996): "〈눈〉 이름씨에 대한 고찰", 〈한국어 내용론〉 제4호,
　　　　　　　한국어내용학회.
------(1997): "〈눈부위〉 명칭에 대한 고찰", 〈우리어문 연구〉 제10집,
　　　　　　　우리어문학회.
------(1997): "〈얼굴〉 명칭에 대한 고찰" 〈우리어문연구〉 11집
　　　　　　　(한국어문학의 이해), 우리어문학회.
------(1998): " 〈입〉 명칭에 대한 고찰", 〈한국어 내용론〉 제5호 (모국어와
　　　　　　　에네르게이아), 한국어내용학회.
------(1998): " 현대국어의 〈손부위〉 명칭에 대한 연구", 고려대학교대학원
　　　　　　　(석사학위논문).
------(1999): "현대국어의 〈몸〉 명칭에 대한 연구", 〈한국어 내용론〉 제6호
　　　　　　　(한국어와 세계관), 한국어 내용학회.
------(1999): "현대국어의 〈발부위〉 명칭에 대한 연구", 〈우리어문 연구〉
　　　　　　　13집 (한국어의 내용적 고찰), 우리어문학회.
전영완(1987): "Wilhelm von Humboldt의 언어유형학에 대한 연구",
　　　　　　　고려대대학원.
전지선(1992): "언어의 대상구성 기능과 그 상이성에 대한 연구",

고려대대학원.

------(1998): "인간과 세계에 대한 언어의 관계", 〈한국어 내용론〉 제5호
　　　　(모국어와 에네르게이아), 한국어내용학회.

정미숙(1975): "Leo Weisgerber의 das Worten der Welt의 개념에
　　　　대하여", 〈Turm〉 제4· 5집, 고려대학교 독어독문학회.

정소프트(주)(1997): 〈컴퓨터용 전자사전 피시딕 7. 0〉.

정시호(1994): 〈어휘장이론 연구〉, 경북대 출판부.

정영완(1987): "Wilhelm von Humboldt의 언어유형학에 대한 연구",
　　　　고려대대학원.

정태경(1999): "〈떡〉 명칭의 분절구조", 〈한국어 내용론〉 제6호 (한국어와
　　　　세계관), 한국어 내용학회.

------(1999): "〈국〉 명칭의 분절구조", 〈우리어문 연구〉 13집 (한국어의
　　　　내용적 고찰), 우리어문학회.

정혜령(1994): "〈바람〉 명칭에 관한 고찰", 고려대 교육대학원.

조재수/유재원/안정애(2000): 〈바른글 한국어 전자사전〉, 한글토피아.

하길종(1994): "〈힘〉 명칭에 대한 고찰(1)-〈근원〉, 특히 〈유정성〉을
중심으로-", 〈우리말 내용연구〉 제2호, 우리말내용연구회.

------(1998): "〈힘〉 명칭에 대한 고찰(2)-〈양상〉, 〈주체〉를 중심으로- ",
　　　　〈한국어내용론〉 제5호 (모국어와에네르게이아),
　　　　한국어내용학회.

------(1999): "〈힘〉 명칭에 대한 고찰(3)-〈근원(무정성)〉을 중심으로- ",
　　　　〈우리어문 연구〉 13집(한국어의 내용적 고찰), 우리어문학회.

한글과컴퓨터(1995): 〈윈도우즈용 흔글 우리말 큰사전 1.0〉.

한글학회(1992): 〈우리말 큰사전〉, 어문각.

------(1995): 〈국어학 사전〉.

허발(1981): 〈낱말밭의 이론〉, 고려대출판부.

------옮김(1976): "낱말밭과 개념밭에 대하여" 〈한글〉 제158호, 한글학회.

------옮김(1985): 〈구조의미론〉, 고려대출판부.

------옮김(1986): 〈언어내용론〉, 고려대출판부.

------옮김(1993): 〈모국어와 정신 형성〉, 문예출판사.

허웅(1981): 〈언어학-그 대상과 방법-〉, 샘문화사.

---(---1983): 〈국어학-우리말의 오늘. 어제-〉, 샘문화사.

홍석준(1990): "말 명칭에 대한 연구-현대 국어를 중심으로-",
　　　　고려대교육대학원.

홍승우(1989): "Wilhelm von Humboldt의 언어개념", 〈언어 내용 연구〉,

태종출판사.

K. Baldinger(1980): *Semantic Theory*, Basil Blackwell Publishers, Oxford.

W. L. Chafe(1973): *Meaning and Structure of Language*, The University of Chicago Press.

E. Coseriu(1971): *Sprache, Strukturen und Funktionen*, Tuebingen.

------(1973): *Probleme der Strukturellen Semantik*, Tuebingen.

H. Geckeler(1973): *Strukturelle Semantik des Franzoesischen*, Max Niemeyer Verlag, Tuebingen.

H. Gipper(1969): *Bausteine zur Sprachinhaltsforschung*, P aedagogischer Verlag, Schwann, Duesseldorf.

------(1974): "Inhaltbezogene Grammatik" *Grundzuege der Literatur und Sprachwissenschaft*, Band 2. Deutsche Taschenbuch Verlag.

------(1984): "Der Inhalt des Wortes und die Gliederung der Sprache", *Duden Grammatik*, Duden Verlag, Wien /Zuerich.

G. Helbig(1974): *Geschichte der neueren Sprachwissenschaft*, Rowohlt Taschenbuch Verlag, Leipzig/Muenchen.

------(1961): "Die Sprachauffassung Leo Weisgerbers - Zum Problem der 'funktionalen' Grammatik -", *Der Deutchunterricht (Sprachlehre III)*, Stuttgart.

W. v. Humboldt(1979): Werke Band 3. *Schriften zur Sprachphilosophie*,Cott'asche Buchhandlung, Stuttgart.

M. Ivić(1970): *Trends in Linguistics*, Mouton/Co. N. V., Publishers, The Hague.

G. Ipsen(1932): "Der neue Sprachbegriff", *Wege der Forschung* (1973), Wissenschaftliche Buchgesellschaft, Darmstadt.

J. Lyons(1979): *Semantics* 1. 2. Cambridge University Press, Cambride.

----(1981): *Language and Linguistics - An Introduction -* Cambridge University Press, Cambridge.

E. A. Nida(1975): *Componential Analysis of Meaning*, Mouton
        Publishers, The Hague.
P. H. Salus(1969 ed.): *On Language - Plato to von Humboldt-*,
        Holt, Rinehart and Winston, Inc., New York.
J. Trier(1931): "Ueber Wort- und Begriffsfelder", *Wege der
        Forschung*
     (1973), Wissenschaftliche Buchgesellschaft, Darmstadt.
------(1934): "Deutsche Bedeutungsforschung", *Wege der
        Forschung*
     (1973), Wissenschaftliche Buchgesellschaft, Darmstadt.
L. Weisgerber(1929): *Muttersprache und Geistesbildung*,
        Goettingen.
------(1962): *Grundzuege der inhaltbezogenen Grammatik*,
        Duesseldorf.
------(1963): *Die Vier Stufen in der Erforschung der Sprachen*,
        Paedagogischer Verlag, Duesseldorf.
------(1964): *Das Menschheitsgesetz der Sprache*, Quelle/Meyer
        Verlag, Heidelberg.
------(1965): "Die Lehre von der Sprachgemeinschaft", *Frankfurter
        Hefte Zeitschrift fuer Kultur und Politik*, Duesseldorf.
------(1971): *Die Geistige Seite Der Sprache und ihre Erforschung*,
        Paedagogischer Verlag, Schwann, Duesseldorf.

우리말 속담의
의미 표현 구조에 대한 연구

유 재 복*

목 차

Ⅰ. 들머리

속담은 관용성을 속성으로 둘 이상의 낱말이 결합하여 전체로써 어떤 고정된 의미를 생성하는 표현 방법에 기초한다. 일반적으로 관용구조(Idiomatic structure)가 보편화된 문법구조보다 우리들의 언어 생활과 훨씬 밀착되어 있고, 그 의미 영역도 다양하고 광범위하다.

속담은 보편적인 진리에 바탕을 두고 짧은 표현 속에 삶의 지혜를 함축하고 있기 때문에 일반적인 표현 구조와는 다른 의미 구조를 지니지 않으면 안된다. 속담의 가치는 비유를 통한 교훈성을 발

---

* 전북대학교 대학원 박사과정 수료, 한국방송통신대학교 국어국문학과 강사.

휘하는 데 있지만, 그것이 평범한 진술이나 설명에 그치고 만다면 참다운 생명력을 얻을 수 없기 때문이다. 따라서, 속담은 구성요소인 글자 그대로의 말힘으로 쓰이지 않고, 이 의미에서 도출된 관용적 의미를 지니는 표현의 한 방법으로 일반화되어 사용되고 있다.[1)

속담의 의미속성을 이해하기 위해서는 글자그대로의 말힘인 문장의미와 더불어, 비유나 상징으로 표현된 관용적 의미와 함축적 의미를 구분할 수 있어야 한다. 즉, 주제와 직접적인 상관이 없는 소재를 어휘나 구절의 차원에서 끌어들여 화자의 의도를 표현하는 보조의미소로 사용하고 있다는 사실에 유의해야 한다.

(1) 호랑이도 제 말하면 온다.
(2) *돼지(병아리, 제비, 철수)도 제 말하면 온다.
(3) "어느 회사 사무원인 게루구나?"
　　"명색이 의사라네."
　　"하주! 여드름 바가지나 변호사나 「하꾸라이」 귀공잘 눈두 안
　　　떠 불만 하구나!"
　　"애들아! <u>호랭이두 제 말 하믄 온다더니</u>, 왔다 왔다, 저기…."
　　주근깨가 뙹기는 소리에 모두들 문간을 돌려다 본다.

(채만식, 탁류)

위의 예문 (1)의 '호랑이도 제 말하면 온다'는 속담에는 '그 자리에 없다고 하여 남의 흉을 함부로 보지 말라'는 의미와 '마침 이야

---

1) Levinson, S. C(1983), 이익환·권경원 공역(1996:16~17)에 의하면, Grice의 이론이 화자의미(speaker meaning : Grice의 meaning-nn)와 문장의미(sentence meaning) 사이에 어떠한 차이가 있는지 설명할 수 있다는 점에서 화용론에서 중요하다고 하면서, 화자의미와 문장의미를 전달된 의미(conveyed meaning)와 글자그대로의 의미(literal meaning)로 구분하고, 글자그대로의 의미는 고정적 내용(conventional content)이라는 용어를 쓰고 있다. 그리고, 문장의미와 글자그대로의 의미를 구분하는 것이 가능하다고 하면서, "Kick the bucket"은 두 가지 문장의미(관용적 의미와 합성적 의미)를 지니지만, 글자그대로의 의미(합성적 의미)는 하나 밖에 없다고 하였다.

기에 오르내리고 있는 제 삼자가 바로 그 때 나타났음'을 이르는 관용의미가 내포되어 있다. 이는 (3)에 제시한 문학작품 속에 나타난 속담을 보면 더 뚜렷해진다.

그런데, 이 속담에서 '호랑이'를 (2)처럼 '돼지'로 바꾼다거나, '병아리, 제비, 철수' 등으로 바꾸면 말조심이라는 속담 본래의 의미를 상실하게 되는데, 이는 낱말의 결합이 통사적으로 성립될 수 없는 제한은 없으나 관용되지 못하기 때문이다. 따라서, '호랑이도' '제' '말하면' '온다' 등은 각각 단어이며 독립된 의미를 갖고 있지만, 속담 전체로 볼 때는 이 단어들은 속담의 구성 요소가 되며, 이들 구성 요소인 단어들은 그들 단어의 의미에 구속되지 않는 속담 전체로서의 새로운 의미인 화용적 의미를 생성한다고 볼 수 있다.

또, '가루는 칠수록 고와지고, 말은 할수록 거칠어진다'라는 속담은 말을 함부로 하지 말라는 경계의 화용의미를 담고 있으며, '가루는 칠수록 고와진다'는 비유는 '말을 함부로 하지 말라'는 의미와는 별다른 상관이 없다. 그럼에도 불구하고 '가루는 칠수록 고와진다'는 말을 끌어들인 것은 '말은 할수록 거칠어진다'의 '거칠다'와 '곱다'를 대조시켜 표현의 효과를 극대화하고, 주제를 감각적으로 부각시키기 위한 표현의 기교라고 할 수 있다.

본고에서는 속담이 발화 현장에서 표현의미를 명확하게 전달하기 위해 가지는 의미 구조와, 간접화행에 의한 의미 생성 구조를 중심으로 고찰하기로 한다.

Ⅱ. 속담의 의미 구조

1. 대립적 의미 구조

속담은 서너 개의 음절로 구성된, 아주 짧은 단형이라 할지라도 그것이 내포하고 있는 교묘한 은유로 말미암아, 자체내에서 서로 상충하는 의미의 갈등을 겪는다(최창렬 외, 1989:301). 속담이 언어현장에서 발생하게 되는 특정사실을 수사적인 기법인 비유를 통하여 나타내는 표현 양식으로 볼 때, 수사는 본질적으로 언어의 시적 기능을 강화하는 수법이므로 의미상의 구체화를 필연적으로 수반하게 된다. 따라서, 속담이 통사적 조화를 이루기 위해 구조상의 대구를 형성한 것처럼, 속담의 발화 의미를 보다 구체적으로 표현하기 위해 의미의 대립 기법을 사용하고 있음을 볼 수 있다.[2]

(4) ㄱ. 중의 빗   〔-두발〕 + 〔+두발〕
    ㄴ. 그림의 떡   〔-음식〕 + 〔+음식〕
    ㄷ. 개 발에 편자   〔-가치〕 + 〔+가치〕
    ㄹ. "자주 빛에 유록전을 둘러서 오묵한 기이 이쁘기는 이쁘더마. 그것을 신고 내보란 듯이 동네 길이 좁다하고 쏘 다니는데 농사꾼 제집이 무명옷에 당할 기든가? <u>개 발에 편자</u> 아닌가."
(5) ㄱ. 달면 삼키고, 쓰면 뱉는다.   〔+소유〕 + 〔-소유〕
    ㄴ. 들으면 병이고, 안들으면 약이다.   〔-이득〕 + 〔+이득〕
    ㄷ. 열 길 물 속은 알아도, 한 길 사람 속은 모른다.
                                     〔+인지〕 + 〔-인지〕
    ㄹ. "여보 그것이 무슨 말씀이요. 무슨 죄를 그렇게 많이 지으셨단 말이오. <u>열 길 물 속은 알아도 한 길 사람의 속은 모른다</u>더니 나는 내외간이라도 그러실줄은 몰랐소구려."

                                        (이인직, 은세계)

위의 예문 (4)와 (5)는 의미속성의 대립성을 나타낸 것이며, 이러한 대립을 통하여 은유의 결과인 화용적 추상의미가 생성된다.

---

2) 언어가 미학적 차원에서 표현될 때 취하게 되는 구조적 기교가 대구라고 한다면, 그 대구에서 이루어지는 의미도 마찬가지로 대립을 가질 것이다. 예를 들어, '거적문에 돌쩌귀', '냉수 마시고 이쑤시기', '짚신에 분칠'과 같은 속담들은 서로 조화되지 않는 사건이나 행위를 풍자할 때 쓰이는 것으로, 두 개의 개념이 지니는 의미속성이 서로 상극적이기 때문에 해학미와 더불어 의미의 전달효과를 높여주고 있는 것이다.

그리고 이 추상의미야말로 화자가 구체적인 발화 상황에서 속담을 통해 나타내고자한 참된 의미라고 할 수 있다.

　(4)는 짧은 어구의 속담으로 표현의 효과를 극대화시킨 속담의 예이다. 이 중 (4) 'ㄱ' 속담에서는 '중'의 대표적 의미속성인 〔−두발〕과 대립관계에 있는 〔＋두발〕의 대표속성 어휘로 '빗'을 등장시켜 의미의 대립구조를 보이고 있다. 따라서, '중의 빗'의 문장의미는 '중이 가지고 있는 빗'이지만 화자가 의도한 발화의미는 기본의미인 '가지고 있어 보아야 아무 쓸모가 없는 물건', 또는 함축의미인 '서로 어울리지 않는 모습'을 의미하고 있다. 또, (4) 'ㄴ'의 속담에서는 '그림'과 '떡'의 대립적 의미속성인 〔−음식〕과 〔＋음식〕을 상호 대비시켜 대립적 의미 구조를 보임으로써 화자의 발화의도를 청자에게 뚜렷하게 전달하는 효과를 거두고 있다. 따라서, '그림의 떡'의 문장의미는 '그림 속에 그려진 떡'이지만 화자가 의도한 발화의미는 기본의미인 '아무리 쳐다보아도 실속이 없는 물건', 또는 함축의미인 '헛수고 또는 아무 쓸모 없는 모습'을 의미하고 있다.

　(5)는 장형의 속담으로 통사구조가 이미 병립 또는 대립을 이루고 있으므로, 의미의 갈등이 단형의 경우보다 더욱 명백하게 나타난다. (5) 'ㄱ'의 속담에서는 〔달다↔쓰다〕, 〔삼키다↔뱉다〕라는 반의적 어휘를 사용하여 〔＋소유〕와 〔−소유〕라는 의미의 대립 구조를 표현하고 있다. 따라서, '달면 삼키고 쓰면 뱉는다'는 문장의미는 '음식물이 맛있으면 삼키고 그렇지 않으면 뱉는다'는 의미이지만, 화자가 의도한 의미는 '좋으면 하고, 싫으면 하지 않는다'는 의미와 '나에게 이득이 되면 소유하고, 그렇지 않으면 소유하지 않는다'는 화용의미로 구현된다. 마찬가지로 (5) 'ㄴ'의 속담에서는 〔듣다↔안 듣다〕, 〔병↔약〕이라는 반의적 어휘를 사용하여 〔−이득〕과 〔＋이득〕이라는 의미의 대립 구조를 통해, 청자로 하여금 화용적 추상의미를 분명하게 연상시키도록 하고 있다.

2. 점층적 의미 구조

　속담은 기원적으로 특수사례의 묘사로부터 생성의 동기를 얻어 의미의 일반화가 이루어지는 특성이 있다. 이는 화용적으로 선행어가 지닌 의미속성을 후행어에 가서 더욱 심화시켜, 화자의 의도를 청자에게 보다 분명하게 전달하려는 표현기교라고 할 수 있다. 이는 앞에서 살펴본 의미속성의 대립성과 더불어 속담의 의미 구조와 속성을 나타내는 것이다.

(6) ㄱ. 가는 말에 채찍질　　　　　　　　　　〔속력1〕＋〔속력2〕
　　 ㄴ. 가는 말이 고와야 오는 말이 곱다.　　〔언어1〕＋〔언어2〕
　　 ㄷ. 겨 묻은 개 똥 묻은 개를 흉본다.　　　〔흉1〕＋〔흉2〕
　　 ㄹ. 자라 보고 놀란 가슴 소댕 보고 놀란다.〔놀람1〕＋〔놀람2〕
　　 ㅁ. 뛰는 놈 위에 나는 놈 있다.　　　　　〔우월1〕＋〔우월2〕
　　 ㅂ. "넌 꼭 민요라도 꾸미고 있는 것 같은 말투구나."
　　　　 "웬걸입쇼. 제가 그런 그릇이 되남요. 다만 <u>뛰는 놈 위에 나</u>
　　　　 <u>는 놈도 있다</u> 이 말씀이지요."
　　　　 "농사꾼은 그저 우직해야 허느니. 꾀부려서 될 일이 아니리
　　　　 라." (박완서, 미망)
(7) ㄱ. 산엘 가야 꿩을 잡고, 바다엘 가야 고길 잡는다.
　　　　　　　　　　　　　　　　　　　　　〔포획1〕＋〔포획2〕
　　 ㄴ. 싸움은 말리고, 불은 끄랬다.　　　　〔제지1〕＋〔제지2〕
　　 ㄷ. 함박 시키면 바가지 시키고, 바가지 시키면 쪽박 시킨다.
　　　　　　　　　　　　　　　　　　　　　〔명령1〕＋〔명령2〕
　　 ㄹ. 더위 먹은 소, 달만 보아도 허덕인다.　〔더위1〕＋〔더위2〕
　　 ㅁ. 산 너머 재요 재 너머 산이라. 〔장애1〕＋〔장애2〕
　　 ㅂ. "외성 자랏골'
　　　　 연개소문은 쓴 입맛을 다시며 입 안에 뇌었다.
　　　　 "허! <u>산 너머 재요 재 너머 산이로군</u>. 형님! 그러다간 고
　　　　 구려 방방곡곡을 찾게 되겠소. 내 생각엔 고런 것 같소."
　　　　　　　　　　　　　　　　　　　　　　(유현종, 연개소문)

위의 (6) 예문은 의미속성이 점층성을 보임으로써 화자의 표현 의도를 더욱 분명하게 전달하는 기법이다.3) (6) 'ㄱ'은 '가는 말에 〔속력1〕+채찍질〔속력2〕'에서 보는 바와 같이 화자의 의도를 한층 효과적으로 나타내기 위해 같은 의미를 점층적으로 사용하였다. (7) 'ㄱ'은 '산엘 가야 꿩을 잡고〔포획1〕, 바다엘 가야 고길 잡는다〔포획2〕'에서 보는 바와 같이 긴밀한 관계가 없는 두 가지 소재를 나열하여 간접적으로 점층적인 의미전달 효과를 거두기 위한 표현 기법이라고 할 수 있다.

3. 상징적 의미 구조

언어는 사물을 대신하여 추상하는 기능을 가지고 있고, 어떤 상황에서 상대방에게 특정한 감정을 환기시키기도 한다. 일찍이 Ogden과 Richards는 언어의 기호적 성격에 주목하여 사물, 혹은 사실에 대한 상징으로서의 언어기능을 지시의 기록, 유지, 조직 및 전달기능의 서술로서 상징적 용법(symbolic use)이라고 하였다(천시권·김종택, 1994:54). 언어의 상징적 기능은 지시의 상징화와 청자에의 전달, 즉 청자에게 동일한 지시를 불러 일으키는 것과 같은 두 가지 작용을 포함하고 있다.

속담에서의 비유가 추상적 의미를 구체적 대상이나 사건에 빗대어 표현한다면, 상징은 다른 의미를 사용하여 나타내고자 하는 것

---

3) 김종택(1994:36~37)은 이런 유형의 속담을 상승형 속담이라 명명하고, 외형적으로는 대칭형과 같아 보이지만 전구의 의미재와 후구의 의미재가 각기 다른 가치를 가지고 있는 경우로써, 의미재 a와 의미재 b가 복합결합함으로써 제3의 의미장 c를 형성하여 좀더 높은 의미역에 달하고 있다고 하면서 상승형 속담의 예로 다음과 같은 것들을 들어보이고 있다.
　o밤 잔 원수 없고, 날 샌 은혜 없다. o계집 자랑 반 미치기, 자식 자랑 온 미치기
　o복은 쌍으로 안 오고, 화는 홀으로 안 온다. o공은 들인 대로, 죄는 지은 대로

을 표현해 주는 것이다. 따라서, 대부분 상징의 수법은 구나 절의 의미를 다른 의미로 대신하기보다는, 하나의 문을 이루고 있는 구성요소인 어휘를 다른 것으로 대신하기 때문에, 한 문을 이루고 있는 어휘의 의미가 무엇을 상징하는 것인지를 안다면 그 문 전체의 의미를 파악할 수 있다. 또, 상징적인 수법으로 발화의미를 나타내면 청자에게 화자의 의도를 더욱 실감있게 전달할 수 있다.

(8) ㄱ. 어물전 망신은 꼴뚜기가 시킨다.
　　ㄴ. 못난 것일수록 그와 같이 있는 동료를 망신시킨다.
　　ㄷ. 잘못된 하나가 전체를 망신시키는 결과를 가져옴.
　　ㄹ. 혜관은 말해놓고 윤도집을 힐끗 쳐다본다.
　　　"그거야 뭐 <u>어물전 망신은 꼴뚜기가 시킨</u> 격이고, 왜국에 대한 항쟁은 시작도 동학군이요 아직 의병의 총본산은 동학이니까, 허허허……."
　　　"임진왜란 때는 중들은 잠자코 있진 않았소이다."
　　　　　　　　　　　　　　　　　　　　　　　　　　(박경리, 토지)
　　ㅁ. 과물전 망신은 모과가 시킨다.
　　　황아장수 망신은 고불통이 시킨다.
　　　집안 망신은 며느리가 시킨다.
　　　친구 망신은 곱사등이 시킨다.
　　　둠벙 망신은 미꾸라지가 시킨다.
　　ㅂ. 상징관계의 도식
　　　[전체 : 부분]＝[새로운 상징의미]

(9) ㄱ. 이빨도 안 난 것이 뼈다귀 추렴 하겠단다.
　　ㄴ. 재능과 역량이 부족한 사람이 분에 겨운 지나친 일을 하고자 한다.
　　ㄷ. 자기의 처지와 분수를 모르고 함부로 덤빈다.
　　ㄹ. "돈도 돈이지만, <u>이빨도 안 난 것이 뼉다귀 추렴하자고</u> 덤벼?"
　　　달문에게서 들어 배운 말이었다. 놓인 처지, 지닌 힘, 앞 뒤 사정　가리지 않고 덤비는 소행을 꾸짖던 거였다.

　　　(백우암, 유배당한 사람들)
　　ㅁ. 걷기도 전에 뛰려고 한다.
　　　　기지도 못하면서 뛰려고 한다.
　　　　기도 못하는 게 날려 한다.
　　　　푸둥지도 안 난 것이 날려고 한다.
　　　　이 빠진 강아지 언 똥에 덤빈다.
　　　　이도 아니 나서 황밤을 먹는다.
　　　　아직 이도 나기 전에 갈비를 뜯는다.
　　　　지붕의 호박도 못 따는데 하늘의 천도 따겠단다.
　　ㅂ. 상징 관계의 도식
　　　　〔무능력 : 능력〕＝〔새로운 상징의미〕

　　위의 예문 (8)의 속담 'ㄱ'에서 '어물전'과 '꼴뚜기'는 글자그대로
의 말힘인 기본의미가 아니라, '전체'와 '부분'을 상징한다. 따라서,
전체의 부분으로 상징된 '꼴뚜기'는 전체가 되기 위한 요건과 자격
을 갖추어야 한다. 그럼에도 불구하고, '꼴뚜기'는 '어물전'이라는 진
체가 되기 위한 자격이 부족하며, 이는 (8) 'ㄴ'과 'ㄷ'의 의미를 나
타내기 위한 상징적 의미로 작용하게 되는데, (8) 'ㄹ'은 실제의 문
학작품 속에 구현된 용례를 보인 것이다.

　　속담의 이러한 상징적 의미구조는 같은 발화의미를 가지는 또다
른 속담을 생성하는 구조로 작용하게 되는데, (8)의 'ㅁ'은 (8) 'ㄱ'
속담의 상징관계의 도식 '〔전체:부분〕＝〔새로운 상징의미〕'에 의해
생성된 속담의 예들이다. (9) 'ㅁ'에 보인 속담 또한 (9) 'ㄱ'의 예
와 같은 상징적 의미구조를 갖게 되는데, 이 속담의 상징관계 도식
은 '〔무능력:능력〕＝〔새로운 상징의미〕로 나타낼 수 있다.4)

─────────────────────

4) 위와 같은 상징관계 도식에 의한 상징적 의미구조를 가진 속담의 예를 더
　　들어보이면 다음과 같다.
　　① 개구리 올챙이 적 생각을 못한다.　〔원인:결과〕＝〔새로운 상징의미〕
　　② 갓 쓰고 자전거 탄다.　　　　　　　〔구시대: 신시대〕＝〔새로운 상징 의미〕
　　③ 허청 기둥이 칙간 기둥 흉본다.　　〔허물1:허물2〕＝〔새로운 상징의미〕
　　④ 짚신 감발에 사립쓰고 간다.　　　　〔비천:고귀〕＝〔새로운 상징의미〕

4. 화용적 의미 구조

　속담과 같은 관용표현들은 보편적이고 일상적인 의미를 나타내는 어휘나 어구로부터 약간의 의미를 굴절시킨 것이라고 볼 수 있다 (심재기, 1986:29). 속담의 이러한 관용적 함축의미는 언어사회 언중의 의식과 발화현장의 상황에 의해 글자그대로의 말힘을 벗어 나 새로운 제3의 의미를 청자에게 전달하게 된다. 따라서 속담은 화용론적으로 관용적 의미로 사용될 때 비로소 속담으로서의 기능 을 수행하게 되고, 그때에야 비로소 속담으로서의 표현 가치와 의 의를 가지게 된다. 예를 들어 '발 없는 말이 천리 간다'와 같은 속담 은 '말은 한 번 하기만 하면 얼마든지 퍼질 수 있을 것'이라는 의미 로 관용화되어 있으며, 발화현장에서의 화용의미는 말조심하라는 간접적 표현 기능을 갖는다고 할 수 있다.5)

　　(10) ㄱ. 돌다리도 두들겨 보고 건너라.
　　　　　① 제1의미 : 돌다리도 건너려면 두들겨 본 다음에 건너라.
　　　　　② 제2의미 : 돌다리는 튼튼한 것이지만 무너져 내릴 수도 있
　　　　　　　　　　　 으니 조심하라.

---

　　⑤ 기둥을 치면 대들보가 운다.　　　〔주변:중심〕=〔새로운 상징의미〕
　　⑥ 배보다 배꼽이 더 크다.　　　　　〔중심:주변〕=〔새로운 상징의미〕
　　⑦ 믿는 도끼에 발등 찍힌다.　　　　〔신뢰:배신〕=〔새로운 상징의미〕
　　⑧ 장닭이 울어야 날이 새지.　　　　〔원인:결과〕=〔새로운 상징의미〕
5) 송현정(1994:294)은 속담 표현이 독립 단위이든 전체 문장의 구성 성분
　 이든 속담 자체의 기본 단위는 문장이라고 하면서, 문장은 화자의 주관적
　 인 인식 내용의 표현이라는 측면에서 사용언어로서의 의미가 있다고 하였
　 다. 아울러, 속담의 구성 성분적 특성을 화자의 주관성과 심적 태도가 반
　 영되는 것으로 보고, 다음과 같은 기본 구도를 제시하고 있다.
　　① (결코 넘어가지 않을 얕은 수로 남을 속이려 하는 상황에서)
　　② 눈 가리고 아웅한다.
　　③ 눈 가리고 아웅하는 것도 한 두 번이지, 너의 행동은 더 이상 봐 줄
　　　 수 없다.
　　④ 우리 속담에 A라 하니, B를 신경써라.

③ 제3의미 : 아무리 확실한 것이라도 반드시 확인하여 실수
하지 말아라.
④ 화용적 의미의 구현 용례
"연공, 그러나 초조할 건 없어. 천천히, 천천히, 만사는 불
여튼튼이란 말이 있지 않던가. 돌다리도 두드리며 건너야
하는 거야. 좌절하고 실패한 영웅을 배워야 하는 거라.
알겠지."   (이병주, 바람과 구름과 비)

(10) ㄴ. 낫 놓고 기역자도 모른다.
① 제1의미 : 낫은 기역자와 같이 생겼다.
② 제2의미 : 낫이 옆에 있는데도 기역자를 모른다.
③ 제3의미 : 낫을 보고도 기역자를 모를만큼 참으로 무식하다.
④ 화용적 의미의 구현 용례
명색 편지라고 지칭하는 피딱지에는 언문글월 한 자도 적혀 있
지 않았기 때문이었다. 궐자는 낫 놓고 기역자도 모르는 판무
식이란 말인가.   (김주영, 활빈도)

(10) ㄷ. 발 없는 말이 천리 간다.
① 제1의미 : 발 없는 말이 천리를 간나.
② 제2의미 : 말은 발이 없어도 멀리까지 갈 수 있다.
③ 제3의미 : 말을 조심하여라.
④ 화용적 의미의 구현 용례
"도망쳐 댕기본 놈 아니믄 그리 산을 잘 탈 수 없을긴데?"
"절 머슴 살았다 칸께 산이사 잘 타졌지. 발 없는 말이 천
리 간다고, 그런 말이 사람 때리잡는기라."
"동학당이믄 어떻노? 윤보도 동학당 했는데, 다 생각는 일
이 있인께, 아마 내 생각이 틀림 없을거로?"

(박경리, 토지)

위 (10)의 예에서 보듯이 속담은 글자그대로의 문장의미에서 시
작하여 화용적으로 제2의 의미와 제3의 의미를 생성해 내며, 화자
의 의도와 청자의 수용 의미는 제3의 의미인 함축적 의미임을 쉽게
알 수 있다.6)

---

6) 양영희(1995:191)는 언중들이 속담의 정확한 의미를 해석하기 위해서는

(10) 'ㄱ'의 '돌다리도 두들겨 보고 건너라'는 속담의 화용적 함축의미인 '아무리 확실한 것이라도 반드시 확인하여 실수하지 말아라'를 이해하기 위해서는 '돌다리', '두들겨', '건너라'를 글자그대로 해석해서는 안되고, 이들이 비유하는 것이 무엇인지를 발화 현장에서의 상황에 따라 화용적으로 이해해야만 화용적 함축의미로 수용할 수 있는 것이다.

(10) 'ㄴ'의 '낫 놓고 기역자도 모른다'는 속담의 화용적 함축의미인 '낫을 보고도 기역자를 모를만큼 참으로 무식하다'를 이해하기 위해서는 '낫', '기역자' 등을 글자그대로 해석해서는 안되고, 마찬가지로 (10) 'ㄷ'의 '발 없는 말이 천리 간다'는 속담의 함축의미인 '말을 조심하여라'를 이해하기 위해서도 '발 없는 말', '천리'를 글자그대로 해석해서는 안되며, 화자와 청자의 발화 상황에 따라 화용적으로 이해해야 한다.7)

몇 단계의 추리과정을 거쳐야 한다고 하면서, 다음과 같은 예를 제시하고 있다.

가랑잎이 솔잎더러 바스락거린다고 한다.

1단계 : 가랑잎은 활엽수이고, 솔잎은 침엽수이다. 그런데 활엽수는 가을에 낙엽이 되어 떨어지지만, 침엽수는 가을이 되어도 낙엽이 되지 않는다.

2단계 : 따라서 솔잎보다 가랑잎이 더 바스락거린다. 그럼에도 불구하고 가랑잎이 솔잎을 나무란다.

3단계 : 그러나 가랑잎이나 솔잎은 생각할 수 없기 때문에 다른 쪽을 나무랄 수 없다. 따라서, 이들은 사람을 빗대어 표현한 것이다.

4단계 : 제 허물 큰 줄은 모르고, 남의 작은 허물을 들어 나무란다.

7) Reed, S. K.(1988, 김영채·박권생 공역, 1997:277~279)는 이중의미로 해석될 수 있는 문장이 우리의 일상언어 사용에서는 의미가 모호한 것처럼 보이지 않는 이유는, 의도한 맥락에 의해 분명해지기 때문이라고 하면서, 다음의 문장에서 문맥이 이중의미 단어의 의미를 분명하게 만들어 줄 때, 사람들은 한 가지 의미를 갖는 'insect'라는 단어를 이해하는 것과 마찬가지로 'bugs'도 재빨리 이해하였다는 사실을 실험결과를 통해 보여 주고 있다.

"Rumor had it that, for years, the government building had been plagued with problems. The man was not surprised when found several spiders, roaches, and other 'bugs' in the corner

또, 속담은 같은 의미를 표현하기 위해 여러 가지 다른 비유로 발화할 수 있는데, 이는 속담의 생산성과 화용적 특성을 나타내준 다고 볼 수 있다.

(11) 돌다리도 두들겨 보고 건너라.
　　　(아무리 확실한 것이라도 반드시 확인하여 실수하지 말아라)
　　　① 아는 길도 물어 가라.
　　　　"글쎄 영감! 자리가 불실한 자리면 지가 애초에 새에 들질 않는답니다."
　　　　"<u>아는 질도 물어서 가랬다네.</u> 눈뜨구서 남의 눈 빼먹넌 세 인종 자네도 알면서 그러넝가?"
　　　　"허허허허. 영감은 참 만년 가두 실수라구는 없으시겠읍 니다."　　　　　　　　　　　　　　　　　　(채만식, 태평천하)
　　　② 식은 죽도 불어가며 먹어라.
　　　③ 얕은 내도 깊게 건너라.
　　　④ 구운 게도 매어 먹어라.
　　　⑤ 무른 감도 쉬어 가면서 먹어라.
　　　⑥ 삼년 벌던 전답도 다시 돌아 보고 사라.

　위 (11)의 속담을 보면 '아무리 확실한 것이라도 반드시 확인하 여 실수하지 말아라'라는 의미를 전달하기 위해, 지역 특성이나 화 자의 상태, 발화 상황 등을 고려하여 적절한 비유를 사용하게 되며, 그것을 어떤 것에 비유하든지 동일한 의미를 전달할 수 있다.

---

of his room."

Ⅲ. 속담 의미의 생성 구조

1. 수행력에 의한 의미 생성 구조

간접화행은 일반적인 직접화행에서는 볼 수 없는 두 가지 관계가 있는데, 첫째는 화자와 청자와의 관계이고, 둘째는 화행에 포함되는 명제와 행동, 그리고 화자와 청자의 그것에 대한 의도(태도)등의 관계이다(김태자, 1994:78).

간접화행의 언표내적 수행력은 적절한 상황만 주어진다면 간접화행으로 사용되지 않는 문장을 찾기가 어려울만큼 다양하다.

(12) ㄱ. 배가 무척 고프다.
ㄴ. 배에서 쪼르륵 소리가 난다.
ㄷ. 하루 종일 밥 한 숟갈 먹지 못했다.
ㄹ. 목구멍에 때도 못 씻었다.(속담표현)
　　배고픈 호랑이가 원님을 알아보나.(속담표현)

위의 (12)의 예문은 모두 서술문의 양식으로 되어 있으나, 먹을 것을 요청하는 상황에서는 매우 높은 언표내적 수행력을 가지게 된다.

특히 'ㄹ'에서 보는 것처럼 똑같은 발화의미가 간접화행에 의해 속담으로 표현되었을 때, 언표내적 수행력은 매우 높게 표출된다.

간접화행은 통사범주로서 평서문, 의문문, 명령문으로 나타나며, 이는 의미와 논리의 범주에서 진술, 의문, 요청에 해당되고, 이것을 화용론적 범주에 대응시키면 주장, 요청, 지시가 된다.8) 이를 토대

---

8) Leech, G. (1981:335)의 '간접화행의 층위'를 알기 쉽게 나타내면 다음
　과 같다.
　　통사적 → 평서문 → 의문문 → 명령문
　　　　↓　　　　↓　　　　↓　　　　↓
　　의미적 → 진술 → 질문 → 명령

로 간접화행의 구현 양상은 다음과 같이 제시할 수 있으며, 'ㄱ'은 일반문으로 구현되는 예를, 'ㄴ'은 속담으로 구현되는 예를, 그리고 'ㄷ'은 이러한 속담이 구체적인 문학작품 속에서 수행력에 의한 간접화행의 화용의미로 구현되는 예를 보인 것이다.9)

가. '진술 → 요청'의 언표내적 수행력에 의한 간접화행 의미

(13) ㄱ. 나는 네가 어디에 사는지 알고 싶다.
　　 ㄴ. 매도 먼저 맞는 매가 낫다.
　　 ㄷ. "워따메, 워따메, 그눔에 심뽀 한 분 고약허시. 샘골댁은 외서댁이 매타작을 안 당혀서 배창시가 비비꾀는 모양인디, 사람이 심뽀 그리 쓰먼 못쓰는 법이시. <u>매도 먼첨 맞는 매가 낫다고</u>, 이제나 저제나 매타작을 기둘리고 있는 외서댁 맴이 워쩌겠능가. 아무리 속이 상혀도 샘골댁은 말을 골라서 허소."　　　　　　　　　　(조정래, 태백산맥)

나. '진술 → 지시'의 언표내적 수행력에 의한 간접화행 의미

　　　↓　　　　↓　　　　↓　　　　↓
　　화용적 → 주장 → 요청 → 지시
9) 양인석(1976:123)은 국어의 청유문, 명령문의 양상(modality)을 논하면서, 다음과 같은 예문에서 화자, 청자의 참가여부에 대한 재미있는 화용상(話用相)을 보여주고 있다.
　① 안으로 좀 들어갑시다. 〔같이, 화자, 청자〕
　② 조용히 합시다. 〔같이, 청자〕
　③ 당신 못하면 나나 합시다. 〔화자〕
　④ 나는 못하니 당신이나 합시다. 〔청자〕
　⑤ 오늘은 잠이나 자자. 〔혼자말〕
　청유문은 본래 화자와 청자가 같이 참여하는 것이 원칙인데 위에서 보듯 화자만이, 아니면 청자만이 참여할 수도 있되, 참여하지 않는 측이 '그 언어행위를 수행함에 있어서 직접간접으로 협조되어야 한다는 전제조건이 있을 때에 한한다'고 논하고 있다.

(14) ㄱ. 울고 있는 아이에게는 사탕을 줍니다.
　　 ㄴ. 떡 본 김에 제사 지낸다.
　　 ㄷ. "이왕 온 김에 그냥 있는 것 가지고 화장해 모실까?"
　　　　 잠바더러 묻고 있었다.
　　　　 "떡 본 김에 제사지낸다지만 아무 준비 없어도 되우?"

(이문구, 장한몽)

　　 다. '질문 → 주장'의 언표내적 수행력에 의한 간접화행 의미

(15) ㄱ. 내가 무엇을 잘못했단 말인가?
　　 ㄴ. 제 버릇 개 줄까?
　　 ㄷ. "속담에 웃는 얼굴에 침뱉기로 목숨을 간구하는 자들의 목
　　　　 이야 자를 수 없지 않겠나?"
　　　　 "면전에서는 그런다 할지라도 돌아서면 그 버릇 개 주겠습
　　　　 니까?"

(김주영 , 활빈도)

　라. '질문 → 지시'의 언표내적 수행력에 의한 간접화행 의미

(16) ㄱ. 노래 한 곡 불러 주겠니?
　　 ㄴ. 바늘 허리에 실 매어 쓸까?
　　 ㄷ. "하물며 수하 장정을 구명하겠다고 파옥하다 잡힌 것이라
　　　　 면 대명천지로 나서고 싶은 마음이야 오죽하겠읍니까? 간
　　　　 덩이를 우리보단 하나 더 달고 다니는 분이신지 원."
　　　　 "바늘 허리에 실 매어 쓸까마는, 서둘다보면 실패가 잦지
　　　　 않겠읍니까?"

(김주영, 활빈도)

　마. '명령 → 요청'의 언표내적 수행력에 의한 간접화행 의미

(17) ㄱ. 이제 다시는 서로 싸우지 마.
　　 ㄴ. 도둑질은 내가 하고, 오라는 네가 져라.

ㄷ. "할아버지께선 송덕비 건립 추진 위원이셨다면서요?"
"<u>도둑질은 내가 하고, 오라는 네가 져라</u>는 것과 매 한 가지여. 그까짓 늄에 추진위원 허고 싶어서 했남. 다 어거지로 둘러 씌운 거여."

(문순태, 달궁)

바. '명령 → 주장'의 언표내적 수행력에 의한 간접화행 의미

(18) ㄱ. 최선을 다한 사람에게는 마땅히 박수를 쳐라.
ㄴ. 아는 길도 물어 가라.
ㄷ. "<u>아는 질두 물어서 가랬다네</u>. 눈 뜨구서 남의 눈 빼먹넌 세상인 종 자네두 알면서 그러넝가?"
"허허허허. 영감은 참 만년 가두 실수라구는 없으시겠읍니다!."

(채만식, 태평천하)

2. 동기에 의한 의미 생성 구조

간접화행은 하나의 발화가 청자에게 둘 또는 그 이상의 표현내적 수행력을 갖는 것으로서, 단일한 표현을 통하여 일석이조의 효과를 나타내는 차원 높은 의사소통 방식이다.10) 이러한 간접화행의 동기는 크게 다음과 같은 세 가지로 요약할 수 있다.
첫째, 화자가 간접화행을 사용함으로써 청자와의 교감과 의사소통에서 원만한 관계를 유지할 수 있기 때문이다.11)

---

10) 이러한 방식은 Leech, G. N. & Thomas, J. (1990:196)에서 말하는 의미의 불확정성(indeterminancy)과도 연관된다. 불확정성의 유형에는 단일한 발화가 동일한 청자에게 둘 혹은 그 이상의 표현내적 행위를 수행하는 이중적 불확정성(bivalence)과, 단일한 발화가 둘 혹은 그 이상의 청자에게 다른 표현내적 행위를 수행하는 다중적 불확정성(plurivalence)으로 구분된다.
11) 최창렬(1983:249)은 언어의 의미에 관한 규명은 반드시 의사소통의 역할로서 설명되어야 한다는 발화행위(speech act) 중심의 의미론은 논의

둘째, 무한성과 같은 복잡하고 추상적인 개념 및 사랑이나 슬픔과 같은 격렬한 감정을 표현하게 될 경우, 화자가 이것을 직접적으로 표현하기 어렵기 때문이다.

셋째, 간접화행을 사용하게 되는 가장 일반적인 동기는 공손성(politeness)을 표시하기 위한 의도 때문이다.

위와 같은 동기 이외에도 권리와 의무와 같은 요소가 포함될 수도 있는데, 이러한 요소들은 화자와 청자가 놓인 발화 상황과 사회·문화적 맥락에 의해 적절하게 조절될 수 있다.

(19) ㄱ. 옷끝만 스쳐도 인연이라

　　ㄴ. "아, 시상살이가 꼭 무신 쓰잘디 있는 일만 허고 살아집디여? 그라고, 오다가다 옷끝만 스쳐도 인연이라는디 요리 항꾼에 행보를 허게 됐음시로, 사는 동네 말고 이름 아는 것이 그리 쓰잘 디가 읎는 일이것소?"

(조정래, 태백산맥)

(20) ㄱ. 도마 위에 고기가 칼 무서워 하랴.

　　ㄴ. "동네 궂히는 그놈 냉큼 들어내야지 그대로 두어서 쓰겄나."
　　　　죽은 듯이 늘어져 있는 막딸네가 벌떡 일어섰다.
　　　　"맞소!"
　　　　사실은 코피가 쏟아졌기에 그렇지 심하게 다친 곳은 없었다.
　　　　"도마 위에 개기가 칼 무서바 할까! 누가 죽는고 보자! 목심 걸어놓고 해볼 긴께!"

(박경리, 토지)

(21) ㄱ. 하늘을 봐야 별을 따지

　　ㄴ. "하늘을 봐야 별을 따제. 혼자서 자식 만든다는 말은 못들

할만한 가치가 충분히 있다고 하였으며, 그 이유는 화행의미론에서는 발화의 발화력(illocutionary force)을 명시함으로써, 일반적인 서술의 단점을 광범위하게 설명할 수 있을 뿐 아니라, 의문·명령·의뢰·약속·제안·동의·거부·선서 등을 포괄적으로 다룰 수 있기 때문이라고 하였다.

었구마."

"아따, 죽은 입이 밥 묵겄소. 눈어덕에 흙 들어가믄 고만이
라요. 구신이 어디 있소. 물이라도 떠놓는 것, 그거다 자식
된 도리고 생전의 부모 은공을 생각해 보는 것 아니겄소."

(박경리, 토지)

위의 속담과 그 속담이 문학작품 속에 구현된 용례에서 간접화행
의 동기를 찾아낼 수 있다.

(19)번의 속담은 '옷끝만 스쳐도 인연이라'는 속담을 대화 중에
삽입함으로써, 앞에서 살펴 본 '청자와의 교감과 의사소통에서 원만
한 관계를 유지하려는' 간접화행의 동기를 엿볼 수 있다.

(20)번의 속담은 급박한 상황에서 '도마 위에 고기가 칼을 무서
워하랴'라는 비유적 속담을 간접화법으로 발화함으로써, 청자로 하
여금 화자의 강한 의지를 감지할 수 있도록 하는 데 탁월한 효과를
발휘하였다.

(21)번의 속담은 직접 말하기 곤란한 상황에서 공손성이라는 간
접화행의 동기와 효과를 높이기 위해 '하늘을 봐야 별을 따지'라는
고도의 비유와 상징어법을 사용한 것이다.[12]

3. 상황에 의한 의미 생성 구조

간접화행은 요청이나 질문 등의 수행력 외에도 정중성, 노여움,
무례함, 비꼼과 빈정댐, 익살 등 특유의 감정적 어투(emotional
color)를 나타낸다.[13] 이는 속담의 어법과 매우 흡사한 것이며, 다

---

12) Brown, P. & Levinson, S. (1987)은 공손성이 적극적인 면과 소극적
  인 면을 유지하는 문제라고 하면서, 곤란한 입장을 완화시키는 세 가지 요
  소를 제시하였는데, 그것은 다음과 같다.
  ① 사회적 거리(지위·나이·성·친밀도와 같은 심리적 복합체)
  ② 상대적 힘
  ③ 부담의 크기
13) Grice(1978:124)는 간접화행이 냉소적인 의미를 전달하기 위해서는 고

양한 발화 상황에서 발화의 목적과 청자의 상태에 따라 적절한 간
접화행을 선택할 수 있다. 이러한 간접화행의 화용론적 특성에 따
라 발화의미가 어떤 수행력을 가지고 화용적 의미를 구현하는지 살
펴보기로 한다.

(22) ㄱ. 아직도 여기에 서 있니?
     ㄴ. Can we move the refrigerator?
     ㄷ. 소경이 제 닭 잡아먹는 줄 모른다.
        ① <u>소경이 제 닭 잡아먹는 줄 모른다</u>는 격으로 그 막연하게
           '며칠'이라는 바람에 호랑감투를 써 온 마누라는 그의 골
           춤이나 움켜잡듯이 달구쳤다.
           "시굴년 보리마당질 내세우듯 며칠만 내세우지 말고 뚝
           떨어지게 날짜를 말하구려."

                                        (이무영, B녀의 소묘)
        ② 창수도 눈시울이 벌개지면서 아무 말도 못하고 하늘만
           바라보고 서 있다.
           "<u>소경 제 닭 잡아먹기로</u> 제 동포의 것을 잡아먹고 마음이
           편할까?"
           창수는 이렇게 중얼거리고 그날 하루를 매우 괴롭게 지
           냈다.

                                            (전영택, 소)

   위의 (22) 'ㄱ'의 예문을 간접화행으로 본다면, 청자와 화자의 관
계나 상황 정보에 따라서, 다음과 같은 서로 다른 화용의미를 갖게
되는 것이다.

   ① 그만 서 있고 들어가라
   ② 친구를 기다리는 중이구나

의적으로 적절요건을 어기는 표현을 써야 하며, 이때는 대체적으로 적대적
이거나 경멸적인 관념, 또는 분노나 경멸적인 감정을 나타낸다고 하였다.

(22) 'ㄴ'의 예문도 간접화행으로 본다면, 청자와 화자와의 관계나 발화상황의 조건에 따라서, 다음과 같은 화용적 질문으로서의 발화력과 화용 의미를 갖게 될 것이다.

　　① 저 좀 도와주세요 (아이→어른)
　　② 우리가 옮길 수 있을까? (어른→아이)

　위의 (22) 'ㄷ'도 구체적인 발화 상황에서 상황과 정보, 전제와 조건 등 화자와 청자의 상태에 따라 구체적인 화용 의미에는 차이가 있음을 알 수 있다.

　　① 쓸 데 없이 감투를 쓰고 괜시리 불안하고 손해보는 것 같다.
　　② 같은 동포에게 피해를 입힌다.

4. 관용구에 의한 의미 생성 구조

　(23) ㄱ. 진지 드셨습니까?
　　　ㄴ. Can you pass me the chopsticks?
　　　ㄷ. ① 그림의 떡
　　　　② 허나 주사거리 출입도 옛말이었다. 몇 번 드나들지 않아 빈털터리가 된 그는 주사거리는 <u>그림의 떡</u>이었다. 고향으로 돌아갈 때 노수로 쓰려고 남겨둔 베자투리마저 잔술로 바꿔 마신 후 술맛을 본지가 까마득한 것 같았다.

　　　　　　　　　　　　　　　　　　(유익서, 예성강)

　위의 (23)는 관용구적인 표현으로써 언어에 따라 그 쓰임과 의미의 전달 기능이 다르다. 또한, 그 전체 표현 중 어느 부분을 다른 말로 대치하면 관용구적 의미는 사라진다.14)

---

14) Levinson, S. (1983:279)은 이러한 현상을 언어사용에 관한 문화권 상

예를 들어 (23) 'ㄱ'의 관용구를 우리 나라에서 '진지' 대신 다른 어휘로 대치해 보면,

* 빵 드셨습니까?
* 떡 드셨습니까?
* 과자 드셨습니까?

등과 같이 되어서 의례적인 인사말로 쓰이는 관용적 의미는 사라지고 문자그대로의 의미만 남게 됨을 알 수 있다.

마찬가지로 (23) 'ㄷ'의 우리의 속담 '그림의 떡'에서 '떡'대신 다른 어휘를 대치해 보면,

* 그림의 밥
* 그림의 빵
* 그림의 과자

등과 같이 되어서 '아무리 마음에 들어 갖고 싶어도 소용없는 것'이라는 속담 본래의 화용의미를 상실하게 됨을 알 수 있다.

속담은 표현의 간접화를 지향한다. 어떤 상황 속에서 실제 발화를 할 때 직설적으로 드러내는 어법이 아니라, 간접적으로 빗대어서 표현하는 어법인 것이다.15) 화행이론의 관점에서 볼 때 야기되

호간의 관계를 다루는 화행인종학(ethnography of speaking)의 관심사로 여기고, 문화적으로 인정되어 있으면서 언어가 특정한 역할을 행하는 사회적 행위라고 보았다.

15) Austin, J. (1971:563)은 언표 행위와 언표내적 행위에 대해 다음과 같이 설명하고 있다.

Performance of an illocutionary act, i.e.performance of an act in saying something as opposed to performance of an act of saying something:and I will refer to the doctrine of the different types of function of language here in question as the doctrine of illocutionary force.

는 문제는, 간접화행은 규칙에 의해서 특정 문형에 연합되는 '문자 그대로의 말힘(literal force)'을 갖는 것이 아니라 그 외의 다른 말힘을 갖는다는 것인데, 간접화행이론은 바로 이 말힘을 설명하는 것이다.

속담은 내용적인 면에서 볼 때 일반 대중의 생활 경험을 통하여 체득된 생활의 지혜이고 생활의 철학이며 생활의 교훈이다. 따라서, 일상생활에 속담을 적절하게 이용하면 지혜와 교훈을 효과적으로 전달할 수 있으며, 청자의 이해와 설득의 효과를 한층 더 높일 수 있다. 이는 속담이 일반 대중들에게 널리 쓰이는 관용구적 성격을 갖고 있기 때문이기도 하다.

> (24) ㄱ. 올라가지 못할 <u>나무</u>는 쳐다보지도 마라.
>   *올라가지 못할 <u>소나무</u>는 쳐다보지도 마라.
>   ㄴ. 뱁새가 <u>황새</u> 따라 가려다가는 가랑이 찢어진다.
>   *뱁새가 <u>두루미</u> 따라 가려다가는 가랑이 찢어진다.
>   ㄷ. <u>우물</u>에 가 숭늉 찾는다.
>   *<u>냇물</u>에 가 숭늉 찾는다.
>   ㄹ. 장님 제 <u>닭</u> 잡아먹듯
>   *장님 제 <u>돼지</u> 잡아먹듯
>   ㅁ. 말 한마디에 <u>천냥</u> 빚 갚는다.
>   *말 한마디에 <u>백냥</u> 빚 갚는다.

위의 (24)와 같은 속담은 '자기의 능력 밖에 있는 일을 따라 하려다가는 큰일 날 것이다'라는 심적 상태가 비유적으로 제시되는 것이며, 이것은 관용적으로 '그러니까 그런 일은 하지 말라'와 같은 간접화행의 의미를 지닐 수 있다.16) 그런데 (24) 'ㄱ'에서 '나무' 대신

---

16) 최창렬(1981:90~91)에서는 발화현장에서 나타나는 구체적인 발화는 특정한 통어 구조가 다양한 발화력으로 구현됨으로써 본래의 발화 행위 이외의 간접적인 발화 행위를 표현하게 된다고 했다. 따라서, 간접화행은 발화의 층위에서 논의되어야 하며, 내용면에서 보면 해석의 층위에서 논의되

에 '소나무'를 대치해 보면 속담 본래의 화용적 기능이 사라지게 되고, 'ㄴ'에서 '황새' 대신 '두루미'로 대치한다거나, 'ㄷ'에서 '우물' 대신 '냇물'을, 'ㄹ'에서 '닭' 대신 '돼지'를, 그리고 'ㅁ'에서 '천냥' 대신 '백냥'를 대치해 보면, 속담으로서의 화용적 기능을 상실하게 되는 것을 볼 수 있는데, 이것은 바로 관용구에 의해 화용의미가 생성되는 구조 때문이다. 이러한 예는 다음의 속담에서도 드러난다.

(25) ㄱ. 평양 감사도 저 하기 싫으면 그만이다.
　　　*전라 감사도 저 하기 싫으면 그만이다.

위와 같은 예는 언중들의 의식 속에 이미 확고한 사실과 관용구로 자리잡은 어휘만이 가장 확실한 화자의 화용의미를 전달할 수 있음을 뜻한다고 할 수 있다.

Ⅳ. 마무리

발화행위는 직접화행(direct speech act)과 간접화행(indirect speech act)으로 나눌 수 있다. 직접화행은 종결어미의 형태와 기능이 일치되는 경우이지만, 간접화행은 하나의 발화가 두 가지 언표내적 수행력을 갖는 화행이므로, 문장의미와 발화의미가 서로 일치하지 않는 경우가 많다.[17] 따라서 의사소통시에 가끔 간접화행을

어야 한다.

17) Searle, J. R. (1975:60)은 간접화행을 'One illocutionary act is performed indirectly by way of performing another.'와 같이 풀이하고 있으며, 최창렬(1983:271)에서는 다음과 같은 예문을 제시하고 ① 은 한국에서, ②는 미국에서, ③은 일본에서 용변이 보고 싶을 때 관습적으로 쓰이는 간접화행의 예라고 하였다.
① 작은 집에 좀 다녀오고 싶은데요?
② 욕실이 어디 있습니까?
③ 손 씻을 곳을 좀 가르쳐 주시겠습니까?

직접화행으로 받아들이는 경우가 발생하거나, 문장형태와 실질적 수행력 사이에 차이가 발생하여 미묘한 뉘앙스, 말놀이, 화자와 청자 사이에 오해를 불러 일으키기도 한다(오주영, 1998:53).

김태자(1994:75)는 일상 생활에서 지시적인 요청이나 명령의 의도를 가지고, 혹은 위임적인 제의나 약속의 의도로서 상황에 따라 요청이나 명령, 혹은 제의나 약속의 형식이 아닌 단언이나 질문의 형식으로 의도한 바를 간접적으로 수행하는 것으로 다음의 예문을 들고 있다.[18]

(26) ㄱ. 물 좀 주어.
ㄴ. 물 좀 주었음 좋겠다.
ㄷ. 물 좀 줄 수 있어?

위의 (26)의 예문에서 'ㄱ'은 명령문, 'ㄴ'은 서술문, 'ㄷ'은 의문문의 형식으로 'ㄱ'은 직접화행으로, 'ㄴ'과 'ㄷ'은 간접화행으로 볼 수 있다. 이 경우 화자와 청자간에 어떤 적절성의 조건이 갖추어졌을 때, 다음과 같이 발화했다고 하자.

(27) ㄱ. 아, 목이 마르다.
ㄴ. 혹시 물 가진거 있니?
ㄷ. 하루 종일 물 한 모금 마시지 못했다.

위의 (27) 예문은 직접 물을 달라는 표현은 아니지만, 화자의 의도는 분명히 물을 달라는 뜻을 간접적으로 발화한 것이라고 볼

---

18) 김태자(1994:77)는, 간접화행은 축자적인 언어적 의미에 기초하되 화자와 청자 간의 관계, 화자의 의도(태도 포함)·상황·배경·관례적인 것 등 적정조건과 관련되어지는 화행론적인 것이라고 하였다. 또, 수행발화와 수행조건과의 관계와 서술발화의 수행적 양상을 분석하여, Austin의 수행발화의 조건이 지켜지지 않는다는 것을 입증하고, 수행성이 없다고 생각되는 서술발화 역시 어느 상황에 따라 수행력을 나타낼 수도 있으므로, 모든 발화는 수행적이라는 결론에 이를수 있다고 하였다.

수 있다.

본고는 속담의 의미 구조를 대립적, 점층적, 상징적, 화용적 의미 구조로 나누어 고찰하였으며, 각각의 의미 구조와 의미 생성 과정을 공식화하고, 문학작품의 용례와 함께 분석하여 체계 세웠다.

아울러, 간접화행에 의한 의미의 생성 구조를 수행력, 동기, 상황, 관용구에 의한 의미 생성 구조로 나누어, 각각의 의미 생성 구조를 밝혔다. 먼저 수행력에 의한 의미 생성 구조와 유형을 [진술→요청], [진술→지시], [질문→주장], [질문→지시], [명령→요청], [명령→주장]의 여섯 가지로 나누어 일반문과 속담문, 그리고 문학작품 속에 구현된 용례를 함께 제시하여 의미 생성 구조를 파악할 수 있게 하였다. 동기에 의한 의미 생성 구조를 파악하기 위하여 청자와의 의사 소통 방식과 동기를 원만한 인간 관계, 화자의 의지 표현, 공손성의 세 가지 유형으로 나누어 분석했으며, 상황에 의한 의미 생성 구조는 발화 상황에서 청자와 화자와의 관계나 상태, 상황과 정보, 전제와 조건 등에 따라 구현되는 의미에 차이가 있음을 밝혔다. 관용구에 의한 의미 생성 구조는 어휘의 대치를 통한 의미 구현의 차이를 비교하여, 속담의 관용구적 의미 구현 양상을 분석하였다.

참 고 문 헌

강성영(1988), 「문장의미와 언표내적 파생원리」, 서울대학교대학원 박사학
    위논문
강위규(1988), 「관용어의 특성에 대하여」, 『부산한글』 7, 한글학회 부산지회.
김도환(1976), 「한국속담의 심리적 분석연구」, 부산대학교대학원 박사학위
    논문.
김문창(1990), 「관용어」, 『국어연구 어디까지 왔나』, 동아출판사.
김민수(1993), 『국어의미론』, 일조각.
김종택(1994), 「속담의 기능과 의미 구조」, 『새국어생활』, 제4권 제2호,
    국립국어연구원.
김진식(1996), 「관용어와 속담의 특성고찰(Ⅰ)」, 『개신어문연구』, 제13집,
    개신어문학회.
김충효(1983), 「한국 속담의 의미생성구조 연구」, 『논문집』 6, 군산대학.
김태자(1987), 『발화분석의 화행의미론적 연구』-어학의 문학에로의 접근,
    탑출판사.
박영순(1994), 『한국어 의미론』, 고려대 출판부.
서울대학교대학원 어연구회편(1990), 『국어연구 어디까지 왔나』, 동아출판사.
서 혁(1993), 「언어 사용으로서의 속담표현의 특성」, 『선청어문』 21집,
    서울대사대 국어과.
송현정(1994), 「속담의 사용언어로서의 특성 연구」, 남천 박갑수선생 화갑
    기념 논문집, 『국어학연구』, 태학사.
심재기(1982), 「속담의 종합적 검토를 위하여」, 『관악어문연구』 제7집, 서
    울대 국어국문학과.
──────(1986), 「한국어 관용표현의 화용론적 연구」, 『관악어문연구』 11, 서
    울대국어국문학과.
양영희(1995), 「관용표현의 의미 구현 양상」, 『국어학』 26, 국어학회.
양인석(1976), 「한국어 양상의 화용론(1) : 제안문과 명령문」, 『언어』 1-1,
    한국언어학회.
오주영(1998), 『화용론과 의미해석』, 경성대학교 출판부.
유재복(1999), 「우리말 속담 표현의 화용론적 연구」, 한국언어문학 제42집,
    한국언어문학회.
이기문(1995), 『속담사전』, 일조각.
이기한 외 2(1998), 『한영 속담 해설사전』, 홍익미디어플러스.

이을환(1980), 『한국언어 속담의 일반의미론적고찰』, 숙명여자대학교출판부.
임지룡(1997), 『인지의미론』, 탑출판사.
장경희(1992), 「국어 화용론」, 『국어학 연구 백년사(Ⅱ)』, 일조각.
장석진(1992), 『화용론 연구』, 탑출판사.
정종진(1993), 『한국의 속담 용례사전』, 태학사.
조재윤(1988), 「한국 속담의 구조 분석 연구」, 고려대 박사학위논문.
천시권·김종택(1994), 『국어의미론』, 형성출판사.
최창렬(1995), 「우리말 속담의 변이형과 의미」, 『한글』229호, 한글학회.
　　　　(1997), 「의미유형별 오·류언 속담 한자화와 그 의미」, 한국어의미
　　　　　　　학 1, 한국어 의미학회.
　　　　(1999), 『우리 속담연구』, 일지사.
최창렬 외(1989), 『국어의미론』, 개문사.
홍민표 외 2(1999), 『한영 관용표현 해설사전』, 홍익미디어플러스.
Austin, J. L.(1962), How to do Things with Words. London :
　　　　　　Oxford University Press.
Brown, C. H.(1984), Language and Living Things : Uniformities
　　　　　　in Folk Classification and Naming,
　　　　　　　New Brunswick, NJ : Rutgers University Press.
Chafe, W. L.(1970), Meaning and the Structure of Language,
　　　　　　Chicage&London : The University of Chicago Press.
Chomsky, N.(1986), Knowledge of Language : Its Nature,
　　　　　　Origin, and Use. New York : Praeger.
Cruse, D. A.(1986), Lexical Semantics. Cambridge University
　　　　　　Press. (임지룡·윤희수 옮김(1989), 「어휘의미론」,
　　　　　　경북대학교출판부.)
Grice, H. P.(1975), Logic and Conversation, Syntax and
　　　　　　Semantics Vol. 3. New York : Academic Press.
Jackendoff, R.(1990), Semantic Structure, Cambridge, Mass. :
　　　　　　MIT Press.
Lakoff, G.(1987), Women, Fire, and dangerous things : What
　　　　　　categories reveal about the mind, Chicago : The
　　　　　　University of Chicago Press. (이기우 옮김(1994),
　　　　　　「인지의미론」, 한국문화사.)
Leech, G. N.(1974/1981), Semantics, Harmondsworth : Penguin.
Levinson, S. C.(1983), Pragmatics, Cambridge : Cambridge

University Press. (이익환·권경원 공역(1996),
　　　　「화용론」, 한신문화사.)
Mey, J. L.(1993), Pragmatics, An Introduction : Blackwell
　　　　publishers, 108 Cowley Road, Oxford OX4 1JF,
　　　　UK. (이성범 옮김(1996), 「화용론」, 한신문화사.)
Reed, S. K.(1988), Cognition : Theory and Application,
　　　　Brooks/cole. (김영채·박권생 공역(1997),
　　　　「인지심리학-이론과 적용」, 박영사.)
Saeed, J. I.(1997), Semantics, Oxford : Blackwell Publishers
　　　　Inc.
Ulmann, S.(1957), The Principles of Semantics. Oxford : Basil
Blackwell.(남성우 역(1979). 「의미론 : 의미론의 원리」. 탑출판사.)
Yankar, K(1985), 「The proverb in the context of rhetoric」
　　　　Indiana University.

구술텍스트에 나타난 화용 표지의
특성 연구

이 정 애*

1. 서 론

본고는 『한국구비문학대계 5-1, 남원편(1980, 한국정신문화연구원)』을 대상으로 구술텍스트의 담화구조에 나타나는 화용표지의 특성을 살펴보고자 한다. 본고에서 대상으로 하는 『한국구비문학대계』의 텍스트는 현지 조사를 통하여 채록된 구비설화집이다. 구술된 것을 채록한 자료라는 점에서 『한국구비문학대계』는 다른 유형의 텍스트와 구별되는 여러 가지 특성이 있으며, 구어 자료에서 자주 드러나는 언어적 특성을 관찰할 수 있다는 점에서 언어 연구의 자료로도 많이 활용되어 왔다.1)

---

* 전북대 국어교육과 강사

1) 이는 달리 말하면 본고에서 활용하는 텍스트가 두 가지의 면을 지니고 있음을 시사한다. 즉 구술자가 구체적인 청중들 앞에서 구연하는 실제 연행 상

　본고에서도 실제 사용된 구체적인 언어 자료를 살펴보기 위해 구술텍스트를 대상으로 한 이유는 다음과 같다. 첫째, 『한국구비문학대계』가 구비문학의 구술표현이 즉흥성을 띠면서 현장에서 일시적으로 구체화되기 때문에 그 때마다 그 모습을 가변적으로 드러내며,2) 이는 본고에서 살펴보고자 하는 화용표지의 모습도 비교적 쉽게 관찰되기 때문이다.3)

　둘째, 『한국구비문학대계』와 같은 구술텍스트에서는 구술화자가 매우 뛰어난 이야기꾼으로 이전에 들은 이야기나 이미 알고 있는 이야기를 청중 앞에서 흥미진진하게 이끌어가고 있으며, 이는 언어적 자료를 제공하는 훌륭한 제보자의 역할을 하기 때문이다. 구술화자의 연행은 그 매체가 말로 이루어지며, 그 말은 자연스럽게 한 개인의 구어의 사용을 드러낸 것이다. 따라서 본고에서는 구술텍스트의 담화구조를 통하여 그 속에서 사용된 언어적 장치의 하나인 화용표지의 특성을 살펴보고자 하는 것이다.

　구술텍스트에 대한 본고의 일차적 관심은 텍스트에서 보여주는 구체적인 언어 자료에 있다. 그러나 『한국구비문학대계』와 같은 텍스트는 구비설화의 양식을 띠면서 그 청각적 언어의 특성인 구술성으로 이루어진다는 점이다. 본고에서는 화용표지가 구술텍스트의 이러한 자료적 특성 속에서 어떻게 사용되는지 살펴보기 위해 먼저 구비문학의 서사구조를 갖는다는 점과 의사소통 행위로서 구술텍스트의 담화적 특성을 언급하고자 한다.

　황이 채록된 이러한 구술텍스트는 화자의 개인적인 언어적 특성으로 발화된 자료라는 점과 그 전체가 하나의 이야기(전설, 설화 , 민담 등)를 형성하고 있는 서사구조로서 문학적 작업의 대상이 된다는 점이다.

2) 구술텍스트의 특성에 대해서는 졸고(2000) 참조.

3) 화용표지는 구어체에서 빈번하게 사용되는 언어형태로서, 실사적 의미를 갖는 특정의 어휘가 원래의 의미를 잃어버리고 구어체 담화에서 화용적 중요성을 획득하게 된 것으로서, 화자 개인적인 언어 습관으로 나타나기도 하지만 일정한 말법으로 굳어져 언어사회에 통용된 것을 말한다(졸고 1999 참조).

2. 구술텍스트의 담화분석적 위상

2.1 서사구조로서의 구술텍스트

『한국구비문학대계』는 이야기의 구조를 갖는 구술텍스트이다. 따라서 이 구술텍스트는 서사텍스트의 가장 기본적인 특징과 관련을 맺고 있다.4) 즉 등장인물의 행위 또는 사건이 있어야 하며 갈등과 해결 구조가 나타난다.5) 이를 '사건'(event)이라고 하는데, 각 사건은 특정한 시간과 장소에 따라 진행된다. 그리고 이러한 상황을 자세히 기술해주는 부분은 배경(setting, 또는 구조틀)이라고 한다. 배경은 사건과 함께 삽화(episode)를 형성한다. 같은 배경 안에 여러 사건이 일어날 수 있는데 이러한 일련의 삽화가 줄거리(plot)이다. 이 줄거리에 대하여 이야기하는 사람은 자기 나름의 평가를 부여할 수 있고 이 평가와 줄거리가 어울려 이야기를 형성하게 될 것이다.6)

사건이란 우리가 경험하거나 상상한 것을 서술적인 언어 단위로 전환한 것이며, 주어가 행위에 대한 휴지점을 갖는 불연속적인 단위이다. 사건은 이야기의 장면(scene)이나 삽화의 발달에 중요한 구성요소이며 행위자와 피행위자들이 사건이나 장면 속의 등장인물에 포함되기도 한다. 삽화는 흔히 담화구조에서 사건과 스토리 또는 문장

---

4) 구술텍스트의 성격을 반 다이크가 대상으로 삼은 서사텍스트에 가깝다고 보는 것도 여기에 있다. 즉 '서사(敍事)'란 일정한 줄거리를 지니고 있는 이야기를 말하며, 일상생활에서 겪은 사건을 사사로이 이야기로 주고 받는 형태도 포함한다. 이것이 익살, 신화, 민담, 우화, 전설 등으로 발전할 수 있으며, 또 격식을 갖추어 문자로 표현되면 단편소설, 장편소설 등으로 탈바꿈할 수 있다(고영근 1999: 215).
5) 구조주의 이론은 서사물의 구조를 두 부분으로 나누고 있다. 즉 이야기 - 내용 또는 사건들(행위, 사고 happenings) 및 존재하는 것들(인물들, 배경물 등)과 담화 - 표현, 또는 내용이 전달되는 수단이다(김경수 옮김 1997: 21).
6) 고영근(1999: 216-217)에서 소개한 반 다이크의 서사텍스트의 구조의 내용을 참조.

과 텍스트 사이의 중간형태를 지칭하며 때로는 장면(scene), 분절체(segment), 담화단위(discourse unit), 주제 단락, 개념단락 또는 단순히 단락(paragraph)이라는 용어로도 쓰인다(Brinton 1996: 41). 한편으로 삽화는 의미적 단위를 나타내며 단락은 삽화에 대한 표면적 구조임을 명시하기도 한다.7) 그러나 하나의 텍스트가 약간 길거나 복잡하게 구성되어 있을 경우에는 이에 대한 구별이 쉽지 않다. 본고에서 삽화는 담화를 이루는 문장들이 응집력있게 연결되어 있는 것으로, 여기에는 이야기의 시작과 끝이 언어적으로 표시되며 더 나아가 '주제적 단일성' 예를 들면 등장인물, 시간, 공간, 작은 사건이나 행위 등이 동일한 시점에서 이야기되는 것으로 규정하고자 한다.8)

2.2 의사소통 행위로서의 구술텍스트

구술텍스트는 청중(수용자)이 텍스트 생산에 직접 참여하고 연행에 개입할 수 있는 열린구조로 연행되며,9) 구술화자와 청중이 공시

---

7) 국어에서 텍스트를 구성하는 하위 구성소를 밝히려는 시도는 다음과 같다.

　ㄱ. 전병선(1995) : 본문(텍스트) ---단편-----문단----문장군----문장
　ㄴ. 황미향(1998) : 텍스트 ---문단---글분절(segment)--문장--(명제)
　ㄷ. 고영근(1999) : 문단---단락-----텍스트-----------------문장

8) Brinton(1996: 41-42)에서는 삽화에 대한 중요한 특성을 다음과 같이 정리하고 있다.
　　첫째, 삽화는 하나의 주제적 또는 '극적 단일성'(dramatic unity)을 가지며 그에 따라 배경의 연속과 등장인물 그리고 행동이 좌우된다. 따라서 삽화에는 특정한 시간과 공간 배경이 있으며, 결정적으로 중요한 하나의 등장인물이 포함된다. 그리고 단일한 중요 사건의 구조가 있다. 둘째, 삽화에는 내적인 일관성(coherence)이 있으며 시간적 구조로 이루어지며, 하나의 행위가 또 다른 행위와 연속적으로 연결되는 연쇄(chain)를 이루고 있다. 셋째, 하나의 삽화는 시작과 끝을 이루며 이를 Longacre는 연상(closure)이라고 한다는 것이다.

9) 그러나 구비문학의 연구에서는 구술표현을 연행(performance)으로 주목하고 있다. 언어의 수행을 개인이 가진 언어 능력이 상황에 따라 창의적으로

적으로 공동작품 생산에 참여한다. 즉 구술화자를 중심으로 하여 청중의 참여와 개입, 반응들이 밀접한 연관성을 지니며 형성되는 것이다. 따라서 구술텍스트는 이처럼 '구술화자'와 '이야기' 그리고 '청자'들이 서로 한 연속체의 구성요소로 관련되어 상호교섭 아래 동시적으로 존재하는 일종의 의사교환 행위로 보며(임재해 1998: 18), 서술적 정보대화로 분류하기도 한다(박용익 1998: 229).

구술텍스트는 구술자가 기억에 의존하여 말로 의사소통을 하기 때문에 기억의 불확실성과 말의 가변성 등을 항상 지니게 마련이다. 구술자는 항상 청자를 앞에 두고 효과적인 의사전달을 하기 위해 노력하며 청자 또는 청중들의 반응을 살펴가며 대화의 흐름을 이끌어 간다. 즉, 구술자가 청중의 반응을 고려하면서 즉각적이고 역동적으로 구술텍스트가 이루어지는 것이다. 말하는 주체가 듣는 사람의 반응과 개입에 따라 구술텍스트를 형성하며, 이는 청자와 화자의 상호작용에 의한 의사소통의 행위와 같은 것이다.

구술자는 구술텍스트의 형성 과정에서 기억력에 장애가 있거나 글이 아닌 말로 연행하기 때문에 발생하는 발화실수 등을 보이기도 한다. 그리고 개인적 언어 사용의 특성상, 텍스트의 전개 과정에서 대화(dialogue)를 많이 사용하기도 하는데 이는 텍스트를 생동감 있게 함으로써 텍스트의 통보 역동성(comunicative dynamism) 을 높이기 위한 수단으로 볼 수 있다(윤석민 1998: 732).[10] 결국 구술텍스트는 그 형성 과정에서 이야기의 주체가 있고 반드시 청자

표현되는 즉흥적 출현성으로 파악한다면, 구비문학의 연행도 전승에 의하여 일정하게 유형화되고 기억 속에 잠재적으로 갈무리되어 있는 문학적 능력이 일정한 상황 속에서 구체적인 문학 작품으로 말과 행위를 통해 표현되는 즉 흥적 출현성으로 볼 수 있다는 점에서 그 유사한 맥락적 흐름을 읽을 수 있 다(임재해 1998: 3).

10) 윤석민(1998: 733)에서는 구비설화 텍스트에서 사용된 대화가 일상적인 대화에 비하여 다르다는 점을 지적하였다. 즉 일반 대화에서는 화자와 청 자가 곧바로 텍스트의 생산자와 수용자로 각각 역할 분담되지만, 구비설화 텍스트에서는 마치 문학작품처럼 하나의 생산자(작가)에 의해 이루어진 것이라는 점에서 그 역할 분담이 쉽지 않다는 것이다.

를 상정하여 이루어진다는 점에서 의사소통 행위의 결과물로 보는 것이다.

3. 화용표지의 담화적 특성

3.1 사건과 삽화의 경계 구분

『한국구비문학대계』에 수록된 설화들은 하나의 줄거리를 갖는 이야기체 담화로서 서사구조를 갖지만, 많은 층위의 구조로 이루어져 있어 일괄적으로 구별하기는 쉽지 않다. 이를테면 단일한 사건이 하나의 이야기를 구성하기도 하며, 여러 개의 삽화가 하나의 이야기를 구성하는 다층적 구조를 이루기도 한다.

화용표지는 구술텍스트에서 사건과 삽화를 구별하는 경계에서 곧잘 사용된다. 그 한 예로 『구비문학대계(전북 남원군편)』에 수록된 '홍무왕 김유신의 일화(송동면 설화 35, 김영두)'의 이야기 구조를 살펴보도록 한다. 구술한 내용을 요약하고 이를 크게 사건과 삽화로 분류하면 다음과 같다.

(1) 홍무왕 김유신 이야기

〈삽화 1〉
〈1〉 홍무왕이 젊어서 말을 타고 기생집을 잘 다녔는데(상태),
〈2〉 그 어머니가 이를 알고 기생집 출입을 금하자, 홍무왕이 가지 않았다(상태).
〈3〉 어디 갔다 오는데 저절로 홍무왕의 말이 그 기생집으로 데려다 주었다(사건).
〈4〉 (근개나, 그러니까) 홍무왕이 그 말의 목을 쳐버렸다(사건).

〈삽화 2〉

〈5〉 (그러고, 그리고) 홍무왕이 깊은 산에 가서 무술을 배우는데, 그
    산중에는 도둑들이 많이 살고 있었다(상태).

〈6〉 (그런디, 그런데) 그 도둑놈들을 홍무왕이 다 잡아 군사를 만들
    어 세 나라를 두 나라로 평정하고(사건),

〈7〉 (또) 소정방이 백제를 칠 때 용이 나와 강을 건너오지 못하자
    (사건),

〈8〉 홍무왕이 백마고기로 용을 낚아 죽게 하였다(사건).

〈9〉 (그런개, 그러니까) 소정방은 강을 건넜고 재주가 자기보다 나은
    홍무왕을 시기했다(상태).

〈삽화 3〉

〈10〉 (근데, 그런데) 백제를 쳐서 멸해 버리고 난 뒤(상태),

〈11〉 (인자) 하루는 소정방이가 활겨름(활쏘기)을 해보자고 하여(상태),

〈11〉 백보 밖에다 과녁 판을 놓고 양쪽 군사가 한번씩 맞춰나갔다
    (사건).

〈12〉 홍무왕 군사에 윤종원이라는 사람이 있었는데(상태),

〈13〉 과녁을 3백보로 정하기로 하고 못 맞히면 목숨을 내놓지만 맞추
    면 소정이 철궁을 주기로 하였다(상태).

〈14〉 윤종원은 과녁을 맞추었다(사건).

〈15〉 (그래 인자) 중원의 군사는 맞추지 못하고, 그 뒤 홍무왕의 군사
    지경계란 사람도 맞추었다(사건).

〈16〉 (근깨, 그러니까) 소정방이 겁을 내어 경계하였다(상태).

〈17〉 마침 그때 멀리서 노루가 뛰어갔다(사건).

〈18〉 (근깨, 그러니까) 소정방이 뛰어가는 노루를 활로 맞추었다(사건).

〈19〉 그때 오리 세마리가 날아갔다(사건).

〈20〉 (그런깨, 그러니까) 홍무왕은 날아가는 세마리의 오리 중에 가운
    데 오리의 왼쪽눈을 활로 맞추겠다고 하였다(상태).

〈21〉 (그래) 활을 쏘고 보니 왼쪽 눈을 맞은 오리가 떨어졌다(사건).

〈22〉 (아 그래 갖고는) 소정방은 속으로 홍무왕과 그 군사들의 재주를
    높이 평가하고 (중원으로) 들어가 버렸다(사건).

〈23〉 (인자) 홍무왕은 삼한 통합을 하였다(상태).

위의 이야기의 큰 뼈대는 세 개의 삽화와 24개의 사건(또는 상태)으로 구성되어 있다.11) 그러나 이야기의 단위들이 이와 같이 언제나 분명하게 구분되거나 분리되는 것은 아니다. 그렇기 때문에 엄밀한 '실증적 분석'이 어렵기도 하다.12)

이상으로 구술텍스트의 담화구조가 여러 개의 삽화와 배경으로 이루어지며, 최종적인 단위는 사건과 상태로 구성되고 있음을 살펴보았다.13) 실제로 발화된 구술텍스트에는 사건(및 상태)과 사건을 연결하는 많은 발화들이 연결되어 있으며, 이러한 담화들이 화자의 텍스트 형성과정에서 사건을 제시하기도 하며 사건에 대한 화자의 태도를 나타내기도 한다.

최소한 하나의 명제를 담고 있는 담화들은 이야기의 구조에서 서로 밀접한 관계를 형성하고 있다. 특히 담화관계에 대한 연구에서는 첨가관계와 인과관계 이 두 가지 유형으로 구분하고 있다. 첨가관계는 접속관계에서 유래하는 것으로 여러 가지 유형의 대등접속이 이에 속한다. 즉 '그리고(접속이나 첨가)', '그러나(대조)', '또는

---

11) 이는 이야기의 근간을 형성하는 구조가 생성문법의 구조규칙과 같은 유형의 규칙으로 설정될 수 있다는 심리언어학적인 접근법에서 나온 것으로, 다음과 같은 이야기 문법이 제안되었다(이원표 1997: 198).

⟨이야기 문법의 규칙⟩
(1) 이야기(story) → 배경(setting), 삽화(episode)
(2) 삽화 → 발단(beginning), 전개(development), 종결(ending)
(3) 전개 → 복잡한 반응(complex reaction), 목표 괘도(goal path)

이야기는 배경과 삽화로 구성되며, '복잡한 반응'은 다시 '단순한 반응'과 '목표'로 나누어 질수 있다. 최종적인 이야기 단위는 '상태'와 '사건'이나, 본고에서는 더이상의 분석은 하지 않는다.
12) 다만 삽화의 경계는 담화 안의 정보의 흐름에서 '돌발 상황'(breaks) 또는 '주의의 전이(attention shifts)'나 '불연속적 흐름'을 기준으로 삼지만, 대부분 텍스트를 구성하는 사건이나 삽화들의 연결은 화자의 직관으로 연결되는 측면이 강하기 때문이다.
13) 그러나 삽화와 사건은 의미적 단위이지 형식적 단위는 아니다. 앞의 '흥무왕 김유신 이야기'는 필자가 잠정적으로 그 내용을 추출한 것이다.

(이접)' '그런데(전환)' 등이 그것이다. 인과관계는 함축에서 유래한 것으로 여러 가지 유형의 종속접속이 이에 관련된다. 따라서 원인, 이유, 수단, 결과, 목적, 조건, 양보 등이 그것이다. 앞에서 제시한 (1) 흥무왕 김유신 이야기의 구술텍스트에서는 많은 접속관계 표현들이 명제들의 내용을 연결해 주고 있다. 첨가관계는 〈5〉(첨가), 〈6〉(전환), 〈7〉(첨가), 〈10〉(전환), 〈11〉(첨가), 〈21〉(전환)이며, 인과관계는 〈4〉(원인), 〈9〉(결과), 〈17〉(결과), 〈19〉(결과), 〈22〉(결과), 〈23〉(결과)이다.

한편으로 『한국구비문학대계』의 구술텍스트에서 삽화의 경계는 통상적으로 몇 개의 변화의 지점을 갖는다. 즉 이야기의 과정에서 시간, 공간, 등장 인물, 새로운 사건이나 행위, 그리고 시점 등이 변화하는 지점에서 삽화가 시작된다.

    (2) ㄱ. <u>그래서 인자</u> 하루는 말허기를……,
         ㄴ. <u>그래 인자</u> 어느 재를 올라가니까 구렁이가, 대맹이(大蟒)
            가 큰 - 놈이 있는데……,
         ㄷ. <u>그러니까</u> 황해도, 이북에서 일어난 얘긴데. <u>그래서 인제</u>
            내가 그때 많이 보고 많이 들어야 할 상태에 놓여있기 때
            문에……,

이처럼 『한국구비문학대계』에서는 '이야기의 흐름, 즉 틀을 바꾸는' 공간부사와 시간부사와 같은 언어표현를 사용하거나 '그래서 인자', '그런디'와 같이 담화연결적 기능을 가진 표지 들을 사용하고 있음을 알 수 있다.

또 구술텍스트에서는 '그'류의 접속어를 많이 사용하여 사건과 삽화를 연결하고 있다. 특히 '그래' 또는 '그래서'가 담화의 연결에 매우 빈번하게 사용되고 있다.14)

---

14) '그래'와 '그래서'는 선행한 발화와 후행하는 발화 사이를 인과관계로 나타
    낼 수 있다. 다만 '그래서'가 화자의 판단이 아닌 사실을 바탕으로 한 논리
    적 인과관계라면, '그래'는 화자의 평가적 태도 즉 주관적 판단에 의한 인

(3) 지금이야 뭐 단년(短年)에 끝낼 수도 있지만, 그전에는 삼년 상이 있고 초부가 있고 그래. ㉠그래 근근히 초상을 쳤는데 동네에서 한 영감, 지금은 돈이 많은 사람을 재벌(財閥)이라고 하지만 그전에는 장자(長者)라고 했다. ㉡그래 장자란 사람이 살았었는데, 참 보는 바에 없는 것이 한이지 그렇게 효자일 수가 없단 말야. ㉢그래 소를 한 마리 사 주면서,

"이 소가 어미소가 되거들랑 날 돌려주고 새끼소는 키워라, 완전히 줄 수는 없으니까."

㉣그래 참 효자부부는 소를 키우고 싶은 맘이 굴뚝같지만 돈이 없어 못 산거라. ㉤그래서 참 소를 사다 준 마음이 너무도 고맙고, 그냥 준 건 아니지만, ㉥그래 그 부부는 완전히 소에 집중한 거라, ㉦그래 소는 매일 잘 자라고 그러다 보니까 둘 사이는 이세(二世)가 또 탄생을 했고. ㉧그래 사노라 보니깐, 세월이 흘러 새끼소가 어미소가 되서 새끼를 또 낳단 말야. ㉨그래 어미소를 돌려 주고, 뭔가 새끼소를 길렀는데, 그러다 보니까 자기 어머니 삼년상이 돌아온 거야. 마지막 삼년상이 돌아 오게 되니깐, 어떤 제사 지낼 기책(계획, 형편)은 없고 ㉩그래서 둘이 의논을 한 거야. ㉪그래서 참 이런 얘기를 했어. 남자가 그러니깐 여자한테 그랬겠지.

"여보, 내가 자네한테 상의할 게 있는데 앉아보소."

<이백면 설화 24, 김창렬>

(3)의 예문에서는 '그래'가 거의 모든 담화연결을 담당하고 있다. 그 기능을 크게 살펴보면 결과의 관계를 나타내는 것(㉠, ㉢, ㉤, ㉥, ㉦, ㉨, ㉩)과 '그런'과 '그렇게'의 의미로 사용된 것(㉡, ㉧)이 있으며, 화제의 전환을 나타내는 것(㉣), 첨가의 의미로 사용된 것(㉪)이 있다. 즉, 구술자는 구술텍스트의 형성과정에서 담화의 연결을 거의 '결과'의 관계를 나타내는 '그래'로 사용한 것인데, 이를 자세히 살펴보면, 이러한 담화연결에서 '그래'가 담화들의 명제 관계에

과관계를 함축한다(이한규1996: 12). 따라서 '그래서'보다 '그래'가 화자의 표현적 의미가 더 강하다고 볼 수 있으나, 본고에서는 이를 구분하지 않고 '그래'만을 다룬다.

의해 결정되었다기보다는 화자의 임의적인 선택으로 이루어진 것이 아닌가 생각된다.

이에 대한 근거는 '그래(서)'는 사건과 삽화의 연결에 대한 접착적 기능으로 사용된 것이 아니라는 점이다. 즉, '그래(서)'는 일반적으로 담화표지어가 갖는 담화적 기능이 뚜렷하지 않으며 다만 화자가 구술텍스트 형성과정에서 반드시 '그래'를 사용할 맥락적 근거 없이 선택적으로 사용하였다. 예를 들면 (11㉢)의 '그래서'는 이야기의 전개상 사건이나 상태를 연결한 것이 아니라 화자의 태도 즉 선행한 이야기 내용에 대한 화자의 평가가 부연된 부분이다. 그리고 ㉡과 ㉣은 '그런'과 '그렇게'의 의미로 사용된 것으로 볼 수 있으나, '그래'를 사용한 이유가 뚜렷하지 않다. 화제의 전환과 첨가의 접속으로 사용된 ㉣과 ㉤도 '그래'로 사용되고 있다.

원래 '그래'는 '그리하여/그러하여'와 관련된 것으로 지시적 의미를 지닌 '그'에서 명제적 의미가 내재된 것으로 보고 있다. 그러나 접속적 기능을 가지면서 첨가와 인과의 의미관계를 갖는다. 한편으로 (11)의 예문에서처럼 '그래'가 담화의 연결 기능만으로는 설명되지 않는 잉여적 쓰임도 보이는데, 이는 화자의 심리적 태도를 나타내거나 특별한 뜻이 없는 채움말처럼 사용되기도 한다

따라서 '그래'는 '명제적 용법 〉 텍스트적 용법 〉 표현적 용법'을 거쳐 담화상의 용법으로 발전하여 화용표지화한 것으로 본다. 그리고 이러한 '그래'는 화자가 구술텍스트 형성과정에서 자기 중심적인 것으로 말해지고 있는 내용에 대해 구조화하려는 과정에서 표현된 주관화라고 본다.15)

『한국구비문학대계』에서는 여러 개의 삽화와 사건들의 경계를 나타내는 지점이 '그래서 인자' '아 그래 인제', '아 인자' 등으로 나타나기도 하며, '이제'만 단독으로 사용되어 다양한 담화적 기능으로

---

15) 안주호(2000)에서는 국어의 '그러-' 계열의 접속사는 원래 '그러하-'라는 내용어였으나 연결어미가 결합되어 '그러-' 계열의 접속사라는 기능어가 형성되었다고 본다. 이를 문법화의 틀로 설명하였다.

사용되기도 한다. 원래 '이제'는 시간부사로서 언급되었으나, 담화 속에서 다양한 기능을 보인다.16) 즉 문법화로 인해 형태적으로 재구조화되었으나, 원래의 시간적 의미와 기능에서 완전히 벗어나지 않는다.

특히 (4)의 예문처럼 『한국구비문학대계』에서 사용되는 '이제(인자)'는 화자가 말하는 발화시점을 현재 시점으로 묶어 청자의 관심을 지속하려는 의도로도 사용된다. 즉 화자가 어떤 사건에 대해 이야기를 하는 도중에 그 말이나 이야기의 절정에 도달해서는 과거의 사건임에도 마치 말하는 순간에 발생하고 있는 것처럼 생동감이나 긴박감을 불어넣어 현재시제에서 화자 중심으로 이끌어가려는 의도에서 '이제'가 빈번히 사용되었고, 결국은 문법화로 인하여 하나의 화용표지로 발달한 것이다.

(4) 며느리가 <u>인자</u> 그 <u>인자</u> 지랭이가 사람게 좋다 소리를 듣고는, 그렇게 앞을 못 보고 있은 시어매가, 바싹 모았지. 잉. 그놈을 꼭 그놈을 꼭 그 놈을 해 드리면은, 그놈 이, <u>인자</u> 앞 못보는 어머니가 그놈을 자시니깨 오직 맛있던 모냥이여. 맛있었지.

〈송동면 설화 14, 박태희〉

3.2 전경화와 배경화의 구별

『한국구비문학대계』는 화자가 텍스트를 형성하고 이를 청자에게 전달하는 과정에서 화제가 등장한다. 화제란 '화자가 다루고 있는 그 무엇'을 의미하는데, 주제와 논술(theme-rheme), 전제와 단언(presupposition-assertion), 주어진 정보와 새로운 정보(given-new),17) 전경과 배경(foreground-background) 등의 개

---

16) 이원표(1992), 이기갑(1995), 임규홍(1996), 이한규(1996) 참조.
17) 신정보와 구정보의 분류의 기준은 정보가 전달되는 과정에서 청자와 관련된 것으로 예측가능성(predictability) 또는 복원가능성(recoverability), 현저성(saliency), 공유지식(shared knowledge), 친숙성(familiarity),

넘으로 정의되기도 한다. 즉 화제라는 개념이 담화에서 다루어지고 있는 무엇인가를 말하며 그 '무엇인가'는 배경정보, 전경정보, 주어진 정보, 새로운 정보 등으로 정의될 수 있는 것이다. 담화는 화자가 전하고자 하는 바를 명료하게 표현하고 청자에게는 그 내용이 정확하게 전달되어 이해되어야만 성공적으로 이루어진다.

본 절에서는 『한국구비문학대계』의 화제 제시의 측면을 전경화와 배경화를 가지고 다루고자 한다. 원래 전경화(foregrounding)나 배경화(backgrounding)는 극장 은유를 이용한 '무대화'(staging)에서 비롯된 용어이다. 화자가 어떤 요소들을 전경화하고 다른 요소들을 배경에 남아있게 하는 방식으로 정보를 제시하는 것을 말한다(이원표 1997: 228). 따라서 배경은 화자의 목적에 직접적으로 또는 결정적으로 기여하지 않는 담화의 일부분으로, 단지 화자의 목적에 대해 논평하거나 자세히 설명하거나 주장하는 부분을 말하며, 반대로 담화의 주요한 논지를 제공하는 부분은 전경이라고 한다(Hopper-Thompson 1980: 280). 그리고 담화에서는 화제가 다루어지고 있지만 대체로 담화에서 화제가 가장 중요한 정보를 뜻하는 것은 아니다. 왜냐하면 배경정보 속에 화제가 들어있을 때도 있지만, 반드시 그렇지만은 않기 때문이다. 오히려 전경화되는 것이 화제일 때도 있다.18)

(5) ㄱ. "얼굴이 아깝구나! 어쩌끄나(어쩔까)?
그리고 군담을 하고 가.〔조사자 : 군담을요? 관상도 보는 모

청자-담화별 구별 등 다양하다. 이를 정희자(1999: 33-43)에서 상세히 제시하고 있다. 그러나 이러한 기준은 다른 개념의 분류에서도 거의 구별 없이 적용되고 있다.
18) 전경화와 배경화는 이야기 안에서의 상대적 중요성이나 두드러짐(즉 현저성)에 따라 구별된다. 전경화(foregrounding)라는 용어는 프라그학파의 구조주의에서 나온 것이지만, 담화분석 뿐만 아니라 문학비평이나 심리언어학 등에서도 다양하게 사용되고 있는 개념이다. 전경화절은 문맥에서 기대할 수 없거나 예측할 수 없는 것이다. 즉 일종의 틀깨기로서 전경화절은 '거리두기'나 '낯설게하기'의 장치와 관련이 있다(Brinton 1996 참조).

양이지요?]
그런개 도승이지. <u>도승은 환연히(환-히) 아는 사람이여.</u>〈산
내면 설화 2, 배경순〉
ㄴ. 그런데 어찌나 재주가 비상하던지 글씨 쓴 것을 보고서 후
미치기 방에 가고서 모방을 해 가지고서. 〔조사자 : 후미
치기 방이요?〕 구술자 : <u>후미치기 방이라는 것은</u>, 저 모퉁
이 방을 말해 〈대강면 설화6, 임모상〉
ㄷ. "내가 지금 강천사 절 뒤쪽으로 요리 돌아오느라고 보닝개
로 강천사 뒤, 절 뒷쪽 절벽에가서 지금 때왈이 벌건히 매
달려 가지고 있읍디다." 〔조사자: 강천사요?〕 <u>그래 강천사.</u>
아 그래서 거기를 올라가서 보닝개로, 눈은 펑펑오는디 때
왈이 벌건히 있어. 벌건해(붉어). 그래 이놈을 따가지고서
오다 보니 그저 안가고 있네. 그 여자가.〈대강면 설화 16,
임모상〉

　위의 예문 (5)의 'ㄱ'에서 처음의 '도승'은 화제가 된다. 그러나
다음 발화에서 '도승'은 배경정보에 속하게 되며 청자(조사자)에게
새로운 정보인 '환연히 아는 사람'이 전경화된다. 'ㄴ'은 청자가 구술
자의 이야기 내용 중에서 미지의 정보인 '후미치기 방'을 화제로 삼
자, 다시 구술자가 '후미치기 방'을 배경정보로 하고 이에 대한 새로
운 정보를 제시하고 있다. 'ㄷ'에서도 구술자와 조사자간에 화제가
변화되고 조정되고 있음을 알 수 있다. 즉 구술자는 '때왈이 매달려
있는 상황'을 전경화하고 있으나, 조사자가 '강천사요'라고 질문하자
'강천사'가 초점화되었다가 이는 다시 구술자에게 구정보가 되고 있
다. 따라서 '그래 강천사'로 대답하여 확인시킨 후 다시 '때왈이 있
어서 그것을 따가지고 오는 상황'으로 이야기를 전개하는 것이다.
화제가 화자를 중심으로 하여 청자관계에서 또는 제 3자의 관계에
서 조정되고 있음을 알 수 있다.

(6) ㄱ. 그래서 이 여석(女息)이 당혼(當婚)이 차고 마음이 이상스
럽개. 〔조사자 : (남학생들을 돌아보며) 당혼이 찬단 말 알

        겠어?〕 그런개 당혼이 <u>뭐냐하면</u>. 컸단 말이여. 커 가지고
        시집을 간단 말이여.〈산내면 설화 2, 배경순〉
    ㄴ. 과부가 말이여. 〔조사자 : 앗따, 좋습니다.〕 과부가 하나 <u>말</u>
        <u>이여</u>, 아들 하나 뿐인디 이걸 장가를 보낼 데가 없거든.
                                        〈이백면 설화 1, 송경조〉
    ㄷ. 그 그전에는 대감집 앞을 갈라치면 곡 퐂죽(팥죽)장사가 있
        었다등만. 〔조사자 : 퐂죽장사? 팥죽장사〕 <u>지금으로 말하면</u>
        여관이여.〈산내면 설화2, 배경순〉

  위의 예문 (6ㄱ)은 화자가 '당혼이 뭐냐하면'으로 표현하여 화제
와 논평의 관계임을 분명히 나타내고 있다. (6ㄴ)의 예문에서는 처
음 발화되는 '과부가'가 초점화되었지만, 두번째로 발화되는 '과부가
하나 말이여'는 다시 구정보로 배경화가 되어 제시되고 있다. (6ㄷ)
은 '지금으로 말하면'을 사용하여 '여관'을 전경화하고 있다. 위의 (6
ㄱ) - (6ㄷ)과 같이 『한국구비문학대계』에서는 '말이다', '뭐냐하
면', '지금으로 말하면'이라는 표현을 사용하여 전경과 배경의 관계
를 명백히 하고 있다. 이것은 화자가 청자에게 새로운 정보를 제공
하려고 재해석하는 태도와 관련된다.
  특히 『한국구비문학대계』에서는 전경과 배경의 장치가 '말이여'
에 의해 구분되고 있는 경우가 많다.

(7) ㄱ. 옛날옛적에 <u>말이지요</u>. 하도 가난하게 살았는디 어떤 사람이,
        이 동네 사람인가? 〈대강면 설화 8〉
    ㄴ. 옛날 서울 정승네 집에서 <u>말이여</u>. 요렇게 뺑 돌라앉아서 장
        기바둑을 놓다가, 장기바둑을 놓는디, 한 정승은 아들을 낳
        아서 독선생을 낮혀서 글을 갈친디,...... 〈이백면 설화 2〉
    ㄷ. 그 전에 우리 이 동네에 <u>말이여</u>. 잉, 이 동네에 한 오천석
        헌 우리 일가가 하나 있었어. 만석거부였었어.〈수지면 설화
        3, 박환우〉

이처럼 『한국구비문학대계』에서 '말이야'는 구정보인 화제를 드

러내면서 다음에 오는 화제를 전경화하는 효과를 갖고 있으며, '옛날 옛적에' '한 마을에 살고 있는'에서처럼 주인공의 배경적 정보를 제공하고 있다.

3.3 채움말의 기능[19]

『구비문학대계』에서는 구술텍스트를 형성하는 과정에서 화자가 전달하려는 담화의 내용과는 직접 관련없이 주변적인 표현을 나타내는 화용표지를 사용하는 예가 빈번하다. 이러한 화용적 표지들은 담화의 구성요소들을 연결시키거나, 쉼 또는 멈칫거림을 줄이기 위해 사용되며 종래의 채움말(filler)이나 군더더기,[20] 담화 연결표지의 기능을 한다.

이처럼 화용표지가 나타내는 주변적 표현에서 특히 '어, 저, 그, 이, 음, 인제, 말이야, 뭐, 그냥, 글쎄, 막, 응, 잉, 거시기, 참' 등은 텍스트를 형성하는 과정에서 화자가 전달하고자 하는 정보에 대한 기억을 되살리려고 시도하거나 그것을 정확하게 표현하기 어려울 때에 사용한다.[21] 구술텍스트에서 채움말을 많이 사용할수록 그 담화의 생산에는 도움이 되지만, 그만큼 담화의 질은 떨어진다. 즉, 일종의 낙인화되는 표지로서 유창한 담화일수록 이러한 표지들의 빈도수는 훨씬 적게 나타난다.[22]

『구비문학대계』는 화자가 구술텍스트를 형성하는 과정에서 전해들은 이야기를 회상하는 입장에서 생성된다. 따라서 주변적 표현은 이야기 내용을 얼른 생각해 내지 못하거나, 적절한 표현을 바로

---

19) 화용표지의 주된 기능 중의 하나가 채움말로서의 기능이다. 이 절은 졸고 (2000)에서 논의한 일부분이다.
20) 이외에도 문효근(1983)은 '군소리'와 '군말'이라고 하여 '머뭇거림꼴' (hesitation form)을 논의했으며, '간투사'의 범주로 다루기도 한다(신지연 1988, 오승신 1995).
21) 이주행(2000:67) 참조.
22) 낙인(stigma)에 대해서는 정영인 외(1998 : 84) 참조.

떠올리지 못할 때 사용되는 화자의 태도이다.23) 그 중에서 몇 개의
예를 들면 다음과 같다.

(8) ㄱ. "그 아무리 마음이 좋다손하더라도 구대(九代)가 한울타리에
　　　 산단 말인가?"

〈대강면설화 11, 임모상〉

　　ㄴ. 그 젊어서 그런개 첫진사이야기지. 〈대강면설화 9, 임모상〉

　　ㄷ. 아 그, 저 어디 들어가 계시기라도 하시지 용님네가 이렇게
　　　 누추한데 계시면 되겠냐?

〈이백면 설화 16, 박동진〉

　　ㄹ. 이성계가 한 열살쯤 먹었을 때 그 동네 아이들을, 제 동갑
　　　 아이들을 수십명을 데리고 저 산밑에 가서, 저 군사 그것들
　　　 을 데리고 저 거시기를 시켜. 저 군사 거시기한 것메니루
　　　 (것처럼) 훈련을 시켜, 훈련을 시키는디, 하나가 말을 안 들어.

〈송동면 설화 36, 김영두〉

　　(8)의 예문에서처럼 화자는 구술텍스트 형성과정에서 화자 자신
을 이야기의 중심으로 하면서 이어지는 발화를 생각하기 위한 시간
벌기나, 말차례를 지키면서 이야기를 이끌어 가기 위한 장치로서
'이, 그, 저'를 사용하고 있다.
　　아래의 (9)의 예문은 발화의 도입부에서 '아'의 사용을 보여주고
있다.

　　(9) 아 이놈(풍신수길)이 탁 와 본개 이래 놓고 있거든. 이래서,
　　　"아 유대감을 찾아와서 하루 쉴라고 했더니만 날을 쓴다(애기낳는
　　다)고 하니 큰일이다." 그런개,
　　　"아 여기 우리 큰댁이 있으니 큰댁으로 모이자."
　　　그래서 큰댁으로 모였단 말이여. 그래 겸암집으로 모였단 말이여.
　　　그래서 가보니 신을 삼고 있단 말이여.

---

23) 이는 구어의 특성인 즉흥성(spontaneousness)에 기인하며 이러한 특성들
　　이 구어의 텍스트를 형성한다. 구어의 텍스트 형성은 신지연(2000) 참조.

"아, 어디서 왔느냐?"
고 그런개, 물론 일본서 왔다고 하겠어? 그 어디서 왔다고 적당히
그랬겠지.

〈이백면 설화 10, 박동진〉

위에서 사용된 '아'는 장면전환이나, 주의 환기를 위한 발화의 효
과를 지니고 있으며 이외에도 '음, 어, 잉'과 같은 표지들이 이야기
의 전달 과정에서 다양한 화용적 역할을 하며 사용되고 있다.

4. 결 론

이상으로 본고에서는 구술텍스트에서 사용되는 화용표지들의 특
성을 살펴보았다. 본고는 구술텍스트를 이야기체 담화이기 때문에
서사구조를 지니고 있으며, 청자 또는 청중과의 끊임없는 상호작용
에 의해 생산되는 의사소통의 행위의 결과물로 보았다.

화용표지는 이러한 두가지 측면에서 담화분석적 위상을 지니는
것으로 논의하였다. 즉 구술화자가 하나의 완결된 서사구조를 가진
텍스트를 만들어낸다는 것과 그리고 청자 또는 청중들 앞에서 이야
기를 전달한다는 점이다. 그러나 그 청자들은 이야기의 형성과정에
서 끊임없이 반응하고 개입함으로써 텍스트 형성에 참여하기 때문
에, 이를 곧 의사소통의 행위로서 구술텍스트의 성격을 규정한 것
이다.

구술텍스트에서 화용표지의 담화적 특성은 사건이나 삽화의 경계
를 표시하거나 전경화와 배경화의 구별 또는 채움말의 기능을 하는
것으로 논의하였다. 화용표지는 전달하려는 이야기의 내용과는 직
접적인 관련이 없는 주변적 표현으로서 특히 구어체 담화에서 빈번
하게 사용된다. 이는 이야기의 주체인 구술화자가 이야기의 내용을
효율적으로 생성하고 전달하려는 의도로 사용되기도 한다. 화용표

지는 일상적인 구어에서 화자에게 때로는 군더더기 표현이 되기도 하나, 한편으로 청자에게는 주의 환기나 반응에 대한 표지이기도 하며, 발화의 주도권을 화자 중심으로 놓으려는 의도의 표지이기도 한다. 본고에서는 화용표지가 『한국구비문학대계』와 같은 구술텍스트에서 이야기의 구조물을 형성할 때 다양한 담화적 기능을 갖기도 하며, 구어의 특성상 채움말의 기능도 지닌 것으로 보았다.

구술텍스트에 나타난 화용 표지의 특성 연구 359

참 고 문 헌

고영근(1995), 『단어·문장·텍스트』, 한국문화사

______(1999), 『텍스트이론-언어문학통합론의 이론과 실제』, 아르케.

김경수옮김(1997), 『영화와 소설의 서사구조』, 민음사(시모어 채트먼,
        "Story and Discourse: Narrative Structure in Fiction
        and Film").

문효근(1993), 「한국말의 ‘군소리’·‘군말’」, 『말』 8, 연세대학교 한국어학당.

박종성(1995), 「구비설화 텍스트의 언어학적 분석」,

박용익(1998), 『대화분석론』, 한국문화사.

신지연(1988), 「국어의 간투사의 연구」, 『국어연구』 83, 서울대학교 대
        학원.

______(1998), 『국어 지시용언 연구』, 국어학총서 28, 태학사.

안주호(1996), 「한국어 명사의 문법화 현상의 연구」, 연세대학교 박사학
        위논문.

______(2000), 「‘그러-’계열 접속사의 형성과정과 문법화」, 『국어학』 35,
        국어학회.

오승신(1995), 「국어 간투사 연구」, 이화여자대학교 박사학위논문.

윤석민(1998), 「구비설화 텍스트의 언어학적 분석」, 『대전어문학』 16
        집, 대전대학교 국어국문학회.

______(1999), 「설화텍스트의 대화 분석 -화행적 기능을 중심으로-」,
        『텍스트언어학』 6, 텍스트언어학회.

이기갑(1995), 「한국어의 담화 표지 ‘이제’」, 『담화와 인지』 1, 담화·인
        지언어학회.

이원표(1992), 「시간부사 ‘이제’의 담화기능」, 『인문과학』 68, 연세대학
        교 인문과학연구소.

이원표역(1997), 『담화연구의 기초』, 한국문화사(Renkema,J. "Discourse
        Studies: An Introductory Textbook").

이정애(1999), 「국어화용표지의 연구」, 전북대학교 박사학위논문.

______(2000), 「구술텍스트 형성에 있어서의 화자 태도」, 『한국언어문
        학』 제 45집, 한국언어문학회.

이주행(1999), 「한국 사회계층별 언어 특성에 관한 연구」, 『사회언어학』 7-1, 한국사회언어학회.

이한규(1996), 「한국어 담화 표지어 '그래'의 의미 연구」, 『담화와 인지』 5, 담화·인지언어학회.

임규홍(1996), 「국어 담화 표지 '인자'에 대한 연구」, 『담화와 인지』 2, 담화·인지언어학회.

______(1998), 「국어 '말이야'의 의미와 담화적 기능」, 『담화와 인지』 5-2, 담화·인지언어학회.

임재해(1998), 「구비문학의 연행론, 그 문학적 생산과 수용의 역동성」, 『구비문학연구』 제 7집, 한국구비문학회.

정진원(1993), 「설화자 화법으로 살핀 텍스트 분석」, 『텍스트언어학』 1, 텍스트연구회.

정희자(1998), 『담화와 문법』, PUFS.

한용환/강덕화 옮김(1999), 『서사란 무엇인가』, 문예출판사(Mieke Bal, *"Narratology : Introduction to the Theory"*).

황미향(1998), 「한국어 텍스트의 계층구조와 결속표지의 기능연구」, 경북대학교 대학원 박사학위논문.

Brinton, Laurel J(1996), Pragmatic Markers in English, Grammaticalization and Discourse Functions, Berlin·New York: Mouton de Gruyter.

Hopper, Paul.J.-Sandra A. Thompson.(1980), "Transitivity in grammar and discourse", Language 56.

Langacker Ronald W.(1990), "Subjectification", Cognitive Linguistics 1.

Lyons,J.(1977), Semantics. Cambridge: Cambridge University Press.

Traugott, E.C.(1982), "From propositional to textual and expressive meanings: Some Smantic-pragmatic aspects of Grammaticalization", In W. Lehmanned. Perpectives on Historical Linguistics. Amsterdam: John Benjamins.

__________(1989), "On the rise of epistemic meanings in English", Language 65.

__________(1995), Subjection in grammaticalisation: Linguistic perspectives. Cambridge University Press.

Hopper, Paul.J.-Sandra A. Thompson.(1980), "Transitivity in grammar and discourse", Language 56.

한국어 정보 처리를 위한
과목 개발의 필요성

이 태 영*

목 차

1. 서 론

　정보화 사회란 정보를 대량으로 생산하여 그것을 유통시키고 소
비하는 사회를 말한다. 정보의 역할을 중시하는 사회를 정보화 사
회라고 하며, 정보를 중심으로 하는 사회에 도달하려는 과정을 정
보화라고 한다. 즉 사회가 컴퓨터를 활용하여 지식 정보를 주체적
으로 생산하는 시스템 중심으로 변화하는 사회를 정보화 사회라고

---

* 전북대학교 국어국문학과 교수

말한다. 21세기에는 정보화가 문화와 산업의 모든 분야에 근본적인 변화를 가져올 것이다.

이처럼 정보화 사회가 되면서 대학의 학부 및 대학원의 교과과정에 큰 변화가 일어났다. 그 변화는 '정보'라는 용어가 들어가는 과목이 늘어난 것이다. 예를 들면, 국어 정보학, 정보 검색론, 경제 정보학, 문헌 정보학 등 정보화 사회를 대비하는 과목이 생겨난 것이다.

이처럼 정보와 관련된 과목이 생기는 이유는, 많은 학생들이 정보화에 대한 욕구를 강하게 가지고 있으며, 컴퓨터를 이용하여 입력된 전자 자료를 손쉽게 검색하고 가공하려고 하기 때문이다. 정보를 처리하고 가공하는 속도가 매우 빠르게 진행되고 있기 때문에 시대적인 요구에 따라서 자연발생적으로 생겨나고 있는 것이다. 따라서 이제 '정보학'은 컴퓨터를 공부하는 학과만의 전유물이 아니라 모든 학부나 대학원에서 반드시 이해해야 하는 분야가 된 것이다.

정보화 시대에 국어국문학이나 국어교육에는 다음과 같은 변화가 예상된다.

첫째, 국어 자료는 정보처리에서 수많은 자료를 쉽게 처리할 수 있기 때문에, 기존의 국어학, 현대문학, 고전문학의 영역이 세부적으로나 전체적으로 종합화되는 현상이 뒤따르게 될 것이다.

둘째, 국어국문학과 국어교육의 영역이 확대 내지는 연계될 것이다. 미래의 가능성이 보이는 다른 영역과 연계를 통해 영역을 확대해야 한다. 국어국문학에서 담당했던 영역이 새롭게 학과로 독립하고 있다. 실제로 '신문문장론, 방송문장론, 서지학, 교양한문, 전통문화' 등등의 많은 과목이 다른 학과에 설강되어 있다.

특히, 컴퓨터공학과, 전산학과에서 '한글공학'을 전공하는 교수가 전국적으로 40여명에 이르고, 이 분야를 전공하는 대학원생이 상당히 많다. 한국과학기술원, 한국전자통신연구원에서 이 분야를 매우 심도있게 연구하고 있다. 한국어를 전산학적으로 체계적으로 연구하고 있어서 한국어의 정보 검색과 처리에 있어서는 국어를 전공하는 사람들보다 훨씬 앞서 있다고 말할 수 있다. 또한 음성인식, 자동 번역과 같은 언어 정보를 다루는 회사가 많이 생기고 있다. 이들과의 연계도 매우 필요한 실정이다.

셋째, 학부와 대학원생들의 컴퓨터 사회에 대한 욕구를 충족시킬 수 있는 과목에 대한 배려가 필요하다. 학생들은 일반적으로 워드 프로세서, 인터넷, 사무자동화, 인쇄와 출판에 관련된 그래픽, 정보 처리와 정보 검색에 많은 관심을 가지게 되었다.

본 연구는 대학에서 국어국문학과나 국어교육과에 한국어를 정보 처리하는 정보학 과목이 꼭 필요하다는 전제 아래, 한국어 정보학을 위한 교과과정에 대하여 그 필요성을 제기하고, 그 교과과정의 내용을 논의해 보려고 한다.

2. 국어 정보학 관련 과목의 필요성

단국대, 연세대, 고려대, 울산대, 전주대, 전북대 등 여러 대학에서 이미 국어 정보학 관련 과목이 설강되어 운영되고 있다. 이들 대학이 정보학 관련과목을 설강한 이유는 대체로 담당교수가 국어 정보학과 관련된 일에 종사하고 있어서 정보학의 필요성을 절감하고 있기 때문이다.

이제 정보화 관련 과목이 대학에 왜 필요한지를 정보화의 현황을 점검함으로써 그 의미를 살펴보도록 한다.

2.1 국어국문학 자료의 전산화 현황

무엇보다도 정보화 시대를 맞이하여 국어 자료를 대용량 전자 자료로 구축하는 사업이 진행되고 있다.

첫째, 한국과학기술원을 중심으로 많은 국어 자료의 말뭉치가 구축되었다. ETRI(한국전자통신원)를 중심으로 정보통신부, 문화관광부의 용역 사업으로 많은 말뭉치가 구축되었다.

둘째, 문화관광부와 국립국어연구원이 주관하는 21세기 세종계획으로 불리는 국어 정보화 사업에서 다양한 국어 자료 말뭉치가 구축되고 있다. 현재 이 자료는 홈페이지에서 공개되고 있다.

셋째, 국립국어연구원에서 '표준 국어 대사전'을 편찬하기 위하여 각종의 국어 자료 말뭉치를 구축하여 활용하였다. 현재 이 자료는 국립국어연구원 홈페이지(www.korean.go.kr)에서 공개되고 있다.

넷째, 연세대학교에서 '연세어사전'을 편찬하기 위하여 입력한 말뭉치가 있다.

다섯째, 단국대, 울산대에서 국어사 자료 말뭉치를 구축하였다.

2.1.1 국어사 문헌 자료

중세국어, 근대국어, 개화기국어에 관련된 국어사 문헌 중 중요한 문헌의 입력이 완료되었다. 국립국어연구원에서 '표준 국어 대사전'을 편찬하기 위하여 국어사 자료를 입력하였다. 특히 단국대학교의 홍윤표 교수와 울산대학교의 한영균 교수 등이 많은 자료를 입력하였다. '21세기 세종계획'에 의해 입력된 자료가 부분적으로 공개되고 있다. 이 자료는 'www.sejong.or.kr'에서 공개되고 있다.

입력된 자료 중 중요한 자료의 일부 목록을 제시하면 다음과 같다.

① 15세기 국어 자료
龍飛御天歌, 訓民正音 解例本, 訓民正音 諺解本, 釋譜詳節, 月印千江之曲(上), 月印釋譜, 楞嚴經諺解, 金剛經諺解, 阿彌陀經諺解, 禪宗永嘉集諺解, 內訓, 初刊杜詩諺解, 觀音經諺解, 救急簡易方諺解, 六祖法寶壇經諺解

② 16세기 국어 자료

飜譯老乞大, 飜譯朴通事, 續三綱行實圖 ,飜譯小學, 呂氏鄕約諺解, 正俗諺解, 二倫行實圖, 訓蒙字會, 牛馬羊猪染疫病治療方, 蒙山和尙六道普說諺解, 七大萬法, 光州千字文, 新增類合, 百聯抄解, 發心修行章, 誡初心學人文, 警民編諺解, 石峰千字文, 大學諺解, 中庸諺解, 小學諺解.

③ 17세기 국어 자료

女訓諺解, 諺解痘瘡集要, 諺解胎産集要, 練兵指南, 東醫寶鑑(湯液篇), 東國續三綱行實圖, 家禮諺解, 重刊杜詩諺解, 新傳煮取焰焇方諺解, 火砲式諺解, 勸念要錄, 辟瘟新方, 語錄解, 警民編諺解, 新刊救荒撮要, 千字文, 類合, 老乞大諺解, 捷解新語, 朴通事諺解, 馬經抄集諺解, 諺解臘藥症治方,, 譯語類解, 新傳煮硝方諺解.

④ 18세기 국어 자료

千字文, 類合, 二譯總解, 譯語類解, 伍倫全備諺解, 女四書諺解, 御製內訓諺解, 蒙語老乞大, 童蒙先習諺解, 御製常訓諺解, 御製自省篇諺解, 改修捷解新語, 同文類解, 大學栗谷先生諺解, 論語栗谷先生諺解, 中庸栗谷先生諺解, 孟子栗谷先生諺解, 地藏經諺解, 闡義昭鑑諺解, 種德新編諺解, 大方廣佛華嚴經普賢行願品(雙溪寺板), 御製警世問答諺解, 御製警民音, 御製警世問答續錄諺解, 御製祖訓諺解, 朴通事新釋諺解, 御製百行願, 蒙語類解, 松江歌詞(關西本), 十九史略諺解, 明義錄諺解, 八歲兒, 小兒論, 方言集釋, 續明義錄諺解, 御製濟州大靖靜義等邑父老民人書, 捷解新語(重刊本), 諭京畿大小民人等綸音, 諭中外大小臣庶綸音, 諭湖西大小民人等綸音, 御製諭原春道嶺東嶺西大小士民綸音, 諭京畿民人綸音, 諭京畿洪忠道監司守令等綸音, 諭京畿洪忠全羅慶尙原春六道綸音, 諭慶尙道觀察使及賑邑守令綸音, 諭慶尙道都事兼督運御使金載人書, 諭咸鏡道南北關大小士民綸音, 諭湖南民人等綸音, 字恤典則, 御製賜畿湖別賑資綸音, 御製王世子冊禮後各道臣軍布折半蕩減綸音, 曉諭綸音諺解, 御製諭濟州民人綸音, 不憂軒集, 兵學指南, 御製諭咸鏡南北關大小民人等綸音, 加髢申禁事目, 隣語大方, 武藝圖譜通志諺解, 捷解蒙語, 蒙語類解補篇, 御製諭楊州抱川父老民人等書, 增修無寃錄諺解, 家禮釋義, 諭濟州大靜旌義等邑父老民人書, 諭諸道道臣綸音, 湖南六邑民人等綸音, 御製養老務農頒行小學五倫行實饗儀式鄕約條例綸, 音重刊老乞大諺, 解敬信錄諺釋, 奠說因果曲, 五倫行實圖, 濟衆新編

⑤ 19세기 국어 자료

倭語類解, 先朝大王行狀, 蘆溪歌詞, 註解千字文, 蒙喩篇, 新刊增補三略直解(廣通坊), 諭中外大小民人等斥邪綸音, 太上感應篇圖說諺解, 醫宗損益, 셩교졀요(聖敎切要), 金氏世孝圖, 쥬년쳠례광익, 閨閤叢書, 로한자뎐(푸칠로), 易言諺解, 南宮桂籍, 歌曲源流(국악원본, 남창본), 歌曲源流(국악원본, 여창본), 過化存神, 三聖訓經, 御製論大小臣僚及中外民人斥邪綸音, 竈君靈蹟誌, 敬惜字紙文, 御製諭八道四都耆老人民等綸音, 明聖經諺解, 關聖帝君五倫經諺解, 正蒙類語, 蠶桑輯要, 예슈셩교젼셔, 화샨즁봉긔, 한영ㅈ뎐, 眞理便讀三字經, 救荒撮要(萬曆本), 國民小學讀本, 텬로력뎡, 진교졀요(進敎節要), 國漢會語(一部), 치명일기, 新訂尋常小學, 소학독본, 쥬교요지, 독립신문

⑥ 20세기 초 국어 자료

兒學編(1908년), 부별천자문(1913년), 긔희일긔(1905년), 校訂交隣須知(1904년), 日語類解(1912년), 時文新讀本(1927년), 新訂千字文(1902년), 通學經編(1921년), 신소설류, 활자본 고소설류

2.1.2 방언 자료

각도의 현대 방언 및 방언의 역사를 보여주는 한국구비문학대계와 한국방언자료집 등이 입력되어 활용되고 있다. 부분적으로 21세기 세종계획의 일환으로 입력되었다.

① 한국구비문학대계

한국정신문화연구원에서 발행한 '한국구비문학대계'는 총 85 권으로 된 책으로 남한의 전 지역을 망라하여 설화, 민요 등이 조사된 책이다. 원 발음을 비교적 충실히 기록한 책으로 어학적인 가치를 가지고 있다. 이미 한국정신문화연구원에서 입력하였다.

② 한국방언자료집

한국정신문화연구원에서 발행한 '한국방언자료집'은 총 9권(1집-경기도편, 2집-강원도편, 3집-충북편, 4집-충남편, 5집-전북편, 6집-전남편, 7집-경북편, 8집-경남편, 9집-제주도편)으로 되어 있다. '21세기 세종계획'을 수행하기 위하여 입력하였다.

③ 민중자서전

'뿌리 깊은 나무'에서 출판한 총 20 권으로 된 책이다. 여러 지역의 방언 화자의 구술을 채집한 자료로 현재 '국립국어연구원'에서 입력하였다.

④ 판소리 사설

판소리 사설은 '국립국어연구원'과 경희대학교 김진영 교수에 의해서 입력되었다. '박이정' 출판사에서 일부가 출판되었다. '국학자료원' 출판사에서 설성경 교수가 편저한 '춘향 예술사 자료총서'가 출판되었다. 21세기 세종계획에서 입력하였다.

⑤ 완판본 고소설

19세기 중엽부터 20세기 초의 전북 방언을 보여주는 완판본 방각본 고소설 자료가 부분적으로 입력되어 사용되고 있다. 이 소설은 약 20종류이고 이본을 포함하면 약 40종류에 이른다.

⑥ 방언사 자료

각 지역의 방언의 역사를 보여주는 자료는 그 목록이 홍윤표(1994:128) 교수에 의해 작성되었다.

⑦ 방언 사전류

각 도의 방언을 보여주는 방언 사전은 방언 연구는 물론 국어 연구에 큰 도움을 줄 것이다. 21세기 세종계획에서 입력하거나 저자에게 연구용으로 인수한 자료는 다음과 같다.

㉠ 김병제(1980), 방언사전, 과학백과사전출판사.
㉡ 김영배(1997), 평안방언연구(자료편), 태학사.
㉢ 김영태(1975), 경상남도 방언연구(Ⅰ), 진명문화사.
㉣ 김태균(1986), 함북방언사전, 경기대학교 출판국.
㉤ 이기갑 외(1997), 전남방언사전, 전라남도.
㉥ 현평효 외(1995), 제주어사전, 제주도.
㉦ 한국정신문화연구원, 한국방언자료집(1(경기도 편), 2(강원도 편), 3(충북 편), 4(충남 편). 5(전북 편), 6(전남 편), 7(경북 편), 8(경남 편), 9(제주 편))
㉧ 이상규(2001), 경북 방언사전, 태학사.
㉨ 서울대학교(1997), 한국 방언사전
㉩ 표준국어대사전(국립국어연구원)에 등재되어 있는 방언 관련 자료
㉪ 우리말큰사전(한글학회)에 등재되어 있는 방언 관련 자료
㉫ 국어대사전(금성사)에 등재되어 있는 방언 관련 자료

2.1.3 판소리 사설 및 고소설 자료

19세기와 20세기 초의 언어 사실을 보여주는 한글 고소설(목판본, 활자본)이 입력되었다. 이에는 완판본, 경판본, 안성판, 활자본 등이 있다. 완판본 고소설은 특히 방언 자료로 활용이 가능하다. 판소리 사설 등은 다양한 언어 현상을 살필 수 있는 좋은 자료이다. 현재 박이정 출판사와 국학자료원에서 편찬하고 있는 각종의 판소

리 사설 자료들이 있다.

2.1.4 신소설 자료

20세기 초의 언어 사실을 보여주는 신소설이 입력되어 사용되고 있다. 이 자료는 국어사의 문헌이 대부분 문어체적인 성격을 띠고 있는데 비하여, 이 자료에서는 구어체적인 자료를 보여주고 있어서 현대국어의 해석에 매우 중요한 자료로 쓰인다.

현재 아세아문화사에서 1978년에 한국개화기문학총서로 영인된 신소설이 입력되어 활용되고 있다.

2.1.5 언간 자료

〈청주북일면출토간찰〉, 〈진주하씨묘출토간찰〉, 〈추사김정희간찰〉과 김일근 교수의 저서에 수록된 언간 등 국어사에서 구어체 언어를 보여주는 자료들이 입력되어 활용되고 있다.[1] 이 자료들은 국어사 자료가 대부분 언해본인 것과는 달리 구어체로 쓰여져 있어 그 당시 구어체의 언어사실을 살필 수 있는 귀중한 자료로 평가되고 있다.

2.1.6 신문 자료

'독립신문', '대한매일신보' 등과 현대에 발행된 신문들이 입력되어 공개되고 있다.

---

1) '청주북일면출토간찰'은 '한말연구학회(kkucc.konkuk.ac.kr/~hanmal)'에 공개되어 있고, '진주하씨묘출토간찰'은 경북대 백두현 교수가 공개하였다.

2.1.7 국어 사전의 표제항

'국어대사전(금성판)', '이조어사전', '17세기 국어사전' 등의 표제 항목이 입력되어 공개되고 있다. 이러한 자료들은 형태론과 어휘를 연구하는 사람들에게 매우 중요한 자료로 쓰이고 있다.

'우리말 큰사전'은 CD로 보급되어 있어서 자료 검색에 매우 용이하다. 특히 우리말 큰사전의 경우, 이미 보급된 시디를 이용하여 어휘 검색, 접미사 검색, 음절 검색을 매우 쉽게 할 수 있다. 기타 여러 사전을 입력한 자료는 현재 Kaist의 최기선 박사가 입력하여 연구하고 있다.

'표준 국어 대사전'의 경우도 여러 정보를 검색할 수 있도록 국립 국어연구원 홈페이지(www.korean.go.kr)에서 공개되고 있다.

2.1.8 중국소설희곡 번역본 총서

선문대학교 중국학과에 재직하고 있는 박재연 교수가 중국소설희곡의 우리말 번역본을 역주하면서 입력하고 있다. 이제까지 국어학계에서 전혀 관심을 보이지 않았던 이 자료는 국어사 자료로 18세기와 19세기 자료가 대부분이다.

2.2 국문학 자료의 입력 현황

국문학 자료는 현대문학 자료와 고전문학 자료로 나눌 수 있다. 현대문학 자료는 시와 소설이 주를 이루고, 고전문학 자료는 고전 시가와 고전소설이 주를 이룬다. 고전문학에서는 한문으로 된 경서, 역사서 등을 자료로 사용할 수 있다.

현대소설과 현대시는 주로 한국과학기술원이 정부의 용역 사업을 수행하면서 구축한 자료이고, 21세기 세종계획에서도 입력되었다. 출판사에서 책으로 펴낸 자료들은 공개되지는 않고 있지만 전자자료로 입력된 것으로 보고 기술하였다.

2.2.1 현대문학 입력 자료

① 현대시 : 한국과학기술원의 정부 용역 사업에서 이루어진 시 입력 자료로는 현재 '문학과 지성사 시선' 100 권이 입력되었으나 저작권법 때문에 공개하지 못 하고 있다. 개인 연구로는 김병선·전정구(1998)의 '소월시 색인집', 채만묵(1997)의 '한국의 현대시'가 입력되었다.

고려대 민족문화연구소는 '한국의 현대시'라는 CD를 만들었다. 여기에는 10,886 편의 시가 실려 있는데 자유롭게 검색을 하는 기능이 있고, 시를 '훈글'에서 불러와서 작업을 할 수 있는 특징이 있다. 또 하나는 월간 '현대시'의 1998년 10월호 부록으로 만들어진 '현대시 씨디롬 시집 1998'이다. 이것은 최근 시인 99 인의 작품집을 수록하였다.

② 현대소설 : 수많은 현대소설 자료들이 한국과학기술원의 정부 용역 사업과 21세기 세종계획, 그리고 국립국어연구원이 수행한 '표준국어대사전' 편찬을 위하여 입력되어 사용되고 있다. 이것 역시 저작권법 때문에 공개되지 않았으나, 정보 처리를 하는 전문 연구자를 위하여 부분적으로 제공되고 있다.

③ 신소설 자료 입력 : 20세기 초의 언어 사실과 고대소설과 현대소설의 중간적인 입장을 보여주는 신소설이 입력되어 사용되고 있다. 이 자료는 국어사의 문헌이 대부분 문어체적인 성격을 띠고 있는데 비하여 이 자료에서는 구어체적인 자료를 보여주고 있어서 현대소설의 이해에 중요한 자료로 쓰일 수 있다.

현재 아세아문화사에서 1978년에 한국개화기문학총서로 영인된 신소설이 국립국어연구원과 개인이 입력하여 활용하고 있다.

④ 방언 연구를 위한 현대소설 및 시 입력 : 방언 연구를 위해서 방언이 보이는 현대소설과 시 등의 자료가 개인적으로 입력되어 활용되고 있다. 예를 들면 전라북도 방언을 이해하기 위하여, 최명희, 채만식, 신경숙, 이병천, 신석정, 서정주, 김용택 등의 작품이 활용되고 있다.

⑤ 영화와 연극 대본 입력 : 통신을 통하여 영화와 연극 대본의 전자 자료를 받을 수 있다. 한국과학기술원의 정부 용역 사업에 일부의 연극 대본이 포함되어 있다. 천리안의 경우 동호회를 찾아서 연극, 영화에 관련된 동호회의 자료실에서 내려받기를 할 수 있다.2)

2.2.2 고전문학 입력 자료

① 고대시가 자료 입력 : 향가, 고려속요, 경기체가, 잡가, 가사, 시조 등이 책을 출판하기 위하여 입력되었다.

② 고대소설 자료 입력 : 19세기와 20세기 초에 발간된 한글 고소설(목판본, 활자본)이 입력되었다. 이에는 완판본, 경판본, 안성판 등이 있다.3) 완판본 고소설은 특히 방언 자료로 활용이 가능하다.

19세기 중엽부터 20세기 초의 전북 방언을 보여주는 완판본 방각본 고소설 자료가 부분적으로 입력되어 사용되고 있다. 이 소설은 약 20여 종류이고 이본을 포함하면 약 40여 종류에 이른다.

---

2) 본 연구에서는 다루지 않지만, 인터넷에서 국문학에 관련된 사이트를 검색하는 일은 매우 중요하다. 특히 각 대학의 학위 논문을 검색하여 필요한 정보를 빨리 입수하는 일에 노력해야 한다.
3) 이윤석(1988)은 '홍길동전 연구'를 펴내면서 '홍길동전' 이본의 입력 자료를 디스켓으로 함께 제공하였다.

연세대학교 설성경 교수가 국학자료원에서 발간한 '춘향예술사 자료 총서'에는 춘향전에 관련된 소설과 사설이 입력되어 있다.

③ 설화 자료 : 각도의 현대 방언을 보여주는 '한국구비문학대계'와 '한국방언자료집' 등이 부분적으로 입력되어 활용되고 있다. 21세기 세종계획에서 일부분이 입력되었다.

④ 한문 경전 원문 입력 : 한문 교육 및 연구를 위해서 현재 서울대학교 허성도 교수가 삼국유사, 삼국사기를 비롯해 조선초기 6대 왕조실록, 시경·서경·주역·예기·논어·맹자 등 중국의 13 경서, 노자·장자·묵자·한비자, 중국역사서 등 한문으로 된 책의 원문을 '국학동양학 연구자료집성(www.clepsi.co.kr/eduline/hsy)'이라는 인터넷 사이트에 공개하였다.

2.3 국어 자료 검색 프로그램

이처럼 많은 국어 자료들이 입력되면서 수많은 전자자료를 활용하기 위하여 국어 자료를 검색할 수 있는 프로그램 개발이 진행되어 왔다. 국어사 연구를 위해 개인이 만든 '형태소 검색 프로그램', '표준 국어 대사전'을 편찬하기 위하여 정보 처리를 위해 국립국어연구원이 만든 'Hgrep97', 21세기 세종계획에서 구축한 국어 자료를 처리하기 위하여 임해창 교수가 만든 '글잡이1.0' 등 많은 프로그램이 만들어져 공개되었다.4)

다음 국어국문학 연구를 위하여 만들어진 몇 가지 프로그램을 소개하면 다음과 같다.

---

4) 현재 한글 공학을 전공하는 컴퓨터 공학과 교수들이 '형태소 분석기'를 개발하여 사용하고 있다. 이들 프로그램의 일부는 해당 교수들의 홈페이지에서 공개하고 있다.

① 형태소 검색 프로그램(morph.exe) : 현재 정신문화연구원 한국학전산실에 연구원으로 있는 이건식 씨가 개발한 프로그램으로 국어의 형태소를 검색해 주는 프로그램이다. 현재로는 도스에서만 사용할 수 있다. 이 프로그램의 특징은 한글 옛글자 및 현대국어를 모두 검색할 수 있는 특징이 있고, 음소를 검색할 수 있는 장점이 있어, 국어 연구에 매우 중요한 프로그램으로 쓰이고 있다.

② 문자열 검색·사전 검색 프로그램(Hgrep97) : 국립국어연구원에서 '표준국어대사전'을 편찬하기 위하여 코퍼스를 검색하기 위해 만든 프로그램이다. 음소와 형태소를 검색할 수 있는 프로그램으로 그 활용이 다양하다. 현재 국어학을 전공하는 사람들이 많이 사용하고 있는 프로그램이다. 윈도우용 도스에서만 사용이 가능하며, '훈글2.0' 이상을 이용하여 작업할 수 있으므로 약간의 검색 기능만 익히면 매우 편리한 프로그램이다.5)

③ 한국어 용례추출기 : 문화관광부의 '21세기 세종계획'인 '국어정보화'의 일환으로 고려대학교 임해창 교수팀이 개발한 프로그램으로 현대국어로 된 자료의 용례를 추출하는 프로그램이다. 현재 윈도용과 도스용이 개발된 상태이고, 빈도조사, 정렬(소트) 등이 가능한 프로그램이다. 음소를 검색할 수 없는 단점이 있다. 이 프로그램을 이용하면 추출된 용례의 긴 내용을 한꺼번에 볼 수 있는 장점이 있어서 현대국어 통사론 연구자들에게도 매우 필요한 프로그램이다.

④ 출전 프로그램(align.exe) : 이 프로그램은 이건식씨가 만든 프로그램이다. 프로그램을 이용하려면 원본 데이타의 자료 입력에 일정한 규칙이 있어야 한다. 출전 프로그램인 align.exe를 이용하기 위해서는 원본 데이터가 입력되어야 한다.

⑤ 빈도 검색 프로그램(bindo.exe) : 음절 빈도와 어휘 빈도 및 음소 빈도를 정확하게 내는 도스용 프로그램으로 이건식 씨가 만든

---

5) 원래 이 프로그램은 '표준국어대사전'을 편찬하기 위하여 1992년 '훈글과 컴퓨터'사에서 만든 프로그램이다. 이 프로그램은 1998년 '셈틀로소프트'사에서 버전업이 되어 현재 'hgrep97'이란 이름으로 사용되고 있다.

것이다. 현재 한말연구학회의 자료실에 공개되어 있다.

이 프로그램은 어휘(어절) 빈도, 음절 빈도, 음소 빈도를 낼 수 있다. 어절 빈도는 어휘의 빈도를 내면서 어휘의 쓰임을 연구할 수 있고, 음절 빈도는 해당 형태소의 빈도수를 확인하여 문법 형태소의 쓰임을 관찰할 수 있다. 음소 빈도는 음운론 연구에 도움을 줄 수 있다.

⑥ 용례 사전 프로그램(cv.exe) : 국어 자료의 간단한 용례 사전을 만들어 주는 프로그램으로 이건식 씨가 개발한 도스용 프로그램이다.

⑦ 역순사전 프로그램(inverse.exe) : 예를 들면 '간단히'를 '히단간'으로 써주면서 사전을 만드는 프로그램으로 국어학을 연구할 때 매우 필요한 프로그램이다. 이건식씨가 개발한 것으로 도스용이다. 조사나 어미를 연구할 때 매우 유용한 프로그램이다.

⑧ 기타 프로그램 : 색인 작성 프로그램, 정렬 프로그램 등이 사용되고 있다.

⑨ 한글공학 전공자들의 개인 형태소 검색기 : 한성대 강승식 교수가 공개하고 있는 개인 형태소 검색기 등이 사용되고 있다.

2.4 소프트웨어와 멀티미디어 기자재의 발달

2.4.1 소프트 웨어의 종류와 기능

하드웨어의 발달이 급속도로 진행되고 나서 이제는 기능의 향상을 목표로 하고 있는 반면에 소프트웨어는 하루가 다르게 발달하고 있어서 국어 자료를 다루기 위해서는 소프트웨어의 기능을 익히는 것이 매우 필요한 실정이다.

한국어를 처리할 수 있는 소프트웨어는 다음과 같다.

① 훈글 3.0 - 도스용 프로그램을 이용하기 위해서는 아직도 '훈글 3.0'의 기능은 매우 필요하다. '매크로, 빠른 찾기'의 기능은 매우 위력적이어서 아직도 많은 사람들이 이 기능을 이용하고 있다.

② 흔글 97 - 윈도우용이기 때문에 윈도우에 익숙한 사람들이 대부분 사용하고 있다. 그러나 '매크로' 등이 쉽게 되지 않는 약점을 가지고 있다.

③ 흔글 워디안 - '흔글 97'과 문서의 호환이 되지 않아서 많은 사람들이 쓰지 않고 있다.

④ MS 워드 2000 - 현재 '흔글'과 호환이 되고 있다. '옛글자, 구결문자' 등이 완벽하게 사용되고 있다. 앞으로 '워드 2000'이 매우 많이 사용될 전망이다.

⑤ 훈민정음 2000 - 현재 '흔글', '워드2000'과 호환이 가능하다.

이상 잘 알려진 한국어 처리용 소프트웨어는 대부분 단순히 문서 작성기로만 사용하는 경우가 많다. 그러나 기능 중 검색 기능을 활용하면 손쉽게 자료를 처리할 수 있다. 또한 '매크로'의 기능을 잘 익히면 웬만한 작은 프로그램 정도의 기능을 하기 때문에 손쉽게 자료를 검색할 수 있을 것이다.

2.4.2 멀티미디어 기자재의 사용

강의실에 멀티미디어 기자재가 설치되어 수업을 하면서 충분히 활용하도록 시설이 되어 있는 실정이다. 멀티미디어 시대 교육용 기자재의 특징을 소개하면 다음과 같다.

① 강의실에 기본적으로 노우트북과 프로젝터가 설치되어 있고, LAN을 이용하여 인터넷과 지역 네트워크가 연결되어 있다. 따라서 화면이 제공되고 다양한 검색 시스템이 제공되고 있다.

② 파워포인트와 같은 소프트웨어를 이용하여 문서를 시각화하는 강의가 일반화되어 있다. 포토샵과 같은 소프트웨어로 다양한 화면을 제공하고 있다. 이러한 소프트웨어의 이용은 기존의 강의가 입체적으로 변하고 있음을 보여준다. 디지털 카메라, 디지털 캠코더,

스캐너의 사용으로 다양한 화면이 제공되고 있다.

③ 교육용 기자재가 CD로 나오고 있다. 초등학교에서부터 대학교에 이르기까지 각종 교육용 기자재가 다양한 내용을 포함하여 CD로 개발되어 사용되고 있다.

④ 이조왕조실록, 싸이버 금성 대백과사전, 국어사전, 삼국사기, 삼국유사, 한국의 현대시, 학회지 등 각종 참고자료가 CD로 개발되어 연구와 수업에 사용되고 있다.

2.5 인터넷과 정보 검색의 생활화

인터넷이 글자 그대로 세계의 통신망이 되면서 학생들이 필요한 정보를 해당 사이트에서 자유롭게 검색하게 되었다. 수업 시간에 학생들이 정보를 찾아와 능동적으로 참여하는 수업이 이루어진다. 실제로 인터넷 사이트에는 국어국문학과 관련된 사이트가 상당히 많다. 그로 인해 필요한 정보 검색이 생활화되고 있다.

국어국문학과 관련된 사이트를 일부 소개하면 다음과 같다.

① 기관 및 단체 : 국립국어연구원, 한글재단
② 한글공학 연구소 : 고려대학교 언어정보 연구소, 고려대학교 전산과학과 자연언어처리연구실, 국어공학센터, 국어정보 베이스, 동국대학교 인공지능 연구실, 부산대학교 데이터 베이스 및 한글 정보 처리 연구실, 부산대학교 전자계산학과 인공지능연구실, 비표준문자 등록센터, 서강대학교 자연언어처리연구실, 서울대학교 자연어처리 연구실, 연세대학교 컴퓨터과학과 자연언어처리연구실, 연구개발 정보센터 언어정보 처리팀, 인하대학교 자연언어처리 연구실, 음

성 및 언어 웹페이지, 충남대학교 정보검색 및 자연언어처리 연구실, 충북대학교 자연언어처리 연구실, 충북대학교 한국어 정보화 연구실, 포항공과대학교 지식및 언어공학연구실, 한국어공학연구소, 한글 공학 연구소, 한국어 정보처리 연구회, 한국어 정보처리 연구소, 한국어 정보화 연구실, 한국어 말뭉치 소위원회, Concord- ance Program DEMO, 전문용어 언어 공학 연구센터, 한국어 품사 태깅 시스 템, 한국어 복합 명사 분해 시스템

③ 한글사랑 관련 사이트 : 국어문화운동 본부, 우리말 순화 운동, 영남대학교 한글 물결, 연세대학교 한글물결, 국어시간, 말글 사랑, 국어 살펴보기, 직장인을 위한 맞춤법, 김형배의 우리말 일깨우기, 한글맞춤법 웹에서 확실히 끝내자, 한글사랑회, 경남 초등 한글 사랑 동호회, 황신택의 한글사랑 보금자리, 새국어소식, MBC 우리말 나들이, KBS 한국어, 사투리 한마당, 공명철의 열린 국어학 강의 노트, 김태훈 국어학 연구실, 아리랑을 찾아서

④ 사전 검색 관련 사이트 : 유의어 사전, KAIST 한국어 용례 검색 서비스, 국립국어연구원 홈페이지 등.

2.6 가상 수업의 확대

인터넷을 이용한 가상수업은 이미 시작되었고 가상대학에서 학점을 주면서 대학졸업장을 주게 되었다. 이 가상수업은 교수들에게는 교육시간의 단축을 통하여 연구에 전념하는 시간을 갖게 해 줄 것이고, 학생들은 필요한 시간에 양질의 수업을 받을 수 있어 매우 유익한 수업이 될 것이다.

이 가상 수업은 활용하기에 따라서 매우 다양하게 발전할 수 있을 것이다. 가상 수업의 특징을 요약하면 다음과 같다.

① 대학의 교양과목의 분야를 인원에 제한을 두지 않고 다양하게 만들 수 있다. 시간과 공간의 제약 때문에 다양하게 설강하지 못했던 교양과목의 내용에 획기적인 변화를 가져올 것이다.

② 그간 학생들이 선호하지 않았던 분야라 할지라도 다양한 화면과 자료를 바탕으로 새롭게 꾸며 학생들의 선호도를 높일 수 있다.

③ 다른 대학과 연계하여 좋은 강의 내용을 학생들에게 서로 제공하고 학점을 인정하는 방안이 마련될 것이다.

④ 전공의 교과과정도 역시 다양해지고 질적으로 수준이 높아져서 학생들의 기호에 맞는 교과과정이 만들어질 것으로 예상된다.

2.7 어문 생활의 정보화

문화관광부와 국립국어연구원이 주관하는 21세기 세종계획에서는 한국어를 사용하는 한민족이 언어 생활을 바르고 쉽게 할 수 있도록 한국어의 체계적인 정보화를 추진하고 있다. 그 결과 다음과 같은 사업이 진행되고 있다.

① 국어기초자료구축
이 사업은 세계적으로 가장 높은 수준의 국가 말뭉치(National

Corpus)인 영국의 BNC(British National Corpus)와 비견할 만한 규모와 품질을 갖춘 국어 기초 자료 베이스를 구축한다. 국가적 역량을 바탕으로 자국어 기초 자료를 구축한 예는 영국의 BNC가 가장 탁월한 성과로 평가된다. 현재 BNC는 국가 말뭉치로서는 세계 최대인 1억 어절 규모인데, 〈21세기 세종계획〉의 1단계가 마무리되는 시점인 2001년에는 우리나라가 세계에서 두 번째로 이와 같은 수준의 대규모 국어 기초자료를 구축하게 된다.

② 전자사전개발

이 연구는 한국어 정보를 언어학 및 공학적 측면에서 체계적으로 수집, 분석, 기술함으로써 한국어 정보처리에 가장 필요하고 보편적으로 사용할 수 있는 기본 전자 사전을 구축하려는 작업이다. 전자 사전은 각종 언어정보 처리 소프트웨어 개발의 기저 부문으로서, 언어정보 처리에 필수 불가결한 핵심 기반 자료가 된다.

③ 한민족언어정보화

'한민족 언어 정보화'는 국내의 국민들이나 해외 동포들 그리고 나아가서는 한국어를 배우려는 모든 외국인들에게 국어정보화의 결과를 가시적으로 제공함으로써, 국어로 된 정보들을 세계화하고 국제화하는 일을 목적으로 한다.

1998년부터 사업을 시작하여 '어문 규정 검색 시스템'(한글 맞춤법 검색 시스템, 표준어 규정 검색 시스템, 외래어 표기법 검색 시스템, 로마자 표기법 검색 시스템)을 개발하고 있다. 또한 '남북한 언어 비교 사전 검색 시스템'을 구축하여 남북한 기초어휘 10,000개를 비교하고 있다.

④ 전문용어 표준화

전문용어 통합정보베이스 구축 기반사업은 전문용어의 표준화를 위한 전산학적 연구와 이를 뒷받침하는 언어학적인 연구에 중점이 두어져 있다. 전문용어의 표준화는 국내의 전문용어의 정비를 위한 용례의 수집과 이의 학회 및 국어학적 검증이 연구의 중심이 된다.

⑤ 연구 인력 양성
그러므로 향후 21세기의 세계 속에서 우리 문화를 세계화하고, 국가 위상의 제고를 위한 국어 정보화의 효율적인 추진을 위해서는, 국어정보화의 관련 분야에 종사하고 이바지할 인력을 교육하고 양성하는 데에 적극적으로 나서지 않으면 안될 것이다.
이를 위해서는, 국어학을 비롯하여 자연과학, 공학, 산업체 등이 유기적으로 관련성을 가지면서 지식과 기술을 통합할 수 있는 교육을 통해 인력을 양성하는 것이 매우 중요해진다.

이 이외에도 '비표준 문자 등록 센터'와 '글꼴 개발 보급 센터'를 운영하고 있다.

2.8 한국어 정보학과 타 학과의 관련성

한국어 정보학을 위해서 타 학과와 연계하여 수업을 하는 방안을 고려해야 한다. 제도를 만들어 시행하는 것이 가장 합리적이지만, 우선 일반선택이나 복수전공을 하는 방법으로 강의를 듣도록 해야 한다.
다른 학과에 정보학과 관련되어 설강된 과목을 예를 들면 다음과 같다.

① 신문방송학과 - 출판잡지제작실습(영상매체), 그래픽커뮤니케이션.
② 컴퓨터·정보통신공학부 - 컴퓨터프로그래밍, 데이타베이스, 컴퓨터통신.
③ 산업디자인학과 - 편집디자인, 컴퓨터그래픽, 시각정보처리.

④ 교양(정보와 컴퓨터과학) - 사무정보처리, 인터넷과 정보검색,
　　　　　　멀티미디어의 제작
⑤ 문헌정보학과 - 정보검색론

3. 한국어 정보학 관련 교과목

3.1 정보학 관련 교과목의 종류

　한국어를 정보 처리하는 교과목은 다양하게 설강될 수 있다. 교양과목에는 '한국어와 컴퓨터' 또는 '한국어 정보 검색' 등의 과목이 설강될 필요가 있을 것이다. 전공에는 국어학, 국문학, 국어교육에 맞는 과목으로 '국어자료정보처리, 문학과 정보, 국어교육과 정보처리' 등을 설강할 수 있다.

　아주 전문적인 정보학 수준으로 학부나 대학원 교과과정에 다음과 같은 과목을 설강할 수 있을 것이다.

　국어정보학, 말뭉치 언어학, 전산 언어학, 전산국어학, 전산음성학, 전산어휘론, 전산통사론, 전산의미론, 한국어 계량 분석 방법론, 국어 정보의 검색 및 가공, 텍스트 정보 처리론, 국어사 말뭉치 구성 및 활용 방법론

　국어정보학과가 생겨서 아주 전문적으로 한국어의 정보화를 담당하는 것이 가장 바람직하지만, 현재로서는 그럴 가능성이 매우 희박하다. 그러므로 국어국문학과나 국어교육과에서 능동적으로 이러한 과목을 설강해야 할 것이다.

　그러나 아직도 정보화에 대한 인식이 부족한 관계로 대학마다 차이는 있지만 대체로 한두 과목이 설강되어 있는 실정이다. 비교적 정보화에 대한 전반적인 이해를 목적으로 설강하고 있는 과목이 대

부분이다.

3.2 정보학 관련 교과목의 내용

필자는 학부 3학년에 있는 '국어자료 정보처리론'을 담당하고 있는데 대체로 한국어의 모든 자료를 정보 처리하고 검색하는 방법을 가르친다. 한 과목에서 많은 분야를 다루다 보니 강의 내용이 실로 벅차기 이를 데 없다.

필자가 다루는 '국어자료 정보처리론'은 다음과 같은 목차를 가지고 있다. 일반적으로 대학의 수업 시간에 맞추어 16개의 장으로 구성하되 학생들이 참고할 수 있도록 세부적으로 약 20여 개의 장으로 구성한다.

1장. 정보의 개념과 종류
2장. 국어를 다루는 소프트웨어
　　－ '혼글, 워드2000'을 이용한 자료 처리 방법
3장. 국어 자료 정보 처리 프로그램의 세계 － 색인 작성 프로그램, 빈도 조사 프로그램, 음소 및 형태소 검색 프로그램, 용례사전 만드는 프로그램, 정렬 프로그램, 역순사전 만드는 프로그램 등
4장. 국어 자료(data) 란 무엇인가? － 국어사 문헌, 고소설 및 시가, 方言史 자료, 한국방언자료집, 방언 사전, 新小說, 판소리 辭說, 新聞, 잡지, 현대 소설 및 시, 諺簡(편지) 목록, 초·중·고 교과서, 방송원고, 연극·영화 대본, 통신언어(chatting) 자료
5장. 국어 자료 연구의 실제 － 국어 자료 정보 처리의 현황과 실제
6장. 정보화 시대의 국어 자료의 응용과 활용법
7장. 정보화 시대의 국어학 연구 방법
8장. 정보화 시대의 국문학 연구 방법
9장. 정보화 시대의 국어 교육 방법
10장. 국어자료의 말뭉치(corpus) 구축
11장. 태깅(tagging) － 태깅의 필요성, 자료의 태깅 방법, Tag set
12장. 출판물 편집의 세계

>   - 사전 편찬(용례사전, 역순사전), 색인 편찬.
> 13장. 컴퓨터 및 멀티미디어를 이용한 강의의 세계
>   - 하이퍼텍스트 기능을 이용한 멀티미디어용 국어국문학, 국어
>   교육 교재 제작, CD 활용법.
> 14장. 어문 규정과 정보화
> 15장. 인터넷 및 통신 사용법
> 16장. 인터넷을 이용한 자료 검색 방법

3.3 정보학 관련 교과목 운영의 문제점

국어국문학과나 국어교육과에서 정보학과 관련된 과목을 신설하여 강의할 때, 여러 가지 문제점이 생긴다. 다음 그 문제점을 지적하고 대응책을 마련해 보고자 한다.

가. 운영의 문제점

① 정보학 신설에 따른 각종 기자재(컴퓨터, 스캐너 등)의 지원이 미흡하다. 따라서 가르치는 교수가 재정적인 부담을 가져야 하는 관계로 어려움이 많다.

② 교재 개발에 대한 지원이 거의 없는 실정이다. 일반 교재 개발과는 다르게 정보학 관련 과목의 교재 개발에는 전문가의 도움, 연구 보조원의 도움이 절대적으로 필요하다. 따라서 정보학 교재 개발에 대한 학교의 지원이 필요한 실정이다.

③ 대개의 강의실이 50명을 수용하는데 교수 혼자 이 학생들을 통제하면서 강의에 임하기가 어렵다. 따라서 강의 보조원(조교, 연구조교, 대학원생 등)이 반드시 필요하다.

④ 강의실의 환경이 정보학을 강의하기에 부족한 점이 너무나 많다. 현재 각 대학의 컴퓨터실은 대체로 학생들이 리포트를 쓰거나 인터넷을 검색하는 기능을 하도록 되어 있다. 따라서 강의용 컴퓨터실이 완벽하게 구비되지 못하고 있다. 프로젝터를 자유롭게 쓸

수 있도록 장치를 하고, 컴퓨터에 각종 정보 처리 프로그램을 깔아서 손쉽게 쓸 수 있는 운영제도를 만들어야 한다.

나. 강의의 문제점

① 컴퓨터, 인터넷, 운용 프로그램, 교육용 교재(CD 등)의 변화 속도가 매우 빨라 신속하게 대응하여 학생들에게 가르치기가 어렵다. 정보학을 전담하는 교수를 배출하는 일이 매우 시급하다.

② 국어국문학과나 국어교육과에 정보학을 전공으로 인정하여 이와 관련된 교과목이 세분화되어서 다양하게 배울 수 있는 기회가 만들어져야 한다.

③ 정보학을 가르치고 배우기 위해서는 무엇보다도 컴퓨터와 인터넷, 프로그램에 대한 기초적인 지식이 있어야 한다. 이런 점에서 '한국어와 문학'이라는 교양의 영역에 '국어와 컴퓨터'와 같은 과목이 설강되는 것이 바람직하다.

④ 수업에 임하는 학생들의 계층이 1학년부터 4학년까지 다양하다. 또한 학생들의 강의에 대한 요구가 다양해서 수용하기 어렵다. 이러한 문제를 해결하기 위해서 세분화된 정보학 관련 과목의 설강이 요구된다.

⑤ 대학원 학생들의 경우는 정보학은 기본과목으로 이수해야 한다. 따라서 국어국문학과 대학원의 경우, 기초공통과목으로 정보학 관련 과목을 이수하도록 해야 할 것이다.

신설되는 정보학 관련 과목을 담당하는 교수는 이중 삼중의 강의와 연구에 대한 부담을 안고 강의에 임한다. 정보화에 대한 필요성을 인정하면서도 기존의 제도를 고치지 않고 기존의 틀 안에서 새로운 학문을 수용하려 한다면 좋은 결과를 얻기 어려울 것이다.

과감한 재정적 지원과 강의와 연구에 대한 지원을 통하여 새로운 학문의 세계로 나아가는 데 도움을 주어야 할 것이다.

4. 결 론

정보화 사회에 살면서 국어를 다룰 때, 국어에 관련된 정보를 검색하고 처리하는 작업은 일상적인 일이 되어야 한다. 이미 우리는 컴퓨터와 인터넷으로 움직이는 정보화 사회에서 살고 있기 때문이다.

앞에서 밝힌 바와 같이, 끊임없는 학생들의 요구, 시대적인 변화, 교육 매체와 강의실의 현대화가 우리로 하여금 변하지 않을 수 없게 만들고 있다.

이미 많은 자료라고 생각했던 국어와 관련된 자료들이 입력되어 다양한 방법으로 처리되고 있고, 오히려 자료가 부족하다는 생각이 들 정도로 자료에 대한 인식도 많이 달라졌다. 새로운 자료를 찾으면서 우리의 관련 분야도 자꾸 늘어갈 수 있다는 생각도 갖게 되었다.

국어국문학과나 국어교육과에, 또는 관련 대학원에 정밀한 국어 정보학과 관련된 과목이 늘어갈 것이고, 국어 생활과 교육의 측면에서도 정보를 이용한 수준 높은 활용이 심화될 것이다.

국어를 다루는 우리는, 국어로 된 모든 자료를 컴퓨터를 이용해서 다루어야 하고, 국어를 다루는 모든 소프트웨어와 프로그램 운용, 인터넷 검색을 자유롭게 하는 세상을 모든 국민들에게 제공해야 할 것이다.

참 고 문 헌

권태환·조형제 편(1993), 정보사회의 이해, 미래미디어.
김흥규(1988a), 유니코드 시대의 정보환경과 한국학, 제10회 한국학 국제학
　　　술회의 논문집(21세기 정보화 시대의 한국학), 한국정신문화연구원.
김흥규(1998b), 21세기 세종계획 국어 기초자료 구축, 학술용역 과제 보고
　　　서, 문화관광부.
이건식·홍윤표(1992), 컴퓨터를 활용한 국어 음소 및 형태소의 검색방안,
　　　국어정보처리연구회 연구총서 제1집, 단국대학교 국어정보처리연구회.
이태영(1997), 채만식 소설 '천하태평춘'에 나타난 방언의 특징, 국어문학
　　　32.
이태영(1999), 국어자료 정보 처리론, 미발표 강의 노트
이태영(1999), 정보화시대의 국어국문학 연구방법, 국어문학회 제3회 월례발
　　　표회 발표초록.
이태영(1999), 정보화 시대의 국어학 연구 방법, 국어문학 34집.
이태영(1999), 정보화 시대의 국문학 연구 방법, 송남이병기박사정년퇴임기
　　　념논총.
이태영외(2001), 21세기 세종계획 한민족 언어 정보화, 문화관광부 연구보
　　　고서.
한컴프레스(1998), 따라 해보세요 훈글 815 특별판, 한글과 컴퓨터사.
홍윤표(1997), 21세기 세종계획(안) – 국어정보화 중장기 발전계획 –, 연구
　　　보고서, 문화체육부.
홍윤표(1998), 정보화 시대의 국어학의 사명과 그 연구방법, 제10회 한국학
　　　국제학술회의 논문집(21세기 정보화 시대의 한국학), 한국정신문화
　　　연구원.
국립국어연구원(1998), 문자열 검색·사전 검색 프로그램 설명서, (주)샘틀로
　　　소프트.

판정 질문에 대한 판정 결여의 응대

장 경 희*

1. 서 론

판정 질문을 수행하는 화자는 자신이 지닌 불확실한 정보의 사실 여부를 확인하기 위하여 질문을 한다. 응대 화자는 이러한 질문자의 요구에 응하여 긍정 또는 부정의 응대를 수행함으로써 질문자가 지닌 가정의 사실 여부를 확인하여 준다. 긍정의 응답이건 부정의 응답이건 질문자가 불확실하게 알고 있는 사실을 확실하게 알게 해 준다. 물론 때로는 불확실하게 확인해 주는 데 그칠 수도 있다.

판정 질문에 대한 응대 화자의 응대 방법 가운데는 질문자의 요

---

* 한양대학교 국어교육학과 교수

구를 충족시켜 주지 못하는 응대가 있다. 질문에 직면하여 아무런 응대를 수행하지 않는 침묵으로서의 응대도 그러한 경우의 하나이다. 침묵은 응대 자체가 결여된 경우로, 대화가 진전되지 못하는 상황에 이른다. 대화는 진행하면서도 질문자의 요구를 충족시키지 못하는 응대가 있는데, 질문에 대하여 긍정이나 부정의 판정이 결여된, 즉 질문자가 원하는 답이 결여된 응대를 수행하는 방법의 응대가 그것이다.

이 논문에서는 긍정이나 부정의 판정이 결여된 응대가 어떤 상황에서 발생하는 것인가를 살펴서, 판정 결여의 응대는 판정 불가와 판정 거절의 두 유형으로 대별될 수 있음을 살펴보고, 이 두 응대를 수행하는데 관여하는 요인을 분석하고 그 요인을 기준으로 판정 불가와 판정 거절의 응대를 수행하는 방법들을 설명하기로 한다.

2. 판정 결여 응대의 유형과 수행 상황의 특징

2.1 판정 결여의 응대 유형

명제 내용의 사실 여부에 대한 확인을 요구하는 질문에 직면하여, 응대 화자가 사실 여부를 판정하는 긍정 또는 부정의 응대를 수행할 수가 없는 경우가 있다. 응대 화자가 사실 여부의 판정에 필요한 정보를 지니지 못한 상황이거나, 정보를 지니고 있지만 응대 화자의 심리적·신체적 요인이나 응대 화자와 관련된 인간 관계, 일 등의 여러 요인에 의해 질문 내용의 사실 여부를 판정하여 알려주고 싶지 않은 경우이다. 이러한 상황에서 응대 화자가 대처할 수 있는 방안은 대체로 다음과 같다.

(가) 응대 화자의 정보 결여 상태나 응대 수행에 대한 거리낌을 드
    러내서 판정 불가 또는 판정 거절의 응대를 수행한다.

   (나) 응대 화자의 정보 결여 상태나 응대 수행에 대한 거리낌을 드
　　　러내지 아니하고, 긍정 또는 부정의 응대를 수행한다.
   (다) 침묵한다.

　판정 질문에 (가)와 같이 대처하는 경우, 응대 화자는 긍정 또는
부정의 판정이 결여된 응대를 수행할 수 있다. 응대 화자가 판정에
필요한 정보가 결여된 상태에 있는 경우, 응대 화자는 정보의 결여
로 인하여 긍정 또는 부정의 대답을 수행할 수 없음을 알리는 방식
의 응대를 한다. 질문 내용의 사실 여부를 판정할 수 있는 정보를
응대 화자가 지니고 있으면서도 그것을 알려 주고 싶지 않은 경우,
응대 화자는 긍정 또는 부정의 판정을 수행하지 않겠다는 의도를
알리는 응대를 한다. 처음의 경우는 응대 화자의 의도와 관계없이
어쩔 수 없이 판정을 내리지 못하는 경우이고, 둘째 경우는 응대
화자가 스스로의 의지로 결정하여 응대를 수행하지 않는 경우이다.
이 두 유형의 판정 결여의 응대를 우리는 '판정 불가'에 따른 판정
결여의 응대와, '판정 거절'에 따른 판정 결여의 응대로 구분할 수가
있다.
　(가)와 같이 판정 불가나 판정 거절의 응대를 수행할 수 있는 상
황에서, (나)와 같은 응대, 즉 화자의 내적 상태를 감추고 긍정, 부
정의 응대를 수행할 수 있다. 이때 화자는 확실한 긍정 또는 부정
을 수행할 수도 있고, 불확실한 긍정 또는 부정을 수행할 수도 있다.

   (1) 상규: 순이 학교 갔니?
　　　선영: ㄱ. 난 몰라.
　　　　　 ㄴ. 말하기 싫어.
   (2) 상규: 순이 학교 갔니?
　　　선영: ㄱ. 갔겠지. / 갔을 거야.
　　　　　 ㄴ. 안 갔겠지. / 안 갔을 거야.
   (3) 상규: 순이 학교 갔니?
　　　선영: ㄱ. 갔어.
　　　　　 ㄴ. 안 갔어.

(1)과 같이 판정 불가(ㄱ) 또는 판정 거절(ㄴ)의 응대를 수행할 수 있는 상황에서 (2-3)과 같은 긍정 또는 부정의 응대를 수행할 수가 있는 것이다. 질문 내용의 사실 여부를 판정할 정보가 없는 상태에서, (3)과 같은 확실한 긍정 또는 부정의 응대를 수행하는 것은 거짓으로 응대하는 것이다. 이러한 응대는 상대방을 속이려고 하거나 어떤 강압에 의해 거짓 응대를 수행해야 하는 특수한 상황이므로, 여기서는 제외할 수가 있다. 질문 내용의 사실성 확인에 필요한 정보가 결여되어 있을지라도 응대 화자는 주변 정보를 모아 추정하여 (2)와 같은 불확실한 긍정 또는 부정의 응대를 수행할 수 있다. 또한 확실한 긍정 또는 부정의 응대를 수행할 수 있는 상황에서 응대 화자가 명확한 응답을 주고 싶지 않을 때도, (2)와 같은 불확실한 응대가 수행되기도 한다. 이 불확실한 응대는 사실성 여부에 대한 판정은 분명하지 않을지라도 질문자가 요구하는 내용에 대하여 어느 정도의 정보를 제공하고 있으므로, 그것이 응대 화자의 어떤 내적인 상태에서 수행되었는가에 관계없이 긍정 또는 부정의 응대가 수행된 것으로 보아야 한다.

(다)의 침묵으로의 응대는 질문에 대한 응대가 언어로 수행되지 않은 경우인데, 상황에 따라 판정 불가 또는 판정 거절의 기능을 지닌다. 응대 화자 스스로는 판정 불가의 침묵인지 판정 거절의 침묵인지를 구별할 수 있지만, 상대방은 이를 분명히 구별할 수 없는 경우가 대부분이다. 그리고 침묵의 응대 수행에는 판정 불가와 판정 거절이 지니는 상황과는 또 다른 요인들이 관여하므로, 이 경우도 여기서는 제외하기로 한다. 이러한 논의에 따라 이 글에서의 판정 질문에 대한 판정 결여의 응대는, 응대 화자가 자신의 정보 결여 상태나 응대 수행에 대한 거리낌을 드러내어 판정 불가 또는 판정 거절을 알리는 방식의 응대로 이해하기로 한다.

2.2 판정 불가와 판정 거절의 응대가 수행되는
상황의 특징

판정 불가 또는 판정 거절의 응대를 수행해야 하는 상황은 응대 화자와 질문자 모두에게 부담스러운 상황이다. 판정 질문의 화자는 명제 내용의 사실 여부를 확인하고자 하는데, 응대 화자는 질문자의 요구를 충족시켜 줄 수 없는 판정 불가 또는 판정 거절을 수행해야 한다. 이때의 응대 화자는, 그 대화 상황이 부담스럽고 유쾌하지 못할 것이며, 자신의 욕구를 충족시킬 수 없는 질문자 또한 결코 기분 좋지는 않을 것이다. 따라서 판정 질문에 대하여 응대 화자가 판정 불가 또는 판정 거절의 응대를 수행하는 상황은 질문자나 응대 화자 모두에게 부담스럽고 불유쾌한 상황이라고 할 수 있다.

판정 불가의 경우는, 응대 화자가 고의로 긍정 또는 부정의 응대를 피하는 것은 아니다. 질문을 수행할 수 있는 정보를 지니지 못한 것은 응대 화자가 노력하여 구성한 상황이 아니기 때문이다. 그래서 판정 불가를 수행하는 일은 판정 거절의 경우보다는 덜 부담스럽다고 할 수 있고, 상대 화자인 질문자에게 주는 불쾌함이나 부담감도 판정 거절의 응대보다는 적다. 그리고 이러한 판정 불가의 응대가 대화자 사이에 심리적 갈등이나 인간 관계 등의 문제로까지 발전하는 일은 드물다고 볼 수 있다.

판정 불가의 응대에 비하여 판정 거절의 응대 수행은 매우 부담이 되는 일이며 불유쾌한 일이다. 상대방이 원하는 답을 지니고 있으면서도 답을 주지 않겠다는 판정 거절의 응대를 수행하는 응대 화자는, 판정 불가의 응대를 수행하는 화자보다도 더 큰 심리적인 부담감을 지닌다고 보아야 한다. 응대 화자 자신의 의지로 질문에 대한 판정 거절을 결정하는 것이기 때문이다. 이러한 판정 거절의 응대는 또한 상대 화자인 질문자에게도 수용하기 어려운 일이며 당황함과 낭패감을 경험하게 한다. 판정 거절의 응대는 대화자 사이에 심리적 갈등까지를 야기할 수가 있다. 이렇게 부담이 되는 응대 방법인데도, 응대 화자의 심리적, 신체적 요인이나 주변적, 상황적 요인, 이해 관계, 인간 관계 등의 여러 요인에 의해 상대방의 판정 질문에 대하여 판정 거절을 수행할 수밖에 없는 상황에 우리는 빈번히 처하게 된다.

3. 판정 불가 응대의 수행 절차와 수행 방법

3.1 판정 불가 응대의 수행 절차

판정 질문에 직면하여 정보의 결여로 긍정 부정의 응대를 수행할 수 없는 응대 화자는 어떻게 하여 대화를 지속하는가, 즉 다시 말하면, 응대를 수행할 수 없는 상황에서 어떤 응대를 수행하는가 그리고 그러한 응대 방법은 어떤 절차를 거쳐 모색되는가를 보기로 한다.

정보 결여로 인하여 명제의 사실성 여부를 확인해 줄 수 없는 판정 불가의 응대를 수행하는 응대 화자가 질문에 응대하여 할 수 있는 방법은 대체로 다음과 같다.

> (가) 판정 불가의 응대를 수행하게 만든 화자 관련 요인을 진술 또는 언급한다.
> (나) 판정 불가의 응대를 수행하게 만든 화자 관련 요인과 질문자 관련 요인을 진술 또는 언급한다.
> (다) 응대 화자가 자신의 정보 결여 상태를 당연시하고 판정 불가의 응대를 수행하게 만든 질문자 관련 요인을 진술 또는 언급한다.

(가)-(다)와 같은 응대 화자의 언어 행위를 우리는 판정 불가의 응대를 수행하는 것으로 이해한다. 이러한 응대 방법의 예를 하나씩

들어 보면 다음과 같다.

    (4) 상규: 순이 학교 갔니?
        선영: 난 몰라.
    (5) 상규: 순이 학교 갔니?
        선영: 난 몰라. 넌 그런 것 좀 묻지마.
    (6) 상규: 순이 학교 갔니?
        선영: 넌 내가 그런 걸 안다고 생각하니? 참 이상한 아이야.

명제 내용의 사실 여부를 묻는 판정 질문에 대하여, (4)에서는 응대 화자의 정보 결여 상태를 진술하고 있다. 이러한 응대를 우리는 응대 화자가 긍정 부정의 판정에 필요한 정보가 결여되어 판정을 수행할 수 없음을 알리는 판정 불가의 응대를 수행한 것으로 이해한다. 이러한 판정 불가의 응대에는 (5)에서 보듯이 정보 결여 상태에 대한 진술에 이어 상대방의 질문이 잘못되었거나 문제시하는 내용이 부연될 수도 있다. 또한 (6)과 같이 화자가 자신의 정보 결여 상태를 당연한 것으로 여기고, 질문시에 질문자가 지닌 가정을 문제삼는 방식의 응대도 있다. 판정 질문에 직면하여 상대방의 질문을 문제시하는 이와 같은 응대도 우리는 상대방이 판정 불가의 응대를 수행하고 있다고 이해한다.

  이상과 같은 판정 불가 응대 방법을 보면, 판정 불가의 응대는 그러한 응대를 유발시킨 이유 또는 요인들을 진술하거나 언급하는 방식으로 수행된다는 것을 알 수 있다. 앞의 세 유형의 응대 방법 가운데 (가)의 경우는 판정 불가의 응대를 발생시킨 요인을 화자가 정보 결여 상태로 보고 있고, (나)에서는 질문이 부적절하게 수행된 데에 두고 있으며, (다)에서는 이 두 요인이 동시에 관여한 것으로 보고 있다.

  응대 화자가 이러한 응대 방법 가운데서, 어떤 하나의 방법을 선택하여 응대를 수행하기 위해서는 이 세 유형에 가운데 어느 것을 선택하는 과정 내지 절차가 존재한다고 보아야 한다. 앞의 세 유형의 응대 방법을 볼 때 응대 방법을 결정하기 위한 절차의 하나로, 응대 화자는 판정 결여의 응대를 유발하는 요인에 대한 분석을 수행한다고 본다.

판정 불가의 응대를 수행하는 것은 응대 화자가 질문 내용을 판정하는 데 필요한 정보를 지니지 못했기 때문이므로, 그러한 응대의 원인이 응대 화자에게 있는 것이 된다. 그러나 또 다른 관점에서 보면, 긍정 또는 부정의 판정을 할 수 없는 것은 응대 화자의 의도와는 무관한 일이다. 질문자의 질문 내용 선정이나 질문의 수행은 응대 화자의 의도에 의해 결정된 것이 아니어서, 판정 질문에 대한 판정 불가의 책임이 응대 화자에게만 있다고 볼 수는 없다. 응대 화자가 질문에 대답을 못한 것은 질문 화자가 대화 상대를 잘못 선택한 탓으로 볼 수도 있다는 것이다. 질문자가 어떤 상대에게 질문을 수행하는 것은 그 상대가 질문에 응답할 수 있다고 가정하기 때문인데, 질문자의 이 가정은 틀릴 수가 있다. 응대 화자가 대답에 필요한 정보를 지니고 있지 않은 상태인데, 질문자가 질문을 하는 경우가 바로 그러한 경우이다. 우리가 타인의 인지 상태를 정확히 판단할 수는 없는 일이어서, 이러한 판단 잘못은 매우 흔히 발생한다. 따라서, 판정 불가의 응대를 수행하게 되는 것은, 응대 화자의 정보 결여 탓일 수도 있고 질문자가 질문을 잘못 수행한 탓일 수도 있다.

판정 불가 응대를 유발시킨 책임이 누구에게 있는가 또는 어떤 요인에서 비롯되는가에 대한 분석을 수행한 다음 응대 화자는 이 분석 결과에 따라 응대 방법을 선택한다고 본다. 그 책임이 응대 화자의 정보 결여 상태에 있다고 판단되면 (가)와 같은 응대를 수행하는 것이고, 질문자에게 있다고 판단되면, (다)와 같이 응대하며, 책임 소재가 둘 다에게 있다고 판단되면 (나)와 같이 응대한다고 본다.

그러나 응대 화자와 질문자에 대한 요인 분석만으로 응대 방법을 선택할 수 있는 것은 아니다. 질문자의 질문이 타당하지 못하여 (다)의 방법으로 판정 불가의 응대를 수행해야 하는 상황일지라도, 질문자인 대화 상대방이 사회적으로 윗사람이라든지 의견을 존중해야 하는 사람인 경우는 질문을 문제시하는 응대보다는 응대 화자의 정보 결여 상태를 진술하는 (가)의 방법이 쓰인다. 이같은 사실은 판정 불가의 응대 방법 결정에는 판정 불가 응대의 유발 요인의 유형 이외에 대화자 사이의 사회적 위치, 친분 관계, 이해 관계 등도 고려되는 것임을 말해 준다. 따라서 응대 방법의 결정 선정 절차에는 담화 상황 요인에 대한 분석이 관여한다고 보아야 한다. 이러한 절차를 간략히 나타내 보면 다음과 같다.

〈도표1〉 판정 불가의 응대 방법 결정 절차

판정 불가 응대의 상황 분석			분석 결과에 따른 응대 방법 결정
응대 화자 관련 요인	질문자 관련 요인	기타 담화 상황 요인	
긍정 또는 부정을 수행할 수 없게 하는 정보의 결여 상태 존재	질문 적절	① 질문자의 사회적 위치 ② 질문자와의 인간 관계 ③ 관련된 대상, 사건 등	① 질문은 적절한데 응대화자 정보 결여로 응대를 수행하지 못한 것으로 판단하고, 정보의 결여 상태를 진술하는 방식으로 응대 ② 질문자가 하위자인 경우: 질문자를 무시하여 질문자 관련 요인에 따른 응대 수행 가능
긍정 또는 부정을 수행할 수 없게 하는 정보의 결여 상태 존재	응대 수행을 어렵게 하는 질문 내용, 질문 수행 방법, 동기, 이유 등이 존재	위와 동일	① 화자 관련 요인과 질문자 관련 요인이 동시에 긍정 또는 부정의 응대 수행을 어렵게 하므로, 정보 결여 진술과 질문을 문제시하는 진술로 응대 수행 ② 질문자가 아랫 사람인 경우, 질문자 관련 요인에 따른 응대 수행 가능 ③ 질문자가 상위자이거나 상대방을 예우해야 하는 경우, 화자 관련 요인에 따른 응대 선호

정보 결여 상태가 존재하나 그러한 상태는 당연한 것임	응대수행이 불가능한 질문의 내용, 동기, 이유 등이 존재	위와 동일	① 응대 화자의 정보 결여 상태가 정당하므로, 질문자 관련 요인에 따른 응대 수행 ② 질문자가 상위자이거나 상대방을 예우해야 하는 경우, 화자 관련 요인에 따른 응대 선호

응대 방법의 최종 결정에는 이상에서 분석된 요인이나 절차 이외의 것들이 관여한다고 본다. 응대 방법을 분석하는 과정에서 분석된 요인들이 어떻게 상호작용하며 어떤 순위가 주어지는가 하는 등의 절차도 관계한다고 본다.

3.2 판정 불가 응대의 수행 방법

(가) 응대 화자 관련 요인에 따른 판정 불가의 응대 수행 방법

판정 불가의 응대 상황을 유발하는 화자 관련 요인은, 응대 화자가 판정에 필요한 정보를 지니지 못하였다는 점이다. 따라서 화자 관련 요인에 의한 판정 불가의 응대를 수행하는 방법은, 응대 화자가 질문의 내용을 판정할 정보를 지니지 못함과 그로 인하여 긍정 또는 부정의 응대를 수행할 수 없음을 알리는 것이다.

(7)에서 화자 관련 요인에 따른 판정 불가의 응대가 수행되고 있다.

> (7) 상규: 그 약 재료가 은행잎이니?
> 선영: ㄱ. 몰라서 말할 수 없어.
> ㄴ. 난 몰라.

(7ㄱ)의 응대의 내용은 응대 화자가 정보를 결하고 있음과 그에 따라 긍정 또는 부정의 응대를 수행할 수 없음을 동시에 표현하고 있다. (7ㄴ)의 응대 발화는 정보 결여의 상태만을 말하는데 그치고

있지만, 이 내용으로부터 우리는 응대 화자가 판정 불가의 응대를 수행할 것으로 이해한다. 이때의 응대 내용이 응대 화자가 긍정 또는 부정의 응대를 수행할 수 없음을 함축적으로 전달하기 때문이다.

판정 불가 응대는 두 가지 내용을 언급하는 대신 응대 화자의 정의 결여 상태만을 알리는 방식으로 수행되는 경우가 더 많다.

(8) 상규: 순이 학교 갔니?
　　선영: ㄱ. 난 몰라.
　　　　　ㄴ. 난 잘 몰라.
　　　　　ㄷ. 글쎄 난 잘 몰라.

(8)의 판정 불가의 응대 수행에서는 응대 화자의 정보 결여 상태의 정도가 다르게 제시될 수 있음을 볼 수 있다. 이때도 긍정 또는 부정의 판정을 수행하지 않겠다는 내용은 함축적으로 전달되고 있다.

판정 불가의 응대는 이와 같이 응대 화자의 정보 결여 상태를 알림으로써 수행되는 일이 일반적인데, 응대 화자의 정보 결여 상태에 관한 진술은 '난 몰라' 등의 직접 표현 대신 간접 표현이 쓰이는 일이 많다.

(9) 상규: 그 약 재료가 은행잎이니?
　　선영: ㄱ. 내가 그걸 알면 여기 있겠니?
　　　　　ㄴ. 나도 궁금해하던 참이야.
　　　　　ㄷ. 내가 알면 진작 말해 줬지.

(9ㄱ)의 응대 발화들은 모두 간접적인 방법으로 응대 화자의 정보 결여 상태를 표현하고 있다.

응대 화자의 자신의 정보 결여라는 관점에서 판정 불가의 응대를 수행하는 응대 화자는, 질문자를 배려하는 내용의 부연 응대를 수행하기도 한다.

(10) 상규: 순이 학교 갔니?
     선영: ㄱ. 난 잘 몰라. 학교에 전화해 봐.
           ㄴ. 난 몰라. 영호한테 물어봐.
           ㄷ. 난 몰라. 다음에 내가 곧 알아봐 줄게.
(11) 상규: 순이 어제 학교 갔니?
     선영: ㄱ. 난 몰라. 나 어제 여기 없었어.
           ㄴ. 내가 좀 알아 놓을 걸. 미안해.
(12) 상규: 순이가 어제 영호를 때렸니?
     선영: ㄱ. 난 몰라. 때리면 개 동생이 가만있겠니?
           ㄴ. 몰라. 자주 때리는 모양이지?
           ㄷ. 몰라. 다 큰 아이를 때릴 수 있겠어?
           ㄹ. 몰라. 난 개 참 부러워.
           ㅁ. 몰라. 너 아직도 순이에게 관심이 많은 모양이구나.

(10)의 부연 내용은 질문자가 응답을 찾을 수 있는 방법을 알려주고 있고, (11)에서는 판정 불가에 대한 응대 화자의 미안함이나 변명 등이 부연되어 있으며, (12)에서는 질문의 내용과 관련된 인물, 관련 사태 등에 대하여 부연하고 있다. 이러한 부연은 모두 질문자에 대한 배려에서 비롯된 것으로, 판정 불가의 응대를 수행한 것에 대한, 즉, 질문자의 욕구를 충족시키지 못한 데서 오는 대화 진행의 경직성을 풀고자 하는 것으로 볼 수 있다. 그리고 이런 부연은 질문자의 질문이 잘못된 것이 아님을 함축하는 효과도 지닌다. 이밖에도 판정 불가의 응대가 수행되는 대화 상황의 경직성을 풀기 위하여 응대 화자는 여러 가지 다양한 부연을 수행할 수 있다.

     (나) 응대 화자 관련 요인과 질문자 관련 요인에 따른 판정 불가
          의 응대 수행 방법

응대 화자가 응대 불가의 요인을 응대 화자 자신뿐만 아니라 질문 화자도 관련되는 것으로 분석하고 두 요인에 따른 판정 불가의

응대를 수행할 수도 있다. 이때의 응대는 응대 화자가 자신의 정보 결여의 상태를 털어놓는 동시에 질문자의 질문이 잘못되었음을 언급하거나 암시하는 방법으로 수행된다.

  (13) 상규: 순이 집에 있니?
      선영: ㄱ. 난 몰라. 너 왜 그걸 나한테 묻니?
            ㄴ. 난 몰라. 넌 내가 안다고 생각하니?
            ㄷ. 난 몰라. {너랑 같이 있는 줄 알았는데. / 너랑 같
               이 있지 않았니?}
  (14) 상규: 순이 집에 있니?
      선영: 난 몰라. {너 몰라서 묻니? / 너 알면서 왜 묻니? /
           네가 알잖아. / 너 모르니?}

(13ㄱ)에서는 질문자가 질문을 수행한 이유를 문제 삼고 있다. 우리가 행위의 이유를 묻는 것은 대체로 그 행위를 문제하고 하는 경우이다. (ㄴ)의 응대에서는 응대 화자의 정보 결여를 고백한 다음, 질문자가 대화상대를 잘못 선정했음을 함축하는 내용을 부연하고 있다. (ㄷ)에서는 질문 내용에 대한 확인 여부를 질문자가 응대자보다 더 잘 수행할 수 있음을 암시함으로써 역시 질문자 선정을 문제시하고 있다. (14)의 응대에서는 질문자가 대답을 알고 있으면서 질문을 한 것으로 파악하고 질문의 동기 등이 잘못되었음을 함축하는 내용이 부연되었다. (13-14)의 부연 내용은 모두 질문의 타당성을 문제 삼고 있으며 질문이 적절하게 수행되지 않은 것임을 함축한다.

  응대 수행을 어렵게 하는 질문자와 관련된 사항은 매우 다양한 것 같다.

  (15) 상규: 순이가 어제 영호를 때렸어.
      선영: 난 몰라. {그런 소리 어디 가서 하지 마. / 그런 거 알
           아서 뭘 하게.}

(16) 상규: 순이가 어제 연호를 때렸어.
　　　선영: 난 몰라. {말 좀 그만 해. / 나 좀 귀찮게 하지 마.}
(17) 상규: 순이 어제 학교 갔니?
　　　선영: ㄱ. 난 몰라. {너 개한테 관심 갖지 마. / 너는 왜 애한
　　　　　　　　테 관심 갖고 야단이니?}
　　　　　　ㄴ. 난 몰라. {난 개한테 관심 없어. / 내가 개한테 관심
　　　　　　　　있는 줄 아니?}

(15)에서는 질문 내용이 함부로 발설해서는 안되는 것임을 알리고 있고, (16)에서는 질문 행위가 응대 화자를 괴롭히는 행위로 묘사함으로써 질문 행위가 응대화자에게 부담감을 주는 행위임을 함축한다. (17ㄱ)은 질문자의 관심을 문제 삼고 있으며, (17ㄴ)의 부연 응대는 응대 화자의 관심에 대한 질문자의 가정이 잘못되었음을 함축하고 있다.

이와 같이 판정에 필요한 정보 결여 상태라는 화자 관련 요인 이외에 질문자의 질문 수행과 관련된 내용 둘 다를 응대 내용으로 삼아 판정 불가의 응대를 수행할 수 있음을 볼 수 있다. 이때 응대 화자의 정보 결여 상태 진술에 부연되는 질문자 관련 요인의 내용은 모두, 응대 화자가 응대를 수행하지 못한 것은 응대 화자의 책임만은 아니라는 사실을 함축한다.

　(다) 질문자 관련 요인에 따른 판정 불가의 응대 수행 방법

　응대 화자는 판정 불가의 응대를 수행해야 하는 책임을 전적으로 질문자의 탓으로 파악하는 관점에서 판정 불가의 응대를 수행할 수도 있다. 판정 불가에는 응대 화자 관련 요인과 질문자 관련 요인 둘 다가 관여한다고 보는데, 이 가운데 응대 화자 관련 요인을 제외하고 질문자 관련 요인만 문제 삼는 방법이 질문자 관련 요인 응대이다. 응대 화자에게는 긍정 또는 부정의 판정에 필요한 정보를 결한 상태인데 그것은 당연시하고, 질문자의 질문이 잘못된 점만이

판정 불가 응대의 원인으로 치부하는 방법의 응대라고 하겠다.

　응대의 수행은, 앞의 (나)의 응대 내용 가운데 화자 요인이 제외된 내용만으로 이루어진다. 즉, 질문자와 관련된 요인인 질문 내용, 질문 수행의 방법, 동기 등이 잘못되었음을 언급함으로서 이루어진다.

　　(18) 상규: 순이가 영호 좋아하니?
　　　　선영: 너는 내가 그걸 안다고 생각하니? 이상한 아이야. 난 몰라.
　　(19) 상규: 순이가 영호 좋아하니?
　　　　선영: ㄱ. 내가 그런걸 어떻게 아니?
　　　　　　　ㄴ. 내가 그런 것까지 알 필요가 있니?

(18) 에서는 응대 화자가 응답을 알고 있다고 여기는 질문자의 가정에 의문을 제기하고 있다. (19)의 응대는 응대 화자는 질문에 필요한 정보를 알 필요가 없음을 주장함으로써, 응대 화자의 판정 불가응대의 수행을 당연시하며 질문 화자의 질문 행위가 잘못되었음을 함축한다. 이러한 내용의 응대를 우리는, 응대화자가 판정 불가의 응대를 수행한 것으로 이해한다.

4. 판정 거절의 응대 수행 절차와 수행 방법

4.1 판정 거절 응대의 수행 절차

　판정 질문에 직면하여 그 응답 내용을 지니고 있으면서도 긍정 부정의 판정을 수행하지 않을 것임을 결정하고 있는 응대 화자가 대화의 진행을 위하여 할 수 있는 언어 행위는 다음과 같다.

　　(가) 판정 거절의 응대를 수행하게 만든 응대 화자 관련 요인을 진술 또는 언급한다.

(나) 판정 거절의 응대를 수행하게 만든 질문자 관련 요인을 진술
또는 언급한다.
(다) 판정 거절의 응대를 수행하게 만든 응대 화자 관련 요인과 질
문자 관련 요인을 동시에 진술 또는 언급한다.
(라) 판정 거절의 응대를 수행하게 만든 제3의 요인을 진술 또는 언
급한다.

　판정 질문에 응하여 수행된 응대화자의 위와 같은 언어 행위를
우리는 판정 거절의 응대로 이해한다. 위와 같은 판정 불가의 응대
방법을 보여 주는 예를 하나씩 들어보면 다음과 같다.

(21) 상규: 순이 학교 갔니?
　　　선영: 대답하고 싶지 않아.
(22) 상규: 순이 학교 갔니?
　　　선영: 대답하기 싫어. 그런 거 물어 보는 거 아냐.
(23) 상규: 순이 학교 갔니?
　　　선영: 그런 거 물어 보는 거 아냐.
(24) 상규: 순이 학교 갔니?
　　　선영: 영호가 가르쳐 주지 말랬어.

(21)에서는 질문에 대하여 응대 화자가 긍정 또는 부정의 판정을
수행할 욕구가 없음을 진술하고 있고, (22)에서는 여기에 상대방의
질문이 잘못되었음을 함축하는 진술을 추가하였고, (23)에서는 화
자 관련 요인은 제시하지 않고 질문이 문제시되는 점만을 진술하고
있다. 그리고 (23)에서는 판정 거절을 수행하게 만든 제3의 요인을
진술하고 있다. 우리는 위와 같은 응대를 모두, 판정 질문에 대하여
응대 화자가 긍정 또는 부정의 판정을 거절하는 것으로 이해한다.
　이러한 응대 방법을 볼 때, 판정 거절의 응대도 판정 거절의 응
대를 유발하는 요인을 진술하거나 언급하는 방식으로 수행되는 것
임을 알 수 있다. 그리고 이러한 응대 방법을 결정하는 데에는 판

정 불가의 응대에서와 같이, 몇 가지 응대 방법 가운데 어느 하나를 선택하는, 절차가 수행된다고 본다. 그러한 절차의 하나는 판정 거절의 응대를 유발한 원인을 분석하는 작업이라고 하겠다.

판정 거절이 응대 화자의 의도 결정으로부터 유발된다는 점에서 판정 거절의 응대의 책임은 일차적으로 응대 화자에게 있다. 그러나 이때도 응대 화자가 원하여 질문자의 질문이 수행된 것은 아니기 때문에, 질문에 꼭 대답해야 할 의무는 없으며 동시에 그러한 응대를 수행할 수밖에 없게 만든 질문자에게도 책임이 있다고 볼 수 있다. 따라서 판정 거절의 유발 요인에도 화자 관련 요인과 질문자 관련 요인이 존재한다. 그리고 판정 거절 유발 요인으로는 화자 관련 요인과 질문자 관련 요인이외에, 응대 화자로 하여금 판정 거절의 결정에 이르게 하는 제3의 요인이 존재한다. 이러한 요인에 따라 응대화자는 (가-라)의 응대 방법 가운데 어느 하나를 선택하여 응대할 수 있다고 본다.

이러한 판정 거절 응대의 유발 요인에 다른 응대 방법의 결정에는, 판정 불가의 응대에서와 같이, 담화 상황 요인이 영향을 미친다고 본다. 질문 내용이나 수행 방법, 동기 등이 잘못된 실행에서도 질문자가 손윗사람이나 중요한 문제 해결, 이해 관계 등이 관계되면, 질문자 관련 요인에 따른 판정 거절의 응대를 거의 수행하지 않는다. 뿐만아니라 화자 관련 요인이나 제3의 요인에 따른 판정 거절의 응대도 거의 수행하지 않는다. 즉, 판정 질문에 대하여 판정 거절을 수행하기 어려운 담화 상황들이 많이 있다는 것이다. 따라서 판정 거절의 응대 방법의 결정 절차에도 유발 요인 분석과 더불어 담화 상황 요인 분석이 수행된다고 보겠다.

이러한 판정 거절의 응대 방법을 모색하는 절차는 대략적으로 다음과 같이 나타내 볼 수 있다.

〈도표2〉 판정 거절의 응대 방법 결정 절차

판정 거절 응대의 상황 분석			분석 결과에 따른 응대 방법 결정
응대 화자 관련 요인 및 제3의 요인	질문자 관련 요인	담화 상황 요인	
① 긍정 또는 부정의 응대를 수행할 수 있음. ② 긍정 또는 부정의 응대 수행을 꺼리는 화자의 내적, 외적 요인 존재	질문 적절	① 질문자의 사회적 위치 ② 질문자와의 인간 관계 ③ 관련된 대상, 사건 등	① 질문은 적절하나 긍정 도는 부정의 응대를 꺼리는 화자 관련 요인이 존재하므로, 화자 관련 요인에 따른 응대 수행 ② 질문자가 하위자인 경우: 질문자 관련 요인에 따른 응대 수행 가능
위와 동일	질문 내용과 방법, 동기 등에 긍정 또는 부정의 응대를 꺼리게 하는 요인 존재	위와 동일	① 긍정 또는 부정의 응대 수행을 꺼리게 하는 화자 관련 요인과 질문자 관련 요인이 공존하므로, 두 요인에 따른 판정 거절의 응대 수행. ② 질문자가 상위자인 경우: 화자 관련 요인 응대 선호. ③ 질문자가 하위자인 경우: 질문자 관련 요인의 응대 선호

긍정 또는 부정의 응대를 수행할 수 있음.	위와 동일	위와 동일	① 질문자 관련 요인만이 존재하므로 질문자 관련 요인에 따른 응대 수행 ② 질문자가 상위자인 경우: 화자 관련 요인이나 제3의 요인에 따른 응대 선호.
긍정 또는 부정의 응대를 꺼리게 하는 제3요인 존재	질문은 적절하거나 위와 동일	위와 동일	① 제3의 요인에 따른 응대 수행 ② 질문자가 상위자이거나 상대방을 예우해야 한다든지, 제3의 요인을 드러내고 싶지 않은 경우는 화자 또는 질문자 요인에 따른 응대 수행

판정 거절의 응대 방법을 최종적으로 결정하는 데에도, 이상과 같은 요인과 절차 이외에 이들 요인의 상호 작용, 우위성 등의 요인이 관여한다고 보아야 할 것이다.

4.2 판정 거절 응대의 수행 방법

(가) 응대 화자 관련 요인에 의한 판정 거절의 응대 수행 방법

판정 거절의 응대를 수행하는 동기를 응대 화자에게서 찾은 경우, 응대 화자는 아무런 이유없이 무조건적으로 거절을 수행할 수도 있고, 자신이 지닌 이유를 대면서 판정 거절을 수행할 수도 있다. (25)의 응대 화자는 긍정, 부정의 응대를 수행할 수 있는 정보가 있다고 하면서도, 아무런 이유를 말하지 않고 무조건적으로 긍정 또는 부정의 응대를 거절하고 있다.

    (25) 상규: 순이가 어제 영호를 때렸니?
        선영: 난 알아. 그렇지만 {대답하지 않을래. / 대답하지 않겠
           어. / 안 가르쳐 줄래.}

무조건적으로 긍정 또는 부정의 판정을 거절하는 (25)의 응대에서

는 판정 거절의 응대 결정이 어떤 요인에 의해 영향을 받았는지는 드러나지 않는다. 이때의 응대 내용은 판정 거절의 의도만을 드러내고 있는데, 의도 결정이라는 사유 작용도 화자에 의해 수행되므로, (25)의 응대는 화자 관련 요인에 의한 판정 거절의 응대로 보겠다.

(26)에서는 판정 거절 응대를 수행하게 만든 응대 화자 관련 요인이 진술되고 있다.

(26) 상규: 순이가 어제 영호를 때렸니?
　　선영: ㄱ. 말하고 싶지 않아. / 대답하고 싶지 않아. / 말하기 싫어.
　　　　　ㄴ. 내가 그런 거 말하기 싫어하는 거 알지? / 내가 그런
　　　　　　　거 알려주지 않는다는 거 알지?
　　　　　ㄷ. 내가 조금 피곤해. / 내가 지금 정신이 없어. 좀 쉬자.
　　　　　ㄹ. 난 거기에 대답할 의무없어. / 그것에 대해서는 대답할
　　　　　　　필요성을 난 느끼지 못 해.
　　　　　ㅁ. 나 지금 바빠. 나 지금 대답할 시간 없어.

(26)의 응대 화자는 명제 내용의 사실성을 확인하는 질문에 대하여, (ㄱ-ㅁ)과 같은 여러 가지 내용으로 판정 거절의 응대를 수행할 수 있다. (ㄱ)에서는 응답 수행의 욕구가 없음을 진술하고 있고, (ㄴ)은 현재의 질문과 같은 내용에는 대답하지 않는 응대 화자의 응대 습성을, (ㄷ)에서는 긍정 또는 부정의 판정을 어렵게 하는 응대 화자의 심리적, 신체적 상태를, (ㄹ)에서는 질문 내용에 응대를 수행할 책임 또는 필요성이 없음을, (ㅁ)에서는 응대 수행에 어려움을 야기하는 응대 화자의 외적 상태를 진술하고 있다. 이와 같은 응대 내용들로부터 우리는 응대 화자가 응대를 수행할 의도가 없음을 알게 된다. 그리고 이때의 응대 발화는 판정 거절을 수행하는 것임을 알게 된다.

이 판정 거절의 응대에서도 상대방을 배려하는 응대가 부연될 수 있다.

(27) 상규: 순이가 어제 영호를 때렸니?
　　 선영: ㄱ. 알려주고 싶지 않아. 너무 걱정하지 마.
　　　　　 ㄴ. 말하고 싶지 않아. 네가 힘든 모양이구나. 순이를
　　　　　　　 찾는 것을 보니.
　　　　　 ㄷ. 말하고 싶지 않아. 아직도 순이가 부담스러운 모양
　　　　　　　 이구나.
　　　　　 ㄹ. 말하고 싶지 않아. 너는 순이가 싫은 모양이구나.

판정 거절의 응대에서 오는 대화 진행의 경직성을 해소하고자 응대
화자는 질문 내용과 관련된 관심을 표명하고 있다. 이러한 관심은
약간이나마 상대방의 질문에 타당성을 부여해 줌으로써 대화의 경
직성을 해소하는데 도움을 준다.

(나) 응대 화자 관련 요인과 질문자 관련 요인에 의한 판정 거절

　화자 관련 요인과 질문자 관련 요인 둘 다를 들어 판정 거절의
응대를 수행하는 방법을 보기로 한다. 이 경우는 판정 거절의 응대
를 유발하는 두 가지 요인을 모두 진술하거나 언급하는 방식으로
응대가 수행된다.
　(28-30)의 응대 화자는 판정 거절의 응대를 수행하고 있다.

(28) 상규: 순이가 어제 영호를 때렸니?
　　 선영: 대답하기 싫어. 그런거 묻는거 아니야.
(29) 상규: 순이가 어제 영호를 때렸니?
　　 선영: 대답하기 싫어. 그걸 왜 묻니?
(30) 상규: 순이가 어제 영호를 때렸니?
　　 선영: 대답하기 싫어. 넌 알 필요 없어.

(28-30)에서는 판정 거절의 응대를 유발한 응대 화자의 내적 요인
을 진술하고 거기에 이어 질문자 관련 요인을 부연하고 있다. (28)

에서는 질문 내용을 문제 삼고 있고, (29)에서 질문 행위를 문제시
하고 있으며, (30)에서는 질문 내용과 행위 둘 다가 불필요함을 진
술하고 있다.

이와 같이 화자 관련 요인과 질문자 관련 요인 둘 다를 언급하는
방식의 판정 거절의 응대를 수행하는 경우, 응대 화자의 부담은 화
자 관련 요인만을 언급하는 경우보다 줄어든다. 그러나 질문자에게
는 더 부담을 주는 응대 방법이라고 볼 수 있다.

(다) 질문자 관련 요인에 의한 판정 거절의 응대 수행 방법

판정 거절의 응대 유발에 대한 책임을 질문자 탓으로만 돌리는
질문자 관련 요인의 판정 거절 방법은, 질문자의 질문 내용, 질문
행위 등을 문제 삼는 방식으로 수행된다.

(31) 상규: 순이가 어제 영호를 때렸니?
     선영: 그런 거 묻는 거 아니야. / 별걸 다 묻네. / 그런 거 묻
           지마. / 그런 것 좀 묻지 마라. / 그건 말하면 안돼. /
           그건 말하면 큰일 나. / 누가 그런 거 물으랬니? / 그
           런 건 묻지 말랬잖아? / 너 그걸 꼭 물어야 하겠니?
(32) 상규: 순이가 영호를 때렸니?
     선영: 넌 알 필요 없어.

(31)의 여러 가지 내용의 응대 발화들은 질문 내용이 부적절한 것
임을 나타내고 있고, (32)는 질문 내용이 질문자가 알 필요가 없는
내용으로 치부하고 있다. 질문 내용이 잘못된 것이라는 이러한 응
대 내용은 응대 화자가 긍정 부정의 응대를 수행될 필요가 없음을
함축한다. 이 함축을 통하여 우리는 (31-32)의 응대가 판정 거절
의 응대를 수행한 것으로 이해한다.

(33)에서는 질문자의 질문 행위를 문제 삼고 있다.

(33) 상규: 순이 내일 학교 가니?
　　　선영: ㄱ. 왜 묻니?
　　　　　　ㄴ. 몰라서 묻니?
　　　　　　ㄷ. 알면서 왜 묻니?
　　　　　　ㄹ. 너도 잘 알잖아.

(ㄱ-ㄷ)에서는 질문 수행의 이유를 따져 묻고 있다. (ㄹ)에서는 질문자가 질문 내용을 알고 있어 질문이 무의미함을 주장하고 있다. 이러한 내용도 응대 화자가 긍정 또는 부정의 판정을 수행하지 않을 것임을 함축한다.

　상대방의 질문이 의사소통상의 관점에서 부적절하거나 잘못된 것으로 파악하고 이를 중단할 것을 희망하는 응대를 할 수 있다.

(34) 상규: 순이가 어제 영호를 때렸니?
　　　선영: 말 좀 그만 해라. / 그만 말 좀 시켜. 입도 안 아프니?

(34)의 응대 내용은 상대방의 대화 행위를 중단하도록 하는 것인데, 이것은 상대방의 질문 행위가 부적절함을 함축하고 나아가 응대 화자가 그 질문에 대하여 대답하지 않을 것임을 함축한다.

　(35)에서는 화자와 청자 사이의 인간 관계 보아, 상대방의 질문 자격을 문제삼고 있다.

(35) 상규: 학교 갔다 왔니?
　　　선영: ㄱ. 네가 뭔데 그런 걸 묻니?
　　　　　　ㄴ. 내가 공부를 하건 말건 무슨 상관이니?
　　　　　　ㄷ. 필요없는 간섭하지 마.

이때의 응대는 질문자가 응대 화자에게 질문할 자격을 지니지 못하고 있음을 함축하고 나아가 응대 화자가 긍정 또는 부정의 판정을 수행하지 않을 것임을 함축한다.

이상과 같은 질문자 관련 응대에서는, 판정 거절 응대의 책임을 질문자에게 떠넘김으로써 응대 화자는 긍정 또는 부정의 판정 수행의 임무를 벗어버린다. 그러나 반대로, 질문자에게는 불쾌하고 당혹스러움을 안겨 주는 응대라고 하겠다.

(라) 제3의 요인에 의한 판정 거절

응대 화자로 하여금 긍정 또는 부정의 응대를 수행할 수 없게 만드는 요인에는 응대 화자 관련 요인과 질문자 관련 요인 이외의 요인이 있다고 하였다. 다음의 (36-38)에서 그러한 요인에 의한 판정 거절의 응대를 볼 수 있다.

(36) 상규: 그 약 재료가 은행잎이니?
     선영: 순이가 말하지 말랬어. / 그거 알려 주면 나 야단 맞아.
(37) 상규: 그 약 재료가 은행잎이니?
     선영: 그건 회사 비밀이야.
(38) 상규: 그 약 재료가 은행잎이니?
     선영: 내가 말하면 손해볼 사람들이 생겨.

(36-38)의 응대도 판정 거절의 응대를 수행한 것으로 우리는 이해하는 데, 이때의 응대 내용은 화자 관련 요인이나 질문자 관련 요인이 아니다. 제삼자나 세계의 사건 진행, 사람들간의 이해 관계 등에 관련된 내용들이다. 이런 경우를 제3의 요인에 의한 판정 거절로 볼 수 있겠다.
 그러나 제3의 요인을 좀더 분석하여 보면, 이들은 응대 화자와 관련된 내용들이다. 제3의 요인으로 파악된 내용들은 모두 응대 화자와 관련된 인간 관계, 이해 관계, 응대 화자와 관련된 일, 회사 등의 문제와 관련된 사항들인 것이다. 따라서 제3요인은 화자 관련 요인으로 포함할 수도 있다. 그러나 표면적인 관점에서 이들을 구분하여 이러한 응대 방법을 제3의 요인에 의한 판정 거절의 응대로 보기로 한다.

판정 거절의 또다른 제3의 요인으로는 담화 상황의 시간이나 공간 또는 대화 상황 등의 요인을 들 수 있다.

> (39) 상규: 순이가 어제 영호를 때렸니?
> 　　　선영: ㄱ. 사람이 많아서 말 못 하겠어.
> 　　　　　　ㄴ. 지금은 말할 수 없어.
> 　　　　　　ㄷ. 여기서는 말하고 싶지 않아. / 여기서는 말할 수 없어.

(39)에서는 판정 거절의 응대가 특정 시간이나 공간에 한정되어 수행되었다. 이 시간 또는 공간의 제약은 해소될 수 있는 것이어서 이러한 내용의 응대는 부담이 적고 갈등 유발 소지도 적다. 시간 또는 공간 등의 요인도 그 자체가 판정 거절의 요인이 되는 것이 아니고 이들과 관련된 화자의 기분, 이해 관계 등이 판정 거절의 요인이 되는 것이므로, 화자 관련 요인과 전적으로 구분되는 것은 아니다.

5. 결 론

명제 내용의 사실 여부에 대한 확인을 요구하는 판정 질문에 대하여 긍정 또는 부정의 판정을 수행할 수 없는 경우가 있음을 보았다. 이러한 경우에 응대 화자가 취할 수 있는 언어 행위의 한 유형으로, 판정 불가를 알리는 응대와 판정 거절을 알리는 응대가 있었다. 그리고 이들 판정 불가와 판정 거절을 수행하는 대화 상황이 지니는 특징을 살펴보았다.

판정 불가 또는 판정 거절의 응대 방법에는, 그러한 응대를 유발한 요인을 어디에 두느냐에 따라 (가) 응대 화자 관련 요인에 따른 응대, (나) 응대 화자 관련 요인과 질문자 관련 요인에 따른 응대,

(다) 질문자 관련 요인에 따른 응대, (라) 제3의 요인에 따른 응대 등이 있음을 보았다. 그리고 이러한 응대 방법 가운데 어느 하나를 선택하기에 앞서, 응대 화자는 판정 불가 또는 판정 거절의 응대를 유발하는 요인을 분석하는 절차를 수행한다고 보았고, 그 절차 이외에 담화 상황 요인에 대한 분석도 관여한다고 보았다.

마지막으로 판정 불가와 판정 거절의 응대를 구체적으로 수행하는 방법을 설명하였다. 판정 불가의 응대의 경우, 화자 관련 요인에 따른 응대는 응대 화자의 정보 결여 상태를 알리는 방식으로 수행되며, 질문자 관련 요인 응대는 질문자의 질문 내용, 질문 수행의 적절성, 동기 등을 문제시하는 방법으로 수행됨을 볼 수 있었다. 그리고 두 가지 요인이 동시에 관여하는 응대 방법도 볼 수 있었다.

판정 거절의 응대의 경우, 화자 관련 요인의 응대는 판정 거절의 응대를 수행하게 만든 응대 화자의 내적 외적 요인을 알리는 방식으로 수행되며, 질문자 관련 요인의 응대는, 응대 화자로 하여금 판정 거절의 응대를 수행하게 만든 질문자의 질문 내용, 질문 수행의 적절성, 동기 등을 문제시하는 방법으로 수행되었다. 판정 거절의 응대에서도 응대 화자 관련 요인과 질문자 관련 요인이 동시에 관여하는 응대가 수행되고 있었다. 그리고 제3의 요인에 의한 응대는 제삼자나 시간 또는 공간 등의 요인이 판정 거절의 원인이 됨을 진술하는 방식으로 수행되었다.

참 고 문 헌

김정선(1995), 맥락에 따른 의문법의 기능에 관한 연구, 한양대학교 석사학위논문.

송경숙(1996), "한국어와 영어 대화의 질문에 대한 상호작용 사회언어학적 분석," 담화와 인지 3.

유동완(2000), 영어 질문에 대한 응대 방법에 관한 연구, 인하대학교 석사학위논문.

이은영(1998), 대답의 분류와 특성 연구, 부산대학교 석사학위 논문.

이창덕(1991), 질문 행위의 언어적 실현에 관한 연구, 연세대학교 박사학위논문.

이필영(1999), "국어의 응답 표현에 대한 연구," 텍스트언어학 6.

이현정(1996), 한국어 대화체 문장의 화행 분석, 서강대학교 석사학위논문.

장경희(1982), "국어 의문법의 긍정과 부정," 국어학 11.

장경희(1999), "국어의 수용형 대화와 거부형 대화," 텍스트언어학 6.

장경희(1999), "진술에 대한 긍정과 부정," 한국어 의미학 5.

장석진(1975), "문답의 화용상," 어학연구 10-2.

정주리(1989), 국어 의문문의 의미에 대한 연구, 고려대학교 석사학위논문.

세가와교코(1997), 대화 관련의 전략 연구, 연세대학교 석사학위논문.

개정된 북한의 띄어쓰기 규정

전 수 태*

1. 머리말

남쪽이나 북쪽이나를 막론하고 우리 어문 규범 가운데 가장 까다롭고 지키기 어려운 것이 '띄어쓰기'에 대한 것이 아닐까 한다. 여러 사람의 글을 모아 교정을 해 본 일이 있는 사람이라면 띄어쓰기를 통일하는 일이 그 일의 전부라고 해도 지나치지 않을 만큼 마음이 쓰이는 것을 경험하였을 것이다. 한 사람의 글도 문장에 따라 또는 페이지마다 일관성 없이 써지는 예가 많은데 편할 대로 써진 여러 사람의 글을 모아 띄어쓰기를 맞춘다는 것은 여간한 일이 아니다.

---

* 국립국어연구원

교정하는 사람은 애매한 단어에 대하여는 사전을 찾아 확인을 하면 되지만 띄어써도 무방하고 붙여 써도 괜찮은 것에 대하여는 띄어 쓸 것과 붙여 쓸 것을 교정자나름대로 정한 다음 이를 잊지 않도록 메모를 해 두고 단행본 원고의 교정이 끝날 때까지 이 메모지를 버릴 수 없게 된다.

우리의 띄어쓰기 규정은 각 단어마다 띄어쓰는 것을 대원칙으로 하고 있기 때문에 그런 대로 덜 복잡한 편이다. 띄어쓰기 규정은 『한글 맞춤법』(1988. 1. 19. 문교부 고시) 제41항에서 제50항까지 10개 조항에 걸쳐 있고 신국판 정도 크기로 3페이지를 차지할 정도로 간략하다. 그럼에도 불구하고 정확한 띄어쓰기를 하기 위하여 사전을 참조해야 하는 경우가 많다. 북한 『조선말규범집』(1988. 사회과학출판사)의 띄어쓰기 규정은 붙여 쓰는 경우를 위한 예외 규정이 너무 많아 항목 수는 22개 조항에 불과하지만 그 길이는 20페이지를 헤아린다.[1] 이러한 어려운 규정을 어떻게 지켜가는지 짐작이 가지 않았다. 필자는 띄어쓰기에 대한 이야기가 나올 경우 사석에서 여러 번 북한의 띄어쓰기에 대하여 문제가 있음을 지적해 왔다.

그런데 북한에서 최근에 띄어쓰기 규정을 새로 만들었다는 기사가 북한 신문에 게재되었다. 맞춤법, 띄어쓰기, 문장부호법, 문화어발음법 가운데 띄어쓰기 규정을 새로 만들어 '조선말 띄여 쓰기규범'이라는 이름으로 공표한 것이다. 로동신문은 2000년 2월 27일부터 3월 21일 사이에 8회에 걸쳐 기사 형식으로 북한의 개정된 띄어쓰기 규정을 소개하였는데 제1회는 로동신문 기자 강국치, 제2회~제7회는 국어사정위원회 리근용, 마지막 제8회는 국어사정위원회 서

---

1) 우리 어문 규범은 크게 한글 맞춤법과 표준어 규정의 두 부분으로 되어 있는데 한글 맞춤법이 '띄어쓰기'와 '문장 부호'를 포함하고 있고, 표준어 규정이 '표준어 사정 원칙'과 '표준 발음법'을 포함하고 있다. 그러나 북한의 그것은 '맞춤법', '띄여쓰기', '문장부호법', '문화어발음법'의 네 부분으로 되어 있다. 북한은 어문 규범을 1987년 5월 15일에 국어사정위원회의 이름으로 발표했으나 『조선말규범집』이라는 책자가 발간된 것은 1988년이다.

기장 심병호가 필자로 되어 있다.[2] 북한의 띄어쓰기 규정은 1990
년에도 일부 개정된 바 있는데, 이는 명사 앞에 접미사 '-형', '-식',
'-적', '-용', '-급', '-성'이 붙은 명사가 오는 경우에 띄어 쓰도록 되
어 있던 것을 붙여 쓰도록 고친 것이었다(『문화어학습』 1990년 2
호).[3] 띄어쓰기에 대한 북한의 이러한 태도는 이 규정의 문제점을
그대로 보여 준다고 하겠다. 아래에서는 새로 만들어진 북한의 띄
어쓰기 규정을 살펴보기 위하여 마련된 것이다.

2. 개정 취지·방향

2.1 개정 취지

로동신문은 규정 개정 취지에 대하여 "경애하는 장군님께서는 최
근 여러차례에 걸쳐 우리 말 띄여 쓰기를 다시 검토하고 현실발전
의 요구에 맞게 만들며 그 사용에서 통일성을 보장할데 대하여 간
곡한 가르치심을 주시였다." 하고 말하고 있다. 또, 개정 의의에 대
하여는 "경애하는 장군님의 가르치심을 받들고 이번에 국어사정위원
회가 주최가 되어 《조선말 띄여 쓰기규범》을 새로 만든것은 띄여

---

2) 이 기사가 로동신문에 실린 것을 좀더 구체적으로 지적하면 제1회 2000년
   2월 17일에서 시작하여 제2회 3월 5일, 제3회 3월 11일, 제4회 3월 12
   일, 제5회 3월 14일, 제6회 3월 18일, 제7회 3월 19일, 제8회 3월 21
   일 등의 순서가 된다.
3) 『문화어학습』 1990년 2호에서 이를 인용하면 다음과 같다.
   명사 앞에 뒤붙이 '-형', '-식', '-적', '-용', '-급', '-성'이 붙은 명사가 오는
   경우에는 붙여 쓴다.
   예) 수자형전자계산기, 항일유격대식사업방법, 대륙성기후, 혁명적기치, 학
   생용책상, 북남고위급정치군사회담.
   명사 앞에 '-형', '-식', '-적', '-용', '-급', '-성'이 붙은 명사가 두개 이상
   오는 경우에도 모두 붙여 쓴다.
   예) 사회주의적자립적민족경제.

쓰기 적용기준을 보다 구별화하여 대중의 언어 사용에 도움을 주는 데서 일정한 의의를 가진다." 하고 말하고 있다. 이에서 우리는 복잡다단하여 지키기 어려운 띄어쓰기 규정을 김정일의 요구에 의하여 간략하게 할 목적으로 개정을 시도한 것으로 생각할 수 있다. 그리고 개정의 정도에 대하여는 "이번에 새로 규제한 《조선말 띄여쓰기규범》은 종전에 이미 널리 리용하던 규범의 내용가운데서 합리적인것은 기본적으로 살리면서 일부 불합리한것들을 고쳐 만들었다."라고 하고 있어 전면적인 개정보다는 보완적인 성격을 띠게 됨을 알게 한다.

북한의 어문 규범 가운데 띄어쓰기 이외의 다른 규범의 개정은 없는 듯하다. 다른 규범의 개정이 있었으면 이에 대한 언급 없이 띄어쓰기에 대하여서만 언급했을 리가 없기 때문이다. 북한이 『조선말규범집』(1988, 사회과학출판사)을 내놓은 지 겨우 10여 년이 지났는데 이를 전면 개정할 수는 없었을 것이다. 이번 개정으로 미루어 보아 그간 북한이 띄어쓰기 때문에 상당히 고심해 왔음을 짐작할 수가 있다.

2.2 개정 방향

여기에서는 이번에 개정된 띄어쓰기 규범들이 종래의 그것과 어떻게 다른가에 대하여 대체적으로 언급하고자 한다. 로동신문에 언급된 국어사정위원회 서기장 심병호의 말에 의하면 전체 규범이 9개 조항으로 대별된다는 것을 알 수 있다. 개정 방향을 말하면 대체로 다음과 같다.4)

첫째, 조항이 9개 항목으로 되어 있고 항목들이 구체적으로 설정되었기 때문에 언어 생활에 구현하기가 명백해졌다. 종래의 규정에

---

4) 구체적으로 원문의 조항들을 참조하지 못하고 로동신문 기사에 기대는 것에 아쉬움이 있다. 그러나 신문 가사들이 내용을 그대로 전하고 있는 것으로 보고 논의를 계속할 수밖에 없다.

서는 토가 붙은 단어와 그 뒤에 오는 단어는 띄어 쓴다고 하면서도 붙여 쓰는 경우가 더 많아 혼란을 주었는데 개정 규정에서는 인민 대중의 요구를 반영하여 이들을 한 조항으로 묶어 쉽게 이해하고 실천할 수 있도록 하였다.5)

둘째, 토가 붙은 단어와의 관계와 품사가 서로 다른 단어와의 관계에 기본선을 세우고 규정함으로써 과학성을 보장하면서도 띄어쓰기의 목적을 실현할 수 있게 하였다. 띄어쓰기에서 기본적인 것은 품사가 서로 다른 단어는 띄어 써야 하고, 토가 붙은 단어와 그 뒤에 오는 단어는 띄어 써야 하는데 이 규정에서는 이를 명백히 규정함으로써 근본 문제를 해결하였다.

셋째, 종래에 동사, 형용사의 '-아', '-어', '-여'형과 '-고'형의 뒤에 오는 동사들이 보조적 자격으로 쓰일 때에는 이를 붙여 써 왔는데 이번 규정에서는 이를 띄어 쓰도록 하였다. 실제 언어 생활에서는 보조적으로 쓰이는가의 여부를 분별하기 어렵기 때문이다.

넷째, 모든 관형사는 뒤에 오는 단어와 띄어 쓰도록 하면서 예외적으로 1음절 관형사와 1음절 명사가 결합하여 고유한 명칭이나 직제를 나타낼 때에는 붙여 쓰도록 하여 관형사의 띄어쓰기를 명백히 하였다.

다섯째, 학술 용어는 하나의 과학적인 뜻을 나타내는 뜻덩이이므로 모든 학술 용어는 토가 있어도 붙여 쓰도록 하였다. 이른바 전문 용어는 모두 붙여 쓰도록 규정한 것이다.

---

5) 북한 문법의 토는 우리의 조사, 어말 어미, 복수 접미사, 선어말 어미 등을 포함하는 개념인데 띄어쓰기를 말할 때에 이를테면 '붉은기'로 쓰느냐, '붉은 기'로 쓰느냐에서 '-은(ㄴ)'은 우리로서는 관형사형 어미이지만 북한 문법으로는 규정토이다.

3. 개정 내용

3.1 '-아', '-어', '-여', '-고' 관련

토(우리의 어미) '-아', '-어', '-여' 다음에 오는 단어는 띄어 쓰며 '있다'는 앞 말과 띄어 쓴다. 종전 규범에서는 이들 뒤에 오는 요소들이 보조적으로 쓰인다는 것에 주안점을 두고 뒤 단위들과 붙여 써 오던 것들인데 이번에 각 품사의 자립성을 살리기 위하여 이들을 뒤에 오는 말과 띄어 쓰게 한 것이다. 또, '-고' 의 경우에도 그 뒤에 자립적인 동사가 오는 경우에는 모두 띄어 쓰게 하였다.

예) 만나 보다, 먹어 보다, 전개되어 오다, 먹고 있다, 가고 있다

종래의 '-아', '-어', '-여', '-고' 다음에 오는 단어의 띄어쓰기에 대한 규정은 제10항의 1)과 2)에 있었다. 제10항의 1)은 토가 붙은 자립적인 동사나 형용사가 다른 자립적인 동사나 형용사와 어울린 것은 원칙적으로 띄어 쓴다는 것이었는데 이는 당연하기 때문에 설명할 필요가 없을 것 같다. 2)에서는 토가 있지만 띄어 쓰지 않는 경우를 설명하였다. 이는 대체로 (1) '-고'형의 동사가 다른 동사와 어울려 하나로 굳어진 경우, (2) '-아', '-어', '-여'형의 동사나 형용사에 보조적으로 쓰이는 동사가 어울린 경우, (3) '-아', '-어', '-여'형이 아닌 '-고' 등 다른 형 뒤에 보조적으로 쓰인 동사가 붙은 경우 등이었다.

우리는 한글 맞춤법 제47항에서 보조 용언은 띄어 씀을 원칙으로 하되, 경우에 따라 붙여 씀도 허용한다고 규정되어 있어 결과적으로 북한의 규정이 남한의 그것에 원칙면에서 많이 가까워졌다고 할 수 있다.

3.2 품사가 다른 단어들의 띄어쓰기

품사가 다른 단어들은 원칙적으로 띄어 쓴다. 품사란 단어를 어휘적·문법적 공통성에 의하여 나눈 단어들의 갈래이고 품사가 다르다는 것은 이들 단어들이 독자적인 뜻을 가지고 있다는 것을 의미하므로 특별한 경우가 아니면 띄어 써야 한다는 것이다. 예를 보이면 다음과 같은데 이들은 대명사와 명사, 관형사와 명사가 어울린 경우의 띄어쓰기를 보인 것이다.

예) 내 나라, 내 조국을 강성대국으로 일떠 세우자.
새 학년도 첫 수업이 시작되었다.

다음으로 서로 다른 품사가 토(우리의 조사) 없이 어울리는 경우도 띄어쓰기를 하여야 한다. 이는 종래의 규정에서 단어의 범위를 크게 보아 '눈멀다', '끝맺다'처럼 품사가 명사와 동사로 서로 다르지만 결합 관계가 밀접하여 이를 하나의 행동을 나타내는 단어로 보아 붙여 썼던 것과는 크게 달라진 부분이다. 이 규정에 의하여 종전에 붙여 쓰던 단어들의 띄어쓰기를 보이면 아래의 예와 같다.

예) '눈 멀다, 끝 맺다, 파도 사나운 기슭, 꽃 피는 마을, 잠 자다

그러나 서로 다른 품사들을 붙여 쓰는 경우도 있는데 이는 규정에서 '붙임'으로 처리하였다. 이에는 1음절 관형사와 1음절 명사가 어울리는 경우와 관형사가 명사와 결합하여 일정한 대상의 명칭, 직제의 의미를 가지는 경우의 두 가지가 있다. 예는 다음과 같다.

예) 1음절+1음절 : 새날, 순금. 첫술,
명칭·직제 : 총참모장, 총지휘자

종전에도 대명사와 명사는 띄어 쓰도록 규정 제8항에 나타나 있었고, 관형사 '새', '첫' 등과 명사는 경우에 따라 띄어 쓰기도 하고 (새 이름, 첫 전투), 붙여 쓰기도 하도록(새색시, 첫날밤) 제13항에 언급되어 있었다. '눈멀다', '끝맺다'는 종래에 제11항의 4)에서 붙여 쓰게 된 것이었다. 그러나 종래에도 11항의 6)에서 '사랑의 정 품고', '간절한 마음 모아' 등은 띄어 쓰도록 되어 있었다.

우리의 경우, "문장의 각 단어는 띄어 씀을 원칙으로 한다."는 한글 맞춤법 총칙 제2항의 규정에 따라 위의 사례들은 띄어 쓰게 되어 있다. 다만, '새'의 경우 뒤에 명사가 오면 관형사가 되어 띄어 쓰고(새옷, 새 건물), 형용사가 오면 접두사가 되어 붙여 쓴다(새까맣다, 새하얗다). '순'의 경우, '순 우리말'의 '순'은 관형사이어서 띄어 쓰나 '순금'은 한 낱말로 굳어져 있어 붙여 쓴다. '첫'은 관형사로 쓰일 대에는 '첫 경험'처럼 띄어 쓰고 접두사로 쓰일 때에는 '첫길', '첫날'처럼 붙여 쓴다. '총'은 관형사로 쓰일 때에는 '총 규모'처럼 띄어 쓰고 접두사로 쓰일 때에는 '총공격'처럼 붙여 쓴다(『표준국어대사전』, 1999, 국립국어연구원). 관형사와 접두사를 구별하는 일은 남북이 공통적으로 안고 있는 문제이다.

3.3 하나의 뜻덩이로 보고 붙여 쓰는 말

단어들 사이에 토(우리의 어미)가 붙고 품사가 다르더라도 '하나의 뜻덩이'로 보고 붙여 쓰는 일이 있다. 이것을 띄어 쓰면 이해하는 데 지장을 주거나 어색한 느낌을 주기 때문이다. 이에는 두 가지 종류가 있다.

첫째, 하나의 대상, 하나의 움직임을 나타내는 '강성대국', '사회주의건설', '검바위', '지난해' 등은 붙여 쓴다. 전자 둘은 하나의 대상을 나타내고, '검바위', '지난해' 역시 '검은 색을 띤 바위', '지나간 해'라는 하나의 대상을 말하고 있기 때문이다.

둘째, 사람들의 언어 의식에 하나의 단어로 굳어진 말인 '된장',

'붉은기', '늦잠'은 붙여 쓴다. '된 장'으로 띄어 쓰면 '묽은 장'과 대립되면서 의미가 달라진다. '붉은기', '늦잠'은 '푸른 기', '올 잠'과 대치되는 개념이 아니다. 붙여 쓰는 경우를 세분하면 아래와 같다.

① '-색', '-빛', '-기' 등이 'ㄴ(ㄹ)'로 끝난 단어 뒤에 붙을 때: 붉은색, 잔돈
② 명사가 조사 없이 수사나 부사와 어울릴 때: 2중영웅, 3천리강산
③ 조사 없는 말 뒤에 '-하다', '-지다', '-치다'… 등이 올 때: 일하다, 값지다, 굽이치다
④ '앞', '뒤', '곧', '겹'이 동사, 형용사와 어울릴 때: 앞서다, 뒤늦다, 곧가다, 겹쌓이다
⑤ 같거나 반대되는 말들이 결합하거나 앞 말에 '깊이', '같이', '없이'가 결합할 때: 하나하나, 둘쑹날쑹, 오락가락, 가슴깊이

위와 같이 붙여 쓸 경우, 많은 명사들이 토 없이 결합되어 '사회주의강성대국건설구상실현'과 같은 긴 단어가 생성될 수 있다. 그리하여 이 규정의 '붙임'에서는 5개 단어 이상의 단어가 결합되는 경우에는 뜻덩이 단위로 띄어 쓰도록 하였다. 새 규범에 의하면 이는 '사회주의강성대국 건설구상 실현'으로 띄어쓰기가 된다.6)

북한의 종래 규정에도 '된장', '잔돈' 등은 규정 제4항의 1)에 의하여 붙여 쓰게 되어 있었고, '2중영웅' 등은 규정 제2항 7)에 의하여 붙여 쓰게 되어 있었다. 또, '일하다' 등은 제11항의 1)-4)에 의하여, '앞서다' 등은 제12항에 의하여, '하나하나' 등은 제14항의 3)-4)에 의하여 각각 붙여 쓰게 되어 있었다.

우리의 경우, ② 전체와 ⑤의 '가슴깊이'는 띄어 쓰고 나머지는 북한의 규정과 같이 붙여 쓴다.

---

6) 『조선말대사전』(1992)에는 '조선민주주의인민공화국영웅', '조선민주주의인민공화국창건 20주년기념훈장' 등의 단어가 보이는데 이 규정은 이 사전의 띄어쓰기에 준하여 마련된 것으로 보인다.

3.4 불완전명사의 띄어쓰기

불완전명사(우리의 의존 명사)는 앞의 단어에 토가 있어도 붙여 쓴다. 불완전명사는 명사로서의 품사적 특성을 완전하게 갖추지 못하고 그것만으로 자립적으로 쓰일 수 없으며 아무러한 내용적 표상을 가지지 못하기 때문이다. 또 이를 띄어 쓰면 글이 너무 토막쳐지므로 독서력을 높이는 데에 지장을 주게 된다고 주장한다.

　　예) 아는것이 힘이다.
　　　　고기는 물을 떠나서 살수 없다.

　단, 의존 명사 뒤에 오는 단어는 띄어 쓴다. ‘우리측 대표’ 등의 예가 있다. ‘측’은 우리 문법에서도 의존 명사로 되어 있다.
　단위 명사도 불완전명사의 띄어쓰기처럼 붙여 쓰고, 특수한 불완전명사 ‘등’, ‘대’, ‘겸’은 앞 뒤 단어와 띄어 쓴다.

　　예) 토끼 세마리, 양복 다섯벌
　　　　사과, 배, 복숭아 등 과일, 서재 겸 응접실, 의학대학 대 기계대학

　불완전명사적으로 쓰이는 ‘-형’, ‘-식’, ‘-급’, ‘-성’, ‘-용’, ‘-적’이 붙은 단어 뒤에 오는 것은 앞뒤 단어에 붙여 쓴다.

　　예) 혁명적군인정신, 최신형비행기, 자동식열쇠

　북한에서는 ‘-형’, ‘-식’, ‘-급’은 명사이고, ‘-성’, ‘-용’, ‘-적’은 뒤붙이(접미사)로 보면서 ‘-형’, ‘-식’, ‘-급’은 1음절 명사로서 자립성이 부족하므로 붙여 써야 하고, ‘-성’, ‘-용’, ‘-적’ 역시 자립성이 전혀 없기 때문에 붙여 써야 한다고 주장하고 있다.
　종래에는 순수한 불완전명사의 붙여 쓰기는 북한의 규정 제3항의 1)에서, 단위 명사는 제7항의 2)에서, 특수한 불완전명사 ‘등’, ‘대’,

'겸'은 제3항의 4)에서 각각 새 규범과 같은 띄어쓰기 원칙을 규정하고 있었다. '-형', '-식', '-급', '-성', '-용', '-적'은 1987년 규정 제3항의 2)에서 띄어 쓰도록 되어 있었으나 1990년의 부분 개정에서 이를 붙여 쓰게 하였는데 새 규범에서도 이를 그대로 수용하였다.7)

우리의 경우는 의존 명사, 단위 명사는 긱각 한글 맞춤법 규정 제42항과 제43항에서 각각 띄어 쓰도록 규정하고 있으며 '등', '대, '겸', '내지', ' 및' 등은 규정 45항에서 띄어 쓰도록 규정하고 있다. '-측', '-형', '-식', '-급', '-성', '-용', '-적' 등은 우리 문법에서 접미사이므로 윗말에 붙여 쓴다. 그러나 뒷말과는 띄어 쓴다.

3.5 고유 명사의 띄어쓰기

새로운 띄어쓰기 규범은 고유한 대상의 이름과 관련한 띄어쓰기도 규정하고 있다. 나라 이름과 사람 이름, 정당, 사회 단체, 기관, 기업소 이름, 직제, 대중 운동, 사변, 회의 이름 등 고유한 대상의 이름은 붙여 쓴다. 이들은 대체로 명사들이 토(우리의 조사) 없이 결합되어 하나의 뜻덩이를 이루므로 두 개 이상의 단어가 결합되어 하나의 뜻을 나타내는 것들은 붙여 쓴다는 조항에 근거를 둔 것이다. 여기에는 다음과 같은 여러 가지 사례가 있다.

첫째, 고유한 대상의 이름은 붙여 쓴다.

① 성과 이름을 나타낼 때: 리옥금, 선우병팔, 독고순

---

7) 1987년의 북한 규정 제3항 2)에서는 '-형', '-식', '-급', '-성', '-용', '-적'뿐만 아니라 '-상', '-중', '-간', '-판', '-경', '-항', '-측', '-장', '-조', '-전', '-편', '-산', '-호', '-하', '-전', '-후', '-내', '-외', '-차', '-초', '-말', '-발', '-착', '-행', '-년', '-부', '-별', '-분', '-과', '-당', '-기', '-계', '-래', '-제'. '-상(모양)' 등을 모두 앞 단어에 붙여 쓰고 그 뒤에 오는 단위는 띄어 쓰게 되어 있었다. 그러나 1990년에는 이 가운데 위 6개만 특히 뒤에 오는 단어와 붙여 쓰도록 개정하였다.

② 고유한 명칭에 '회의', '전원회의' '대회' 등이 붙을 때: 전국농업일
  군대회, 소왕청방어전투
③ 고유한 명칭에 수사가 붙을 때: 평양제1고등중학교, 1만톤프레스
④ 부서 이름과 직제가 줄어들 때: 시당책임비서, 과학지도국장

둘째, 고유한 대상의 이름도 조건에 따라 일부 띄어 쓰게 되는
경우가 있다.

① 고유한 명칭에 조사가 끼이는 경우: 조선의 자주적평화통일을 위
  한 국제련락위원회
② 고유한 명칭이 단계적으로 내려가는 경우: 평양시 중구역 경림동
③ 회의, 대회, 토론회, 보고 대회: 보천보전투승리 50돐기념 중앙
  보고회
④ 외국의 고유한 명칭의 띄어쓰기는 그 나라 표기에 따름: 에르네
  스또 체 게바라

셋째, 성명, 직명의 뒤에 오는 부름말, 칭호는 붙여 쓴다. '정성
옥영웅', '박영희선생' 등이 그 예인데 이 때 '박영희 선생'이라고 띄
어 쓰면 '박영희의 선생'으로 오해할 수가 있다는 것이다. 그러나 두
글자로 된 이름에 직제가 붙는 경우는 띄어 쓴다. '김철 부부장' 등
이 그 예인데 이를 '김철부부장'이라고 붙여 쓰면 '김철부 부장'으로
이해할 수가 있다는 것이다. 또, 고유 명칭의 앞에 오는 칭호나 동
격어도 위 조항에 준하여 띄어 쓴다. '3대혁명붉은기', '남새작업반',
'천하명승 금강산' 등이 이에 속한다.
종래 북한의 고유 명사에 대한 띄어쓰기 규정은 대체로 제2항
2)-3)에 상당히 복잡하게 열거되어 있었다. 우선 붙여 쓰는 것부터
언급해 보자. 성과 이름을 붙여 쓰는 것은 제2항 2)의 (4)에, 고유
한 명칭에 회의, 대회 등이 뒤따를 경우에 붙여 쓰는 것은 제2항
2)의 (2)에, 명사가 토 없이 수사나 부사와 어울려 하나의 대상을
나타내는 단위를 붙여 쓰는 것은 제2항 1)의 (7)에, 기관, 부서의

이름과 직무 사이가 줄어든 경우의 붙여 쓰기에 대하여는 제2항 1)의 (1)에 각각 명기되어 있었는데 새 규범은 이를 그대로 수용하였다.

다음으로 띄어 쓰는 경우인데 이에 대한 사례도 다양하다. 고유한 명칭에 토(우리의 조사)가 붙어서 띄어 써야 하는 것은 제2항 4)의 (1)과 (5)에, 고유한 명칭이 단계적으로 내려갈 때 띄어 쓰는 경우는 제2항 2)의 (1)에 규정되어 있었다. 회의, 대회, 토론회, 사변, 운동, 기념일 등은 그 매개 단위를 띄어 쓰는데 이에 대하여는 제2항 2)의 (2)에서, 외국의 나라 이름이나 고유 대상 이름, 사람 이름 등은 그 나라에서 하는 대로 띄어 쓴다고 하는 것은 제2항 2)의 (4)에 명시되어 있었다. 고유 명사의 띄어쓰기 규정은 새 규범이 종래의 그것을 거의 그대로 따르고 있는 것으로 보인다.

고유 명사에 관한 우리의 띄어쓰기 규정은 한글 맞춤법 제48항 - 제49항에 보인다. 성과 이름 성과 호는 붙여 쓰고, 이에 덧붙는 호칭어, 관직명은 띄어 써서 '김양수', '서화담', '채영신 씨', '최치원 선생'과 같이 되는데 성과 이름, 성과 호를 구분할 필요가 있을 때에는 '남궁억/남궁 억', '독고준/독고 준', '황보지봉/황보 지봉'과 같이 띄어 쓸 수 있도록 하였다. 성명 이외의 고유 명사는 단어별로 띄어 씀을 원칙으로 하되, 붙여 씀도 허용하여 '대한 중학교'를 원칙으로 하고 '대한중학교'도 가능하도록 하였다. 첨언한다면 전문 용어의 띄어쓰기도 '대한중학교' 예에 준한다. 그렇다면 현행에서 남북의 차이는 '박영희 선생'(남한) 대 '박영희선생'(북한) 정도로 보이고 나머지는 거의 일치하는 것으로 볼 수 있다.

3.6 수사의 띄어쓰기

수사는 명사의 수나 양 또는 차례를 나타내는 말이다. 수사도 독자적인 독립 품사이기 때문에 품사마다 띄어 쓴다는 북한 띄어쓰기 원칙에 따라 띄어 써야 함은 몰론이다. 그러나 여러 가지 복잡한 면이 있다.

　첫째, 정수는 '백', '천', '만', '억', '조' 등을 단위로 띄어 쓴다. 또, 하나부터 아흔아홉까지는 붙여 쓴다.

　　예) 칠백 칠십이(772)

　둘째, 분수는 옹근수, 분모, 분자를 각각 단위마다 띄어 쓰며 소수는 소수점 아래의 수를 수의 이름으로 다 붙여 쓴다.

　　예) 삼과 오분의 이
　　　　일점 사일사(1.414)

　셋째, '-째', '-번째'는 앞 말과는 붙여 쓰고 뒤에 오는 단어와는 띄어 쓴다. '다섯째 며느리', '둘째 줄' 등의 예가 그것이다.
　넷째, 단위 명사 앞의 '수-', '-여', '몇-', '여러-'와 양적 의미를 나타내는 단위 명사는 붙여 쓴다. 이는 단위 명사나 단위 명사적으로 쓰이는 단어는 앞 단어에 붙여 써야 한다는 조항에 따라 붙여 쓰는 것이다.

　　예) 수백명, 수십여개, 수천명

　다섯째, 수사나 수사 명사 뒤에 '이상', '이하', '미만', '정도'와 '나마', '나문'이 올 때에도 붙여 쓴다.

　　예) 5명이상, 열살미만

　여섯째, 수사 뒤에 '성상', '세월', '나이', '평생', '고개'가 올 때에도 붙여 쓴다.

　　예) 50여성상, 10년세월, 40나이, 70평생, 50고개

일곱째, 수사 '한-'의 띄어쓰기는 다음과 같이 한다.

수사 '한-'이 '하나' 또는 '어떤', '어느'의 뜻일 때에는 띄어 쓰고, 인체의 '입', '눈', '손', '발', '어깨' 등과 같이 체계상 한두 개로 되어 있는 이름들과 어울려서 굳어진 것은 붙여 쓰며, 수량적인 뜻이 없이 '같은'의 뜻으로 쓰이거나 '좀', '큰'의 뜻을 가지면서 뒤에 오는 단어에 공고하게 결합된 것은 붙여 쓴다.

예) 한 간호원에 대한 이야기.
    한손에 총을 들다.
    한자리에 모였다.

종래 북한의 규정에서 정수는 '백', '천', '만', '억', '조' 등을 단위로 띄어 쓰되, 하나부터 아흔아홉까지는 붙여 쓰며, 분수는 옹근수, 분모, 분자를 각각 단위마다 띄어 쓰고, 소수는 소수점 아래의 수를 수의 이름으로 다 붙여 쓴다는 것은 규정 제5항의 2)였는데 새 규범도 이를 그대로 따르고 있다. '-째', '-번째'는 앞 말과는 붙여 쓰고 뒤에 오는 단어와는 띄어 쓴다는 규정은 종래에 제18항에서 언급하였었는데 이번 규정에도 변함이 없다. '수-', '-여', '-나마', '나문'이 수사와 어울려서 대략의 수량을 나타내는 것에 대한 언급은 종래 규정 제6항에 있었는데 이 역시 새 규정에 그대로 반영되었다. '성상', '세월', '나이', '평생', '고개' 등 완전 명사도 단위 명사에 준하여 붙여 쓴다는 규정은 종전 규정 제7항 2)의 '붙임'에 있었는데 이 또한 새 규정에 그대로 옮겨져 있다. 띄어 쓰는 경우의 '한-'은 종래 규정 제7항 2)의 것을 그대로 따르고 있다.

우리의 한글 맞춤법에서는 제43항에서 단위 명사는 '차 한 대', '옷 한 벌'처럼 띄어 쓰게 되어 있으며, 단위 명사가 순서를 나타내는 경우나 숫자와 어울리는 경우에는 '두시 삼십분 오초', '제일과', '삼학년', '10개', '16동 502호', '제1어학실습실'처럼 붙여 쓸 수 있도록 하고 있다. 또, 수를 적을 때에는 '만(萬)' 단위로 띄어 써 '십이억 삼천사백오십육만 칠천팔백구십팔', '12억 3456만 7898'과 같이 쓴다.

이렇게 보면 분수를 적는 법, '-째', '-번째'를 적는 법, 그리고 '한-'을 띄어 쓰는 경우 이외에는 남북에서 수사에 관한 띄어쓰기는 차이가 있음을 알 수 있다.

3.7 학술 용어의 띄어쓰기

학술 용어는 일정한 과학 기술 분야나 전문 분야에서 쓰는 용어이므로 이들이 지시하는 의미는 원칙적으로 하나라고 생각한다. 말하자면 품사 소속이 다르거나 토가 끼여도 하나의 뜻덩이를 나타내는 것으로 본다. 따라서, 하나의 뜻덩이를 표현하는 말은 한 단어로 보고 붙여 쓴다는 그들의 띄어쓰기 원칙에 따라 붙여 쓰게 되어 있다. 몇 가지 예를 들면 다음과 같다.

첫째, 서로 다른 품사가 결합되어도 붙여 쓴다. '머리덮히기', '함께살이동물' 등이 그 예이다.

둘째, 토(우리의 어미)가 끼인 경우도 붙여 쓴다. '먼바다', '던져넣기법' 등이 이에 속한다.

셋째, '~는 기계'형도 붙여 쓴다. '모내는기계', '짐싣고부리는기계'가 그 예이다.

넷째, 그러나 고유한 명칭 뒤에 토(우리의 조사) '의'가 올 때에는 띄어 쓴다. '뉴톤의 제3법칙'이 그 예이다.

종전의 북한의 학술 용어, 전문 용어의 띄어쓰기는 규정 제21항에 언급되어 있었는데 내용은 크게 다음 두 가지였다. 제21항 1)에서는 '변형이음률', '난바다', '먼바다', '나도국수나무', '꿩의밥풀', '한곬빠지기현상'에서와 같이 하나의 대상, 하나의 개념을 나타내는 용어는 품사 소속과 형태에 관계없이 붙여 쓰는 것을 원칙으로 한다고 되어 있었다.[8] 또, 2)에서는 '모내는 기계', '짐싣고부리는 기계', '강냉이영양단자모 옮겨심는 기계', '키큰 나무', '떨어진 과일', '물얕은 바다'와 같이 규정어, 보어, 상황어로서의 구획이 뚜렷한 대상의 이름은 원칙적으로 그 규정어, 보어, 상황어 단위로 띄어 쓴다고 되어 있었다.[9] 그러므로 '~는 기계'가 '~는기계'로 바뀐 것은 종래의 그것보다 붙여 쓰기가 강화되었음을 보여 준다.

전문 용어에 대한 우리의 띄어쓰기 규정은 한글 맞춤법 제50항에서 "전문 용어는 단어별로 띄어 씀을 원칙으로 하되, 붙여 쓸 수 있다."고 규정함으로써 '만성 골수성 백혈병/만성골수성백혈병', '중거리 탄도 유도탄/중거리탄도유도탄' 등과 같이 붙여 쓸 수도 있고 띄어 쓸 수도 있도록 되어 있다. 따라서 원칙만을 말한다면 역시 북한이 붙여 쓰는 사례가 많다고 할 수 있다.

3.8 특수하게 쓰이는 어휘의 띄어쓰기

북한의 띄어쓰기 규정에서는 특수하게 쓰이는 어휘에 대하여 '언어 생활에서 흔히 쓰이면서도 앞의 조항들에 내용적으로 속하지 않는 일부 어휘 부류들'이라고 개념 규정을 하고 있다. 이들 어휘에 대한 규정에는 다음과 같은 몇 가지가 있다.

첫째, 시간·공간의 의미를 추상화하여 나타내면서 격의 의미를 도와 주는 후치사적 명사 '앞', '뒤', '우', '아래', '곁', '밑', '옆', '끝', '안', '밖', '속', '사이'(새), '가운데', '어간', '때' 등은 토(우리의 조사)가 붙지 않은 앞의 명사, 대명사, 수사에 붙여 쓴다. 후치사적 명사란 명사, 대명사, 수사 뒤에 놓이면서 그것이 다른 단어와 맺는 관계적 의미를 보충해 주는 명사를 말한다. 이들은 주로 앞 단어의

---

8) '한곬빠지기현상', '짐싣고부리는 기계', '강냉이영양단자모 옮겨심는 기계' 등 길고 어색한 단어 형태는 북한 말다듬기의 문제점을 여실히 보여 주는 듯하다.
9) 북한 문법의 '규정'어, '상황어'는 우리 문법 용어의 '수식어', '부사어'에 각각 해당한다..

뜻을 보충해 주는 역할밖에 못하므로 앞 말에 붙여 쓴다.10) 그러나 규정토(우리의 관형사형 어미) 뒤에서는 띄어 쓰도록 하였다. '해', '달', '낮', '년', '놈', '자'도 후치사적 명사에 준하여 처리한다.11)

　　예) 당앞에 다진 맹세.
　　　　인민들속에 들어 가다.
　　　　빨간 속을 파먹었다.

　둘째, '부문', '분야', '기관', '담당', '이상', '이하' 등이 붙은 단어와 그 뒤의 단어와는 띄어 쓴다. 그러나 이들이 앞에 오고 그 뒤에 단어가 올 때에는 붙여 쓴다.

　　예) 농촌경리부문 일군
　　　　부문위원회
　　　　기관책임자

　셋째, 앞의 명사, 대명사를 받는다고 할 수 있는 '자신', '자체'는 앞 단어에 붙여 쓴다. '전체', '전부', '일행', '일체', '전원', '일가', '일동', '모두', '스스로' 등도 이에 준한다.

　　예) 기사장자신이 만들었다.
　　　　지구자체가 돈다.
　　　　로동자전체가 일떠섰다.

---

10) '앞', '뒤', '우', '아래', '곁', '밑', '옆', '끝', '안', '밖', '속', '사이'(새), '가운데', '어간', '때' 등 소위 후치사를 붙여 쓰는 북한의 규정은 『우리 말본』(1980, 최현배)에서 '금줄 곳 자리 토'(限界線處所格助詞)라 하여 '안으로', '가운데', '중에', '속에', '안에', '밖에', '위에', '아래에', '밑에', '넘어', '앞에' 등을 앞 말에 붙여 쓴 것과 그 발상이 비슷하다.
11) '해', '달', '낮', '년', '놈', '자'를 후치사적 명사에 준하여 처리한다면 '명사(대명사, 수사)+후치사'에　서는 붙여 쓰고 '규정토+후치사'에서는 띄어 써야 할 것이다. 그러나 '지난해'의 경우는 3.3에서 본　바와 같이 하나의 뜻덩어리로 보아 붙여 쓰고 있다.

또, 부사 '일단'과 명사 '전체', '일부', '소수', '극소수', '력대', '해당', '일련', '일종', '일대', '매개', '당대', '각급', '각종', '각계' 등이 명사의 앞에 올 때에는 관형사적으로 처리하여 띄어 쓴다. 이들은 뒤에 오는 명사를 규정해 주는 역할을 한다고 보기 때문이다.

  예) 일단 유사시에는 우리도 싸운다.
    각종 식기류들

종전의 북한 규범에서는 후치사적 명사가 앞에 있는 단어들에 공동으로 걸릴 때에는 띄어 쓰도록 되어 있었으나 새 규범에서는 이를 앞 단어에 붙여 쓰도록 하였다. 또, 종전 규정 제3항 3)에서 후치사적 명사들을 규정토 뒤에서 붙여 쓰게 했던 것(걸어갈제, 지난날, 사는곳)을 이번에 띄어 쓰게 한 것은 하나의 변화이다. '자신', '자체', '전체', '전부', '일행', '일체', '전원', '일가' 등을 그 앞 말에 붙여 쓰는 것은 종전에 북한 규정 제2항 5)에서 제시되었는데 새 규범에서도 변함이 없다. 부사 '일단'과 명사 '전체', '일부', '소수', '극소수', '력대' 등을 관형사적으로 처리하여 명사의 앞에서 띄어 쓰게 한 것은 종래 제13항 '붙임'의 규정이었는데 이 역시 새 규범에 그대로 이어졌다.

4. 맺음말

지금까지 필자는 1987년 5월 15일에 북한 국어사정위원회에 의하여 제정되고 1990년 일부 개정된 북한의 띄어쓰기 규정이 2000년도에 와서 어떻게 바뀌었는가를 알아보았다. 이번의 개정은 전면적인 개정이라기보다는 보완적인 일부 개정이라고 보는 편이 타당할 것 같다. 북한의 띄어쓰기 규정이 단어마다 띄어 쓰는 것을 원칙으로 하는 우리의 규정에 비하여 예외적으로 붙여 쓰는 사례가 많았던 것은 주지의 사실인바, 이번의 새 규범도 보조 용언의 띄어 쓰기를 제외한다면 원칙면에서 크게 달라진 것이 없어 보인다. 그런데 필자는 붙여 쓰는 예외 규정이 많을수록 그 규정은 지키기 어렵다는 생각을 가지고 있다. 이번 개정의 성격을 다음과 같이 요약할 수 있다.

첫째, '-아', '-어', '-여', '-고' 뒤에 오는 보조 용언들에 대하여 의미적 독립성이 없다는 이유로 종래에 붙여 쓰던 것을 띄어 쓰게 한 것은 이번 개정 규범의 제일 두드러지는 특색이라 하겠다. 이로 인하여 특히 보조 용언 '있다', '가다', '오다', '보다' 등은 띄어 쓰게 되었다.

둘째, 서로 다른 품사가 토 없이 어울리는 경우는 각각의 독립성을 인정하여 띄어 쓰게 함으로써 단어가 원래 가지고 있었던 지위를 확보할 수 있도록 하였고 부자연스러운 합성어화를 피할 수 있도록 하였다.

셋째, 하나의 뜻덩이로 보는 단어는 품사가 다르더라도 붙여 쓰게 함으로써 무한이 길어진 단어를 생성할 수 있게 된 것은 이전의 규정과 별로 달라진 것이 없다. 이 경우, 5단어 이상의 결합을 금지한 것은 궁여지책으로 보인다.

넷째, 불완전명사를 붙여 쓰는 것 역시 종래의 규정에서 바뀐 것이 없다. 그리고 불완전명사적으로 쓰이는 '-형', '-식', '-급', '-성', '-용', '-적'의 뒤에 오는 단어를 붙여 쓰는 것도 그대로이다.

다섯째, 고유 명사, 수사, 학술 용어의 띄어쓰기도 종래의 규정과 큰 차이 없이 붙여 쓰기를 선호하고 있다. 이것 역시 하나의 뜻덩이는 한 단어로 본다는 시각에서 비롯된 듯하다.

참 고 문 헌

고영근(1999), 『북한의 언어 문화』, 서울대학교 출판부.
국립국어연구원(1992), 『북한의 언어 정책』.
국어사정위원회(1988), 『조선말규범집』, 사회과학출판사.
김민수(1989), 『북한의 국어 연구』, 일조각.
김영아(1989), 북한 문법 토에 대하여, 『북한의 어학 혁명』, 도서출판 백의.
로동신문, 2000. 2. 17 ~ 2000. 3. 21.
문교부(1989), 『국어 어문 규정집』, 대한교과서주식회사.
사회과학출판사, 『문화어학습』 1990년 2호.
임홍빈(1997), 『북한의 문법론 연구』, 한국문화사.
전수태(1992), 북한의 문법론, 『국어학 연구 백년사 Ⅲ』, 일조각.
전수태(1999), 북한 문법의 격과 토, 『국어의 격과 조사』, 월인.
전수태·최호철, 『남북한 언어 비교』, 도서출판 녹진.
최호철·홍종선(1998), 『언어 통일 방안 연구』, 문화관광부.

폴리돌(POLYDOR)판 「적벽가」에 관하여

최 동 현*

목 차

1. 머리말

'폴리돌판 「적벽가」'란 1935년 폴리돌(Polydor)이라고 하는 음반회사에서 발매한 「적벽가」를 일컫는다. 본래 명칭은 「唱劇 華容道全集」이며, 음반번호 'Polydor 19260-19277'까지 총 18장으로 되어 있는데, 알아보기 쉽게 '폴리돌판 적벽가'라고 부르는 것이다. 이 폴리돌판 「적벽가」는 일제강점기에 나온 「적벽가」 전집물로는 유일한 것이다.

판소리는 300년이 넘는 역사를 가지고 있지만, '소리'라는 실체를 확인할 수 있는 기간은 100년이 채 되지 않는다. 판소리의 녹음이 20세기에 와서 이루어지고 있기 때문이다. 유성기가 보급이 되고, 판소리가 인기를 끌자 음반회사들은 다투어 상업적 목적으로 판소리를 취입하기에 이른다. 처음에는 낱장으로 취입이 이루어졌으나,

---

두 시간 이상이나 되는 긴 음악인 판소리를 한 면에 3분 내외밖에 녹음할 수 없는 유성기판으로는, 아무래도 판소리의 참맛을 느낄 수 없었다. 그래서 개발된 것이 여러 장을 묶어 전집으로 발행하는 것이었다. 그래서 일제강점기 동안 여러 종의 판소리 전집물을 발행하기에 이르렀다.

판소리 전집은 두 시간 정도의 분량이 되기 때문에 판소리의 전체 모습을 어느 정도 담을 수 있었다. 뿐만 아니라, 판소리 전집에서는 여러 명의 소리꾼들이 등장하여 어느 정도 배역을 정하여 부르고 있기 때문에, 당시 세간의 인기를 끌면서 공연되고 있던 창극으로부터 영향을 받았을 가능성을 충분히 예상할 수 있다. 따라서 창극의 발전 과정을 해명하는 데도 초기의 판소리 전집들은 연구할 가치가 있는 것이다. 게다가 폴리돌에서 발매한 판소리 전집에는 당시에 오명창으로 일컬어지던 소리꾼인 이동백·김창룡·정정렬과 오명창에 버금가는 기량을 자랑하는 조학진이 등장한다. 이처럼 한꺼번에 많은 대가들을 접할 수 있는 음반은 이 「적벽가」와 동시에 녹음된 폴리돌판 「심청가」 외에는 없다. 그러므로 폴리돌판 「적벽가」는 현대 판소리의 바탕이 된 소리를 확인해 보는 데도 매우 유용한 자료가 될 수 있다

그러나 지금까지 문학 연구에서는 일제 강점기에 발매된 음반에 대해 별로 주목하지 않았다. 유영대가 「심청전」의 계통을 밝히기 위해 폴리돌판 「심청가」를 다룬 것[1]이나, 백현미가 『한국 창극사 연구』에서 일축판 「춘향전」과 빅타판 「춘향전」을 다룬 것[2] 정도가 있을 뿐이다. 지금까지 고음반을 대상으로 한 연구는 주로 자료 수집과 정리[3]에 치중해 있었기 때문이다. 그러나 이제는 웬만한 음반

---

1) 유영대, 『심청전 연구』, 문학아카데미, 1989, 71-76쪽.
2) 백현미, 『한국 창극사 연구』, 태학사, 1997, 169-189쪽, 223-234쪽.
3) 자료 수집과 정리는 한국고음반연구회에서 주도하였는데, 여기서 발행하는 『한국음반학』이 10호가 발행되었으며, 최근에는 『판소리 음반 사전』(노재명, 이즈뮤직, 2000)과 『유성기음반 총람 자료집』(김점도 편, 신나라뮤직, 2000)이 발간되어 유성기 음반 자료의 정리가 거의 완료되었다.

은 거의 다 복각이 되어4) 쉽게 구해 볼 수 있게 되었다. 일제 강점기에 발매된 전집류 음반들을 본격적으로 연구할 수 있는 조건이 갖추어진 셈이다. 본고에서는 폴리돌판 「적벽가」를 대상으로 이 음반의 가치와 성격, 그리고 특징을 살펴보고자 한다.

2. 발매 배경

소리를 녹음해서 재생할 수 있는 기계인 유성기는 1877년 미국인 에디슨이 발명했다. 우리나라가 서구와 접촉을 시작하면서 처음 우리에게 알려진 유성기가 많이 보급되자 유성기판도 차차 상업적인 목적으로 제작 판매되기에 이르렀는데, 처음에는 미국의 빅타(Victor)와 영국에 본사를 둔 콜럼비아(Columbia)가 우리 음반을 제작하여 판매했다. 한일합방이 되자 일본축음기회사에서는 발빠르게 한국 시장에 진출하여, 1911년 9월부터는 한국 음악을 제작 판매하게 되었는데,5) 이 때부터 우리나라는 본격적인 유성기 음반 시대에 접어들었다고 할 수 있다.

1924년 일본이 동경 대지진의 경제적 충격으로부터 헤어나기 위해 유성기나 유성기판에 100% 수입 관세를 적용하기 시작하자, 그때까지 일본 시장을 상대로 장사를 하던 빅타, 콜럼비아, 폴리돌(독일의 Gramophone) 등은 일본 회사와 합작 형태로 영업 방식을 바꾸게 된다. 1928년 콜럼비아는 일본축음기회사와 제휴하였는데, 콜럼비아는 1928년 말에 서울에 간이 녹음실을 설치하여 음반 제작에 들어가, 1929년부터는 발매를 시작했다. 빅타도 1927년 일본 빅타를 창립하였으며, 1929년부터는 한국 음악을 제작 판매하

---

4) 복각은 과거의 유성기 음반을 LP나 CD로 다시 만들어내는 것을 말하는데, 신나라레코드, 서울음반, LG미디어 등이 주도하였다.
5) 배연형, 일축조선소리반(NIPPONOPHONE) 연구 1, 『한국음반학』 창간호, 한국고음반연구회, 1991, 95쪽.

기 시작하였다. 일본 폴리돌은 1926년 5월부터 자체 제작한 양악 판을 판매하기 시작하였으나, 1931년에 이르러서야 조선영업소를 설치하였으며, 이듬해인 1932년에 처음으로 한국 음악을 발매하였다.6) 이렇게 보면 폴리돌의 한국 시장 진출이 가장 늦었던 것이다.

앞서 한국에 진출했던 회사에서는 그 당시 가장 인기 있었던 음악인 판소리를 앞다투어 발매하여, 이미 수많은 음반들을 출시하고 있었다. 폴리돌에서도 「적벽가」 출시 이전에 몇몇 판소리 음반을 냈다. 『유성기 음반 총람 자료집』7)에 의하면, 박록주가 7장으로 가장 많고, 박초월이 역시 7장인데 이중에는 '육자백이'와 '흥타령'이 각각 한 장씩 포함되어 있다. 그밖에 백점봉이 2장, 이선유가 2장, 이옥화가 2장(1장은 김운선과 같이 한 병창)을 내고 있다. 특이한 것은 김운선의 가야금산조와 병창이 7장(산조 2장)이라는 점이다. 김운선은 서도잡가나 남도민요도 부르고 있는 점으로 보아 여러 방면에서 활동을 했던 것 같다. 이렇게 보면 당시 폴리돌이 확보하고 있는 판소리 음반은 스무 장에도 못 미치는 것으로 다른 회사에 비하여 매우 빈약하다. 창자의 수준에서도 당시 최고의 가객이었던 이른바 오명창에 드는 소리꾼을 단 한 명도 확보하지 못하고 있다. 폴리돌에서는 이러한 판소리에서의 열세를 일시에 만회할 수 있는 방법을 찾았을 것이고, 그 과정에서 전집의 녹음이 선택된 것으로 보인다.

그런데 다른 회사에서도 이미 몇 종류의 판소리 전집을 발매하고 있었다. 폴리돌에서 「적벽가」를 발매하기 이전에 이미 발매되고 있던 전집류들을 보면 다음과 같다.8)

---

6) 황문평, 『한국 대중연예사』, 부루칸모로, 1989, 175-177쪽; 박찬호, 안동 림 옮김, 『한국가요사』, 1992, 176-178쪽; 배연형, 일축조선소리반 (NIPPONOPHONE) 연구 1, 『한국음반학』 창간호, 한국고음반연구회, 1991; 배연형, 빅타 레코드의 한국 음반 연구, 『한국음반학』 제4호, 한국 고음반연구회, 1994; 배연형, 콜럼비아(Columbia) 레코드의 한국 음반 연구(1), 『한국음반학』 제5호, 1995 참조.
7) 김점도 편, 『유성기 음반 총람 자료집』, 신나라뮤직, 2000, 663-676쪽 참조.

  1) 일축죠선소리반, 고대소설극 춘향전, 이동백·김추월·신금홍 창,
     1926년, 총 18장
  2) 시에론(Chieron),9) 춘향전 전집, 김정문·신금홍(창)·심영·
     남궁선(연극 대사)·신태준(반주), 1934년, 총 12장
  3) 콜럼비아, 창극 춘향전, 김창룡·이화중선·오비취·권금주 창,
     1934년, 총 18장

　위에 든 바와 같이 이 때까지 전집은 세 종류가 발매되었다. 그
런데 세 종류 모두가 「춘향가」이다. 시에론판은 12장밖에 안 되기
때문에 판소리다운 맛을 느끼기에는 매우 부족했을 것이다. 게다가
판소리 창자는 김정문과 신금홍 두 사람밖에 출연하지 않고, 심
영·남궁선과 같은 신파극 배우들이 등장한다. 여기서는 연극과 '소
리'를 나누어서 연출하였다. 소리 부분은 김정문과 신금홍이 맡고,
아니리 부분은 심영과 남궁선이 맡아 연극적 대사를 주고받는 것으
로 되어 있다. 반주는 북장단을 가리키는데, '고수'라고 하지 않고
'반주'라고 한 점이 특이하다. 결국 이 전집은 소리와 극의 어색한
결합이 되고 말았다. 일축과 콜럼비아의 전집은 이동백과 김창룡이
라는 대명창을 앞세운 「춘향전」이다. 일축과 콜럼비아의 「춘향전」
은 이동백과 김창룡이 도창을 맡고 여자 소리꾼을 보조 창자로 내
세운 전집으로, 도창을 내세운 판소리 전집은 이것들이 맨 처음에
등장한 것이다.
　폴리돌에서는 첫 전집물로 「적벽가」와 「심청가」를 선택하였다.
이는 다분히 이미 나와 있는 다른 회사의 전집을 의식한 선택으로

---

8) 이 목록은 노재명, 『판소리 음반 사전』, 이즈뮤직, 2000을 참고하여 작성
   하였다.
9) 시에론(Chieron)은 일본 명고옥(名古屋)에 있는 제국발명사라는 상사가 악
   기부속상을 하던 사람과 합자해서 만든 음반회사인데, 1931년 한국지사를
   설립했으며, 신문기자 출신으로 작사가이며 극작가이던 이서구가 참여해서
   넌센스, 코메디 등 다양한 입체 낭독 음반을 냈는데, 이것이 시에론사의 특
   색이 되었다고 한다.(황문평, 『한국 대중 연예사』, 부루칸모로, 1989,
   177쪽)

보인다. 「춘향가」가 이미 세 종류나 나와 있었기 때문에, 또 다시 「춘향가」 음반을 발매한다는 것은 「춘향전」의 인기를 감안한다고 하더라도 성공할 가능성이 낮은 것으로 파악한 듯하다. 그래서 다른 회사에서 발매하지 않은 「적벽가」와 「심청가」를 선택한 듯하다. 거기에 창자로 이동백·김창룡·정정렬·조학진 등 당대의 대가들을 대거 동원하였다. 판소리는 무엇보다도 '소리'이기 때문에 이 전집을 통하여 대가들의 소리를 즐길 수 있도록 하려는 기획 의도가 보인다.

그런데 왜 이렇듯 소리 중심의 전집을 선택하게 되었는가. 이런 선택의 이면에는 이미 발매되었던 다른 회사의 예가 참고가 되었을 듯 싶다. 1929년과 1930년 콜럼비아에서는 박록주(창)와 김영환·복혜숙·이애리수·윤혁 등이 함께 출연하는 두 장 짜리 「영화극 심청전」을 낸 바 있으며, 1934년에는 기린(Kirin)[10]에서 김진문·한석이 출연하는 「고대비극 심청전」(4장)과 김남수(창)와 태양극장원 일동(연극 대사)이 출연하는 「창극 춘향전」(5장)을 발매하기도 했다. 역시 「춘향전」과 「심청전」인데, 소리 중심의 전집이 아니라는 것을 쉽게 짐작할 수 있다. 이 전집들은 다분히 영화나 극을 염두에 두고 만들어진 것들이다. 출연자에서도 소리꾼의 비중이 적거나 아예 없고, 연극 배우들이 등장한다. 제목도 '영화극', '고대비극' 등으로 하여 '판소리'로부터 일정한 거리를 두고 있다. '창극 춘향전'으로 이름을 붙인 것도 이름만 그럴 뿐이지 '태양극장원 일동'이 출연하여 연극 대사를 맡고 있을 것으로 생각된다. 김남수가 창을 맡은 것으로 되어 있는데, 김남수는 판소리사에 이름이 나타나지 않기 때문에 판소리를 하는 사람인지 아닌지 분간할 수가 없다. 따라서 기린에서 발매했던 「창극 춘향전」은 어떻게 만들었을지 상상하기가 쉽지 않다. 다만 태양극장원 일동이 등장하는 것을 보

---

10) 기린(Kirin)은 군소 음반회사인데, 1933년 12월부터 1935년 7월까지 134종의 음반을 낸 것이 확인된다.(김점도 편, 『유성기 음반 총람 자료집』, 신나라뮤직, 2000, 519-523쪽 참조)

면 아니리 부분만은 앞에서 든 시에론판과 마찬가지로 연극적인 대사로 했을 것 같다. 그런데 이런 음반이 흥행에 성공하지 못한 듯하다. 흥행에 성공한 음반은 후에도 계속적으로 재발매하여 지금도 쉽게 눈에 띄는 데 반해, 이것들은 거의 눈에 띄지 않기 때문이다. 폴리돌에서 판소리를 전집물로 만들면서 '소리' 중심으로 기획을 한 이유는 아마도 이러한 예가 참고가 되었을 것으로 생각된다. 이렇게 해서 18장 짜리 폴리돌판 「적벽가」는 탄생한 것이다.

3. 소리 대목과 창자의 구성

폴리돌판 「적벽가」의 소리 대목과 창자 구성을 도표화하면 다음과 같다.

순	대 목	장 단	창 자
1.	삼고초려(세 번째)	진양조	김창룡
2.	장비 성을 내고 현덕이 달램	중모리	정정렬, 이동백
3.	공명 시창	시 창	이동백
4.	공명 나옴	자진모리	김창룡
5.	현덕 공명에게 출사 애걸	중모리	정정렬
6.	공명이 사양하자 다시 출사 애걸	중모리	정정렬, 김창룡
7.	공명이 유관장 3인과 옴	중중모리	김창룡
8.	장판교대전(미부인을 구하러 감)	자진모리	정정렬
9.	자룡 아두를 구함	자진모리	이동백
10.	자룡 아두를 현덕께 데리고 감	중모리	이동백
11.	공명 동오로 감	중모리	정정렬
12.	황개 동오 장수들을 책망	엇중모리	조학진
13.	공명 살 10만 개를구함	자진모리	김창룡
14.	강동에서 위기에 빠진 현덕을 구하고 자룡에게 오강어구로 오라고 약속함	중모리	김창룡
15.	연환계, 주유 계교 없어 병이 듦	자진모리	정정렬

16. 칠성단	자진모리	이동백
17. 공명 암축	진양조	이동백
18. 동남풍, 자룡 활 쏘는 데	자진모리	이동백
19. 공명 제장 분발	자진모리	정정렬
20. 운장이 출전시키지 않는다고 항의	엇모리	정정렬
21. 운장 화용도로 출진	중모리	김창룡
22. 조조 군사 분발	진양조	정정렬
23. 군사설움(초입)	중모리	정정렬
24. 군사설움(부모 생각)	진양조	이동백
25. 군사설움(부모 생각)	중모리	정정렬, 김창룡
26. 군사설움(자식 생각)	중중모리	정정렬, 임소향
27. 군사설움(아내 생각)	중모리	조학진
28. 위국자의 노래	자진모리	조학진
29. 조조가 바라보니 가마귀가 울고 감	진양조	정정렬
30. 오작남비	시창	이동백
31. 화공	자진모리	조학진
32. 조조 탄식	진양조	이동백
33. 자룡이 나옴	엇모리	이동백
34. 호로곡으로 들어감	중모리	정정렬
35. 장비가 나옴	자진모리	정정렬, 김창룡
36. 조조 패주	진양조	김창룡
37. 군사 점고(초입)	진양조	정정렬
38. 군사 점고(장돌쇠)	진양조	이동백
39. 군사 점고(진허역)	중모리	정정렬, 김창룡
40. 군사 점고(먹통쇠)	중모리	정정렬, 임소향
41. 군사 점고(조학진)	중모리	조학진
42. 군사 점고(옹돌쇠)	중모리	정정렬
43. 정욱 조조 장담을 힐난	중모리	정정렬
44. 화용도로 들어감	진양조	김창룡
45. 장승에게 호령	중중모리	이동백
46. 장승타령	중모리	이동백
47. 운장이 나옴	자진모리	정정렬
48. 조조 애걸	진양조	정정렬, 김창룡

49. 운장과 조조 문답	중모리	김창룡, 이동백
50. 주창이 달려듬	자진모리	정정렬, 조학진
51. 운장이 싱긋이 웃음	중모리	정정렬
52. 조조와 군사들 애걸	중모리	김창룡, 정정렬, 합창
53. 운장 돌아옴	진양조	정정렬
54. 공명 화를 냄	중중모리	김창룡
55. 운장 공명의 명령을 기다림	중모리	정정렬
56. 현덕이 운장의 목숨을 빎, 사면	중모리	정정렬, 이동백

위 표를 통해 알 수 있는 바와 같이 폴리돌판 「적벽가」는 총 56 대목으로 구성되어 있는데, 이 중에서 이동백이 16대목, 김창룡이 16대목, 정정렬이 28대목, 조학진이 6대목, 임소향이 2대목을 불렀으며, 문련향은 아니리에서 두 차례와 합창에 등장할 뿐이다. 시창은 두 차례 모두 이동백이 부른다. 그러니까 이동백이 순수하게 소리를 하는 대목은 14대목이 된다. 임소향도 혼자 한 대목을 완전히 부른 데는 없고, '군사설움(자식생각)'과 '군사점고(먹통쇠)'에서 정정렬과 같이 부르고 있다. 조학진은 여섯 대목밖에 부르지 않았지만, '군사설움(아내 생각)', '화공', '군사 점고(조학진)' 등 중요한 대목을 부르고 있어 양에 비해 역할은 큰 편이다.

이동백과 김창룡은 중고제에 속하는 소리꾼이며, 정정렬은 서편제 소리꾼이다. 조학진은 정춘풍 — 박기홍으로 이어진 소리를 계승한 사람으로 동편제 소리꾼에 속한다. 도표의 결과를 유파별로 다시 정리해 보면, 중고제 소리꾼인 김창룡과 이동백이 부른 대목이 32대목(시창 2대목 포함), 서편제 소리꾼인 정정렬이 부른 대목이 29대목, 동편제 소리꾼인 조학진이 부른 대목이 6대목이 된다. 그러니까 이 음반에는 중고제와 서편제 소리가 거의 비슷한 분량으로 녹음되어 있으며, 동편제 소리도 조학진을 통해 중요한 몇 대목을 담고 있다. 그러나 중고제 소리는 이동백과 김창룡 두 사람이 부르고 있기 때문에, 개인별로 보면 서편제 소리꾼인 정정렬의 비중이 거의 반을 차지할 정도로 크다는 것을 알 수 있다.

정정렬은 오명창에 들기는 하지만 다른 오명창에 비해 늦게야 명성을 얻을 수 있었다. 목이 나빠 고음이 나지 않는 데다가, 오래 동안의 수련 기간을 거치느라고 40세 전후에야 소리꾼으로서 명성을 얻기 시작했으며, 51세가 되던 1926년에야 상경하여 활동을 시작하였다고 한다.[11] 송만갑이 소년 시대부터 이름을 떨쳤다거나, 오명창의 대부분이 어전에서 소리를 한 소위 어전 명창이었던 데 비하면, 참으로 뒤늦었다고 아니할 수 없다. 정정렬은 음반 취입도 늦어 1930년에야 비로소 음반을 취입하기 시작한다.[12] 그러다가 정정렬은 1934년 조선성악연구회가 결성되었을 때 상무이사를 맡게 된다.[13] 조선성악연구회는 처음에는 자금이 없어서 별다른 활동을 하지 못했으나, 1935년 박록주가 순천 사람인 김종익의 후원을 얻어 자금을 확충한 뒤로는 활발한 활동을 하게 되었다.[14] 조선성악

---

11) 정노식, 『조선창극사』, 조선일보사 출판부, 1940, 216-218쪽 참조.

12) 정정렬의 첫 음반은 단가로는 1930년에 리갈(Regal)에서 나온 「불수빈(不須嚬)」이며, 판소리 음반으로는 역시 1930년 리갈에서 나온 '어사 남원행'과 「춘향가」 중 '몽중가'인데, 이 해에 콜럼비아(Columbia)에서 '박석티', '어사와 장모', '천자 뒤풀이', '기생점고' 등이 발매된다. 이로 보아 「춘향가」에 관한 한 정정렬이 등장하자마자 폭발적인 인기를 얻고 있었음을 짐작할 수 있다. (노재명, 『판소리 음반 사전』, 이즈뮤직, 2000, 84쪽, 360쪽 참조)

13) 박황은 1933년에 조선성악연구회가 창립되었다고 했지만(박황, 『판소리 소사』, 신구문화사, 1974, 82쪽), 백현미는 당시 신문 기사를 통해 1934년 5월 11일임을 밝혀냈다.(백현미, 『한국 창극사 연구』, 태학사, 1997, 211쪽.)

14) 백현미는 김초향의 후원자였던 김종익이 가옥 한 채를 제공했다고 하면서, 김초향의 노력으로 후원을 받아낸 것으로 보고 있으나(백현미, 『한국 창극사 연구』, 태학사, 1997 211쪽), 박황은 박록주가 후원을 얻어냈다고 하였다(박황, 『창극사 연구』, 백록출판사, 1976, 86쪽). 필자가 만난 다른 소리꾼들도 박록주가 후원을 받아냈다고 했다. 최근에 발간된 『순천시사』에도 박록주가 김종익을 찾아와서 후원을 받은 것으로 되어 있어서(『순천시사』, 1997, 106-107쪽), 김종익으로부터 후원을 받아낸 사람은 박록주로 보았다.

연구회의 가장 중심적인 활동은 창극의 제작과 공연이었는데, 1936년 정정렬이 연출한 창극 「춘향전」이 크게 인기를 끌면서부터 계속 창극이 크게 성공하였다.15) 이 때가 정정렬의 전성기라고 할 만하다. 그러므로 폴리돌에서 「적벽가」를 녹음하던 1935년은 정정렬이 판소리계에서 가장 왕성한 활동을 벌이며 인기를 끌기 직전이다. 아직 창극 연출로 명성을 얻기 전인 것이다. 그러나 그렇다고 해서 정정렬이 별다른 인기를 얻지 못하고 있었던 것은 아니었다. 1930년 9월 22일 조선일보 서부지국 주최 조선팔도명창대회에서 "일야는 꿈을 비니……"로 시작되는 '몽중가'를 불러 다섯 번이나 재창을 받을 정도로 인기를 끌고 있었다.16) 또한 정정렬은 오명창들 가운데서 '신식 소리꾼'17)으로 일컬어지고 있었으며, 그의 「춘향가」는 이미 '판을 막아버렸다'고 할 만큼 대단한 평가를 받고 있었다.18) 이렇듯 정정렬이 새로운 소리 양식으로 인기를 끌면서 점차 판소리계를 주도해가던 1930년대 초반의 상황이 「적벽가」 녹음에

---

15) 자세한 사항은 박황, 『창극사 연구』, 백록출판사, 1976, 85-92쪽 ; 백현미, 『한국 창극사 연구』, 태학사, 1997, 211-223쪽 참조. 박황은 정정렬 연출의 창극 「춘향전」이 1935년 봄에 공연되어 크게 인기를 끌었다고 했지만, 백현미가 확인한 내용에는 1936년 9월 24일부터 28일까지 「춘향전」이 공연된 것으로 나타난다. 1935년에 재정이 확충되고 본격적인 활동이 시작되었다면, 1935년 봄에 창극 「춘향전」이 공연되기는 어려웠을 것으로 생각된다.

16) 최동현, 『판소리란 무엇인가』, 에디터, 1994, 171쪽.

17) 김소희는 "그런데 다른 사람들이 정정렬씨 춘향전을 많이 배우고, 가사도 송감찰 선생님하고는 다르고, 새로운 맛이 있어요. 그래서 감찰 선생님한테 갔죠. '선생님, 정선생님 춘향전이 좋다고들 하는데 저 좀 배우면 어떨까요?'한게, 조금도 기분 나빠하시지 않고, '배워라, 배울 것이 내가 하는 춘향가하고는 전혀 다르드라.' 그 양반 말씀이 우숴 죽겠어. '신식 춘향가다 그게. 지금 대중적으로 막 팔려. 그런데 네가 앞으로 소리할 사람인게 배워봐라.' 그렇게 승낙을 받고 춘향전을 시작했어요."라고 증언하여, 당시 정정렬의 「춘향가」가 어떻게 평가되고 있었는가를 잘 밝혀주고 있다.(판소리 인간문화재 증언 자료 「판소리 명창 김소희」, 『판소리 연구』 제2집, 판소리학회, 1991, 234-244쪽)

18) 최동현, 앞의 책, 171쪽.

서 정정렬의 역할 강화로 이어진 것으로 보인다.

현재 중고제 「적벽가」는 일부 대목을 제외하고는 전승이 끊어졌으며, 서편제 「적벽가」는 보유자19)는 있지만 정정렬 바디가 아니다. 게다가 이렇다 할 전수자가 없어서 전승이 끊어질 위기에 있다. 조학진의 「적벽가」는 박동진이 전승하여 무형문화재로 지정되어 있지만 충실하게 전승하지는 않은 듯하다. 그러기 때문에 폴리돌판 「적벽가」는 현재 전승이 끊어졌거나, 일부 전승이 되었다고 할지라도 충실하게 전승이 되지 못하고 있는 소리들의 원 모습을 담고 있다는 점에서 먼저 그 중요성을 인정해야 할 것이다.

이러한 것 중에서 가장 대표적인 것이 '삼고초려' 대목이다. '삼고초려' 대목은 한 장 분량인데, 김창룡이 부른다. 『조선창극사』에서 정노식은 '삼고초려'가 김창룡의 더늠이라고 하였다.20) 정광수 씨의 증언에 의하면, 원래 동편 「적벽가」에는 '삼고초려' 대목이 없어서 「민적벽가」라고 했다고 한다. 유성준에게 「적벽가」를 배운 자신은 이 대목을 이동백 바디로 부른다고 했다.21) 이동백은 김창룡과 같이 김정근에게 중고제 소리를 배운 사람이다. 그리고 같이 충청도 소리꾼이다. 그래서 이동백도 「삼고초려」를 잘했지만, 본래 이 대목은 김창룡의 더늠이었음이 분명하다. 더늠을 만든 사람이 직접 부른 녹음은 극히 드물다.22) 그런 점에서 보면 김창룡의 '삼고초려'는 매우 중요한 소리임에 틀림없다.

소리 대목의 구성에서 현재 불려지고 있는 「적벽가」와 크게 다른 점은 '새타령'과 '장승타령'이 없다는 점이다. '새타령'은 송만갑에 의해 1913년에 일축에서 녹음된 바 있다(음반번호 K188-B). 이로 보아 '새타령'은 동편제 소리 중에서도 송판 소리에 있었던 것이 아

---

19) 현재 서편제 「적벽가」는 한승호가 보유하고 있는데, 김채만 바디이다.
20) 정노식, 『조선창극사』, 조선일보사 출판부, 1940, 211-213쪽.
21) 판소리 증언 자료집 「판소리 명창 정광수」, 『판소리 연구』 제2집, 판소리 학회, 1991, 217-218쪽.
22) 김창환의 '제비 노정기', 정정렬의 '신연맞이', 이동백의 '새타령', 장판개의 '제비 노정기' 정도가 전부라고 할 수 있다.

닌가 생각된다. 서편제 소리와 중고제 소리에는 '새타령'이 없었을 가능성이 크며, 동편제 소리 중에서도 조학진이 부르는 정춘풍 바디에는 없었던 것으로 보인다. '장승타령'에 해당되는 부분은 이동백이 부르는데, 현재 부르고 있는 '장승타령'에 비해 훨씬 짧고 내용도 다르다. 그러기 때문에 '장승타령' 또한 동편제 소리인 송판에 있었던 것이 아닌가 생각된다.

「폴리돌 판 적벽가」에서는 '장판교 대전'이 유성기 음반 한 장 분량을 차지한다. '장판교 대전'은 본래 장비가 혼자 조조의 군사를 물리치는 내용으로, 장비의 용맹을 드러내는 부분인데, 여기서는 조자룡이 아두를 구하는 부분으로만 되어 있어서 조자룡의 용맹을 강조하는 구실을 한다.

폴리돌판 「적벽가」에서는 특히 '군사 설움타령' 대목을 강조하고 있다. 우선 양에 있어서 '군사 설움타령'이 두 장 반이나 차지하고 있다. 내용에 있어서도, '초입(정정렬), '부모 생각(이동백)', '부모 생각'(김창룡), '자식 생각'(임소향), '신부 생각'(조학진) 으로 다양하다. '부모 생각'이 두 번 나오는 점이 현재 전승되고 있는 「적벽가」와 다르다. 나머지 대목의 내용은 현재 전승되고 있는 「적벽가」와 같다. 아니리 없이 대부분의 대목이 창으로만 이어진다는 점도 특이하다.23) 그래서 결국 '군사 설움타령'은 하나의 긴 노래가 되었다. '군사 설움타령'은 또 문련향 외의 모든 창자들이 한 대목씩을 부르고 있다는 점도 눈에 띈다. 문련향은 아니리에만 참여했을 뿐 소리는 한 대목도 부르지 않았으므로, 결국 모든 창자가 다 동원된 셈이다. '자식 생각' 부분을 임소향이 부르게 한 것도 의도적인 것으로 생각된다. 여자 소리꾼이 부르기에 가장 적합한 내용으로 판단한 때문인 것 같다. 이렇게 해서 '군사 설움타령'은 폴리돌판 「적벽가」에서 가장 중심적인 부분이 되었다.

그렇다면 이렇듯 '군사 설움타령'이 중심적인 부분이 된 것은 무

---

23) 27)에서 28) 대목으로 넘어가는 부분에만 짧은 아니리가 있을 뿐, 21)에서부터 27) 대목까지 계속 아니리 없이 이어진다.

슨 까닭일까. 당시 판소리 청중들의 슬픈 소리 선호 경향24)이 가장 큰 이유가 아닌가 생각된다. 앞에서도 살펴 본 바와 같이, 이 전집은 폴리돌 회사가 한국 전통음악 분야의 열세를 만회하기 위하여 기획된 측면이 강하다. 그렇다면 이 전집의 성공을 위해서는 무엇보다도 대중의 소리 취향을 적극적으로 반영할 필요가 있었을 것이다. 그런데 당시는 슬픈 소리에 대한 청중의 기호가 점증하고 있던 시대였다. 일제강점기에 슬픈 소리로 이름을 날린 대표적인 소리꾼인 이화중선과 임방울이 이 이전에 이미 음반을 내어 크게 히트하고 있었다. 정정렬은 「춘향가」에 오리정 이별 대목을 추가하여 슬픈 대목을 확장함으로써 크게 인기를 얻고 있었다.『판소리 음반 사전』에 의하면, 이화중선의 대표적인 음반인 「심청가」 중 '추월만정'이 1928년 빅타와 콜럼비아에서 발매되었고, 임방울의 등록상표나 다름없는 '쑥대머리'는 1929년에 콜럼비아에서 발매되었다.25) 이 두 음반은 일제강점기에 가장 많이 팔린 음반이다. 이러한 여러 가지 사정으로 볼 때, 폴리돌판 「적벽가」가 녹음되던 1935년에는 판소리 청중들의 슬픈 소리 취향이 되돌릴 수 없을 정도로 확고해져 있었다고 보아야 한다. 이러한 상황에서 '군사 설움타령'은 폴리돌판 「적벽가」의 중심을 차지할 수 있었던 것이다.

4. 사설의 특성

판소리는 근본적으로 서사물이다. 물론 극적 요소가 없는 것은 아니다. 다른 서사물과 달리 소리꾼이 현전(presence)하여 공연을 진행한다는 점, 등장 인물의 발화가 전면화26)하여 극에 접근하는

---

24) 이에 대해서는 최동현, 『판소리란 무엇인가』 에디터, 1994, 109쪽, 174쪽, 183-184쪽 참조.
25) 노재명, 『판소리 음반 사전』, 이즈뮤직, 2000, 324쪽, 331쪽 참조.
26) 백현미, 『한국 창극사 연구』, 태학사, 1997, 172쪽.

측면이 있다는 점 등에서 그렇다. 그러나 판소리는 근본적으로 서사물이기 때문에, 판소리에는 여러 가지 서술이 등장한다. 백현미는 이러한 서술을 관념적 서술·편집적 서술·장면전이적 서술·등장인물의 행동묘사 및 심리묘사·고정된 대상 묘사 서술·파노라마적 서술의 여섯 가지로 분류하여 설명하고 있다.27) 이러한 다양한 서술 때문에 판소리를 창극화할 때는 서사물에서 서술자 역할을 하는 사람이 필요하게 되는데, 그것이 바로 '도창'이라는 존재이다.

그런데 판소리를 전집물로 녹음할 때는 여러 명의 소리꾼을 등장시켜 녹음을 하였다. 그러다 보니 자연히 배역을 정하여 부를 수밖에 없게 되었다. 물론 기술적인 문제 때문에 판소리 전집물에는 판소리의 등장 인물과 같은 수의 소리꾼이 등장하지는 않는다. 그러기 때문에 전집물에서의 배역은 확정된 것이 아니라, 느슨한 형태의 것이 되었다. 어떤 한 소리꾼이 일관되게 한 등장인물의 역할만을 하지 않고, 편의에 따라 수시로 바뀌는 형태를 취하였다는 말이다. 그렇지만, 배역을 정하여 하다 보니 자연히 등장인물의 대화가 아닌 부분을 맡을 사람이 생기게 되었는데, 이 사람을 바로 '도창'이라고 불렀다. 이러한 도창은 최초의 전집물인 「일축판 춘향가」에서부터 등장한다. 물론 도창을 처음부터 한 사람이 맡아서 부른 것은 아니었다. 예컨대 「콜럼비아판 춘향전」 같은 곳에서는 김창룡이 대부분의 도창을 맡았으나, 이화중선도 상당 부분에서 도창의 역할을 하고 있다.

그러나 판소리 전집물에서는 모든 서술을 다 도창화하지는 않았다. 긴 판소리를 짧게 녹음하다 보면 줄이는 것만으로는 부족하여 빼버리는 부분이 있게 마련이기 때문이다. 백현미에 의하면, 최초의 전집물인 「일축판 춘향가」의 경우 관념적 서술·편집적 서술·고정된 대상 묘사 서술 등의 경우에는 거의 다 소거의 방법을 택했다는 것이다.28)

---

27) 백현미, 앞의 책, 174-177쪽.
28) 백현미, 앞의 책, 144-177쪽 참조.

   그렇다면 폴리돌판 「적벽가」의 경우는 어떤가. 첫째, 도창의 역할이 고정되어 있지 않다. 배역 또한 고정되어 있지 않다. 앞의 '3. 소리 대목과 창자의 구성'의 표를 보면 한 대목을 두 사람 이상이 부를 경우 어느 정도 도창이 구분되어 정정렬이 대부분의 대목에서 도창을 맡고 있는 것처럼 보인다. 그러나 한 사람이 부른 경우에도 도창이 맡아야 할 부분이 많기 때문에 정정렬이 도창을 맡고 있다고 하기 어렵다. 예를 들어 보자.29)

   ①(아니리)
   정정렬 : ㉠삼인이 도원결의허고, 기병보국허올 적에 모사
            는 서서 방통이었다. 조조는 꾀로써 서서의 모친의
            위조 필적으로 서서를 유인허니, 서서 하릴없어 한
            실을 하직허고, 고왈, 남양 와룡선생 신출귀몰하온
            말쌈 현주전 부탁허고 섭섭히 떠난 후에, 현주는 공
            명을 모실 양으로, 처음 가 못 뵈옵고, 두 번째 허
            행이라. ㉡세 번째 삼인이 삼고초려허는디,

   ②(진양조)
   김창룡 : ㉠당당한 유현주난 신장은 팔척이요, 수수과슬이
            라. 오모홍포의 쌍고검을 빗기 차고, 적로마상의 앉
            인 거동 위엄이 늠름하고, 관공 위엄 볼작시면, 얼
            굴은 누른 대초빛이요, …… ㉡현세옥백 날래 챙겨,
            비척비척 와룡강을 넘어 남양 융중 초당 밖에 이르
            니, 동자가 서 있거날, 현주께서 반기보고 동자 불
            러 묻는다.

---

29) 여기서 들고 있는 사설은, 1991년 신나라레코드에서 복각한 폴리돌판
    「적벽가」(SYNCD-007)의 해설지에서 인용하였다. 이후로도 폴리돌판
    「적벽가」 사설은 이 해설지에서 인용한다. 이 사설은 최동현이 채록하였다.

③(아니리)

김창룡 : "동자야."

임소향 : "예."

김창룡 : "오늘은 선생이 계웁시냐?"

임소향 : "초당의 춘수 깊었내다."

④(중모리)

정정렬 : ㉠현덕이 반기 듣고, 완완히 들어가 계하으 읍허
고, 반일이 진토록 대시허고 서 있으되, 공명이 이
렇듯 누웠으니, 익덕이 징을 내어 고성으로 말을 헌
다.

이동백 : ㉡"어! 유관장 우리 형제 저만 사람 보랴허고,
북풍은 삽삽헌디 삼고초려 지극커늘, 잠든 체하는
고? 저렇듯 거만을 부려? 저놈의 초당을 패어 무찔
러 한끄럼지 불을 싸 버썩 질러, 공명이 재조 있다
니, 누웠나, 잠잔가, 가수인가 분명 알아보리라."

정정렬 : ㉢우루루루루루루 쫓아 들어가니 현덕의 어진 마
음 익덕의 손을 잡고 간곡히 말을 헌다.

이동백 : ㉣"현제야, 아우는 그리 말라. 춘추적 제 환공도
동곽야인 보랴허고 다섯 번을 찾아갔다 한 번 계우
보아 있고, 우리도 지성으로 정성들여 볼 테이니,
운장은 익덕을 다리고 멀리 가 서 있으라."

　위에서 ①의 아니리와 ②의 창 부분은 도창이 맡아야 할 부분이
다. ①은 사건의 요약 서술(㉠)과 장면전이적 서술(㉡)이고, ②는
등장인물의 행동묘사(㉠)와 장면전이적 서술(㉡)이기 때문이다. ④
의 ㉠과 ㉢도 장면전이적 서술로서 도창이 맡아야 할 부분이다. ①
과 ②는 한 대목 전체가 같은 성격의 서술들이기 때문에 별 문제가
없으나, ④는 한 대목 안에 서술과 대사가 섞여 있다. 그런데 여기

서는 일단 서술과 대사를 분명하게 구분하였다. 일반적으로는 서술을 하고 있는 부분들은 도창 한 사람이 맡아야 하는데, 이 부분들을 정정렬과 김창룡 두 사람이 맡고 있다. 도창이 일정하게 정해져 있지 않다는 말이다. 예문만을 보면, 일단 대사와 서술은 구분하였으나, 서술 부분을 맡아야 할 도창을 정하지는 않은 것이다. 그렇다면 이는 도창이라고 하기 어렵다. '도창'의 경우에는 분명하게 배역이 분화되어 있어서 한 사람이 맡아야 할 것이기 때문이다.

아니리의 경우에는 분명하게 배역을 정해서 하는 것처럼 보인다. 인용문만을 본다면, 김창룡과 임소향이 각각 현덕과 동자의 배역을 맡아서 대사를 주고받고 있다. 여기만 본다면 이는 '입체창'[30]이라고 할 수 있다. 입체창은 배역을 정하여 놓고 그 배역에 따라 소리를 하는 것이기 때문이다. 그런데 배역이 정해져 있다면 아니리와 창을 일관하여 한 소리꾼이 한 등장인물을 맡아서 처리해야만 할 것이다. 그런데 상황은 그렇지 않다.

위에 인용한 대목의 배역을 정리하면 다음과 같다.

도창 : 정정렬, 김창룡
현덕 : 김창룡, 이동백
장비 : 이동백
공명 : 임소향

이러한 결과를 보면 배역을 정했다고 보기 어렵다. 단순하게 서술과 대사를 구분하고, 대사를 또 등장인물에 따라 구분하였다는 정도의 것이라고 할 수 있다.

그런데 폴리돌판 「적벽가」의 경우에는 서술과 대사를 구분하지 않은 곳이 많다.

---

30) '입체창은' 배역을 나누어 소리를 하는 것이고, '분창'은 몇 사람이 대목을 나누어 소리를 하는 양식이다. 입체창은 다분히 극적인 것이라면, 분창은 서사적이다.

⑤(중중모리)

김창룡 : 공명 선생 유관장과 본진으로 돌아오니, 병불만
천이요, 장불과십인이라. 조그만한 하구땅에 계우
굴어용슬하고, 천하사를 의론할 제.

⑥(아니리)

조학진 : 관운장이 기꺼치 아니하며, "공명이가 나이 어린
지라 진실한 재조 보인 일이 없거날, 태과히 대접하
니 가치 아니한가 하나니다." 현덕 왈, "내가 공명을
얻음이 용이 여을 구름을 얻음과 같은지라, 아우는
그리 말라." 그 시에 군사 보허되, "조조 하후돈으로
10만 병을 거나리고 짓쳐들어옵니다." 공명이 급히
운장을 모으며.

⑦(자진모리)

정정렬 : "운장은 일 천 군을 거나리고, 박망파 한 뫼 있
어 이름은 예산이요, 우편으 있는 숲은 안림산이라.
그 산으 매복하였다. 적병이 지낼 때 양초 뒤에 있
을 터이니, 박망성을 향하야 불로 치라. 조운은 전
군 선봉을 잡어 적장을 유인허라." 그 때 하후돈·
우금은 박망파를 당도헌다. 현덕 진에서 자룡이 나
와 대결허다. 거짓 패를 하야 정신없이 달어나니,
돈이 겉이 쫓아간다. 그 때여 현덕은 패군졸을 거나
리고 통곡하여 허는 말이, "내의 아까운 장수들을
사생을 알 수 없이니 어찌 아니 한심허리." 그 때여
자룡이는 전후진퇴로 대진허다 장판파 다다르니, 익
덕이 창을 들고 교상에 서 크게 불러, "자룡아, 너
난 어찌 우리 가가를 배반하느뇨?" "나는 주모와 소
주인을 찾느라고 낙후하얐거든 반한다허느뇨? 주공

이 어데 계시더니까?" "전면 멀지 않게 계시노라."
미축다려, "너는 감부인을 모시고 먼저 가면, 나는
미부인과 소주인을 찾어 가노라." 부탁허고 떠나 한
곳을 다다르니, 뜻밖의 일포군이 일어난다. (이하
생략)

인용문 ⑥과 ⑦을 보면 아니리나 창이나 모두 서술 부분과 대사
부분을 구분하지 않고 있다. 배역은 말할 것도 없다. ⑥에는 도창·
관운장·현덕·한 군사 등 네 사람의 배역이 필요하고, ⑦에는 도
창, 공명·현덕·자룡·장비 등 다섯 사람의 배역이 필요하다. 그런
데도 배역을 구분하지 않았다. ⑤에서 ⑦에 이르기까지 그저 김창
룡·조학진·정정렬이 한 대목씩을 맡아서 불렀을 뿐이다. 이렇게
부르는 것을 '분창'이라고 한다. 결국 폴리돌판 「적벽가」에는 서술과
대사를 구분한 부분과 구분하지 않은 부분이 공존하고 있다는 얘기
가 된다.
　이러한 점은 최초의 전집물인 「일축판 춘향전」이 서술과 대사를
구분하여 도창을 이동백이 끝까지 맡고 있는 것과 좋은 대조를 이
룬다. 물론 「일축판 춘향전」은 이동백·김추월·신금홍 세 사람이
녹음을 하였기 때문에, 등장 인물에 따른 배역이 고정적이지는 않
다. 그래서 이동백이 도창뿐 아니라, 춘향모와 변학도·호장 등 여
러 배역을 맡아한다. 김추월도 이도령 역할뿐만 아니라, 춘향이나
군로사령 등의 역할을 한다. 그러나 이것은 출연자 수가 적어서 어
쩔 수 없이 그럴 뿐이다. 그러기 때문에 이러한 것은 완전한 입체
창이라고 할 수 있다.

　⑧(아니리)
이동백 : 기생 점고 본 연후에 춘향을 부르시는데,

　⑨(중중모리)

이동백 : 군로사령이 나간다. 군로사령이 나간다. 사수털
　　　　벙거지 넘일광단 안을 받쳐 제비행전에 홍당띠 아
　　　　을 걸어 들메이고, 섭수 쾌자 남견대띠를 잔뜩 눌러
　　　　띠고, ○○을 나간다. 소리꺼정 지른다.
김초향 : "이 애. 김번수야!"
신금홍 : "왜 그러느냐?"
김초향 : "이 애 박번수야!"
신금홍 : "무엇 하느냐?"
김초향 : "걸리었다, 걸리어."
신금홍 : "거 뉘기가 걸렸느냐?"
김초향 : "춘향이가 걸렸다."
합　　창 : "옳다, 그 제기 붙고, 발기를 갈 년. 양반 서방을
　　　　하였노라 우리를 보면 초리로 알고, 당혀만 잘잘 끌
　　　　며 교만이 너무 많더니, 잘 되고 잘 되았구나. 네나
　　　　내나 사정을 두면은, 너도 제기 붙고, 나도 제기를
　　　　붙나니라."
이동백 : 저렇듯 말을 헤며, 영주각을 돌아서 오작교 다리
　　　　에 우뚝 서,
합　　창 : "춘향아!"
이동백 : 부르넌 소리 원근 산천이 모도 쩌렁거리는구나.
합　　창 : "사또 분부가 지엄허니, 지체말고 나오거라!"

⑩(아니리)
이동백 : 이 때야 춘향이는 되련님 이별허고 시름 상사로
　　　　병이 되야, ○○○○○○을 먹고 기운 없이 누워,

⑪(중모리)
이동백 : 혼잣말로 자탄헌다. 그 사설이 가련쿠나.
신금홍 : "갈까보다. 갈까보다. …… (이하 생략)"31)

위 예문을 보면 서술과 대사를 철저하게 구분하고 있음을 알 수 있다. 해설 부분은 도창인 이동백이 맡고 있으며, 김추월은 군로사령, 신금홍은 김번수와 박번수, 그리고 춘향 역할을 맡고 있다. 번수들이 함께 고함을 지르는 부분은 합창으로 처리하였다. ⑪에 와서 신금홍이 다시 춘향 역을 맡는 것은 처음부터 신금홍이 춘향 역으로 고정되어 있었기 때문이다. ⑨에서 김번수와 박번수 역할을 맡은 것은 출연자 수가 적어서 어쩔 수 없었기 때문이다.

「폴리돌 적벽가」에서는 도창의 도입이나, 대사에 따른 배역의 분화 등 그 어느 것도 일관성 있게 이루어지지 못했다. 창과 아니리를 따로 구분하여 배역의 분화 여부를 조사한 결과는 다음과 같았다. 창으로 부르는 부분 총 56대목 중에서 등장인물이 둘 이상이거나 서술과 대사가 합쳐져 있어 배역을 나누어야 할 곳은 모두 30대목이다. 이 중에서 10대목(2, 6, 25, 39, 40, 47, 48, 49, 52, 56 대목)은 배역을 나누었고, 20대목은 배역을 나누지 않았다. 반면에 아니리로 되어 있는 대목은 총 38대목인데, 그 중에서 배역을 나누어야 할 곳이 총 22대목이다. 그런데 배역을 나눈 곳이 14대목, 나누지 않은 곳이 8대목이었다. 그렇다면 전체적으로 배역 분화가 철저하게 이루어지지 않았지만, 그런 가운데서도 아니리 부분은 창 부분에 비해 상대적으로 배역 분화가 더 이루어졌다고 볼 수 있다. 그렇지만 역시 배역이 고정되어 있는 것은 아니다. 그래서 입체창이라기보다는 분창이 더 많은 형식이 되어버렸다. 이는 도창을 도입하고, 배역 분화를 하여 극에 접근해 가던 「일축판 춘향전」에 비해서도 오히려 퇴보했다고 평가할 수 있는 것이다.

그렇다면 왜 이런 어정쩡한 결과에 이르게 되었는가. 창, 혹은 소리 중심의 전집물을 만들려고 하였기 때문이라고 할 수 있다. 아니리 부분보다도 창 부분에서 배역의 분화가 덜 되어 있는 것은 바로 창, 혹은 소리 중심의 지향성 때문이다. 그러기 때문에 아니리의 분

---

31) 『일축판 춘향전』 해설지, 신나라 레코드, 1995에서 인용하였다. 이 사설은 최동현이 채록하였다.

량도 줄어들었다. 판소리는 '창 — 아니리 — 창 — 아니리'와 같이 창과 아니리의 교체 반복 구조[32]로 되어 있기 때문에 창으로 부르는 대목과 아니리로 하는 대목의 수는 비슷하다. 때로 창 부분은 아니리 없이 장단만 바꾸어가면서 연속되는 수도 있기 때문에, 창 대목의 수에 비해 아니리 대목의 수가 다소 적을 수는 있지만, 그렇다고 큰 차이가 나는 것은 아니다. 그런데 앞의 결과에서 보듯이 창 대목은 총 56대목인데, 아니리는 38대목에 불과하다. 수가 적을 뿐만 아니라, 길이도 짧다.

⑫(아니리) 전면에 두 길이 있는지라 조조 제장다려 물어 왈, "이 길은 어느 지경으로 닿았으며 저 길은 어느 지경으로 행하느냐." 제장이 여짜오되, "대로는 초평하오나 이십리가 더 머옵고 소로는 가차우니 화룡도 길이 험악하오니 초평대로로 가사이다." 조조 위급함만 생각하고, "소로로 가자." 정욱이 여짜오되, "소로 산상에 화광이 있사온즉 몽연지처에 필유군마 유지날이니 초평대로로 가사이다." 조조가 듣고 화를 내어, "네가 병서를 무르고 장수라 어이 다니는고. 병서를 들어보라 실즉허하고 허즉실이라. 꾀많은 공명이가 대로에 복병하고 소로에 헛불 놓아 날 못가게 유인한들 제까짓놈 꾀에 빠질소냐. 잔말 말고 화용도로 가자." 장졸을 억제하고 화룡도로 들어갈 제[33]

---

32) 김흥규, 판소리의 서사적 구조, 조동일 · 김흥규 편, 『판소리의 이해』, 창작과비평사, 1978, 116쪽.
33) 박봉술 창본 적벽가, 김진영 외 편, 『적벽가 전집』 1, 1998, 박이정, 484쪽.

⑬(아니리)
이동백 : "애야. 그것 다 그만두고 행군해라."
정정렬 : "화룡산상에는 연기가 나옵고, 남군대로에는 동
            정이 없사오니, 어느 질로 가오리까?"
이동백 : "어, 꾀 있는 공명이가 대로에 복병하고, 화용도
            로 못 가게 질러놓은 화염불이라. 염려 말고 들어가
            자."

⑫는 박봉술 창본 「적벽가」이고, ⑬은 폴리돌판 「적벽가」이다. 우
선 길이에 있어서 훨씬 차이가 나는 것을 한 눈에 알 수 있다. ⑫
에 있는 서술들을 ⑬에서는 다 빼버렸다. 두 사람이 등장하여 마치
연극에서 대사를 주고받듯이 처리했으므로, 서술들은 자연히 소용
이 없게 된 것이다. 뿐만 아니라, 이야기 전개상에서 꼭 필요하지
않은 내용은 과감하게 생략해 버렸다. 그러니까 ⑬에서는 어느 길
로 갈까를 묻고, 답을 하는 것으로 만들었는데, 그 답 속에 왜 그곳
으로 가야하는지에 대한 이유까지를 짤막하게 말한 것이다. 이렇게
해서 길이가 매우 짧아져 버렸다.
　이렇게 아니리를 줄인 곳도 많지만, 그보다는 창 속에 장면전이
적 서술을 포함시킴으로써 아니리를 생략한 경우도 많다. 앞에서
'설움타령'이 아니리 없이 계속 이어진다고 했거니와, 이 대목들에서
는 "또 어떤 군사는 벙치 벗어 땅으 놓고, 군복 벗어 손으 쥐고, 고
향산천을 바라보며, 고당상을 찾고 울음을 운다"(이동백의 '부모 생
각' 앞), "이렷닷이 울고 나니, 또 한 군사가 내달으며 방성통곡으로
울음을 운다"(김창룡의 '부모 생각' 앞) "또 한 군사가 내달으며, 설
움타령을 허는구나"('자식 생각' 앞)와 같은 장면전이적 서술을 통해
다음 대목으로 자연스럽게 넘어가게 하면서 아니리를 없앤 것이다.
　다음과 같은 곳에서는 아니리로 처리해야 할 것을 창으로 불러
아니리를 없앴다.

⑭(진양) 바람은 우루루루 지동치듯 불고 궂은 비는 퍼붓
         는데 갑옷 젖고 기계 잃고 어디메로 가야만 살리.
         조조 군중에 영을 보아 촌락노략 양식 얻고 말도
         잡어 약간 구급허고 젖은 옷 쇄풍에 달고 게우 기
         어 내려갈 제 한 고장을 바라보니 한수여울 흐른
         물이 이릉으로 다었난디 적적산곡 청계상에 쌍쌍백
         구만 흩었구나. 두 쭉지를 쩍 벌리고 펄펄 수루루루
         둥덩 우후청강 좋은 흥미 묻노라 저 백구야 너는
         어이 한가허여 홍요월색 어인 일고. 어적수성이 적
         막헌디 뉘 기약을 기다리나. 범피창파 홀로 떠서 오
         락가락 선유하고 나는 어이 분주허여 천리전장 나
         왔다가 백만군사 몰사를 시키고 풍파의 곤한 신세
         반생반사 되얐으니 무슨 면목으로 고향을 갈거나.
         애처롭고 분한 뜻을 어이하면은 갚드란 말이냐.
(아니리) 탄식하던 끝에 히히히 해해해 대소하니 정욱이
         기가 막혀, "야들아 승상이 또 웃으시겠다. 승상이
         웃으시면 복병이 똑똑 나느니라." 조조 듣고 화를
         내어, "이 놈들아 내가 웃으면 복병이 똑똑 난다는
         말이냐. 이전에 우리집에서는 아무리 웃어도 복병은
         커녕 뱃병도 없더라." 한참 이러할 제 좌우산곡에서
         복병이 일어나니 정욱이 가가 막혀, "여보시요 승상
         님 어서 즐기는 웃음이나 웃으시요. 죽어도 한이나
         없게." 조조 웃음 쑥 들어가며 미처 정신 못차릴
         제,
(잦은몰이) 장비의 거동봐라. 표독한 저 장수 먹장낯 고리
         눈에 다박 수염을 거사리고 흑총마 칩떠 타 사모장
         창 들고 불꽃같이 급한 성정 맹호같이 달려들어,
         ……(이하 생략)34)

⑮(중모리)

정정렬 : 허저·장요·장합 등이 조승상을 부축하야 간신
　　　　히 도망할 제, 이릉 어구를 당도허니 날이 장차 밝
　　　　어지니, 동남풍은 불식이라. 호로곡을 당도허여 사
　　　　면을 바라보더니, 조조 "흐히 하하." 중관이 허는 말
　　　　이, "승상님 또 웃어서 큰 일 났소."

(자진모리)

정정렬 : 이 말이 지듯마듯 뇌고소리가 '꿍.' 한 장수 나온
　　　　다. 얼굴이 먹장 같고, 고리눈, 다박수염, 사모장창
　　　　을 눈 우에 번뜻 들고, 우뢰같은 큰 소리, 벽력같이
　　　　뒤지르며 나오는디, …… (이하 생략)

위에 인용한 대목은 조자룡에게 한 번 혼이 난 조조의 패잔병이
장비를 만나 또 다시 죽을 고비를 맞게 되는 대목이다. 이 대목이
⑭에서는 '창 — 아니리 — 창'으로 되고 있는데, ⑮에서는 '창 —
창'으로 처리되고 있다. ⑭에서 아니리로 처리한 조조의 웃음을 ⑮
에서는 아니리를 생략하고 앞의 창에 포함시켜 간략하게 처리하고
는 바로 장비가 등장하는 대목으로 이어진다. 물론 호로곡으로 패
주하면서 조조가 탄식하는 대목도 간략하게 처리하기는 마찬가지
다. 그러나 중요한 것은 양을 줄이는 것뿐만 아니라, 기능을 바꾸었
다는 점이다. 곧 아니리로 해야 할 대목을 통째로 없애버린 다음
그 내용을 창으로 전환하여 간략하게 처리했다는 것이다.

판소리에서 아니리는 장면 전환의 기능이나, 골계적 표현을 통한
정서적 이완의 기능 외에도 창자로 하여금 창을 잠시 쉬면서 숨을
돌리도록 하는 기능을 하기도 한다. 그러기 때문에 아니리 없이 계
속 창만 이어져서는 안 된다. 창자가 부르기에 너무 힘이 들기 때
문이다. 그런데 폴리돌판 「적벽가」에서는 아니리를 생략하거나 창

---

34) 박봉술 창본 적벽가, 김진영 외 편, 『적벽가 전집』 1, 1998, 박이정,
　　482-483쪽.

으로 바꾸어 아니리 없이 창만 계속 이어지게 되어 있는 대목이 많
다. 이것을 혼자 불러야만 한다면 참으로 부르기가 어려웠을 것이
지만, 여럿이 부르기 때문에 이러한 양식이 가능할 수 있었다. 아니
리가 없어도 창자를 바꾸어 숨을 돌릴 수 있는 여유를 가질 수 있
었기 때문이다.

　지금까지 살펴 본 여러 가지 특성은 결국 폴리돌판 「적벽가」가
어정쩡한 위치에 있음을 드러내준다. 내용이나 출연진을 본다면 비
교적 '소리' 지향성이 강하다고 할 수 있다. 그러나 이러한 목표에
도달하기 위해서는 그에 걸맞는 새로운 양식을 개발해야만 하였다.
그것은 아마도 분창 형식이어야 했을 것으로 생각된다. 그런데도
제목을 「창극 화용도전집」35)이라고 했다든가, 부분적으로는 대사를
나누어 맡아서 연출하였다든가 하는 면에서는 '창극'의 형태를 따르
고 있다. '소리'를 중심으로 기획을 했으면서도, 당시의 일반화된 판
소리 공연 양식인 창극의 형식을 완전히 털어내지는 못했기 때문이
다. 그러다 보니 어정쩡한 양식이 되고 말았던 것이다. 결국 이 음
반은 크게 성공하지는 못한 듯하다. 이러한 양식을 따른 전집물이
다시는 나오지 않았기 때문이다. 그 후 창극을 본따 입체창 형식을
갖춘 「빅타판 춘향전」이 1937년 발매되어 크게 성공하면서, 입체
창이 전집물 녹음 방식으로 확고하게 자리잡고 말았다. 결국 폴리
돌판 「적벽가」는 실패한 대로 전집물 녹음 방식에 대한 하나의 실
험이었던 셈이다.

---

35) 물론 여기서 사용한 '창극'이라는 용어가 꼭 창극을 지칭하는 것은 아니다.
　　당시에는 '창극'이라는 용어를 판소리를 가리키는 용어로 사용했기 때문이
　　다. 『조선창극사』 같은 경우가 대표적인 예이다. 그러나 당시에 판소리를
　　대표하는 공연 양식은 '창극'이었다. 그러기 때문에 이 용어가 '창극'이라는
　　특정 양식과 전혀 관련이 없는 것은 아니다.

5. 맺음말

　본고는 폴리돌판 「적벽가」를 대상으로, 발매 배경, 소리 대목과 창자의 구성, 사설의 특성을 살펴 보았다. 이 음반은 한국 시장에 뒤늦게 진출한 다른 회사에 대한 열세를 일시에 만회하고자하여 「심청전」과 함께 기획된 것이다. 그래서 당시의 최고 명창들을 대거 동원하여 녹음에 임하였다. 여기에 등장하는 소리꾼은 김창룡·이동백·정정렬·조학진 등으로 중고제, 동편제, 서편제 소리꾼을 다 아우르고 있다. 그렇지만 전체적으로는 정정렬의 역할이 가장 커서 당시 정정렬의 위상을 짐작할 수 있게 한다.

　이 전집에서는 '삼고초려'를 김창룡이 부르고 있는데, '삼고초려'는 김창룡의 더늠으로 알려져 있어, 더늠을 만든 사람이 직접 소리를 한 매우 귀한 예를 보여준다. 소리 대목의 구성에서는 '새타령'과 '장승타령'이 빠졌는데, 이는 이 녹음에 참여하지 않은 송판 계열의 동편제 소리에 있던 것이 아닌가 생각된다. 또 이 전집에서는 '군사 설움타령'이 전체 18장 중 두 장 반을 차지한다. 설움타령의 종류도 네 가지나 되고, 창자도 모두 동원하는 등 질과 양에 있어서 이 전집의 중심적인 부분이 되고 있는데, 이는 당시 점증하고 있던 슬픈 소리에 대한 청중의 기호를 적극적으로 반영한 결과로 보인다.

　이 음반에서는 부분적으로는 배역을 정해 대사를 맡는 등 당시에 유행하고 있던 공연 양식이었던 창극 양식을 일부 따르면서도, 한편으로는 아니리를 대폭 축소하는 등 '소리' 중심의 지향성을 보이고 있다. 그 결과 이 음반은 어정쩡한 형태의 것이 되고 말았다. '소리' 중심의 기획을 했으나, 당시 판소리의 대표적인 공연 양식이었던 창극의 틀을 벗어나지 못했기 때문이다. 그 결과 이 음반은 대명창들을 다수 동원했음에도 크게 성공한 것처럼 보이지는 않는다. 그래서 다시는 이러한 양식의 전집물이 나오지 않았으며, 1937년 「빅타판 춘향전」이 크게 성공하면서 창극 형식을 따른 입체창 양식이 전집물 녹음의 방식으로 확실한 위치를 차지하게 된다. 따라서 폴리돌판 「적벽가」는 실패한 대로 일제강점기 판소리 전집물 녹음의 한 특별한 예를 보여준다 하겠다.

우리말 속담의 장형한자화와 그 의미

최 창 렬*

목 차

1. 머리말

이 글은 토속적인 정서를 불러일으키면서 신선한 충격으로 우리의 삶의 지혜를 늘 일깨워 주는 순우리말 속담이 칠언 이상의 장형속담으로 한자화된 것을 찾아 그 유형과 의미에 관해 살펴보려는데 그 목적이 있다.

우리말 속담이 한자숙어화를 할 때에는 단형속담으로서 가장 많은 것이 사언속담이다. 그리고 그보다 긴 오언과 육언이 있고 그보다 더 짧은 것으로는 삼언속담도 가끔 보인다. 이에 비하여 장형

---

* 전북대학교 국어교육학과 교수

으로서는 팔언속담이 가장 많다. 그리고 그보다 긴 9언이나 10언 또는 11언이나 12언속담도 있고 그보다 짧은 것으로는 칠언속담도 가끔 보인다. 그러면 이제부터 칠언속담류를 비롯해서 12언속담이 이르기까지 우리말 속담의 장형한자화 속담을 유형별로 나누어 그 의미를 살펴보기로 한다.

2. 칠언속담과 그 확대파생

우리말 속담이 한자화 파생을 함에 있어 사언에서 육언까지는 자주 나타나는 중형속담류로 볼 수 있기 때문에 칠언 이상으로 한자화된 것을 여기서는 장형속담류에 넣으려 한다. 그러면 칠언속담류에는 어떤 것이 있는지 그리고 그것이 우리말로 된 원형속담으로서는 어떤 뜻을 담아 어떻게 쓰여 오고 있는지에 관해 살펴보기로 하자.

2.1 ‘千里行始於足下’와 ‘伶俐猫夜眼不見’

이 세상에 아무리 크고 많은 것이라도 그 처음 시작은 아주 작은 데서부터 비롯되는 것이다. 그러기 때문에 그 작은 데서 비롯되는 시작이 중요하다. 이런 뜻을 먼길을 가는 데 비유하여 나타낸 순우리말 속담에 다음과 같은 것이 있다.

천리 길도 한 걸음부터

이 속담의 원래 뜻을 담아 완성문으로 갖춰서 쓰는 속담도 다음과 같이 익어져 있다.

    → 천리 길도 첫 걸음부터 시작된다.
        → 천리 길도 한 걸음씩 내떼서 간다.

이것이 다음과 같이 칠언속담으로 한자화되었다.

    ⇒ 千里行始於足下

이번에는 천리 길을 늘여서 나타내기도 하고 또 줄여서 나타내기도 한다.

    → 만리 길도 한 걸음으로 시작한다.
        → 백리 길도 한 걸음으로 시작한다.

이 속담의 원뜻을 그대로 말 한마디 한마디에 살려서 속담으로 쓰기도 한다.

    → 작은 것으로부터 큰 것 이룬다.

이것을 이번에는 나무에 비유하여 더 알기 쉽게 나타낸 속담도 있다.

    ┄┄→ 낙락장송도 근본은 종자

이것을 정리하면 다음과 같다.

작은 것으로부터 큰 것 이룬다.
        → 천리 길도 첫 걸음부터 시작된다.
            → 천리 길도 한 걸음씩 내떼서 간다.
                → 천리 길도 한 걸음부터
                ⇒ 千里行始於足下

→ 만리 길도 한 걸음으로 시작한다.

→ 백리 길도 한 걸음으로 시작한다.

┈┈→ 낙락장송도 근본은 종자

사람이 영리하면 실수가 없을 듯하지만 역시 부족하고 어두운 점은 있게 마련이다. 영리한 사람이 너무 약게 굴다가 도리어 기회를 놓쳐서 아무 것도 얻은 것이 없게 되는 수가 있는 법이다. 이러한 의미를 꾀가 많은 고양이에게 비유한 속담이 익어져 있다.

영리한 고양이가 밤 눈이 어둡다.

→ 영리한 고양이가 밤눈 못 본다.

이 속담이 다음과 같은 칠언속담으로 한자화되어 쓰인다.

⇒ 伶俐猫夜眼不見 (莫云其察 亦或有昏 ― 東言解)

이 속담에서 약빠른 고양이가 밤눈만 어두운 것이 아니라 낮눈도 어두워서 코앞의 일도 보지 못하여 얻는 것이 없다고 더 폭넓게 말하는 다음과 같은 유사속담이 파생되고 있음을 본다.

→ 약빠른 고양이 앞을 못 본다.

→ 약빠른 고양이 상 못 얻는다.

이번에는 고양이를 강아지나 참새에 비유한 다음과 같은 변이형 유사속담도 파생되고 있다.

→ 약빠른 강아지 밤눈 어둡다.

┈┈→ 지레 역은 참새 방앗간 지나간다.

여기에서 '역다'는 제게 이롭게만 구는 태도가 있다는 뜻으로 '약다'의 다른 표현의 말이니 이러한 파생과정을 정리하면 다음과 같다.

> 영리한 고양이가 밤눈 어둡다.
> → 영리한 고양이가 밤눈 못 본다.
> ⇒ 伶俐猫夜眼不見
> → 약빠른 고양이 앞을 못 본다.
> → 약빠른 고양이 상 못 얻는다.
> → 약빠른 강아지 밤눈 어둡다.
> ──→ 지레 역은 참새 방앗간 지나간다.

2.2 '堂狗三年吠風月'과 '主人乏醬客厭羹'

사람은 누구나 뱃속에서부터 배워가지고 태어난 것이 아니다. 따라서 아무리 재주가 없고 무식한 사람이라도 재주가 있고 유식한 사람과 함께 오랫동안 하는 일을 오래 보고 듣고 하면서 함께 지내다 보면 무엇인가 할 줄도 알게 되고 다소의 견문은 트이게 마련이다. 이러한 의미를 짐승이 사람 지혜를 닮아간다는 데 비유한 다음과 같은 속담이 있다.

> 서당개 삼 년에 풍월을 한다.
> → 서당개 삼 년에 풍월을 짓는다.

이 속담에서 '짓는다'가 음운상의 유사에 의해 '짖는다'로 옮겨져서 다음과 같은 칠언속담으로 한자화되기에 이르렀다.

> ⇒ 堂狗三年吠風月

이 개에 비유한 속담은 원의미로 돌아서서 이렇게도 쓰인다.

→ 얻어들은 풍월

한편, 서당개에 비유한 속담의 파생은 독서당 개나 맹자집 개로 더 크게 부상되어 나타나기도 한다.

→ 독서당 개가 맹자 왈 한다.
→ 맹자집 개가 맹자 왈 한다.

또 다른 한편으로는 '꿩 잡는 것이 매'라 하지만 다른 새도 매가 꿩 사냥하는 것을 오래 보면 꿩을 잡는다고 비유한 변이형 유사속담이 다음과 같이 파생되고 있다.

→ 새매도 오래면 꿩을 잡는다.
→ 솔개도 오래면 꿩을 잡는다.

이를 정리하면 다음과 같다.

얻어들은 풍월
→ 서당개 삼 년에 풍월을 한다.
→ 서당개 삼 년에 풍월을 짓는다.
⇒ 堂狗三年吠風月
→ 독서당 개가 맹자 왈 한다.
→ 맹자집 개가 맹자 왈 한다.
→ 새매도 오래면 꿩을 잡는다.
→ 솔개도 오래면 꿩을 잡는다.

사람의 일이란 묘해서 꼭 있어야 할 것이 떨어져서 어려운 고비가 닥쳤는가 했더니 우연히 공교롭게도 그것이 없어도 되게 됨으로써 오히려 잘된 일로 바뀌는 수가 있다. 이러한 의미를 장모가 국 싫다는 사위 만나서 국 끓일 장이 떨어진 것 걱정할 필요 없게 되었다고 좋아하는 데 비유한 속담이 다음과 같이 익어져 있다.

가시어미 장 떨어지자 사위 국 싫다 한다.

사위는 백년지객이라 했거니와 이번에는 사위 대신 나그네가 등장한다.

→ 주인집 장 떨어지자 나그네 국 마다한다.
　→ 주인 장 없자 손 국 싫다 한다.

이 우리말 속담이 다음과 같은 칠언속담으로 한자화되어 쓰인다.

⇒ 主人乏醬客厭羹

이것이 육언으로 줄어서도 나타난다.

⇒ 主乏醬客厭羹 (彼不欲施 我亦非願 ― 東言解)

이것이 다시 팔언으로 확대되어 쓰이기도 한다.

⇒ 主人無醬客不嗜羹 (謂彼此不肯之語 ― 松南雜識)

이것을 다음과 같이 역순으로 말하는 속담도 있다.

→ 나그네 국맛 떨어지자 주인집에 장이 떨어진다.

한편, 이 속담의 뜻을 문턱 높은 집에 다리 긴 며느리가 들어와서 잘되었다고 비유한 속담으로 전이되어 나타나기도 한다.

→ 문턱 높은 집에 무종아리 긴 며느리 생긴다.
　→ 대문턱 높은 집에 정강이 높은 며느리 들어온다.

다른 한편으로는 이 속담의 의미로 나그네나 사위 또는 며느리와 같이 집에 들어오는 사람 대신 개가 새로 들어오는 데 비유하여 나타내기도 한다.

　　　──→ 확 깊은 집에 주둥이 긴 개 들어온다.

이를 정리하면 다음과 같다.

가시어미 장 떨어지자 사위 국 싫다 한다.
　→ 주인집 장 떨어지자 나그네 국 마다한다.
　　→ 나그네 국맛 떨어지자 주인집에 장 떨어진다.
　　　→ 주인 장 없자 손 국 싫다 한다.
　　　　⇒ 主人乏醬客厭羹
　　　　　⇒ 主乏醬客厭羹
　　　　　⇒ 主人無醬客不嗜羹
　　　　──→ 문턱 높은 집에 무종아리 긴 며느리 생긴다.
　　　　　→ 대문턱 높은 집에 정강이 높은 며느리 들어
　　　　　　온다.
　　　　　　──→ 확 깊은 집에 주둥이 긴 개 들어온다.

2.3 칠언속담의 연쇄확대

앞에서 칠언속담이 육언으로 줄어들기도 하고 팔언으로 늘어나기도 한다는 것을 보았거니와 이번에는 마치 노래에 이절 삼절이 있듯이 칠언속담이 연이어 세 번 다른 말로 바꾸어가면서 그 내용을 점층법으로 강화해 나가는 예를 들어보기로 하자.

이 세상에는 꼭 있어야 할 것도 있지만 있어서는 안 될 일도 있다. 아무 데에도 소용이 없고 도리어 해롭기만 한 것을 구체적으로 예를 들어 이르는 우리말 속담이 있다. 먼저 사람의 예를 들어 그 쓸모없음을 지적하면서 없어져야 마땅하다는 것을 나타낸 것부터 살펴보자.

> 지어미 손 큰 것
> → 맏며느리 손 큰 것
> → 계집 입 싼 것
> → 어린애 입 잰 것
> → 노인 부랑한 것
> → 중 술취한 것

다음은 집안에서 볼 수 있는 주방의 그릇이나 뜰의 신발이나 마당가의 담벼락의 예를 들어 나타낸 것을 보자.

> ┈┈→ 사발 이 빠진 것
> → 신발에 귀가 달리다.
> → 돌담 배부른 것

그 다음은 봄에 자주 내리는 궂은 비의 예를 들어 나타낸 것을 보자.

> ┈┈→ 봄비 잦은 것

이번에는 이 비의 예와 앞의 사람의 예를 겹쳐 나타낸 변이형을 보자.

> ┈┈→ 봄비가 잦으면 마을집 지어미 손이 큰다.

이러한 일련의 유사속담들을 나열하여 칠언시로 엮어서 나타낸 것이 있다.

> ⇒ 石墻飽腹眞無用
> 稚子能言亦匪賢

　　不願如今春雨水
　　顧君家母手如椽 （ 一 稗官雜記 卷四）

　여기에 담긴 뜻을 삼중의 칠언속담으로 점층법을 써서 확대파생시켜서 나타낸 것을 보기로 하자.

　⇒ 一日之患卯時酒
　　一年之患狹窄靴
　　一生之患性惡妻
　　（又云 腹肥石墙 多語兒童 費手室婦 無所用 言雖鄙俚 亦是格言也 一 慵齋叢話 卷八）

곧

　하루의 근심은 새벽술에 있고
　한 해의 근심은 신발 죈 데 있고
　평생의 근심은 성질이 못 된 아내에 있다.

라는 긴 속담으로 풀이된다.
　이와 같은 여러 속담의 예를 사언속담으로 한자화하여 모두 열거한 다음의 기록이 더욱 볼 만하다.

　諺以春雨水來 石墙飽腹 沙鉢缺耳 老人潑皮 小兒捷口 僧人醉酒
　泥佛渡川 家母手鉅 食簞有聲 爲無用之事 一 稗官雜記 卷四

　여기에 나타난 아홉가지 없어야 될 일을 살펴보면 앞에 든 우리말 속담의 예에는 나타나지 않았지만 진흙 마르지 않은 불상 냇물을 건네는 일이며, 도시락 밥을 먹으면서 요란한 소리를 내는 일도 꼴불견으로 없어야 될 일들이라고, 전래속담에서 이르고 있다고 기록하고 있다. 이를 정리하면 다음과 같다.

지어미 손 큰 것 → 맏며느리 손 큰 것 ⇒ 家母手鉅
→ 계집 입 싼 것 → 어린애 입 싼 것 ⇒ 小兒捷口
→ 노인 부랑한 것　　　　　　　⇒ 老人潑皮
→ 중 술취한 것　　　　　　　　⇒ 僧人醉酒
→ 사발 이 빠진 것　　　　　　⇒ 沙鉢缺耳
→ 돌담 배부른 것　　　　　　⇒ 石墻飽腹
→ 봄비 잦은 것　　　　　　　⇒ 春雨水來
→ 봄비가 잦으면 마을집 지어미 손이 크다.
⇒ 石墻飽腹眞無用
稚子能言亦匪賢
不願如今春雨水
顧君家母手如椽
⇒ 一日之患卯時酒
一年之患狹窄靴
一生之患性惡妻

3. 팔언속담과 그 변이형

우리말 속담을 한자화한 장형속담 가운데 가장 흔하게 나오는 것
이 팔언속담이다. 이제 이 팔언속담을 우리의 귀에 익은 것부터 차
례로 살펴 나가 보기로 한다.

3.1 '一婦含怨五月飛霜'과 '他人之宴曰梨曰栗'

우리는 흔히 여자는 약하다고 말한다. 그리고 조선조의 유교사상
에 길들어 남존여비사상에 익숙해 있다. 그러나 사람은 누구나 억
누른 감정을 오래도록 그대로 숨겨둘 수 만은 없는 법이다. 특히
약하다고 여기는 여인일지라도 함부로 대해 행여 무심코 마음을 아
프게 하기라도 하여 마음이 비뚤어져서 저주하고 원한을 품게 되면
예측할 수 없을 만큼 냉혹하고 사나워지게 마련이다. 이렇게 분통

이 터져서 갑작스럽게 돌변하는 여인의 매섭고 독한 성미를 날씨 더운 오뉴월일지라도 서릿발이 매섭게 내려치는 것으로 비유한 속담이 있다.

계집에 곡한 마음 오뉴월에 서리친다.

완판본 춘향전에서는 변사또 앞에서 춘향이가 억울함을 호소하는 말을 다음과 같은 팔언속담으로 이르고 있다.

⇒　一念抱恨 不知生死

그리고 이런 의미를 담은 우리말의 유사한 변이형 속담이 몇 가지로 더 나타나 있다.

→ 계집의 말은 오뉴월 서리가 싸다.
　→ 계집의 악담은 오뉴월에 서리 온 것 같다.
　　→ 여자의 악담에는 오뉴월에도 서리가 온다.

이러한 일련의 속담이 다음과 같은 팔언속담으로 한자화되어 쓰이고 있다.

⇒　一念含怨 五月飛霜

사람들은 자기와 상관도 없는 일에 끼여들어 이러쿵저러쿵 쓸데없이 간섭을 하곤 한다. 이렇게 공연히 남의 일에 부당한 간섭을 하는 것을 싫어하는 뜻을 담은 속담이 있다. 먼저 제사상 간섭에 비유한 속담부터 살펴보자.

남의 제사에 감 놓아라 배 놓아라 한다.
　→ 남의 제상에 배 놓거나 감 놓거나

→ 사돈네 제사에 가서 감 내라 배 내라 한다.

이번에는 제사를 잔치로 바꾸어 말한 속담을 보자.

→ 사돈집 잔치에 감 놓아라 배 놓아라 한다.
→ 남의 잔치에 감 놓아라 배 놓아라 한다.
→ 남의 잔치에 감이야 배야

이것이 다음과 같은 팔언속담으로 한자화되어 쓰인다.

⇒ 他人之宴 曰梨曰柿 (言 不在不位 枉有干涉 ― 耳談續纂)

이 속담이 청각상의 착각을 의하여 '잔치'가 '장'으로 바뀌어 다음과 같은 변이형 속담으로도 쓰인다.

→ 남의 장에 감 놓아라 배 놓아라.

그리고 '감'이 '밤'으로 바뀌어 쓰인 변이형도 있다.

→ 남의 잔치에 밤이야 배야

이 변이형이 다음과 같이 한자화되어 쓰이기도 한다.

⇒ 他人之宴 曰梨曰栗

이러한 의미를 다르게 비유한 속담들도 많다. 자질구레한 것이 낱낱이 끼여든다고 비유한 속담은 다음과 같다.

→ 서홉에도 참여, 닷홉에도 참여
→ 닷곱에도 참례 서홉에도 참견

엉뚱한 일에 끼여들어 귀찮다고 비유한 속담은 다음과 같다.
　·······→ 시앗 싸움에 요강장수

염치없이 입맛 다시는 개에 비유한 속담은 다음과 같다.

　　·······→ 삭은 바자구멍에 노랑개 주둥이 내밀듯
　　　　→ 다 삭은 바자틈에 노랑개 주둥이 같다.

여자가 이것저것 가리지 않는다는 것을 넓은 치마폭이나 오지랖에 무엇이나 담으려 한다고 비유한 것에는 다음과 같은 것이 있다.

　　·······→ 열두 폭 치마를 둘렀나.
　　　　→ 치마가 열두 폭인가.
　　　　　→ 치마폭이 스물네 폭인가.
　　　　→ 치마자락이 넓다.
　　　　→ 치마폭이 넓다.
　　　　→ 오지랖이 넓다.

3.2 '富不三世 貧不三世'와 '來語不美 去語何美'

사람이 한 세상을 살다보면 어려운 일 괴로운 일을 잘 겪고 이겨내면 즐겁고 좋은 일도 있게 마련이다. 이것을 원래의 의미 그대로 살려 나타낸 속담이 있다.

　고생 끝에 낙이 있다.

　이 의미를 산을 힘들여 올라가면 쉽게 내려올 때도 있다는 데 비유한 속담으로도 나타난다.

→ 오르막이 있으면 내리막이 있다.
　　→ 태산을 넘으면 평지를 본다.
　　　→ 큰 산 넘어 평지 본다.

그리고 이 의미를 한편으로는 힘드는 일과 쉬운 일을 쓴맛 단맛에 비유하기도 하고 슬픔과 흥겨움에 비유하기도 하여 다음과 같이 팔언속담으로 한자화하여 쓰기도 한다.

⇒　苦盡甘來 興盡悲來

이 팔언속담의 특징은 '盡來 盡來'의 반복에 있다. 이 의미를 해나 달이 뜨고 지는 데 비유한 주역의 괘풀이 말에 의지하여 다음과 같은 팔언속담으로 한자화하여 쓰기도 한다.

⇒　日中則昃 月盈則食 (日中則昃 月滿則食 天地盈虛　與時消息　而況
　　於人乎 況於鬼神乎 一易 豊卦)

이 팔언속담의 특징은 '日則 月則'에 있다. 이 의미를 부귀빈천에 비유한 속담으로도 쓰고 있다.

→ 흥망성쇠와 부귀빈천이 물레바퀴 돌 듯한다.
　→ 부귀빈천이 물레바퀴 돌 듯한다.
　　→ 삼 대 정승 없고 삼 대 거지 없다.
　　　→ 삼 대 거지 없고 삼 대 부자 없다.

이것을 다음과 같이 팔언속담으로 한자화하여 쓰기도 한다.

⇒　富不三世 貧不三世

특히 이 팔언속담의 특징은 '貧富'의 대응에 '不三世 不三世'의 반복에 그 묘미가 담겨 있다는 점이다.

사람은 누구나 자기에게 잘해주는 사람을 좋아하고 따라서 그 상대방에게도 잘해주고 싶어지게 마련이다. 곧 저쪽에서 보내는 두텁고 엷음에 따라 이쪽에서도 그렇게 따르게 된다. 이런 의미를 담은 우리말 속담에 다음과 같은 것이 있다.

> 오는 정이 있어야 가는 정이 있다.
> → 가는 정이 있어야 오는 정이 있다.
> → 인정도 품앗이라.

이 의미를 담되 정을 떡으로 바꾸어 말한 속담도 쓰인다.

> → 오는 떡이 커야 가는 떡이 크다.
> → 가는 떡이 커야 오는 떡이 크다.
> → 오는 떡이 두꺼워야 가는 떡이 두껍다.
> → 네 떡이 한 개면 내 떡이 한 개라.

이번에는 정이나 떡을 고운말로 바꾸어 다음과 같은 속담으로도 쓰고 있다.

> → 오는 말이 고와야 가는 말이 곱다.
> → 오는 말이 미우면 가는 말이 밉다.

이 속담이 다음과 같이 팔언속담으로 한자화되어 쓰이고 있다.

> ⇒ 來語不美 去語何美 (言 悖出悖入 ─ 旬五志)

이 팔언속담의 특징은 '去來'의 대응에 '語美 語美'의 반복에 그 묘미를 담고 있다는 점이다.

3.3 '不入虎穴不得虎子'와 '我上之火兒上之火'

세상의 모든 일은 원인이 있어서 그 결과가 나타나게 마련이다. 따라서 뜻하는 바의 일의 성과를 얻어내려면 반드시 그에 마땅한 공을 들여 일을 하고 나서 기다려야 한다. 이러한 의미를 아이 낳기 위해 잠자리하는 데에 비유한 속담이 다음과 같이 재미있게 만들어져 쓰이고 있다.

임을 보아야 아이를 낳지
　→ 장가를 들어야 아이를 낳지
　　→ 하늘을 보아야 별을 따지

여기에서 재미있는 것은 '남편은 하늘'이라 일컬어 오는 말의 관습에 따라 임을 하늘로 보고 아이 낳는 일을 별 따는 데 비유한 점이다. 이 잠자리를 보다 추상화하여 임을 직접 만나지 않고 멀리 떨어진 임을 상상으로 그리워하는 데 비유한 속담으로도 나타내고 있다.

　→ 잠을 자야 꿈을 꾸지
　　→ 꿈을 꾸어야 임을 보지

한편 아이를 낳기 위한 잠자리를 더욱 우회적으로 나타낸 속담도 있다.

……→ 둠벙을 파야 개구리가 뛰어들지
　　→ 방죽을 파야 머구리가 뛰어들지.

이러한 의미를 사냥에 비유한 속담으로도 나타내어 쓰고 있다.

┈┈→ 산에 가야 꿩을 잡고 바다에 가야 고길 잡는다.
→ 산에 가야 범을 잡지
→ 범을 잡으려면 범의 굴로 들어가야 한다.
→ 범굴에 들어가야 범 새끼를 잡는다.
→ 범굴에 들어가야 범을 잡는다.
→ 호랑이 굴에 가야 호랑이 새끼를 잡는다.
→ 굴에 가야 호랑이 새끼를 잡는다.

이렇게 쓰이는 우리말 속담을 다음과 같은 팔언속담으로 한자화하여 쓰고 있다.

⇒ 不入虎穴 不得虎子

이 팔언속담의 특징은 '不虎 不虎'의 반복에 그 묘미가 들어 있다는 점이다. 이런 의미를 담은 다음과 같은 유사속담들이 더 있다.

┈┈→ 거미도 줄을 쳐야 벌레를 잡는다.
→ 굴을 파야 금을 얻는다.

사람은 누구나 다급한 일을 당하면 아무리 자기가 위해주는 사람일지라도 자기의 일부터 가장 먼저 하게 마련이다. 비록 부모 자식 사이일지라도 그럴 수밖에 없는 것이 사람의 일반적인 마음이다. 어쩌면 그것이 두 사람 다 사는 지혜일지도 모른다. 당장 인륜도덕에 비추어 본 양심에는 아픔이 있기는 할 것이다. 그래서 이따금씩 자기 목숨을 던져서 다른 사람의 목숨부터 구하는 이른바 살신성인의 위업을 이루어내는 사람도 드물게 나타나기도 한다. 그런데 이와 같이 다급한 일에 부딪쳐 우선 제 일부터 먼저 한다는 뜻을 담은 우리말 속담에 다음과 같은 것이 있다.

제 발등의 불부터 끄고서야 남의 발등의 불을 끈다.
　→ 제 발등의 불을 끄고 아비 발등의 불을 끈다.
　　→ 내 발등의 불을 꺼야 남의 발등의 불을 끈다.
　　　→ 내 발등의 불을 꺼야 아비 발등의 불을 끈다.
　　　　→ 내 발등의 불을 꺼야 아들 발등의 불을 끈다.

　이런 뜻을 담은 우리말 속담을 다음과 같은 팔언속담으로 한자화해서 쓰고 있다.

　⇒ 我上之火　兒上之火（言　父子之間　雖一體之分　尚是二身　己身之火
　　先熱於子身之火故
　　世人以喩父子間　亦有間隔　盖俗語　而非君子之言也 ― 旬五志）

　이 팔언속담은 '我 兒'의 대응에 '上之火 上之火'의 반복으로 되어 있는데다가 발음이 꼭 같아서 '아상지화 아상지화'라 하여 청각상으로 똑같은 동음이 반복됨으로써 말하기 쉽고 기억하기 좋다는 점이 그 특색이다.

4. 구언 이상의 장형속담과 그 변이형

　우리말 속담을 한자로 옮겨진 것 가운데 아홉 자 이상으로 된 긴 한자화 속담도 그리 드물지 않다. 이제 구언속담에서 십이언속담에 이르기까지 더러는 확대되기도 하고 팔언이나 칠언으로 축소되기도 하는 이형파생의 예를 찾아서 살펴나가 보기로 하자.

4.1 구언속담과 그 이형

　사람의 일이란 성미가 너무 급해서 서두르다가 탈이 붙어서 오히려 일을 더디게 하여 이루지 못하는 수가 있기도 하지만 성미가 너무 게을러서 일이 더디어 도무지 이루어내지 못하는 수가 있다. 이러한 뜻을 아울러 담아 속담으로 나타낸 예가 있다.

사흘 길에 하루쯤 가서 열흘씩 눕는다.

성미가 급한 사람이 사흘에 갈 길을 빨리 가려고 첫날 하루동안 서둘러서 너무 많이 걷다가 병이 나서 누워 버린 것이 열흘이나 되면 일을 뜻한 바대로 이룰 수가 없게 된다는 이 속담은 다음과 같이 구언속담으로 한자화되어 쓰인다.

⇒ 三日程 一日往 十日臥 (言 欲速不達也 ― 松南雜識)

이 구언속담이 다음과 같이 십언속담으로 확대되어 쓰이기도 한다.

⇒ 三日之程 一日往 十日臥 (言 緩而未達 ― 旬五志)

성미가 급해서도 시작부터 탈이 생겨서 일을 이루지 못할 수가 있지만 성미가 느리고 게을러서 일을 뜻대로 이루지 못할 수가 있다는 것을 이 속담은 아울러 나타낸다. 이 의미를 다음과 같은 팔언속담으로 줄여서 축소파생된 한자속담으로 나타내기도 한다.

⇒ 三日程如未一日行 (發靷之初 前頭渺然然 ― 東言解)

이처럼 한자화된 속담이 축소파생을 한 것처럼 다음과 같이 우리말 속담으로도 줄여서 쓰기도 한다.

→ 사흘 길 하루도 아니 가서

이것을 다음과 같이 한자화를 함에 있어 일곱자로 된 칠언속담으로 더 줄여서 축소파생을 거듭한 것도 나타난다.

⇒ 三日程一日未行

이 속담에서 '사흘'을 '열흘'로 바꾼 변이형 우리말 속담으로도 나타나서 일이 초반부터 그릇됨을 더욱 뚜렷이 보여준다.

→ 열흘 길 하루도 아니 가서

4.2 십언속담과 그 이형

사람은 오래 사귈 수록 정이 두터워 좋다. 우리는 언제나 일상 살림살이 가구도 새 것은 좋아하고 옷을 입을 때에도 깨끗한 새 옷으로 갈아입기를 좋아한다.그러나 사람은 낯선 사람을 새로 바꾸어 만나는 것보다는 오래 사귀어 정이 두터워진 사람 만나기를 더 좋아한다. 이러한 의미를 담은 우리말 속담에 다음과 같은 것이 있다.

새 정이 옛 정만 못하다.
→ 옷은 새 것이 좋고 님은 옛 님이 좋다.
→ 친구는 옛 친구가 좋고 옷은 새 옷이 좋다.
→ 옷은 새 옷이 좋고 사람은 옛 사람이 좋다.
→ 사람은 헌 사람이 좋고 옷은 새 옷이 좋다.

이러한 의미를 한자화한 십언속담이 다음과 같이 익어져 있다.

⇒ 衣以新爲好 人以舊爲好 (出於器非求舊人惟求舊之語也 ― 旬五志)

이 십언속담이 자주 쓰이다가 보니까 다음과 같이 여덟자 속담으로 줄여 축소파생된 속담으로도 쓰인다.

⇒ 衣莫若新 人莫若故

4.3 십일언속담 두 가지

사람은 죽은 뒤에 아무리 정성을 다해 제사를 지내봐도 아무 소용없는 일이다. 따라서 늙은 부모 모시기를 살아 있을 때 정성을 다해 모셔야 한다. 이러한 의미를 담은 우리말 속담이 다음과 같이 익어져 쓰이고 있다.

　사후 술 석 잔 말고 생전에 한 잔 술이 달다.
　→ 죽어 석 잔 술이 살아 한 잔 술만 못하다.

이것이 다음과 같이 열한자속담으로 한자화되어 있다.

⇒ 死後大卓生前不如一杯酒

사람이 사는 데는 여러 가지 재주를 가진 것이 중요하지 않다. 그것보다는 한 가지의 뚜렷한 재주만 잘 가꾸어 놓으면 그 방면의 전문인이 되어 굶지 않고 먹고 살 수 있게 되기 마련이다. 이러한 의미를 담은 우리말 속담이 다음과 같이 익어져 쓰이고 있다.

　열두 가지 재주에 저녁거리가 없다.

이 속담이 다음과 같이 십일언속담으로도 한자화되어 쓰이고 있다.

⇒ 十二技之匠人 夕供去無處（才不救飢 多能益窮 ― 東言解）

4.4 십이언속담과 그 이형

　사람의 얼굴은 보니까 알 수 있지만 사람의 마음은 겉으로 다 드
러나지 않아 보이지 않기 때문에 헤아리기 매우 어렵다. 이러한 원
래 의미를 담은 속담이 다음과 같이 익어져 쓰인다.

　　낯은 알아도 마음은 모른다.
　　　→ 남의 속은 동네 존위도 모른다.

　이러한 의미를 깊은 물 속에 대비시켜 나타낸 속담으로도 쓰인다.

　　　→ 천 길 물 속은 알아도 한 길 사람 속은 모른다.
　　　　→ 쉰 길 물 속은 알아도 한 길 사람 속은 모른다.
　　　　→ 열 길 물 속은 알아도 한 길 사람 속은 모른다.

　이러한 의미를 담은 우리말 속담이 다음과 같이 열두 자의 장형
속담으로 한자화되어 쓰이기도 한다.

　　⇒ 寧測十丈水深 難測一丈人心 (言 無形者難度 ― 耳談續纂)

　한편, 이 십이언속담이 다음과 같은 팔언속담의 이형으로 파생되
어 쓰이고도 있다.

　　⇒ 水深雖知 人心難知 (言 人心不可測 今十丈水裏可知 一丈人裏不可
　　　知之說也 ― 松南雜識)

　다른 한편으로는 이 십이언속담이 팔언으로 축소파생된 것으로도
그 사용에 불편을 느낄 만큼 길다고 보았는지 다음 같은 육언속담
으로 된 축소파생의 이형을 만들어 쓰고 있기도 하다.

⇒ 測水深昧人心 （言 不可知者人也 水深猶可測也 人心不可測也 — 洌上方言）

5. 마무리

이제까지 우리말 속담이 한자화 파생을 함에 있어서 일곱자 이상으로 장형화된 것을 찾아 그 의미를 담은 이형파생의 경위를 살펴보았거니와 이를 요목화하여 정리하면 다음과 같다.

〈가〉 칠언속담과 그 이형

1. 천리 길도 한 걸음부터 → 만리 길도 한 걸음으로 시작한다.
   ⇒ 千里行始於足下
2. 영리한 고양이가 밤눈 못 본다. → 약빠른 강아지 밤눈 어둡다.
   ⇒ 伶俐猫夜眼不見（ 莫云其察 亦或有昏 — 東言解）
3. 서당개 삼 년에 풍월을 한다. → 독서당 개가 맹자 왈 한다.
   ⇒ 堂狗三年吠風月
4. 가시어미 장 떨어지자 사위 국 싫다 한다.
   → 나그네 국맛 떨어지자 주인집에 장 떨어진다.
   ⇒ 主人乏醬客厭羹
   ⇒ 主人無醬客不嗜羹
   ⇒ 主乏醬客厭羹

   (7→8→6)
5. 지어미 손 큰 것 → 맏며느리 손 큰 것　⇒ 家母手鉅
   → 계집 입 싼 것 → 어린애 입 싼 것　⇒ 小兒捷口
   → 노인 부랑한 것　　　　　　　　⇒ 老人潑皮
   → 중 술취한 것　　　　　　　　　⇒ 僧人醉酒
   → 사발 이 빠진 것　　　　　　　　⇒ 沙鉢缺耳
   → 돌담 배부른 것　　　　　　　　⇒ 石墻飽腹
   → 봄비 잦은 것　　　　　　　　　⇒ 春雨水來
   → 봄비가 잦으면 마을집 지어미 손이 크다.
   ⇒ 石墻飽腹眞無用

稚子能言亦匪賢
不願如今春雨水
顧君家母手如椽 （ 一 稗官雜記 卷四）
⇒ 一日之患卯時酒
　 一年之患狹窄靴
　 一生之患性惡妻 （ 一 慵齋叢話 卷八）

〈나〉 팔언속담과 그 이형

6. 계집에 곡한 마음 오뉴월에 서리친다.
　→ 여자의 악담에는 오뉴월에도 서리가 온다.
　　⇒ 一念抱恨 不知生死
　　⇒ 一念含怨 五月飛霜
7. 남의 제사에 감 놓아라 배 놓아라 한다.
　→ 남의 잔치에 밤이야 배야
　　⇒ 他人之宴 曰梨曰柿 (言 不在不位 枉有干涉 一 耳談續纂)
　　⇒ 他人之宴 曰梨曰栗
8. 고생 끝에 낙이 있다. → 오르막이 있으면 내리막이 있다.
　⇒ 苦盡甘來 興盡悲來
　　→ 흥망성쇠와 부귀빈천이 물레바퀴 돌 듯한다.
　　→ 삼 대 거지 없고 삼 대 부자 없다.
　　⇒ 富不三世 貧不三世
9. 오는 정이 있어야 가는 정이 있다.
　→ 오는 말이 고와야 가는 말이 곱다.
　　⇒ 來語不美 去語何美 (言 悖出悖入 一 旬五志)
10. 산에 가야 범을 잡지
　→ 범굴에 들어가야 범 새끼를 잡는다.
　　⇒ 不入虎穴 不得虎子
11. 내 발등의 불을 꺼야 남의 발등의 불을 끈다.
　　⇒ 我上之火 兒上之火 (言 父子之間 雖一體之分 尙是二身 己
　　　身之火 先熱於子身之火故
　　　世人以喩父子間 亦有間隔 盖俗語 而非君子之言也 一 旬五志)

〈다〉구언속담과 그 이형

12. 사흘 길에 하루쯤 가서 열흘씩 눕는다.
→ 사흘 길 하루도 아니 가서
⇒ 三日程 一日往 十日臥 (言 欲速不達也 ― 松南雜識)
⇒ 三日之程 一日往 十日臥 (言 緩而未達 ― 旬五志)
⇒ 三日程如未一日行 (發靷之初 前頭渺然然 ― 東言解)
⇒ 三日程一日未行
(9→10→8→7)

〈라〉십언속담과 그 이형

13. 옷은 새 것이 좋고 님은 옛 님이 좋다.
⇒ 衣以新爲好 人以舊爲好
⇒ 衣莫若新 人莫若故
(10→8)

〈마〉십일언속담 두 가지

14. 죽어 석 잔 술이 살아 한 잔 술만 못하다.
⇒ 死後大卓生前不如一杯酒
15. 열두 가지 재주에 저녁거리가 없다.
⇒ 十二技之匠人 夕供去無處 (才不救飢 多能益窮 ― 東言解)

〈바〉십이언속담과 그 이형

16. 열 길 물 속은 알아도 한 길 사람 속은 모른다.
⇒ 寧測十丈水深 難測一丈人心 (言 無形者難度 ― 耳談續纂)
⇒ 水深雖知 人心難知 (言 人心不可測 今十丈水裏可知 一丈
人裏不可知之說也 ― 松南雜識)
⇒ 測水深昧人心 (言 不可知者人也 水深猶可測也 人心
不可測也 ― 洌上方言)
(12→8→6)

우리말에 대한 열정과 삶

권 병 로
(군산대학교 인문대 학장)

선생님의 가르침을 받고 모교를 떠나 멀리서나마 선생님이 걸어오신 길을 지켜보았던 제자로서 퇴임에 갈음하여 헌사를 드려야하는 심정은 착잡하기 그지없습니다. 오랫동안 선생님이 그곳에 계시다는 이유만으로 모교는 제게 큰 힘이었고, 제가 흔들릴 때마다 든든한 버팀목이 되어주었습니다.

선생님께서는 전북에서 출생하여, 대학시절을 제외하고는 줄곧 이곳 향토를 지키면서 학문과 후학 양성에 전력해 오셨습니다. 그것은 학문에 대한 열정만큼이나 이 고장에 대한 사랑 또한 남다르다는 것을 보여주는 일례라 할 수 있습니다.

학문에 대한 열정을 바탕으로 선생님은 국어학의 영역을 넓힘으로써 저희들에게 새로운 세계를 열어주셨습니다. 우리 국어에 대한 선생님의 남다른 집념과 노력들은 『국어교수법』, 『국어의미론』『우리속담연구』등의 다양한 저서에 투영되어 있습니다.

선생님께서는 학문을 이론의 영역에만 국한시키지 않고 우리 삶과 일치하는 세계로 만들고자 노력하셨습니다. 이는 우리 삶과 밀접한 관련을 맺는 우리말에 대한 연구로 집약할 수 있습니다. 우리말에 대한 선생님의 열정은 그간 줄기차게 보여주었던 일련의 작업에 올곧게 드러나 있습니다. 이 작업은 그동안 불모지나 다름없던 우리말 연구의 신기원이자 우리말 연구사에 있어 새로운 장을 펼쳤다고 할 수 있습니다.

『우리말 어원연구』, 『어원의 오솔길』, 『아름다운 민속어원』, 『어원산책』 등의 저서에서 알 수 있듯이, 선생님의 최근 관심사는 우리말의 어원에 대한 연구로 모아집니다. 그러나 선생님은 이 작업을 학자로서의 언어를 다루어야 하는 전문 지식인의 영역에만 국한시키지 않으셨습니다. 언어학자로서의 충실함과 풍부한 감수성을 바탕으로 언어의 경직성을 벗어나 일반인들이 쉽게 접할 수 있도록 영역을 넓히는 한편, 직접 방송에도 출연하여 우리말 사용에 서투른 일반인들에게 우리말에 대한 사랑을 고조시키는 데 기여하셨습니다. 이러한 우리말에 대한 애정은 선생님으로 하여금 우리 문화에 대한 사랑으로 확산되었습니다. 선생님의 열정은 연만한 연세에도 불구하고 전북 도립국악원에서 민요와 판소리 전문과정을 이수했다는 사실에서도 쉽게 확인할 수 있습니다.

그동안 선생님께서는 전주간호학교 강사와 숙명여대 강사를 거쳐 전북대학교 사범대학에 부임하여 지금까지 많은 제자들을 길러내셨습니다. 선생님께서는 국어학 분야만이 아니라 국어교육 분야에 있어서도 심도 깊은 연구를 통해 후학들에게 새로운 지침을 열어주셨고, 학문에 굼뜬 제자들에게 매운 가르침을 몸소 보여주셨습니다. 이후 삼십여 년 동안 교육계에서 선생님께서 뿌린 씨앗들은 전국 각처에서 튼실하게 뿌리를 내려 우리 교육에 있어 알찬 결실을 맺고 있습니다. 그들이 학문만이 아니라 후학 양성에 있어서 전력을 기울일 수 있었던 것은 우리 교육에 대한 선생님의 남다른 신념의 결과라 할 수 있습니다.

선생님께서 사범대학에 재직하셨던 삼십여 년의 세월은 직장에서의 단순한 재직 기간 이상의 의미를 지닙니다. 전북대학교 사범대학의 역사이자 우리 교육계의 성장과 맥이 닿아 있기 때문입니다. 저희들이 사회 각처에서 세파에 쉽게 흔들리지 않는 나무로 뿌리내릴 수 있었던 데는 모교를 든든히 지켜주신 선생님과 같은 분들의 섬세한 마음과 변함없는 애정이 울타리가 되었기에 가능할 수 있었습니다.

오늘따라 언제나 온화한 미소와 따뜻한 말씀으로 제자들에게 학문에 대한 열정과 인간에 대한 애정을 북돋아주시던 선생님의 자리가 더욱 크게 느껴집니다. 부디 정년 후에도 저희들의 서툰 발걸음을 지켜보아 주시고, 마음이 느슨해질 때 다잡을 수 있도록 다독여 주시기 바랍니다. 언제나 그러셨듯이 학문에 더 뜨거운 열정을 보여주시고, 저희들에게 학자로서, 나아가 교육자로서 가야할 길로 인도해 주시기를 기원합니다. 선생님이 그랬듯이 저희 역시 이 땅에서 부와 명예보다는 학생들의 지친 마음을 보살피고 그들에게 미래를 보여주도록 노력하겠습니다.

2001年 2月

최창렬(崔昌烈) 박사 약력

■ 출생

출 생 지: 전북 남원군 산내면 장항리 지리산 노고단 덕두봉 자락
　　　　　하늘 아래 첫 동네 노루목 마을 824. 대나무숲 안집
본　　적: 전주시 중화산동 1가 388.
주　　소: 전주시 서신동960-2 대우A. 102동 408호.
생년월일: 1935년 5월 14일(음력).
출　　생: 경주 최씨, 학송 최희순(자:수조)선생과 평산 신씨
　　　　　신삼순여사 사이의 2남2녀의 자녀 중 장남으로 태어남.

■ 학력

42-48 남원 산내 국민학교 졸업.
48-56 전주 사범학교 예과(6 · 25 전란참화로 3학년 도중 2년간
　　　　휴학)와 본과 졸업.
56-60 서울대학교 사범대학 국어과 문학사.
63-67 전북대학교 대학원 국어국문학과 문학석사.
74-80 전북대학교 대학원 국어국문학과 문학박사.
　　　　(전북대학교 수여 문학박사 제 1호)
88-93 전라북도립국악원에서 민요와 판소리 및 고수부 기초, 연구,
　　　　전문과정 이수.

■ 경력

대학 졸업 후 군복무 및 고등학교 일시 근무.
65-69 전주 예수간호학교 강사.
67-69 전주간호학교(전북대학교 의과대학)강사.
72-73 숙명여자대학교 문리과대학 강사.
73-74 전북대학교 문리과대학 전임강사.
74-2001 전북대학교 사범대학 전임강사, 조교수, 부교수, 교수.
74-88 전북대학교 부설 중등교원 연수원 강사.
76-85 전북대학교 사범대학 국어교육과장.
76-84 전북대학교 교육대학원 전공주임교수.
76-78 전북대학교 사범대학 교무과장.
78-79 서울대학교 교환 교수.
78-79 전라북도 공무원 교육원 교관교육 강사.
81-81 일본 쓰구바 대학 방문교수.
82-83 원광대학교 대학원 강사.
84-84 조선대학교 교육대학원 강사.
86-87 전주대학교 대학원 강사.
87-94 전라북도 교원 연수원 강사.

■ 활동

75-77 전북대학교 부속 도서관 운영위원.
82-85 전라북도 인사위원회 지방 공무원 임용시험위원.
82-84 전북대학교 논문집 편집위원.
83-83 문교부 고등학교 검정도서 심사위원.
83-88 전북대학교 교육대학원 학사 개편위원.

84-86 전북대학교 교양교육위원.
85-92 전라북도 현장 교육연구계획서 및 교육자료개발 심사위원.
86-88 전북대학교 인사위원.
87-94 문교부/교육부 교육과정 심의위원.
88-89 교육부 국정도서 편찬 심의위원.
88-91 충청북도 인사위원회 지방 공무원 임용시험위원.
91-91 상해와 연변대학에서 국제 이중언어학술발표대회에서 발표
      및 백두산 등반.
92-92 대한교과서 주식회사 자율학습 교과서 개발 심의위원.
92-92 전라남도 인사위원회 지방공무원 임용시험 위원.
93-95 전북대학교 박물관 운영위원.
94-94 전라북도 교육청 고등학교 인정도서 심사위원.
94-94 교육부 국정교과서 심사위원.
94-94 전라북도 문화상 심사위원.
96-98 한국 교육개발원 교육과정 심의위원.

■ 학회

한국국어교육연구회 평생회원.
한국언어문학회 편집장, 부회장.
한글학회 회원, 평의원, 전라북도 지회장, 고문.
국어학회 회원.
한국언어학회 회원.
이중언어학회 회원, 평의원.
한국어 의미학회 고문.
한국독서학회 자문위원.
어문학연구회 어문학연구1-7집 발간 후원.

어문교육연구회 어문교육 1-10집 발간 후원.
한글문화연구회 한글문화 1-15집 발간 후원.

■ 저서

(1) 78 바른 언어생활, 전주: 지성사.
(2) 78 국어교수법, 서울: 개문사.
(3) 80 국어의미구조연구, 서울: 한신문화사.
(4) 81 국어수업연구, 서울: 일지사.
(5) 83 국어학개론(공저), 서울: 정화출판문화사.
(6) 83 한국어의 의미구조, 서울: 한신문화사.
(7) 84 국어통사론(공저), 서울: 진명문화사.
(8) 86 국어의미론(공저), 서울: 개문사.
(9) 86 우리말 어원연구, 서울: 일지사.
(10) 87 어원의 오솔길, 서울: 한샘.
(11) 89 아름다운 민속어원, 전주: 신아출판사,..
(12) 91 어원산책, 서울: 한신문화사.
(13) 99 우리속담연구, 서울: 일지사.
(14) 99 말과 의미 서울: 집문당.
(15) 2000 새국어수업연구(공저) 서울: 일지사.
(16) 2001 새국어교수법(공저) 서울: 개문사.
(17) 2001 오솔길을 따라서 서울: 역락
(18) 2001-2005 문자의 원리, 자원의 세계, 자원과 의미.
　　　(국립 국어연구원 빈도조사 의거 동양삼국 역사서, 문학서,
　　　경전의 98% 한자 자원 분석 마무리 집필 중)

■ 논문

(1) 66.2 의미의 감화적 표현가치에 관한 연구, 전북대 대학원 석사학위논문.

(2) 69.2. 심리 진단을 위한 학생 은어 연구, 현대교육 2.2 현대교육사.

(3) 73.12. 공감각적 의미의 전이, 한국언어문학 11:107-138 한국언어문학회.

(4) 74.12. 존재형용사의 품사 귀속 오류의 분석, 국어문학 16: 57-96 국어문학회.

(5) 75.12 커뮤니케이션 이론과 의미 공유, 한국언어문학 13:253-276 한국언어문학회.

(6) 76.8 국어 투명어의 유형 고, 해암 김형규 박사 정년기념논문집, 465-485 서울대학교.

(7) 77.12 의미론 연구의 최근 동향, 야천 김교선 선생 정년기념논총, 297-335 전북대학교.

(8) 78.8 선언적 의문의 의미구조, 언어 3.1:107-128, 한국언어학회.

(8) 79.2 국어 동사의 의미구조, 인문논총 7:13-34, 전북대학교.

(10) 79.2 국어교재의 정선 구조화와 수업의 개선, 국어교육 34: 221-242 한국국어교육연구회.

(11) 79.5 해석의미론 대 성층의미론, 어학 6:55-72, 전북대학교.

(12) 79.7 동사의 어휘적 의미와 문법성, 논문집(전북대) 21:1-35 전북대학교.

(13) 80.2 국어 의미구조에 관한 연구, 전북대학교 대학원, 박사학위 논문.

(14) 80.4 동사와 명사의 의미관계, 일산 김준영 교수 회갑논총, 167-180, 전북대학교.

(15) 80.5 집합·관계·함수의 언어, 어학, 7:53-66 전북대학교.

(16) 80.7 국어과 수업 현대화의 모색, 새교육 309:12-18, 대한
교육연합회.

(17) 80.8 국어과 수업의 개선 방안, 새교육 310:24-31, 대한교
육연합회.

(18) 80.9 교재의 특질에 따른 국어수업의 전개, 새교육 311:12-
18, 대한교육연합회.

(19) 80.12 국어의 논리적 기저구조, 국어문학. 21:205-222, 국
어문학회.

(20) 81.3 한국의 국어수업평가의 실태와 전망, 일본 쓰꾸바 대학
한국학연구보고서 1:45-59 (일문).

(21) 81.8 개념의 구조와 어휘의 상관 관계, 논문집(전북대) 23:
175-194, 전북대학교.

(22) 81.9 동의성과 다의성의 한계, 교육논총 1:15-32. 전북대학교.

(23) 81.10 의미 규정의 한계성, 국어교육 39·40:161-190, 한
국국어교육연구회.

(24) 81.11 국어의 논리적 기저구조와 의미 해석, 해암 김형규 박
사 고희기념논총, 525-548 서울대학교.

(25) 81.12 발화행위와 의미, 한국언어문학 20:75-95, 한국언어
문학회.

(26) 82.2 국어의 의미구조 기술상의 몇 가지 가정, 국어문학 22:
191-210. 국어문학회.

(27) 82.2 언외 의미의 측정, 전남북대 어학연구 발표회 자료.

(28) 82.6 간접적 발화 행위와 관습적 함의, 한국언어문학회 발표
회자료.

(29) 82.8 의미 분석 이론의 대비, 교육논총2:1-18, 전북대학교.

(30) 83.2 의미의 개념 규정에 대하여, 국어문학 23:5-34 국어문
학회.

(31) 83.4 국어지식의 불확실성과 국어수업의 과오, 난대 이응백 박사 회갑기념 논문집 236-257. 서울대학교.

(32) 83.7 문화충돌과 의미전달. 이중언어학회지 1:117-138. 이중언어학회.

(33) 83.7 맥락과 발화의 의미, 어학 10:133-145. 전북대학교.

(34) 83.7 국어교육내용 재편성의 방향, 교육논총 3:1-16. 전북대학교.

(35) 83.12 해외자녀 모국어 교육의 과제, 국어교육 46·47:379-394. 한국국어교육연구회.

(36) 84.3 우리말 계절풍 이름의 어원적 의미, 한글 183:121-139. 한글학회.

(37) 84.9 한국어 어원탐색 시고, 어학 11:1-16. 전북대학교.

(38) 84.12 형식의미론의 가설들, 유정 이산석 교수 회갑기념논총 77-100. 전주교육대학교.

(39) 85.1 우리말 색채어의 어원적 의미, 새결 박태권 박사 회갑기념 논총 159-84 부산대학교.

(40) 85.2 우리말 친족어의 어원적 의미, 국어교육 51·52:383-400 한국국어교육연구회.

(41) 85.5 민간어원설 반론, 천시권 박사 회갑기념 국어학논총 487-512. 경북대학교.

(42) 85.5 한자귀화어의 어원적 의미, 한글 188:117-145. 한글학회.

(43) 85.6 우리말 시간 계열어의 어원적 의미, 한글 188:117-145. 한글학회.

(44) 85.7 한국어원학의 전망, 교육논총 5:127-137. 전북대학교.

(45) 85.12 '가르치다'다의 어원적 의미, 이형기 선생 팔기기념 논문집 565-583. 충남대학교.

(46) 85.12 중등교사 국어과 교사양성을 위한 교과교육의 실태와

전망, 국어교육 53·54:411-420. 한국국어교육연구회.

(47) 86.2 우리말 보름 이름의 어원적 의미, 전재호 박사 회갑기
     념논총, 491-515. 경북대학교.

(48) 86.6 어원 추적과 의미망, 임경순 박사 회갑기념논문집, 183-
     196. 전남대학교.

(49) 86.7 우리말 생명관련 어휘의 어원적 의미, 국어교육55·56:
     33-49.한국국어교육연구회.

(50) 86.8 '논두렁'과 '마지기'의 어원적 의미, 어학 13:1-21. 전북
     대학교.

(51) 86.8 시어의 비밀을 여는 어원 정보, 소석 이기우 교수 회갑
     기념 논총 375-396. 전북대학교.

(52) 86.10 시집살이 문화어휘의 어원적 의미, 김민수 박사 회갑
     기념 신국어학 388-401. 고려대학교.

(53) 86.11 우리말 여성 이름의 어원적 의미, 박봉배 박사 화갑
     기념 논총, 568-589. 서울교육대학교.

(54) 87.6 아름다운 착각 속에 묻힌 어원들, 어학 14:1-18. 전
     북대학교.

(55) 87.9 '송곳'의 어원적 의미, 국어교육 59·60:217-227. 한
     국국어교육연구회.

(56) 87. 9 시어 '나빌레라'연구, 한글 197:109-135. 한글학회.

(57) 87.12 '도토리'와 '다람쥐'의 어원적 의미, 장태진 박사 회갑
     기념 논총, 397-412. 조선대학교.

(58) 88.8 봄 계절식 이름의 어원적 의미, 이응백 박사 정년기념
     논총 431-71. 서울대학교.

(59) 88.9 초여름 계절식 이름의 어원, 어학 15:5-21. 전북대학교.

(60) 88.10 어원 수제, 태인 이귀선 목사 회갑기념 논문집, 335-
     349. 서울여자대학교.

(61) 88.12 복더위 계절식 이름의 어원적 의미, 강윤호 박사 회갑

기념 논총 33-52, 이화여자대학교.
(62) 89.5 액막이 연의 어원적 의미, 이종출 박사 회갑기념 논문
집 657-670. 세종대학교.
(63) 89.6 우리말 반상 어휘의 어원적 읨, 한글 204:101-121,
한글학회.
(64) 89.6 납향제의 어원적 의미, 이용주 박사 회갑기념 논문집
738-753. 서울대학교.
(65) 89.9 풍신제와 선농제의 민속과 어원, 어학 16:5-19. 전북
대학교.
(66) 89.12 칠석과 백중의 어원적 의미, 정연찬 박사 회갑기념
논총 957-973. 서강대학교.
(67) 90.5 양의 수와 음의 수, 한국언어문학 28:575-587, 한국
언어문학회.
(68) 90.9 수를 헤어리는 지혜, 어학 17:5-12. 전북대학교.
(69) 91.11 수를 세는 말의 어원, 김석득 박사 회갑기념, 국어의
이해와 인식, 599-616. 연세대학교.
(70) 92.4 국어수업의 단계, 난대 이응백 박사 고희기념 논문집
452-468. 서울대학교.
(71) 92.6 '족두리'와 '남바위'의 어원적 의미, 김민수 박사 정년
기념, 국어학 백년사 II:441-452. 고려대학교.
(72) 92.7 우리말 어원과 국어교육, 어학 19:39-47. 전북대학교.
(73) 92.8 '스물'과 '쉰'의 어원, 이규창 박사 정년기념 국어국문학
논문집 223-236. 군산대학교.
(74) 94.9 전래 순우리말 사람 이름의 어원, 제효 이용주 교수
정년기념 논총 685-703. 서울대학교 .
(75) 94.10 '무릇, 모름지기, 메아리'의 어원, 남천 박갑수 교수
회갑기념 523-547. 서울대학교.
(76) 94.11 '혼'계열 수 이름의 어원, 연산 도수회 선생 화갑 논

총, 우리말 연구의 샘터 904-914. 충남대학교.

(77) 95.7 우리말 속담의 어원과 의미, 새국어교육, 51: 161-182. 한국국어교육학회.

(78) 95.8 착각에 묻힌 고사 유래 속담의 어원과 의미, 국어문학 30:219-250, 국어문학회.

(79) 95.9 우리말 속담의 변이형과 의미, 한글 229:233-254. 한글학회.

(80) 96.10 우리말 속담의 한자숙어화와 그 의미, 회산 김은전 교수 정년기념 논문집, 329-343, 서울대학교.

(81) 96.12 판소리 심술 관련 속담의 풍자적 의미, 문학한글 10: 71-99, 한글학회.

(82) 97.3 우리말 속담의 팔언 속담으로의 한자화와 그 의미, 한 글, 235-:205-230. 한글학회 .

(83) 97.6 우리말 속담의 칠언 속담 한자화와 그 의미, 새국어 교육, 54:197-211. 한국국어교육학회.

(84) 97.8 우리말 속담의 육언 속담 한자화와 그 의미, 국어교육. 94:279-298. 한국국어교육연구회 .

(85) 97.10 의미유형별 오륙언 속담 한자화와 그 의미, 한국어의 미학 창간호. 191-218. 한국어의미학회.

(86) 97.11 우리말 속담의 사언 속담으로의 한자화와 그 의미, 청범 진태하 박사 계칠송어문학논총, 863:886. 한국국어교 육학회.

(87) 98.11 우리말 속담 한자화의 다양성과 그 의미, 한결 이승명 박사 회갑기념, 추상과 의미의 실재, 623-655. 신라대학교.

(88) 2001.2 아름다운 우리말 '고맙다'의 어원적 의미. 한글사랑 2001년 봄호, 한글사랑학술 모임.

■ 수필과 논설

(1) 73.9 의미충돌과 문화적 우열, 전북대 신문 431호.

(2) 74.3 물의 소리를 듣는다, 샘터 74년 3월호. (78.5. 생황의
　　교향: 80-84, 한국국어교원연구회 회원 수필집)

(3) 74.4 공감각적 의미의 전이, 전북대신문 450호.

(4) 75.9 국어의 의미오용에 대하여, 전북대신문 508호.

(5) 76.3 토정비결, 전북대신문 524호.(78. 5. 생황의 교향 :144-
　　146, 한국국어연구회 회원 수필집)

(6) 76.4 화전놀이, 전북대신문 528호.

(7) 76.5 선택의 지점, 관악의 메아리:272-275, 서울대학교 청관
　　동우회 수필집.

(8) 76.6 어떤 일화, 전북대 신문 536호.

(9) 76.10 대학생의 국어표기력 진단, 전북대신문 76, 10, 15.

(10) 77.5 벚꽃과 계절감, 새교육신문 77,5,2.

(11) 78.5 소녀의 기도, 전북대신문 78. 5.26.

(12) 79.1 새 어문정책에의 기대, 전북대신문 617호.

(13) 79.9 언어·사고·문화, 전북대신문 635호.

(14) 80.10 한글 유감, 전북대신문 10,9.

(15) 81.1 교육의 소용돌이, 옥잠화, 성심여고.

(16) 81.3 가깝고도 먼 이웃, 전북신문. 81. 3. 10.

(17) 81.3 일본의 인상, 전북신문 81. 3. 11.

(18) 82.3 속세지정, 전북대신문 676호.

(19) 82.10 한글에 대한 바른 인식, 전북대신문 82. 10. 11.

(20) 83.10 어원산책 '김치'와 '동치미', 전북대신문 727호.

(21) 83.10 이런 말은 어디서 왔을까. 전북대신문 726호.

(22) 83.10 '남바위'와 '마냥'의 어원, 전북대신문 728호.

(23) 83.6 어문정책의 난맥상과 쟁점, 전북대신문 719호.

(24) 83.10 재미있는 우리말의 어원들, 어문교육 새소식 창간호.
(25) 83.10 '맛'과 '멋'의 의미문화 , 전주대신문 83. 10. 30.
(26) 83.12 장가들면 어른이 된다, 우석대학보 83. 12. 1.
(27) 83.12 사계절의 어원 고찰 군산대신문 83. 12. 20.
(28) 84.1 귀머거리가 알아듣는다고 뽐낸다, 한글새소식 137호, 한글학회.
(29) 84.2 곧고 바름은 자기능력에 대한 믿음(3백만 전북도민에게 드리는 글), 전북일보.
(30) 84.3 '상추쌈'의 어원, 노령 24호.
(31) 84.4 말은 겨레의 넋, 문화의 꽃, 한국철도 84. 4월호, 철도청.
(32) 84.5 설과 새벽의 어원, 새교육 84. 5. 대한교육연합회.
(33) 84.8 민간어원설, 노령 29-33.
(34) 84.9 어문정책의 방향, 전북대신문 749호 사설.
(35) 84.10 '검정'의 어휘분화, 새교육 360, 대한교육연합회.
(36) 84.10 한글은 과연 누가 만들었나, 전북대신문 84. 10. 8.
(37) 84.10 한글에 관한 몇 가지 오인, 우석대학보 84. 10. 14.
(38) 84.11 잘 익은 새말들, 새교육 361호, 대한교육연합회.
(39) 84.12 풀을 어원으로 하는 말들, 새교육 362호, 대한교육연합회.
(40) 85.1 '도령'과 '도련님', 새교육 363호, 대한교육연합회.
(41) 85.2 '행주치마'와 '행짓보' 새교육 364호, 대한교육연합회.
(42) 85.3 순우리말의 '동서남북' 새교육 365호, 대한교육연합회.
(43) 85.4 '가르치다'의 어원 새교육 366호, 대한교육연합회.
(44) 85.5 '봄놀이'와 '오리비', 전북대신문 769호.
(45) 85.5 '뽐내다'와 '올케', 새교육 367호, 대한교육연합회.
(46) 85.6 '무명'과 '누비', 새교육 368호, 대한교육연합회.
(47) 85.7 '도무지'와 '저승', 새교육 369호, 대한교육연합회.
(48) 85.8 '한가위' 어원의 새 조명, 새교육 370호. 대한교육연합회.

(49) 85.9 어떤 여름날의 일화, 한국국어교육연구회 제2수필집 '학
     과 같이':202-205
(50) 85.9 '아빠'와 '오빠', 새교육 371호, 대한교육연합회.
(51) 85.9 이런 말이 어디서 왔을까 '무명·베·야단법석', 한국
     철도 217호 철도청.
(52) 85.10 '간드러지다'와 '날카롭다', 새교육 372호, 대한교육연
     합회.
(53) 85.11 '고린내' 어원의 새조명, 새교육 373호, 대한교육연합회.
(54) 85.11 '마렵다'의 어원, 노령 33호.
(55) 85.12 '어머니'와 '아주머니' 새교육 374호, 대한교육연합회.
(56) 85.12 '보름'과 '그믐'의 어원, 한국철도 220호, 철도청.
(57) 85.12 '며칠'의 어원, 노령34호.
(58) 86.1 '옥수수'와 '강냉이' 새교육 375호, 대한교육연합회.
(59) 86.3 '가시내'와 '에미나이', 한국철도 223호 철도청.
(60) 86.4 '시집'과 '계집'의 어원 한국철도 224호 철도청.
(61) 86.5 '사람'과 '목숨'의 어원 한국철도 225호, 철도청.
(62) 86.5 아가씨의 어원 노령 36호.
(63) 86.6 서평 '훈민정음 연구(이성구 저)', 국어생활5, 국립국
     어연구원.
(64) 86.7 '숨쉬다'와 '숨지다'의 어원, 한국철도 227호, 철도청.
(65) 86.7 말, 바로써 올바른 문화살이 가꾸자, 전북일보 4035호.
(66) 86.8 '논두렁'과 '용마름'의 어원, 한국철도 228호, 철도청.
(67) 86.9 '누비다'와 '나빌레라'의 어원, 한국철도 229호, 철도청.
(68) 86.10 '살강'과 '마지기'의 어원, 한국철도 230호, 철도청.
(69) 86.11 '오솔길'을 따라서, 한국철도 231호, 철도청.
(70) 86.11 시집살이 문화 어휘의 어원, 조선일보 86. 11. 11.
(71) 87.1 말 속에 숨어 있는 시집살이의 슬픔, 옥잠화, 섬심여고.
(72) 87.2 '맵시를 뽐낸다', 한국철도 234호, 철도청.

(73) 87.3 현장국어교육의 문제, 부산여대학보, 87. 3. 10.
(74) 87.3 '노났다'와 '노다지' 새교실 우리말의 옹달샘1, 대한교육연합회.
(75) 87.3 '마지기'에 반영된 우리의 전통적 농지소유의식, 전북대신문 805호.
(76) 87.4 '길쌈과 '솔'의 어원, 한국철도 236호, 철도청.
(77) 87.4 '논두렁'이야기, 새교실 우리말의 옹달샘2, 대한교육연합회.
(78) 87.5 '나비춤'과 '동냥'의 어원, 한국철도 237호, 철도청.
(79) 87.5 '계집'과 '오리비 계집', 새교실 우리말의 옹달샘3, 대한교육연합회.
(80) 87.6 '맵시'를 '뽐내'며, 새교실 우리말의 옹달샘4, 대한교육연합회.
(81) 87.7 '상추'와 '풋고추'의 어원, 한국철도 239호, 철도청.
(82) 87.7 '살강'이야기, 새교실 우리말의 옹달샘 5, '맵시'를 '뽐내'며, 대한교육연합회.
(83) 87.8 '도토리'와 '다람쥐'의 어원, 한국철도 240호, 철도청.
(84) 87.8 '이엉'과 '용마름', 새교실 우리말의 옹달샘6, 대한교육연합회.
(85) 87.9 '얼어잘까 하노라'의 어원적 의미, 한국철도 241호, 철도청.
(86) 87.10 '등심'과 '안심'의 어원, 한국철도 242호, 철도청.
(87) 87.10 '도토리'이야기', 새교실 우리말의 옹달샘7, 대한교육연합회.
(88) 87.11 '가랑비'와 '싸락눈'의 어원, 한국철도 243호, 철도청.
(89) 87.11 '가랑비'이야기, 새교실 우리말의 옹달샘8, 대한교육연합회.
(90) 87.12 '우주'와 '인간', 한국철도 244호, 철도청.

(91) 87.12 '등심'이야기, 새교실 우리말의 옹달샘9, 대한교육연합회.
(92) 88.1 '한참'과 '새참'의 어원, 한국철도 245호, 철도청.
(93) 88.1 '다람쥐'이야기, 새교실 우리말의 옹달샘10, 대한교육연합회.
(94) 88.3 '설'과 '윷놀이'의 어원, 한국철도 247호, 철도청.
(95) 89.3 '풍신제·선농제' 그리고 '설렁탕', 한국철도 259호, 철도청.
(96) 88.4 봄의 계절식 '화전', 한국철도 248호, 철도청.
(97) 88.5 '빈대떡'과 '약밥'의 어원, 한국철도 249호, 철도청.
(98) 88.6 초여름의 계절식, 한국철도 250호, 철도청.
(99) 88.7 삼복더위의 계절식 '보신탕', 한국철도 251, 철도청.
(100) 88.8 칠석과 백중, 한국철도 252호, 철도청.
(101) 88.9 '가르침'의 원리 , 주간교육 88. 9.14.
(102) 88.9 단풍놀이의 멋, 한국철도 253호, 철도청.
(103) 88.10 현장국어교육의 진단과 처방(상. 중. 하), 국어교육월보 88. 7. 1-11. 1.
(104) 88.11 우리말의 어원과 국어교육, 국어교육월보. 88.11.1.
(105) 88.11 초겨울의 김장풍경, 한국철도 255호, 철도청.
(106) 88.12 연종제(年終祭)와 섣달 그믐, 한국철도 257호, 철도청.
(107) 89.1 고운말 바른 뜻 '새'와 '하늬', 전북대신문 .
(108) 89.1 고운말 바른 뜻 '그믐', 전북대신문 .
(109) 89.2 연의 이름과 어원, 한국철도 258호, 철도청.
(110) 89.2 고운말 바른 뜻 '냅다', 전북대신문 .
(111) 89.2 고운말 바른 뜻 '가멸다', 전북대신문 .
(112) 89.3 '높새바람'- 고운말 바른 뜻, 전북대신문.
(113) 89.3 '맵시'- 고운말 바른 뜻, 전북대신문.
(114) 89.4 '오솔길'- 고운말 바른 뜻, 전북대신문.
(115) 89.4 '함께'- 고운말 바른 뜻, 전북대신문.

(116) 89.8 '한가위'와 '강강술래', 한국철도 264, 철도청.

(117) 91.6 아름다운 착각, 청관의 뜨락:83-84, 서울대학교, 청
        관동우회 수필집.

(118) 91.6 오솔길을 따라서, 청관의 뜨락:308-317, 서울대학교
        청관동우회 수필집.

■ 박사학위논문 지도와 심사

(1) 80.4-12. 최태영, 전주방언 연구 〈심사〉 (김완진 지도, 이숭
    녕 위원장)

(2) 82.10-12 박종희, 중세국어의 음운론적 연구 〈지도〉 (허웅,
    위원장)

(3) 84.10-12 조학행, 음운구조의 범주론적 분석 〈심사〉 (김수곤
    지도, 이기용위원장)

(4) 84.10-12 황봉주, 다원자질과 음운현상 〈심사〉 (김수곤 지도,
    김치균 위원장)

(5) 85.10-12 최전승, 19C 전라방언의 음운론적 연구 〈지도〉 (허
    웅 위원장)

(6) 86.10-12 전수태, 국어이동동사의 의미 연구 〈심사〉 (김민수
    지도, 심재기 위원장)

(7) 86.10-12, 김진수, 국어접속문연구 〈심사〉 (김차균 지도, 박
    태권위원장)

(8) 86.10-12 권병로, 무풍지역어의 음운론적 연구 〈지도〉 (도수
    희 위원장)

(9) 87.10-12 이태영, 국어문변화연구 〈지도〉 (김상대 위원장)

(10) 87.10-12 한주섭, 한국문학교육연구 〈심사〉 (이상비 지도,
    김은전 위원장)

(11) 87.10-12 한영목, 한국어구문도해연구 〈심사〉 (도수희 지도,
     유구상 위원장)
(12) 87.4- 6 김태자, 담화분석의 화행의미론적 연구 〈지도〉 (심
     재기 위원장)
(13) 88.10-12 정재윤, 국어감각동사의 의미론적 연구 〈지도〉
     (심재기 위원장)
(14) 88.10-12 소강춘, 전북방언의 음운론적 연구 〈심사〉 (최
     전승 지도, 전광현위원장)
(15) 89.10-12 최형기, 국어시제형태소 '았·겠·더'의 의미연구
     〈심사〉 (박종희 지도, 임경순위원장)
(16) 90.10-12 정영인, 근대국어의 음절구조와 음운변화 〈심
     사〉 (최전승 지도, 전광현위원장)
(17) 90.4-6 정도복, 남북한 국어 정책 비교연구 〈심사〉 (장태진
     지도, 허웅 위원장)
(18) 91.4-6 송영주, 국어 시제·상·태 체계 연구 〈지도〉 (이용
     주 위원장)
(19) 91.4-6 서정섭, 국어양보문연구 〈지도〉 (남기심 위원장)
(20) 92.4-6 구종남, 국어부정문연구 〈심사〉 (김홍수 지도, 남기
     심 위원장)
(21) 93.10-12 서상준, 현대국어 상대높임법 연구, 〈지도〉 (남기
     심 위원장)
(22) 93.10-12 강희숙, 음운변이 및 변화에 관한 사회언어학적
     연구 〈지도〉 (김차균 위원장)
(23) 98.4-6 김규남, 정읍 정해마을 방언의 사회언어학적 연구
     〈심사〉 (최전승 지도, 김해정 위원장)
(24) 98.10-12 이정애, 국어화용표지의 연구 〈지도〉 (장경희 위
     원장)
(25) 98.10-12 박미엽, 한국필사본 고소설의 언어적 특성 〈심

사〉 (최전승 지도, 우민섭 위원장)
(26) 98.10-12 온영두, 국어부사의 통사 의미론적 연구 〈심사〉
     (김해정 지도, 최창렬 위원장)
(27) 99.10-12 지경래, 첩해신어 일어연구 〈심사〉 (우민섭 지도,
     최창렬 위원장)
(28) 2000.4-12 이길재, 전이지대의 언어변이 연구 〈심사〉 (최
     전승 지도, 박종희 위원장)
(29) 2000.4-12 유재복, 우리 속담의 의미론적 연구 〈지도〉 (김
     충효 위원장)

■ 석사학위 논문 지도와 학술지 게재 실적

(1) 78.2 조상국, 국어과 교육의 정상화에 관한 연구, 어문 교육 1:
    107-149.
(2) 78.2 주동식, 국어명사 어휘의 유형적 고찰, 어문교육 1:
    65-105.
(3) 80.2 김경환, 국어과 수업개선에 관한 연구, 어문교육 2:21-
    26.
(4) 80.2 최동주, 국어과 서술어의 문체론적 기능에 관한 연구 어
    문교육 2:39-70.
(5) 81.2 전수태, 국어명사의 의미관계 연구, 어문교육 3:69-146.
(6) 82.2 김충효, 국어과 교육의 역사 정립을 위한 연구, 어문교육
    4:67-146.
(7) 83.2 성열호, 국어 반의어 지도에 관한 연구 어문교육 5:63-
    102.
(8) 83.2 이택희, 관용적 표현의 언외의미 연구, 어문교육5:103-
    154.

(9) 83.2 최승엽, 동사 '잡다'의 어휘의미분석, 어문교육 5:155-
    192.

(10) 84.2 장응칠, 연상실험을 통한 반의어의 실험적 연구, 어문
    교육 6:57-118.

(11) 84.12 박희경, 국어동사류의 의미변별에 대한 고찰, 어문학
    연구 4:251-272.

(12) 85.2 이의종, 중등국어 시 영역의 공감각표현 지도 연구,
    어문교육 7:155-200.

(13) 85.12 김지만, 한국 속담의 의미기능에 관한 고찰, 한글문
    화 1:27-70.

(14) 85.12 이인순, 서술어 '쓰다'의 의미 연구, 한글문화 1:71-
    108.

(15) 85.12 이치수, 한국 속담의 통사의미론적 고찰, 한글문화
    1:109-148.

(16) 85.12 정상근, 한국어 동사 '놓다/두다'의 의미분석, 한글문
    화 1:149-200.

(17) 85.2 강재원, 우리말 색채어 어휘분화 연구, 어문교육 7:1-
    34.

(18) 85.2 최병부, 국어친족어의 의미연구, 어문교육 7:201-246.

(19) 85.2 김상태, 현대국어동사 '떨어지다'의 다의성 분석. 어문
    교육 7:35-70.

(20) 86.2 송일섭, 자원풀이를 통한 중학국어지도, 어문교육 7:
    35-70.

(21) 87.12 이정애, 우리말 대용어 연구, 어문학연구 7:45-98.

(22) 87.2 강성도, 중학교 말하기·듣기 지도 연구, 어문교육 10:
    3-48.

(23) 87.8 황석연, 고등학교 국어교과서의 '학습문제'활용 방안,
    전북대 교육대학원.

(24) 88.2 곽효철, 우리말 동사 '떼다/뜯다'의 유의성 연구, 한글문화 2:8138.

(25) 88.2 조용신, 우리말 동사 '들다'의 다의성에 대한 연구, 한글문화 2:81-84.

(26) 88.2 최상범 우리말 형태소 '았었'의 의미기능 연구, 한글문화 2:1-40.

(27) 89.2 박종석, 국어동사 '보다'의 의미 연구, 한글문화 3:104-144.

(28) 89.2 송명수, 언어에 관한 속담의 의미기능 연구, 한글문화 3:179-216.

(29) 89.2 송갑석, 우리말 동사 '들다/놓다'의 의미 연구 한글문화 3:145-178.

(30) 90.5 서정섭 개화기 국어어휘의 의미에 대하여 한글문하 4:87-103.

(31) 91.5 원영걸, 우리말 동사 '맞다'의 다의성 연구, 한글문화 5:147-208.

(32) 91.5 이정만, 중학생 화법지도 연구, 한글문화 5:209-322.

(33) 91.5 정오, 지시어. 접속어지도에 관한 연구, 한글문화 5:1-146.

(34) 91.5 송영주, 금당벽화에 나타난 TAM의 교호작용 〈던것·있었·었·는〉을 중심으로 한글문화 5:323-342.

(35) 92.2 김종덕, 정신지체아의 모국어 습득지도방안에 관한 연구, 한글문화 6:7-58.

(36) 92.2 노일환, 중국교포의 모국어 교육에 관한 연구, 한글문화 6:59-136.

(37) 92.2 유재복, 반의어 '오다/가다'의 의미 연구, 한글문화 6:137-224.

(38) 93.6 김명희 화법지도 평가 기준에 대하여 한글문화 7:3-96.

(39) 93.6 이영송, 우리말 동사 '빠지다'의 의미분석, 한글문화 7
:117-198.
(40) 94.3 임인숙, 동사 '되다'의 의미연구, 한글문화 8:5-66.
(41) 95.2 나화진, 우리말 동사 '놓다'의 다의성 연구, 한글문화
9:181-232.
(42) 95.2 최성오, 글쓰기 학습지도에 대한 개선 방안 연구, 한
글문화 9:257-312.
(43) 95.2 정채삼, 영랑시어의 어휘분석, 한글문화 9:115-132.
(44) 95.2 김삼순, 김현승 시에 나타난 어휘연구, 한글문화 9:
61-114.
(45) 96.3 김봉기, 말하기·듣기 단원지도에 대한 연구, 한글문
화 10:9-68.
(46) 96.3 남궁길, 동사 '내다'의 의미에 대하여, 한글문화 10:
69-124.
(47) 96.3 박금남, 독해력지도와 평가방법에 관하여 한글문화 11
:125-192.
(48) 97.3 김진무, 독서지도의 효율화와 평가의 개선, 한글문화
11:7-62.
(49) 97.3 문병현, 한글정보화의 과제, 한글문화 11:241-245.
(50) 97.3 한기성, 우리말 동사 '먹다'의 의미분석, 한글문화 11
:175-240.
(51) 98.3 김윤미, 우리말 동사 '타다'의 의미분석, 한글문화 12
:3-50.
(52) 98.3 서정진, 우리말 동사 '얻다'의 의미연구, 한글문화 12
:51-122.
(53) 98.3 이기철, 우리말 동사 '것다'의 의미분석 한글문화 12
:123-164.
(54) 98.3 정헌균, 독서지도와 평가기준에 관한 연구, 한글문화

12:165-248.
(55) 99.2 고문석, 국어 읽기 평가에 관한 연구, 한글문화 13
　　:3-104.
(56) 99.2 박상규, 초등하교 국어과 교수·학습 중심의 열린교육
　　연구, 한글문화 13:105-204.
(57) 99.2 안선희, 우리말 동사 '묶다·풀다'의 의미 연구, 한글문
　　화 13:205-254.
(58) 99.2 윤은원, 동물을 소재로 한 한국 속담에 관한 연구, 한
　　글문화 13:255-330.
(59) 99.8 황용주, 쌍형어의 어휘사적 연구, 전북대학교 대학원
　　논문집
(60) 2000.2 이경자, 동사 '죽다/살다'의 의미 연구, 한글문화 14
　　:77-156.
(61) 2000.8 이준호, 청각장애아의 언어교정 지도 연구, 전북대
　　학교 교육대학원 논문.
(62) 2001.2 문애선, '떡'을 소재로 한 우리 속담의 의미 연구,
　　전북대학교 교육대학원 논문.

■ 탐구생활

　이밖에 한국교원단체 총연합회 기관지 '새교육'과 '새교실'에 50여
회, '노령'에 40회, 한국교육생산성연구소 기관지 '교육연구'에 20여
회, 그밖에 전통문화 등에 다수, 그리고 한국일보에 90여회에 걸쳐
우리말 어원 탐색에 관한 글들을 실어왔고, MBC방송 등을 통하여
200여회에 걸쳐 우리말 고운말 강좌를 맡아왔다.

■ 가족관계

어 머 니 신삼손: 91세 교회 명예권사.
아　　내 강영자: 61세 수도여자사범대학 졸업.
장　　남 최 관: 38세 서울대학교 대학원 졸업, 불가리아 소피아
　　　　　　　　왕립아카데미 음악학 박사, 바리톤
며 느 리 이미현: 35세 전북대학교 인문대 불문과 졸업, 교회반주
　　　　　　　　자.
장　　녀 최은경: 37세 전북대학교 사범대학 졸업, 음악교사.
첫 사 위 이재은: 39세 고려대학교 대학원 졸업, 서강대학교 대학
　　　　　　　　원 경영학 박사과정, 회사원.
차　　녀 최은주: 36세 미국 미주리 컬럼비아 대학교 대학원 졸업,
　　　　　　　　서울 메뉴 통역학원장.
둘째사위 임강모: 34세 미국 미주리 컬럼비아 대학교 대학원 졸업,
　　　　　　　　서울 국제영어학원 부원장.
삼　　녀 최은정: 34세 전북대학교 대학원 문학 박사과정 수료,
　　　　　　　　국어교사.
셋째사위 유 현: 35세 전북대학교 의과대학 졸업, 아산병원 산부
　　　　　　　　인과 전문의.
막　　내 최은미: 32세 숙명여자대학교 약학대학 졸업, 약사, 약국
　　　　　　　　개업.
막내사위 장상오: 31세 우석대학교 영문과 졸업, 경기도 의왕시 솔
　　　　　　　　로몬 약국 운영.

맏아들
손 녀 최 샘: 4세
손 자 최어진: 2세

맏딸
외손자 이상혁: 11세 초4
외손녀 이소영: 9세 초2
둘째딸
외손녀 임채리: 7세
외손자 임병금: 5세
셋째딸
외손자 유 민: 3세
막 내
외손자 장혜성: 4세

論叢 執筆陣 紹介

권병로(군산대)

김상대(아주대)

김용재(전주교대)

김차균(충남대)

김충효(군산대)

김해정(우석대)

배해수(고려대)

성광수(고려대)

우민섭(전주대)

유재복(전북대)

윤평현(전남대)

이정애(전북대)

이태영(전북대)

장경희(한양대)

전수태(국립국어연구원)

최동현(군산대)

최창렬(전북대)

崔昌烈 敎授 停年退任 論文集

새 시대의 우리말 연구

◆ 인쇄 2001년 2월 16일 ◆ 발행 2001년 2월 21일
◆ 엮은이 최창렬 ◆ 발행인 이대현
◆ 편집 이태곤 · 이은희 ◆ 표지디자인 홍동선 · 안혜진
◆ 발행처 역락출판사 / 서울 성동구 성수2가 3동 277-17
　　　　성수아카데미타워 319호(우 133-123)
◆ TEL 대표 · 영업 3409-2058 편집부 3409-2060 팩스 3409-2059
◆ 전자우편 YOUKRACK@hitel.net / youkrack@hanmail.net
◆ 등록 1999년 4월 19일 제2-2803호
◆ ISBN 89-88906-80-2-93800
◆ 정가 25,000원

* 잘못된 책은 교환해 드립니다.